스테이트 오브 테러
STATE OF TERROR

힐러리 로댐 클린턴 · 루이즈 페니 장편소설 | 김승욱 옮김

린
던
샌

STATE OF TERROR
by HILLARY RODHAM CLINTON & LOUISE PENNY

이 책은 실로 꿰매어 제본하는 정통적인 사철 방식으로 만들어졌습니다.
사철 방식으로 제본된 책은 오랫동안 보관해도 손상되지 않습니다.

테러에 맞서 우리를 보호해 주고, 모든 종류의 폭력과 증오와 극단주의에 대항하는 용감한 사람들에게 바칩니다. 여러분으로 인해 우리는 매일 더 용감하고 더 좋은 사람이 되고 싶어집니다.

내 생애 동안 가장 놀라운 일은 사람이 달에 간 것도 아니고 페이스북을 활발히 이용하는 사람이 매달 28억 명이나 된다는 사실도 아니다. 나가사키 이후 75년 7개월 13일 동안 핵폭탄이 하나도 터지지 않았다는 사실이 가장 놀랍다.

— 톰 피터스

1장

「장관님, 8분 뒤에는 의사당에 도착하셔야 합니다.」 찰스 보인턴이 국무부 청사 안에서 집무실을 향해 마호가니 로[1]를 서둘러 걸어가는 장관과 나란히 바삐 움직이며 이렇게 말했다.

「10분으로 해.」 엘런 애덤스 장관은 이렇게 말하면서 뛰기 시작했다. 「샤워도 하고 옷도 갈아입어야 하니까. 아니, 혹시…….」 그녀는 걸음을 멈추고 보인턴 비서실장을 돌아보았다. 「이대로 가도 되려나?」

그녀는 그가 자신을 잘 볼 수 있게 양팔을 벌렸다. 눈에는 틀림없이 애원하는 표정이 있었고, 목소리는 불안했다. 또한 어떻게 봐도, 조금 전까지 녹슨 농기구에 끌려다니다 온 것 같은 몰골이었다.

보인턴은 아픈 사람처럼 보이는 일그러진 미소를 지었다.

50대 후반인 엘런 애덤스는 중간 키에 깔끔하고 우아했다. 옷을 고르는 감각도 좋고, 보정 속옷 덕분에 에클레르[2]를 좋아하는 티도 나지 않았다. 화장도 정교해서 굳이 나이를 감추려 애쓰지 않으면서 지적인 푸른 눈이 돋보이게 해주었다. 실제 나이보다 젊은 척할 필요도 없지만, 그렇다고 더 늙어 보일 생각 역시 없었다.

그녀를 전담하는 헤어드레서는 특별히 조합한 염색약으로 머리를

---

1 Mahogany Row. 국무부 청사 7층의 보안 공간. 이하 모든 주는 옮긴이의 주이다.
2 속에 초콜릿을 넣고 겉에도 초콜릿을 입힌 케이크.

염색해 주면서 〈블론드 예하〉라는 호칭을 사용했다.

「죄송합니다만 장관님, 부랑자처럼 보입니다.」

「죄송하다는 말도 할 줄 아니 다행이네.」 엘런의 절친한 친구이자 고문인 벳시 제임슨이 속삭였다.

서울의 미국 대사관에서 국무 장관으로서 외교적인 조찬을 주재한 것을 시작으로 지역 안보에 대한 고위급 회담에 참석하고, 갑자기 무너져 내리기 시작한 중요한 무역 협상을 살려 보려 애쓰며 22시간 내내 움직인 끝에, 그녀는 강원도의 비료 공장을 시찰하는 것으로 끝날 것 같지 않던 하루를 마감했다. 하지만 이 비료 공장 방문은 재빨리 DMZ에 다녀오기 위한 핑계일 뿐이었다.

그 일정까지 마친 뒤 엘런 애덤스는 귀국 비행기에 터덜터덜 몸을 실었다. 이륙 후 그녀는 가장 먼저 보정 속옷을 벗고 큰 잔에 샤르도네 포도주를 한 잔 따랐다.

그러고 나서 몇 시간 동안 보좌관들과 대통령에게 보고서를 보내고, 수신된 메모를 읽었다. 아니, 최소한 그러려고 애쓰기는 했으나, 아이슬란드 대사관 직원들에 대한 국무부 보고서 위에 엎어져 그대로 잠들고 말았다.

비서가 어깨를 건드리는 바람에 그녀는 퍼뜩 잠에서 깼다.

「장관님, 곧 착륙합니다.」

「어디에?」

「워싱턴에요.」

「워싱턴주?」 그녀는 똑바로 일어나 앉아 손가락으로 머리를 빗었다. 하지만 그 바람에 머리카락이 죄다 곤두서서 마치 그녀가 깜짝 놀랐거나 아주 좋은 생각을 떠올린 것처럼 보였다.

여기가 시애틀이라면 좋을 텐데. 연료를 다시 채우거나, 먹을 것을 싣거나, 아니면 기내에서 발생한 뜻밖의 응급 상황 때문이라 해도 괜찮을 것이다. 사실 응급 상황이 있기는 했다. 기계적인 문제나 뜻밖의 문제는 아니었지만.

바로 그녀가 잠들어 버리는 바람에 샤워도 하지 못한 것이 문제였다. 게다가…….

「DC입니다.」

「세상에, 지니. 좀 일찍 깨웠어야지.」

「그렇게 했습니다만, 장관님이 뭐라고 중얼거린 다음 다시 주무셨습니다.」

엘런도 어렴풋이 그런 기억이 났다. 하지만 그때는 그것이 꿈인 줄 알았다. 「시도는 했다니 고맙네. 이 닦을 시간은 있어?」

작은 소리와 함께 안전벨트 표시에 불이 들어왔다.

「안 되겠네.」

엘런은 관용기 창밖을 내다보았다. 그녀는 이 비행기를 농담 삼아 에어포스 3이라고 불렀다. 의사당의 둥근 지붕이 보였다. 그녀가 곧 가서 앉아 있어야 할 장소였다.

창문에 그녀의 얼굴이 비쳐 보였다. 머리는 한쪽이 눌려 있고, 마스카라는 번지고, 옷은 추레했다. 실핏줄이 선 눈은 콘택트렌즈 때문에 타는 듯이 아팠다. 한 달 전 장관으로 취임할 때는 없던 주름살도 보였다. 걱정과 스트레스 때문이었다. 모든 것이 반짝거리던 취임식 날에는 세상이 새것 같고 못 할 일이 없을 것 같았는데.

그녀는 이 나라를 무척 사랑했다. 이 나라는 찬란하지만 고장 난 등대와 같았다.

그녀가 수십 년 동안 구축하고 운영한 국제 미디어 제국은 이제 텔레비전 방송국, 뉴스 전문 채널, 웹사이트, 신문사 등으로 널리 뻗어 있었다. 그녀는 다음 세대인 딸 캐서린에게 이 제국을 물려주었다.

지난 4년 동안 사랑하는 조국이 거의 자멸에 이르는 모습을 지켜본 그녀는 이제 조국의 치유를 도울 수 있는 자리에 앉아 있었다.

사랑하는 남편 퀸이 세상을 떠난 뒤로 엘런의 삶은 단순히 공허하기만 한 것이 아니라 미숙하게 느껴졌다. 세월이 흐를수록 그 느낌은 줄어들기는커녕 오히려 더 커졌고, 심연이 넓어지기만 했다. 더 많은 일을 해야 한다는 생각이 점점 강해졌다. 더 많은 도움을 주어야 했다. 고통을 보도하기만 할 것이 아니라, 고통의 완화를 위해 뭔가 행동해야 했다. 자신이 받은 것을 사회에 돌려주어야 했다.

그 기회를 제공한 사람은 정말 뜻밖의 인물이었다. 대통령 당선자 더글러스 윌리엄스. 인생이 이렇게나 빨리 바뀌다니. 더 힘들어진 것은 사실이었다. 하지만 동시에 더 좋아지기도 했다.

그래서 엘런은 지금 에어포스 3에 앉아 있었다. 신임 대통령의 국무 장관으로서.

국무 장관은 거의 범죄 수준으로 무능했던 전임 행정부가 망친 동맹 국들과의 관계를 재건할 수 있는 자리였다. 중요한 나라들과의 관계를 되살리거나, 우호적이지 않은 나라들, 그러니까 머리로만 나쁜 생각을 하는 것이 아니라 그 생각을 실천할 능력도 지녔다고 짐작되는 나라들 에 경고를 보낼 수 있을 것이다.

엘런 애덤스는 이제 변화에 대해 말만 하는 것이 아니라 실제로 변화를 불러올 수 있는 자리에 있었다. 적을 친구로 만들어 혼란과 테러를 억제할 수 있는 위치였다.

하지만…….

비행기 창문에 비친 그녀의 얼굴은 이제 그렇게 자신 있어 보이지 않았다. 낯선 사람 같았다. 지치고, 추레하고, 기진맥진한 여자였다. 나이보다 더 늙은 여자. 혹시 조금 더 현명해지기는 했을까? 아니면 더 냉소적이 됐나? 그렇지 않기를 바랐지만, 왜 갑자기 현명함과 냉소를 명확히 구분할 수 없게 된 건지 알 수 없었다.

그녀는 티슈를 한 장 꺼내 침을 묻힌 다음 그걸로 마스카라를 닦아 냈다. 이어서 머리까지 손으로 매만진 다음, 창문에 비친 자신을 향해 웃어 보였다.

그것은 그녀가 문 앞에 항상 준비해 두는 얼굴, 대중이 잘 아는 얼굴이었다. 언론, 동료, 외국 지도자 들도 그 얼굴을 알았다. 자신감 넘치고 우아하게 지구에서 가장 강한 나라를 대표하는 국무 장관의 얼굴이었다.

하지만 그것은 겉으로 내보이는 모습일 뿐이었다. 엘런 애덤스는 유령 같은 자신의 얼굴에서 다른 모습을 보았다. 그녀가 자신에게조차 애써 감추는 핼쑥한 모습. 지금은 피로 때문에 그 모습이 그녀의 방어막을 타 넘고 나올 수 있었다.

그녀의 눈에 보인 것은 두려움이었다. 두려움의 가까운 친척인 회의도 있었다.

이것은 진짜인가 가짜인가? 그것은 그녀에게 너는 모자라다고 속삭이는 가까운 적이었다. 그것은 네가 분에 넘치는 직책을 맡았으니 일을 엉망으로 망칠 것이라고 속삭였다. 수천 명, 어쩌면 수백만 명의 목숨이 위험해진다는 건가?

그녀는 그것이 전혀 도움이 되지 않는다는 것을 깨닫고 옆으로 밀어버렸다. 하지만 그것은 물러나면서도 계속 속삭였다. 그런다고 자기가 한 말이 거짓이 되지는 않는다고.

비행기가 앤드루스 공군 기지에 착륙한 뒤 엘런은 서둘러 방탄 승용차에 올라 메모와 보고서와 이메일을 계속 읽었다. 그러는 동안 그녀가 시선을 주지 않은 DC의 풍경이 차창 밖을 지나갔다.

커다란 기념비 같은 해리 S. 트루먼 건물, 이곳의 오랜 주민들이 아마도 애정을 담아 여전히 포기 보텀이라고 부르는 건물의 지하에 차가 도착하자, 그녀가 엘리베이터를 타고 7층의 집무실까지 최대한 빨리 이동할 수 있게 해줄 호위대가 대형을 갖췄다.

찰스 보인턴 비서실장이 엘리베이터 앞에서 그녀를 맞이했다. 그는 대통령 비서실장이 신임 국무 장관에게 보내 준 사람 중 한 명이었다. 키가 크고 홀쭉한 몸매였는데, 운동이나 훌륭한 식습관보다는 지나치게 안달하는 성격 때문에 마른 몸매를 유지하고 있었다. 그의 머리 모양과 긴장된 근육을 보면, 지금 이 자리에서 이탈하려고 열심히 뛰고 있는 것 같았다.

보인턴은 26년 동안 정치적으로 차근차근 단계를 밟아, 마침내 더글러스 윌리엄스의 선거 캠프에서 전략 담당이라는 고위직에 안착했다. 선거 운동은 성공적으로 끝났으나 그 과정은 그 어느 때보다 지독했다.

드디어 권력 내부 깊숙한 곳에 도달한 찰스 보인턴은 기필코 그 자리를 지킬 생각이었다. 그동안 지시에 따라 움직인 보상이 이거였다. 선거에서 승리할 후보를 잘 골랐으니 운도 좋았다.

보인턴은 제멋대로 구는 장관들을 제어할 규칙을 자기도 모르게 만들고 있었다. 그가 보기에 장관들은 정치적으로 임명된 임시직, 그가 구상한 구조의 겉 장식이었다.

엘런과 보인턴은 국무 장관의 집무실을 향해, 나무 패널로 장식된 마호가니 로를 달렸다. 보좌관, 비서, 외교보안국 요원 등이 그 뒤를 따랐다.

「걱정 마.」 벳시가 열심히 달려와 두 사람을 따라잡으며 말했다. 「널 기다리느라 연두 교서를 미뤘어. 긴장 풀어.」

「아뇨, 아뇨.」 보인턴의 목소리가 한 옥타브나 올라갔다. 「긴장을 풀면 안 됩니다. 대통령이 뚜껑이 열리셨어요. 그리고 이건 공식적으로 연두 교서가 아닙니다.」

「아, 정말이지, 찰스. 너무 아는 척하는데.」 엘런이 갑자기 걸음을 멈추는 바람에 따라오던 사람들이 하마터면 줄줄이 부딪힐 뻔했다. 그녀는 진흙이 덕지덕지 묻은 신발을 벗고, 스타킹만 신은 발로 화려한 카펫 위를 달렸다. 점점 속도가 붙었다.

「대통령은 항상 뚜껑이 열려 있어요.」 벳시가 뒤에서 소리쳤다. 「아, 화가 났다고 해야 하나? 뭐, 대통령은 엘런한테 항상 화를 내잖아요.」

보인턴이 경고의 시선을 그녀에게 쏘아 보냈다.

그는 엘리자베스 제임슨이 마음에 들지 않았다. 애칭 벳시. 그녀는 장관의 평생 친구라는 이유만으로 그 자리를 차지한 외부인이었다. 속을 털어놓을 수 있는 절친한 사람을 고문으로 선택하는 것은 장관의 권리였다. 보인턴도 그걸 알지만, 그래도 마음에 들지 않았다. 외부인은 어떤 상황에서든 예측할 수 없는 요소가 될 수 있었다.

벳시 자체도 마음에 들지 않았다. 그는 속으로 그녀를 클리버 부인이라고 불렀다. 텔레비전 드라마[3]에서 1950년대의 모범적인 가정주부이자 비버의 어머니인 클리버 부인 역을 맡은 바버라 빌링즐리와 그녀가 닮았기 때문이다.

무해하고, 안정적이고, 유순한 사람.

하지만 여기의 이 클리버 부인은 알고 보니 그렇게 단순하지 않았다. 〈놈들이 내 농담을 받아들이지 못한다면 엿 먹으라고 해〉라는 식으로 구는 벳 미들러[4]를 꿀꺽 먹어 치운 것 같았다. 보인턴은 신성한 미들러 양을 상당히 좋아했지만, 국무 장관의 고문으로는 좋지 않은 것 같았다.

그래도 벳시의 말이 사실이라는 점은 인정할 수밖에 없었다. 더글러스 윌리엄스는 자기가 임명한 국무 장관을 전혀 좋아하지 않았다. 국무 장관 역시 같은 감정이라고 말하는 것으로는 부족할 정도였다.

새로 선출된 대통령이, 당내 경선 때 엄청난 힘을 모두 동원해서 다른 경쟁자를 지지한 정적을 국무 장관이라는 강력하고 귀한 자리에 임명한 것은 사람들에게 엄청난 충격으로 다가왔다.

엘런 애덤스가 자신의 미디어 제국을 장성한 딸에게 넘기고 장관 자리를 받아들인 것은 그보다도 훨씬 더 충격적인 일이었다.

정치꾼, 정치 평론가, 동료 등이 이 소식을 덥석 물어 가십처럼 내뱉었다. 정치 토크 쇼에서는 몇 주 동안 이 이야기를 잔뜩 늘어놓았다.

엘런 애덤스의 국무 장관 임명은 워싱턴의 만찬 파티에서도 이야깃거리였다. 헤이애덤스 호텔 지하에 있는 술집 오프더레코드에서 사람들은 전부 이 이야기를 하고 있었다.

엘런이 왜 그 자리를 받아들였을까?

하지만 아직은 윌리엄스 대통령 당선인이 가장 소리 높여 가장 맹렬

---

3 미국에서 1957~1963년에 방영된 「리브 잇 투 비버」.
4 Bette Midler(1945~). 미국의 팝 가수이자 배우. 「신성한 미들러 양The Divine Miss M.」은 미들러의 음반이다.

하게 자신을 상대하던 사람에게 내각의 한 자리를 내준 이유에 대한 관심이 더 컸다. 그것도 하필 국무 장관이라니.

가장 널리 퍼진 가설은 더글러스 윌리엄스가 에이브러햄 링컨의 본을 따라 〈라이벌 팀〉을 구성하려 한다는 것이었다. 하지만 이보다 더 가능성이 높은 가설은 그가 고대의 군사 전략가인 손자(孫子)의 조언에 따라 친구를 가까이 두되 적은 더 가까이 둘 생각이라는 것이었다.

하지만 결국 두 가설 모두 틀린 것으로 드러났다.

한편 찰스 보인턴은 엘런 애덤스의 실패가 자신에게도 나쁜 영향을 미칠 수 있다는 점에만 신경을 썼다. 만약 그녀가 무너진다 해도, 그가 그녀의 옷자락을 붙잡고 늘어질 일은 없었다.

이번에 한국에 다녀오면서 그녀와 그의 운은 급격히 기울었다. 그런데 지금은 딱히 연두 교서가 아니라는 망할 놈의 연설이 그녀 일행 때문에 미뤄지고 있었다.

「어서요, 어서, 서두르세요.」

「그만.」 엘런이 갑자기 딱 멈춰 섰다. 「억지로 날 몰아 대지 마. 이렇게 갈 수밖에 없다면, 가는 거지.」

「안 됩니다.」 보인턴은 당황해서 눈을 휘둥그렇게 떴다. 「지금 모습이…….」

「같은 얘기를 또 하지는 말고.」 그녀는 친구에게 시선을 돌렸다. 「벳시?」

잠시 침묵이 흐르는 동안 보인턴이 콧방귀를 뀌는 소리가 들렸다.

「이대로도 괜찮아.」 벳시가 조용히 말했다. 「립스틱을 좀 발라 봐.」 그녀는 자기 가방에서 립스틱과 머리빗과 콤팩트를 꺼내 엘런에게 건넸다.

「어서요, 어서요.」 보인턴이 높게 찢어지는 것 같은 목소리를 냈다.

벳시는 충혈된 엘런의 눈을 바라보면서 속삭였다. 「모순 어법이 술집 안으로 걸어 들어오자…….」

엘런은 잠시 생각해 본 뒤 빙긋 웃었다. 「침묵에 귀가 멀었다.」

벳시가 환히 웃었다. 「완벽해.」

그녀는 친구가 심호흡을 하고, 커다란 여행 가방을 비서에게 넘기고, 보인턴에게 시선을 주는 모습을 지켜보았다.

「갈까?」

겉으로는 침착해 보였지만, 더러운 구두를 양손에 한 짝씩 들고 스타킹만 신은 발로 다시 마호가니 로를 되짚어 엘리베이터로 걸어가는 애덤스 장관의 심장은 쿵쾅거리고 있었다. 엘리베이터가 내려가는 동안에도 마찬가지였다.

「빨리, 빨리.」아미르는 아내에게 손짓했다. 「놈들이 집에 왔어.」

뒤에서 쿵쾅 두드리는 소리, 남자들의 고함 소리, 명령을 내리는 소리가 들렸다. 알아듣기 힘든 발음이었지만 의미는 분명했다. 「부하리 박사, 나오시오. 당장.」

「가.」아미르는 나스린을 골목 안쪽으로 밀었다. 「도망쳐.」

「당신은요?」그녀는 가방을 가슴에 꼭 끌어안은 채 물었다.

나무가 쪼개지는 소리가 났다. 이슬라마바드 외곽 카후타에 있는 그들의 집 문이 박살 나는 소리였다.

「놈들이 원하는 건 내가 아냐. 당신을 막으려는 거지. 내가 미끼가 될게. 가, 어서.」

하지만 그는 돌아서는 그녀의 팔을 잡고 끌어당겨 가슴에 꼭 안았다. 「사랑해. 당신이 정말 자랑스러워.」

그는 이가 부딪칠 정도로 세게 입을 맞췄다. 나스린의 입술이 찢어져 피 맛이 났다. 그래도 그녀는 그에게 매달렸다. 그도 마찬가지였다. 더 많은 고함 소리가 가까워진 뒤에야 두 사람은 떨어졌다.

그는 목적지에 무사히 도착하면 연락하라고 말할 뻔했지만 하지 않았다. 그녀가 연락할 수 없다는 걸 알기 때문이었다.

그가 오늘 밤 살아남을 수 없음은 그도 알고 그녀도 알았다.

2장

의사당의 경비 부관이 국무 장관의 도착을 알리자 웅성거리는 소리가 일었다. 지금 시각은 9시 10분. 국무 장관을 제외한 모든 각료들이 이미 자리에 앉아 있었다.

엘런 애덤스가 지정 생존자[5]라서 나오지 않았다고 추측하는 사람도 있었지만, 윌리엄스 대통령이 그녀를 지정 생존자로 선택하느니 차라리 자기 양말을 선택할 사람이라고 믿는 사람이 대부분이었다.

회의장으로 들어온 엘런은 귀가 먹을 것 같은 침묵을 알아차리지 못한 것 같았다.

〈모순 어법이 술집 안으로……〉

그녀는 고개를 똑바로 들고 호위를 따라가며, 통로 양편의 하원 의원들에게 미소로 인사했다. 마치 아무 문제도 없다는 듯이.

「늦었어요.」그녀가 맨 앞줄의 자리에 앉을 때 국방 장관이 잇새로 말했다. 엘런의 양옆에는 국방 장관과 국가정보국장이 앉아 있었다. 「당신 때문에 연설을 미뤘습니다. 대통령이 격노하셨어요. 당신이 고의로 이랬다고 생각하십니다. 대통령이 아니라 당신이 카메라를 독점

---

5 미국에서 중요 행사 때 만일의 사태로 정부의 고위 인사들이 한꺼번에 변을 당할 경우를 대비해 대통령의 권한을 임시로 이어받도록 지정된 사람. 반드시 생존해야 하므로 행사장에 나오지 않고 안전한 비밀 장소에서 대기한다.

하려고 말이죠.」

「그렇지는 않을 겁니다.」팀 비첨 국가정보국장(DNI)이 말했다. 「당신이 그럴 리가 없죠.」

「고마워요, 팀.」엘런이 말했다. 윌리엄스 대통령의 충성파가 이렇게 그녀를 지지해 주는 것은 드문 일이었다.

「한국 쪽 일이 그렇게 엉망이 됐으니, 언론의 관심을 원하지는 않겠죠.」팀이 말을 이었다.

「도대체 옷은 왜 이런 겁니까?」국방 장관이 물었다. 「어디서 또 진흙 레슬링이라도 했어요?」

그는 인상을 찡그리며 콧잔등에 주름을 잡았다.

「아뇨, 장관님. 맡은 일을 하고 오는 길입니다. 그러다 보면 때로 쓰러져서 더러워지기도 하죠.」그녀는 그를 한번 쓱 훑어보았다. 「장관님은 언제나 맑고 깨끗하시네요.」

DNI가 웃음을 터뜨렸다. 하지만 곧 의사당 경비대장의 목소리가 들려오자 모두 자리에서 일어섰다. 「의장님, 미합중국 대통령이십니다.」

나스린 부하리 박사는 친숙한 골목 여기저기에 어지럽게 놓여 있는 상자와 통을 피해 요리조리 방향을 틀며 계속 달렸다. 혹시 그런 물건을 발로 차기라도 하면 그녀의 위치가 드러날 터였다.

그녀는 한 번도 발을 멈추지 않았다. 뒤를 돌아보지도 않았다. 총성이 시작되었는데도.

28년 동안 함께 산 남편이 빠져나갔을 것이라고 그녀는 결론 지었다. 살아남았을 것이라고. 그들 부부를, 그녀를 막기 위해 파견된 놈들을 따돌렸을 것이라고.

그는 죽지 않았을 것이다. 사로잡히지도 않았을 것이다. 죽는 것보다 이편이 더 나빴다. 아는 것을 모두 토해 낼 때까지 고문을 당할 테니까.

총성이 멎었을 때 그녀는 그것을 아미르가 무사히 도망쳤다는 신호로 받아들였다. 이제 그녀도 반드시 도망쳐야 했다.

여기에 모든 것이 달려 있었다.

버스 정류장까지 반 블록이 남았을 때, 그녀는 속도를 늦추고 숨을 골랐다. 그리고 차분하게 걸어가 버스를 기다리는 사람들의 줄에 합류했다. 심장이 마구 날뛰었지만, 얼굴은 평온했다.

아나히타 다히르는 국무부 남·중앙아시아국의 자기 자리에 앉아 있다가 하던 일을 멈추고, 대통령의 연설에 채널이 맞춰져 있는 맞은편 벽의 텔레비전 앞으로 다가갔다.

9시 15분이었다. 방송에 나온 정치 평론가들은 아나히타의 새로운 상관인 국무 장관이 오지 않아 연설이 늦어지고 있다고 말했다.

카메라가 화려한 회의장에 도착한 신임 대통령을 따라갔다. 그의 지지자들은 열렬한 갈채를 보내고, 아직도 아픔이 가시지 않은 야당 사람들은 조용히 손뼉을 쳤다. 취임한 지 몇 주밖에 되지 않은 윌리엄스 대통령이 나라의 진정한 상태를 제대로 파악했다고 믿기는 힘들었으나, 설사 제대로 파악했다 해도 솔직히 말할 것 같지는 않았다.

정치 평론가들의 의견은 모두 같았다. 그들은 대통령이 국정을 엉망으로 만들어 놓은 전임 정부를 너무 노골적이지 않게 비난하는 말과 지나치게 낙관적이지는 않지만 그래도 희망적인 말이 균형 있게 섞인 연설을 할 것이라고 보았다.

오늘 연설의 역할은 선거 때 엄청나게 부풀어 오른 기대를 가라앉히면서, 비난의 방향도 조금 바꿔 놓는 것이었다.

윌리엄스 대통령이 의회에 나오는 것은 가부키와 비슷한 정치적 연극이었다. 말보다는 눈에 보이는 광경이 중요했다. 그런 의미에서 더글러스 윌리엄스는 대통령답게 보이는 법을 분명히 알고 있었다.

하지만 아나히타가 보고 있는 화면 속에서 대통령이 정치적인 친구와 적에게 모두 미소와 인사를 건네며 회의장으로 들어가는 동안 카메라는 자꾸 국무 장관을 비췄다.

그것이 진짜 드라마였다. 그날 밤의 진짜 이야기가 거기에 있었다.

정치 평론가들은 윌리엄스 대통령이 국무 장관과 얼굴을 맞대는 순간이 왔을 때 어떤 행동을 할지 제멋대로 추측을 내놓았다. 엘런 애덤스가 첫 방문지인 중요 동맹국에서 불화를 일으키고, 그러잖아도 아슬아슬한 그 지역을 불안하게 만들고 돌아와 방금 비행기에서 내렸다는 사실을 그들은 몇 번이나 거듭 지적하며 즐거워했다.

여기 의사당 회의장에서 두 사람이 만나는 순간을 전 세계에서 수억 명이 볼 것이고, 소셜 미디어에서는 그 장면이 몇 번이고 재생될 터였다.

회의장은 기대감으로 터질 것 같았다.

정치 평론가들도 대통령이 무슨 메시지를 보내든 해석하고야 말겠다는 듯이 앞으로 몸을 기울였다.

남·중앙아시아국에는 아나히타 혼자였다. 그녀의 상사는 전망 좋은 자기 사무실에 있었다. 그녀는 신임 대통령과 신임 장관 사이에 무슨 일이 벌어질지 궁금해서 텔레비전 화면에 더 가까이 다가갔다. 거기에 너무 정신이 팔린 나머지, 메시지가 수신되었음을 알리는 소리도 듣지 못했다.

윌리엄스 대통령은 앞으로 나아가며 간혹 걸음을 멈추고 가벼운 이야기를 나누거나 손을 흔들었다. 정치 평론가들은 엘런 애덤스의 머리 모양, 화장, 옷차림에 관한 이야기로 그 시간을 메웠다. 그녀의 옷은 추레한 데다가 얼룩도 묻어 있었는데, 평론가들은 저게 진흙이라면 그나마 다행일 것이라고 말했다.

「어디서 로데오라도 하고 온 것 같네요.」

「도살장에도 다녀온 것 같은데요.」

사람들이 또 웃어 댔다.

애덤스 장관이 계획적으로 저런 꼴을 하고 나왔을 것 같지는 않다고 지적하는 평론가가 마침내 한 명 등장했다. 그는 그녀가 얼마나 열심히 일하고 있는지를 지금의 모습이 보여 준다고 말했다.

「서울에서 돌아와 방금 비행기에서 내렸으니까요.」 그가 사람들의 기억을 일깨웠다.

「우리가 알기로 거기 회담은 실패했죠.」

「뭐, 장관이 일을 열심히 한다고 했지 잘한다고는 안 했습니다.」 그가 인정했다.

그러고 나서 그들은 그녀의 한국 방문이 앞으로 어떤 재앙을 낳을지에 대해 어두운 목소리로 토론했다. 애덤스 장관과 갓 태어난 새 정부, 한국이 속한 그 지역과의 관계에 미칠 영향이 대화 주제였다.

이것 역시 정치적 연극임을 아나히타는 알고 있었다. 유감스럽게 끝난 한 번의 회담이 영구적인 피해로 이어질 리는 없었다. 하지만 아나히타는 신임 장관을 지켜보면서 이미 피해가 발생했음을 깨달았다.

아나히타 다히르는 바로 얼마 전에야 지금의 일을 맡았지만 워낙 눈치가 빨라서, 워싱턴에서는 겉으로 드러난 모습이 현실보다 훨씬 더 강력한 힘을 발휘할 때가 많다는 사실을 알아차렸다. 사실 겉으로 보이는 모습은 아예 없는 현실을 창조해 낼 정도로 강력했다.

평론가들이 애덤스 장관을 조목조목 해체하듯이 분석하는 동안 카메라는 그녀를 쉽사리 놓아주지 않았다.

정치 평론가들과 달리 아나히타 다히르의 눈에 비친 장관은 고개를 높이 들고 주의를 집중한 채 꼿꼿하게 서 있는 어머니 또래의 여성이었다. 그녀는 자기 쪽으로 다가오는 남자를 향해 예의 바르게 돌아서서 차분하게 운명을 기다리고 있었다.

아나히타가 보기에는 추레한 옷차림 덕분에 그녀의 품위가 오히려 더 돋보이는 것 같았다.

그때까지 아나히타는 직장의 동료 분석가들과 정치 평론가들의 말을 기꺼이 받아들여, 능란한 정치인인 대통령이 엘런 애덤스를 그 자리에 임명한 것은 냉소적인 정치 행보라고 생각했다.

하지만 지금 윌리엄스 대통령이 다가오는 동안 마음을 단단히 먹는 듯한 애덤스 장관의 모습을 보니 과연 그럴까 하는 의심이 들었다.

그녀는 텔레비전의 소리를 죽였다. 더 이상 들을 필요가 없었다.

자리로 돌아와 보니 새로운 메시지가 있었다. 메시지를 열어 보았으나, 보낸 사람의 이름이 있어야 할 자리에 의미를 알 수 없는 글자들만 있었다. 메시지 자체도 단어 하나 없이 일련의 숫자와 기호뿐이었다.

대통령이 다가오는 동안, 엘런 애덤스는 그가 자신을 무시할 것이라고 예상했다.

「대통령님.」 그녀가 말했다.

그는 걸음을 멈추고 그녀의 뒤를 바라보며 양편 사람들에게 고개를 끄덕이고 미소를 지었다. 그러고는 팔꿈치로 거의 그녀의 얼굴을 치다시피 손을 뻗어 뒤에 있는 사람과 악수했다. 그리고 나서야 천천히, 아주 천천히 그녀에게 시선을 주었다. 그 눈에 드러난 적의가 어찌나 생생한지 국방 장관과 국가정보국장이 모두 한 걸음 물러날 정도였다.

〈뚜껑이 열렸다〉는 말은 지금 그가 느끼는 감정의 발끝에도 미치지 못했다. 두 사람 모두 그 파도에 얻어맞고 싶지 않았다.

카메라와 수많은 시청자의 눈에 비친 대통령의 잘생긴 얼굴은 화가 났다기보다 엄격하고 실망한 표정이었다. 착하지만 고집스러운 아이를 슬프게 바라보는 부모 같았다.

「국무 장관.」 〈이 무능한 멍청이.〉

「대통령님.」 〈이 거만한 자식.〉

「아침 국무 회의 전에 오벌 오피스⁶에 잠깐 들를 수 있겠습니까?」

「물론입니다.」

그가 지나간 뒤 그녀는 따뜻한 표정으로 그의 뒷모습을 바라보았다. 충성스러운 국무 위원답게.

모두가 자리에 앉고 윌리엄스 대통령이 연설을 시작하자 그녀는 예의 바르게 경청했다. 그러나 연설을 듣다 보니 점점 거기에 끌려들었다. 멋진 말 때문이 아니라, 그보다 훨씬 더 심오한 어떤 것 때문이었다.

6 Oval Office. 미국 대통령 집무실.

엄숙함, 역사, 전통. 오늘 이 행사의 장엄함, 조용한 위엄, 우아함이 그녀를 휩쓸었다. 연설의 실제 내용은 아닐지라도, 이 행사의 상징적 의미가 그러했다.

친구와 적에게 모두 강력한 메시지가 전달되는 중이었다. 지속성에 대해, 힘에 대해, 결의와 목적에 대해. 전임 정부가 망가뜨린 곳을 수리할 것이며, 미국이 다시 돌아왔다는 메시지였다.

엘런 애덤스는 더글러스 윌리엄스에 대한 반감을 압도할 만큼 강렬한 감정을 느꼈다. 그 바람에 불신과 의심이 밀려나고 긍지만 남았다. 경이도 남았다. 어쩌다 보니 인생이 그녀를 이 자리에 데려다 놓아서 나라를 위해 일하게 되었다는 사실이 놀라웠다.

지금 몰골은 부랑자 같고 몸에서는 거름 냄새가 날지 몰라도, 그녀는 미국의 국무 장관이었다. 이 나라를 사랑하는 만큼, 이 나라를 지키기 위해 자신이 할 수 있는 모든 일을 할 생각이었다.

나스린 부하리 박사는 버스 뒷줄에 앉아 억지로 정면을 바라보았다. 창밖을 봐도 안 되고, 손마디가 하얘지도록 잡고 있는 무릎 위의 가방을 봐도 안 되었다.

다른 승객을 봐도 안 되었다. 눈이 마주치는 것을 반드시 피해야 했다.

그녀는 아무렇지 않은 척, 지루한 표정을 억지로 지었다.

마침내 출발한 버스가 덜컹거리며 국경으로 향했다. 원래는 바로 비행기를 타고 나가기로 되어 있었으나, 그녀는 심지어 아미르에게도 말하지 않고 계획을 바꿨다. 그녀를 잡으러 온 사람들은 그녀가 최대한 빨리 이곳을 떠나려 할 것이라고 짐작해 공항에서 기다리고 있을 터였다. 필요하다면 모든 비행기에 자기 사람을 태울 놈들이었다. 그녀가 목적지에 도착하는 것을 막기 위해 그들이 못 할 일은 없었다.

만약 아미르가 붙잡혀서 고문을 당한다면 계획을 실토할 것이다. 그러니 계획을 바꿔야 했다.

나스린 부하리는 조국을 사랑했다. 그래서 이 나라를 지키기 위해 필요한 일이라면 무슨 짓이든 할 생각이었다.

거기에는 사랑하는 것을 모두 두고 떠나는 것도 포함되었다.

아나히타 다히르는 컴퓨터 화면을 노려보았다. 눈썹을 한데 모으고 몇 초 동안 고민한 끝에, 그녀는 그 메시지가 스팸이라는 결론을 내렸다. 이런 일은 생각보다 훨씬 더 자주 있었다.

그래도 확실히 하기 위해 그녀는 상사의 사무실 문을 두드린 뒤 안으로 살짝 고개를 들이밀었다. 상사는 대통령의 연설을 보면서 고개를 절레절레 젓고 있었다.

「무슨 일이에요?」

「메시지가 왔는데, 스팸 같아요.」

「어디 봅시다.」

그녀는 메시지를 보여 주었다.

「우리 정보원의 메시지가 아닌 게 확실해요?」

「확실해요.」

「그럼 지워요.」

그녀는 지시대로 했다. 하지만 그 전에 메시지를 종이에 적어 두었다. 혹시 모르니까.

19/0717, 38/1536, 119/1848

3장

「축하합니다, 대통령님. 좋은 연설이었습니다.」 바버라 스텐하우저가 말했다.

더그 윌리엄스는 웃음을 터뜨렸다. 「아주 좋았지. 더 이상 바랄 수 없을 정도로.」

그는 넥타이를 풀고 발을 책상에 올렸다.

두 사람은 오벌 오피스에 돌아와 있었다. 가족, 친구, 돈 많은 지지자 등 대통령의 첫 의회 연설을 축하하는 자리에 초대된 사람들을 위해 간단한 간식과 술을 즐길 수 있는 바가 밖에 마련되어 있었다.

하지만 윌리엄스는 스텐하우저 비서실장과 단둘이 조금 더 시간을 보내며 긴장을 풀고 싶었다. 연설은 그가 바란 것 이상으로 잘 풀렸지만, 그가 지금 거의 주체할 수 없을 만큼 들뜬 원인은 다른 데 있었다.

그는 뒤통수에서 양손을 깍지 끼고 가볍게 몸을 흔들었다. 직원이 베이컨으로 싼 가리비와 바짝 튀긴 새우가 담긴 작은 접시와 스카치 한 잔을 가져왔다.

그는 바브에게 함께 들자고 손짓한 뒤, 직원에게 고맙다고 인사하며 이제 그만 가봐도 된다는 뜻을 전했다.

바브 스텐하우저가 자리에 앉아 적포도주를 길게 들이켰다.

「그 여자가 살아남을 수 있을까?」 윌리엄스가 물었다.

「힘들걸요. 언론이 그 여자를 물어뜯게 내버려 둘 거잖아요. 연설 전에 보니까 벌써 시작했던데요. 그 여자는 집에 도착하기도 전에 시체 꼴이 될 거예요. 그래도 혹시 몰라서 우리 쪽 상원 의원 몇 명을 준비해 뒀어요. 한국에서 일을 엉망으로 만든 걸 보니 그 자리에 맞는 인물인지 의심스럽다고 조심스레 우려를 표명하라고요.」

「잘했어. 그 여자 다음 목적지가 어디지?」

「제가 캐나다 방문 스케줄을 잡아 놨어요.」

「아이고, 이번 주가 끝나기 전에 캐나다랑 전쟁을 하게 되겠구먼.」

바브가 웃음을 터뜨렸다. 「그러면 좋죠. 저는 옛날부터 퀘벡에 집을 갖고 싶었거든요. 오늘 연설에 대한 첫 보도들이 아주 좋습니다, 대통령님. 품위 있는 어조, 통로 맞은편 사람들에게도 손을 내민 것을 언급하고 있어요. 하지만 불만의 목소리도 있습니다, 대통령님. 엘런 애덤스를 임명한 것이 용감한 일이기는 해도 실수였다고 말이죠. 특히 한국 방문의 영향이 큽니다.」

「우리 쪽에도 조금 영향이 미치는 건 어쩔 수 없지. 대부분의 돌멩이가 그 여자를 맞히기만 한다면 말이야. 게다가 우리가 일을 하는 동안 비판의 목소리가 그쪽으로 집중될 거야.」

스텐하우저는 빙긋 웃었다. 그녀는 이렇게 완성된 정치가를 본 적이 별로 없었다. 적을 죽이기 위해서라면 살을 내줄 용기가 있는 정치가라니.

그는 상대에게 단순히 상처만 입힐 생각이 아니었다.

더글러스 윌리엄스 때문에 소름이 끼칠 때가 있다는 사실은 무시할 수 있었다. 그녀 자신이 온 마음을 다해 원하는 일을 마침내 실행할 수만 있다면.

그녀는 책상 위로 몸을 기울이며 종이 한 장을 건넸다. 「애덤스 장관을 지지하는 짤막한 발표문을 준비했습니다.」

윌리엄스는 글을 읽어 본 뒤 다시 그녀에게 넘겼다. 「완벽해. 품위가 있으면서, 동시에 확실하군.」

「칭찬은 아주 희미하죠.」

그는 소리 내어 웃다가 안도의 한숨을 내쉬었다. 「텔레비전을 켜봐요. 다들 뭐라고 하는지 좀 보게.」

그는 앞으로 몸을 기울여 책상에 팔꿈치를 괴었다. 커다란 화면이 켜졌다. 비서실장에게 자기가 정말 얼마나 훌륭했는지 말하고 싶었지만, 차마 그럴 수가 없었다.

「여기요.」

캐서린 애덤스가 어머니와 대모에게 샤르도네가 담긴 큰 잔을 건넸다. 그러고는 자신의 잔과 술병을 들고 커다란 소파로 와서 두 사람 사이에 앉았다. 슬리퍼를 신은 세 사람의 발이 커피 탁자 위로 올라갔다.

캐서린이 리모컨을 향해 손을 뻗었다.

「아냐, 좀 있다가.」 어머니가 딸의 손목에 한 손을 대고 말했다. 「내가 한국에서 어떤 개가를 올렸는지 다들 떠드는 척하자. 조금만 더.」

「너의 새로운 머리 모양과 패션 감각에도 찬사를 보내고 있을걸.」 벳시가 말했다.

「향수도요.」 캐서린이 말했다.

엘런은 웃음을 터뜨렸다.

집에 돌아오자마자 그녀는 샤워를 하고 편한 옷으로 갈아입었다. 이제 세 여자는 편안한 방에 나란히 앉아 있었다. 벽을 모두 차지한 선반에는 책과 더불어 엘런의 자식들과 세상을 떠난 남편이 함께 있던 시절의 사진이 가득 놓여 있었다.

이 방은 가족과 가장 절친한 친구들에게만 허락된 신성한 장소, 개인적인 공간이었다.

엘런은 안경을 쓰고 서류철 하나를 꺼내 읽으며 고개를 절레절레 저었다.

「왜 그래?」 벳시가 물었다.

「회담 말이야, 그렇게 무너지면 안 되는 거였어. 선발대가 일을 잘했

거든.」 그녀가 서류를 들어 보였다. 「준비가 잘되어 있었다고. 한국 쪽
도 마찬가지고. 내가 그쪽 회담 상대와 이미 이야기를 나눈 뒤였기 때
문에 이번 회담은 그냥 형식이었어.」

「그런데 뭐가 잘못된 거예요?」 캐서린이 물었다.

엘런은 한숨을 내쉬었다. 「나도 그걸 몰라서 알아내려고 하는 중이
야. 지금 몇 시니?」

「11시 35분이에요.」 캐서린이 말했다.

「서울은 오후 12시 35분이겠네.」 엘런이 말했다. 「전화를 해보고 싶
지만 참아야지. 정보가 더 필요해.」 그녀는 메시지들을 확인하고 있는
벳시를 흘긋 보았다. 「뭐 좀 있어?」

「가족과 친구의 응원 이메일과 문자가 많아.」 벳시가 말했다.

엘런은 그녀를 계속 바라보았지만, 그녀가 말없이 묻고 있는 것이
무엇인지 아는 벳시는 고개를 저었다.

「제가 연락할게요.」 캐서린이 나섰다.

「아냐, 그 녀석도 사정을 알 텐데. 제가 연락하고 싶었다면 연락했
겠지.」

「오빠는 바쁘잖아요, 엄마.」

엘런은 리모컨을 가리켰다. 「그냥 뉴스나 보자. 미루지 말고.」

텔레비전을 켜면 또 다른 종류의 짜증이 날 테니 엘런은 오지 않은
연락을 잠시 잊을 것이다. 벳시와 캐서린은 모두 이렇게 확신했다.

엘런 애덤스는 계속 서류를 읽으면서 서울에서 일이 어그러진 원인
에 대한 단서를 찾으려 했다. 텔레비전에 나온 이른바 전문가들의 말
은 그냥 건성으로 듣고 있었다.

그들이 무슨 말을 할지는 뻔했다. 그녀가 운영하던 회사의 매체들,
국제적 배급망을 갖춘 뉴스 채널, 신문, 온라인 사이트조차 옛 사주
(社主)에게 덤벼들고 있을 것이다.

사실 그들이야말로 공정한 보도를 한다고 증명하기 위해 가장 먼저
달려들 터였다. 그것도 아주 강하게. 엘런은 칼럼에 어떤 글들이 실릴

지 벌써 알 것 같았다.

국무 장관 지명을 받아들이면서 엘런은 자신의 지분을 모두 딸에게 넘겼다. 그리고 캐서린 애덤스가 윌리엄스 정부 전체, 특히 애덤스 장관에 관한 보도에 절대 개인적으로 간섭하면 안 된다는 서면 지시를 내렸다.

딸도 편안한 마음으로 그 지시에 따르겠다고 약속했다. 어차피 캐서린은 기자가 아니었다. 공부한 분야도 관심 분야도 오로지 경영이었다. 그 점에서는 어머니를 닮은 딸이었다.

벳시가 엘런의 팔을 툭 치면서 고갯짓으로 텔레비전을 가리켰다.

엘런은 서류에서 눈을 들어 잠시 화면을 보다가 더 똑바로 앉았다.

「아, 젠장.」 더글러스 윌리엄스가 말했다. 「지금 장난해?」

그는 비서실장이 어떻게든 해야 한다고 기대하는 사람처럼 그녀를 노려보았다.

바브 스텐하우저는 채널을 바꿨다. 또 바꿨다. 한 번 더 바꿨다. 하지만 윌리엄스 대통령이 연두 교서를 마치고 스카치를 두 잔째 마시는 동안 분위기가 분명히 달라져 있었다.

캐서린이 눈을 빛내며 웃음을 터뜨렸다.

「세상에, 채널마다.」 그녀는 계속 채널을 바꾸면서 정치 전문가들과 정치 무지렁이들의 말을 잠깐씩 들어 보았다. 모두 애덤스 장관이 열심히 일한다고 찬사를 보내고 있었다. 일하느라 흐트러진 모습 그대로 기꺼이 의사당에 나타난 것이 대단하다고.

한국 방문이 뜻밖의 실패로 끝난 것은 분명했지만, 엘런 애덤스와 그녀가 대표하는 미국이 굴하지 않았다는 점이 더 중요했다. 기꺼이 참호에 들어가는 용기. 그 모습 그대로 나타난 것. 지난 4년 동안의 혼란이 빚어낸 피해를 조금이라도 복구하려고 애쓴 것.

그녀의 한국 방문이 실패로 끝난 것은 무능한 전임 대통령과 전임 국무 장관이 일을 워낙 엉망으로 만들어 놓은 탓이라고 했다.

캐서린이 환성을 질렀다. 「이것 좀 보세요.」 그녀는 어머니와 벳시 앞에 휴대폰을 불쑥 내밀었다.

어느새 소셜 미디어에 쫙 퍼진 짤이었다.

애덤스 장관이 의사당 회의장에 입장해서 통로를 걸어 내려가는 동안 텔레비전 카메라가 그녀와 경쟁 관계인 상원 의원의 모습을 포착했다. 그는 경멸이 가득한 얼굴로 그녀를 바라보며 이렇게 중얼거렸다. 「더러운 여자.」

「이게 뭐야!」 더글러스 윌리엄스는 접시 위로 새우를 내동댕이쳤다. 새우가 접시에서 튀어 올라 결단의 책상[7]에 떨어졌다가 다시 튀어 올라 카펫으로 떨어질 정도였다. 「젠장.」

아나히타 다히르는 침대에 누워 생각에 잠겼다.

그 이상한 메시지가 혹시 길에게서 온 거라면?

그래, 길이 보낸 것일 수도 있었다. 다시 연락하고 싶다고. 그녀에게 닿고 싶다고.

덥고 또 더워서 끈적거리던 이슬라마바드의 오후에 땀에 젖어 축축하던 그의 살갗이 지금도 느껴지는 듯했다. 두 사람은 그가 일하던 통신사와 그녀가 일하던 대사관 사이, 거의 중간 지점에 있던 그녀의 작은 방으로 몰래 도망쳐 시간을 보내던 중이었다.

그녀의 직급이 워낙 낮으니 자리를 비워도 눈치채는 사람이 없을 터였다. 길 바하르는 기자로서 워낙 높은 평가를 받고 있으니 그의 자리가 비어 있어도 취재를 하러 나갔나 보다 하고 누구도 의심하지 않을 터였다.

갑갑하고 갑갑해서 폐소 공포증이 느껴질 것 같은 파키스탄 수도에서는 밤낮을 가리지 않고 은밀한 만남들이 이루어졌다. 스파이와 정보

---

7 오벌 오피스에 있는 대통령 전용 책상.

요원. 정보원과 정보상. 마약, 무기, 죽음을 거래하는 자와 그것을 사용하는 자.

대사관 직원과 기자.

언제 무슨 일이 일어나도 이상하지 않은 장소이자 시기였다. 젊은 기자와 구호 요원, 의사와 간호사, 대사관 직원과 정보원이 지하 술집이나 작은 아파트에서 만나 어울렸다. 파티에서 만나기도 했다. 서로 우연히 마주치기도 하고, 무리를 이루어 대적하기도 했다.

그곳에서 삶은 귀중하고 위태로웠다. 그리고 그들은 불사신이었다.

워싱턴의 침대에 누운 그녀의 몸이 리듬에 맞춰 움직이며, 자신에게 닿아 있던 그의 단단한 몸을 다시 느꼈다. 자신의 몸속에 들어와 있던 그의 단단한 몸.

몇 분 뒤 아나히타는 일어섰다. 쓸데없이 문제를 자초하는 짓이라는 걸 알면서도 휴대폰을 향해 손을 뻗었다.

〈나한테 메시지 보냈어?〉

그녀는 밤새 몇 번이나 깨어 휴대폰을 확인해 보았다. 답장이 없었다.

「멍청이.」 그녀는 이렇게 중얼거렸지만, 그의 체취가 다시 생생하게 느껴지는 듯했다. 가무잡잡하고 축축한 자신의 몸에 그의 하얀 피부가 미끄러지던 느낌 역시 생생했다. 두 사람 모두 오후의 햇빛을 받아 빛나고 있었다.

자신을 누르던 그의 체중이 느껴졌다. 그것이 그녀의 심장을 무겁게 짓눌렀다.

나스린 부하리는 공항 출발 층에 앉아 있었다.

아까 공항으로 들어올 때 지친 표정의 경비대원이 그녀의 여권을 확인했지만, 가짜라는 사실을 알아채지 못했다. 어쩌면 이제 그런 일에는 관심이 없는 것 같기도 했다.

그는 여권을 보고, 그녀의 눈을 마주 보았다. 그의 눈에 비친 사람은 지칠 대로 지친 중년 여자였다. 주름진 얼굴을 감싼 전통 히잡은 색이 바래고 가장자리가 해져 있었다.

전혀 위험할 것 같지 않았다. 그는 위험한 곳에서 가느다란 희망이라도 품을 수 있는 곳으로 국경을 넘어가려고 필사적인 다음 승객에게 넘어갔다.

부하리 박사는 가방 안에 바로 그 희망을 품고 있었다. 위험은 그녀의 머릿속에 있었다.

그녀는 비행기 출발 시각보다 3시간 전에 공항에 도착했다. 그런데 이제 생각해 보니 너무 일찍 온 것 같았다.

나스린 부하리는 중앙 홀 건너편의 벽 앞에서 빈둥거리는 남자를 곁눈질로 볼 수 있는 곳에 자리를 잡았다. 그녀가 검색을 통과할 때 본 적이 있는 남자였다. 여기 대합실까지 그녀를 따라왔음이 거의 확실했다.

그녀는 파키스탄인을 경계했다. 인도인도, 이란인도 경계했다. 그녀를 막으려고 사람을 보낸다면, 틀림없이 그런 사람들일 것이다. 그들이 백인을 보낼 것이라는 생각은 한 번도 하지 못했다. 그런데 그가 눈에 띈다는 사실 자체가 그를 위장해 주었다. 부하리 박사는 자신의 적에게 이런 천재적인 머리가 있는 줄 몰랐다.

하지만 모든 것이 그녀의 상상일 수도 있었다. 제대로 쉬지도 못하고, 먹지도 못하고, 두려움에 시달린 탓에 모든 것을 지나치게 의심하고 있었다. 이성적인 생각이 점점 사라져 가는 것이 느껴졌다. 수면 부족으로 머리가 어지러운 나머지 가끔 혼이 빠져나와 몸 위에 둥둥 떠 있는 것 같았다.

지식인이자 과학자로서 부하리 박사는 지금까지 겪은 어떤 일보다 이것이 더 무서웠다. 이제는 자신의 머리를 믿을 수 없었다. 감정도 믿을 수 없었다.

그녀는 표류하고 있었다.

아냐, 그게 아니야. 그녀는 속으로 생각했다. 그녀에게는 분명한 목적지가 있었다. 반드시 그곳에 가야 했다.

나스린 부하리는 지저분한 대합실 벽의 낡은 시계를 또 보았다. 프랑크푸르트행 비행기가 출발할 때까지 2시간 53분이 남았다.

그 남자가 휴대폰을 꺼내 드는 모습이 시야의 가장자리에 잡혔다.

문자가 들어온 시각은 새벽 1시 30분이었다.

〈메시지 안 보내씀. 네가 좀 도와줄 수 이쓸 듯. 과학자 정보 피료.〉

아나히타는 휴대폰 화면을 껐다. 그는 메시지를 보내기 전에 오타 검사를 하는 성의조차 보이지 않았다.

그녀는 그에게 자신이 취재원에 불과하다는 사실을 처음부터 알고 있었다. 아니, 최소한 그런 게 아닐까 하고 의심하기는 했다. 십중팔구 처음부터 그랬을 것이다. 그에게 그녀는 대사관 내부자로서 가치가 있을 뿐이었다. 지금은 국무부의 내부자일 것이고. 남·중앙아시아국의 내부자.

아나히타는 자신이 길 바하르에 대해 정확히 얼마나 아는지 생각해 보았다. 그는 로이터 통신의 인정받는 기자였으나 사람들이 쑥덕거리는 소문이 있었다.

하지만 이슬라마바드는 애당초 쑥덕거리는 소리와 소문 위에 세워진 곳이었다. 베테랑들조차 진실과 허구를 구분하지 못했다. 현실과 지나친 의심을 구분하지 못했다. 이슬라마바드라는 용광로 속에서 진실과 허구가 녹아 하나가 되었다. 그래서 구분할 수 없었다.

그녀가 확실히 아는 것은 길 바하르가 몇 년 전 아프가니스탄에서 파탄 가족 네트워크에 납치되어 8개월 동안 억류되었다가 도망쳤다는 사실뿐이었다. 〈가족〉이라고 불리지만, 파탄은 파키스탄-아프가니스탄 부족 지역에서 가장 극단적이고 가장 잔혹한 테러 집단의 이름이었다. 알카에다와 밀접한 관련을 맺고 있는 그들은 탈레반 내 다른 집단들에도 공포의 대상이었다.

그들에게 잡힌 다른 기자들은 고문 끝에 참수를 당했으나, 길 바하르는 아무 상처 없이 도망쳐 나왔다.

사람들은 그 이유가 무엇이겠느냐고 쑥덕거렸다. 저 친구는 어떻게 파탄에서 탈출한 거지?

그때 아나히타 다히르는 고약하게 비꼬는 말들을 무시하기로 했다. 하지만 지금은 침대에 누워 다시 그 생각을 떠올렸다.

길이 그녀에게 마지막으로 연락한 것은 그녀가 파키스탄에서 워싱턴으로 발령받은 직후였다. 그는 그녀의 개인 번호로 전화를 걸어 가벼운 이야기를 조금 나눈 뒤, 정보를 요구했다.

물론 그녀는 그에게 정보를 주지 않았다. 하지만 사흘 뒤 암살 사건이 벌어졌다. 길이 물어봤던 바로 그 사람이 암살 대상이었다.

그런데 이제 그가 또 정보를 요구했다. 어느 과학자에 대해서.

4장

「네?」 엘런은 즉시 깊은 잠에서 빠져나왔다. 「누구십니까?」

시간을 확인해 보니 새벽 2시 35분이었다.

「장관님.」 찰스 보인턴의 목소리가 들려왔다. 묵직하고 어두웠다. 「폭발 사건이 있었습니다.」

엘런은 일어나 앉아서 안경을 향해 손을 뻗었다. 「어디서?」

「런던.」

죄책감이 섞인 안도감이 느껴졌다. 다행히 미국은 아니구나. 그래도. 그녀는 침대에서 내려와 불을 켰다.

「설명해.」

그로부터 45분이 채 안 되었을 때, 애덤스 장관은 백악관 상황실에 있었다.

혼란과 쓸데없는 잡음을 줄이기 위해 국가안보회의(NSC)의 핵심 인물만 소환된 자리였다. 대통령, 부통령, 국무 장관, 국방 장관, 국토 안보부 장관, 국가정보국장, 합참 의장이 탁자에 둘러앉았다.

벽 앞의 의자에는 여러 보좌관과 백악관 비서실장이 앉아 있었다.

어두운 얼굴들이었지만 당황한 기색은 없었다. 비록 대통령과 장관들은 경험이 없다 해도, 합참 의장은 이런 일을 겪어 본 적이 있었다.

언론에서도 이제 조금씩 보도가 나오고 있었다. 사건과 현재 상황에 대해서.

방 한쪽 끝의 화면을 런던 지도가 가득 채웠다. 핏자국 같은 빨간 점 하나가 폭발 지점을 정확히 표시해 주었다.

피커딜리 거리의 포트넘&메이슨 백화점 바로 앞이군. 엘런은 런던의 지리에 대해 알고 있는 지식을 바탕으로 이런 결론을 내렸다. 거기서 조금 떨어진 곳에 리츠 호텔이 있었다. 런던에서 가장 오래된 서점인 해처즈의 위치는 빨간 점에 가려 보이지 않았다.

「폭탄인 건 확실합니까?」 윌리엄스 대통령이 물었다.

「확실합니다, 대통령님.」 팀 비첨 국가정보국장이 말했다. 「MI5, MI6와 계속 연락하고 있는데, 그쪽에서도 상황을 파악하려고 서두르는 중입니다만 피해 규모를 보면 폭탄 외에는 생각할 수 없습니다.」

「계속 설명하세요.」 윌리엄스 대통령이 앞으로 몸을 기울이며 말했다.

「버스에 폭탄이 있었던 것 같습니다.」 합참 의장인 앨버트 화이트헤드 장군이 말했다. 별명이 〈버트〉인 그의 군복은 단추가 잘못 끼워져 있고, 다급히 목에 두른 넥타이는 제대로 묶이지도 않은 상태라서 헐거운 올가미 같았다.

하지만 그의 목소리에는 힘이 있고, 눈빛은 분명했다. 완전히 정신을 집중한 모습이었다.

「같습니다?」 윌리엄스가 물었다.

「피해가 너무 커서 지금은 정확하게 파악하기 어렵습니다. 승용차나 트럭에 실려 있던 폭탄이 버스가 지나가는 순간 터졌을 가능성도 있습니다만, 보시다시피 폭발 잔해가 사방에 널려 있어서요.」

화이트헤드 장군이 보안 노트북 컴퓨터의 자판을 두드리자 지도 대신 사진이 화면에 나타났다. 위성 사진이었다. 지상에서 몇 킬로미터나 떨어진 우주 공간에서 찍은 사진인데도 예상외로 선명했다.

모두들 사진을 향해 몸을 기울였다.

유명한 거리 한복판이 분화구처럼 푹 파이고, 그 주위에 뒤틀린 금속 조각들이 흩어져 있었다. 차량들에서 올라온 연기가 허공에 멈춰 있고, 런던 대공습도 이겨 낸 수백 년 역사의 건물들 전면이 날아가고 없었다.

하지만 시체는 보이지 않았다. 엘런은 인간의 형체를 알아볼 수 없을 만큼 너무 작게 갈기갈기 찢어진 모양이라고 짐작했다.

폭발 구역이 지금보다 넓어지지 않은 것은 순전히 양편의 건물들 덕분이었다. 그 건물들이 없었다면 피해가 얼마나 커졌을지 짐작할 수 없었다.

「세상에.」 국방 장관이 속삭이듯 말했다. 「어떻게 저런 일이?」

「대통령님.」 바버라 스텐하우저가 말했다. 「지금 동영상이 들어왔습니다.」

대통령이 고개를 끄덕이자 그녀가 영상을 띄웠다. 런던 전역에 수만 개나 설치돼 있는 보안 카메라 중 한 곳에 잡힌 영상이었다.

화면 오른쪽 아래에 시간이 표시되어 있었다.

7 : 17 : 04

「폭탄이 언제 터졌죠?」 윌리엄스 대통령이 물었다.

「그리니치 표준시로 7시 17분 43초입니다.」 화이트헤드 장군이 말했다.

엘런 애덤스는 영상을 보면서 손으로 입을 막았다. 러시아워가 막 시작되는 때였다. 3월의 잿빛 하늘에서 태양이 모습을 드러내려고 애쓰는 중이었다.

7 : 17 : 20

사람들의 물결이 인도를 채웠다. 승용차, 배달 승합차, 택시가 멈춰서서 신호가 바뀌기를 기다렸다.

시간이 흐를수록 그 순간이 다가왔다.

7 : 17 : 32

「도망쳐, 도망쳐.」 국토안보부 장관이 옆에서 속삭이는 소리가 엘런의 귀에 들려왔다.「도망쳐.」

하지만 당연히 그들은 도망치지 않았다.

빨간색 2층 버스가 정류장에 섰다.

7:17:39

어떤 할아버지가 먼저 버스에 오를 수 있게 젊은 여성이 옆으로 비켜섰다. 할아버지가 고개를 돌려 감사 인사를 했다.

7:17:43

그들은 몇 번이고 동영상을 보았다. 여러 각도에서 찍힌 동영상이 계속 들어와 상황실 벽의 커다란 화면을 채웠다.

두 번째 동영상에서 그들은 정류장에 도착한 버스의 모습을 더 똑똑히 볼 수 있었다. 카메라 각도 덕분에 사람들의 이목구비가 보일 정도였다. 2층 맨 앞줄에 앉은 여자아이가 보였다. 최고의 좌석이었다. 그 옛날 엘런의 아이들을 포함해서 모든 아이가 먼저 차지하려고 앞다퉈 달려가던 자리.

아무리 애써도 엘런은 그 아이에게서 눈을 뗄 수 없었다.

〈도망쳐. 도망쳐.〉

하지만 각도와 상관없이 모든 영상에서 그 아이는 당연히 그 자리에 앉아 있었다. 그리고 사라졌다.

마침내 영국에서 들어온 결론은 진부했다. 확실히 폭탄이었다. 버스에 설치된 폭탄이 최악의 장소에서 최악의 순간에 터지게 설정되어 있었다.

러시아워의 런던 중심부.

「자기들 소행이라고 주장한 단체가 있습니까?」윌리엄스 대통령이 물었다.

「아직 없습니다.」DNI가 보고서들을 몇 번이나 확인해 보고 나서 말했다.

정보가 마구 쏟아져 들어오고 있었다. 이 정보에 파묻히지 않고 잘 관리하는 것이 중요하다는 사실을 모르는 사람은 이 자리에 없었다.

「첩보도?」 윌리엄스 대통령이 이렇게 물으며, 반짝이는 긴 탁자 주위의 얼굴들을 둘러보았다. 모두 고개를 젓는 가운데, 그의 시선이 엘런에게 고정되었다.

「없습니다.」 그녀가 이렇게 대답했는데도 그는 시선을 돌리지 않았다. 마치 그것이 전적으로 그녀의 책임이라고 말하는 것 같았다.

그녀는 문득 간단한 진실을 깨달았다.

〈나를 안 믿는구나.〉 이걸 더 일찍 깨달았어야 하는데, 그동안 새로 맡은 업무를 파악하느라 바빠서 미처 생각할 틈이 없었다.

엘런 애덤스는 자신감이 너무 넘친 나머지, 대통령이 분명히 적의를 품고 있는데도 자신을 국무 장관으로 발탁한 것은 실력을 인정했기 때문이라고 생각해 버렸다.

하지만 이제 그녀는 그가 자신을 싫어할 뿐만 아니라 불신하기까지 한다는 것을 알아차렸다.

그럼 신뢰하지 않는 사람을 왜 이렇게 엄청난 자리에 임명했을까?

이 순간, 이 방 안에서 이 의문의 답 하나를 분명히 깨달을 수 있었다.

더글러스 윌리엄스 대통령은 취임 초기에 이렇게 일찍 국제적 위기가 발생할 것이라고는 미처 예상하지 못했다. 그녀를 믿어야 하는 상황이 생길 줄은.

그럼 그는 무엇을 예상했을까?

이 모든 생각이 한꺼번에 몰려왔지만, 엘런은 여기에 낭비할 시간이 없었다. 그보다 훨씬 더 시급하고 중요한 문제가 있었다.

윌리엄스 대통령이 천천히 시선을 옮겨 DNI에게 고정했다. 「이례적인 일이 아닙니까? 첩보조차 없다는 건?」

「꼭 그렇지는 않습니다.」 팀 비첨이 말했다. 「일회성 사건이라면요. 단독범이 혼자 자살 폭탄을 터뜨리는 경우를 말합니다.」

「그렇다 해도……」 엘런이 사람들을 둘러보며 입을 열었다. 「그런 사람들은 보통 세상에 알리려고 하지 않습니까? 소셜 미디어에 발표문이나 동영상 같은 걸 올리잖아요.」

「이유를 하나 꼽아 본다면…….」 화이트헤드 장군이 입을 열었지만 백악관 비서실장이 끼어들었다.

「대통령님, 영국 총리의 연락입니다.」

그 자리의 다른 사람들과 마찬가지로 바브 스텐하우저 역시 아무렇게나 옷을 걸치고 나온 모습이었다. 화장을 하지 않아 어두운 표정이 그대로 드러났다. 하기야 아무리 두꺼운 화장도 그 표정을 숨길 수 없을 것 같기는 했다.

파괴 현장 대신 벨링턴 총리의 굳은 얼굴이 화면에 나타났다. 언제나 그렇듯 머리모양이 한쪽으로 쏠려 있었다.

「벨링턴 총리, 미국 국민을…….」 더글러스 윌리엄스가 입을 열었다.

「예, 예, 압니다. 상황을 알고 싶으시겠지요. 저도 그렇습니다. 하지만 솔직히 저도 알려 드릴 것이 없습니다.」

그는 카메라 밖의 어떤 것을 노려보았다. 상황실 사람들은 영국 정보기관인 MI5와 MI6 사람들과 이야기를 하나 보다 하고 짐작만 할 뿐이었다.

「특별히 노리는 대상이 있었습니까?」 윌리엄스가 물었다.

「아직은 모릅니다. 폭탄이 버스에 있었다는 사실만 방금 확인했을 뿐이에요. 버스나 그 근처에 누가 있었는지는 전혀 모릅니다. 승객도 행인도 모두 산산조각이 났습니다. 동영상을 보내 드리죠.」

「괜찮습니다. 이미 봤어요.」 윌리엄스가 말했다.

벨링턴은 눈썹을 치떴다. 감탄한 건지 기분이 나쁜 건지 확실치 않았다. 하지만 그는 그 문제를 그냥 넘기기로 재빨리 마음을 정했다.

취임 3년째인 벨링턴 총리는 다른 나라들의 간섭을 받지 않는 독립적인 국정과 안보를 약속한 덕분에 보수적인 유권자와 당내 우익 사이에서 엄청난 인기를 누리고 있었다. 그러니 이번 폭발 사건이 그의 재선에는 도움이 되지 않을 터였다.

「정확한 정보를 알아내는 데는 시간이 오래 걸릴 겁니다.」 벨링턴이 말했다. 「안면 인식에 걸리는 사람이 있는지 동영상들을 훑어보는 중입니다. 테러리스트든 그가 노린 대상이든. 어떤 식으로든 도와주신다면 감사하겠습니다.」

「혹시 그 대상이 사람이 아니라 건물이었을까요? 9·11 때처럼?」 DNI가 물었다.

「그럴 수도 있죠.」 총리가 말했다. 「하지만 런던에는 포트넘&메이슨보다 더 확실하게 겨냥할 만한 건물들이 있습니다.」

「애프터눈 티 비용으로 1백 파운드를 내야 한다는 사실에 반대하는 사람일 수도 있죠.」 국방 장관이 이렇게 말하고 나서 자신의 농담을 알아듣고 웃는 사람이 있는지 주위를 둘러보았다.

아무도 웃지 않았다.

「거기 왕립 미술 아카데미도 있죠.」 엘런이 말했다.

「미술 아카데미요?」 벨링턴 총리가 그녀에게 시선을 돌리며 말했다. 「전시회를 망치려고 저런 학살을 저지를 사람이 있겠습니까?」

엘런은 위에서 내려다보며 가르치는 듯한 어조에 파르르 화를 내지 않으려고 마음을 다스렸다. 어차피 미국인인 자신의 귀에는 영국식 발음이 모두 가르치는 듯한 어조로 들린다는 사실을 인정할 수밖에 없었다. 영국인이 입을 열면 그녀의 귀에는 〈이 멍청아〉라는 말이 들리는 것 같았다.

지금도 그랬다. 하지만 총리는 심한 압박감에 짓눌려 있다가 그녀에게 그 스트레스를 조금 푸는 중이었다. 그 정도는 받아 줄 수 있었다. 지금은.

게다가 솔직히 말해서 벨링턴 총리는 수년 전부터 그녀의 언론사들이 즐겨 공격하던 대상이었다. 그들은 그를 지독히 무능한 총리로 묘사했다. 허우대만 멀쩡한 사람, 상류층 출신 바보. 그가 조금만 배짱이 있었다면 가만히 있지 않았을 것이다.

그러니 그가 저런 시선으로 그녀를 바라보는 것도 무리가 아니었다. 사실 엘런은 그가 놀라울 정도로 자제력을 발휘하고 있다고 인정했다.

「미술 아카데미만이 아닙니다, 총리님.」 그녀가 말했다. 「바로 거기에 지질학회도 있어요.」

「그렇죠.」 그의 눈이 그녀를 탐색하다 못해 꿰뚫어 버릴 듯했다. 그녀가 생각했던 것보다 훨씬 더 머리가 좋은 사람인 듯했다. 「장관이 런던을 잘 알고 있군요.」

「제가 가장 좋아하는 도시 중 한 곳이거든요. 정말로 끔찍한 일이 일어났어요.」

게다가 이번 사건에 내포된 의미는 엄청난 인명 피해와 런던의 풍부한 역사 일부가 파괴된 것보다 훨씬 더 큰 영향을 미칠 수 있었다.

「지질학이라고요?」 국방 장관이 말했다. 「바위를 연구하는 곳에 왜 폭탄을 터뜨립니까?」

엘런 애덤스는 대답하지 않고, 화면 속 영국 총리의 눈을 바라보았다. 그는 생각에 잠긴 것 같았다.

「지질학은 바위만 다루는 게 아닙니다.」 총리가 말했다. 「석유도 있죠. 석탄. 금. 다이아몬드.」

벨링턴은 여기서 말을 멈추고 엘런 애덤스와 시선을 마주쳤다. 그녀에게 최후의 영광을 가져가라고 권유하는 듯했다.

「우라늄.」 그녀가 말했다.

총리가 고개를 끄덕였다. 「핵무기의 원료죠. Factum fieri infectum non potest. 한 번 저질러진 일을 되돌리는 것은 불가능하다.」 벨링턴이 라틴어 구절을 직접 번역해서 들려주었다. 「하지만 추가 공격은 막을 수 있을지도 모릅니다.」

「추가 공격이 있을 것 같습니까, 총리?」 윌리엄스 대통령이 물었다.

「네.」

「어디서요?」 DNI가 중얼거렸다.

회의가 끝난 뒤 엘런은 일부러 화이트헤드 장군과 나란히 걸어 나왔다.

「자신들의 소행이라고 주장하는 단체가 나오지 않는 데에 이유가 있다고 말씀하시려다 말았죠. 맞습니까?」

그가 고개를 끄덕였다.

화이트헤드 합참 의장은 전사라기보다 사서 같은 외모였다.

반면 의회 도서관에 실제로 전사처럼 생긴 사서가 있다는 점이 재미있었다.

화이트헤드 장군의 얼굴은 상냥하고 목소리는 부드러웠다. 근엄하고 둥근 안경 뒤에서 그의 눈이 그녀를 바라보았다.

하지만 그녀는 군인으로서 그의 기록을 알고 있었다. 특수 부대 출신인 그는 앞장서서 부하들을 이끌며 그들의 존경심뿐만 아니라 충성심과 신뢰까지 얻어 낸 지휘관으로서 이 자리까지 올라왔다.

화이트헤드 장군이 걸음을 멈추고 다른 사람들을 먼저 보내면서 엘런을 유심히 살펴보았다. 뭔가를 탐색하는 시선이었지만 적대적이지는 않았다.

「그 이유가 뭡니까, 장군?」

「그런 단체가 나오지 않은 건 그럴 필요가 없기 때문입니다, 장관. 목적이 완전히 다르거든요. 테러보다 훨씬 더 중요한 목적이 있습니다.」

엘런은 얼굴에서 피가 빠져나가 심장에 고이는 것 같았다.

「무슨 목적입니까?」 생각보다 차분한 목소리가 나온 것에 그녀는 놀라움과 안도를 동시에 느꼈다.

「암살일지도 모르죠. 외과 수술처럼 정밀한. 어느 한 사람이나 한 집단에만 메시지를 전달하려 했을 겁니다. 그러니 널리 발표할 필요가 없는 겁니다. 아니면 자기들이 침묵하는 편이 우리의 자원을 훨씬 더 효과적으로 묶어 놓을 거라는 사실을 알고 있을 수도 있고요.」

「런던에서 일어난 일을 정밀하다고 말할 수는 없을 것 같은데요.」

「맞습니다. 목표가 정밀하다는 뜻이에요. 아주 명확한 목표가 있을 겁니다. 우리는 수백 명이나 되는 사람이 죽은 광경을 보지만, 놈들 눈에는 딱 한 명만 보일지도 몰라요. 우리는 무시무시한 파괴 현장을 보지만, 놈들 눈에는 사라진 건물 딱 하나만 보일 겁니다. 인식의 차이죠.」 그는 넥타이로 손을 올렸다가 넥타이가 풀어져 있음을 알고 놀란 표정을 지었다. 「한 가지는 분명합니다, 애덤스 장관. 내 경험상, 침묵이 깊을수록 목표도 큽니다.」

「그럼 총리와 같은 의견이십니까? 두 번째 공격이 있을 거라고요?」

「모르겠습니다.」 그는 그녀와 눈을 마주친 채로 말을 이어 가려는 듯 입을 열었다가 그대로 다물어 버렸다.

「말씀하셔도 됩니다, 장군.」

그가 살짝 미소를 지었다. 「내가 확실히 아는 건, 전략적인 측면에서 지금의 침묵이 아주 깊다는 겁니다.」

이 말이 끝날 때쯤 그의 얼굴에는 이미 미소가 없었다. 어두운 표정이었다.

포식자가 어딘가에 있었다. 광대한 침묵 속에 숨은 채로.

오래 기다릴 필요가 없었다.

엘런 애덤스가 국무부의 집무실로 돌아온 것은 오전 10시가 가까운 시각이었다.

모두들 미친 듯이 바삐 움직이고 있었다. 그녀가 엘리베이터에서 내리기도 전에 공보 보좌관들이 그녀를 에워싸고 탐욕스러운 기자들에게 던져 줄 먹잇감을 달라고 요구했다. 엘런은 엘리베이터에서 내린 뒤 서둘러 집무실로 향했다. 남녀 할 것 없이 많은 직원이 복도를 뛰어다니며 여러 사무실을 드나들었다. 그들은 문자나 전화를 믿지 못했다. 그래서 소리 높여 질문을 던지고 상대를 다그치며 모든 단서를 쫓아다녔다.

「모든 정보원과 이야기를 나누는 중입니다.」 보인턴이 엘런과 나란히 빠르게 걸으며 말했다. 「국제 정보 조직들이 여기에 매달려 있습니다. 대테러 싱크탱크들과도 연락했고요. 전략 연구 부서들과.」

「결과는?」

「아직 없습니다. 그래도 뭔가 아는 사람이 있을 거예요.」

책상에 앉은 엘런은 연락처 목록을 훑어보았다. 「내가 몇 명 알려 줄 테니 연락해 보라고 해. 여행 중에 만난 사람들인데, 기자도 있고 말해 주는 건 별로 없으면서 이쪽 정보만 잔뜩 가져가는 성가신 인간들도 있어.」 그녀는 연락처 목록을 그에게 보내 주었다. 「내 이름을 대고, 미안하다고 사과한 다음 사정을 설명해.」

「네. 이제 보안 화상 회의실로 가셔야 합니다. 다들 기다리고 있어요.」

그녀가 회의실에 도착하자 화면에 얼굴들이 나타났다.

「오셨습니까, 장관?」

파이브 아이스 회의가 시작되었다.

아나히타 다히르는 국무부의 자기 자리에 앉아 있었다.

전 세계 각 지역을 담당하는 직원들에게는 혹시 조금이라도 관련이 있을 것 같은 정보를 모두 보내라는 지시가 떨어졌다. 다들 메시지를 주고받느라 사무실 전체가 미친 듯이 돌아가고 있었다. 암호로 전달된 메시지를 해독하는 작업도 있었다.

아나히타는 밤새 자기 자리로 들어온 메시지들을 살펴보면서 동시에 텔레비전 뉴스에도 주의를 기울였다.

기자들이 CIA나 국가안보국, 또는 국무부보다 더 훌륭한 정보망을 갖고 있는 것 같다는 생각이 점점 강해졌다.

이런 생각을 하다 보니 길이 떠올라서 그녀는 다시 연락해 볼까 하는 유혹을 느꼈다. 혹시 아는 것이 있느냐고 물어볼까? 하지만 이 생각이 머리보다는 훨씬 더 아래쪽 어딘가에서 생겨난 것 같다는 의심이 들었다. 지금은 그런 유혹에 넘어갈 때가 아니었다.

파키스탄 담당 하급 직원인 그녀는 고급 통신문을 접할 수 있는 위치가 아니었다. 별로 중요하지 않은 정보원들의 평범한 정보가 그녀 몫이었다. 장관들이 어디서 누구와 점심 식사를 했으며, 메뉴는 무엇이었는지 같은 정보.

하지만 이런 메시지조차 반드시 주의 깊게 읽어 보아야 했다.

파이브 아이스는 오스트레일리아, 뉴질랜드, 캐나다, 영국, 미국의 정보기관들이 결성한 동맹의 이름이었다. 엘런은 국무 장관이 된 뒤에야 영어권 국가들의 이 조직에 대해 알게 되었다.

각 나라의 전략적 위치 덕분에 파이브 아이스는 기본적으로 전 세계를 커버했다. 그런데 그런 그들도 사전에 아무런 정보를 얻지 못했다. 미리 떠돌아다니던 이야기도 없었다. 폭발 이후 의기양양한 발표도 없었다.

애덤스 장관 외에 화상 회의에 참가한 사람은 각 나라의 외무 장관과 최고위 정보 담당자였다. 다섯 명의 첩보원과 다섯 명의 장관은 각자 아는 것들을 재빨리 간결하게 공유했다. 각자 정보망을 동원한 결과인데, 사실상 아는 것이 없었다.

「없다고요?」 영국 외무 장관이 다그치듯 물었다. 「그게 가능합니까? 수백 명이 죽었습니다. 부상자는 그보다 훨씬 더 많고요. 런던 중심부가 대공습을 받은 것 같아요. 이건 폭죽이 아닙니다. 망할 놈의 강력 폭탄이었단 말입니다.」

「이것 보세요, 장관님.」 오스트레일리아 외무 장관이 마지막 단어에 필요 이상으로 힘을 주며 말했다. 「아무것도 없습니다. 러시아, 중동, 아시아에서 들어온 첩보를 다 살펴봤어요. 지금도 계속 파고 있는데 아무것도 없습니다.」

〈깊은 침묵이라.〉 엘런은 화이트헤드 장군의 말을 떠올렸다.

「불만이 가득하고 전문지식을 지닌 미친놈이 혼자 저지른 일일 겁니다.」 뉴질랜드 외무 장관이 말했다.

「같은 생각입니다.」 미국의 첩보 기관을 대표하는 CIA 국장이 말했다. 「알카에다나 IS 같은 테러 조직이었다면…….」

「알샤바브.」 뉴질랜드 첩보 기관 대표가 말했다.

「파탄.」 오스트레일리아 첩보 기관 대표가 말했다.

「이름을 전부 말할 작정입니까?」 영국 외무 장관이 말했다. 「시간은 우리 편이 아니에요.」

「요점은…….」 오스트레일리아 첩보 기관 대표가 말했다.

「그래, 요점이 뭡니까?」 영국 외무 장관이 다그치듯 물었다.

「됐습니다.」 캐나다 첩보 기관 대표가 끼어들었다. 「그만들 하세요. 서로 싸울 때가 아닙니다. 요점이 뭔지는 모두 아시지 않습니까. 우리가 알고 있는 수백 개 테러 조직 중 한 곳이 폭탄을 터뜨렸다면, 지금쯤 자기들 소행이라고 나섰을 겁니다.」

「우리가 모르는 단체라면?」 미국 첩보 기관 대표가 물었다. 「새로운 단체가 생겨났을 수도 있어요.」

「글쎄요, 그게 그렇게 쉽게 불쑥 생겨나지는 않잖아요.」 뉴질랜드 첩보 기관 대표는 이렇게 말하고 나서 동의를 구하듯이 오스트레일리아 첩보 기관 대표를 바라보았다.

「만약 신생 조직이 이런 일을 해냈다면…….」 오스트레일리아 첩보 기관 대표가 말했다. 「오래지 않아 이름이 알려질 겁니다. 자기들 스스로 고함을 질러 가며 존재를 알릴 테니까요.」

「혹시……」 애덤스 장관이 말했다. 「굳이 자기들 소행이라고 주장할 필요가 없기 때문에 아무도 나서지 않은 건 아닐까요?」

회의에 참가한 모든 사람의 눈이 그녀에게 향했다. 빈 의자가 말하는 법을 배웠다며 깜짝 놀란 것 같은 표정이었다. 영국 외무 장관은 미국의 신임 국무 장관이 잘난 척 쓸데없는 말을 하며 시간을 낭비하게 만든 것에 화가 나서 숨을 몰아쉬었다.

미국의 첩보 기관 대표는 민망한 표정이었다.

엘런은 굴하지 않고 화이트헤드 장군의 말을 설명해 주었다. 합참 의장의 말이라는 소리에 사람들은 훨씬 더 큰 신뢰를 드러냈다. 엘런이 자신의 의견이라고 말했다면 그런 반응이 나오지 않았겠지만, 그녀는 개의치 않았다. 그녀에게 필요한 것은 그들의 승인이나 존중이 아니라 경청뿐이었다.

「애덤스 장관.」 영국 외무 장관이 말했다. 「테러리스트의 목표는 오로지 공포를 퍼뜨리는 겁니다. 입을 다물고 가만히 있는 건 시나리오에 없어요.」

「네, 그렇군요.」 엘런이 말했다.

「어쩌면 놈들이 앨프리드 히치콕의 팬인지도 모르죠.」 캐나다 첩보 기관 대표가 말했다.

「그래요, 그래요.」 영국 외무 장관이 말했다. 「아니면 몬티 파이선[8]의 팬이거나. 이제 그런 얘기는 그만…….」

「무슨 뜻입니까?」 엘런이 캐나다 첩보 기관 대표에게 물었다.

「열린 문보다 닫힌 문이 훨씬 더 무섭다는 걸 히치콕은 알고 있었다는 뜻입니다. 어렸을 때를 생각해 보세요. 밤에 닫힌 벽장문을 빤히 바라보면서 그 안에 정말로 뭐가 있을지 고민하죠. 그리고 온갖 상상으로 그 공간을 채웁니다. 그런데 강아지와 푸딩을 들고 있는 친절한 요정을 상상하는 경우는 거의 없어요.」 그녀는 잠시 말을 멈췄다. 엘런이 보기에는 그녀가 자신을 똑바로 바라보는 것 같았다. 「정말로 무서운 생각을 품은 사람들은 절대 그 문을 함부로 열지 않습니다. 자기들이 준비가 됐을 때 문이 열려야 하거든요. 그 장군님 말씀이 옳습니다, 애덤스 장관. 우리가 알지 못하는 것이 가장 무섭습니다. 진정한 공포는 침묵 속에서 꽃을 피웁니다.」

엘런은 아주, 아주 조용하고 차분해졌다. 그러다 침묵이 부서졌다. 각자의 보안 전화기가 한꺼번에 울리는 바람에 엘런은 의자에 앉은 채 화들짝 놀랐다.

영국 화면에서 보좌관이 외무 장관에게 귓속말을 하는 모습이 보였다.

「세상에.」 그는 이렇게 속삭이고 나서, 아연실색한 얼굴로 화면을

---

8 영국의 코미디언 그룹. 1969년부터 BBC에서 방영된 「몬티 파이선」 시리즈가 이들의 작품이다.

향해 시선을 돌렸다. 바로 그때 보인턴이 엘런 애덤스를 향해 허리를 숙였다.

「장관님, 파리에서 폭발이 있었습니다.」

5장

비행기는 예정보다 10분 늦게 프랑크푸르트 공항에 도착했다. 하지만 버스 시간까지는 아직 시간이 많이 남아 있었다.

비행기가 터미널을 향해 활주로를 달리는 동안 나스린 부하리는 손목시계를 오후 4시 3분으로 맞췄다. 감히 휴대폰은 가져오지 못했다. 위험을 무릅쓸 수 없었다.

그녀가 교사인 남편에게 자주 하던 말이 있었다. 핵물리학자는 천성적으로 위험을 극도로 꺼린다고. 남편은 이 말을 듣고 웃음을 터뜨리며, 그녀가 하는 일보다 더 위험한 일은 없다고 말했다.

익숙하고 편안한 곳을 벗어나 이렇게 멀리까지 와 있는 것이 그녀에게는 다른 행성에 온 것과 같았다.

비행기 안의 다른 승객들이 휴대폰을 켰다. 웅성거리는 소리, 신음 소리에 이어 놀라서 외치는 소리가 들려왔다. 무슨 일이 생긴 모양이었다.

부하리 박사는 감히 누구에게도 말을 걸지 못하고, 공항 건물로 들어온 뒤에야 텔레비전 앞으로 갔다. 사람들이 그 앞에 잔뜩 모여 있었다. 텔레비전에서는 그녀가 모르는 언어가 나왔다. 하지만 설사 그녀가 아는 언어라 해도 텔레비전까지 거리가 멀어서 알아듣지 못했을 것이다.

그래도 영상은 볼 수 있었다. 화면 아래를 흘러가는 글자도 읽을 수 있었다.

런던. 파리. 묵시록의 한 장면처럼 보이는 파괴 현장. 그녀는 몸이 마비된 듯 화면만 바라보았다. 아미르가 함께 있다면 좋을 텐데. 어떻게 하라고 지시를 내리는 게 아니라, 손을 잡아 주기만 해도 좋을 텐데. 그러면 그녀는 혼자가 아니라는 걸 알게 될 텐데.

이건 우연의 일치일 뿐이었다. 그녀와는 상관없는 일이었다. 틀림없이.

하지만 그녀는 뒷걸음을 치다가 돌아서는 순간 어떤 젊은 남자와 눈이 마주쳤다. 그녀와 함께 비행기에서 내린 그 남자는 얼마 떨어지지 않은 곳에 서 있었다.

그는 텔레비전 화면을 보지 않았다. 파괴 현장을 보지 않았다. 그는 분명히 아는 사람을 보듯이 그녀를 보고 있었다. 경멸이 섞인 눈빛이었다.

「앉아요.」 윌리엄스 대통령은 명령하듯 말하면서 메모에서 잠깐 눈을 들었다가 다시 내렸다.

엘런 애덤스는 그의 맞은편 의자에 앉았다. 오벌 오피스의 그 의자는 DNI의 체온으로 아직 따뜻했다.

저마다 다른 채널에 맞춰진 뒤편의 여러 모니터에서는 사람들이 나와 이야기를 하거나 폭발 현장을 보여 주었다.

경호 차량이 사이렌을 울리는 가운데 차를 타고 이리로 오는 동안 엘런은 국제 정보기관들이 보내온 지독히 짧은 메시지를 읽었다. 정보를 주는 메시지는 없고, 대부분 메시지를 요구하거나 애걸하는 내용이었다.

「20분 뒤에 전원 국무 회의가 열릴 겁니다.」 윌리엄스가 안경을 벗고 그녀를 빤히 바라보며 말했다. 「그 전에 내가 상황을 파악하고, 우리가 위험한 건 아닌지 알아볼 필요가 있어요. 위험합니까?」

「모릅니다, 대통령님.」

그의 입술이 가늘어졌다. 결단의 책상이 사이에 놓여 있는데도, 그가 길게 숨을 들이쉬는 소리가 엘런에게까지 들렸다. 숨과 함께 분노를 삼키려고 애쓰는 것 같았다.

하지만 도저히 참을 수 있는 분노가 아니었다. 그는 침과 분노를 한꺼번에 내뱉었다.

「그걸 말이라고 합니까?」

단어들이 그의 입에서 폭탄처럼 터져 나왔다. 엘런은 이런 말을 많이 들어 보았지만, 그녀 자신을 향해 이토록 강렬하게 이런 말이 쏟아진 적은 한 번도 없었다. 그녀에게는 억울한 소리이기도 했다.

하지만 지금은 시시비비를 가릴 때가 아니었다.

그가 이렇게 고함을 지른 것이 두려움 때문이라는 사실 정도는 그녀도 알고 있었다. 그래서 얼굴에 튄 침을 닦고 싶은 것을 힘들게 참았다.

무섭기는 그녀도 마찬가지였다. 하지만 대통령의 경우에는 혹시 그가 경솔하게 행동하거나 신속하게 현명한 대처를 하지 못하면 텔레비전 화면에 뉴욕이나 워싱턴이 나오게 될 수 있다는 확신이 두려움을 더욱 키우고 있었다. 어쩌면 시카고나 로스앤젤레스일 수도 있었다.

겨우 몇 주 전에 취임해서 아직 백악관 지리도 다 익히지 못했는데 이런 일이 벌어졌다. 그보다 더 심각한 것은, 장관들 또한 신참이라는 점이었다. 모두 똑똑한 사람들이었지만, 맡은 일을 깊이 알지 못했다.

그보다 더욱더 심각한 것은, 그가 물려받은 관료 조직이 무능한 전임 정부 때문에 망가진 상태라는 점이었다.

그는 그냥 두렵기만 한 것이 아니었다. 미국 대통령인 그는 거의 영구적인 공포와 불쑥 맞닥뜨린 상태였다. 하지만 그건 다른 사람들도 마찬가지였다.

「이미 파악한 사실을 말씀드릴 수는 있습니다, 대통령님. 하지만 추측을 말씀드릴 수는 없습니다.」

그는 그녀를 노려보았다. 가장 정치적인 의도로 임명한 사람. 그로 인해 그녀는 그렇지 않아도 몹시 취약한 사슬에서 가장 약한 고리가 되었다.

그녀는 무릎 위에 올려놓은 서류를 펼쳤다. 그리고 안경을 고쳐 쓰며 읽기 시작했다. 「파리 폭발은 현지 시간 3시 36분에 발생했습니다. 포부르 생드니를 운행하던 버스에서…….」

「그건 나도 알아요. 온 세상이 다 알지.」 그는 텔레비전 화면들을 가리켰다. 「내가 아직 모르는 걸 말해 봐요. 뭔가 도움이 될 만한 걸로.」

두 번째 폭발이 일어난 지 아직 20분이 채 되지 않았다. 엘런은 아직 정보를 수집할 시간이 없었다고 말하고 싶었다. 하지만 이것도 그가 이미 아는 사실이었다.

그녀는 안경을 벗고 눈을 한 번 문지르고 그를 바라보았다.

「아무것도 없습니다.」

공기가 그의 분노로 타오르는 듯했다.

「없어?」 그가 갈라진 목소리로 말했다.

「제가 거짓말을 하면 좋겠습니까?」

「유능한 흉내라도 내면 좋겠는데.」

엘런은 깊이 숨을 들이쉬며, 그의 분노를 더 부채질하지 않을 말이 있는지 머릿속을 뒤졌다. 그러느라 귀한 시간이 그냥 흘러갔다.

「동맹국의 모든 정보기관이 모든 지부와 모든 메시지를 훑고 있습니다. 숨은 사이트를 찾으려고 다크 웹도 샅샅이 뒤지고 있고요. 폭탄을 터뜨린 범인이나 그가 노렸을 만한 사람을 찾아내려고 동영상도 조사 중입니다. 현재까지 런던에서 범인이 겨냥했을 법한 곳을 하나 찾아냈습니다.」

「뭡니까?」

「지질학회.」 이 말을 하는 동안 그 여자아이의 얼굴이 눈앞에 보이는 듯했다. 2층 버스의 2층에 앉아 있던 아이. 피커딜리를 내려다보며, 존재하지 않는 미래를 바라보던 아이.

윌리엄스 대통령이 뭐라고 말하려 했다. 뭔가 그녀를 무시하는 말을 하려던 것 같았는데, 그는 입을 다물고 잠시 생각에 잠기더니 고개를 끄덕였다.

「그럼 파리는요?」

「파리는 흥미롭습니다. 테러가 일어난다면 유명한 곳에서 일어날 줄 알았습니다. 루브르, 노트르담, 대통령궁 같은 곳.」

윌리엄스가 흥미를 느꼈는지 앞으로 몸을 기울였다.

「하지만 38번 버스는 그런 건물 근처에도 가지 않았습니다. 그냥 대로를 따라 운행하고 있었어요. 주위에 사람이 많지도 않았습니다. 러시아워가 아니었거든요. 그러니 그런 테러를 일으킬 이유가 없는 것 같은데, 어쨌든 사건이 벌어졌습니다.」

「실수로 예정보다 빠르거나 늦게 폭탄이 터졌을 가능성은?」 대통령이 물었다.

「그럴 가능성도 있습니다만, 저희는 다른 가설을 세우고 있습니다. 38번 버스 노선에는 기차역이 여러 곳 있습니다. 사실 폭발 당시 버스는 북역으로 향하던 중이었습니다.」

「북역이라. 런던발 유로스타 기차가 들어오는 곳이군요.」

더글러스 윌리엄스는 엘런이 생각했던 것보다 더 똑똑하다는 사실을 스스로 증명하고 있었다. 아니, 최소한 엘런보다 여행을 많이 한 것만은 분명했다.

「그렇습니다.」

「그 버스에 런던으로 가려던 누군가가 있었다고 보는 겁니까?」

「가능성이 있습니다. 모든 정류장의 동영상을 조사해 보았습니다만, 파리에는 런던만큼 CCTV가 많지 않아서요.」

「2015년에 그런 일[9]이 있었는데…….」 윌리엄스가 말했다. 「런던에서 더 나온 것은 없습니까?」

「아직은 없습니다. 암살 대상이 될 만한 사람도 없고, 버스 승객들이 거의 모두 꾸러미나 배낭처럼 폭발물이 담겼을 만한 물건을 소지하고

---

9 2015년 11월 파리 시내 일곱 곳에서 테러와 인질극이 발생해 수백 명이 죽거나 다쳤다.

있어서요. 언론계의 옛 동료들에게 소속 기자나 정보원에게 들어온 정보를 알려 달라고 부탁해 두었습니다.」

대통령은 잠시 가만히 있었다. 침묵이 이어지자 바버라 스텐하우저가 소파에서 두 사람 쪽을 바라보았다. 그녀는 마구 쏟아져 들어오는 정보와 두 사람의 대화를 한꺼번에 모니터하고 있었다.

「거기 장관 아들도 포함됩니까?」 윌리엄스가 말했다. 「내 기억에 좋은 취재원을 확보했던 것 같은데.」

두 사람 사이의 공기가 얼어붙었다. 그동안 힘들게 확립된 화해 분위기에 금이 가더니 산산이 부서져 버렸다.

「설마 제 아들을 이 일에 끌어들이고 싶은 건 아니겠지요, 대통령님.」

「설마 직속 상관의 직접적인 질문을 무시하려는 건 아니겠지요, 장관.」

「제 아들은 제가 운영하던 회사 중 어느 곳에도 근무하지 않습니다.」

「내가 물어본 건 그것이 아닙니다. 중요하지도 않고.」 윌리엄스의 목소리가 날카로웠다. 「장관의 아들이잖습니까. 좋은 취재원도 있고. 몇 년 전의 그 일을 생각해 보면, 아들이 뭔가 알고 있을지도 모르죠.」

「그때 일은 저도 기억하고 있습니다, 대통령님.」 그의 목소리가 날카로웠다면, 그녀의 목소리는 빙하 같았다. 「굳이 일깨워 주시지 않아도 됩니다.」

두 사람은 서로를 노려보았다. 바브 스텐하우저는 아무래도 자신이 끼어들어서 대화에 예의를 회복시켜야 할 것 같다는 생각이 들었다. 유용하고 건설적인 방향으로 대화를 돌려놓아야 했다.

하지만 그녀는 나서지 않았다. 이 대화가 어떻게 흘러갈지 궁금했다. 건설적이지는 않을지라도, 최소한 교훈적이기는 할 것 같았다.

「제 아들이 테러에 대해 아는 것이 있다면 저한테 연락할 겁니다.」

「그래요?」

두 사람 사이의 상처가 벌어져 깊은 구렁이 되어 있었다. 그 가장자리에서 휘청거리던 두 사람은 구렁 속으로 곤두박질쳤다.

바브 스텐하우저는 당내 경선 때 엘런 애덤스가 그 가공할 만한 미디어 제국의 힘을 동원해 경쟁 후보를 지원했기 때문에 대통령이 그녀를 싫어한다고 생각했다. 경선 과정에서 엘런은 기회가 생길 때마다 더그 윌리엄스에게 굴욕을 안겼다. 그를 무능하고 음흉한 사람으로 깎아내리고, 대통령이 될 준비가 안 되어 있다고 묘사했다.

그를 겁쟁이로 몰았다.

엘런은 심지어 독자들을 상대로, 그의 이름 철자를 뒤섞어서 말을 만들어 내는 콘테스트를 열기까지 했다.

그렇게 해서 더그 윌리엄스는 〈달아올라도 희미한 루이스〉가 되었다. 아이오와 당원 대회에서 패한 뒤에는 〈우울한 아이오와 미끄럼〉이라고 불렸다.

이런 말장난은 지금도 윌리엄스 대통령을 따라다녔다. 예전에는 이런 말을 들으라는 듯이 속삭이는 정적들 중에 엘런 애덤스도 포함되었다. 그녀가 이제는 국무 장관이 되었는데도 변한 것은 전혀 없는 듯했다.

「진흙을 꿀꺽하는 나무늘보.」

스텐하우저는 자신이 상사에게만 너무 신경을 집중한 탓에 애덤스가 윌리엄스를 왜 그토록 싫어하는지 생각해 본 적이 없다는 사실을 이제야 깨달았다.

두 사람을 보고 있자니, 그동안 그들의 감정을 낮잡아 보았음을 알수 있었다. 두 사람은 단순히 서로를 싫어하는 것이 아니었다. 오벌 오피스를 가득 채운 것은 심지어 분노도 아니었다. 저러다 창문이 모조리 깨져 버리는 게 아닐까 싶을 만큼 강렬한 증오였다.

두 사람이 말하는 몇 년 전의 일이 도대체 무엇인지 궁금해졌다.

「아들에게 연락해요.」 윌리엄스 대통령의 목소리는 고함에 가까웠다. 「당장. 안 하면 당신은 해고야.」

「난 그 아이 위치를 모릅니다.」 엘런은 이 사실을 시인하면서 얼굴이 달아올랐다. 「서로 연락하는 사이가 아니에요.」

「연락해요.」

엘런은 문밖에서 대기 중이던 외교보안국 경호대장에게서 자신의 휴대폰을 받아 벳시에게 문자를 보냈다. 아들에게 연락해서 이번 테러에 대해 아는 것이 있는지 물어보라는 내용이었다.

곧 답장이 들어왔다.

「어디 봅시다.」 윌리엄스가 손을 내밀었다.

엘런은 망설이다가 휴대폰을 넘겼다. 그는 문자를 읽으면서 눈썹을 가운데로 모았다.

「이게 무슨 뜻입니까?」

이번에는 그녀가 휴대폰을 달라고 손을 내밀었다. 「우리 둘이 사용하는 암호입니다. 어렸을 때 서로의 정체를 확인하기 위해 만든 거예요.」

화면에는 〈불합리한 추론이 술집 안으로 걸어 들어오자……〉라는 글귀가 떠 있었다.

대통령은 휴대폰을 돌려주면서 투덜거렸다. 「똑똑한 척 헛소리는.」

〈무식하고 멍청한 게.〉 엘런은 속으로 이런 생각을 하면서 문자를 입력했다. 〈강한 바람 속에서는 칠면조도 날 수 있어.〉 그녀는 휴대폰을 책상 위에 내려놓고 말했다. 「시간이 좀 걸릴 겁니다. 저는 아들이 어디 있는지 몰라요.」

「파리에 있을지도 모르지.」 윌리엄스가 말했다.

「설마 내 아들이…….」

「대통령님,」 스텐하우저가 말했다. 「국무 회의 시간입니다.」

아나히타 다히르는 가끔 시선을 들어 커다란 사무실의 벽에 걸린 텔레비전 화면을 보았다. 주로 화면 아래를 흐르는 글자들을 읽기 위해서였다. 기자들이 자기보다 더 많은 정보를 갖고 있는지 확인하고 싶었다. 그럴 가능성이 적지 않았다.

런던에서 폭탄이 터진 시각은 그날 새벽 2시 17분이고, 파리에서 두 번째 폭탄이 터진 시각은 아직 1시간이 채 지나지 않은 9시 36분이었다.

하지만 아나히타는 폭탄이 터지는 모습을 한없이 반복해서 보여 주는 화면을 보다가, 뭔가 이상하다는 사실을 깨달았다. 폭발 당시 런던의 풍경이 환했으니 절대 한밤중이 아니었다. 파리의 풍경도 러시아워 같지 않다.

그녀는 곧 고개를 저으며 혼자 투덜거렸다. 자신이 무슨 실수를 저질렀는지 이제야 알아차린 탓이었다. 미국 방송사들은 현지 시각을 미국 시간으로 바꿔서 뉴스에 내보내고 있었다. 그렇다면 유럽 현지의 시각은…….

그녀는 재빨리 계산을 해보다가 앉은 채 굳어 버렸다.

처음부터 뻔히 드러나 있었던 사실을 이제야 알아차린 것이 경악스러웠다.

아나히타는 책상 위의 종이들을 마구 뒤지기 시작했다.

「뭐 해?」 옆자리의 동료가 물었다. 「무슨 문제라도 있어?」

하지만 아나히타는 그 말을 듣지 못하고 혼자 계속 중얼거렸다. 「제발 있어라, 제발, 제발.」

찾아냈다.

그녀는 그 종이를 꼭 쥐었지만, 손이 너무 심하게 떨려서 다시 책상에 내려놓은 뒤에야 읽을 수 있었다.

전날 밤에 들어온 메시지였다. 암호 같은 메시지. 아나히타는 종이를 쥐고 상사의 사무실로 뛰어갔지만 상사가 없었다.

「회의 중이세요.」 그의 비서가 말했다.

「어디서요? 꼭 만나야 돼요. 급한 일이에요.」

비서는 아나히타의 직급이 아주 낮다는 사실을 알기 때문에 그녀의 말을 납득한 것 같지 않았다. 그녀는 하늘이 있는 위를 가리켰다. 아니, 하늘 다음으로 높은 7층 마호가니 로의 사무실들을 가리켰다. 「지금 상황을 알잖아요. 비서실장님이 참석한 회의를 방해하고 싶지 않아요.」

「하셔야 돼요. 어젯밤에 들어온 메시지에 관한 얘기예요. 부탁이에요.」

비서는 망설였지만, 거의 기절할 것 같은 아나히타의 표정을 보고 전화를 걸었다. 「죄송합니다만, 부장님, 아나히타 다히르의 요청입니다. 파키스탄 담당 초급 직원 맞습니다, 네. 어젯밤에 들어온 무슨 메시지가 있다고 합니다.」 비서는 상대의 말에 귀를 기울이다가 아나히타를 보았다. 「어제 부장님께 보여 드린 메시지예요?」

「네, 네.」

「맞습니다, 부장님.」 비서는 상대의 말을 듣다가 알겠다고 대답한 뒤 전화를 끊었다. 「돌아와서 이야기를 들으시겠대요.」

「그게 언제인데요?」

「모르죠.」

「안 돼, 안 돼, 안 돼요. 지금 당장 이걸 보셔야 돼요.」

「그럼 저한테 주세요. 부장님이 돌아오시면 제가 보여 드릴게요.」

아나히타는 쪽지를 꽉 끌어안았다. 「아뇨, 제가 보여 드릴 거예요.」

그녀는 자기 자리로 돌아와 다시 메모를 읽어 보았다.

19/0717, 38/1536

폭탄이 터진 버스의 번호, 그리고 정확한 폭발 시각.

이건 암호가 아니라 경고였다.

게다가 숫자는 한 줄 더 있었다.

119/1848

119번 버스에서 저녁 6시 48분에 폭탄이 터질 예정이었다. 만약 장소가 미국이라면 남은 시간은 8시간이었다.

유럽이라면…… 아나히타는 여러 시간대의 시간을 나타내는 시계들을 바라보았다.

유럽 대부분의 지역에서는 벌써 4시 30분이었다. 2시간 남짓밖에 남지 않았다는 얘기였다.

아나히타 다히르는 시키는 대로 하라는 가정 교육을 받았다. 레바논 출신의 착한 아이답게 항상 규칙을 따랐다. 평생 동안. 누가 굳이 세뇌하듯 머릿속에 박아 준 버릇이 아니라, 천성이었다.

그녀는 망설였다. 상사가 올 때까지 기다릴 수 있었다. 기다려야 했다. 기다리라는 지시가 떨어졌으니까. 하지만 이건 미룰 수 없는 일이었다. 게다가 윗사람들은 그녀가 아는 사실을 모르고 있었다. 무지에 기반한 명령을 합당하다고 볼 수는 없었다. 그렇지?

아나히타는 숫자들을 사진으로 찍은 다음 잠시 가만히 앉아서 빤히 바라보았다. 조금 더. 조금 더. 벽에 빙 둘러 걸려서 세계 모든 시간대 시각을 보여 주는 시계들의 초침이 움직였다. 똑딱똑딱. 지구가 카운트다운을 하고 있었다.

똑딱똑딱.

우유부단한 그녀를 나무랐다. 쯧쯧.

아나히타는 의자가 뒤로 쓰러질 만큼 벌떡 일어섰다. 커다란 사무실이 워낙 정신없이 돌아가고 있어서 바로 옆자리 직원만이 그녀의 움직임을 알아차렸다.

「아나, 왜 그래?」

하지만 아나히타는 벌써 그녀에게 등을 보이며 문으로 향하고 있었다.

6장

나스린 부하리는 공항에서 프랑크푸르트 시내로 가는 61번 버스가 정류장에 서는 모습을 지켜보았다.

그 남자가 그녀를 미행한다는 사실이 이제는 확실했다. 하지만 그녀가 할 수 있는 일이 별로 없었다. 그를 따돌리는 것은 거의 불가능한 일이었다. 그저 목적지에 도착한 뒤 그곳 사람들이 대책을 알려 주기를 바랄 뿐이었다.

이제 목적지가 가까웠다. 온갖 어려움 속에서도 그녀는 여기까지 왔다. 아미르에게 전화할 수만 있다면 얼마나 좋을까. 그의 목소리를 들으며 자신이 무사하다고 말해 주고, 그 역시 무사하다는 말을 들을 수만 있다면.

그녀는 버스 좌석에 앉아 뒤를 흘깃 돌아보았다. 그가 있었다. 몇 줄 뒤에.

이제는 얼굴이 눈에 익은 그 남자에게만 너무 신경을 쓰느라 나스린은 또 다른 남자의 존재를 알아차리지 못했다.

아나히타는 엘리베이터 앞에서 기다렸다. 여러 대 중 마호가니 로로 직행하는 엘리베이터는 한 대뿐이었다. 이름에 걸맞게 마호가니 패널로 장식된 그 엘리베이터는 특별한 열쇠가 있는 사람만 탈 수 있었다.

이것이 아니면 올라갈 길이 없는데, 아나히타에게는 그 열쇠가 없었다. 정보 등급도 거기에 미치지 못했다.

하지만 엘리베이터를 기다리는 다른 여자는 거의 확실하게 열쇠를 갖고 있을 것 같았다. 그 여자는 휴대폰을 열심히 들여다보며 스트레스가 심한 얼굴로 빠르게 글자를 입력하고 있었다. 경비원에서부터 고위 관리에 이르기까지 모두 스트레스가 심한 얼굴이었다.

아나히타는 이름이 보이지 않게 목에 건 신분증의 방향을 돌린 뒤 단호한 걸음으로 서둘러 한 걸음 다가섰다. 그리고 닫힌 엘리베이터 문을 바라보며 급하다는 듯 한숨을 내쉬고 작게 투덜거렸다.

그다음에는 휴대폰을 꺼내 열심히 들여다보며 거기에 집중하는 척했다. 고개를 숙이고 완전히 몰두한 사람처럼.

「실례지만……」 엘리베이터를 기다리던 다른 여자가 입을 열었다. 이 낯선 사람이 누구인지, 그리고 왜 7층으로 올라가려 하는지 궁금한 기색이었다.

아나히타는 시선을 들고 〈잠깐만요〉라고 말하듯이 한 손을 들어 올렸다. 그러고는 다시 화면으로 시선을 돌려 엄청나게 중요한 메시지를 보는 척했다.

그녀는 상대방에게 진짜처럼 보이기 위해 문자를 입력했다. 〈지금 어디야? 뉴스 봤어?〉

엘리베이터가 도착하자, 다시 자기 휴대폰을 보고 있던 그 여자가 엘리베이터에 올랐고 아나히타도 뒤를 따랐다.

〈여긴 다들 정신없어. 좋은 생각 없어?〉 엘리베이터 문이 닫히는 동안 그녀는 계속 문자를 입력했다.

엘리베이터가 7층을 향해 휙 올라갔다.

길 바하르의 휴대폰이 진동하며 문자가 들어왔음을 알렸다.

그는 자리에 앉은 채 자세를 바꾸며 문자를 읽고는 짜증이 나서 그대로 전화기 화면을 꺼버렸다. 이런 헛소리에 답장할 시간이 없었다.

몇 분 뒤 버스가 정류장을 떠나, 대상에게서 눈을 뗄 수 있게 되자 그는 다시 휴대폰을 켜서 재빨리 답장을 보냈다.

〈프랑크푸르트에서 버스. 자세한 건 나중에.〉

엘런이 국무 회의장으로 막 들어가고 있을 때 벳시가 그 답장을 아무런 말 없이 전달해 주었다.

엘런은 문자를 읽은 뒤 문 앞의 경호 요원에게 전화기를 맡겼다. 요원은 그것을 다른 사람들의 전화기와 함께 보관했다.

애덤스 장관이 들어오자 동료 장관 몇 명이 그녀를 보며 말했다. 「더러운 여자 오셨네요.」

엘런은 그 농담에 미소를 지었다. 그녀와 함께 웃는 사람도 있지만 그녀를 비웃는 사람도 있었다. 그녀도 아는 사실이었다.

〈더러운 여자〉라는 말이 순식간에 쫙 퍼져서, 여러 여성 단체들이 이 말을 가져가 유독한 남성 중심 문화에 맞서는 슬로건으로 멋대로 사용하고 있었다.

엘런이 보기에, 이 방에 모인 동료들 중에는 딱히 유독하다고 할 만한 사람이 없었다.

이 방에는 금융, 교육, 보건, 국가 안보 등의 분야에서 이 나라가 만들어 낸 최고의 인재들이 모여 있었다.

지난 4년 동안 이 나라를 다스린 어리석은 전임 정부의 때가 묻은 사람은 하나도 없었다. 하지만 바로 그 때문에 정부의 최고위직에서 최근에 나랏일을 해본 경험 또한 없었다. 그들은 눈부시게 똑똑하고 헌신적이었으며, 선의와 근면성을 갖추고 있었다. 하지만 제도와 정부 기관에 대한 깊이 있는 지식은 없었다. 아직 중요한 인물들과의 친분이나 인맥이 만들어지지 않았고, 신임 정부와 세상 사이에 신뢰가 형성되지도 않았다.

아니, 지금 이 방 안에 있는 사람들도 아직 서로 신뢰를 형성하는 단계였다.

전임 정부는 정책을 비판하는 사람을 모두 숙청해 버렸다. 반대표를 던진 사람에게는 벌을 주고, 비판하는 사람들의 입을 막았다. 상원 의원이든 하원 의원이든, 장관이든 비서실장이든 건물 관리인이든 가리지 않았다.

전임 던 대통령이 내리는 결정이 아무리 자기중심적이고 무지하고 위험하기 짝이 없어도, 모두 오로지 전적인 충성심만 드러내야 했다.

점점 미쳐 가는 정부가 사람을 새로 고용할 때마다 능력 대신 맹목적인 충성심이 결정적인 요인으로 작용했다.

애덤스 장관은 국무부에 들어오자마자 딥 스테이트[10] 같은 것은 존재하지 않는다는 사실을 깨달았다. 〈깊이〉 숨겨진 것은 전혀 없었다. 직업 공무원들과 정치적으로 임명된 공무원들이 복도를 돌아다니고, 함께 회의에 참석하고, 같은 화장실을 사용하고, 구내식당에서 같은 테이블에 앉았다.

던 정부가 두고 간 직원들은 끔찍한 전장에서 비로소 벗어난 군인처럼 멍한 표정이었다. 그러나 그들은 전장에서 끔찍한 일을 저지른 당사자이기도 했다.

그런데 취임 한 달 만에 이런 위기가 벌어졌다.

「엘런,」 윌리엄스 대통령이 왼편에 앉은 국무 장관에게 시선을 돌렸다. 「새로 보고할 것이 있습니까?」

점잖은 얼굴로 자신에게 수류탄을 던지는 그를 보면서 엘런은 사악한 공격이 반드시 적에게서만 날아오는 것이 아님을 깨달았다.

오래된 상처가 낫는 것을 원하지 않는 사람도 있음을 깨달았다.

아나히타는 엘리베이터에 함께 탄 여자에게 한 손을 내밀며 예의 바르고 자신감 있게 말했다. 「먼저 내리세요.」

〈제발 먼저 내려라.〉

그 여자를 따라 내린 뒤 그녀는 아주 중요한 문자를 읽는 척 엘리베

10 민주주의 제도를 초월해 영향력을 행사하는 숨은 권력 집단을 일컫는 말.

이터 앞에서 걸음을 멈췄다. 그 여자가 어느 방으로든 들어가 시야에서 사라지기를 기다리기 위해서였다.

여자가 사라진 뒤 아나히타는 긴 복도를 바라보았다.

똑딱, 똑딱, 똑딱. 시간은 계속 흘러갔다.

그 유명한 마호가니 로였다. 뉴욕이나 런던의 남성 전용 클럽에 발을 들여놓은 것 같은 기분이었다. 앞에 뻗어 있는 널찍한 복도는 어두운색 패널로 장식되어 있었으며, 벽에는 전임 국무 장관들의 사진이 줄줄이 걸려 있었다. 금방이라도 어디선가 시가 냄새가 날 것 같았다.

하지만 실제로 나는 냄새는 복도 중간쯤 반짝이는 보조 탁자에 풍성하게 꽂혀 있는 백합의 지나치게 강한 향기였다.

마호가니 로는 대단했다. 원래부터 그렇게 만들어진 곳이었다. 외국인이든 미국인이든 이곳을 찾는 사람에게 감탄을 안겨 주려고. 이곳에서는 불변하는 권력을 느낄 수 있었다.

외교보안국 요원 두 명이 마호가니 로 중간에서 양쪽으로 열리게 되어 있는 높은 문 양편에 서 있었다. 아마 장관 집무실인 것 같았다.

그녀가 찾는 곳은 아니었다. 그녀는 회의실로 가야 했다. 도대체 어느 문으로 들어가야 하지? 문을 모조리 열어 보며 확인할 수는 없는 노릇이었다.

요원들이 점차 그녀에게 시선을 주기 시작했다.

아나히타는 결정을 내렸다. 지금은 어머니와 아버지의 가르침을 따르는 착한 딸처럼 굴 때가 아니었다. 다른 사람이 되어야 했다.

그래서 자신이 개인적으로 우러러보는 린다 마타르[11]의 흉내를 내기로 했다.

그녀는 휴대폰 화면을 끄고 경비원에게 맡긴 뒤 단호한 걸음으로 곧장 요원들에게 다가갔다.

「저는 파키스탄 담당 직원입니다. 제 상사에게 직접 전달할 메시지가 있습니다. 회의실이 어디죠?」

11 Linda Matar(1925~). 레바논의 여성 운동가.

「신분증을 보여 주시죠.」

그녀는 목에 걸고 있던 신분증을 앞면으로 돌려서 보여 주었다.

「당신은 이 층에 오면 안 됩니다.」

「네, 알아요. 하지만 메시지를 전달하라는 지시를 받았다니까요. 내 몸을 수색하든지, 날 따라다니든지 마음대로 하세요. 어쨌든 나는 메시지를 전달해야 합니다. 당장.」

똑딱, 똑딱, 똑딱.

요원들은 시선을 교환했다. 둘 중 상급자가 고개를 끄덕이자 여성 요원이 아나히타의 몸을 재빨리 툭툭 두드리며 수색하고는 그녀를 데리고 아무런 표시도 붙어 있지 않은 문으로 갔다.

아나히타는 문을 두드렸다. 한 번. 두 번. 더 크게. 더 세게.

〈린다 마타르. 숨 쉬어. 린다 마타르. 숨 쉬어.〉

문이 갑자기 열렸다. 「무슨 일입니까?」 홀쭉한 족제비처럼 생긴 젊은 남자가 다그치듯 물었다.

「대니얼 홀든을 만나야 합니다. 제 이름은 아나히타 다히르고요, 그분의 부하 직원입니다. 전달할 메시지가 있습니다.」

「지금은 회의 중이라 방해할 수…….」

〈린다 마타르.〉

아나히타는 그를 밀치고 들어갔다.

「이봐요.」 그가 소리쳤다.

탁자에 둘러앉은 사람들이 모두 그녀를 바라보았다. 아나히타는 걸음을 멈추고 양팔을 앞으로 내밀며 항복하는 시늉을 했다. 나쁜 뜻은 전혀 없음을 드러내며 사람들의 얼굴을…….

「자네가 여긴 도대체 왜 왔어?」 대니얼 홀든이 일어서서 그녀를 노려보았다.

「메시지가 있어요.」

요원들이 그녀에게 다가서자, 대니얼 홀든이 말했다. 「내가 아는 사람입니다. 괜찮아요.」 그러고 나서 그는 아나히타에게 초점을 맞췄다.

「틀림없이 중요한 메시지라고 생각하겠지. 오늘은 모든 게 중요해. 특히 지금 회의 중인 일도 포함해서. 여기서 나가게. 얘기는 나중에 하지.」

그의 목소리는 차분하면서도 단호했다.

린다 마타르는 저렇게 너그러이 봐준다는 식의 태도를 참아 넘기지 않을 것이다.

하지만 아나히타 다히르는 린다 마타르가 아니었다. 그녀는 화끈거리는 얼굴로 고개를 끄덕이고 뒤로 물러났다. 「죄송합니다.」

그러고는 어머니와 아버지와 예의 바른 태도를 옆으로 밀어 버리고, 몸을 돌려 그의 손을 꼭 쥐면서 구겨진 종이를 밀어 넣었다.

「읽어 보세요. 제발요. 읽어 보세요. 테러가 또 있을 거예요.」

그는 밖으로 밀려 나가는 아나히타를 지켜보며 그녀를 다시 부를까 생각해 보았다. 하지만 쪽지를 흘깃 보니 테러 얘기는 없고 숫자와 기호만 있었다. 저 직원은 지금 일어나고 있는 일에 당황해서 자신이 맡은 일보다 더 중요한 인물인 척 애쓰는 하급 직원에 불과했다. 지금은 그런 직원을 상대할 시간이 없었다.

그는 쪽지를 재킷 주머니에 넣고 나중에 봐야겠다고 생각하며 자기 자리로 돌아가 다른 참석자들에게 사과했다.

똑딱, 똑딱, 똑딱.

밖에서는 경비원이 아나히타를 엘리베이터로 데려가 그녀가 떠날 때까지 지켜보았다.

아나히타는 몇 층 아래의 자기 자리로 돌아가면서 자신이 실패했음을 확신했다.

상사의 표정을 보니 메시지를 읽지 않을 것 같았다. 어쨌든 당장은 읽지 않을 것이다.

뭐, 그래도 노력은 해봤잖아. 난 최선을 다했어.

그녀는 텔레비전을 바라보았다. 파리와 런던의 현장이 보였다. 재와 흙먼지와 피로 범벅이 된 부상자들. 피가 멈추지 않는 상처를 어떻게든 지혈하려고 애쓰는 행인들. 무릎을 꿇고 앉아 죽어 가는 사람의 손을 잡아 주는 사람들. 하늘을 올려다보며 도움을 청하는 표정.

끔찍한 파괴와 죽음의 현장이었다. 한없이 거듭 재생되는 CCTV 영상 속에서 사람들이 프로메테우스처럼 계속 몇 번이나 죽어 갔다.

다음 폭발까지 남은 시간은 겨우 2시간 남짓이었다. 만약 그 메시지가, 경고가 옳다면.

아나히타에게는 시도해 볼 수 있는 방법이 아직 하나 더 남아 있었다. 정말 하기 싫은 일이었지만, 이제는 선택의 여지가 없었다.

그녀는 페이스북에 접속해 예전 동급생을 찾아냈다. 그리고 그에게서 또 다른 동급생을, 그녀에게서 또 다른 동급생을 찾아냈다.

그렇게 귀한 20분이 흐른 뒤 마침내 원하는 사람을 찾을 수 있었다. 그녀가 진저리를 칠 만큼 싫어하는 사람이었다.

애덤스 장관은 국무 회의장에서 일찍 나와, 차를 타고 백악관에서 국무부로 향했다. 새벽 2시 35분에 잠에서 깬 뒤 이 길을 한 백 번째 오가는 것 같은 기분이었다.

국무부 건물에 도착한 그녀는 곧바로 장관의 개인 회의실로 갔다. 찰스 보인턴 비서실장과 보좌관들이 그곳에 있었다.

그들은 여러 정보원, 각국 정부의 관련 직원, 안보 전문가에게 분주히 전화를 걸었다.

조금 전 회의에서 정보의 공백과 맞닥뜨린 국무 위원들의 집단 지성은 추가 테러가 없을 것이라는 결론을 내렸다. 설사 테러가 발생하더라도, 미국 땅에서 일어날 가능성은 높지 않을 것 같았다.

따라서 비록 비극적인 일이긴 해도 이번 테러 공격은 국가 안보의 문제가 아니었다. 미국은 동맹국들을 최대한 도우면서 미국 국민들에게는 이 나라가 안전하다는 자신감 있는 모습을 보여 주어야 했다.

국무부 정보조사국장은 엘런이 다그치자 증거는 전혀 없지만, 이번 테러가 자기들의 소행이라고 주장하고 나선 단체가 없는 것으로 보아 단독으로 움직이는 두 범인이 합심해서 이 두 건의 테러를 저질렀다고 판단해도 무리가 없을 것 같다고 말했다.

「그게 가능합니까?」 엘런은 이렇게 물었다. 「단독범은 합심하지 않는 사람을 가리키는 말이잖아요.」

「아주 작은 무리일 수도 있습니다.」

「아아.」 엘런은 더 이상 말해 봤자 시간 낭비라는 결론을 내렸다.

이제 개인 회의실에서 새로운 정보가 전혀 없는 보좌관들의 보고를 들으며 그녀는 국무 회의장을 나온 것이 엄청난 실수였을지도 모른다는 생각이 들었다.

그렇게 정치적인 자리에서는 그 자리에 없는 사람이 먹잇감이 되는 법이었다.

못되게 굴 테면 굴어 보라지. 지금 그녀가 있어야 할 자리는 이곳이었다.

「국가정보국장과 전화 연결해요.」 그녀가 말했다. 「몇 가지 물어볼 것이 있으니까.」

7장

첫 번째 폭발이 있은 지 겨우 몇 시간밖에 되지 않았는데, 벌써 회계 사들이 캐서린 애덤스의 사무실에 앉아서 곧 위기가 닥칠 것이라고 경고하고 있었다.

「해외 지사에 마구잡이로 돈을 보낼 수는 없습니다.」 인터내셔널 미디어, IMC의 회계부장이 설명했다. 「합당한 이유가 있어야 해요. 지금 같은 속도라면, 정오까지 1백만 달러는 보내겠습니다.」

「마구잡이?」 보도국장이 다그치듯 물었다. 「그놈의 돌머리를 조금이라도 굴려 봤다면…….」 그는 국내외 IMC 방송국들이 테러 현장의 무시무시한 영상을 내보내고 있는 화면들을 손짓으로 가리켰다. 소리는 소거한 상태였다. 「저게 합당한 이유가 아니라는 겁니까? 우리 기자들한테 지원이 필요해요. 지원이란 바로 돈을 말하는 겁니다. 당장.」

「영수증을 제출해 주시면…….」 회계사 한 명이 입을 열었다.

「영수증을 혈서로 써주면 되겠습니까?」 보도국장이 고함을 질렀다.

두 사람 모두 잔뜩 열받은 얼굴로 캐서린을 바라보았다.

CEO가 된 지 겨우 두어 달밖에 되지 않은 캐서린에게 이번 일은 처음 겪는 진짜 시험이었다. 하지만 언론 가문에서 태어나 자라며 어머니가 언론계 이슈, 정치적 이슈, 공정성 이슈를 어떻게 다루는지 지켜보았다. 어머니는 자존심과 성격이 똑같이 강한 기자와 정치가를 곡예

사처럼 솜씨 있게 다뤘다. 그들의 자존심은 흔히 햇빛을 가려 버릴 정도였으며, 이성까지 덩달아 가려질 때가 많았다.

캐서린은 어렸을 때부터 줄곧 부모님과 식탁에서 이런 이야기를 나눴다. 지금 이 자리에 앉기 위한 도제 수업을 거친 셈이었다. 평생 동안.

아버지가 다른 오빠는 그 아버지를 닮아 기자가 되었지만, 캐서린은 어머니를 닮아 경영자가 되었다.

하지만 그런 그녀도 이런 일에 잘 대처할 준비는 아직 되어 있지 않았다. 그녀가 지금껏 배운 것은 그냥 책상 밑에 숨어 다른 사람에게 결정을 맡겨 버리고 싶은 생각이 굴뚝같을 때도 자신감 넘치는 표정을 짓는 기술이었다.

「합리적인 판단을 해야 합니다.」 회계부장이 캐서린에게 호소했다. 「감사 때 그 돈이 어디로 갔는지 입증할 증거가 없으면…….」

「없으면요?」 보도국장이 다그치듯 물었다. 「폭탄에 날아가기라도 합니까? 도무지 이해를 못 하시는 것 같은데, 기자들이 지금 전선에 나가 있어요. 정보기관보다 더 빨리 이번 테러에 대한 정보를 모으고 있단 말입니다. 어떻게 정보를 얻겠습니까? 정중하게 요청할까요? 그러고 나서 고맙다고 인사하면 됩니까? 뭔가를 내놓아야…….」

「알아들었습니다. 하지만 기자들한테 분명히 일러두셔야 합니다. 이건 기자들의 돈이 아니라는 걸. 그 사람들도 좀 철이 들어야…….」

그는 캐서린 애덤스를 바라보았다.

캐서린은 속으로 생각했다. 〈뭐라고 말 좀 해. 네가 책임자잖아. 제발 뭐라고 말 좀 해.〉

「철이 들어요? 전쟁이나 소요 사태를 취재하는 게 얼마나 힘든지 압니까?」 보도국장이 말했다. 「테러 조직 내에 취재원을 확보하는 데는 몇 년이 걸립니다. 정보기관의 취재원은 말할 것도 없죠. 그쪽이 훨씬 더 무서우니까. 이런 작업에 필요한 건 두 가지입니다. 용기와 돈. 당신 쪽에 용기를 기대할 수는 없으니, 그건 기자들이 알아서 합니다. 그럼 당신은 최소한 돈이라도 제공해 줘야죠. 당장.」

보도국장이 갑갑해 미치겠다는 얼굴로 캐서린을 바라보았다. 「사장님이 설명하세요. 저는 갑니다.」

그는 사장실 전체가 흔들릴 정도로 문을 쾅 닫으며 나갔다. 회계사들은 캐서린을 바라보며 기다렸다. 계속 기다렸다.

「그냥 보내세요.」 캐서린이 말했다.

「너무 큰 돈이야, 캐서린.」

캐서린은 그의 어깨 너머에 있는 화면들을 보았다. 런던과 파리의 현장 영상을 본 뒤 그녀는 다시 회계사에게 초점을 맞췄다. 그는 집안의 오랜 친구였다.

「그냥 보내요.」

그가 서류를 챙겨 직원들과 함께 나간 뒤 캐서린은 어머니가 보낸 이메일을 보았다. 기자들이 수집한 정보 중에 혹시 도움이 될 만한 것이 있으면 국무부에도 공유해 달라고 어머니가 보도국장에게 요청한 메일이 캐서린에게도 그대로 들어와 있었다.

어머니는 방송에 나가기 전에 정보를 달라고 했다.

캐서린은 보도국장에게 어머니의 요청을 따를 것인지 묻지 않았다. 보도국장 역시 그녀가 묻지도 않은 말에 자진해서 대답해 주지 않았다.

영향력을 행사하려는 것처럼 보이지 않는 것이 최선이었다. 누군가의 영향력에 휘둘리는 것처럼 보이는 것도 좋지 않았다.

어머니가 최대한 많은 정보를 수집하기 위해 그물을 넓게 던지고 있다는 사실만은 분명했다. 심지어 애덤스 국무 장관이 전임 정부의 국무 장관들에게 조언을 요청했다는 소문이 캐서린 휘하의 뉴스 전문 채널에서 보도되기까지 했다.

정치 평론가들은 국무 장관이 나라를 위해 자존심을 버리고 다른 당 행정부 사람에게까지 손을 뻗었으니 대단하다고 해석하기도 하고, 어울리지 않는 자리에 앉은 무능한 국무 장관이 멍청하게 시간을 낭비하고 있다고 해석하기도 했다.

노크 소리가 들렸다. 문이 열리더니 정신없이 바삐 돌아가는 사무실의 소음과 함께 비서가 들어왔다. 「이걸 보셔야 할 것 같아서요. 사장님의 옛 이메일 주소로 들어온 거예요.」 비서는 휴대폰을 캐서린에게 건넸다. 「학창 시절에 알던 분인 것 같습니다.」

「지금은 그럴 시간이…….」

「지금 국무부에서 일하시는 분이에요.」

「그렇군. 고마워요.」

비서가 나간 뒤, 캐서린은 메시지를 흘깃 보았다. 짧다 못해 퉁명스럽기까지 한 내용이었다.

〈고등학교 동창이야. 할 말이 있어.〉 그리고 함께 적힌 이름은 〈아나히타 다히르, 국무부 남·중앙아시아국 직원〉이었다.

캐서린은 의자에 등을 기댔다. 이름이 아나 어쩌고 다브 어쩌고이던 동급생이 기억났다. 누구든 담배나 마리화나를 피우거나, 수업 시간에 지각해서 몰래 들어오려 하거나, 시험에서 커닝을 하려고 하면 고자질을 하던 생쥐 같은 여자애였다.

교사들조차 경멸하는 교사의 애완견.

학생들은 농구를 하면서 일부러 그 애한테 공을 던지며 즐거워했다. 패스를 해준 것이 아니었다. 축구를 할 때는 발을 걸었고, 필드하키를 할 때는 그 애의 정강이를 때렸다.

괴롭힘이 아니었다. 정당한 앙갚음이었다. 어린 캐서린 애덤스는 그것이 처벌이 아니라고 확신했다. 아나 어쩌고 다브 어쩌고가 저지른 일의 결과였다. 그 아이가 자초한 일이었다.

하지만 15년이 흐른 지금은 그렇게 생각할 수 없었다. 그건 잔혹한 일이었다.

그런데 지금 아나가 도대체 무슨 일로 캐서린에게 연락한 걸까? 그것도 하필이면 오늘.

그녀는 아나에게 전화번호를 묻는 답장을 보냈다. 몇 초 만에 다시 답장이 날아왔다. 캐서린이 전화를 걸자 곧바로 상대방이 받았다.

「아나?」

「케이티?」

「저기, 아나, 나도 얼마 전부터 연락하려고 생각하고 있었어. 미안한테…….」

「조용히 하고 일단 들어.」 아나가 말했다. 캐서린의 눈썹이 꿈틀거렸다. 이건 그녀가 기억하는 아나 어쩌고 다브 어쩌고가 아니었다. 「네 어머니를 만나야 해.」

「뭐? 너 지금 어디야? 화장실이야?」

화장실이었다.

아나히타는 캐서린에게서 이메일을 받자마자 자기 자리에서 일어나 여자 화장실로 왔다. 그리고 누가 자신의 말소리를 듣지 못하게 변기의 물을 내렸다.

「부탁이야. 네 어머니한테 날 데려다줄 수 있어?」

「왜? 무슨 일인데? 테러랑 관련된 일이야?」

아나히타는 이런 질문을 예상하고 있었다. 이제 캐서린이라고 불리는 케이티 애덤스가 거대하고 강력한 언론사를 어머니에게서 물려받아 수장이 되었다는 사실도 알고 있었다.

아나에게 지금 가장 달갑지 않은 일은, 자신이 아는 정보가 언론사에 새어 나가 대대적으로 보도되는 것이었다.

「말할 수 없어.」

「말해야 할걸. 지금은 나조차 어머니를 만날 수 있을지 확실치 않아. 내가 왜 널 데려다줘야 돼?」

「네가 나한테 빚진 게 있으니까.」

「뭐? 내가 너한테 사과해야 하는 건 맞아. 그동안 사과하려고 애쓰기도 했고. 미안해. 하지만 이걸 해줄 정도로 빚지지는 않았어.」

「제발. 제발. 네 어머니가 꼭 보셔야 하는 게 있어.」

「뭔데?」

물 내리는 소리. 「너한테는…….」 물 내리는 소리. 「말 못 해!」

물 내리는 소리.

「아, 진짜, 그러다 포토맥강이 다 말라 버리겠다. 국무부 21번가 입구 앞에서 만나. 북동쪽 모퉁이야.」

「빨리 와.」

「그래. 이젠 내가 화장실에 가야겠네.」

똑딱, 똑딱.

아나히타는 휴대폰을 바라보았다. 여기 시간으로 12시 48분, 즉 유럽 시간으로 18시 48분에 알람을 맞춰 두었다. 어쩌면 폭탄이 터질 시각.

휴대폰에 표시된 시각은 12:01이었다. 정오에서 1분이 더 흐른 시각. 앞으로 남은 시간은 47분.

「아나?」

아나히타가 고개를 돌리자, 친숙한 모습이 어렴풋이 남은 여자가 뛰어서 길을 건너오고 있었다. 완벽한 트위드재킷을 입고, 승마용으로 만들어진 것처럼 보이는 부츠를 신은 모습이었다. 길게 기른 머리는 밤색이고, 눈은 짙은 갈색이었다.

그 성인 여자가, 학기가 끝나는 마지막 날 아나에게 등을 돌리고 가 버린 뒤로 만나지 못했던 아이의 모습으로 변했다.

캐서린의 눈에 아나히타는 15년 전 그때와 거의 똑같았다. 그 마지막 날 교장에게 아부를 떨던 그때와. 그날 그녀의 아부에는 아무 목적이 없었다. 그냥 그런 거였다.

캐서린의 기억보다 더 예쁘기는 했다. 긴 머리는 새까만 색이고, 황갈색 피부는 깨끗했다. 갈색 눈은 옛날과 마찬가지로 강렬했으나, 전에는 없던 자신감과 결의가 거기에 서려 있었다.

「케이티?」아나히타가 말했다. 「이렇게 만나 줘서 고마워.」

「네가 가진 정보가 뭐야?」

아나히타는 머뭇거렸다. 「너한테는 말 못 해. 그냥 날 좀 믿어 줘.」

「널 그냥 데리고 들어갈 수는 없어. 지금 우리 어머니가 얼마나 힘든지 알아? 그런 어머니를 방해하려면…….」

「지금 애덤스 장관이 얼마나 힘든지 나도 정확히 알아. 장관님보다 더 잘 알지. 그런데 나한테 정보가 있어.」 하지만 케이티는 단순히 믿지 못하겠다는 표정에서 더 나아가, 혹시 친구가 미친 게 아닌가 하고 걱정하는 표정을 지었다. 그래서 아나히타는 다시 말을 이었다. 「내가 언제 거짓말하는 것 봤어? 너무 정직해서 문제였지, 가끔은. 난 절대 거짓말 안 해. 누굴 속인 적 없어. 규칙을 어긴 적도 없고. 이 정보를 내 상사한테 보여 주려고 이미 노력해 봤지만, 상사가 진지하게 받아들인 것 같지 않아. 부탁이야.」

캐서린은 자기 앞에 선 친구의 얼굴을 바라보았다. 진정한 두려움이 드러나 있었다. 캐서린은 심호흡을 한 번 하고 나서 휴대폰을 꺼내 문자를 보냈다.

잠시 뒤 팅 하는 소리가 났다.

「가자. 최소한 7층까지는 올라갈 수 있지만, 우리 어머니가 널 만나 줄지는 장담 못 해.」

애나는 서둘러 캐서린을 따라갔다. 캐서린보다 다리가 짧은 탓에 캐서린이 한 걸음을 걸을 때 그녀는 잰걸음으로 두 걸음을 걸었다.

똑딱, 똑딱.

로비에서 나이 지긋한 여자가 두 사람을 기다리고 있었다. 아나히타가 잠이 오지 않는 늦은 밤에 텔레비전에서 재방송으로 본 「리브 잇 투 비버」의 클리버 부인처럼 생긴 여자였다.

「이분은 우리 어머니의 절친한 친구 겸 고문이셔.」 캐서린이 말했다. 「벳시 제임슨. 이쪽은 아나 다브…… 음…….」

「다히르.」

「출입증을 받아 두었어.」 벳시가 출입증을 나눠 주었다. 「도대체 무슨 일이니? 하필이면 이렇게 거지 같은 때.」

아나히타는 눈썹을 올렸다. 클리버 부인의 대사가 바뀐 것 같았다.

「저도 무슨 일인지 몰라요.」 캐서린은 아나히타와 함께 벳시를 따라

대기 중인 엘리베이터로 걸어가며 솔직히 말했다. 「애가 말을 안 해 줘요.」

엘리베이터 문이 닫히고 이제 돌아갈 수도 없게 된 뒤에야 아나히타는 조금 전의 경비 요원 두 명을 기억해 내고 그동안 근무 교대가 있었기를 기원했다.

그리고 휴대폰을 확인했다.

남은 시간 41분.

길은 버스 터미널에서 줄을 서 있었다. 이제는 굳이 자신을 숨기려 애쓰지 않았다. 아니, 오히려 그녀가 자신을 봐주었으면 싶었다. 자신을 알아차리고, 뜨거운 숨결을 느껴 주기를 바랐다.

이제 저 여자는 그가 자신을 미행 중임을 분명히 알아차렸을 것이다. 하지만 그녀는 절대 계획에서 이탈할 수 없었다. 그건 그도 마찬가지였다.

나스린은 버스 두 대를 그냥 보냈다. 세 번째 버스에 오른 그녀는 아미르의 낡은 가방을 품에 꼭 껴안고 그의 체취를 들이마셨다.

이 가죽 가방이 자신에게 남은 그의 유일한 물건임을 그녀는 이제야 인정했다. 이 가방과 그녀를 나라 밖으로 내보내기 위해 두 사람은 모든 것을 걸었다.

그녀는 모든 것을 잃었고, 그는 더 많은 것을 잃었다.

이런 생각을 하다 보니 뜻밖에 마음이 차분하고 홀가분해졌다. 최악의 일은 이미 지나갔다. 더 이상 두려워할 필요가 없었다.

나스린은 뒤쪽 구석 자리에 앉았다. 적어도 이번에는 그가 그녀를 감시하는 것이 아니라, 거꾸로 그녀가 그를 감시할 수 있었다.

길은 버스에 오른 뒤, 그녀의 한 줄 앞쪽 대각선 자리에 앉았다.

또 다른 남자는 누구의 눈에도 띄지 않은 채 나스린 바로 앞에 앉았다.

119번 버스가 출발했다.

「정지!」

아나히타는 정지했다.

「무슨 짓이에요?」 벳시가 다그치듯 물었다. 「이 사람은 내 손님입니다. 길을 열어요.」

「이 여성을 아십니까?」 여성 요원이 총에 한 손을 댄 채 역시 다그치듯 물었다.

「물론이죠.」 클리버 부인이 거짓말을 했다. 「그러는 요원은 이 사람을 알아요?」 벳시는 캐서린을 가리켰다.

요원들이 고개를 끄덕였다.

「다행이네요. 길을 열어요.」

아나히타의 심장이 마구 날뛰었다. 두꺼운 겨울 외투를 입었는데도, 심장이 쿵쾅거리는 모습이 겉으로 보일 것만 같았다.

여성 요원이 그녀를 한 번 노려보더니 고개를 끄덕였다. 머리를 휙 움직이는 동작이 단호했다.

「감사합니다.」 아나히타가 말했다. 하지만 이 말이 오히려 요원의 화를 더 부추긴 것 같았다.

두 사람은 대기실로 들어갔다. 아나히타가 상상했던 모습과는 완전히 다른 곳이었다. 여기도 벽이 어두운색일 줄 알았는데. 커다란 가죽 의자와 너무 자세히 들여다보지만 않으면 아주 위풍당당해 보이는 두툼한 깔개가 있을 줄 알았다.

정부의 많은 일이 그렇듯이, 아나히타는 매일 새로운 것을 배우고 있었다. 너무 가까이 다가가지만 않으면 웅장하게 보인다는 것을.

하지만 애덤스 장관의 대기실은 전혀 그렇지 않았다. 상상보다 더 안 좋았다.

건설 인부들을 위한 비계와 방수포가 있었다. 깔개를 걷어 낸 낡은 나무 바닥은 횟가루 천지였다. 건설 현장 그 자체였다. 애덤스 장관은 정말로 모든 면에서 국무 장관실을 새로 바꿔 놓고 있었다.

「여기서 기다려요.」 벳시는 이렇게 말하고 나서 캐서린을 지목하며 말을 이었다. 「넌 날 따라오고.」

「제발 서둘러 주세요.」 아나히타가 말했다.

벳시는 걸음을 멈추고 뒤를 돌아보았다. 아나히타는 날카로운 말이 날아올 줄 알았지만, 벳시는 피곤하고 걱정스러운 얼굴로 이해한다는 표정을 지을 뿐이었다.

「그래요, 이제 마음 놓아요. 여기까지 들어왔으니까. 애덤스 장관이 금방 만나 줄 거예요.」

아나히타는 벳시와 캐서린이 안쪽 방으로 사라지는 모습을 지켜보았다.

마음을 놓을 수는 없었다. 클리버 부인은 선의로 한 말이지만, 아나히타가 어떤 정보를 갖고 있는지 몰라서 하는 소리였다.

그녀는 휴대폰을 확인했다.

남은 시간 38분.

버스가 덜컹거리며 프랑크푸르트 변두리를 달리다 정류장에서 사람들을 내려 주었다.

그리고 새로운 사람들이 버스에 올랐다.

8장

엘런 애덤스가 비서실장을 꽁무니에 매달고 나타났다.

아나히타는 자기도 모르게 눈을 휘둥그렇게 떴다. 먼발치나 텔레비전에서만 보던 장관이 앞에 있었다.

아나히타가 생각했던 것보다 키가 컸고, 딱 상상만큼 강렬했다.

「정보가 있다고요?」 애덤스 장관이 곧장 다가와 말했다.

「이겁니다.」

아나히타가 휴대폰을 불쑥 내밀자 장관이 받아서 한 번 보고는 보인턴에게 넘겼다.

「이게 뭐죠?」 엘런이 다그치듯 물었다.

「어젯밤 제 자리로 들어온 메시지를 찍은 사진입니다. 저는 파키스탄……..」

「네, 거기 직원이죠. 이게 무슨 뜻이에요?」

「이건 시간 낭비입니다, 장관님.」 보인턴이 휴대폰을 들어 보이며 말했다. 「이 사람은 하급 직원이에요. 회의실에서 정보 관련 고위급 직원들이 기다리고 있습니다.」 그는 아나히타를 가리키며 말을 이었다. 「우리 정보 담당자들이 모르는 걸 이 사람이 알 리가 없어요.」

엘런은 그를 향해 돌아섰다. 「내가 알기로 정보 담당자들은 아는 게 없던데. 밑져야 본전이잖아.」 엘런은 다시 아나히타에게 시선을 돌렸다. 「설명해 봐요.」

아나히타는 보인턴에게서 휴대폰을 가져온 뒤 애덤스 장관에게 한 걸음 다가서서 고개를 기울였다. 두 사람의 어깨가 닿았다.

「이 숫자들을 보세요, 장관님.」

「나는…….」 엘런은 말을 하려다가 입을 다물었다. 숫자들이 분리되었다가 다시 무리를 지으면서 무서운 의미가 드러났다.

벽장 안의 괴물. 침대 밑의 괴물. 아무리 노래를 불러도 쫓아 버릴 수 없는 어두운 골목 끝의 괴물.

상상도 할 수 없는 온갖 괴물이 그 숫자 속에 모였다.

「이미 폭발한 두 대의 버스 번호와 시각이군.」 엘런이 말했다. 「그런데 세 번째가 있어.」 거의 속삭이는 것 같은 목소리였다. 소리를 조금만 더 크게 내면 폭탄이 터질까 봐 두려워하는 것 같았다. 「어젯밤에 들어왔다고?」

「네.」

「뭐라고요?」 보인턴이 앞으로 다가와 쪽지를 보았다.

벳시와 캐서린도 가까이 다가왔다.

곧 보인턴, 벳시, 캐서린이 한꺼번에 떠들기 시작하자 엘런이 조용히 하라는 뜻으로 손을 들어 올렸다.

「어디일까?」 그녀가 물었다.

「모릅니다.」

「누가 보냈지?」

「모릅니다.」

「죽여주는군.」 보인턴이 말했다. 하지만 아무도 그의 말에 주의를 기울이지 않았다. 그의 말이 들리지 않는 것 같았다.

하지만 애덤스 장관은 그의 말을 듣고, 그가 지금껏 보인 행동과 함께 마음속에 새겨 두었다.

「추측을 해본다면, 다음 테러 대상도 역시 유럽일 것 같아요.」 아나히타가 말했다.

엘런이 빠르고 단호하게 고개를 한 번 끄덕였다. 「같은 생각이야. 대상을 좁혀야 하니 그렇게 생각하는 편이 합리적이지. 그렇다면……」 그녀는 시간을 확인한 뒤 계산을 해보았다. 「맙소사.」 그녀가 벳시를 바라보았다. 「24분 남았어.」

벳시는 말을 잃고 얼굴만 하얗게 질렸다.

「따라와.」 엘런이 말했다.

모두 그녀를 따라 개인 회의실로 들어갔다. 빈자리 하나 없이 의자를 채운 직원들이 그들을 바라보았다.

애덤스 장관은 방금 알게 된 정보를 간결하게 설명했다.

「이 암호를 동맹국의 모든 정보기관에 보내요. 119번 버스가 있는 유럽의 수도 목록을 모두 뽑아 오고. 런던과 파리는 제외해도 됩니다. 5분 안에 가져와요.」

잠시 시간이 멈춘 듯 정적이 흐르다가 갑자기 모두 부산해졌다.

「유럽 연합 정보국장과 전화를 연결해.」 엘런이 재빨리 자신의 집무실로 향하면서 보인턴에게 말했다. 그리고 자신의 자리에 도착해 막의자에 앉으려다가 그를 바라보았다.

보인턴이 그냥 문간에 서 있었다.

「뭐지?」 그녀가 말했다.

보인턴은 분주하게 움직이는 회의실 풍경을 뒤돌아본 뒤, 집무실 안으로 들어와 문을 닫았다.

「왜 그 여자인지 묻지 않으셨습니다.」

「뭐라고?」

「그 젊은 직원 말입니다. 왜 그 여자일까요? 그 경고가 왜 그 사람한테 왔을까요?」

엘런은 그건 중요하지 않다고 말하려다가 멈췄다. 어쩌면 중요할 수도 있다는 생각이 들어서였다.

「EU 정보국장 연결하고, 아나히타 다히르에 대해 알아봐.」

엘런은 의자에 앉으면서 휴대폰을 꺼내 아들에게 보낼 문자를 입력

했다. 〈연락해라 제발.〉

그녀의 손가락이 하트 이모티콘 위에서 머뭇거리다가 그냥 보내기 버튼으로 움직였다.

그러고 나서 그녀는 기다리고 또 기다렸다.

똑딱, 똑딱.

답장은 오지 않았다.

「찾았습니다.」 국무부 상급 정보 분석관이 엘런의 집무실로 달려 들어오며 말했다.

그녀는 EU 정보국장에게 새로운 정보를 알려 주고 방금 통화를 끝낸 참이었다.

분석관이 그녀 앞에 목록을 내려놓았다. 다른 직원들이 그의 뒤에 늘어서서 목록을 읽는 그녀를 지켜보았다. 시간이 오래 걸리지는 않았다. 목록이 놀라울 정도로 짧았다.

런던과 파리를 제외하면, 로마, 마드리드, 프랑크푸르트가 있었다.

「이 중에 가능성이 더 높은 곳은?」 엘런이 다그치듯 물었다.

남은 시간은 6분.

「그건 알 수 없습니다, 장관님. 각 도시의 교통부에 전화를 걸었지만 벌써 6시가 지나서 업무가 끝난 뒤였습니다.」

직원들이 크게 뜬 눈으로 엘런을 빤히 바라보고 있었다. 엘런은 보인턴에게 주의를 돌렸다. 「인터폴에 연락해. 이 세 도시의 경찰에 경보를 보내라고. 캐서린!」

「네?」 딸이 휴대폰을 귀에 댄 모습으로 문간에 나타났다.

「로마, 마드리드, 프랑크푸르트야. 소식을 퍼뜨려.」

「네.」

「무슨 일이에요?」 아나히타는 상급 분석관들이 장관의 집무실로 달려가는 모습을 보고 물었다.

「119번 버스가 있는 도시 목록이 나왔어요.」한 보좌관이 말했다.

「어디예요?」

보좌관이 목록을 쭉 밀어 주었다.

아나히타는 그 목록을 읽으며 눈썹을 한데 모으고 생각에 잠겼다. 그러다 곧 눈썹이 펴지면서 눈이 휘둥그레졌다.

「세상에, 프랑크푸르트야.」그녀는 혼자 중얼거리며 휴대폰을 꺼냈다.

남은 시간 4분 30초.

그녀는 덜덜 떨리는 손으로 휴대폰 화면을 두드렸다. 하지만 엉뚱한 메시지를 불러내는 바람에 다시 화면을 두드렸다. 아침에 길에게서 날아온 문자가 화면에 나왔다.

〈프랑크푸르트로 가는 중.〉

그녀는 문자를 입력했다. 〈프랑크푸르트야? 버스? 지금?〉그리고 다급함을 뜻하는 이모티콘을 눌렀다.

〈응.〉길은 편안히 의자에 앉아 답장을 보냈다. 길고 긴 26시간의 추적 끝에 목적지가 코앞이었다.

〈왜?〉아나히타가 물었다.

〈취재 중.〉

〈무슨 쥐재?〉아나히타는 오타를 미처 알아차리지 못하고 떨리는 손가락으로 보내기 버튼을 눌렀다. 오타를 바로잡으려고 다시 문자를 치는데 답장이 날아왔다.

〈말 못 해.〉

〈프랑크 어디?〉

그녀는 화면을 뚫어지게 바라보며 기다렸다. 제발, 제발.

3분 20초…….

〈버스.〉

〈어떤 버스?〉

〈그게 중요해?〉

〈!!!!!〉

〈119번.〉

길은 휴대폰을 주머니에 넣고 편안히 앉아서 앞줄의 아이들이 서로를 찌르고 밀치며 티격태격하는 모습을 지켜보았다. 통로 건너편에서 나이가 지긋한 여자도 아이들을 지켜보고 있었다. 그 아이들이 자기 자식이나 손주가 아니라 다행이라고 생각하고 있음이 분명했다.

버스는 만원이었다. 길은 누군가 필요한 사람에게 자리를 양보해야 하나 잠시 생각해 보았지만, 부하리 박사가 어디서 내리는지 지켜봐야 했다. 자신에게 정보를 준 사람의 말이 옳았는지 확인할 필요가 있었다.

〈내려! 폭탄이야!〉

하지만 답장이 없었다.

아나히타는 화면을 뚫어지게 바라보았다. 빨리, 빨리.

답장이 없었다.

그녀는 전화를 걸어 보았다.

답이 없었다.

그녀는 일어나서 국무 장관 집무실로 달려갔다. 경호원이 그녀를 막으려 했지만 그녀는 또 무작정 밀치고 들어갔다.

「친구가……」 그녀가 소리쳤다. 「친구가 프랑크푸르트에서 119번 버스에 타고 있어요. 취재 중이래요. 폭탄이 있다고 말했는데 답장이 없어요.」

「취재?」 벳시가 말했다. 「기자예요?」

「네.」

벳시는 휙 돌아서서 엘런을 바라보았다.

애덤스 장관이 휴대폰을 꺼내는 동안 벳시는 다시 아나히타에게 돌아섰다. 「이름이 뭐예요?」

엘런은 마지막으로 받은 개인 문자를 보았다. 아들이 보낸 것이었다. 〈프랑크푸르트에서 버스. 자세한 건 나중에.〉

「길이에요.」 아나히타가 말했다. 「길 바하르.」 그녀는 충격을 받은 벳시의 얼굴과 엘런의 얼굴을 차례로 보았다. 엘런은 눈을 크게 뜨고, 입을 벌리고 있었다.

엘런이 덜덜 떨면서 통화 버튼을 누르고 벳시와 시선을 마주쳤다.

「뭐예요?」 아나히타가 물었다.

「길 바하르는 장관님 아드님이에요.」 찰스 보인턴이 말했다.

방에서 공기가 싹 빠져나간 것 같았다.

남은 시간은 3분 5초.

모두 엘런을 빤히 바라보았다.

캐서린이 들어오다가 멈칫했다. 「무슨 일이에요?」

벳시가 그녀에게 다가갔다. 「길이 프랑크푸르트에서 119번 버스에 타고 있어. 네 엄마가 전화 중이야.」

「세상에.」 캐서린은 더 이상 말을 이을 수 없었다.

버스가 멈추자 앞줄에 앉은 아이들이 정류장 이름을 보고는 소리를 지르더니 벌떡 일어서서 내렸다. 바로 그때 나스린 앞줄에 앉아 있던 남자도 버스에서 내렸다.

하지만 그가 앉았던 자리에 남은 물건이 있었다.

여러 사람이 버스에 탔다. 가족으로 보이는 사람들, 10대 몇 명, 노부부 한 쌍.

길의 휴대폰이 진동하며 전화가 왔음을 알렸지만 그는 무시해 버렸다. 정류장에 설 때마다 부하리 박사에게 온 신경을 집중할 필요가 있었다. 버스가 떠나기 직전 부하리 박사가 급하게 내리는 방법을 쓸 수도 있기 때문이었다.

버스가 다시 출발하자 그는 휴대폰을 꺼냈다.

「젠장.」그는 이렇게 말하면서 빨간색 거절 버튼을 눌렀다.

「통화를 거절했어.」엘런이 말했다.

「제 전화로 하세요.」캐서린이 길의 번호로 전화를 건 다음 어머니에게 휴대폰을 건넸다.

남은 시간 1분 10초.

또 그의 휴대폰이 진동했다.

길은 또 어머니 사진이 떠 있을 줄 알고 전화기를 꺼냈다.

하지만 어머니 사진 대신 화면에는 아버지가 다른 여동생 캐서린의 사진이 떠 있었다.

「안녕, 케이티······.」

「내 말 잘 들어.」어머니가 엄격하고 차분한 목소리로 말했다.

「아, 젠장.」길은 통화 종료 버튼에 손가락을 댔다.

「폭탄이 있어.」엘런이 목소리를 높였다.

「네?」

「버스에 폭탄이 있다고.」차분함은 산산이 부서져 버렸다. 엘런이 거의 고함을 지르듯이 목소리를 높였다. 「1분 남짓밖에 안 남았어. 내려!」

그는 어머니의 말과 거기에 깃든 두려움과 의미를 순식간에 깨달았다.

그가 일어서서 소리쳤다. 「버스 세워요! 폭탄이 있어요!」

다른 승객들이 그를 보더니 미친 미국인을 피하려고 몸을 움츠렸다.

그는 나스린에게 손을 뻗어 팔을 움켜쥐었다. 「일어나요! 내려요.」

그녀는 그를 밀어내며 아미르의 가방을 휘둘렀다. 그걸로 그를 때리면서 사람들에게 도움을 요청했다.

〈날 이렇게 데리고 내릴 작정이었어.〉 그녀는 이런 생각을 하며 머리를 정신없이 굴렸다.

길은 그녀를 놓아두고 앞으로 달려가서 운전기사에게 소리를 질렀다.

「멈춰요! 다 내려야 돼요.」

그는 뒤를 돌아 자신을 빤히 바라보는 승객들의 얼굴을 보았다. 남자, 여자, 아이. 겁을 내고 있었다. 폭탄이 아니라 그가 무서워서.

「제발.」 그가 간청했다.

똑딱, 똑딱.

그들은 위풍당당한 사무실의 벽에 줄지어 걸린 시계의 바늘들이 움직이는 모습을 지켜보았다. 길이 큰 소리로 간청하는 소리가 배경음처럼 작게 들렸다.

19초.

18초.

「길!」 그의 어머니가 소리쳤다. 「내려!」

마침내 버스가 부르르 몸을 떨며 멈췄다. 문이 열리고 운전기사가 일어섰다.

「감사…….」 길이 말을 마치기도 전에 운전기사의 손이 그의 재킷을 붙잡았다.

그는 밖으로 내던져졌다.

10초.

9초.

사람들의 눈이 커지고 숨이 멈췄다.

「8초.」 아나히타가 속삭였다.

딱딱한 도로 위로 떨어진 그는 숨이 차고 멍이 든 채로 시선을 들어 멀어져 가는 버스를 바라보았다. 그러다 휘청휘청 일어나서 버스를 따라 뛰었다. 그러나 곧 자신이 결코 버스를 따라잡을 수 없음을 깨닫고 행인들을 향해 돌아섰다.

3초.
2초.

「물러나요. 엎드려. 저기…….」

똑……딱.

아나히타가 설정해 둔 알람이 울리는 순간 엘런의 얼굴이 하얗게 질렸다.

9장

휴대폰이 엘런의 손에서 미끄러져 바닥으로 떨어졌다.

현기증이 나서 그녀는 의지할 곳을 찾아 뒤로 손을 뻗었다. 쓰러지지 않기 위해서.

액자 속 사진들, 기념품들, 스탠드 하나가 바닥으로 떨어져 부서졌다.

엘런은 머릿속이 하얗게 빈 채로 허리를 숙여 휴대폰을 집어 들었다.

「길?!」 그녀가 전화기를 향해 소리쳤다. 「길?」

전화기 속은 조용했다.

「길?」 괴물 같은 침묵을 향해 그녀가 속삭였다.

「엄마?」 캐서린이 어머니에게 다가섰다.

「폭발했어.」 엘런은 눈을 크게 뜬 채 이렇게 중얼거리며 딸과 벳시를 차례로 바라보았다.

곧 방 안의 모든 사람이 한꺼번에 움직이며 큰 소리로 이런저런 지시를 내리는 통에 대혼란이 벌어졌다.

「그만!」

모두 동작을 멈추고 고개를 돌려 애덤스 장관을 보았다. 벳시와 캐서린이 각각 그녀의 양편에 있었다.

폭발 이후 10초가 지났다.

「버스의 정확한 위치 파악됩니까?」 엘런이 다그치듯 물었다.

「네. 전화 추적으로 알아낼 수 있습니다.」 보인턴이 휴대폰을 잡고 버튼을 몇 개 누르더니 고개를 끄덕였다. 「찾았습니다.」

「그걸 독일에 보내.」 애덤스 장관이 지시했다. 「프랑크푸르트 응급 구조대에도 알리고. 당장!」

「네, 장관님.」

방금 일어난 일을 모든 나라의 정보국에 알리고 프랑크푸르트 주재 미국 영사관에 연락해서 현장으로 사람을 보내게 하라는 지시가 보좌 관들에게 떨어졌다.

「영사관 사람들에게 길을 찾으라고 해요.」 엘런이 사람들을 향해 외 쳤다. 「길 바하르를 찾으라고.」 그녀가 불러 주는 이름 철자가 서둘러 복도를 걸어가는 보좌관들의 뒤를 쫓았다.

그녀는 캐서린에게 시선을 돌렸다. 길과 통화하려고 시도하던 캐서 린이 고개를 저었다. 두 사람은 역시 길에게 전화를 걸고 있던 아나히 타에게 시선을 돌렸다.

그녀는 눈을 크게 뜨고 전화기를 귀에 대고 있었지만, 아무 소득이 없었다.

「프랑크푸르트에 있는 저희 지국에 전화할게요. 그쪽이 현장에 빨 리 갈 수 있을 거예요.」 캐서린이 휴대폰 화면을 손가락으로 마구 두드 리면서 말했다. 「너는……」 그녀가 아나히타를 가리켰다. 「우리 오빠한 테 계속 전화해.」

아나는 고개를 끄덕였다.

전화벨 소리가 사방에서 울렸다.

벳시는 텔레비전 화면들을 향해 돌아섰다. 필 박사의 토크 쇼에서 어떤 여자가 남편이 여자로 성전환을 하려 해서 자신 역시 남자로 성 전환을 할 생각이라고 남편에게 털어놓았다는 이야기를 늘어놓고 있 었다.

벳시는 리모컨으로 채널을 바꿨다. 삑.

어떤 사람이 이웃집 빨랫줄에서 행주를 계속 훔친 사건에 대해 주디 판사가 판결을 내리고 있었다.

삑, 삑.

보도가 전혀 없었다. 이제 겨우 1분이 조금 넘었으니까.

삑.

「장관님, 독일 총리에게 사건을 알리고, 그쪽 정보국과 응급 구조대에 위치를 전달했습니다.」 보인턴이 보고했다. 「대통령께도 알릴까요?」

「대통령?」 엘런이 물었다.

「미국 대통령요.」

「아, 세상에, 그렇지. 내가 연락해야겠어.」

엘런은 거의 쓰러지듯이 털썩 의자에 주저앉아 양손에 머리를 묻었다. 그녀의 손가락이 머리를 꽉 움켜쥐었다. 그녀가 다시 고개를 들었을 때, 눈에는 실핏줄이 돋아 있었지만 방금 아들이 죽었을지도 모른다는 사실을 알게 된 사람 같은 표정은 전혀 보이지 않았다.

「대통령과 전화 연결해 줘.」

보좌관들이 정신없이 빠르게 보고를 쏟아 내고 있었다.

「대통령님, 폭탄 테러가 또 발생했습니다.」

「잠시 기다려요.」

더그 윌리엄스는 중소기업청 대표들과의 회의를 끝내고 오벌 오피스를 비우라고 비서실장에게 손짓으로 지시했다.

사람들이 모두 나간 뒤 윌리엄스는 시선을 돌려 잔디밭을 바라보았다.

「어디서요?」

「프랑크푸르트입니다. 역시 버스고요.」

「젠장.」

〈최소한 여긴 아니군.〉 그는 자기도 모르게 이런 생각이 드는 것을 어쩔 수 없었다.

그는 자기 자리에 앉아 전화를 스피커폰으로 돌리고, 노트북 컴퓨터의 보안 검색 엔진에 빠르게 검색어를 입력했다. 「인터넷에는 아무것도 없는데요.」

바브 스텐하우저가 사무실로 돌아와 몸짓으로 무슨 일이냐고 물었다. 그러나 대통령에게서 돌아온 것은 짧은 손짓뿐이었다. 그녀는 텔레비전 채널들을 훑어보라는 뜻임을 올바르게 해석해 냈다.

「또 폭탄 테러야.」그가 바브에게 소리쳤다. 「프랑크푸르트.」

「젠장.」바브는 CNN에 맞춰진 채널을 그대로 두고 자신의 휴대폰을 들었다.

「언제 일어났습니까?」대통령이 엘런에게 물었다.

엘런은 시계를 확인한 뒤 고작 1분 30초밖에 흐르지 않은 것을 알고 깜짝 놀랐다. 「90초 전입니다.」

그 시간이 영원 같았다.

「독일 정부와 국제 정보기관들에 연락했습니다.」애덤스 장관이 말했다. 「보안 채널로 경보를 발령했고요.」

「잠깐만요. 독일에 알렸다고요? 그쪽에서 알려 준 게 아니라? 어떻게 그리 빨리 알아낸 겁니까?」

엘런은 그에게 말하고 싶지 않아서 잠시 가만히 있었다. 하지만 반드시 말해야 하는 일이었다.

「제 아들이 그 버스에 있었습니다.」

침묵이 흘렀다.

「미안합니다.」거의 진심처럼 들리는 목소리였다.

「버스에서 내렸을지도 모릅니다.」엘런이 말했다. 「소리가……」그녀는 마음을 다잡았다. 「……소리가 그런 것 같았거든요.」

「아들과 통화 중이었습니까? 그 순간에?」

「제가 직접 가서 설명해도 되겠습니까, 대통령님?」

「그러는 편이 낫겠습니다.」

엘런은 휴대폰을 꼭 쥐고 백악관에 도착했다. 대통령 경호원에게 전화기를 맡겨야 했지만, 혹시 길에게서 전화가 올지도 몰라 거부했다. 국가정보국장, CIA 국장, 화이트헤드 합참 의장이 이미 오벌 오피스에 와 있었다.

「국토안보부와 국방부 장관도 곧 올 겁니다.」 윌리엄스 대통령이 말했다. 「하지만 바로 시작하죠.」

그가 길을 입에 담지 않은 것이 다행이었다. 하지만 엘런의 아픔을 감안해서 배려해 준 것 같지는 않았다. 그보다는 감정적인 비겁함 때문이거나 아니면 벌써 그 사실을 잊어버린 탓일 것 같았다.

엘런은 자초지종을 빠르고 간결하게 설명했다. 이제는 이 폭탄 테러에 대해 온 세계가 알고 있었다. 모든 뉴스에 영상이 나왔다. 텔레비전 앵커들은 불안 때문인지 흥분 때문인지 거의 히스테리 상태였다. 현장에 나온 기자들은 평소처럼 유능한 독일 경찰이 현장을 통제하려고 애쓰는 가운데 허락되지 않은 곳까지 가까이 접근하고 있었다. 구급차와 소방차가 혼잡한 현장을 통과하려고 애썼다.

「국무부의 하급 직원에게 경고가 날아왔다는 겁니까?」 팀 비첨 국가정보국장이 다그치듯 물었다. 「세상 누구도, 우리의 정교한 정보망도, 노련한 공작원들도, 그 누구도 그걸 눈치채지 못했는데, 누가 그 직원한테 메시지를 보냈다고요?」

「네.」 엘런이 방금 설명한 내용이 바로 이거였다.

「도대체 누가?」 대통령이 물었다.

「모릅니다. 그 직원이 메시지를 지웠어요.」

「지워요?」

「그게 절차입니다. 처음에는 스팸인 줄 알았답니다.」

「나이지리아 왕자가 보내기라도 했답니까?」 방금 도착한 국토안보부 장관이 말했지만 아무도 웃지 않았다.

「왜 하필 그 직원이죠?」 대통령이 물었다. 「이름이 아나…….」

「아나히타 다히르입니다. 이유는 저도 모릅니다.」

「아나히타 다히르.」 CIA 국장이 혼자 중얼거리다가 국가정보국장을 바라보았다.

「그걸 물어볼 시간이 없었습니다.」 애덤스 장관이 계속 말을 이었다. 「그렇게 알려 주러 온 것이 고마울 따름입니다.」

「너무 늦었어요.」 국방 장관이 말했다. 「폭탄이 전부 터졌잖습니까.」

엘런은 말이 없었다. 사실 그대로였다.

국가정보국장이 잠시 양해를 구하고 나갔다가 1분 뒤 돌아왔다.

화이트헤드 장군은 고개를 한쪽으로 살짝 기울이고 그를 지켜보다가 애덤스 장관을 흘깃 바라보았다. 그의 희미한 미소에 마음이 진정되어야 하는데 오히려 정반대의 효과가 났다.

이제는 엘런도 팀 비첨을 유심히 살폈다.

「무슨 문제라도 있습니까?」 더그 윌리엄스가 물었다.

「아뇨, 대통령님.」 비첨이 말했다. 「저희 담당 직원들에게 알려야 할 것 같아서요.」

엘런 애덤스는 비첨이 잠깐 자리를 비운 것을 합참 의장이 왜 걱정하는지 생각해 보았다. 답을 알 것 같았다.

팀 비첨은 그 연락을 위해 굳이 밖으로 나갈 필요가 없었다. 그가 자리를 비운 것은 오로지 이 자리의 다른 참석자들에게 연락 내용을 알리지 않기 위해서였다.

왜?

엘런은 화이트헤드 장군을 흘깃 보았지만, 그는 다시 대통령에게 주의를 집중하고 있었다.

애덤스 장관이 다른 장관들의 질문에 대답하는 동안, 길의 어머니는 텔레비전 화면들을 등진 채 감히 그쪽으로 시선을 돌리지 못했다. 혹시라도…….

마침내 화이트헤드 장군이 물었다.

「아드님 소식은요?」

「없습니다.」 금방이라도 부서질 것 같은 목소리였다. 그녀는 더 이상 묻지 말라고 그에게 눈으로 호소했다.

그는 짧게 고개를 끄덕이고는 입을 다물었다.

「이번에도 자기들 소행이라고 주장하는 단체가 없습니까?」대통령이 물었다.

「네. 이건 절대로 단독범의 소행일 수 없습니다.」국방 장관이 말했다. 「무리를 지은 놈들입니다.」

「나한테는 확실한 사실이 필요해요.」윌리엄스 대통령은 무표정한 얼굴로 방 안에 둘러앉은 장관들을 차례로 보았다.

침묵의 순간이 길어졌다.

「없습니까?」대통령은 거의 고함을 지르다시피 했다. 「아무것도 없어요? 지금 장난하자는 겁니까? 이 나라는 지상 최강입니다. 최고의 감시 장비, 최고의 정보망을 갖추고 있어요. 그런데 나한테 가져온 게 고작 이거라고요?」

「죄송합니다만, 대통령님…….」CIA 국장이 입을 열었다.

「그런 건 집어치우고 말이나 해봐요.」대통령이 그를 노려보았다.

CIA 국장은 지원을 바라며 둘러앉은 사람들을 바라보다가 국무 장관에게 시선을 고정했다. 엘런은 한숨을 내쉬었다.

그녀는 이미 대통령의 눈 밖에 난 사람이었으므로 무슨 일이 벌어지든 잃을 것이 가장 적었다. 게다가 엘런 애덤스는 이런 식의 정치 싸움에 더 이상 관심이 없었다.

「지금 4년 전의 말씀을 하고 계십니다, 더그.」

그녀는 무심코 대통령의 이름을 불렀다.

「그게 무슨 소립니까?」

「잘 아시잖습니까.」그녀는 쏘아붙이듯 말하고 나서 바브 스텐하우저 비서실장을 바라보았다. 「당신도 잘 알죠. 시간 낭비할 여유가 없으니 요점만 말하겠습니다. 전임 정부는 손을 대는 것마다 전부 망쳐 놓았습니다. 우물에 독을 풀고, 다른 나라들과의 관계에 독을 풀었죠. 지금은 자유세계의 지도자라는 이름만 있을 뿐입니다. 대통령님이 그토록 자랑스러워하는 훌륭한 정보망은 이제 존재하지 않아요. 동맹국들은 우리를 믿지 않습니다. 우리를 해치고 싶어 하는 나라들이 주위를 돌며 기회를 노리고 있고요. 우리는 그걸 막지 못합니다. 그들을 안에 들일 수밖에 없어요. 러시아. 중국. 북한의 그 미친놈. 그럼 여기 행정부 내부는, 영향력 있는 자리에 앉은 사람들은 어떨까요? 직급이 낮은 직원들은? 그들이 맡은 일을 훌륭히 수행하고 있다고 믿을 수 있을까요?」

「딥 스테이트.」 국가정보국장이 말했다.

엘런은 그에게 반박했다. 「지금은 문제의 깊이를 걱정할 때가 아닙니다. 얼마나 널리 퍼져 있는지가 중요해요. 없는 곳이 없으니까요. 정신 나간 대통령을 떠받치기 위해 무슨 짓이든 할 사람들을 고용해서 승진시키고 보상을 안긴 지난 4년 때문에 우리는 허약해졌습니다.」 그녀는 휴대폰을 바라보았다. 여전히 아무 연락이 없었다. 「모두가 무능한 것은 아닙니다. 무능한 사람이라도 십중팔구 악의를 품지는 않았을 테고요. 그들이 우리를 무너뜨리고 있는 게 아닙니다. 그들은 그냥 일을 잘하는 법을 전혀 모를 뿐이에요. 나는 민영 기업 출신입니다. 그래서 사람들이 의욕을 갖고 움직이는지 보면 알 수 있어요. 우리가 물려받은 수천 명의 직원은 공포 속에서 4년을 보냈습니다. 그래서 지금은 그냥 고개를 숙이고 조용히 지내길 원할 뿐이에요. 국무부도 마찬가지입니다. 또한……」 그녀는 바브 스텐하우저를 바라보았다. 「백악관도 예외가 아니죠.」

「저도 포함됩니까?」 화이트헤드 장군이 물었다. 「저도 전임 정부 밑에서 일했습니다만.」

「제가 듣기로 장군님은 주로 수류탄에 스스로 몸을 던지는 편이었다고 하던데요.」 엘런이 말했다. 「군사와 전략 부문에서 정신 나간 결정을 막거나 최소한 그 영향을 줄여 보기라도 하려고요.」

「별로 성공하지는 못했습니다.」 합참 의장이 말했다. 「대통령과 지지자들에게 핵무기 개발을 부추기지 말라고 간청했더니 대통령이 뭐라고 말했는지 압니까?」

엘런은 무슨 말이 나올지 무서워서 차마 묻지 못하고 침묵을 지켰다.

「사용할 수 없다면 핵무기가 무슨 소용이지? 이렇게 말했습니다.」 화이트헤드는 이 말을 하면서 정말로 얼굴이 창백해졌다. 「제가 더 강력하게 주장했다면…….」

「그래도 노력은 하신 거잖아요.」 엘런이 말했다.

화이트헤드는 작게 앓는 소리를 냈다. 「제 묘비에 적힐 말이군요. 〈그래도 노력은 했다〉…….」

「그건 중요한 거예요.」 엘런이 말했다. 「대부분의 사람들은 노력하지 않았으니까요. 죄송합니다만, 대통령님, 저는 국무부로 돌아가 봐야 할 것 같습니다. 사실, 가야 하는 곳은 독일이죠. 제게 더 물어보실 것이 있습니까?」

「없습니다.」 윌리엄스 대통령은 잠시 머뭇거렸다. 「독일 여행 말인데, 개인적인 방문입니까?」

엘런은 그가 저런 말을 한다는 사실을 믿을 수가 없어서 그를 빤히 바라보았다. 저건 무슨 뜻인가.

화이트헤드 장군이 나섰다. 「1시간 안에 앤드루스에서 출발할 예정인 군 수송기에 장관이 탈 수 있게 해드릴까요?」

「아뇨.」 윌리엄스 대통령이 말했다. 「괜찮습니다. 공식적인 출장이 아니더라도 관용기를 사용할 수 있으니까요. 이렇게 급박하게 방문 일정이 잡힌 것을 독일 총리도 틀림없이 이해하고, 절차를 무시한 것으로 받아들이지 않을 겁니다.」

「총리도 인간이니까요.」 엘런은 윌리엄스를 노려보았다. 「대통령님도 한번 노력해 보시죠.」

10장

「소식은?」엘런은 바삐 집무실로 들어서며 이렇게 물었다.

만약 길에 관한 소식이 있었다면 이미 그녀에게도 연락이 왔겠지만, 그래도 이 질문을 던질 수밖에 없었다.

「없습니다.」보인턴이 말했다.

벳시와 캐서린은 프랑크푸르트 여행을 위해 짐을 싸러 갔기 때문에 보이지 않았다. 엘런은 회의실로 성큼성큼 걸어 들어갔다. 그동안 다른 나라 외무 장관들이 다급한 질문들을 던졌지만 그녀는 계속 답변을 얼버무리고 있었다. 이제 그녀는 회의실의 자기 자리에 앉아 비서실장, 고위 보좌관, 안보 분석관 등을 바라보았다.

「보고해요.」

「독일은 세 건의 폭탄 테러 배후에 모두 같은 조직이 있을 거라고 확신하고 있습니다.」고위 보좌관 한 명이 말했다. 「하지만 어떤 조직인지는 아직 모르고요.」

「알카에다인지도 모르죠.」안보 분석관 한 명이 말했다. 「IS일 수도…….」

「ISIL이에요.」

「그만.」엘런이 한 손을 들어 올렸다. 「각각의 사건 사이에는 몇 시간의 간격이 있어요. 만약 테러가 주목적이었다면 모든 폭발이 거의 동시에 일어나게 설계되었을 겁니다. 9·11처럼.」 그녀는 탁자에 둘러앉은 자신의 두뇌들을 바라보았다. 「그렇죠?」

다들 입을 다문 채 어깨만 으쓱했다.

「장관님, 솔직히 말하자면……」 고위 분석관 한 명이 말했다. 「이번 사건의 목적이 무엇이었는지 우리는 전혀 모르고 있습니다. 아니, 무엇인지.」

「무엇인지? 아직 안 끝났다는 뜻입니까?」 엘런이 말했다.

히스테리가 점점 강해지는 것이 느껴졌다. 머리가 어지러워지고, 그냥 소리 내어 웃고 싶은 충동이 거의 압도적이었다. 팔을 흔들어 대며 이 방에서 달려 나가 비명을 지르면서 복도를 질주해 거리 한복판으로 나가고 싶었다. 그대로 쭉 비행기가 있는 곳까지 달리고 싶었다.

직원들은 서로를 바라보고 있었다. 마치 서로에게 먼저 말하라고 쿡쿡 찔러 대는 것 같았다.

「할 말 있으면 그냥 해요.」 엘런이 말했다.

또 침묵이 흘렀다. 엘런은 이 사람들의 속뜻을 아직 읽지 못했다. 그들은 진정한 감정을 감추는 훈련이 되어 있었다. 진짜 생각을 감추는 훈련도 틀림없이 받았을 것이다. 외교와 정보 분야에 종사하는 사람으로서 그들이 받은 훈련이 그렇기도 하고, 지난 4년간 사실과 비슷한 것을 조금이라도 드러내면 처벌받는 생활을 한 탓이기도 했다.

「더 큰 목적이 있는 것 같습니다.」 한 여자가 입을 열었다. 아마 먼저 말하는 역할로 뽑힌 모양이었다. 「이번에 터진 폭탄들은 첫 번째 경고인 것 같아요.」

그녀는 눈을 가늘게 뜨고 고개를 살짝 외로 꼬며 마음의 준비를 했다. 나쁜 소식을 전한 죄로 심한 질책을 당할 각오를 하는 듯했다.

하지만 애덤스 장관은 그녀의 말을 그대로 받아들이고 고개를 끄덕였다.

「잘 들었어요.」 그녀는 탁자에 앉은 사람들을 둘러보았다. 「그럼 어떤 경고일까요?」

「더 큰 계획이 있다는 거겠죠. 이건 자기들의 능력을 보여 주는 맛보기에 불과하다는 뜻.」 안보 분석관 한 명이 장관의 반응에 기운을 얻어 입을 열었다.

「자기들이 원하는 일을 무엇이든 할 수 있다는 뜻일 겁니다.」 다른 직원이 말했다. 「언제, 어디서든.」

「세계 어디서든 남녀노소를 막론하고 무고한 사람들을 기꺼이 죽일 수 있다는 경고죠.」 다른 직원이 말했다.

「놈들이 전문가라는 뜻입니다.」 또 다른 직원이 말했다. 이제는 엘런이 솔직하게 말하라고 격려한 것을 후회할 정도였다. 「속옷이나 신발에 폭탄을 숨겨서 들어오는 수준이 아닙니다. 배낭에 사제 폭탄을 숨겨서 들어오는 놈들도 아니고요. 누가 됐든 범인은 완전히 다른 차원의 인물입니다.」

「무엇이든 자기들이 하기로 하면 반드시 해내는 놈들입니다, 장관님.」 다른 직원이 맞장구를 쳤다.

「다 끝났습니까?」 엘런이 물었다.

직원들은 서로를 바라보다 길게 한숨을 내쉬었다. 몇 년에 걸친 좌절감이 거기 묻어 나왔다. 길고 긴 근심의 탄식도 함께 있었다.

「다히르 씨가 받은 메시지에 대해 뭘 알아냈습니까?」 엘런이 물었다.

「서버에서 메시지 원본을 찾아냈습니다.」 정보 담당 직원 한 명이 말했다. 「IP 주소는 없었습니다. 출발지를 알 수 있는 정보가 전혀 없어요. 지금 분석 중입니다.」

「좋습니다. 다히르 씨는 어디 있습니까?」 애덤스 장관이 물었다. 「나는 35분 뒤 독일로 떠납니다. 가기 전에 이야기를 나누고 싶은데요.」

직원들은 아나히타가 허공에서 나타나기를 기대하는 사람들처럼 주위를 둘러보았다.

「모릅니까?」 엘런이 물었다.

「한참 전부터 못 봤습니다.」 보인턴이 말했다. 「아마 자기 자리로 돌아갔겠죠. 제가 올라오라고 하겠습니다.」

1분 뒤 그는 아나히타가 자리에 없다고 보고했다.

엘런의 목덜미에서부터 등골이 서늘해졌다. 「찾아와요.」

아나히타가 자의로 사라진 걸까? 아니면 실종당한 걸까?

어느 쪽도 좋지 않았다.

〈아나히타 다히르〉라고 속삭이던 목소리, 그리고 CIA 국장과 팀 비첨 국가정보국장이 주고받던 시선이 생각났다.

그 시선의 의미는 그녀도 알고 있었다. 제인이니 데비니 빌리니 테드니 하는 친숙한 이름이 아니라 다른 이름을 지닌 사람을 이야기할 때만 나오는 시선이었다. 그 순간에는 그 시선에 화가 났지만, 지금은 엘런 역시 자기도 모르게 같은 생각을 하고 있었다.

아나히타 다히르라. 어디 출신일까? 어떤 과거를 지니고 있지?

그녀가 충성하는 대상은?

지금 어디 있는 거야?

엘런은 곧 명확한 사실을 마주 바라보았다. 일찌감치 경고를 받았는데도 폭탄은 터졌다. 아나히타 다히르가 그 메시지를 너무 늦게 가져왔기 때문에.

전화벨이 울렸다. 개인 번호로 걸려 온 캐서린의 전화였다.

「오빠 살아 있어요.」 기쁨에 들뜬 캐서린의 목소리가 선을 타고 날아왔다.

「아, 하느님.」 엘런은 신음처럼 중얼거리면서 머리가 회의 탁자에 닿을 정도로 몸을 숙였다.

「무슨 일입니까?」 보인턴이 걱정을 담은 눈을 크게 뜨고 물었다. 「아드님 소식인가요?」

엘런은 고개를 들어 그와 시선을 마주쳤다. 대통령과 달리 정말로 걱정하는 시선이었다. 그 순간 찰스 보인턴이 사랑스럽다는 생각이 들었다.

모두가 사랑스러웠다.

「살아 있대요.」 그녀는 이 말을 하고 나서 전화기를 향해 물었다.

「몸은 어떻다니? 지금 어디 있대?」

「다쳤는데 심하진 않아요. 회복할 거라고 했대요. 지금 있는 곳은 춤하일리겐······ 가이스트······.」

「아냐, 됐다.」 엘런이 말했다. 「우리가 곧 거기 도착할 테니까. 앤드루스에서 보자.」

전화를 끊으면서 그녀는 길의 어머니가 되어 눈을 감고 크게 숨을 들이쉬었다. 그리고 애덤스 장관으로 돌아와 눈을 뜨고 보좌관들의 웃는 얼굴을 바라보았다.

「괜찮답니다. 회복할 거래요. 내가 곧 그쪽으로 갈 예정입니다. 비서실장은 나랑 같이 갈 거예요. 또 다른 정보가 있습니까?」 직원들이 고개를 저었다. 「짐작이나 추측은?」

「이건 틀림없이 잘 계획된 테러 공격입니다, 장관님.」 수석 정보 분석관이 말했다. 「하지만 범인이 누구인지는 알 수 없습니다. 아까 말씀드렸듯이, 극우 집단에서부터 IS의 새로운 조직에 이르기까지 누구든 범인이 될 수 있습니다. 만약 그 직원이 받은 메시지를 그대로 믿어도 된다면, 이번 공격이 마지막일 가능성이 높다는 게 다행한 점이죠.」

「일단은 그렇습니다.」 다른 보좌관이 말했다. 「하지만 왜 미리 우리에게 경고했는지 이해가 안 갑니다. 왜 그 메시지를 보냈을까요?」

「경고한 게 아닙니다.」 분석관이 말했다. 「이번 테러를 계획한 사람이 누구든, 놈들은 폭탄이 터지기를 원했어요.」

「그럼 누가 경고를 보낸 거죠?」 엘런이 물었다. 하지만 침묵이 흐르자 다시 말을 이었다. 「추측해 봐요.」

「라이벌 조직일까요?」 수석 정보 분석관이 말했다. 「아니면 조직 내 첩자일 수도 있습니다. 그 조직과 뜻이 달라서 폭발을 막고 싶었던 사람일 수도 있고요. 지금으로서는 오리무중입니다.」

「아니, 여러분은 지금 예측할 수 있는 방향을 모두 들여다보고 있어요.」 엘런이 말했다. 「상상력을 발휘해 봐요. 이 정도로 사람과 기술을 동원할 수 있는 조직이 많지는 않을 겁니다. 목록을 만들어 오세요.」

엘런은 자리에서 일어섰다. 「이번 일을 누가 계획했는지 알아내서 막아야 합니다.」

「왜 하필 그 버스들인지도 아직 모릅니까?」 보인턴이 물었다. 「왜 그 도시들인지도? 그냥 무작위로 선택된 겁니까?」

이번에도 모든 직원이 고개를 끄덕였다. 자동차 대시 보드 위에서 끄덕거리는 장식용 인형들 같았다.

엘런이 자리에서 일어서자 다른 사람들도 따라 일어섰다. 「떠나기 전에 다히르 씨를 만나고 싶으니까 찾아와요.」

그녀는 문 앞에서 걸음을 멈췄다. 그 시선이 생각난 탓이었다. CIA 국장과 팀 비첨이 주고받던 시선.

「국가정보국장한테 전화 연결해.」 그녀는 보인턴에게 말했다.

그녀가 자기 자리에 도착했을 무렵에는 이미 전화가 연결되어 있었다.

「팀.」

「장관.」

「우리 직원을 데리고 있습니까?」

「내가 왜요?」

「나한테 허튼수작은 부리지 마세요. 당신이 정보 보고서를 받아 본다면, 나한테는 전 세계의 대사관들이 있습니다.」

「엄밀히 말하면…….」

「사실대로 말하기나 해요.」

「그래요, 장관, 우리가 데리고 있습니다.」

아나히타는 이런 일이 가능할 줄은 꿈에도 몰랐다. 문명국인 이 나라에서 가능할 줄은.

자신의 조국이 이럴 줄은.

그녀는 금속 탁자를 사이에 두고 제복 차림의 두 남자와 마주 앉아 있었다. 남자들의 옷에는 배지도 이름표도 없었다. 군 정보부였다. 그

둘보다 훨씬 더 덩치가 큰 남자 두 명이 문 앞에 서 있었다. 만에 하나 그녀가 도망칠 경우에 대비해서.

하지만 설사 그녀가 저 단단한 덩치들을 뚫고 나간다 해도 어디로 도망칠 것인가?

저들은 그녀가 어딘지는 몰라도 그녀의 원래 출신지로 돌아갈 것이라고 짐작하고 있었다. 그녀가 일찌감치 깨달은 사실이었다. 마치 그녀가 클리블랜드 출신이라는 말을 믿지 않는 것 같았다.

저들이 그녀의 이름 아나히타를 되뇔 때의 태도를 보면 알 수 있었다.

그들은 그 이름에 추악한 의미가 숨겨져 있는 것처럼 굴었다. 테러리스트. 외국인. 적. 위협.

그들은 그녀의 이름을 조롱했다. 아나히타, 아나히타 다히르.

「난 클리블랜드에서 태어났어요.」 그녀가 설명했다. 「확인해 보시면 되잖아요.」

「해봤어요.」 두 남자 중 젊은 쪽이 말했다. 「하지만 기록이야 얼마든지 위조할 수 있죠.」

「그런가요?」 그녀는 어찌할 바를 모르는 속내를 드러내고 싶지 않았지만 어쩔 수 없었다. 그 점이 그들의 의심을 더욱 부추긴다는 사실도 알 수 있었다. 그들의 경험상 그렇게 순진한 사람은 없었다. 무고한 사람도 없었다.

이름이 아나히타 다히르인 사람이라면 틀림없었다.

〈다히르〉는 〈교사〉를 뜻하는 아랍어 〈다비르〉에서 온 이름이었다.

〈아나히타〉는 페르시아어로 〈치유사〉를 뜻했다. 〈지혜〉라는 뜻도 있었다.

하지만 저 두 사람에게 이런 설명을 해봤자 소용없었다. 그들은 〈페르시아〉라는 단어를 듣는 순간 귀를 닫아 버릴 것이다.

〈페르시아〉는 곧 〈이란〉을 뜻하고, 이란은 적이었다.

그러니 아무 말도 하지 않는 것이 최선이었다. 하지만 아나히타 다히르는 내심 저들이 나와는 다른 편의 사람들이 아닌가 하는 생각이 들었다. 자신이 저런 사람들과 한편이라는 사실을 믿을 수가 없었다.

「원래 어디 출신입니까?」 젊은 군인이 다그치듯 물었다.

「부모님은 레바논 출신입니다. 베이루트. 내전 때 도망쳐서 이곳에 난민으로 오셨습니다. 저는 여기서 태어난 첫 세대고요.」

「무슬림인가요?」

「기독교인입니다.」

「부모님은?」

「아버지는 무슬림이고, 어머니는 기독교인입니다. 두 분이 고향을 떠난 이유 중 하나죠. 기독교인이 공격 대상이었으니까요.」

「암호 메시지를 보낸 사람이 누굽니까?」

「모릅니다.」

「말해요.」

「말하고 있잖아요. 정말로 모릅니다. 그걸 받자마자 제 상사에게 보여 줬습니다. 가서 물어보세요.」

「우리 일은 우리가 알아서 합니다. 질문에나 대답해요.」

「내 말은 그게…….」

「그 메시지의 의미를 상사에게 말했습니까?」

「아뇨, 저는…….」

「왜요?」

「저도 그때는…….」

「두 곳에서 폭탄이 터지고, 세 번째를 막기에는 너무 늦을 때까지 기다린 거겠죠.」

「아냐, 아니에요!」 그녀는 머리가 점점 혼란스러워져서 평정을 되찾으려고 애썼다.

「그러고 나서 메시지를 지웠어요.」

「스팸인 줄 알았으니까요.」

「스팸?」 두 남자 중 나이 많은 쪽이 물었다. 더 이성적인 목소리였지만, 훨씬 더 무섭게 들렸다. 「설명해 봐요.」

「그런 게 가끔 들어옵니다. 봇들이 여러 주소를 돌아다니면서 무작위로 메시지를 보내거든요. 대부분 국무부 방화벽에 막히지만 그 틈을 몰래 비집고 들어오는 게…….」그녀는 〈몰래〉라는 말을 하자마자 후회했지만, 계속 말을 이었다. 「대충 일주일에 한 번씩 그런 일이 발생합니다.」그녀는 〈국무부의 다른 직원들을 아무나 붙잡고 물어보세요〉라고 말할 생각이었지만 그만두었다. 두 사람과 대화하면서 배운 것이 있기 때문이었다. 「방화벽을 뚫고 들어온 것들이 때로는 헛소리처럼 보입니다. 이 메시지처럼요. 그래서 내가 이해할 수 없는 메시지가 들어오면 위에 물어봅니다.」

「당신 상사 탓을 하는 겁니까?」젊은 남자가 다그치듯 물었다.

「아뇨, 당연히 아니죠. 그냥 질문에 대답하는 거잖아요.」그녀가 쏘아붙였다.

이제 두려움보다 분노가 더 커진 그녀는 두 사람 중 상급자에게 시선을 돌렸다.

「메시지가 쓰레기라는 확신이 들면 우리가 직접 그걸 지우거나 상사에게 의견을 물어본 다음 지울 수 있습니다. 나도 그렇게 한 거예요.」

상급자는 잠시 가만히 있다가 앞으로 몸을 기울였다.

「그것만 한 게 아니죠. 번호를 적어 두었잖아요. 이유는?」

아나히타는 입을 다물고 꼼짝도 하지 않았다.

이걸 어떻게 설명할까.

「이상해 보였어요.」

작고 밀폐된 방 안에서 이 말이 쿵 하고 떨어졌다. 젊은 요원이 고개를 저으며 의자에 등을 기댔지만, 상급자는 계속 그녀를 관찰했다.

「이게 별로 설명이 되지는 않는다는 걸 알지만, 그게 사실이에요.」그녀는 이제 온전히 상급자만을 상대했다. 「제가 왜 그랬는지 저도 잘 모릅니다.」

이 말은 더 나빴다. 상급자가 아무런 반응도 보이지 않는 걸 보니 확실했다. 아나히타가 보기에 그는 숨도 쉬지 않는 것 같았다.

바로 그때 문 뒤에서 소란이 일었다.

그런데도 상급자는 전혀 반응하지 않았다. 자신은 자신의 일을 할 테니 저 소란은 경비원들이 알아서 할 거라고 믿는 사람 같았다. 그런데 그의 할 일이라는 것이 지금은 그냥 그녀를 빤히 바라보기만 하는 일인 듯했다.

「비켜.」

그제야 상급자가 문 쪽으로 시선을 돌렸다. 아나히타도 그쪽을 바라보았다. 그녀가 아는 목소리였다. 곧 찰스 보인턴이 들어오고 국무 장관이 그 뒤를 따랐다.

모두 벌떡 일어섰지만, 상급자는 다른 사람에 비해 동작이 느긋했다.

「장관님.」 그가 말했다. 아나히타가 엘런에게 뭔가 말하려고 하자 그는 시선 한 번으로 그녀의 입을 막아 버렸다.

「우리 직원을 데리고 있군요.」 엘런은 아나히타가 무사한지 확인하기 위해 그녀를 흘깃 바라보았다.

아나히타는 불안한 표정이었지만 다친 곳은 없는 듯했다.

「네, 물어볼 것이 있어서요.」

「나도 그렇습니다. 이름이 뭡니까?」

그는 아주 잠시 머뭇거렸다. 「제프리 로즌 대령입니다. 국방정보국 소속입니다.」

엘런은 한 손을 내밀었다. 「엘런 애덤스 국무 장관이에요. 미합중국.」

로즌 대령은 그녀의 손을 잡고 아주 살짝 미소를 지었다.

「이야기 좀 할까요, 대령? 둘이서.」

그가 하급자에게 고갯짓을 하자, 하급자가 아나히타를 밖으로 데리고 나갔다. 하지만 그 틈을 타서 아나히타는 장관에게 말을 걸었다. 「장관님, 길은요? 혹시…….」

「병원에 있어요. 회복할 겁니다.」

아나히타는 몇 시간 동안의 걱정을 내려놓고 어깨를 늘어뜨리며 작게 고개를 끄덕였다. 「저는 정말…… 저는 아무 관련 없어요.」

엘런은 이 말을 무시하고, 대령을 제외한 모든 사람에게 나가 달라고 고갯짓을 했다. 찰스 보인턴만 남아서 문 옆에 섰다.

「우리 직원이 무슨 말을 하던가요?」

「아마 장관님도 이미 아시는 얘기일 겁니다.」 그는 아나히타에게 메시지가 도착한 순간부터 폭탄이 터질 때까지의 일을 간략히 설명했다. 「저희가 알 수 없는 것은…….」

「직원이 숫자를 적어 둔 이유겠죠.」 엘런이 말했다.

엘런은 눈썹을 올린 대령의 표정을 모욕으로 받아들이지 않으려고 애썼다. 사람들이 그녀를 과소평가하는 것은 익숙한 일이었다. 성공한 중년 여성이 하찮은 남자들에게 무시당하는 것은 흔한 일이었다. 하지만 로즌 대령이 그런 남자 같지는 않았다.

만약 화이트헤드 장군이 그렇게 빨리 답을 내놓았어도 대령은 똑같이 놀란 표정을 지었을 것이다.

「그래서요?」 엘런이 물었다.

「그 직원은 설명하지 못했습니다.」

「대령, 만약 저 직원이 외국 간첩이라면, 이 일에 관련되어 있다면, 설명할 말이 있었을 것 같지 않아요?」

대령은 놀란 얼굴로 잠시 생각에 잠겼다. 「무고해 보이긴 합니다.」

「그래서 더 의심스럽다? 마녀사냥 시절이었다면 실적이 좋았겠네요.」 엘런은 문으로 걸어갔다. 「난 독일로 갑니다.」

대령이 그녀를 따라갔다. 「그곳에서 의문의 답을 찾으시길 바랍니다, 장관님. 아드님이 무사하시다니 마음이 놓입니다. 아드님은 용감한 사람입니다.」

이 말에 걸음을 멈춘 엘런은 군 정보부에 있는 이 대령이라는 사람을 잠시 바라보면서 아들이 얼마나 용감한지 이 사람은 알고 있을까 생각해 보았다. 이번 테러가 일어난 그때뿐만 아니라, 아프가니스탄에 잡혀 있던 그 끔찍한 시기에도. 로즌의 얼굴은 암호 같아서 아무것도 알아낼 수 없었다.

「저희는 이쪽에서 계속 조사하겠습니다. 아나히타 다히르는 분명히 뭔가 알고 있습니다.」

「그렇다면 내가 독일로 날아가는 동안 그 직원에게서 알아낼 수 있기를 바라야겠군요.」

엘런은 로즌 대령의 깜짝 놀란 표정을 보고 이렇게 즐거워해도 되는 건지 의심스러워졌다. 그래도 즐거운 건 사실이었다.

「그러시면 안 됩니다.」 이번에는 〈장관님〉이라는 호칭이 없었다. 그냥 노골적이고 대담한 단언뿐이었다. 「다히르 씨는 이번 일에 관련되어 있습니다. 경위는 모르겠지만 틀림없어요. 아무리 장관님이라도 아실 겁니다.」

「아무리 나라도?」 엘런의 시선과 목소리가 모두 냉랭했다. 「난 이 나라의 국무 장관이에요. 대령의 생각이 나와 다를 수는 있겠죠. 실제로도 그런 것 같고. 그래도 내 직책에 예의를 지키세요.」

「죄송합니다.」 그는 멈칫했지만 물러나지는 않았다. 「제가 보기에 장관님은 지금 잘못 생각하고 계십니다.」

엘런은 그를 한참 동안 유심히 바라보았다. 그는 속내를 솔직히 드러냈다. 자신이 믿는 진실을 말했다. 정부 조직의 상층부라는 진공 속에서는 그런 사람이 드물었다.

「그것뿐만이 아닙니다, 장관님. 아나히타 다히르는 신뢰할 수 없는 사람입니다.」

「그래요, 대령의 뜻은 분명히 알겠습니다. 내가 대령의 말을 가벼이 여기는 게 아니에요. 그래도 나는 다히르 씨를 데려갈 겁니다.」

대령은 아나히타가 세 번째 테러 공격이 임박했다고 애덤스 장관을 설득하려 애쓸 때의 표정을 보지 못했다.

그때 그녀의 얼굴에는 순수한 공포가 어려 있었다. 그녀는 폭발을 막으려고 필사적이었다.

엘런이 아는 것은 하나 더 있었다. 아나히타가 없었다면 아들은 죽었으리라는 것. 그녀는 아나히타에게 그만큼 신세를 졌다. 하지만 과연 그녀를 믿고 있는가?

전부 믿는 것은 아니었다. 엘런에게 자기 말을 믿고 조치를 취해 달라고 간청할 때의 그 표정이 연기일 수도 있었다. 그녀의 측근 그룹에 합류하려는 계략일 수도 있었다. 더 대규모 공격을 계획하는 동안 엘런과 주변 사람들을 조종하려고.

로즌 대령이 엘런을 실제보다 훨씬 더 순진한 사람으로 보고 있음은 분명했다. 지금은, 그러니까 그녀가 적과 아군을 구분할 수 있게 될 때까지는, 그런 시선이 오히려 편리했다.

게다가 만약 아나히타 다히르가 이번 일에 관련되어 있다면 더욱더 그녀를 곁에 두고 관찰하고 싶었다. 어쩌면 그녀를 속여서 실수를 저지르게 만들 수 있을지도 모르는 노릇이었다.

물론 지금 자신의 행동이 실수일 수도 있었다. 엘런은 앤드루스로 자신을 데려다주려고 대기 중인 리무진으로 앞장서 걸어가면서 이런 생각을 했다.

비행기에서 아나히타는 애덤스 장관을 직접 만나 구해 주셔서 감사하다는 인사를 하려고 했다. 자신을 믿어 주고, 독일로 데려가 주는 것도 고마운 일이었다. 독일에 도착하면 길을 만날 수 있을 것이다.

그녀는 또한 자신이 이번 일에 대해 아는 것도, 숨기는 것도 없다고 설명하고 싶었다.

하지만 그런 말을 한다면 거짓말을 하는 꼴이 될 터였다.

11장

길 바하르가 의식을 되찾은 것은 거의 동이 터올 무렵이었다. 팔다리가 어딘가에 붙들린 듯 무겁게 느껴졌다. 몸이 묶여 있는 것 같았다.

그러다 보니 어렴풋이 기억이 떠올랐다.

그리고 순식간에 기억이 또렷해지면서 두려움이 함께 밀려왔다. 아니, 기억들이 밀려왔다. 더러운 밧줄이 손목과 발목을 파고드는 느낌이 생생했다. 똥과 오줌과 썩은 음식과 살의 악취도 났다.

얼굴을 흙바닥에 묻은 채 숨을 쉬던 것.

갈증. 갈증. 그리고 공포.

그러다 그는 화들짝 놀라듯이 깨어나 재빨리 의식의 수면으로 올라와서 일어나 앉으려고 몸부림쳤다. 갑자기 밀려온 두려움에 압도당할 것 같았다.

「괜찮아.」 친숙한 목소리가 들려왔다. 위안과 동요를 동시에 가져다주는 친숙한 냄새도 함께 느껴졌다. 「여긴 안전해.」

그는 힘겹게 의식의 초점을 맞췄다. 「엄마?」

〈엄마가 왜 여기 있어요? 놈들이 엄마도 납치했어요?〉

「괜찮아.」 어머니가 부드럽게 말했다. 얼굴이 가까웠지만 지나치게 가깝지는 않았다. 「여긴 병원이야. 의사가 며칠만 지나면 괜찮아질 거라고 했어.」

그제야 제대로 기억이 났다. 그의 다친 마음이 작동하고 있었다. 홀쩍 뛰어넘어서 휘청거리며 뒤로, 뒤로. 프랑크푸르트. 사람들. 행인들. 버스. 그를 빤히 바라보던 승객들의 얼굴. 아이들.

가방을 든 여자. 그 여자 이름이 뭐더라. 이름이.

「Wie heißen Sie(이름이 뭐죠)?」

밝은 불빛이 그의 눈을 비췄다. 누군가의 손이 그의 머리를 잡고 움직이지 못하게 고정했다. 눈꺼풀을 잡아당겼다.

「네?」길은 마구 몸부림치기 시작했다.

그러자 그 여자, 그러니까 의사가 뒤로 물러났다. 「미안합니다, 당신 이름. 이름이 뭡니까, bitte(제발)?」

그는 금방 대답할 수 없었다. 「길.」

「길버트의 애칭이죠?」

그는 아주 잠깐 멈칫했다가 그렇다고 대답했다. 어머니와 눈을 마주칠 수 없었다.

「성은 뭡니까?」의사의 목소리는 부드러우면서도 단호했으며, 독일식 발음이 강했다.

이 질문에 대답하는 데는 시간이 좀 더 걸렸다. 왜 기억이 안 나지?

「부하리.」그가 불쑥 말했다. 「나스린 부하리.」

의사는 그를 보다가 어머니에게 시선을 돌렸다. 두 사람 모두 걱정스러운 표정이었다.

「아뇨, 아뇨.」그는 일어나 앉으려고 했다. 「내 이름은 길 바하르예요. 그 여자 이름이 나스린 부하리 박사입니다.」

「나는 게르하르트 박사입니다.」

「선생님을 말한 게 아니에요. 버스에 있던 여자.」그는 의사 뒤편의 어머니를 바라보았다. 「난 그 여자를 미행하던 중이었어요.」

엘런은 한쪽으로 살짝 비켜난 위치에 서 있었다. 자기가 길을 돌보는 동안 다른 사람들에게는 밖에서 기다려 달라고 부탁한 참이었다. 그러다 그가 깨어나는 기색이 보이자 버튼을 눌러 의사를 호출했다.

그녀가 앞으로 나서면서 말했다. 「먼저 선생님 진찰을 받아. 얘기는 그 뒤에 하자.」

그녀는 길과 시선을 마주치면서, 그에게 다른 사람 앞에서 말을 적게 할수록 좋다는 뜻을 전달했다.

그도 동의했다. 게다가 진찰받는 동안 헝클어진 머릿속을 정리하다 보면 구체적인 사실들이 떠오를 것 같았다. 나스린 부하리라는 이름을 생각하면 오싹해지는 이유 또한.

그 여자는 누구지?

게르하르트 박사는 진찰 결과에 만족한 기색이었다. 그녀는 그에게 뇌진탕 증세, 갈비뼈 골절, 타박상이 있다고 말해 주었다. 「허벅지에 깊게 찢어진 상처도 있습니다. 운이 좋았어요. 행인들이 재빨리 상처를 압박해 주지 않았다면 목숨이 위험했을 겁니다. 상처를 봉합했지만, 며칠 동안은 안정을 취해야 합니다.」

의사가 병실을 나갈 때쯤 길은 의문의 답을 찾았다.

그가 무서워하는 사람은 부하리 박사가 아니라, 그녀 뒤의 어둠 속에 서 있는 사람이었다.

엘런은 의사가 나간 뒤 묵직한 문이 닫히는 것을 지켜보다가 아들에게 시선을 돌렸다. 그녀가 아들의 손을 잡으려고 손을 뻗었지만 아들이 피했다. 신경질적으로 피한 것이 아니라 본능적으로.

그래서 더 나빴다.

「정말 미안하다.」 그녀가 입을 열었지만, 그가 허리를 숙이라는 손짓으로 그 말을 끊어 버렸다. 아주 짧은 한순간 그녀는 아들이 엄마의 뺨에 입을 맞추려는 건가 하는 생각을 했다. 하지만 아들은 엄마에게 귓속말을 했다.

「바시르 샤.」

그녀는 고개를 돌려 아들을 빤히 바라보았다. 엘런 애덤스가 이 이름을 들은 것은 아주 오랜만이었다. 오래전 사내 고문 변호사들과의 긴 회의에서 파키스탄 출신 무기상인 그의 이면을 파헤친 다큐멘터리를 방송하지 말라는 경고를 들은 뒤로는 그의 이름을 듣지 못했는데.

그 다큐멘터리는 기자가 1년 넘게 파헤쳐 만들어 낸 작품이었다. 그 결과 그 기자의 가족이 협박을 받았고, 그의 취재원 중 실종자도 한 명 이상 나왔다.

일이 그렇게 되고 보니 그 다큐멘터리를 방송하지 않을 길이 없었다.

샤 박사는 무기 거래를 한다는 비난은 가볍게 넘겨 버리고, 오히려 정직한 파키스탄 국민인 자신을 모함한다고 비난하는 성명을 발표했다. 그에게는 드문 일이었다. 그는 자신의 선배들과 정신적 스승들, 즉 뛰어난 머리로 용감하게 길을 개척한 파키스탄의 핵물리학자 대부분이 자신과 똑같은 허위 모함에 시달렸다고 주장했다. 이를테면 AQ 칸[12] 같은 사람들이 거기에 포함되었다.

샤 박사는 테러와의 전쟁에서 파키스탄이 서방의 동맹이라고 말했다.

하지만 바로 그 자신이 테러라는 사실이 다큐멘터리의 요점이었다. 사실 그의 미지근한 부인에 더 깊은 진실이 묻혀 있었다.

바시르 샤는 자신이 죽음의 상인임을 전 세계에 알리고 싶어 했다.

엘런 애덤스는 여러 사람의 목숨까지 앗아 간 그 기사 때문에 자신이 뜻하지 않게 그를 광고해 주는 꼴이 되었다는 사실을 깨닫고 경악했다. 오스카상을 받은 그 다큐멘터리는 테러리스트들에게 생물학 무기를 어디서 구할 수 있는지 알려 주었다. 염소, 사린 신경가스, 소형 무기, 미사일 발사기를 구할 수 있는 곳도 알려 주었다.

그게 전부가 아니었다.

「그자가 버스에 있었어?」 그녀는 믿을 수 없다는 듯이 물었다.

「아뇨. 그자가 배후예요.」

「폭발?」

길은 고개를 저었다. 「버스 폭발 말고 다른 일. 폭발 사건 배후가 누

---

12 Abdul Qadeer Khan(1936~2021). 파키스탄 핵무기 프로그램의 아버지라고 일컬어지는 핵물리학자.

군지는 나도 몰라요.」

「네가 어떤 여자를 미행 중이었다고 했잖아. 나스린…….」 엘런은 그녀의 성이 잘 기억나지 않았다.

「부하리.」 길이 말했다. 「취재원한테서 들은 얘긴데, 샤가 파키스탄 핵물리학자 세 명을 영입했대요. 부하리 박사는 그 세 명 중 하나고요. 그 여자가 어디로 가는지 알고 싶었어요. 샤가 무슨 일을 꾸미는지, 다른 건 몰라도 그자가 어디 있는지 알아보려고요.」

「그자가 어디 있는지는 알잖아.」 엘런이 말했다. 「이슬라마바드에서 가택 연금 상태니까. 몇 년 전부터.」

파키스탄은 샤 박사의 인터넷 사용을 검열하는 조치까지 취해 두었다. 다른 무기상들과 달리 바시르 샤는 상인이자 이념의 전파자였다. 이슬라마바드에서 태어났으나 영국에서 자라 이제 50대가 된 그는 케임브리지에서 물리학을 공부하는 동안 과격한 사상에 물들었으며, 나중에는 인터넷의 지하드 웹사이트에서 깊은 영향을 받았다.

그는 앞 세대의 파키스탄 핵물리학자들을 존경하면서도, 그들의 연구가 충분하지 않았다고 믿게 되었다. 그래서 자신이 계속 앞으로 나아갈 생각이었다.

바시르 샤에게 넘지 말아야 할 선 같은 것은 존재하지 않았다.

「파키스탄 정부가 작년에 그를 풀어 줬어요.」 길이 말했다.

「설마.」 그녀는 목소리를 높였다가, 나무라는 듯한 아들의 시선을 받고 다시 낮췄다. 「그럴 리가 없어.」 그녀는 거의 귓속말을 하듯이 속삭였다. 「그랬다면 우리가 알았을 거야. 그쪽이 우리 뒤통수를 쳤을 리가 없지. 애당초 그자를 찾아낸 게 바로 미국 요원들인데.」

「우리 뒤통수를 친 게 아니에요. 전임 정부가 동의했어요.」

엘런은 뒤로 물러나 아들을 빤히 바라보았다. 방금 아들이 한 말이 잘 이해되지 않았다. 그동안 왜 이 방에서 속삭이듯 이야기를 나눠야 하는지 혼란스러웠는데 이제는 알 것 같았다.

아들의 말이 사실이라면…….

그녀는 병실 안을 눈으로 둘러보았다. 구석에 바시르 샤가 서서 자신들을 지켜보고 있을 것 같았다.

그녀의 머리가 급속도로 돌아가면서 이질적인 조각들을 하나로 꿰어 맞추고, 빈틈을 메우려고 애썼다.

엘런 애덤스는 국무부 브리핑 자료를 읽었기 때문에, 세상에 나쁜 놈이 많이 존재한다는 사실을 알고 있었다. 남녀를 막론하고 그들은 목적을 달성하기 위해 수단과 방법을 가리지 않았다.

시리아의 아사드. IS의 알쿠라이시. 북한의 김정은.

외교적인 문제 때문에 공식적으로는 말할 수 없지만, 엘런 애덤스는 러시아의 이바노프 또한 내심 그 명단에 포함시키고 싶었다.

하지만 바시르 샤는 그들 중 누구와도 비교가 되지 않았다. 그는 그냥 나쁘거나 사악한 정도가 아니었다. 악마 그 자체였다. 지상을 지옥으로 만드는 데 진심으로 몰두하는 사람이었다.

「길, 샤와 그 물리학자들에 대한 이야기를 어디서 들었니?」

「말 못 해요.」

「해야 돼.」

「취재원이에요. 안 돼요.」 그는 어머니의 성난 눈을 무시하고 잠시 머뭇거리다가 물었다. 「몇 명이에요?」

엘런은 아들의 말을 알아들었다. 「아직 확실한 숫자는 안 나왔지만, 버스 사망자 스물세 명, 거리 사망자 다섯 명인 것 같다.」

길은 그들의 얼굴을 떠올리며 검은 눈에 눈물을 글썽거렸다. 자신이 할 수 있는 일이 더 있지 않았을까. 하다못해 그 아이를 엄마의 품에서 낚아채⋯⋯.

「넌 할 만큼 했어.」 어머니가 말했다.

정말 그런 건지 알 수 없었다. 할 만큼 했다는 생각에서 위안을 얻는 건 혹시 지옥으로 가는 길에 포장된 자갈 하나가 아닐까?

캐서린이 어머니 대신 길의 병상을 지켰다. 그녀는 오빠가 잠들었다

깨기를 반복하는 동안 옆에 앉아 있었다.

아나히타도 병실로 들어와 길에게 인사를 건넸다. 그는 그녀를 보고 미소를 지으며 한 손을 내밀었다.

「네가 내 목숨을 구했다며?」

「더 구했다면 좋을 텐데.」

그녀는 그의 손을 잡았다. 아주 친숙한 손이었다. 어쩌면 그녀의 몸을 그녀 자신보다 더 잘 아는 손이기도 했다.

잠시 이야기를 나누다가 그의 눈꺼풀이 무거워지자 그녀는 병실을 나갔다. 허리를 숙여 그의 뺨에 입을 맞출 뻔했지만 참았다. 캐서린이 옆에 있어서가 아니라, 그게 적절한 행동이 아니기 때문이었다.

두 사람은 이제 〈그런 사이〉가 아니었다.

그녀가 밖으로 나오자 보인턴이 손짓했다. 「우리랑 같이 가시죠.」

「폭발 현장으로 가요.」 애덤스 장관이 외교보안국 소속 운전기사에게 말했다. 그녀 외에 보인턴, 아나히타, 벳시가 차에 타고 있었다. 「그 다음에는 미국 영사관으로.」

보좌관들을 태운 자동차가 그 뒤를 따랐다. 독일 경찰차들이 맨 앞에서 맨 뒤까지 두 자동차를 에워싸고 함께 달렸다.

「장관님이 1시간 안에 영사관에 도착하실 거라고 영사에게 알렸습니다.」 보인턴이 말했다. 「영사관 측이 이번 사건에 대해 최대한 정보를 수집하고 있습니다. 장관님은 영사를 만나신 뒤, 미국 최고 정보 요원과 독일 안보 관계자들을 만나실 예정입니다. 그다음에는 각국 외무 장관들과 화상 회의가 있습니다. 이건 프랑스 측이 제안한 참석자 명단입니다.」

엘런은 나라 이름과 외무 장관 이름이 적힌 명단을 훑어보며 몇 개를 지우고 하나를 추가했다. 회의가 너무 방만해지는 건 마뜩잖았다.

그녀는 보인턴에게 명단을 넘기면서 물었다. 「이 차량의 보안은?」

「보안요?」

「훑어봤냐고.」

「훑어요?」

「계속 내 말만 따라 하지 말고 대답을 해.」

「네, 보안 확인했습니다, 장관님.」 외교보안국에서 나온 경호대의 대장인 스티브 코월스키가 말했다. 그는 조수석에 앉아 있었다.

보인턴이 엘런을 유심히 바라보았다. 「왜요?」

「바시르 샤에 대해 뭘 알고 있지?」 보안을 확인받았는데도 그녀는 목소리를 낮췄다.

「샤?」 벳시가 물었다.

엘런은 자신의 미디어 제국이 모두의 예상보다 훨씬 더 성장하자 벳시에게 교사 일을 그만두고 자신의 일을 도와달라고 부탁했다. 남성 호르몬 천지인 언론계에서 엘런에게는 속을 털어놓을 수 있는 친구 겸 가까운 동맹이 필요했다. 벳시의 머리와 의리가 모두 무서울 정도로 뛰어나다는 사실 또한 도움이 되었다.

무기상 샤에 관한 다큐멘터리 문제가 터졌을 때 그녀를 도와 조종간을 잡은 사람도 벳시였다.

「설마 이번 일의 배후야?」 그녀가 물었다. 「아니지?」

벳시는 단순히 놀라기만 한 것이 아니라, 믿을 수 없다는 반응을 보이고 있었다. 그러나 프랑크푸르트의 풍경이 차창 밖을 스쳐 가는 가운데, 벳시의 표정이 의심에서 걱정으로, 그다음에는 경악에 가까운 것으로 변했다.

「누구라고요?」 찰스 보인턴이 물었다.

「바시르 샤.」 엘런이 다시 말해 주었다. 「그자에 대해 아는 게 있나?」

「전혀 모릅니다. 이름도 처음 들어요.」

그는 애덤스 장관과 벳시를 번갈아 바라보았다. 아나히타 다히르에게는 굳이 시선을 주지 않았다. 하지만 엘런은 그녀를 살펴보았다. 그녀의 얼굴은 벳시와 비슷한 표정을 짓고 있었다.

하지만 아주 똑같지는 않았다. 아나히타는 바시르 샤의 이름을 듣고 단순히 무서워하는 정도가 아니라 완전히 겁에 질려 있었다.

　찰스 보인턴은 자신을 향한 상사의 표정을 보았다. 엘런 애덤스가 지금처럼 화가 난 것은 처음이었다. 비록 그가 그녀를 알게 된 건 고작 몇 주 전이었지만.

　「거짓말을 하는군.」

　「네?」그는 방금 장관이 한 말을 믿을 수가 없었다.

　「샤를 모를 리가 없어요.」벳시가 쏘아붙였다. 「샤는…….」

　하지만 엘런이 그녀의 다리를 손으로 잡으며 말을 막았다. 「더 말하면 안 돼.」

　「말도 안 됩니다.」보인턴이 마주 쏘아붙이고 나서 급히 호칭을 덧붙였다. 「장관님. 두 분이 말씀하시는 사람을 저는 정말 모릅니다. 저는 이번에 국무부에 처음 들어왔다고요.」

　사실이었다. 바버라 스텐하우저가 대통령의 승인을 얻어 찰스 보인턴을 엘런의 비서실장으로 낙점했다.

　두 사람 모두에게 놀라운 일이었다. 엘런이 스스로 비서실장을 선택하게 해주거나 이미 국무부에 있던 사람을 임명하지 않고, 선거 기간 동안 대통령 후보의 최고위 정책 보좌관이던 보인턴을 그 자리에 앉히다니. 장관 비서실장은 국무부에서 눈에 아주 잘 띄는 행정직이었다.

　엘런이 보기에는 이 모두가 그녀를 무너뜨리려는 윌리엄스 대통령의 술책 같았다. 하지만 지금은 그보다 더 음험한 목적이 있는 게 아닌가 하는 생각이 들었다. 찰스 보인턴이 정말로 이렇게 무지하다고? 어떻게 바시르 샤를 모르지? 샤가 어둠 속의 인물인 것은 사실이지만, 그 어둠을 들여다보는 것이 그들의 임무가 아닌가.

　「도착했습니다, 장관님.」앞좌석에 앉은 코월스키가 말했다.

　폭발 현장에 모인 구경꾼 수백 명이 나무 차단기 때문에 가까이 다가가지 못하고 있었다. 엘런이 차에서 내리자 구경꾼들의 시선이 그쪽으로 쏠렸다. 으스스한 침묵 속에서, 자동차 문이 부드럽게 닫히는 소리가 들렸다.

현장 통제를 맡은 독일 경찰관과 독일 주재 미국 정보 요원 중 최고위 인사인 CIA 지부장 스콧 카길이 그녀를 맞이했다.

「너무 가까이 다가갈 수는 없습니다.」 카길이 설명했다.

폭발이 있은 지 거의 12시간이 흘렀다. 이제 막 해가 떠오르는 시각인데, 오늘도 춥고 습한 회색빛 3월 날씨일 것 같았다. 황량하고 매력없는 도시 프랑크푸르트. 이 산업 도시가 지금 최악의 모습을 보이고 있었다. 가장 좋을 때도 그리 훌륭하지 않은 도시인데.

이 도시의 역사적 중심지들은 대부분 전쟁 중에 폭격을 당했다. 이 도시가 〈최고의 세계 도시〉 중 하나로 꼽히는 것은 경제적 허브라는 위치 덕분이었다. 규모가 작은 많은 도시처럼 매력이 있지도 않고 베를린처럼 활기와 젊음이 느껴지지도 않았다.

엘런은 차단기 뒤편에 조용히 모여 있는 사람들을 뒤돌아보았다.

「대부분 가족 친지입니다.」 독일 경찰관이 설명했다. 이미 꽃들이 카펫처럼 바닥에 깔려 있었다. 테디 베어도, 풍선도 있었다. 그런 것으로라도 죽은 자들을 위로하려는 듯이.

엘런도 장담할 수는 없는 일이지만, 정말로 위로가 될 수도 있었다.

그녀는 파괴 현장을 눈으로 둘러보았다. 비틀린 금속. 벽돌과 유리. 바닥에 깔려 있는 빨간 담요들. 거의 평평해서 그 아래에 뭐가 있는 것 같지 않았다.

기자들이 그녀를 지켜보는 것이 느껴졌다. 그녀의 모습이 기록되고 있었다.

그래도 그녀는 수없이 깔려 있는 담요들을 계속 빤히 바라보았다. 산들바람에 담요 귀퉁이가 살짝살짝 들리는 것이 거의 예쁘게, 거의 평화롭게 보일 정도였다.

「장관님?」 스콧 카길이 그녀를 불렀지만, 그녀는 계속 그 광경을 바라보았다.

저 담요 밑에 길이 누워 있게 됐을 수도 있었다.

저 담요에 덮여 있는 사람들은 모두 누군가의 자식, 어머니, 아버지,

남편, 아내, 친구였다.

너무 조용해서 거의 아무 소리도 들리지 않았다. 이제는 친숙해진 카메라 셔터 소리뿐이었다. 카메라들은 모두 그녀를 겨냥하고 있었다.

〈우리는 죽었다,〉 그녀는 속으로 전쟁 시의 한 구절을 떠올렸다. 〈며칠 전만 해도 우리는 살아서 여명을 느끼고, 빛나는 석양을 보고 / 사랑하고 사랑받았는데…….〉

엘런 애덤스는 뒤편에서 자신을 지켜보는 희생자의 가족들을 뒤돌아보았다. 그리고 다시 담요들로 시선을 돌렸다. 양귀비밭 같았다.

「엘런?」 벳시가 잠깐 동안이라도 기자들의 시야에서 친구를 보호하기 위해 몸으로 그녀를 가리듯이 위치를 바꾸며 속삭였다.

엘런은 그녀와 시선을 마주치며 고개를 끄덕였다. 쓴 물을 삼키고 놀란 마음을 꾹꾹 누르면서 애덤스 장관은 경악을 결의로 바꿨다.

「밝혀진 사실이 있습니까?」 그녀가 독일 경찰관에게 물었다.

「거의 없습니다, 장관님. 보시다시피 대규모 폭발이었습니다. 범인은 확실하게 목표를 달성하고 싶었던 것 같습니다.」

「그 목표가 뭐죠?」

경찰관은 고개를 저었다. 거의 24시간 동안 쉬지도 못하고 이 일에 매달려 있었음이 분명한데도 그는 몸이 지쳤다기보다 그냥 진이 빠진 상태였다.

「다른 두 건과 같겠지요. 런던과 파리의 사건과.」 그는 주위를 둘러본 뒤 다시 그녀를 보았다. 「혹시 장관님께 좋은 생각이 있다면 제게도 알려 주십쇼.」

그는 그녀를 유심히 바라보았지만, 그녀가 침묵을 지키자 다시 말을 이었다. 「저희가 아는 한 여기 이 장소는 어떤 조직이든 전략적으로 고려할 가치가 없습니다.」

엘런은 심호흡을 한 번 하고서 그에게 감사 인사를 했다.

그녀는 범인의 목표에 대해 이미 최소한 어느 정도는 알고 있었지만, 그래도 경찰관에게 물어볼 수밖에 없었다. 그들에게 나스린 부하리 박사의 이름을 말해 줄 수는 없었다. 버스에 타고 있었다던 그 파키스탄 핵물리학자. 아직은 말할 수 없었다. 정보가 더 모이기 전에는.

바시르 샤를 비밀로 하고 싶다는 생각도 있었다. 적어도 다른 나라 외무 장관들과 이야기할 때까지는 그러고 싶었다.

자동차로 돌아가기 전에 엘런은 마지막으로 한 번 더 한참 동안 현장을 바라보았다. 한 사람을 죽이기 위해 이런 엄청난 짓을 저질렀다고?

독일 경찰관이 아주 간결하게 말한 것처럼, 런던과 파리에서도 같았을 것이라고 거의 확신할 수 있었다. 그렇다면…….

「영사관으로 가야겠어.」 엘런이 보인턴에게 말했다.

하지만 그 전에 그녀는 차단기 앞에서 걸음을 멈추고 희생자의 가족들과 이야기를 나눴다. 그들이 들고 있는 사진을 보았다. 아들과 딸, 어머니와 아버지, 남편과 아내의 사진들. 실종자들.

〈당신이 죽어 가는 우리를 저버린다면 / 우리는 잠들지 못하리…….〉

엘런 애덤스는 그들을 저버릴 생각이 전혀 없었다. 하지만 이른 아침의 프랑크푸르트 거리를 달리는 자동차 안에 앉아 그녀는 찰스 보인턴과 아나히타 다히르를 바라보며, 혹시 자기도 모르는 사이에 이미 저버린 것은 아닌가 하는 생각이 들었다.

12장

회의가 열릴 때쯤 그들은 의문의 답을 손에 쥐고 있었다.

엄선된 나라의 외무 장관들과 최고위 정보 담당자들, 그리고 보좌관들의 얼굴이 화면에 보였다.

「그쪽에서 주신 정보가 맞았습니다, 장관님.」영국 외무 장관이 말했다. 잘난 척하며 그녀를 봐준다는 듯한 태도는 이제 보이지 않았다. 「런던의 그 버스에 아흐메드 이크발 박사가 승객으로 타고 있었던 것이 확인되었습니다. 케임브리지에 거주하며, 케임브리지 대학교 물리학과의 캐번디시 연구소에서 강의하는 파키스탄 국민입니다.」

「핵물리학자였습니까?」독일 외무 장관 하인리히 폰 바이어가 물었다.

「네.」

「무슈 푸조?」엘런은 화면 오른쪽 상단의 프랑스 외무 장관에게 시선을 주었다.

이건 게임이 아닌데도, 이 화면을 볼 때마다 그녀는 항상 「할리우드 스퀘어스」[13]를 떠올렸다.

「Oui(네), 이중, 삼중 확인이 필요해서 아직 확실하지는 않습니다만, 파리 버스의 사망자 중에 에두아르 몽프티 박사가 있었던 것 같습

13 사람들이 나와서 게임을 하는 미국 텔레비전의 오락 프로그램.

니다. 나이는……」 그는 메모를 확인했다. 「……서른일곱, 기혼이고, 자녀가 한 명 있습니다.」

「파키스탄인이 아닙니까?」 캐나다의 조슬린 타디프 장관이 물었다.

「어머니가 파키스탄인이고 아버지는 프랑스계 알제리인입니다.」 푸조가 설명했다. 「파키스탄 라호르에 사는데, 이틀 전 파리로 왔습니다.」

「거기서 어디로 갈 예정이었습니까?」 엘런이 물었다.

「아직 모릅니다. 요원들이 그의 가족을 만나러 갔습니다.」 푸조가 말했다.

「안면 인식으로 그 사람들을 알아낸 모양입니다.」 독일 외무 장관이 말했다.

「네.」 영국 외무 장관이 시인했다. 「나이츠브리지 지하철역에서 그 버스에 오르는 이크발 박사의 모습이 CCTV 화면에 잡혔습니다.」

「그럼 왜 더 일찍 그들을 알아내지 못했습니까?」 독일 장관이 물었다. 「용의자와 테러 대상이 될 만한 사람들을 찾으려고 조사했잖아요.」

엘런은 앞으로 몸을 기울였다. 이건 좋은 질문이었다.

「아, 그건……」 영국 장관이 말했다. 「우리 정보 알고리즘이 그를 테러 대상으로 보지 않았습니다.」

「파리도 마찬가지입니다.」 프랑스 장관이 말했다. 「처음 조사할 때 안면 인식 프로그램이 몽프티 박사를 그냥 넘겨 버렸습니다.」

「왜요?」 이탈리아 장관이 물었다. 「핵물리학자는 당연히 테러 대상이 될 만한데요. 적어도 최종 후보에는 들 수 있잖아요.」

「몽프티 박사는 이제야 좀 구실을 하는 물리학자로 간주되고 있습니다.」 프랑스 장관이 설명했다. 「파키스탄의 핵 프로그램에 참여하긴 했지만, 주변부의 낮은 직급에 있었습니다. 주로 겉포장 쪽 일을 맡았어요.」

「배달 말입니까?」 독일 장관이 물었다.

「아뇨, 케이스만.」

「그럼 이크발 박사는요?」이탈리아 장관이 물었다.

「지금까지 알아낸 바로는, 이크발 박사는 파키스탄이든 어디든 핵 프로그램과 전혀 관련이 없습니다.」영국 장관이 말했다.

「그래도 핵물리학자잖아요.」캐나다 장관이 이 단어가 중요하다는 듯 어조에 힘을 실었다.

그녀는 일찍이 누구도 보지 못한 최악의 패션 감각을 갖고 있거나, 아니면 면으로 만든 실내복을 입고 있는 것 같았다. 후자일 가능성이 더 높았는데, 심지어 옷에 사슴과 곰 무늬까지 있었다.

반백의 머리는 뒤로 당겨서 묶었고, 얼굴에는 화장기가 전혀 없었다.

하기야 오타와 시간으로는 새벽 2시를 갓 넘긴 시각이니, 곤히 자다가 이 자리로 끌려 나온 듯 싶었다.

그러나 이렇게 전혀 준비되지 않은 것 같은 모습과 달리, 얼굴 표정은 예리하고 침착했다. 어두운 표정이기도 했다.

「이크발 박사는 학자였습니다.」영국 장관이 말했다. 「이론가였어요. 그나마도 그리 성공한 편은 아니었습니다. 다시 말하지만, 이건 모두 1차 조사 결과에 불과합니다. 어쨌든 기초적인 확인 결과……」그가 보좌관에게 시선을 돌리자, 보좌관이 그에게 서류 하나를 보여 주었다. 「……그의 이름으로 발표된 논문이 열두 건 있습니다. 모두 제2저자입니다.」

영국 외무 장관은 안경을 벗었다. 그때 보좌관이 몸을 기울여 뭔가 말하려고 하자, 그가 쏘아붙였다. 「그래, 그래, 나도 알아.」그는 다시 카메라를 향해 입을 열었다. 「지금 케임브리지에 있는 이크발의 집을 수색 중입니다. 나중에 그의 상급자도 만나 볼 겁니다. 파키스탄에는 아직 연락해 보지 않았습니다.」

「우리도 마찬가집니다.」프랑스 장관이 말했다. 「좀 기다리는 게 상책이죠.」

영국 외무 장관이 파르르 화를 냈다. 프랑스 사람에게서 이래라저래라 말을 듣는 것이 몹시 싫은 모양이었다. 아니, 독일인이든, 이탈리아인이든, 캐나다인이든 다 똑같았을 것이다. 보좌관에게도 그런 반응을 보였으니까. 엘런이 보기에는 그가 자기 어머니에게도 십중팔구 같은 반응을 보일 것 같았다.

지금 이 자리에 모인 사람들이 언제든 갈기갈기 찢어질 수 있는 느슨한 동맹이라는 사실을 엘런은 곰곰이 생각해 보았다. 이 사람들을 하나로 묶어 주는 것은 상호 존중이 아니라 공통의 필요였다.

「할리우드 스퀘어스」보다는 구명 뗏목과 더 비슷했다. 언제든 뒤집어질 수 있는 구명 뗏목에서 다른 사람에게 싸움을 걸고 싶은 사람은 없을 것이다.

「나스린 부하리에 대한 정보는 없습니까?」캐나다 장관이 물었다.

「지금까지 밝혀진 건 부하리가 카라치 핵 발전소에서 한동안 일했다는 사실뿐입니다. 지금도 그곳 직원인지는 알 수 없어요.」독일 장관이 말했다. 「그 발전소 건설을 캐나다가 도왔지요, 아닙니까?」

이번에는 독일 장관이 음흉하게 굴 차례였다.

「그건 수십 년 전 일입니다.」캐나다 장관이 딱딱하게 말했다. 「게다가 파키스탄의 진정한 의도를 짐작한 뒤에는 우리도 손을 뗐어요.」

「조금 늦었군요……」독일 장관이 말했다.

캐나다 장관은 입을 열었다가 그대로 다물어 버렸다. 엘런은 고개를 살짝 한쪽으로 기울이고, 저 캐나다 장관과 샤르도네 한 잔을 마시고 싶다는 생각을 했다. 자제력이 정말 뛰어난 사람이었다.

캐나다 외무 장관은 대신 이런 말을 했다. 「카라치 시설은 발전소입니다. 무기 생산 프로그램이 아니에요.」

「어쨌든……」독일 장관이 말했다. 「우리 생각도 그렇습니다. 우리의 희망 사항이기도 하고요. 하지만 부하리가 테러 대상이었으니 다른 시각으로 봐야 하지 싶습니다.」

「Merde(젠장).」프랑스 장관이 중얼거렸다.

「갈 길이 멉니다.」영국 장관이 말했다. 「물론, 이 세 사람이 살해당한 이유도 밝혀내야 하고요. 그들이 무엇을 하려 했는지, 그들을 막고 싶어 한 사람이 누군지.」

「이스라엘.」 모두가 동시에 말했다. 암살 사건이 벌어질 때마다 항상 나오는 이름이었다.

「윌리엄스 대통령이 이스라엘 총리와 통화하실 겁니다.」 엘런이 말했다. 「곧 뭔가 알게 될지도 모르죠. 하지만 만약 모사드가 그 물리학자들을 겨냥했다면, 버스를 통째로 날려 버렸을 것 같지는 않습니다.」

「그렇죠.」 영국 장관이 맞장구를 쳤다.

「다행스러운 점도 있기는 합니다.」 이탈리아 장관이 말했다. 「그 세 사람이 죽었으니, 그들이 계획하던 일도 같이 죽었겠죠? 아닐까요?」

「그들이 무슨 일을 꾸몄는지는 아직 모릅니다.」 프랑스 장관이 말했다. 「어쩌면 우연히 뭔가를 알아내서 우리한테 말하러 오는 길이었을 수도 있어요.」

「세 사람이 전부?」 캐나다 장관이 말했다. 「동시에? 우연의 일치가 좀 지나친데요.」

엘런은 몸을 살짝 움직였다. 그녀는 아직 이 사람들에게 바시르 샤의 이야기를 하지 않았다. 이 세 과학자가 샤에게 영입된 사람이라는 이야기도 하지 않았다.

「그 사람들이 우리한테 뭔가를 경고하려고 했던 것 같지는 않아요.」 그녀가 말했다.

독일 외무 장관이 그녀를 빤히 바라보았다. 「뭔가 알고 있습니까, 엘런? 우리는 아는 것을 모두 말했는데, 당신은 말하지 않았습니다. 우리 총리한테 프랑크푸르트에서 테러가 있을 거라고 알려 준 사람이 당신이죠. 심지어 정확한 버스 번호와 시각까지 알고 있었어요. 어떻게 된 겁니까?」

「그리고……」 프랑스 장관이 말했다. 「나스린 부하리에 대해서는 어떻게 알아서, 다른 버스에 파키스탄 출신 핵물리학자가 타고 있었는지 확인해 보라고 말한 겁니까? 우리한테는 그 대답을 들을 자격이 있는 것 같은데요.」

엘런이 듣기에 그들의 질문에서 왠지 비난의 냄새가 살짝 나는 것 같았다. 하지만 도대체 무슨 이유로 그녀를 비난한단 말인가?

아니, 나를 비난하는 건 아니지. 그녀는 속으로 생각했다. 미국을 비난하는 거야. 애덤스 장관은 이 사람들이 미국을 신뢰하는 쪽으로 기울어져 있을 뿐만 아니라 믿고 싶어 하지만, 지금 이 사건들에 무엇이 걸려 있는지 생각할 때 어쩌면 필사적으로 믿으려 할지도 모르지만, 사실은 미국을 믿지 않는다는 것을 깨달았다.

예전과는 달랐다. 지난 4년 동안 난장판을 겪은 다음이니까.

이들의 신뢰를 회복하는 것이 미국 국무 장관의 업무에서 아주 큰 부분을 차지하게 될 터였다. 그녀가 처음 유치원에 가는 날, 교문 앞에서 어머니가 허리를 숙이고 하던 말이 생각났다. 「엘런, 친구를 사귀고 싶다면 네가 먼저 친구가 되어야 해.」

그녀는 그날 벳시를 만났다. 군청색 옷을 입은 다섯 살의 벳시는 아주 작은 뱃사람 같은 말투를 썼는데도, 벌써 클리버 부인처럼 보였다.

그때로부터 50년이 흐른 지금, 미국 국무 장관 엘런 애덤스는 반드시 필사적으로 친구를 사귀어야 했다.

그녀는 동료 장관들의 걱정스럽고 지친 얼굴을 보면서 자신이 무엇을 해야 하는지 깨달았다. 그들에게 사실대로 말해야 할 것이다. 국무부의 하급 직원에게 날아온 기묘한 메시지에 대해서. 길이 말해 준 바시르 샤의 이야기도.

그들은 이 정보를 알 권리가 있었다.

하지만 아직은 때가 아닌 것 같았다.

엘런은 이 회의 시작 20분 전 프랑크푸르트의 미국 영사관에 도착하자마자 보안실로 가서 워싱턴의 합참 의장에게 연락했다.

벨이 울리자마자 화이트헤드 장군이 전화를 받았다. 「네?」

「엘런 애덤스입니다. 저 때문에 깨셨나요?」

장군의 아내가 새벽 2시에 누가 전화한 거냐고 졸린 목소리로 묻는 소리가 전화기 속에서 작게 들렸다.

「애덤스 장관이야.」 장군이 송화구를 손으로 막았는지, 그의 목소리도 작게 들렸다. 「괜찮습니다, 장관.」 그는 아직 졸린 목소리였지만, 말을 한마디 할 때마다 발음이 또렷해졌다. 「아드님은 어떻습니까?」

젊은 남녀 부하들을 너무나 많이 잃어 본 사람이 물어볼 만한 질문이었다.

「회복 중입니다. 감사합니다. 한 가지 여쭤볼 것이 있어요. 기밀입니다.」

「이 전화는 안전합니다.」 그는 침실에서 나와 개인 사무실로 들어온 것 같았다. 「말씀하세요.」

엘런은 영사관의 두꺼운 강화 유리 너머, 기스너 거리 맞은편의 공원을 바라보았다. 그러나 희미한 아침 햇살에 모습을 드러낸 그곳은 사실 공원이 아니었다. 그냥 공원처럼 보일 뿐이었다.

그녀가 지금 있는 이 건물이 미국 외교관들의 본거지인데도 포로수용소처럼 보이는 것과 비슷했다.

겉모습은 전부가 아니었다.

그녀가 바라보는 곳은 공원이 아니었다. 미국 영사관 맞은편에 있는 것은 대규모 묘지였다.

「바시르 샤에 대해 아시는 것이 있습니까?」

버트 화이트헤드는 의자에 털썩 주저앉아 맞은편 벽의 사진들을 빤히 바라보았다.

이번 일이 틀림없이 그의 마지막 전쟁일 것이다. 이제는 싸움을 더치를 용기도, 의욕도 없었다.

바시르 샤. 방금 들은 이름이 정말 이것이었나?

「장관도 나만큼은 알고 있을 텐데요.」

「제 생각은 다릅니다, 화이트헤드 장군.」 프랑크푸르트에서 전화선을 타고 온 그녀의 목소리가 놀라울 정도로 선명했다.

「옛날에 장관 휘하의 기자가 제작한 샤 박사의 다큐멘터리를 봤습니다.」

「옛날 일입니다.」

「그렇죠. 정보국에서 장관 임명 승인을 위해 준비한 서류도 읽어 보았습니다. 그 쪽지에 대해서도 알아요.」

엘런은 즐거운 기색이 전혀 없는 짧은 웃음을 터뜨렸다. 「당연히 아시겠지요.」

「쪽지가 오는 대로 곧장 신고한 건 현명한 조치였습니다.」

그가 말하는 쪽지는 다큐멘터리가 방영된 직후부터 엘런 앞에 나타나기 시작했다. 매년 그녀는 집에서, 이메일로, 카드로 그 쪽지를 받았다. 보낸 사람의 서명 없이, 그녀의 생일을 축하한다는 말이 영어와 우르두어로 적혀 있었다. 그녀의 장수를 빈다는 말도 있었다.

엘런은 처음 온 쪽지를 FBI에 넘긴 다음 잊어버렸다. 하지만 길의 생일에도 쪽지가 오고, 캐서린의 생일에도 또 쪽지가 왔다.

엘런의 두 번째 남편이자 캐서린의 아버지인 퀸이 심장 발작으로 갑자기 세상을 떠났을 때도 쪽지가 왔다. 몇 시간도 안 돼서. 공식적으로 발표하기도 전에. 영어와 우르두어로 조의를 표한 쪽지였다.

이 쪽지는 인편으로 직접 전달되었다.

그녀는 자신의 짐작을 증명할 길이 없었고, FBI의 수사에도 아무 성과가 없었다. 그래도 틀림없었다. 그 쪽지를 쥔 그녀의 손가락이 차갑게 질려 가고, 슬픔에 잠긴 심장에서 피가 빠져나가는 것 같던 그 순간 그녀는 확신했다.

그건 바시르 샤가 보낸 쪽지였다.

그들은 퀸의 시신에 독성 물질이 있는지 검사해 보았지만, 그의 죽음이 자연사가 아니라고 볼 만한 증거는 전혀 없었다. 비극적이지만 자연스러운 죽음이었다.

엘런은 샤가 그 기회를 이용해서 의심의 씨앗을 뿌리려 했다고 믿고 싶었다. 슬픔에 잔인함을 더하고, 그녀를 생쥐처럼 쫓는 고양이가 된 기분을 맛보고 싶었을 것이라고.

하지만 엘런 애덤스는 겁에 질려 덜덜 떠는 생쥐가 아니었다. 그녀는 진실을 똑바로 바라보았다.

바시르 샤가 그녀의 남편을 죽였다. 끔찍한 진실은 이것만이 아니었다. 그가 그런 짓을 저지른 것은 그녀가 방송한 그 다큐멘터리에 대해 보복하기 위해서였다. 그 다큐멘터리가 일련의 신문 기사로 이어지고, 그것을 근거로 미국 정부가 파키스탄 정부에 몇 달 동안 압력을 가한 끝에 샤가 체포되어 재판을 받았기 때문이다.

이제 샤가 다시 엘런의 조준기 안에 나타났다. 하지만 아직 정보가 부족했다. 그것도 아주 많이.

「저는 아무것도 모른다고 생각하세요.」 엘런이 말했다.

「왜 샤 박사에 대해 묻는지 물어봐도 되겠습니까?」

「죄송하지만 그냥 정보만 말해 주세요. 팀 비첨에게 전화할까 하다가 장군에게 먼저 연락한 겁니다.」

또 잠시 침묵이 흘렀다. 「잘 생각하신 것 같네요, 장관.」

이 말에서 엘런 애덤스는 해답을 얻었다. 지금은 1백만 년 전의 일처럼 느껴지는 오벌 오피스의 회의 때, 국가정보국장이 전화를 하겠다며 밖으로 나간 뒤 장군이 지은 걱정스러운 표정의 의미가 무엇인지. 그때 장군은 이마에 주름을 잡고 그를 지켜보았다.

「샤 박사는 파키스탄의 핵물리학자입니다.」 화이트헤드 장군이 이야기를 시작했다. 벽장의 문이 서서히 열리면서 그 안의 물건이 점점 드러나는 것 같은 느낌이었다. 「샤는 파키스탄 핵 프로그램이 낳은 여러 아들 중 하나입니다. 1세대에게서 그 프로그램을 물려받았죠. 하지만 그가 만든 무기들이 훨씬 더 강력하고, 훨씬 더 정교합니다. 아주 뛰어난 사람입니다. 틀림없는 천재예요. 샤가 직접 세운 파키스탄 연구소는 핵무기 프로그램을 인도와 맞먹는 수준으로 끌어올리려는 파키스탄의 노력을 은폐해 주는 장치였습니다.」

「그 노력은 성공을 거뒀죠.」 엘런이 말했다.

「그렇습니다. 파키스탄은 지금도 무기고를 계속 채우고 있죠. 우리가 알기로, 160개의 핵탄두를 갖고 있습니다.」

「예수님이 우셨겠네요.」

「곧 통곡하시게 될걸요. 정보원들의 말에 따르면, 2025년까지 핵탄두 250개가 될 겁니다.」

「세상에.」 엘런은 한숨을 내쉬었다.

「그렇지 않아도 불안한 지역에서 파키스탄은 지극히 위험한 나라가 되는 겁니다. 그런데 그 나라는 계속 그 상태를 유지할 생각이에요.」

「이스라엘도 핵무기를 갖고 있죠?」 엘런이 말하자 수화기 저편에서 쿡쿡 웃는 소리가 들려왔다.

「이스라엘에서 그걸 시인하는 말을 끌어낼 수 있다면, 양키스 팀이 장관을 투수로 데려가겠군요. 장관이 기적을 일으킨다는 사실이 확실히 증명되었으니.」

「저는 파이리츠 팬인데요.」

「아, 그렇죠. 장관이 피츠버그 출신인 걸 깜빡했습니다.」

「우리끼리니까 말씀해 주세요, 장군. 이스라엘이 정말로 핵무기를 갖고 있죠?」

「그렇습니다, 장관. 그들이 일부러 슬쩍 흘리고도 좋아하는 유일한 비밀이죠. 하지만 그것 때문에 파키스탄 핵무기 프로그램에 핑계가 생겼습니다. 자기들이 무기를 늘리는 게 이스라엘의 프로그램과 똑같다고 주장하거든요. 인도에 맞서서 이른바 공포의 균형을 이룩하고 싶다는 겁니다.」

「멋지네요.」

엘런 애덤스는 미국과 소련의 냉전 시대에 나온 그 개념을 잘 알고 있었다. 당시에는 양편 모두 핵폭탄 버튼을 누를 생각이 없었다. 그랬다가는 서로의 보복전 끝에 인류가 깡그리 사라질 수도 있다는 사실을 알기 때문이었다.

그것이 양측의 지나치게 무도한 행동을 막아 주었다. 그게 바로 공포의 균형 이론이었다.

하지만 그 당시 만들어진 것은 공포의 균형이 아니라, 상시적인 공포 상태였다.

「이란의 핵무기 프로그램은요?」엘런이 물었다.

장군이 고개를 절레절레 젓는 소리가 거의 들리는 것 같았다. 「의심은 가지만 확인할 길이 없습니다. 하지만 맞아요, 장관. 이란이 자체 핵무기를 이미 갖고 있거나 곧 갖게 될 거라고 가정할 필요가 있습니다.」

「지금까지 하신 말씀은 널리 알려진 정보입니다.」엘런이 말했다. 「샤 박사의 은밀한 거래에 대한 정보는 어떻습니까? 어느 시점부터 샤가 자기만의 사업을 시작했잖아요.」

「맞습니다. 무기급 우라늄과 플루토늄 거래를 시작했죠. 하지만 그것만이 아닙니다. 그쪽 시장에는 다른 사람들도 있습니다. 특히 러시아 마피아. 하지만 샤가 유난히 위험한 건 한곳에서 모든 걸 살 수 있는 상점 같은 존재가 되었기 때문입니다. 무기 업계의 월마트 같은 존재라고 할까. 원료뿐만 아니라 기술도 팝니다. 장비, 전문 지식, 무기 운반 시스템.」

「사람도 팔죠.」

「맞습니다. 고객은 단 한 번의 거래로 자체 핵폭탄 개발에 필요한 걸 모두 구매할 수 있습니다. 전부.」

「고객이라. 다른 나라들을 말씀하시는 건가요?」엘런이 물었다.

「그것도 포함되죠. 우리는 샤가 북한에 핵무기 프로그램의 구성 요소들을 제공해 주었다고 봅니다.」

「파키스탄 정부도 샤의 거래에 대해 알고 있었고요?」

「그렇습니다. 그쪽 정부의 승인까지는 아니더라도 기꺼이 눈감아 주는 태도가 없었다면 샤가 무사했을 리 없죠. 샤의 거래를 묵인해 준 거예요. 샤의 목적이 자기들의 목적과 잘 맞아떨어졌으니까.」

「그 목적이라는 건?」

「그 지역을 계속 불안한 상태로 유지하면서 인도에 대해 우위를 점하고 서방을 서서히 무너뜨리는 것. 샤는 높은 값을 부르는 사람에게 그들이 원하는 모든 것을 파는 사업으로 수십억 달러를 벌었습니다. 핵 기술뿐만 아니라 중화기, 화학 약품, 세균전 재료, 그리고 전통적인 무기까지 다 팔았습니다. 샤의 고객이 다른 나라들이냐고 물었죠? 하지만 위험한 건 그쪽이 아닙니다. 다른 나라 정부들은 우리가 적어도 어느 정도 제어할 수 있어요. 진짜 위험한 건 핵무기가 범죄자나 테러 조직 손에 들어가는 경우입니다. 솔직히 아직 그런 일이 일어나지 않은 게 충격적이에요.」

엘런은 잠시 대화를 멈추고 그의 정보를 받아들였다. 머리가 정신없이 돌아갔다. 「샤한테 그런 물건들을 제공해 주는 사람이 누굽니까? 샤가 직접 만드는 건 아니잖아요.」

「그렇죠, 샤는 중간 상인입니다. 온갖 종류의 사람들이 관련되어 있는데, 샤의 주요 공급선 중 하나는 러시아 마피아인 것 같습니다.」

「파키스탄이 그걸 허용한다고요?」 엘런은 이 부분을 반드시 분명하게 확인할 필요가 있었다. 「우리의 동맹인데요?」

「파키스탄은 위험한 게임을 하고 있습니다. 파키스탄 정부는 우리가 아프가니스탄에 주둔하는 오랜 기간 자기 나라 북부에서 군사 기지를 운영할 수 있게 해주었죠. 하지만 빈라덴, 알카에다, 파탄, 탈레반에도 피난처를 제공했습니다. 아프가니스탄과의 국경에는 구멍이 많아요. 그 나라에는 극단주의자, 테러리스트가 정부의 지원과 보호를 받으며 들끓고 있습니다.」

「필요한 물건은 샤에게서 공급받고요.」

「그렇죠. 하지만 샤를 직접 만나면 그런 사실을 짐작도 못 할 겁니다. 옆집 남동생이나 절친한 친구처럼 보이거든요. 온화한 학자처럼 생겼습니다.」

「하지만 겉모습이 전부가 아니죠.」

「대부분 그렇죠.」 화이트헤드 장군이 말했다. 「파키스탄 군부와의 회의에 나도 참석했습니다. 그쪽 동굴들도 가봤고요. 샤가 공급한 무기들이 거기에 숨겨져 있는 걸 봤습니다. 만약 거기 있는 조직들 중 누가 정말로 핵폭탄을 손에 넣기라도 한다면…….」

「샤가 수십 년 전부터 무기를 공급하고 있었다면, 왜 아직 그런 일이 없었을까요?」

「두 가지 이유입니다. 그 집단들은 대부분 서로를 잡아먹습니다. 자기들끼리 싸운다는 뜻이에요. 자기들끼리 죽고 죽이죠. 조직도 작고 오래 지속되지도 않습니다. 실제로 폭탄을 만들기 위해서는 오랫동안 안정이 유지되어야 합니다. 산속 동굴에서 그걸 만들 수는 없는 노릇이니까요. 두 번째 이유는 서방 정보기관들의 활동입니다. 소련이 붕괴한 뒤로 우리의 정보망과 감시망이 핵물질과 핵폐기물을 손에 넣으려던 수십 번의 시도를 줄곧 분쇄했습니다. 더티 밤을 만드는 데는 아주 소량의 재료만으로 충분하다는 걸 잊으면 안 됩니다.」

애덤스 장관도 아주 잘 아는 사실이었다. 그녀는 그 사실을 항상 머릿속에 새기고 있었다.

장군이 말을 이었다. 「아시다시피 전전대 미국 정부는 파키스탄에 샤를 체포하라는 압력을 가했습니다. 장관의 다큐멘터리도 거기에 부분적으로 기여했죠. 파키스탄이 공개적으로 압박을 받게 되었으니까요. 우리는 징역형을 바랐습니다만, 고작 가택 연금이 실행되었을 뿐입니다. 그 정도라도 아주 없는 것보다는 낫습니다만. 샤의 영향력이 줄어드니까요.」

「지금까지는 그랬죠.」 엘런이 말했다.

「무슨 뜻입니까?」

「모르셨습니까? 풀려났습니다. 파키스탄 정부가 작년에 석방했어요.」

「이런 젠장할…… 미안합니다, 장관.」 화이트헤드 장군이 한숨을 내쉬었다. 「바시르 샤가 풀려나다니. 그거 문제인데요.」

「장군이 생각하시는 것 이상입니다. 우리 쪽의 동의가 있었던 것 같으니까요.」

「우리?」

「전임 정부.」

「그럴 리가 없습니다. 누가 그렇게 멍청한 짓을…… 아니, 아닙니다.」

전임 대통령 에릭 던이 그런 자였다. 그와 가장 가까이 어울리는 사람들조차, 아니 어쩌면 가까운 사이라서 더더욱, 그를 멍청이 에릭Eric the Dumb이라고 불렀다. 그래도 이건 멍청한 수준을 넘어 미친 짓이었다.

「선거 직후였습니다.」애덤스 장관이 말했다.

「선거 직후요? 선거에서 진 다음에?」화이트헤드 장군이 물었다. 「아니, 도대체 왜 그런 짓을 해요? 장관은 이걸 어떻게 알았습니까?」

「아들한테서 들었습니다. 샤가 고용했던 나스린 부하리라는 핵물리학자의 뒤를 쫓고 있었다고 하더군요.」

엘런은 자신이 아는 사실을 설명해 주었다. 화이트헤드 장군은 한 단어도 빼놓지 않고 내내 조용히 귀를 기울였다. 그녀가 말하는 정보의 의미 또한 동시에 받아들이고 있었다.

마침내 그가 말했다. 「샤가 왜 자기 사람들을 죽인단 말입니까?」

「죽이지 않겠죠.」

「그럼 누구죠?」

「장군이 그걸 아실 줄 알았는데요.」

하지만 전화기 저편에서 들려오는 것은 깊은 침묵뿐이었다.

13장

「이스라엘 총리는 폭탄 테러와 아무 관련이 없다고 주장합니다.」여러 나라 외무 장관, 정보기관 수장, 보좌관 등과 화상 회의 중인 엘런에게 보인턴이 귓속말을 했다. 합참 의장과 통화한 지 30분 뒤였다.

「그렇군.」그녀는 이렇게 말하고 나서 화면 속 사람들에게 말을 전했다.

보인턴이 중간에 끼어든 것이 반가웠다. 그 덕분에 그녀는 폭탄이 터질 정확한 시각, 테러 대상, 도시를 어떻게 알았느냐는 질문에 대답하지 않고 넘어갈 수 있었다.

좀 더 여유를 두고 말을 고를 수도 있게 되었다.

「이스라엘 총리의 말을 믿을 수 있습니까?」프랑스 장관이 물었다.

「이스라엘이 언제 우리에게 거짓말을 한 적이 있던가요?」이탈리아 장관이 물었다.

이 말에 웃음이 터졌다.

하지만 이스라엘이 모든 걸 솔직하게 털어놓지 않을 수는 있어도, 총리가 미국 대통령에게 거짓을 말할 가능성은 별로 높지 않다는 걸 여기 모인 사람들 모두 알고 있었다. 이스라엘에는 미국이라는 친구가 필요했다. 그러니 신임 대통령에게 거짓말부터 하는 건 전혀 도움이 되지 않았다.

영국 외무 장관이 말했다. 「게다가 모사드가 파키스탄 핵물리학자를 기꺼이 죽인다 해도, 그렇게 지저분하고 잔혹한 방식을 쓰지는 않을 겁니다. 자기들의 정밀한 솜씨를 자랑스러워하니까요. 깨끗하죠. 이번 일은 전혀 그렇지 않고요.」

그는 엘런이 바로 몇 분 전에 정확히 똑같은 말을 했다는 사실을 잊어버린 듯했다.

캐나다 장관이 말했다. 「국무 장관은 아직 우리 질문에 답하지 않으셨습니다. 프랑크푸르트 공격과 부하리 박사에 대해 어떻게 알게 되셨습니까?」

이제 보니 엘런이 캐나다 외무 장관과 친구가 되기는 힘들 것 같았다.

「다른 버스에 타고 있던 테러 대상들 역시 십중팔구 파키스탄 물리학자일 거라는 말도 하셨죠.」 이탈리아 장관이 물었다.

「아시다시피, 제 아들이 프랑크푸르트의 그 버스에 타고 있었습니다. 아들은 기자인데, 파키스탄 핵물리학자들이 관련된 음모가 있다는 말을 취재원에게서 들었답니다. 그때 나스린 부하리라는 이름을 듣고 미행 중이었대요. 그 이야기를 꿰어 맞추는 건 그리 어렵지 않았습니다.」

「그 취재원이 누굽니까?」 캐나다 장관이 물었다.

사슴과 곰이 그려진 이 여자가 이제는 정말 짜증스럽다는 생각이 들었다.

「말하지 않겠다고 했습니다.」

「어머니한테도요?」 독일 장관이 물었다.

「국무 장관이죠.」 그녀의 어조 때문에 다른 사람들은 그녀와 아들의 사적인 관계에 대해 더 이상 물어볼 엄두를 내지 못했다.

「음모라는 건 뭡니까? 뭘 계획한대요?」 프랑스 장관이 화면을 향해 몸을 기울이며 물었다. 그 바람에 코가 엄청 커져서 다들 그의 모공을 볼 수 있었다.

「제 아들도 모릅니다.」

프랑스 장관은 믿지 못하겠다는 표정이었다.

「아드님은 몇 년 전 파탄에 납치당했죠.」 독일 외무 장관이 말했다.

「맞습니다.」 프랑스 장관이 말했다.

「조심하세요.」 캐나다 장관이 경고했으나, 프랑스가 캐나다의 말을 듣는 건 아주 드문 일이었다.

「프랑스 기자 세 명을 포함해서 다른 기자들은 처형되었으나 아드님은 탈출을……」 프랑스 장관이 말했다.

「클레망.」 캐나다 장관이 쏘아붙였다. 「그만해요.」

그는 그만하지 않았다.

「그 뒤 아드님이 이슬람으로 개종했다고 알고 있습니다. 지금은 무슬림이라고.」

「클레망!」 캐나다 장관이 말했다. 「C'est assez(그만하라고요).」

하지만 이미 너무 늦었다. 너무 많은 말이 나와 버렸다.

「무슨 말을 하려는 겁니까?」 엘런의 목소리에 경고가 가득 담겨 있었다.

하지만 프랑스 외무 장관이 무슨 말을 하려는 건지 그녀는 이미 아주 잘 알고 있었다. 다른 사람들도 전에 그런 뜻을 비치기는 했지만, 그녀의 면전에서 말한 적은 없었다.

「아무 뜻도 없습니다.」 이탈리아 장관이 말했다. 「그냥 흥분한 거예요. 파리에서 끔찍한 일이 일어난 지 얼마 되지 않았으니까. 잊어버리세요, 장관.」

그래도 프랑스 장관은 화면에 얼굴을 들이박다시피 가까이 들이대고 말을 이었다. 「장관의 아들이 이 음모의 일원이 아니라는 걸 어떻게 압니까? 장관의 아들이 폭탄을 심은 범인이 아니라고 어떻게 확신할 수 있어요?」

더 이상 참을 수 없었다.

「감히,」 엘런이 고함을 질렀다. 「감히 내 아들이 이번 일에 관련이 있을 거라고? 그 애는 폭발을 막으려고 했어. 목숨을 걸고 막으려 했다고. 폭발에 휘말려 죽을 뻔했어.」

「죽지는 않았죠.」 독일 장관이 말했다. 목소리가 너무 차분해서 미칠 것 같고, 너무 합리적이라서 화가 치솟았다. 「죽지는 않았어요. 살아남았습니다. 납치당했다가 살아난 것처럼.」

엘런은 그에게 시선을 돌렸다. 그가 하는 말을 믿을 수가 없었다. 「진심입니까?」

그녀는 화면 속의 사람들을 모두 바라보았다. 사슴과 곰이 그려진 웃기는 옷을 입은 캐나다 장관조차 그녀의 답변을 기다리고 있었다.

다른 사람은 모두 처형당했는데, 길 바하르는 어떻게 이슬람 테러리스트 납치범들의 손에서 도망쳤냐고?

그녀 자신도 아들이 탈출한 직후 스톡홀름에서 만났을 때 던진 질문이었다. 다른 뜻은 전혀 없는 질문이었지만, 길은 그것을 비난으로 받아들였다. 항상 그랬다.

그렇지 않아도 삐걱거리던 모자 관계는 그 뒤로 더욱 악화되었고, 답을 듣지 못한 질문은 계속 곪아 갔다.

이제는 둘이 거의 이야기도 하지 않는 관계가 되었다. 엘런은 벳시를 통해, 캐서린을 통해 노력하고 또 노력했다. 전화도 하고 편지도 보냈다. 자신이 아들을 사랑하고 믿는다고 해명하고 싶었다.

자신이 그 질문을 던진 건 순전히 아들이 그 일에 대해 털어놓고 싶어 할 것 같아서였다고 말하고 싶었다.

당시 상원 의원이던 더글러스 윌리엄스 대통령과 엘런 애덤스가 갈등을 빚게 된 핵심 원인 역시 길의 납치 사건이었다.

윌리엄스와의 관계 역시 곪아 터진 채로 낫지 않았다.

그녀는 동료 장관들을 바라보았다. 모두 너덜너덜해져서 무서워하고 있었다. 그래도 아나히타 다히르에게 들어온 암호 메시지에 대해서는 아직 말해 줄 수 없었다. 우선 그 암호와 아나히타를 더 파악해야 했다.

하지만 저들에게 뭔가 던져 주기는 해야 했다. 그게 뭔지 알 것 같았다.

「취재원한테서 이번 일의 배후가 누구인지는 알아냈답니다. 오늘 아침에 병상에서 나한테 말해 줬어요.」

이 정도면 저들도 길이 상처 하나 없이 빠져나왔다고는 생각하지 않을 것 같았다.

「그래서요?」 독일 장관이 말했다.

「바시르 샤.」

마치 블랙홀이 갑자기 입을 벌리고 각자의 방에서 생기와 빛과 소리를 모조리 빨아들인 것 같았다. 그들은 모든 감각을 잃었다.

샤라니.

그러다 갑자기 모두가 동시에 떠들어 대기 시작했다. 고함처럼 질문을 던져 댔다.

서로의 말은 다를지라도, 결국 질문은 하나였다.

「샤가 어떻게요? 이슬라마바드에서 가택 연금 중인데요. 몇 년 전부터.」

그녀가 화이트헤드 장군과 의논한 그대로 사정을 설명하자 다들 또다시 할 말을 잃고 침묵에 빠졌다.

「젠장.」

「Merde(개떡 같군).」

「Scheiße(제기랄).」

「Merda(젠장맞을).」

「씨발.」 캐나다 장관이 말했다.

엘런은 생각을 다시 바꿨다. 이번 일이 끝나면 역시 저 여자와 샤르도네를 한 병 같이 마셔야겠다고.

「샤의 행방을 전혀 모른다는 얘깁니까?」 프랑스 장관이 물었다.

「네.」 그녀는 사람들의 얼굴을 살펴본 뒤 그들도 자기만큼 오리무중이라는 결론에 도달했다. 그들의 분노도 그녀와 똑같았다.

그러나 그들의 분노는 또한 그녀를 향하고 있었다.

「당신들이 가만히 있었어요?」 독일 장관이 말했다. 「세상에서 가장 위험한 무기상이 도망치는 걸 내버려 둔 겁니까? Nein(아니지), 도망이 아니라 그냥 문으로 걸어 나왔겠지.」

「아마 뒷문을 이용했을걸요.」 이탈리아 장관이 말했다. 「아무도 못 보게…….」

「진짜 문을 말한 게 아닙니다.」 독일 장관이 쏘아붙였다. 「중요한 건, 그자가 미국 정부의 동의하에 자유의 몸이 됐다는 거예요.」

「이번 정부는 아닙니다. 내가 동의한 것도 아니고.」 엘런이 말했다. 「나도 여러분만큼 그자를 증오해요. 아마 내가 더할 겁니다.」

그건 샤가 퀸을 죽였을 거라는 의심 때문이었다. 그는 그녀가 온 마음으로 사랑한 남자였는데, 그 다큐멘터리에 대한 보복으로 그를 죽였다. 그냥 그자가 할 수 있는 일이라는 이유로.

그러고 나서 지금까지 계속 유쾌한 카드를 보내며 그녀를 조롱했다.

그런 그가 자유의 몸이 되었으니, 이제 마음 내키는 대로 무엇이든 할 수 있을 것이다. 파키스탄 정부의 일부 관리들이 그를 보호해 주고, 망상증 환자인 전임 미국 대통령과 그의 사악한 관리들은 그를 축복해 주었다.

이제 와서 생각해 보니, 아직 현직 국가정보국장인 팀 비첨도 거기에 한몫을 했을 것 같았다.

화이트헤드 장군이 그를 믿지 않는 이유가 바로 그거였다.

팀 비첨은 전임 정부에서 이월된 사람이었다. 던 행정부가 기울어 가던 시기에 혼란 속에서 정치적으로 임명된 인물 중 하나. 그의 임명을 승인해야 할 상원은 그 사안을 미처 표결에 부치지 못했고, 신임 대통령은 그를 유임시킬지 결론을 내릴 때까지 국가정보국장 〈서리〉로 남겨 두었다. 상원 의원 시절의 경험으로 윌리엄스는 비첨이 우익 보수파 정보 전문가라는 사실을 알고 있었지만, 그것이 그가 아는 전부였다.

현재 대통령으로서는 비첩이 충성스럽기를 바랄 뿐이었다. 물론 그는 충성스러웠지만, 대상이 누구인지 알 수 없었다.

「샤가 무슨 일을 꾸미는 걸까요?」캐나다 장관이 물었다. 「핵물리학자 세 명이라니. 결코 좋은 일이 아닐 겁니다.」

「죽은 핵물리학자 세 명이죠.」이탈리아 장관이 말했다. 「혹시 누가 우리한테 좋은 일을 해준 걸까요?」

엘런은 희생자 가족들의 얼굴과 그들이 들고 있던 사진을 다시 떠올렸다. 테디 베어와 풍선과 길 위에서 죽어 가는 꽃도 보이는 듯했다. 그런 게 좋은 일이라니.

그래도 이탈리아 장관의 말에 일리는 있었다.

「내가 모르겠는 건, 샤가 2급 핵물리학자들을 영입한 이유입니다.」캐나다 장관이 말했다. 「마음만 먹으면 누구라도 돈으로 살 수 있는 사람이잖아요.」

엘런도 그 점이 걱정스러웠다.

「아드님을 더 압박해 보세요, 장관.」이탈리아 장관이 말했다. 「취재원이 누군지 알아내야 합니다. 샤가 무슨 일을 꾸미는지 알아야 해요.」

엘런의 요청으로 벳시는 다시 워싱턴으로 날아갔다.

프랑크푸르트발 민영 항공기의 창가 좌석에 앉은 그녀는 엘런이 준 쪽지를 열어 보았다. 엘런이 썼음이 분명한 악필이었다.

엘런 자신이 직접 『피플』지 속에 이 쪽지를 찔러 넣었고, 필체 또한 의심의 여지가 없는데도, 엘런은 편지 맨 앞에 이런 문장을 썼다. 〈뒤섞인 은유가 술집 안으로 걸어 들어오자…….〉

안전벨트 표시에 불이 들어오고, 휴대폰을 비행기 모드로 돌려 달라는 안내 방송이 나왔다. 벳시는 엘런에게 재빨리 다음과 같은 이메일을 한 통 보낸 뒤 안내 방송의 지시에 따랐다.

〈……벽에 손으로 쓴 글자를 봤으나, 싹을 잘라 버리고 싶었다.〉

그러고 나서 벳시는 편안히 앉아 짧은 쪽지를 마저 읽었다. 한편 그녀의 오른쪽 뒤편, 중앙열의 비즈니스 클래스 좌석에서는 이렇다 할 특징이 없는 청년이 신문을 읽고 있었다.

십중팔구 그는 벳시가 자신을 알아차리지 못한 줄 알 것이다.

벳시는 엘런의 쪽지를 다 읽은 뒤 정장 바지 주머니에 찔러 넣었다. 누군가가 그녀의 가방을 훔쳐 갈 수는 있어도 바지를 벗겨 갈 가능성은 별로 없었다.

그러니 쪽지를 거기에 넣어 두면 안전할 것이다.

대서양을 건너는 동안 내내 다른 승객들은 비즈니스 클래스의 좌석을 침대처럼 평평하게 펴서 잠을 자기도 하고 식사를 하기도 했지만, 벳시 제임슨은 창밖을 바라보며 엘런의 요청을 어떻게 완수할지 고민했다.

「지금 만나야겠어.」 엘런이 말했다.

찰스 보인턴이 미국 총영사가 제공해 준 사무실을 나갔다가 아나히타 다히르를 데리고 돌아왔다.

「수고했어, 찰스. 이제 나가 봐요.」

그는 문 앞에서 머뭇거렸다. 「드실 거나 마실 거라도 좀 가져올까요, 장관님?」

「아니, 괜찮아요. 다히르 씨는?」

아나히타는 배 속이 텅 빈 상태였지만 그냥 고개를 저었다. 국무 장관 앞에서 달걀 샐러드 샌드위치를 먹을 수는 없는 노릇이었다.

보인턴이 걱정스러운 표정으로 문을 닫았다. 차갑게 쫓겨났지만, 어떻게든 다시 들어갈 길을 찾아야 했다.

엘런은 문에서 찰칵 소리가 날 때까지 기다렸다가, 아나히타에게 맞은편 안락의자로 오라고 손짓했다.

「넌 누구지?」

「네, 장관님?」

「내 말 알아들었잖아. 허튼소리나 주고받을 시간은 없어. 사람들이 죽었고, 어느 모로 보나 더 나쁜 일이 다가올 가능성이 있어. 그리고 넌 이 일에 관련되어 있지. 그러니까 대답해. 넌 누구야?」

아나히타의 눈앞에서 엘런은 무릎에 올려놓은 서류철 표지에 천천히 손을 올려 손가락을 펼쳤다. 아나히타는 그것이 정보 브리핑 자료임을 깨달았다. 국무부 지하실에서 그녀를 신문하던 사람들이 갖고 있던 것과 비슷한 자료.

그녀는 서류철에서 눈을 들어 국무 장관을 바라보았다.

「저는 외무 담당 직원 아나히타 다히르예요. 누구든 붙잡고 물어보세요. 캐서린도 저를 알고, 길도 저를 압니다. 제 말은 모두 사실이에요.」

「아니, 사실이 아니야, 그렇지?」 엘런이 말했다. 「네 이름과 직책은 맞지만, 그게 전부가 아닐 거야. 그 메시지는 너한테 왔어. 너를 콕 찍어서. 그리고 너와 파키스탄의 연관성이 밝혀졌지. 핵물리학자 세 명은 모두 그 나라 출신이고, 넌 이슬라마바드의 미국 대사관에서 2년 동안 근무했어. 지금은 파키스탄 담당. 너한테 그 메시지를 보낸 사람이 누구야?」

「몰라요.」

「아니, 알 거야.」 엘런이 쏘아붙였다. 「그 신문에서 널 데리고 나온 사람이 나야. 아마 그러지 말았어야 할 텐데, 그래도 그렇게 했어. 네가 안 좋은 일을 당하지 않게 여행에 데리고 오기까지 했지. 이것 역시 그러지 말았어야 할 텐데, 그래도 그렇게 했어. 네가 내 아들의 목숨을 구했으니, 나도 은혜를 갚아야지. 하지만 은혜에도 한계가 있어. 지금이 바로 한계야. 저 문밖에 보안 요원들이 있어.」 엘런은 굳이 문을 바라보지는 않았다. 「네가 당장 대답하지 않으면, 내가 요원들을 불러서 널 넘길 거야.」

「정말 몰라요.」 아나는 졸아든 목구멍으로 힘들게 새된 목소리를 냈다. 「절 믿어 주세요.」

「아니, 지금 내가 해야 하는 일은 진실을 파헤치는 거야. 넌 그 메시지를 지우기 전에 종이에 적어 두었지. 평소에도 그렇게 하나?」

아나히타는 고개를 저었다.

「그럼 이번에는 왜?」

아나히타의 괴로운 표정을 보고 엘런은 마침내 뭔가 알아냈음을 깨달았다. 비록 아나히타에게서 대답을 듣지 못하더라도, 최소한 그녀의 의문은 정당화할 수 있었다.

그러나 아나히타가 내놓은 대답은 엘런이 기대하던 것과 완전히 거리가 멀었다.

「저희 가족은 레바논 출신이에요. 부모님은 저를 사랑하시지만 엄격하죠. 전통적이시거든요. 레바논의 착한 여자아이는 결혼할 때까지 부모님과 함께 살아요. 저희 부모님은 제게 제 친구들과는 비교할 수도 없는 자유를 주셨어요. 그래서 직장을 구하면서 독립할 수 있었고, 심지어 외국에서도 근무할 수 있었던 거예요. 부모님은 제가 국무부에서 조국을 위해 일하는 걸 자랑스러워하셨어요. 그리고 제가 절대 선을 넘지 않을 거라고 믿으셨죠.」

엘런은 열심히 귀를 기울이면서, 열심히 머리를 굴리다가 어느 지점에서 급정거를 했다.

「길.」

아나히타가 고개를 끄덕였다. 「네. 그 메시지가 들어왔을 때 저는 정말로 스팸인 줄 알았어요. 처음에는요. 그래서 상사한테 보여 준 뒤 지워 버린 거예요. 하지만 지우기 전에, 혹시 길이 보낸 것 아닌가 하는 생각이 들더라고요.」

「왜 그런 생각을 했어?」

잠시 침묵이 흘렀다. 엘런은 눈앞의 젊은 여자가 얼굴을 붉히고 있음을 깨달았다.

「우리는 항상 이슬라마바드에서 제가 살던 작은 아파트에서 만났어요. 저를 만나고 싶으면 길이 항상 시간이 적힌 문자를 보냈죠. 딱 그것만. 시간만.」

「멋지네.」엘런의 말을 듣고 아나히타가 희미한 미소를 지었다.

「길이 멋지긴 하죠. 그런 문자를 보낸 게 아주 나쁜 짓 같지만, 사실은 저를 위해서 그런 거예요. 제 부모님 귀에 이야기가 들어갈까 봐 제가 우리 관계를 비밀로 하자고 그랬거든요. 그래서 더…….」

즐겁고, 짜릿했다. 기만과 이중성이 가득한 도시에서 몰래 돌아다니는 것이. 이슬라마바드의 낮과 밤은 푹푹 찌는 듯이 더웠다. 하지만 모두 너무나 젊고, 활기차고, 단호하고, 확신에 차 있었다. 시장에서는 죽음이 기다릴지라도, 그들 주위에는 온통 생기가 가득했다.

그들이 맡은 일도 아주 중요한 것 같았다. 통역, 보안 요원, 기자. 그리고 첩자. 그들 자신이 아주 중요한 인물이 된 것 같았다. 폭력과 죽음이 사람들을 강타하는 도시에서 그들은 불사의 존재인 것 같았다. 폭력과 죽음은 결코 그들의 몫이 아니었다.

게다가 그가 보낸 문자들. 〈1945〉. 〈1330〉. 그녀가 가장 좋아하는 문자는 〈0615〉였다. 그 문자를 알리는 소리에 깨어나는 것이, 길의 존재를 향해 깨어나는 것이 좋았다.

추억을 떠올리며 아나히타가 온몸으로 보이는 반응에 엘런은 미소가 나오는 것을 참을 수밖에 없었다. 엘런 자신이 길의 아버지 캘에게 느낀 것과 똑같은 감정임을 분명히 알 수 있었다. 캘은 그녀의 첫사랑이지만, 영혼의 짝은 아니었다. 영혼의 짝은 캐서린의 아버지인 퀸이었다.

하지만 정말이지, 캘 바하르는 재미있는 사람이었다. 그리고 단호했다.

지금도 그를 생각하면…….

그녀는 생각을 멈췄다. 그런 생각을 하기에 지금만큼 부적절한 때가 또 있을까 싶었다.

엘런은 헛기침을 했고, 아나히타는 또 얼굴을 붉히면서 프랑크푸르트의 차가운 회색 사무실로 돌아왔다. 「그 메시지를 보낸 사람이 길이라면 좋겠다는 생각이 들었어요. 그래서 지우기 전에 적어 둔 거예요.

그리고 밤늦게 길한테 그 메시지를 보냈느냐고 묻는 문자를 보냈어요.」

「길이 어디 있는지 알고 있었어?」

「아뇨. 한동안 연락이 없었거든요. 제가 워싱턴으로 돌아온 뒤로는 한 번도.」

엘런은 고개를 끄덕였다. 만약 아나히타가 군 정보부에서 나온 요원들에게 이 이야기를 했어도, 그들은 그녀의 말을 믿지 않았을 것이다. 그들은 젊은 여자가 때로 첫사랑에게 품는 갈망과 뜨거운 감정을 이해하지 못했을 것이다. 그 감정 때문에 여자들은 메시지 하나를 놓고 지나친 의미를 읽어 내거나 없는 의미를 읽어 냈다가, 다시 읽어 본 뒤 다시 해석하기도 한다.

아무리 똑똑한 여자도 희망에 눈이 멀 수 있다는 사실을 그들은 이해하지 못했을 것이다.

그러나 엘런 애덤스는 완벽히 이해했다. 그녀도 길의 아버지에게 눈이 멀었던 적이 있으니까. 그래서 남들 눈에는 똑똑히 보이는 것을 그녀만은 보지 못했다. 벳시도 그것을 보고, 그녀에게 부드럽게 이야기해 주려고 했다. 그녀와 캘이 결코 잘 지낼 수 없는 모든 이유를.

「그렇게 해서 길이 프랑크푸르트에 있는 걸 알았구나.」 엘런이 말했다.

「네.」

「하지만 길이 보낸 메시지가 아니라면, 누가 보낸 거지?」

「저도 몰라요. 누구든 그걸 특별히 저한테 보내려 했던 것 같지도 않고요. 그냥 그때 근무 중이던 사람이 받으려니 했을 거예요.」

「바시르 샤에 대해 아는 게 있어?」 아나히타의 얼굴이 얼어붙는 것이 보였다. 「아는 게 있군. 차 안에서도 네 반응을 봤어. 겁에 질렸던데.」

오랜 침묵 속에서 아나히타는 안절부절못했다. 「이슬라마바드에 있을 때, 제가 핵 확산 문제를 다뤘거든요. 그때 파키스탄 쪽에서 저랑 연락하던 사람들이 그 사람 얘기를 했어요. 거의 경외하듯이. 무슨 신화적인 존재 같았어요. 무시무시하다는 점에서. 전쟁의 신처럼요. 그자가 배후예요?」

엘런은 대답 없이 자리에서 일어섰다. 「나한테 또 꼭 말해야 하는 게 있나?」

아나히타도 따라 일어서서 고개를 저었다. 「아뇨, 장관님. 그게 전부예요.」

엘런은 문으로 걸어갔다. 「나는 떠나기 전에 병원으로 가서 길을 만날 거야. 같이 갈래?」

아나히타는 머뭇거리다가 턱을 들고 어깨를 폈다. 「감사하지만 안 갈래요.」

문을 닫으면서 엘런은 생각했다. 과연 길은 자기가 무엇을 잃어버렸는지 알고 있을까.

아나히타는 복도를 걸어가면서 이렇게 계속 걷다 보면 어디까지 갈 수 있을지 생각해 보았다. 자신이 사라졌다는 걸 그들은 언제 알아차릴까.

자신이 또 거짓말을 했다는 걸 언제 알아차릴까.

14장

벳시 제임슨은 덜레스 공항 택시 승강장에서 줄을 서 기다리면서, 잘생긴 청년에게 함께 타고 가자고 청해야 할지 고민해 보았다. 청년이 너무 티가 나게 그녀를 미행하고 있어서 귀여울 지경이었다. 그녀는 그가 첩자는 아니기를 바랐다. 첩자라면 금방 일을 그만두어야 할 것 같았다. 벳시도 그의 존재를 알아차릴 정도니, 어쩌면 젊은 나이에 생을 마감하게 될 수도 있었다. 하지만 한편으로는 청년이 그녀를 미행하기보다 호위하는 것 같다는 생각도 들었다.

그녀의 안전을 위해 엘렌이 보낸 사람.

위안이 되는 동시에 거슬리기도 했다. 자신이 이제부터 하려는 일이 위험할 수 있다는 생각은 한 번도 해본 적이 없었다. 어려운 일일 수는 있어도 위험하지는 않았다.

벳시 제임슨은 어려운 일에 익숙했다. 피츠버그 남쪽에서 어린 시절을 보내면서 그녀는 싸움꾼이 되었다. 어렸을 때부터 인생은 투쟁이고, 사람들은 거지 같으며, 믿을 사람은 하나도 없다고 믿었다. 가족은 그녀를 괴롭히는 존재일 뿐이고, 남자는 죄다 강간범이고, 여자는 못된 년이었다. 고양이는 비열하지만 개는 괜찮았다. 시끄럽게 짖어 대는 작은 개는 빼고. 새는 생각하기도 싫었다.

경험상 괴물은 벽장 안에 숨어 있지 않았다. 그들은 초대를 받아 정문으로 당당히 들어왔다.

벳시 제임슨은 다섯 살 때 처음 입학한 학교의 운동장에서 아무도 안에 들이면 안 된다는 교훈을 얻었다.

그녀는 감정이라는 산의 산허리에 있는 자기만의 동굴 속에 숨어 있었다. 거기라면 누구도, 그 무엇도 그녀를 찾아내서 괴롭힐 수 없었다.

레드 로버[14] 놀이를 할 때도 그녀는 결코 누구도 자기편으로 불러오지 않았다. 그리고 아이들은 상대 팀의 열을 깨뜨릴 때 벳시 제임슨이 옆 사람의 손을 꽉 잡고 있는 곳을 뚫으려 하면 안 된다는 것을 배웠다.

그런데 입학 첫날 벽을 등지고 앉은 벳시는 자그마한 금발 소녀를 보았다. 안짱다리에 얼굴에는 엄청 크고 두꺼운 안경을 쓰고, 몸에는 날씨에 비해 지나치게 따뜻한 스웨터를 입은 그 소녀는 운동장 입구에 서 있었다. 그 애의 어머니가 허리를 숙여 아이에게 뭐라고 귓속말을 하는 중이었다. 엄숙한 표정의 아이가 엄마를 보며 고개를 끄덕이자, 엄마가 아이에게 뽀뽀를 했다.

벳시는 누가 자신에게 뽀뽀해 준 것이 언제인지 기억도 나지 않았다. 어쨌든 저런 식의 뽀뽀는 받은 적이 없었다. 부드럽고 상냥하게 뺨에 닿는 뽀뽀.

너무나 연약해 보이는 그 금발 소녀가 문턱을 넘어 운동장으로 들어왔다. 그리고 그것으로 벳시 제임슨이 마음을 숨겨 둔 동굴 안까지 깊숙이 들어와 버렸다. 전혀 예상치 못한 일이지만, 돌이킬 길이 없었다.

그날부터 엘런과 벳시는 거의 한시도 떨어지지 않았다. 엘런은 세상에 선의가 존재한다는 것을 벳시에게 가르쳐 주었고, 벳시는 달려드는 애들의 거시기를 차버리는 방법을 엘런에게 가르쳐 주었다.

엘런과 벳시는 대학에도 함께 다녔다. 엘런은 법학과 정치학을 공부했고, 벳시는 영문학을 전공한 뒤 교사가 되었다.

그녀의 식구들은 이런 성과를 전혀 축하해 주지 않았지만, 그때는

---

14 두 팀이 거리를 두고 늘어서서 번갈아 가며 상대편 사람을 지목한다. 그러면 그 사람은 손을 잡고 서 있는 상대 팀의 열을 돌파해야 하는데, 여기서 실패하면 그 팀의 일원이 된다.

이미 그녀도 식구들에게 신경을 쓰지 않았다. 벳시 제임슨은 숨어 있던 동굴에서 나와 위험과 선의가 공존하는 세상에서 살고 있었다.

그녀는 싸늘한 3월의 덜레스 공항에서, 이곳으로 오기 전 프랑크푸르트 주재 미국 영사관 로비에서 있었던 일을 떠올렸다. 그때 엘런은 그녀를 한참 동안 포옹한 채 이렇게 속삭였다. 「조심해.」

물론 그때는 아직 엘런의 쪽지를 보기 전이었다. 지금 그녀의 바지 주머니 속에 있는 그 쪽지.

거기에는 조용히 비밀스럽게 팀 비첨을 조사해 달라는 부탁이 적혀 있었다.

그는 현재 윌리엄스 대통령 정부의 국가정보국장 서리였다. 전임 정부에서는, 적어도 공식적으로는, 고위급 국가안보 보좌관이었다. 그런 그가 무슨 짓을 저지른 걸까? 엘런은 바로 그것을 알아야 했다. 신속하게.

표면적으로는 엘런의 부탁을 들어주는 것이 별로 어려운 일이 아니었다. 하지만 그들이 관심을 가진 것은 표면이 아니었다.

벳시는 비행기에서 8시간 동안 읽던 신문을 또 열심히 들여다보는 청년을 흘긋 바라보았다. 거의 안쓰러워 보일 정도였다. 하지만 그녀가 다가가서 택시를 같이 타고 가자고 권해 봤자 청년이 당황하기만 할 것이라는 생각이 들었다. 게다가 그녀는 차를 타고 국무부로 가는 동안 생각을 정리해야 했다.

그녀의 차례가 왔다.

택시를 타고 떠나면서 벳시는 청년이 난간을 뛰어넘어 이미 길가의 빨간색 구역에서 대기 중이던 차에 올라타는 것을 보았다. 원래 그곳은 차량이 서 있을 수 없는 자리였다. 정부 출입증이 있는 차라면 또 몰라도.

벳시는 편안히 앉아 다음에 할 일을 생각했다.

「식사했니?」

「아직요.」 캐서린이 말했다.

「가서 뭘 좀 먹고 와. 여긴 내가 있을게.」 엘런이 말했다.

이슬라마바드행 비행기의 이륙 시간까지 1시간이 채 남지 않았다. 대통령과 각국 외무 장관들의 동의는 이미 얻었다. 반발이 좀 있었지만 영국, 프랑스, 독일에서 일어난 테러에 대해 파키스탄의 대답을 얻어 낼 가능성이 가장 높은 나라는 미국임이 분명했다.

그들은 또한 비행기가 이륙하기 전에는 파키스탄 정부를 포함해서 누구에게도 미국 국무 장관이 곧 파키스탄에 도착한다는 사실을 알리지 않기로 결정했다.

길의 숨소리가 달라졌다. 그가 살짝 앓는 소리를 내면서 천천히 깨어나기 시작했다. 엘런은 친숙하면서도 낯선 아들의 손을 잡았다. 이 손을 잡아 본 지가 정말 오랜만이었다.

그녀는 상처가 난 아들의 잘생긴 얼굴을 지켜보았다. 길은 진통제의 수렁에서 벗어나려 애쓰고 있었다.

그가 눈을 뜨고 어머니를 바라보며 빙긋 웃었다. 그러나 의식이 완전히 깨어나면서 미소는 사라졌다.

「좀 어떠니?」 엘런은 이렇게 속삭이면서 아들의 뺨에 입을 맞추려고 고개를 숙였으나 아들이 뒤로 물러났다.

아주 작은 동작이었지만, 그것으로 충분했다.

「괜찮아요.」 테러의 기억이 돌아왔는지 그의 눈썹이 아래로 처졌다. 「다른 사람들은요?」

행인 열일곱 명도 병원에 입원 중이었다. 애덤스 장관은 그들 중 일부와 잠깐 이야기를 나눠 보았다. 경미한 부상을 입은 사람들이었다. 의사는 다른 환자들 중에는 아직도 진정제를 투여해 의식이 없는 사람이 많다면서 방해하지 않았으면 한다는 의견을 내놓았다. 많은 환자가 사투를 벌이는 가운데, 가족들이 밤새 그 옆을 지키고 있었다.

그냥 걷거나, 차를 몰거나, 자전거를 타고 매일 다니던 길을 가고 있었는데, 한순간에 모든 것이 변했다.

팔다리가 사라지거나, 돌이킬 수 없는 뇌 손상을 입었다. 시력을 잃거나, 영구적인 상해를 입거나, 몸이 마비되었다.

영원히 사라지지 않을 유무형의 흉터가 생겼다.

병실 문이 열리더니 찰스 보인턴이 안을 들여다보았다. 「장관님, 좀 와보셔야겠습니다.」

「그래, 찰스. 곧 갈 테니 조금만 기다려.」

보인턴은 좀 더 머뭇거리다가 물러났다.

엘런은 길에게 시선을 돌렸다. 「곧 이슬라마바드로 갈 거야.」

「파키스탄이 협조한대요?」

「그래서 내가 가는 거지. 확실히 협조하게 만들려고. 샤의 정확한 행방을 그쪽이 알 것 같거든.」

「제 생각도 그래요.」

「길, 너한테 다시 물어볼 수밖에 없어서 묻는 건데……」 그녀는 아들과 시선을 마주쳤다. 「네 취재원이 누군지 알아야 해.」

길은 미소를 지었다. 「난 또 어머니가 내가 괜찮은지 보려고 오신 줄 알았네요. 지금 국무 장관과 대화 중이라는 사실을 미처 몰랐지 뭐예요.」

분명하게 문장으로 완성된 대답 몇 가지가 거의 혀끝까지 올라왔지만 엘런은 참았다.

길도 자신이 비열한 말을 던졌음을 알고 있었다.

「말할 수 없어요.」 그가 한결 누그러진 목소리로 말했다. 「아시잖아요. 미디어 제국을 운영하셨으니까. 취재원을 밝히지 않는 기자를 보호하려고 법정까지 가셨던 분이 어떻게 저더러 취재원을 밝히라고 하세요?」

「사람들 목숨이…….」

「목숨이 걸려 있다는 말은 하지 마세요.」 길이 쏘아붙였다.

그의 머릿속에 항상 생생하게 살아 있는 기억이 몇 개 있었다. 어두운 밤이든 화창한 낮이든 느닷없이 떠오르는 사진 같은 기억. 길을 건

다가도, 식사를 하다가도, 샤워를 하다가도, 그렇게 지극히 일상적인 순간에 그 기억이 떠오르곤 했다.

친구인 프랑스 기자 장자크의 목이 잘리던 장면. 길을 납치한 자들은 그가 눈을 돌리지 못하게 했다. 그다음이 그의 차례임을 분명히 알려 주었다. 장자크는 자신의 목으로 칼날이 다가오는 순간 길을 똑바로 바라보며 시선을 맞췄다.

젊은 흑인 여자의 기억도 있었다. 텍사스에서 극단적인 극우주의자가 평화 시위를 벌이는 사람들을 트럭으로 들이받던 순간에 본 그녀의 생애 마지막 순간.

그런 기억은 더 있었지만, 그중에 가장 자주 나타나는 것이 이 둘이었다. 초대받지 않은 손님. 초대받지 않은 유령.

그런데 이제 그 끔찍한 장면들 옆에 또 다른 장면이 자리를 잡았다. 버스의 승객들이 각자 자리에 앉아 고개를 들고 그를 빤히 바라보던 모습. 그들은 그를 무서워하고 있었다. 그들의 죽음이 코앞인데 그는 그들을 구하지 못했다.

「우리가 더 많은 죽음을 막을 수 있을 거라고 희망이라도 품을 수 있는 건 순전히 내 취재원이 날 믿어 주기 때문이에요.」 그가 말했다. 「내가 그 사람의 신원을 밝히는 순간 그 신뢰는 끝날 겁니다. 안 돼요, 엘런. 말할 수 없어요.」

아들이 〈엄마〉나 〈어머니〉 대신 이렇게 이름을 부를 때마다 그녀는 상처를 입었다. 아들이 그래서 일부러 이름을 부르는 것 같다는 의심이 들었다. 그녀에게 고통을 주는 동시에 경고를 하려고.

〈여기서 멈춰요.〉

그래도 아들과의 관계보다는 어쩌면 수만 명이나 될 다른 아들딸들, 부모들의 목숨이 더 중요했다. 만약 이 일로 인해 그녀의 가족이 완전히 갈기갈기 찢긴다면 찢기라지. 지난 몇 시간 동안 수많은 사람이 가족을 잃고 느낀 고통에 비하면 덜 끔찍할 것이다.

「난 정보가 필요해. 네 취재원은 분명히 더 아는 게 있을 거야. 네가 우리한테 말했다는 걸 그 사람이 꼭 알 필요는 없잖니.」

「장난해요?」 길이 엘런을 노려보았다. 「놈들이 그 사람을 죽이러 올 텐데 어떻게 몰라요?」

「놈들?」

「샤랑 그의 부하들.」

「그 사람이 샤의 부하야?」

「나도 돕고 싶어요. 나도 샤를 찾아내서 막고 싶다고요. 하지만 이 이상은 말할 수 없어요.」

엘런은 심호흡을 하며 애써 마음을 다스렸다.

「샤의 계획을 네 취재원도 알 것 같니?」

「물론 나도 그걸 물어봤는데, 모른다고 했어요.」

「그 사람을 믿어?」

길의 아버지 캘 바하르는 언론인, 사건을 파고드는 기자, 전쟁 특파 원이 영웅이라는 믿음을 아들의 머리에 새겨 놓았다. 그에게 언론은 민주주의를 지키는 제4부였다.

길 바하르는 어렸을 때부터 기자가 바로 자신에게 예정된 길이라고 믿었다. 분쟁의 당사자가 되기보다는, 분쟁을 취재하는 사람이 되기를 원했다. 분쟁의 현장이 아프가니스탄이든 워싱턴이든 상관없었다.

목격하고, 보도하고, 이유와 경위와 배후 인물을 찾아내는 것.

진실이 아무리 추악하고 위험해도 진실을 말하는 것.

반면 그의 어머니는 언제나 사업가였다. 제국을 경영하는 관료이자 스프레드시트에 적힌 숫자만을 바라보는 이성적인 사람이었다.

아버지는 어머니를 회계 담당자라고 불렀다. 때로는 거기에 애정이 깃들어 있기도 했다.

기자를 지망하던 어린이 길은 아버지의 말 뒤에 숨은 진실을 알아차 렸다.

하지만 이제는 뭔가 변한 것 같다는 생각이 들었다. 처음부터 아버 지가 어머니를 생각만큼 잘 몰라서 잘못된 생각을 했을 수도 있고, 어머니가 사람들에게 정보뿐만 아니라 신념까지 묻는 능력을 새로 얻은 것일 수도 있었다.

지금도 그녀는 아들에게 신념을 묻고 있었다.

「어쩌면 그 사람이 샤의 계획을 알지도 몰라요.」 길이 말했다. 「하지만 나는 그 사람한테서 샤의 이름을 얻어 내는 게 고작이었어요. 그 사람이 겁에 질려 있었거든요. 마땅히 그럴 만한 이유도 있었고. 지금쯤 나한테 그걸 말해 준 걸 후회하고 있을 거예요.」

「만약 그 사람한테서 샤의 계획에 대해 들을 수 없다면, 최소한 그 물리학자들의 죽음으로 계획이 종료되었는지 아니면 아직 더 남았는지는 물어볼 수 있겠니?」

길은 살짝 움찔거리면서 침대에서 일어나 앉아 어머니를 빤히 바라보았다. 국무 장관을 보았다.

「내 메시지들을 추적하세요?」

엘런은 잠시 머뭇거렸다. 「나는 안 해. 네가 중요한 정보를 알게 되면 나한테 말해 줄 거라고 믿으니까. 하지만 다른 사람들은……」

그가 고개를 끄덕였다. 「그렇다면 나는 취재원과 연락할 수 없어요.」 그는 거의 부자연스럽게 들릴 만큼 큰 목소리로 말한 뒤에 소리를 확 낮춰서 속삭였다. 「하지만 다른 방법이 있을지도 몰라요.」

「장관님, 이제 가셔야 합니다.」

엘런은 문간에 서 있는 보인턴을 바라보며, 그가 어디까지 들었을지 고민했다.

「비행기를 좀 더 대기시켜.」 그녀가 말했다.

「여기 아나가 와 있어요?」 길이 문을 흘깃 바라보았다.

순간적으로 다시 귀여운 아들로 돌아간 것처럼 보였다. 고통스러운 질문을 차마 던지지 못하면서도, 분쟁을 취재하는 훌륭한 기자답게 알고자 하는 욕구가 두려움을 누른 단호한 모습이었다.

「아니. 내가 권유하기는 했는데……」

그는 고개를 끄덕였다. 지금은 그것으로 충분했다.

「장관님,」 보인턴이 살짝 날 선 목소리로 말했다. 「비행기 얘기가 아닙니다.」

엘런이 프랑크푸르트 주재 미국 영사관에 도착해 리무진에서 내리자마자 중년 남자가 그녀를 맞이했다. 폭발 현장에서 이야기를 나눴던, 독일 주재 미국 정보기관의 수장이었다.

「스콧 카길입니다, 장관님.」

「그래요. 기억합니다, 카길 지부장.」 그녀는 서둘러 건물 안으로 들어가면서도 카길과 동행한 여자를 바라보았다. 자신이나 카길에 비해 나이가 조금 아래인 것 같았다.

「이분은 독일 정보국의 피셔 씨입니다.」 그가 설명하는 동안 해병대 경비병들이 문을 열어 주었다.

「용의자를 찾았습니다.」 피셔가 훌륭한 영어로 말했다.

엘리베이터를 향해 로비를 가로지르는 그들의 발소리가 대리석 바닥에 울렸다. 엘리베이터 한 대가 대기 중이었다.

「잡았습니까?」 엘런이 물었다.

「아직은요.」 피셔가 이 말을 하는 동안 엘리베이터 문이 닫혔다. 「지금까지 찾아낸 건 버스 노선에 설치된 보안 카메라와 버스 내부 카메라의 영상뿐입니다.」

엘런과 보인턴은 창문이 하나도 없고 벙커처럼 생긴 방으로 안내되었다. 베를린에서 날아온 독일 외무 장관이 그 방에 먼저 앉아 있는 것을 보고 엘런은 깜짝 놀랐다.

「엘런.」 그가 한 손을 내밀며 말했다.

「하인리히.」

그는 자기 옆의 편안한 회전의자를 가리켰다. 「우리가 찾아낸 이 영상을 보세요.」

그녀는 자리에 앉으면서 〈우리〉라는 단어에 살짝 웃음을 지었다. 하인리히 폰 바이어 외무 장관은 이 영상을 찾아내는 데 아무 역할도 안

했을 가능성이 높았다.

그가 신호를 보내자 앞쪽 스크린에 영상이 나타났다.

119번 버스가 정류장에 서고 어떤 남자가 내리는 장면에서 영상이 정지되었다.

「폭발이 있기 두 정거장 전입니다.」 스콧 카길이 말했다.

「우리 범인이죠.」 폰 바이어가 말했다. 엘런은 이번에도 〈우리〉라는 말에 웃음을 지었다. 혹시 용의자에 대한 판단이 틀린 것으로 판명되더라도 그가 〈우리〉라는 말을 쓸지 궁금했다.

화면에는 청바지와 재킷을 입은 호리호리한 청년이 찍혀 있었다. 목에는 격자무늬 케피예[15]가 둘러져 있었다.

엘런은 카길을 바라보았다. 「이자가 범인이라는 걸 어떻게 알았죠? 그냥 인종적인 프로파일링 같은데요.」

「두 개의 증거가 있기 때문입니다.」 카길이 말했다. 그리고 화면에 버스 내부 카메라가 찍은 영상이 나타났다.

그들은 이번에도 어느 지점에서 영상을 정지시켰다.

버스 뒤편에 아주 편안한 모습으로 앉아 있는 길이 보였다.

「여기,」 피셔가 길의 뒤쪽 왼편에 앉은 여자를 가리켰다. 「이 사람이 나스린 부하리입니다.」

「그 물리학자군요.」

「네, 장관님. 아드님 얼굴은 당연히 알아보시겠죠. 그리고 이쪽이……」 그녀의 손가락이 부하리 박사 바로 앞 좌석의 승객을 가리켰다. 「우리 용의자입니다. 이제 잘 보세요.」

다시 영상이 돌아갔다. 그 남자가 허리를 숙이자 앞좌석에 앉은 여자 때문에 시야에서 사라졌다. 그는 다시 똑바로 앉았다가 일어서서 버스 앞쪽으로 걸어 나왔다. 그다음 장면은 아까 본 그 모습, 그가 내릴 때 찍힌 모습이었다.

영상을 정지시킨 피셔가 그의 얼굴을 확대했다. 피부가 가무잡잡하

15 아랍에서 사용하는 터번 모양의 천.

고 깨끗하게 면도한 그가 CCTV 카메라를 똑바로 바라보는 것 같았다.

「폭발 패턴을 보면, 버스 왼쪽 뒤편에서 폭발이 시작된 것이 확실합니다.」 피셔가 말했다. 「이자가 앉았던 위치죠.」

엘런은 화면 속 얼굴을 빤히 바라보았다.

저자는 버스에서 내리면서 무슨 생각을 했을까? 사람들을 두고 내리면서. 버스에 앉아 좌석에서 꼼지락거리는 아이들을 보면서는 또 무슨 생각을 했을까? 휴대폰으로 통화하는 10대들도 있고, 지친 몸으로 퇴근하는 직장인들도 있었는데. 다 알면서 어떤 기분을⋯⋯?

무고한 사람들이 곧 죽을 것이라는 사실을 아는 테러범은 무슨 생각을 하고 어떤 기분을 느낄까?

미국 군인들도 상관의 명령에 따라 적을 향해 미사일을 쏘아 보내는 버튼을 누른다는 사실을 엘런이 모르지는 않았다. 그러다 때로는 무고한 민간인들이 희생되기도 한다는 사실 역시 알았다.

그녀는 그 젊은 남자를 빤히 바라보면서 앞으로 몸을 기울였다. 「저자는 왜 살아 있죠?」

「뭐, 버스에서 내렸으니까요, 장관.」 폰 바이어가 말했다.

「그건 나도 압니다만, 원래 저런 건 자살 폭탄 테러 아니에요?」

이 질문을 들은 사람들 사이에 침묵이 흘렀다. 얼마 뒤 카길이 대답했다.

「보통은 그렇지만, 항상 그런 건 아닙니다.」

「그런 경우는 언제예요?」 엘런이 물었다.

「범인이 과격파일 때죠. 광신도일 때.」 카길이 대답했다. 「그리고 그들을 세뇌한 관리자들이 무슨 일이 있어도 반드시 폭탄이 터지게 하고 싶을 때도 그렇고요.」

「원시적인 폭탄을 쓸 때를 말하는 건가요?」 엘런은 두 정보국 관리를 바라보며 물었다. 「아마추어들이 직접 만든 사제 폭탄 같은 것? 그런 건 직접 손으로 조작하지 않으면 터지지 않을 수도 있겠죠.」

「Ja(네).」

「그럼 그렇지 않을 때는요? 저자처럼 그냥 폭탄만 두고 내리는 건 어떤 경우예요?」엘런은 화면 속의 남자를 가리켰다.

독일과 미국의 두 정보국 관리는 고개를 끄덕이며 생각에 잠겼다.

「장치에 확신이 있을 때죠.」독일 관리가 말했다.

「광신도가 아닐 때도 그렇고요.」미국 관리가 말했다.

「계속해 봐요.」엘런이 말했다.

「무분별한 자폭으로 날려 버리기에는 범인이 인재로서 가치가 아주 높거나, 범인 본인이 죽고 싶지 않다고 생각했을 수도 있습니다.」피셔가 말했다.

모두들 화면 속의 얼굴을 빤히 바라보았다. 사람을 죽인 그는 지금도 살아서 돌아다니고 있었다.

「이 정보를 국제 첩보망에 올리겠습니다.」독일 외무 장관이 말했다. 「만약 저자가 조직에 포섭되어 세뇌 과정을 거쳤다면, 어딘가의 시스템에 기록이 있을 겁니다.」

「안면 인식으로는 저자를 찾아내지 못했잖아요.」엘런이 말했다.

「그렇긴 하죠.」카길이 말했다. 「어쩌면 놈들이 깨끗하게 관리해 온 인재인지도 모릅니다. 공항과 기차역에 경보를 내리겠습니다. 버스 터미널과 렌터카 업체에도.」

「소셜 미디어와 인터넷에도 올리죠.」피셔가 말했다. 「우리가 저자를 알아보지 못하더라도, 그렇게 얼굴이 널리 알려지면 운신하기가 쉽지 않을 겁니다. 누군가가 저자를 보고 신고할 수도 있으니까요.」

카길이 어떤 요원에게 고개를 끄덕이자, 그 요원이 재빨리 밖으로 나갔다.

「다른 문제가 하나 있습니다. 사소한 것이지만, 음…….」

엘런과 폰 바이어는 카길이 적당한 말을 찾는 동안 기다려 주었다.

「……이례적인 일입니다.」

「끝내주는군.」엘런이 투덜거렸다. 옆에서 점잖은 폰 바이어도 중얼거렸다. 「Scheiße(제기랄).」

「사소하지는 않아요.」피셔가 말했다.「보세요.」

그녀가 몇 분 전부터 화면에 떠 있던 장면을 가리켰다.

「뭡니까?」엘런이 물었다.

「모자가 없어요.」

엘런은 피셔와 폰 바이어를 차례로 바라보았다. 폰 바이어도 엘런만큼 어리둥절한 표정이었다. 3월 초의 쌀쌀한 프랑크푸르트 날씨에 설마 저 범인이 감기라도 걸릴까 봐 걱정하는 건 아닐 텐데…….

그러다 폰 바이어와 동시에 의미를 깨달았다. 폰 바이어의 눈썹이 둥글게 휘어지면서, 푸른 눈이 커졌다.

「얼굴을 감출 생각이 없군요.」엘런이 말했다.

「맞습니다.」피셔가 말했다.「우리가 잘 볼 수 있게 저기서 잠깐 멈추기까지 했어요.」

엘런은 조용히 범인의 얼굴을 살펴보았다. 괜한 상상일까? 저 눈이 슬퍼 보이는데? 심지어 간청하는 것 같기도 하고. 자기를 이해해 달라는 건가? 아니면 도와달라고? 그럴 리가 없었다. 폭탄을 터뜨려 수많은 무고한 사람을 죽이면서 이해를 바라는 사람은 있을 수 없었다.

「가설은?」폰 바이어가 물었다.

「이것이 좋은 일일 수 있습니다.」카길이 말했다.「어쩌면 범인은 자신감이 넘치다 못해 자만한 건지도 모릅니다. 자기가 폭탄을 심은 걸 우리가 알아내지 못할 거라고 믿거나, 아니면 아예 우리에게 알릴 생각이었을 겁니다.」

「왜?」폰 바이어가 물었다.

「음, 그건 모르겠습니다.」카길이 인정했다.「자존심일까요? 아니면 경솔함?」

「저자의 표정을 봐요.」엘런이 말했다. 저 표정을 그녀만 알아차린 걸까?「유감스러운 표정이에요.」

「아이고, 장관, 설마 진심입니까?」폰 바이어가 말했다.「저놈은 무고한 민간인들을 죽이기 직전이에요. 유감은 무슨.」

엘런은 카길 쪽을 바라보았다. 그도 독일 외무 장관과 같은 생각임이 분명했다. 엘런은 이번에는 피셔에게 시선을 돌렸다. 그녀는 눈썹을 모으고 범인의 얼굴을 빤히 바라보고 있었다.

그러다 엘런을 바라보며 고개를 저었다.

「제 생각에는 무서워하는 것 같아요.」 피셔가 말했다.

엘런은 젊은 범인의 얼굴을 유심히 살핀 뒤 고개를 끄덕였다. 「그 말이 맞는 것 같네요.」

「당연히 무섭겠죠.」 폰 바이어가 말했다. 「저기서 자기도 같이 폭탄에 날아가서, 자기가 저지른 일을 별로 좋아하지 않는 창조주를 만나게 될까 봐.」

「아뇨, 그게 아니에요.」 엘런은 뭔가를 깨달은 표정이었다. 「원래 저자는 저기서 죽었어야 해요.」

「관리자가 저자에게 얼굴을 감춰야 한다고 강조하지 않은 이유가 그건지도 모르죠.」 피셔가 말했다. 「어차피 그건 중요하지 않으니까요.」

엘런의 머리가 빠르게 돌아갔다. 「저 사람 얼굴을 널리 알리는 걸 막아야 해요.」

「왜요?」 카길은 이렇게 말하고 나서 곧바로 이유를 알아차렸다. 「아, 젠장.」

만약 저 범인이 원래 죽었어야 한다면, 그의 관리자에게는 그가 죽은 것으로 알려지는 편이 가장 좋았다.

「Verdammt(젠장),」 피셔가 날카롭게 말했다. 「우리가 저자를 찾아야 해요. 빨리. 놈들보다 먼저.」

「톰슨에게 연락해.」 카길이 전화기를 향해 소리쳤다. 「그만두라고 해. 용의자의 사진을……..」

카길이 털썩 주저앉았다. 「그래. 그럼 배포를 제한해.」 그가 전화를 끊었다. 「늦었습니다. 벌써 연락이 갔어요. 하지만 일부는 막을 수 있을지도 모릅니다.」

「Nein(아뇨).」피셔가 말했다. 「이미 물은 엎질러졌어요. 가능한 한 그걸 이용하는 수밖에 없습니다. 아주 널리 알리세요. 누군가 저자를 알아볼 수 있게. 저자가 혹시 국경을 넘었을지도 모르니, 나는 다른 나라 정보국장들에게 연락하겠습니다.」그녀는 문으로 향했다. 「우리가 꼭 찾을 거예요.」

엘런은 자리에서 일어섰다. 「더 할 얘기가 없으면, 나는 대통령에게 연락해서 보고한 뒤 비행기를…….」

「보여 주고 싶은 영상이 하나 더 있습니다, 엘런.」하인리히 폰 바이어가 말했다.

엘런은 다시 의자에 앉아 화면을 보았다. 버스 내부가 다시 화면에 나타났다.

범인은 이미 내린 뒤였다. 그가 앉았던 자리가 비어 있었다. 엘런은 길이 전화를 받아 잠시 듣고 있다가 일어서서 소리를 질러 대는 것을 지켜보았다.

버스를 멈춰 사람들을 내리게 하려고 필사적으로 애쓰는 길의 모습을 보며 그녀는 자기도 모르게 주먹을 쥐었다. 길은 공포와 좌절감에 거의 울기 직전이었다. 그는 사람들을 붙잡고 끌어내려 했다. 나스린 부하리도 붙잡았지만, 그녀는 가방으로 그를 때리며 밀어냈다.

마침내 버스가 멈추는 순간 엘런의 모든 근육에 힘이 들어갔다. 운전기사가 일어나더니 길을 밖으로 쫓아냈다.

장면이 바뀌어 이제는 길바닥에 세게 떨어진 길과 떠나는 버스의 모습이 보였다.

엘런은 한 손으로 입을 막은 채 앞으로 몸을 기울였다. 아들이 일어나 버스를 따라 뛰었다. 영상에 소리는 없었지만, 그가 고함을 지르고 있음이 분명했다. 비명처럼 소리를 지르던 그가 달리기를 멈추고 방향을 돌려 인도의 사람들을 피신시키려고 했다.

그리고 폭발.

엘런은 눈을 감았다.

「장관.」하인리히 폰 바이어가 일어서서 그녀를 바라보았다. 표정은 엄숙하고 태도는 정중했다. 「사과합니다. 장관의 아들이 관련자일지도 모른다고 말해서 미안합니다. 장관의 아들은 생명을 구하려고 최선을 다했습니다. 운전기사가 내쫓지 않았다면 함께 목숨을 잃었을 겁니다.」

그는 살짝 고개를 숙여 자신의 잘못을 사죄했다.

엘런도 아들의 도덕성을 과소평가한 자신의 잘못을 속으로 인정했다.

「Danke(감사합니다).」그녀는 이렇게 말하고 나서 자리에서 일어나 양손을 내밀었다. 폰 바이어는 그 손을 붙잡고 살짝 힘을 주었다.

「충분히 할 수 있는 실수였습니다.」엘런이 말했다. 「아마 나라도 그런 실수를 했을 겁니다.」

「감사합니다.」폰 바이어가 말했다. 하지만 두 사람 모두 속으로는 엘런이라면 그런 실수를 하지 않았을 것 같다고 생각하고 있었다.

폰 바이어가 목소리를 낮춰 엘런에게 말했다. 「이슬라마바드에서 행운이 있기를 빕니다. 조심하세요. 샤가 지켜볼 겁니다.」

「네.」엘런은 조용히 앉아서 이 광경을 내내 지켜보던 보인턴에게 시선을 돌렸다. 「에어포스 3에서 대통령에게 전화해야겠어.」

「회의가 아직 남았어요.」

「회의는 이걸 말한 게 아니었어?」

「아뇨, 장관님. 또 있어요.」

15장

「다시 한번 말해 주겠어요?」 엘런이 말했다.

그녀는 보인턴의 안내로 조금 전에 있던 방과 똑같이 창문도 없고 이렇다 할 특징도 없는 어두운 방에 와 있었다. 반지하층에 있는 방인데, 이곳까지 오는 길에 두 사람은 여러 차례의 보안 검색과 여러 개의 강화 문을 거쳤다.

두 사람이 안으로 들어오자, 한 직원이 자판을 두드리더니 이렇게 말했다. 「보안 암호를 입력해 주시겠습니까, 장관님?」

「내 비서실장이 자기 암호를 넣어도 되죠?」

「죄송합니다만, 안 됩니다. 최고 보안 등급이 필요한 일이라서요.」

그 〈일〉이 무엇인지도 잘 모르는 상태로 엘런은 일련의 숫자를 입력한 뒤 기다렸다.

커다란 모니터에 불이 들어오더니, 팀 비첨 국가정보국장의 얼굴이 나타났다.

그는 온기라고는 한 점도 없이 공식적인 인사말을 건넨 뒤, 말을 시작했다. 엘런은 그의 설명을 통해 이 회의의 주제를 확실히 깨닫는 순간, 그의 말을 막고 찰스 보인턴에게 시선을 돌렸다.

「스콧 카길을 불러와요. 그 사람도 들어야 할 것 같으니까.」

「장관, 아는 사람이 적을수록…….」 비첨이 말하려 했지만, 엘런은 시선만으로 그의 입을 막았다.

「네, 알겠습니다.」보인턴은 이렇게 대답하고 나갔다가 몇 분 만에 카길을 데리고 돌아왔다. 카길이 엘런 옆으로 의자를 끌어 왔다.

그를 소개해 줄 필요는 없었다. CIA의 독일 지부장과 국가정보국장은 서로 잘 아는 사이였다.

「새로운 사실은?」엘런이 속삭이듯 묻자, 카길은 고개를 저었다.

팀 비첨은 엘런의 요구를 받아들여, 조금 전에 했던 말을 되풀이했다.

「다히르 씨에게 온 메시지를 조사했습니다. 다히르 씨가 지워 버렸다고 말하는 메시지.」

엘런은 이 말의 의미를 놓치지 않았다. 「그 메시지가 쓰레기 파일 더미 속에 묻혀 있었다면, 다히르 씨가 틀림없이 지웠던 거겠죠. 거기서 찾은 것 아닙니까?」

「맞습니다.」

「그럼 시간 코드도 붙어 있겠네요. 지운 시각을 표시해 주는 코드.」

「네.」

「다히르 씨의 설명과 일치하던가요?」

「네.」

「그럼 아나히타 다히르의 말이 사실이었군요.」엘런은 사실과 권위를 일찌감치 확립하는 것이 가장 좋다고 생각했다. 모호한 구석도 없어야 했다.

그녀는 이 음흉한 남자가 마음에 들지 않았다. 잘은 모르지만, 화이트헤드 장군도 같은 감정인 것 같았다. 엘런은 몸을 조금씩 꼼지락거리는 비첨을 보면서, 그에 대해 더 알아보라는 임무와 함께 돌려보낸 벳시를 생각했다.

벳시는 워싱턴에 도착해서 국무부로 가는 길이라는 짧은 문자를 보낸 뒤로 소식이 없었다.

「그럼 새로운 소식은 뭡니까, 팀?」

「메시지가 어디서 온 건지 알아냈습니다.」

「그래요?」엘런은 모니터에서 발산되는 열기가 느껴질 정도로 가까이 몸을 기울였다. 「어딥니까?」

「이란.」

엘런은 뜨거운 물에 덴 사람처럼 뒤로 물러나 천천히 깊이 숨을 들이쉬었다가 길게 내뱉었다. 옆에서 카길의 목소리가 들렸다. 「허.」 사람이 명치를 맞았을 때 내는 작은 신음과 비슷했다.

이란. 이란.

엘런의 머리가 정신없이 움직였다. 이란.

핵 관련 기밀과 핵물리학자를 한꺼번에 판매하는 샤를 이란은 막고 싶었을 것이다. 자체 핵 개발 프로그램이 있는 이란은 인근 지역과 그 너머의 넓은 세상에 그 사실을 분명히 알리면서도 겉으로는 그런 프로그램이 없다고 부인했다.

엘런은 서로 떨어져 있는 점들을 이었다. 중동 전역에서 발생한 폭발 사건과 암살이 피로 얼룩진 길을 이뤘다. 이란이 인근 국가 중 누구도 핵을 갖지 못하게 방해하는 데 모두 도움이 되는 사건들이었다.

「이란이라면 분명히 샤의 물리학자들이 목적지에 닿는 걸 막으려 했겠죠.」엘런이 말했다.

「맞습니다.」비첨이 말했다. 「다만……」

「그 메시지를 보낸 사람이 누군지는 몰라도, 그 사람은 폭탄 테러범이 아닙니다.」카길이 말했다. 「그 사람은 살상을 막으려고 했어요.」

엘런의 눈이 커졌다. 맞는 말이었다. 그녀는 카길에게서 모니터로 시선을 옮겼다. 비첨은 최고의 소식을 도둑맞은 것에 더욱더 짜증스러운 표정을 짓고 있었지만, 동시에 고민도 엿보였다.

「우리가 이해할 수 없는 게 그 부분입니다.」비첨이 말했다. 「이란 사람이 왜 폭발을 막으려 하죠? 샤의 물리학자를 왜 구하려 합니까? 그 사람이 샤 박사에게서 그 물리학자들을 사들인 쪽인지도 모른다고 생각했지만, 그건 가능성이 없다고 봤습니다.」

「이란 정부가 파키스탄 사람을 믿을 리가 없습니다. 거래는 생각할 필요도 없죠.」 카길이 동조했다. 「그리고 바시르 샤와는 절대 거래하지 않을 겁니다. 사우디를 비롯한 아랍의 수니파 국가들과 너무 깊게 얽혀 있거든요.」

「샤도 이란과는 거래하지 않을걸요, 그렇죠?」 엘런이 물었다.

「그런 편이죠.」 비첨이 말했다. 「게다가 이란에는 고도로 훈련된 핵 물리학자와 자체 프로그램이 있습니다. 그러니까 그건 말이 되지 않아요.」

「그럼 남은 가능성은?」 엘런이 물었다.

없었다.

「그게 이란에서 온 건 확실합니까?」 엘런이 물었다. 「메시지의 발신지를 위장할 수 있지 않아요? 엉뚱한 중계탑과 IP 주소로? 이번 테러의 배후 인물이 누구든, 자신의 행방을 감출 수 있는 기술을 갖췄을 텐데요.」 엘런은 잠시 말을 멈췄다가 다시 이었다. 「젠장, 내가 계속 같은 실수를 하고 있네요. 이란이 테러의 배후라고 보는 편이 훨씬 더 말이 되는데. 그걸 막으려는 쪽이 아니라.」

「발신지가 이란인 건 확실합니다.」 비첨이 확언했다. 「하지만 아주 다급하게 보낸 메시지인 것 같기는 합니다. 다급하지 않았다면, 발신지를 감추려고 더 손을 썼을 거예요. 그리고 정보가 더 있습니다.」

점잔을 빼는 그의 얼굴을 보고 엘런은 뭔가가 등골을 타고 기어 올라오는 것 같은 느낌을 받았다. 거대한 거미가 올라오는 것 같았다.

「말씀하세요.」

「메시지의 발신지가 밝혀졌습니다.」

「네, 방금 말씀하셨잖아요. 이란이라고.」

「아뇨, 그보다 더 정확히 압니다. 테헤란의 어느 컴퓨터예요. 주인은……」 그는 메모를 확인했다. 「베흐남 아흐마디 교수입니다.」

「농담이시죠.」 카길이 말했다. 하지만 이건 어디까지나 비유적인 의미였다. 국가정보국장의 말이 농담과는 거리가 멀다는 사실을 그 자리의 모든 사람이 알고 있었다.

「아는 사람이에요?」 엘런이 카길에게 물었다.

그는 고개를 끄덕이며 생각을 정리했다. 「핵물리학자입니다.」

「혹시 희생자들이 그와 아는 사이라서 구하려 했던 걸까요?」 엘런이 물었다.

「가능성은 있습니다만, 희박합니다.」 비첨이 말했다.

「왜요?」

「아흐마디 박사는 이란 핵 프로그램의 설계자 중 한 명입니다.」 카길이 말했다. 「적어도 우리가 알기로는 그래요. 그쪽에서 핵무기 프로그램의 존재 자체를 부인하고 있어서 정확한 정보를 얻기가 힘듭니다.」

「그 프로그램이 있는 건 다 아는 사실입니다. 정말로 폭탄을 개발하는 데 성공했는지는 아직 알 수 없지만.」 비첨이 말했다.

「그럼 이게 무슨 의미인가요?」 엘런은 두 사람을 번갈아 바라보며 표정을 살폈다. 「아흐마디 박사가 왜 이 물리학자들의 죽음을 막으려할까요?」

「박사가 다른 나라의 첩자일 가능성을 고려해 봤습니다.」 비첨이 말했다. 「예를 들어 사우디는 핵무기 개발 프로그램을 갖고 싶어서 안달이죠. 돈이라면 후하게 줬을 겁니다. 이스라엘도 생각해 볼 수 있고요. 이란 핵 프로그램에 참가한 이란 과학자들을 죽인 적이 있으니까요.」

「하지만 아흐마디 박사가 이스라엘을 위해 일할 리는 없잖아요.」 엘런이 말했다.

「그쪽에서 제시한 액수와 박사의 상황이 얼마나 절박한지에 따라 달라질 수 있습니다. 어떤 가능성도 배제할 수 없어요.」

카길은 고개를 절레절레 저었다. 「믿을 수가 없습니다. 아흐마디가 다른 나라에 협조할 리 없어요.」

「그런 말을 하는 이유가 있나요? 그 아흐마디 교수라는 사람은 어떤 사람입니까?」 엘런이 물었다.

「학생들이 테헤란 주재 미국 대사관을 점령하고 미국인을 인질로 잡은 사건을 기억하십니까?」비첨이 물었다. 「1979년의 일인데요.」

엘런은 그를 노려보았다. 「그래요. 누구한테서 들은 것 같네요.」

「베호남 아흐마디가 그때 그 학생들 중 한 명이었습니다. 그자가 미국 외교관의 머리에 총을 겨눈 사진들이 우리 수중에 있어요.」

「나도 그 사진을 봐야겠어요.」

「내가 보내 드리죠, 장관.」비첨이 말했다. 「베호남 아흐마디는 진정한 신자입니다. 호메이니의 추종자이고, 강경파 성직자 모하마드 야즈디를 신봉해요.」

「둘 다 죽었잖아요.」엘런이 말했다.

「그렇죠. 하지만 아흐마디 박사의 충성심과 신념이 거기 드러나 있습니다.」비첨이 말했다. 「지금은 현직 대(大)아야톨라 호스라비를 따르고 있음이 분명합니다.」

「호스라비가 모든 핵무기 프로그램에 대해 파트와[16]를 선포하지 않았나요?」엘런이 물었다. 그녀가 이만큼이나 알고 있다는 사실에 비첨이 놀란 표정을 짓는 것을 보니 조금 만족감이 들었다.

「맞습니다.」카길이 말했다. 「하지만 우리는 진심이 아니었다고 봅니다. 이란이 이란 핵 협정을 지키면서 UN 감시단의 입국을 허용할 때는 그들이 무기 개발을 멈췄다고 상당히 확신할 수 있었습니다만, 던 정부가 그걸 내던진 뒤로는…….」

「이란이 마음대로 일을 진행시킬 수 있었겠죠.」엘런이 말했다.

「그래서 무엇이든 확인하기가 훨씬 더 힘들어졌습니다.」비첨이 말했다.

그래서 의문은 아직도 해소되지 않았다. 「이란 강경파 인사가 자기 나라에 해로울 수도 있는 연구를 한 파키스탄 핵물리학자를 구하려 했다면, 이유가 뭘까요?」엘런이 물었다.

모두가 침묵했다. 다들 떠오르는 답이 없음이 분명했다. 순간적으로

16 이슬람법에 따른 명령이나 결정.

그녀는 화면이 멈춘 게 아닌가 하는 생각이 들었다.

「중요한 정보가 하나 더 있습니다, 장관.」 얼마 뒤 비첨이 말했다. 「아마 반가운 정보는 아닐 겁니다.」

「지난 24시간 동안 반가운 정보는 거의 없었어요. 그냥 말해요, 팀.」

「장관이 그 직원을 데리고 워싱턴을 떠난 뒤, 우리가 아나히타 다히르에 대해 더 깊이 조사해 보았습니다.」

등골을 타고 오르던 거미가 엘런의 두개골 바로 아래까지 도달했다.

「그 직원은 자기 부모가 레바논 출신이고, 내전 때 베이루트에서 도망친 난민이었다고 말했습니다. 확인해 보니, 난민 신청 서류에 정확히 그렇게 기재되어 있더군요.」

이제 〈하지만〉이 나오겠지. 〈하지만〉⋯⋯. 엘런은 속으로 생각했다.

「하지만 당시, 그러니까 내전 때는 철저히 확인할 방법이 없었습니다. 지금은 가능하죠. 그래서 해보았더니, 다히르 씨의 어머니는 베이루트 출신의 마론파 그리스도교도입니다. 역사 교수고요.」

아직도 〈하지만〉이 남았어. 〈하지만〉⋯⋯.

「하지만 아버지는 레바논인이 아닙니다. 경제학자인데, 이란 출신이에요.」

「확실합니까?」

「확실하지 않다면 말하지 않았을 겁니다.」

엘런이 생각하기에도 사실일 가능성이 높았다.

「장관님과 같이 온 그 국무부 직원을 말씀하시는 겁니까?」 카길이 물었다. 「그 직원이 그동안 정보를 얼마나 접했죠?」

엘런은 회의 내내 거의 투명 인간처럼 조용히 앉아 있던 찰스 보인턴에게 시선을 돌렸다. 그는 분명히 옆에 있는데도 없는 사람처럼 보일 수 있는 희귀한 능력을 갖고 있었다. 사교적인 자리에서는 별로 장점이 되지 않을 테지만, 국가의 비밀을 캐내는 것이 목적이라면 엄청난 장점이었다.

「그 직원은 최고 기밀 보안 등급도 아니고, 접근 암호도 모릅니다.」

보인턴이 말했다.

「하지만 귀가 있고 머리도 있지.」엘런이 말했다. 「어제도 말솜씨를 부려서 내가 주재하는 회의에 들어왔고. 찾아서 이리로 데려와요.」

보인턴이 나간 뒤 엘런은 다시 화면으로 시선을 돌렸다. 마침 보좌관이 비첨에게 뭐라고 조용히 말하면서 뭔가를 보여 주고 있었다. 그가 모니터의 소리를 꺼두었지만, 표정에서 흥미와 짜증이 동시에 읽혔다.

그가 엘런에게 시선을 돌리며 소리를 켰다. 「프랑크푸르트 사건의 용의자가 밝혀졌다는 사실을 언제 나한테 말할 생각이었습니까?」

「곧 말할 생각이었습니다.」

「뭐, 이젠 그럴 필요가 없어졌군요. 신참 보좌관이 내게 말해 줬으니까. CNN에서 봤답니다.」그의 얼굴이 거의 자주색이었다.

「잠깐 자리를 피해 주겠어요?」엘런이 카길에게 부탁했다. 별로 안 좋은 장면이 펼쳐질 것이 확실했다.

그가 나간 뒤 팀 비첨이 그녀에게 달려들었다. 「대통령도 텔레비전에서 지금 이 소식을 듣고 있을 겁니다. 우리에게서 보고를 받는 게 아니라.」

「됐습니다, 팀.」엘런이 한 손을 들어 올렸다. 「당신이 화내는 건 이해하지만, 사실 이쪽에서도 바로 얼마 전에야 그 사실을 알았어요. 그리고 곧장 이리로 온 겁니다. 당신이 말할 기회를 안 줬잖아요.」

자신의 말이 그리 정당하지 않을 수도 있다는 건 알지만, 사실 엘런은 무엇이든 비첨에게 서둘러 말해 주고 싶지 않았다.

혹시…… 혹시 국가정보국장이 그것일 수도 있으니까.

벳시가 잘하고 있는지 다시 궁금해졌다. 은퇴한 교사에게 어쩌면 반역자일 수도 있는 사람을 조사해 보라고 한 것이 옳았을까 하는 생각도 들었다.

벳시에게서 소식이 없는 것도 의아했다. 하지만 생각해 보니 그녀의 휴대폰이 문밖에 대기 중인 외교보안국 요원의 손에 있었다. 어쩌면 이미 벳시가 연락을 시도했을 수도 있었다.

「이제 말해 보세요.」팀 비첨이 쏘아붙였다.

엘런은 그의 말대로 자신의 정보를 알려 준 뒤, 이렇게 말을 맺었다. 「그자가 원래는 자살 폭탄 테러를 했어야 하는 게 아닌가 의심하고 있습니다. 런던과 파리에서도 자료를 다시 살핀 결과, 버스 내부의 CCTV 화면에서 범인을 찾아낸 것 같다고 합니다. 두 범인 모두 폭발로 사망했고요.」

「그럼 이자는 왜 안 죽었습니까?」

「아마 명령을 어긴 것 같습니다.」

「그렇다면 우리에게 지극히 가치 있는 자로군요.」비첨이 말했다. 「이 계획을 세운 자에게는 지극히 위험한 존재일 테고요.」

「그렇죠.」

엘런은 상급 보좌관이 팀 비첨에게 서류 한 장을 전달하는 모습을 지켜보았다. 그것을 읽는 비첨의 얼굴에 진심으로 황당한 표정이 스치듯 떠올랐다.

「그 국무부 직원과 가족에 대해 더 알아낸 것이 있습니다.」그가 자기 앞의 서류를 손끝으로 툭툭 두드렸다. 「이란 혁명 후 그 아버지가 이란에서 베이루트로 와서 이름을 다히르로 바꿨답니다. 원래 이름은 아흐마디였고요.」

이번에는 엘런이 얼어붙을 차례였다. 「아흐마디? 베흐남 아흐마디랑 같은 이름?」

「형제입니다.」

아나히타 다히르의 삼촌이 이란 무기 개발 프로그램을 운영하는 자였다.

16장

「스콧?」

카길은 쏟아져 들어오는 메시지에서 시선을 들었다. 정보의 홍수를 감당하기가 점점 더 힘들었다. 중요한 정보와 하찮은 정보, 사실과 거짓을 가려내기가.

테러범의 행적은 유럽 전역뿐만 아니라 심지어 러시아에서도 발견되었다.

「네? 무슨 일입니까?」

「바트 쾨츠팅입니다.」

「확실합니까?」

「확실합니다. 놈의 집이 거기예요. 그쪽 경찰이 놈의 얼굴을 알아보고 신원을 알려 줬습니다.」

그녀가 범인의 신분증 사본을 카길에게 보여 주었다.

확실히 그놈이었다. 아람 바니. 스물일곱 살. 주소지도 확실히 바이에른의 그 소도시였다.

「아내와 자녀가 있습니다.」

「놈도 그곳에 있습니까?」

「모릅니다. 특수작전사령부[17] 대원들을 놈의 집으로 파견해 달라고

17 독일 경찰의 대테러 특수 부대.

부탁해 두었습니다. 지금 뉘른베르크에서 그리로 가는 중이에요. 하지만 시간이 걸릴 겁니다. 그래서 지역 경찰관을 먼저 그 집에 보내 조용히 확인해 보라고 지시했습니다.」

「좋습니다. 우리도 그쪽으로 가야겠네요.」

「헬리콥터를 대기시켰습니다.」

「Ja(네)?」

젊은 여자가 문을 아주 조금 열었다.

「바니 부인?」

「Ja(네).」

아이를 품에 안은 여자는 피곤해 보였지만, 겁을 내는 것 같지는 않았다.

이 집에 파견된 여성 경찰관은 사복 차림이었으며, 나이가 바니 부인의 어머니뻘이었다. 아니, 거의 할머니라고 해도 될 정도였다.

「아, 다행이네요. 먼저 연락도 없이 찾아와서 미안해요.」

「아뇨. 그런데 누구세요?」 문이 조금 더 열렸다.

「내 이름은 나오미예요. 날이 춥네요.」 경찰관은 어깨를 올리고 팔꿈치를 몸에 딱 붙이며 춥다는 시늉을 했다. 문이 더 열리고 주인에게서 안으로 들어오라는 허락이 떨어졌다. 「Danke(감사합니다).」

「Bitte(천만에요).」

「정말이지, 날이 습해서 그런 것 같아요, 그렇죠?」 나오미는 따뜻한 미소를 지으며 집 안을 둘러보았다. 작고 깨끗한 집이었다. 생후 18개월인 여자아이는 이 세상의 생물인가 싶을 만큼 아름다웠다. 독일인 어머니와 이란인 아버지에게서 파란 눈과 밝은 갈색 피부를 물려받은 아이였다.

바니 부인은 독일에서 나고 자란 유럽인 혈통이었다. 경찰관이 이곳으로 오기 전에 재빨리 확인한 정보였다.

「남편에게서 얘기 못 들으셨어요?」 경찰관이 물었다.

「네.」

경찰관은 〈하여튼 남자들이란〉이라고 말하듯이 고개를 절레절레 저었다.

「알다시피 이민자들에게 신속한 시민권을 부여해 주는 지역 복권이 만들어졌어요. 부인의 남편은 독일인과 결혼했고……」 경찰관의 미소가 한층 더 따뜻해졌다. 「……아이도 있으니 복권 대상이 될 수 있다고 이름이 떴거든요.」 여기서 그녀는 말을 멈추고 걱정스러운 표정을 지었다. 「이름이 아람 바니, 맞죠?」

「네, 맞아요.」 바니 부인이 환히 웃으며 완전히 옆으로 비켜섰다. 그리고 문을 닫으며 경찰관에게 부엌 쪽을 가리켰다. 「그 복권 얘기는 처음 들어요. 사실인가요?」

「그럼요. 하지만 그 전에 부인의 남편에게 몇 가지 물어볼 것이 있는데, 지금 댁에 계신가요?」

아람 바니는 버스 뒷좌석에 구부정하게 앉아 있었다.

그가 이 상황을 얄궂게 생각했는지는 몰라도, 겉으로는 내색하지 않았다. 사실 그는 아무것도 드러내지 않았다. 아무것도. 조금이라도 자신을 드러냈다가는 곧바로 폭발하듯 터져 버릴 것 같았다.

그는 집으로 가야 했다. 가족이 있는 곳으로. 가족을 데리고 국경을 넘어 체코 공화국으로 탈출해야 했다. 자신이 아직 살아 있다는 사실을 누가 알아차리기 전에 그렇게 해야 할 텐데. 하지만 버스 정류장에서 그는 모든 화면에 자신의 얼굴이 떠 있는 것을 보았다.

그들이 알았다. 경찰은 당연하고, 샤와 러시아 놈들도 알았다.

그는 자수할까 생각해 보았다. 그러면 적어도 살아날 가능성이 있을 것이다. 그리고 독일 당국에 가족을 보호해 달라고 호소할 수도 있을 것이다. 하지만 시간이 없었다. 그가 그들보다 먼저 집으로 가야 했다.

벳시 제임슨은 치킨 샐러드를 얹은 크루아상이 든 봉지를 들고 마호가니 로를 걸었다. 봉지는 아무 일도 없다는 인상을 주기 위한 소도구였다.

직원 몇 명이 바삐 걷다가 걸음을 멈추고 그녀에게 인사하며, 애덤스 장관의 소식을 들었는지, 장관이 지금 무엇을 하고 계신지 물었다.

「장관이 날 이리로 보내셨어요. 혹시 뭔가 밝혀질지도 모르니까.」

벳시는 이렇게 말했다.

다행히 국무부 사람들은 너무 바빠서 그녀의 모호한 답변에 신경을 쓸 여유가 없었다. 또한 대부분의 직원들은 질문을 너무 많이 던지지 말아야 한다는 것을 알고 있었다.

국무부의 분위기는 분주했다. 테러범의 사진이 공개되었다는 소식이 순식간에 퍼지면서, 곧 돌파구가 마련될지 모른다는 희망이 솟았다.

워싱턴의 국무부는 위기 상황에 익숙했다. 어느 순간이든 이 세상에는 상황이 고약해서 국무부가 나서야 하는 곳이 적어도 한 곳 정도는 있었다. 하지만 이번 사건은 달랐다. 테러가 아주 기가 막힌 성공을 거뒀을 뿐만 아니라, 이 건물 사람들은 물론 전 세계의 정보 관련 인사들도 미리 이런 일을 경고하는 작은 귓속말조차 들은 적이 없었다.

전혀.

그렇다면 앞으로 또 무슨 일이 일어날 수도 있는 것 아닌가. 여기 직원들은 이런 악몽을 견디며 살아야 했다.

전국 테러 보고 시스템이 경보를 발령해, 이번에는 미국 땅에서 또 테러가 발생할지 모른다고 국민들에게 경고했다.

모든 부서, 모든 층에서 국무부 직원들이 동료나 정보원과 접촉 중이었다. 정보를 캐기 위해서. 깊이 파고들어 가다가 금괴가 나오면 그들은 그것이 진짜 금인지 아니면 금과 비슷한 황철광인지 살펴보았다.

벳시가 국무 장관실의 두꺼운 문에 통행증을 대자 찰칵 하고 잠금장치가 열리면서 문이 살짝 열렸다. 그러나 그녀가 미처 안으로 들어가기 전에 누가 그녀를 불렀다. 「제임슨 씨.」

고개를 돌려 보니, 진한 초록색 제복을 입은 여자가 다가오고 있었다. 특수 부대 대위 계급장을 달고 있었다.

「네?」

「화이트헤드 장군께서 제임슨 씨가 돌아오셨다는 소식을 듣고 저를 보내셨습니다. 필요한 것이 있으면 제게 연락하시면 됩니다. 제 이름은 데니스 펠런입니다.」 벳시의 재킷 주머니에 뭔가가 들어오는 것이 느껴졌다. 「망설이지 마시고요.」

펠런 대위는 매력적인 미소를 지어 보이고는 엘리베이터로 다시 걸어갔다. 뒤에 남은 벳시는 자신에게 특수 부대원의 도움이 필요한 일이 과연 무엇일지 고민해 보았다.

일단 장관실로 들어가자, 장관을 보좌하는 직원들이 그녀에게 인사했다. 그녀가 애덤스 장관의 고문이라는 사실은 그들 모두 알고 있었다. 그들이 보기에 그녀는 진짜 국무부의 일을 하는 사람이 아니라, 장관의 사기 진작을 담당하는 명예 고문이었다.

그래서 예의 바르고 상냥하게 굴면서도 어렴풋이 무시하는 태도가 엿보였다.

벳시는 그들과 가벼운 이야기를 나누며 심지어 책상 한 귀퉁이에 살짝 걸터앉기까지 했다. 기분 좋게 긴 잡담을 나눌 생각이 가득한 것처럼 보였다.

수십 년 동안 고등학교 교사로 일한 벳시 제임슨은 신체 언어에 유창했다. 특히 완전히 흥미를 잃어버린 사람들의 기색을 잘 알아차렸다.

그녀는 모두가 자신 때문에 짜증이 나다 못해 폭발 직전이라는 확신이 들자, 엘런의 개인 집무실로 들어가 문을 닫았다. 이제 저 밖의 직원들은 지금이 위기 상황인 줄도 모르는 벳시 같은 사람과 또 무의미한 수다를 떠는 일만은 무슨 수를 써서라도 피하려 할 것이다.

다시 말해서, 이제 누구도 벳시 제임슨을 방해하지 않을 것이라는 뜻이었다.

그녀는 엘런의 집무실에 있는 작은 소파에 앉아, 봉지에서 꺼낸 크루아상을 어떤 종이 위에 놓은 다음 휴대폰으로 캔디 크러시 게임을 불러냈다. 그 게임을 한 판 깨고 다시 절반쯤 진행하다가 절전 모드를 해제해서 게임 화면이 떠 있는 상태로 전화기가 꺼지지 않게 했다.

이제 누구든 이 방으로 들어온다면, 이 휴대폰 화면을 보고 그녀가 게임이나 하면서 크루아상을 먹고 있었다고 생각할 것이다. 국가정보 국장에 관한 정보를 모으고 있다는 생각은 꿈에도 하지 못할 터였다.

벳시는 집무실과 연결된 문을 통과해 찰스 보인턴의 방으로 들어갔다. 그리고 그의 컴퓨터를 켜서 그의 암호를 입력했다. 누군가가 그녀의 움직임을 추적하더라도, 나오는 것은 족제비 같은 보인턴의 이름일 것이다. 벳시나 엘런의 이름이 아니라.

의자에서 편안히 자세를 잡는데, 딱딱한 직사각형 물체가 주머니에서 느껴졌다.

그것을 꺼내기도 전에 벳시는 무엇인지 깨달았다. 휴대폰이었다. 아까 펠런 대위가 슬쩍 주머니에 넣어 준 물건.

전원을 켜보니 배터리가 완전히 충전되어 있었다. 저장된 전화번호는 딱 한 개였다. 벳시는 휴대폰을 다시 주머니에 넣고, 보인턴의 컴퓨터 화면을 보았다. 그리고 심호흡을 한 뒤 작업을 시작했다.

교사를 과소평가하는 것은 위험을 자초하는 짓이었다.

「오케이, 이 망할 자식아.」 벳시는 자판을 두드리며 중얼거렸다. 「내가 잡으러 간다.」

그녀가 엔터 키를 누르자, 티머시 T. 비첨에 대한 기밀 파일들이 주르르 화면에 떴다.

아나히타는 프랑크푸르트 영사관 지하의 벙커 같은 사무실에서 누군가 가리킨 의자에 앉았다.

그녀와 애덤스 장관 외에 찰스 보인턴이 함께 있었다. 워싱턴과 연결된 화면에는 팀 비첨 국가정보국장과 그녀를 신문했던 두 장교가 나와 있었다.

두 장교 중 상급자가 말을 시작했지만, 국무 장관이 정중하면서도 단호하게 그의 입을 막았다.

「괜찮다면 내가 면담을 진행하겠습니다. 내 질문이 끝난 뒤 그쪽에서도 질문할 것이 있다면, 당연히, 물어봐도 좋아요.」

그녀는 이것을 일부러 신문이 아니라 면담이라고 지칭했다. 아나히타 다히르가 편안히 마음을 풀게 해주기 위해서였다. 벌써 효과가 있어서, 아나히타는 국무 장관이 질문을 던질 것임을 알고 한결 풀어진 표정을 짓고 있었다.

〈내가 자기편인 줄 아는군. 잘못 생각하는 거야.〉

아나히타는 억지로 긴장된 표정을 풀고, 몸에서도 힘을 뺐다.

자신이 장관의 말에 넘어간 것처럼 보일 만큼만.

그녀의 경계심은 전혀 풀어지지 않았다. 더 경계해야 하지 않을까, 아니, 너무 늦은 것 같은데.

그들이 알아차렸다.

하지만 그들이 어디까지 알아냈는지 알 길이 없었다. 그들이 그녀의 방어벽을 떼 지어 덮친 것만은 확실했지만, 그녀의 삶을 얼마나 깊숙이 파고들어 갔는지는 알 수 없었다.

벳시의 손이 보인턴의 컴퓨터 키보드 바로 위에서 어른거렸다.

방금 무슨 소리가 들렸다. 저 바깥쪽 사무실에 누군가 와 있었다.

그녀는 문을 흘깃 바라보았다. 닫히긴 했지만, 잠겨 있지는 않았다.

벳시는 컴퓨터에서 로그아웃을 하고 전원을 끌 시간이 없음을 깨닫고 속으로 화를 냈다. 결국 뒤로 손을 뻗어 전선을 확 잡아당겼다.

벳시는 화면이 까맣게 꺼질 때까지 기다리지 않고, 메모지들을 한꺼번에 아무렇게나 모아 들었다. 그리고 문을 통과해 엘런의 집무실로 들어가서 막 소파에 도착했을 때, 바브 스텐하우저가 나타났다.

스텐하우저 백악관 비서실장은 그 자리에 뚝 멈춰 서서 벳시를 빤히 바라보았다.

「제임슨 씨, 애덤스 장관과 함께 프랑크푸르트에 있는 줄 알았는데요.」

「어머, 안녕하세요.」 벳시는 샌드위치를 내려놓았다. 「거기 있었죠. 하지만…….」

「하지만?」

〈하지만 뭐? 뭐라고 하지?〉 벳시는 머리를 쥐어짰다. 바브 스텐하우저와 이렇게 마주칠 줄은 전혀 예상하지 못했다. 백악관 비서실장이 국무부로 온 것 자체가 지극히 이례적인 일이었다.

스텐하우저는 벳시의 답변을 기다리고 있었다.

「아유, 이것 참 민망하네요…….」

〈아, 제발.〉 벳시는 자신의 머리를 향해 간청했다. 〈계속 상황이 악화되고 있잖아. 민망한 일이 뭐가 있을까? 빨리 생각해 봐.〉

「우리가 좀 싸웠어요.」 벳시가 불쑥 말했다.

「아, 그것 안타까운 일이네요. 아주 심각했나 봐요. 무슨 일로 싸웠어요?」

〈아, 진짜. 무슨 일로 싸웠다고 하지?〉

「엘런의 아들, 길.」

「그 아드님이 왜요?」

벳시가 지금 정신없이 머리를 굴리느라 그렇게 들린 걸까, 아니면 스텐하우저의 어조가 정말로 바뀐 걸까? 조금 놀란 것 같던 목소리에 점점 의심이 강하게 쌓이고 있었다.

「네?」

「싸움 말이에요. 왜 싸웠냐고요.」

「아, 개인적인 이유예요.」

「그래도.」 스텐하우저가 한 걸음 더 다가서면서 말했다. 「듣고 싶어요. 난 믿어도 돼요.」

「아마 짐작하실 텐데요.」 벳시가 말했다. 〈제발, 제발 알아서 짐작해 봐.〉

바브 스텐하우저는 그녀를 빤히 바라보았다. 벳시는 그녀가 정말로 짐작해 보려 한다는 사실을 깨닫고 조금 놀랐다. 스텐하우저는 어떤 일에 대해서도 잘 모르는 사람처럼 보이는 걸 싫어했다. 모르는 일이 없는 사람이라는 것이 그녀의 평판이었다. 그래서 자신이 어떤 일에 대해 잘 모를 때 그 사실을 인정하지 못하는 것이 그녀의 아킬레스건이었다.

「납치 사건.」 스텐하우저의 목소리가 워낙 자신 있고 당당해서 벳시조차 순간적으로 그 말을 믿어 버릴 뻔했다.

사실 바브 스텐하우저의 추측이 틀린 것은 아니었다. 벳시와 엘런의 우정에 금이 간다면, 그 이유가 될 수 있는 것은 오로지 그 사건뿐이었다.

3년 전 길 바하르의 납치 사건.

벳시는 여기서 스텐하우저가 항상 진심으로 듣고 싶어 하는 말을 해줬다. 이 말은 백악관 비서실장 바브 스텐하우저를 혹시라도 쓰러뜨릴 수 있는 유일한 화살과 같았다.

「당신 말이 맞아요.」 이 말을 들은 스텐하우저의 몸에서 긴장이 풀렸다. 마약 주사를 맞은 중독자 같았다.

물론 벳시의 말은 사실이 아니었지만, 이제 그녀는 어느 방향으로 나아가야 할지 알 수 있었다.

「당시 윌리엄스 상원 의원이 길의 석방을 위한 협상에 반대한 것이 옳았던 것 같다고 내가 엘런에게 말했거든요.」

「그래요?」 스텐하우저가 벳시에게 한 걸음 더 다가서면서 캔디 크러시 게임 화면이 떠 있는 휴대폰을 흘깃 보았다. 벳시는 당황한 기색을 확연히 드러내며 재빨리 화면을 껐다.

「윌리엄스 상원 의원과 같은 의견이었어요?」 스텐하우저가 물었다.

「네. 그런 입장을 취한 것이 용감하다고 생각했어요.」

「그건 사실 내 생각이었어요.」

「아아, 그랬군요.」 놀랍게도 벳시는 반감을 감출 수 있었다.

길이 아프가니스탄에서 실종 상태였던 그 길고 긴 몇 주. 그 끝에 날아온 사진에서 길은 더럽고 추레한 몰골이었다. 머리는 잔뜩 헝클어지고, 수염이 자라서 누군지 거의 알아볼 수 없을 지경이었다. 길의 어머니와 대모만 빼고.

그 사진 속의 눈빛. 두려움에 시달려 거의 텅 비어 버린 눈.

똑똑하고, 활기 있고, 고민 많던 길이 무릎을 꿇고 앉았고, 그 뒤편에 선 파탄 탈레반 전사 두 명은 AK-47 소총을 가슴에 가로로 걸치듯이 메고 있었다. 마치 길은 사슴이고 그 둘은 사냥꾼인 것 같았다.

「윌리엄스 상원 의원도 처음에는 협상하려고 하셨는데, 우리가 힘과 결의를 보여 주어야 백악관에 입성할 수 있다고 내가 지적했어요.」

벳시는 억지로 연한 미소를 지으며, 눈앞의 이 쓰레기 대신 먼 곳에 시선을 고정하려고 애썼다.

「현명하네요.」

악몽이었다.

매일 밤 뉴스에서는 참수 영상이 나왔다. 엘런이 운영하는 채널도 예외가 아니었다. 그다음에는 유명 기자인 길 바하르의 사진이 나왔다. 그는 유일한 미국인 인질일 뿐만 아니라, 아주 대단한 인물이기도 했다.

매일 그를 죽이겠다는 협박이 이어졌다.

엘런은 문자 그대로 무릎을 꿇고 윌리엄스 상원 의원에게 애원했다. 막후 채널을 이용해서 아들의 석방을 위해 손써 달라고. 공식적으로 미국은 테러리스트와 협상하는 모습을 보여 줄 수 없었다. 탈레반 중에서도 가장 잔혹한 집단인 파탄은 말할 것도 없었다. 하지만 막후에서는 항상 협상이 이루어졌다.

때로는 협상이 성공하기도 했다.

하지만 엘런이 무릎을 꿇고 엎드렸는데도, 당시 상원 정보위원회 위원장이던 윌리엄스 상원 의원은 그녀의 간청을 거절했다.

엘런은 그때의 공포를 지금도 잘 잊어버리지 못했다. 윌리엄스를 용서하지도 않았다. 앞으로도 영원히 용서하지 않을 것이다.

그건 벳시 제임슨도 마찬가지였다.

한편 더그 윌리엄스는 당내 대통령 후보 경선 때 그의 승리를 막기 위해 엘런의 미디어 제국이 벌인 무자비한 캠페인을 생각하며 평생 그녀를 용서하지 않을 터였다.

「당시 엘런이 윌리엄스 상원 의원을 권력에 취한 거만한 미친놈이라고 불렀을 때, 나도 같은 생각이라고 말했어요.」

엘런은 자신이 가진 모든 수단을 동원해서 그를 뒤쫓았다. 그를 정치적으로 참수해 버릴 생각밖에 없었다.

불행히도 그녀의 노력은 그다지 효과가 없어서, 그녀의 정적이자 원수인 윌리엄스가 대통령에 당선되었다. 그리고 엘런 애덤스를 국무 장관으로 지명해 모두를 놀라게 했다.

하지만 엘런은 그가 자신을 지명한 이유를 알았다. 벳시도 알았다. 윌리엄스 대통령은 나름의 처형 계획을 갖고 있었다.

먼저 엘런을 언론 제국에서 뽑아내 자기 정부의 각료로 앉혔다. 애덤스 국무 장관은 그곳에서 그의 인질이 될 터였다. 그 뒤에 그는 그녀의 목을 칼로 그을 작정이었다.

엘런이나 벳시가 〈그래도 혹시〉 하는 기대를 품지도 않았지만, 설사 그랬다 해도 한국 방문이 그런 기대를 모조리 없애 버렸다. 엘런은 결코 실패할 리가 없는 한국 방문에서 실패했다. 그것은 미국 대통령이 지휘한 공개 처형이었다. 아무래도 그는 자신이 지명한 국무 장관을 파멸로 몰아넣기 위해 무슨 짓이든 할 예정인 듯했다.

벳시는 스텐하우저 비서실장에게 계속 말을 이었다. 「프랑크푸르트로 날아가는 도중 내가 술에 많이 취해서 엘런에게 말해 버렸어요. 윌리엄스 대통령이 머리에 똥만 든 멍청이 똥구멍 같은 자식이 아닌 것 같다고. 대통령은 확실히 바보들 무리에서 빠져나온 비열한 자식이 아닌 것 같다고. 대통령은 시리얼 상자 뚜껑의 번호로 당첨돼서 법학 학위를 받은 얼간이 이기주의자가 아니잖아요.」

벳시는 점점 즐거워졌다. 그녀가 불량한 클리버 부인을 이렇게 꾀집어내서 바람을 쐬게 해주는 것도 오랜만이었다.

하지만 이제 앞으로 나아가야 할 때였다.

이제부터 해야 할 말을 생각하니 구역질이 날 것 같았지만, 벳시는 바브 스텐하우저의 눈을 똑바로 바라보면서 거짓말을 했다. 「그때 윌리엄스 상원 의원이 길을 구출하지 않은 건 옳은 일이었다고 말했어요. 상원 의원에게 달리 선택의 여지가 없었을 거라고.」

「그런 말 때문에 당신을 돌려보냈군요.」

「에어포스 3에서 그때 당장 쫓겨나지 않은 게 다행이죠. 그래서 지금 여기 앉아 샌드위치를 먹으면서 캔디크러시 게임이나 하고 있는 거예요. 엘런에게 전화해서 사과할 용기를 끌어모으려고. 비록 나는 더그 윌리엄스가 대가리에 똥이 든 자아도취 환자라고 생각하지만요.」

〈좋았어. 기분 좋은걸.〉

「생각한다는 거예요, 안 한다는 거예요?」

「네?」

「자아도취 어쩌고라고 생각한다면서요?」

「네?」

「됐어요.」

「그런데 여긴 어쩐 일이에요?」 벳시가 물었다. 「내가 도울 수 있는 일인가요?」

「아뇨. 국무 장관이나 장관 비서실장이 회의 결과를 메모로 남긴 게 없는지 보고 오라고 대통령이 나를 보내셨어요. 속기사가 흥분한 나머지 몇 가지를 빠뜨린 것 같아요.」

「행운을 빌어 줄게요. 보다시피, 엘런의 책상은 쓰레기장이고, 보인턴의 책상은 너무 깨끗해서 일을 하는 것 같지 않거든요.」 벳시는 잠시 머뭇거렸다. 「전에 같이 일한 적이 있죠? 보인턴하고.」

「잠깐 동안요.」

「정보위원회죠? 윌리엄스 상원 의원이 위원장일 때.」

「네. 선거 때도 같이했고요.」

이건 지금까지 벳시가 짐작만 하던 사실이었지만, 짐작하기가 그리 어렵지는 않았다. 스텐하우저가 직접 찰스 보인턴을 엘런의 비서실장으로 보냈으니까. 벳시는 스텐하우저가 보인턴의 사무실로 들어가 문을 닫는 모습을 지켜보면서, 윌리엄스가 어울리던 바보들 무리가 정확히 몇 명이나 되는지 궁금해졌다. 거기서 누가 또 빠져나왔는지도.

벳시는 엘런에게 재빨리 이메일을 보냈다. 국무부에 잘 도착했으며, 젊은 요원을 호위로 보내 줘서 고맙다는 내용이었다.

〈가정법이 술집 안으로 걸어 들어오자…….〉

20분 뒤 그녀는 보인턴의 사무실 문을 열어 보았다. 문은 잠겨 있지 않았고, 사무실에는 아무도 없었다.

벳시는 보인턴의 책상에 앉아 전선을 향해 뒤로 손을 뻗었다가 가슴이 철렁했다.

찰스 보인턴의 컴퓨터 전선이 이미 소켓에 꽂혀 있었다.

스콧 카길은 안전벨트를 매고, 조종사에게 이륙 신호를 보냈다.

그의 부관이 자신의 휴대폰을 건넸다. 재빨리 메시지를 읽는 그의 얼굴에서는 아무것도 읽어 낼 수 없었다. 「다른 사람들은?」

「확인 중입니다. 몇 분 안에 소식이 올 겁니다.」

카길은 짧게 고개를 끄덕이고 국무 장관에게 메시지를 보낸 다음, 프랑크푸르트의 풍경을 내다보았다. 헬리콥터가 공중을 선회해서 동쪽으로 향했다. 바이에른의 매력적인 중세 마을 바트 쾨츠팅, 테러리스트가 가정을 꾸린 그 마을을 향해서.

외교보안국 경호원이 엘런에게 휴대폰을 돌려주었다. 스콧 카길에게서 온 메시지에 긴급 표시가 붙어 있었다.

〈나스린 부하리의 남편이 살해된 시체로 발견. 다른 가족들도 확인 중. 용의자 바이에른까지 추적. 가는 중.〉

카길은 답장을 보았다. 〈행운을 빕니다. 보고 요망.〉

엘런은 경호원에게 다시 휴대폰을 넘기고 아나히타에게 시선을 돌렸다.

「시간이 별로 없어, 다히르 씨.」 애덤스 장관이 말했다. 무뚝뚝하고 딱딱한 목소리였다. 「이미 우리한테 몇 번이나 거짓말을 했으니, 이번에는 사실대로 말해야 할 거야.」

아나히타는 의자에 앉은 채 허리를 똑바로 세우고 고개를 끄덕였다.

「이번 테러와 무슨 관련이 있지?」

아나히타는 놀란 기색이 역력했다. 「장관님?」

「그만둬. 네 아버지에 대해 다 알아.」

「아버지요?」 그녀의 목소리는 차분했다.

이렇게 된 마당에 모든 것을 털어놓지 않는 편이 우스꽝스러웠다. 아무래도 모두 알아낸 것 같은데, 사실을 부인해 봤자 상황만 악화될 터였다.

그런데도 아나히타 다히르는 사실대로 말할 수 없었다. 부모가 그녀에게 부탁한 단 한 가지, 그녀가 약속한 단 한 가지가 이것이기 때문이었다. 누구에게도 결코 말하지 않겠다는 약속.

영혼을 믿는 어머니는 살아 있는 영혼에게는 절대 말하지 말라고 했다.

영혼을 믿지 않는 아버지는 딸을 무릎에 앉히고 겁내지 말라고 말했다. 이 비밀만 잘 지킨다면 아무 일도 없을 거라고. 그리고 곧이어 아버지는 자신이 아나히타를 목숨보다 더 사랑한다고 말해 주었다.

아버지는 생명을, 생명의 신성함을 믿는 사람이었다.

부모의 말을 이해할 수 있을 만큼 아나히타가 자랐을 때, 아버지는 그 커다란 비밀이 절대 집 밖으로 새어 나가면 안 되는 이유를 알려 주었다.

아버지는 차분한 목소리로 식구들이 모두 살해당했다고 말했다. 이란 혁명 때 이란 강경파가 아버지의 가족들이 지식인이라서 믿을 수 없다는 이유로 광기 어린 유혈극을 벌여 모두 싹 죽여 버렸다는 얘기였다.

교육을 받은 사람은 의문을 품게 되고, 의문은 독립적인 사고로 이어진다는 것이 그들이 내세운 이유였다. 독립적인 사고는 자유에 대한 갈망으로 이어지는데, 그건 아야톨라들이 통제할 수 없는 욕망이라는 것이었다.

「나 혼자만 탈출했다.」

아버지의 목소리는 강인하다 못해 거의 건조하게 들릴 정도였지만, 눈에는 슬픔이 고여 있었다.

「이란 사람들이 아버지를 쫓아올까 봐 무서운 거군요.」아나히타가 말했다.

「아니, 놈들이 굳이 쫓아오지 않아도 되는 상황이 무서워. 만약 내가 난민 신청서를 거짓으로 작성한 걸 여기 당국자들이 알아낸다면, 내가 사실은 이란 사람이라는 걸 알아낸다면…….」

「아버지를 돌려보낼 거라고요?」그때는 아나히타도 그것이 무엇을 의미하는지 알 수 있는 나이였다. 「절대, 무슨 일이 있어도 말하지 않을게요.」

그래서 그녀는 지금껏 말하지 않았다. 지금도 말하고 싶지 않았다.

「나 참, 어이가 없군.」비첨이 말했다. 「보다시피 저 여자는 협조할 생각이 없어요. 저 여자가 누구를 위해 일하는지 이젠 분명하군. 체포해서 기소해요.」

방 안에 있던 보안 요원이 아나히타를 향해 한 걸음 다가섰다.

「무슨 혐의로요?」엘런이 손을 들어 요원을 멈춰 세우며 물었다.

「치안 방해, 대량 학살, 테러. 범행 공모.」비첨이 말했다. 「이것 말고도 더 있습니다.」

「잊으신 모양이네요.」엘런이 쏘아붙였다. 「이란에서 온 그 메시지는 테러를 막으려는 거였습니다. 따지자면 실제로 도움이 됐고요.」

「그 메시지가 이란에서 왔어요?」아나히타가 물었다.

「이봐,」엘런은 인내심이 바닥나기 직전이었다. 「그쯤 해둬. 네 아버지가 이란 사람이라는 건 우리도 이미 아니까. 난민 신청서에 거짓을 기재했지. 네 아버지 이름은 아흐마디이고……」

「네 삼촌이 왜 그 메시지를 보냈지?」비첨이 끼어들었다.

아나히타는 두 사람을 번갈아 바라보았다. 「네?」

엘런이 손으로 탁자를 쾅 내리치는 바람에 아나히타는 물론이고 저 멀리 바다 건너에 있는 비첨마저 화들짝 놀랐다.

애덤스 장관은 아나히타의 얼굴 바로 앞까지 몸을 기울였다. 「그만 둬. 시간이 없어. 답변이나 해.」

「하지만 잘못 아셨어요. 저한테는 삼촌이 없어요.」

「없긴 왜 없어.」비첨이 쏘아붙였다. 「테헤란에 살고 있는데. 이름은 베흐남 아흐마디이고, 핵물리학자다. 이란의 무기 개발 프로그램 창설에 참여한 사람이야.」

「그럴 리가 없어요. 온 식구가 혁명 때 죽었다고요. 아버지만 유일하게…….」

그녀는 말을 멈췄지만 이미 늦었다. 말을 벌써 해버린 뒤였다.

아나히타는 기다리고 또 기다렸다. 괴물 아지 다하카가 잡으러 오기를. 이 각인이 너무나 강력하고, 부모에게 한 약속이 너무나 깊이 새겨져 있어서 합리적인 어른이 된 지금도 아나히타 다히르는 자신이 비밀을 털어놓으면 곧바로 재앙이 일어날 거라고 믿었다.

그녀는 눈을 크게 뜨고 기다렸다. 숨소리도 거칠어졌다.

하지만 아무 일도 일어나지 않았다. 그래도 아나히타는 속지 않았다. 괴물이 풀려났으니 지금 잡으러 오는 중일 것이다. 베세즈다의 소박한 집을 향해 돌진하고 있을 것이다.

집에 전화해서 알려 줘야 했다. 하지만 뭐라고 하지? 도망치라고? 숨으라고? 어디로?

「아나?」아주 멀리서 누가 그녀를 불렀다. 「아나?」

아나히타의 정신이 프랑크푸르트 주재 미국 영사관 지하에 있는 벙커로 돌아왔다.

「말해.」애덤스 장관이 부드럽게 말했다.

「뭐가 뭔지 모르겠어요.」

「그럼 그냥 네가 아는 것만 말해.」

「전부 죽었다고 했어요. 아버지 가족이 전부. 극단주의자들한테 살해당했다고. 살아남은 가족이 없다고 했단 말이에요.」그녀는 엘런과 눈을 마주쳤다.

「헛소리입니다.」워싱턴에서 고위 정보 요원이 말했다. 「그 메시지는 저 여자 자리로 들어왔습니다. 저 여자한테 연락을 취하는 방법을 삼촌이 알고 있었어요. 저 여자와 삼촌은 틀림없이 아는 사이입니다.」

「몰라요.」아나히타가 두 사람을 바라보며 말했다.

「그럼 아버지한테 전화를 걸어.」엘런이 말했다. 서늘하고 단호한 목소리였다.

「그게 좋은 생각일까요, 장관님?」정보 요원이 물었다.

「말도 안 되는 생각이지.」비첨이 말했다. 「아예 테러리스트를 우리 편에 끼워 주지 그래요? 어서 오라고 환영하면서.」그가 팔을 흔들었다. 「우리가 뭘 갖고 있는지 다 보여 주면 되겠네.」

그가 엘런을 노려보자, 엘런도 마주 노려보았다.

「그쪽으로 가는 중입니다.」하급 정보 요원이 휴대폰에서 시선을 들며 보고했다. 「금방 베세즈다에 도착할 겁니다.」

「누가요?」아나히타의 가슴에서 공포가 차올랐다.

하지만 답이 무엇인지는 이미 그녀도 알고 있었다.

그녀가 풀어놓은 그 괴물.

「잘됐군.」비첨이 일어서면서 말했다. 「나도 가겠다.」

벳시 제임슨은 국무부의 찰스 보인턴 사무실에서 화면을 노려보았다. 눈을 크게 뜨고 손으로 입을 막고 있었다.

「젠장.」

벳시의 가족들과 친구들은 일이 잘 안 풀릴 때 그녀의 말이 거칠어진다는 사실을 오래전부터 알고 있었다. 하지만 상황이 재앙에 가까울 때는 오히려 말투가 아주 깨끗해졌다.

「아, 진짜.」 벳시는 화면을 노려보면서, 벌어진 손가락 사이로 속삭였다.

벳시가 무엇을 하고 있었는지 바브 스텐하우저가 보았음이 분명했다. 화면에는 티머시 T. 비첨을 검색한 결과가 떠 있었다.

묘하게 축소된 파일들.

벳시는 소리 내어 웃기 시작했다.

스텐하우저가 이 화면을 봤다 해도, 찰스 보인턴이 국가정보국장을 조사하고 있다고 생각할 것이다. 벳시 제임슨이 아니었다. 그녀는 다친 마음을 달래며 캔디 크러시 게임을 하느라 여념이 없는 사람이니까.

그녀는 의자에 등을 기대고 심호흡으로 마음을 다스렸다.

그러고 나서 다시 앞으로 몸을 기울여 작업을 시작했다. 아무래도 더 깊이 파고들어 가야 할 것 같았다.

1시간 뒤 벳시는 안경을 벗고 눈을 비빈 뒤 화면을 빤히 바라보았다. 도무지 진전이 없었다. 뭔가 유망한 단서를 잡았다 싶으면, 금방 막다른 길이 나타났다. 마치 미로 속을 헤매는 것 같았다. 진짜 팀 비첨은 미로 중앙에 있는데, 거기까지 갈 길이 없었다.

아니, 틀림없이 있기는 할 터였다. 다만 그녀가 그 길을 찾지 못할 뿐.

조금 전 그녀는 먼저 대학 기록을 조사해 보았다. 비첨이 하버드 로 스쿨을 다녔다는 사실을 분명히 알고 있는데도, 아무 기록이 없었다. 그가 졸업했다는 사실만 확인할 수 있었다.

군대 기록도 비슷하게 삭제되어 있었다.

그는 기혼이고, 자녀가 둘이며, 나이는 마흔일곱 살이었다. 유타 출신이고, 부모는 공화당 지지자였다.

이런 것까지 비밀로 할 수는 없었을 것이다.

벳시가 보기에는, 비첨보다 국무부의 우편물 담당자에 대한 정보를 찾기가 더 쉬울 것 같았다. 하다못해 티머시 T. 비첨이라는 이름에서 〈T〉가 무엇의 약자인지도 알아낼 수 없었다.

지금 그녀에게 필요한 것은 미로의 중심부로 통하는 길이 아니라 기계톱이었다.

그녀는 겉옷을 입고 산책하러 나갔다. 머리를 좀 식히면서 생각을 해볼 요량이었다.

공원 벤치에 앉은 그녀는 열심히 달리기를 하는 사람 몇 명이 지나가는 모습을 지켜보았다. 그때 비행기에서 함께 내린 그 청년이 보였다. 그녀의 경호원. 그는 작은 창고 옆에 조심스럽게 서 있었다.

벳시는 휴대폰을 꺼내 엘런이 보낸 답장을 보았다.

〈가정법이 술집 안으로 걸어 들어오자…… 미리 알았더라면.〉 이것이 답장의 첫머리였다.

〈여긴 진전이 있어. 잘 도착했다니 다행이다.〉 엘런의 문자는 이렇게 이어졌다.

〈추신. 무슨 경호원?〉

벳시는 소지품을 챙겨서, 창고 쪽으로는 눈길을 주지 않고 아무렇지 않게 걷기 시작했다. 심장이 먼저 뛰어나가 정신없이 달음질치는 그녀의 머리를 거의 따라잡을 것 같았다.

점점 쌀쌀해지는 날씨 속에서 한가로이 걷는 동안 등에 닿는 시선이 느껴졌다.

바트 쾨츠팅의 작은 정류장으로 버스가 들어와 섰다.

「내리세요?」 버스 기사가 짜증스러운 목소리로 소리쳤다.

아람은 다른 사람들이 모두 내린 뒤에도 조금 더 시간을 끌었다. 혹시 정류장을 배회하는 사람이 있는지 확인하기 위해서였다.

그런 사람은 보이지 않았다.

「Das tut mir Leid(미안합니다).」 그는 이렇게 말하고 나서 기사 옆을 지나치며 프랑크푸르트에서 산 모자를 더욱 깊숙이 눌러썼다. 「미안해요. 깜빡 잠이 들었습니다.」

기사는 들은 척도 하지 않았다. 그저 빨리 주점으로 가서 따뜻한 음식과 맥주를 먹을 생각뿐이었다.

「또 메시지가 왔습니다.」카길의 부관이 헬리콥터의 소음 속에서 소리쳤다.

그리고 휴대폰 화면에 뜬 짤막한 문자를 보여 주었다.

다른 테러범들과 물리학자들의 아내, 자녀, 부모가 모두 살해당했다는 소식이었다.

「세상에.」그가 속삭이듯 말했다. 「샤가 청소를 하고 있어.」그는 앞으로 몸을 기울여 조종사에게 말했다. 「속도를 높여요. 빨리 가야 합니다.」

그리고 나서 그는 부관에게 말했다. 「바트 쾨츠팅의 경찰에게도 알려.」

앞문이 열리는 소리가 났다.

「어머, 아람이 왔나 봐요.」

바니 부인이 일어서는 순간 나오미는 등 뒤로 손을 뻗어 권총을 꺼냈다.

17장

이르판 다히르는 수화기를 들고 미소를 지었다.

「Dorood, Anahita. Chetori?」

잠시 침묵이 흘렀지만, 딸이 프랑크푸르트에 있으니 그러려니 했다. 국제 전화를 할 때는 시차가 조금 있으니까.

프랑크푸르트의 벙커에서 엘런이 보고 있는 화면 아래에 통역이 입력한 단어 〈파르시어〉[18]가 나타났다.

곧이어 더 많은 단어가 화면에 떴다. 〈안녕, 아나히타. 별일 없니?〉

엘런은 아나히타를 보며 고개를 끄덕였다. 대답하라는 뜻이었다. 하지만 아나히타는 완전히 얼어서 꼼짝도 못 하는 것 같았다.

「아나?」 묵직하고 따스한 목소리가 이제 약간 걱정스러운 기색을 띠고 스피커에서 울려 나왔다. 「Halet khubah?」

〈너 괜찮니?〉 통역이 입력했다.

엘런은 아나히타에게 대답하라고 몸짓으로 지시했다. 무슨 말이든 하라고.

「Salam.」 마침내 아나히타가 말했다.

〈안녕.〉

18 이란 사람들이 쓰는 페르시아어.

이르판은 가슴이 덜컹 내려앉았다. 잠깐 심장이 멈춘 것 같더니 금방 갈비뼈를 부술 듯이 뛰기 시작했다. 밖으로 탈출하려는 것 같았다.

〈Salam.〉 이건 그가 딸이 말을 하고 알아들을 수 있는 나이가 되었을 때 가르쳐 준 단어였다.

〈안녕〉이라는 뜻이지만, 아랍어 단어. 그는 진지한 표정의 어린 딸에게 이것이 앞으로 그들의 암호가 될 것이라고 설명했다. 문제가 생긴다면, 혹시 누가 사실을 알아낸다면, 〈안녕〉이라는 뜻으로 이 아랍어 단어를 쓰라고 했다. 파르시어 단어로 〈안녕〉이 아니라.

그는 거실 창문을 바라보았다. 열린 창 밖의 거리가 조용했다.

아무런 표시가 없는 검은색 자동차가 진입로로 들어오고, 또 다른 차 한 대가 길가에 서 있었다.

「이르판?」 아내가 부엌에서 들어오며 말했다. 카프타[19]를 만들던 중이라 박하와 커민과 고수풀의 향기가 그녀와 함께 들어왔다. 「뒤뜰에 남자들이 있어요.」

그는 수십 년 동안 참고 있던 숨을 내쉬었다.

그리고 다시 휴대폰을 들어 귀에 대고, 살짝 외국어 발음이 섞인 영어로 말했다. 「알았다. 아나히타, 넌 괜찮니?」

「아빠,」 그녀는 턱에 힘을 주며 말했다. 「죄송해요.」

「괜찮아. 사랑한다. 다 괜찮을 거야, 분명해.」

이 품위 있는 남자의 목소리를 듣고, 그의 절망한 딸을 지켜보는 엘런 애덤스의 가슴을 수치심이 아프게 찔러 댔다. 하지만 곧 그녀는 산들바람에 펄럭이던 빨간 담요와 사람들이 떨리는 손으로 부여잡고 있던 수많은 사진을 떠올렸다. 그들의 아들딸, 남편과 아내의 사진이었다.

이제는 수치심이 사라지고, 분노가 그 자리를 채웠다. 엘런 애덤스는 이번에 목숨을 잃은 사람들을 저버리지 않을 것이다.

19 꼬치 요리의 일종.

스피커 속에서 초인종 소리가 희미하게 들렸다.

이르판 다히르는 아내에게 그대로 있으라고 손짓했다. 아내는 이미 거실 한복판에 꼼짝도 못 하고 서 있었다.

그가 문의 잠금장치를 풀고 막 문을 열려는데, 갑자기 문이 쾅 열렸다. 그리고 중무장한 남자들이 뒷걸음질 치는 그를 붙잡아 바닥에 내동댕이쳤다.

「이르판!」 아내가 비명을 질렀다.

아나히타의 눈이 겁에 질려 크게 벌어졌다.
「아빠? 엄마?」 그녀가 휴대폰을 향해 소리쳤다. 「무슨 일이에요?」

이르판의 등을 누른 무릎이 더 힘을 주어 콱 누르는 바람에 그는 숨이 막혔다. 곧 무릎이 등에서 사라졌다.

누군가가 헝겊 인형처럼 그를 일으켜 세웠다. 그는 휘청거리며 서 있었다.

「이르판 다히르?」

그는 돌아서서 사복 차림의 중년 남자에게 시선을 맞췄다. 수염을 깨끗이 깎은 얼굴, 반백의 짧은 머리, 정장과 넥타이. 조금 혼란스러운 이르판의 눈에 그는 고등학교 교장 선생님 같았다.

「네.」 그는 갈라진 목소리로 작게 대답했다.

「널 체포한다.」

「무슨 혐의로요?」

「살인.」

「네?」

그의 놀란 마음이 전화선을 타고 대서양을 건너 프랑크푸르트의 미국 영사관에 이르렀다. 그리고 딸의 귀에 그 마음이 전달되었다. 미국 국무 장관도 그것을 들었다.

벳시 제임슨은 더블 에스프레소를 들고 구석의 둥근 테이블로 향했다. 머핀도 함께 사서 들고 있었다. 비록 카페 안이 거의 비어 있었지만, 자리를 차지하고 앉을 구실이 필요했다.

그래도 여기는 일단 공공장소였다.

그 청년은 이제 자신이 그녀를 미행 중이라는 사실을 숨기려 하지도 않았다.

벳시는 계속 주머니에 넣어 두었던 휴대폰을 꺼내 거기 저장된 번호를 빤히 바라보았다. 아무리 생각해 봐도, 화이트헤드 장군이 보낸 특수 부대원 펠런 대위의 번호일 것 같았다.

그녀의 손가락이 버튼 위를 어른거렸다.

데니스 펠런은 강렬한 눈빛으로 망설이지 말라고 말했다.

하지만 지금 벳시는 망설이고 있었다. 펠런이 정말로 합참 의장의 사람일까? 그녀에게 있는 정보는 펠런이 해준 말뿐이었다. 그런데 오늘은 그것만으로는 확신할 수 없을 것 같았다.

그녀는 마음을 정하고, 휴대폰을 다시 주머니에 넣었다. 그리고 자신의 휴대폰을 꺼내 번호를 눌렀다. 수많은 절차를 거쳐 묵직한 남자 목소리가 전화기 속에서 들려왔다.

「제임슨 씨?」

「네. 바쁘실 텐데 죄송합니다, 장군님.」

「어쩐 일이십니까?」

「직접 뵌 적은 한 번도 없지만…….」

「그건 맞지만, 제임슨 씨가 누군지는 나도 압니다. 내 소포 받았습니까?」

벳시는 숨을 내쉬었다. 마음이 놓이는 한편 갑자기 극심한 피로가 몰려왔다. 「장군님이 보낸 사람이었군요.」

「그래요. 하지만 이렇게 확인한 건 현명한 일입니다. 무슨 문제라도 있습니까?」

「그게……」 이제 그녀는 당황스러웠다. 하지만 카페 안에서 저쪽 편에 앉아 자신을 지켜보는 청년을 보니 당황스러운 감정이 싹 사라졌다. 「저랑 술이라도 한잔하시면 어떨까 해서요.」

「좋지요. 언제, 어디서 볼까요?」

그의 신속한 반응에 벳시는 안심과 불안을 동시에 느꼈다. 이건 그가 걱정하고 있었다는 분명한 증거였다.

그녀는 그에게 약속 장소와 시간을 말한 뒤 택시를 잡아타고 기사에게 아무 호텔이나 생각나는 대로 주소를 불러 주었다. 그리고 택시에서 내린 뒤 호텔 옆문으로 걸어가서 다른 택시를 잡아탔다. 텔레비전 드라마에서 〈미행을 따돌리기 위해〉 주인공들이 쓰던 방법이었다. 자신이 그 방법을 현실에서 사용하게 될 줄은 꿈에도 생각한 적이 없었다.

어쨌든 놀랍게도 그 방법이 효과를 발휘한 모양이었다.

몇 분 뒤 벳시는 오프더레코드로 들어갔다. 헤이애덤스 호텔 지하에 있는 이 술집은 워싱턴 내부자들이 자주 드나드는 곳으로, 조명은 어둡고 실내는 호화로운 빨간색 벨벳으로 장식되어 있었다.

위치가 백악관 바로 맞은편이라, 기자들과 보좌관들이 어두운 구석에 앉아 속닥거리는 곳이기도 했다. 그들은 이곳에서 비밀 정보를 주고받거나 거래를 맺었다.

워싱턴에서 이곳은 중립 지대로 간주되었다.

벳시는 반달형 칸막이 좌석 하나를 차지하고 앉아서 문을 지켜보며 장군을 기다렸다. 또한 자신을 미행하던 청년이 들어오지 않나 살펴보았다.

화이트헤드 장군이 도착했을 때 벳시는 곧바로 알아보지 못했다. 그가 칸막이 좌석으로 미끄러지듯 들어와 스스로 이름을 말할 때까지 짐작도 하지 못했음을 인정할 수밖에 없었다.

벳시가 클리버 부인처럼 보인다면, 장군은 「나의 세 아들」[20]에서 주연을 맡은 프레드 맥머리와 조금 비슷했다. 호리호리한 몸과 온화한

20 미국에서 1960년대에 방영된 TV 시트콤.

인상 때문이었다. 그는 군복보다 카디건이 더 잘 어울리는 사람이었다.

벳시는 텔레비전 화면으로 장군을 많이 보았다. 먼발치에서 직접 본 적도 있었다. 하지만 실제로 만난 것은 이번이 처음이었다. 꼭 만나고 싶은 사람은 아니었다. 지금까지는.

벳시 제임슨은 군대의 상층부 인사들을 믿지 않았다. 그들이 기본적으로 전쟁광일 거라는 생각 때문이었다. 그런데 군대에서 합참 의장보다 더 높은 사람은 없었다.

심지어 던 정부 때도 높은 자리에 있었던 사람이니, 앨버트 화이트헤드 장군은 누구보다 그녀의 의심을 받아 마땅했다.

하지만 엘런이 그를 믿었다. 그리고 벳시는 엘런을 믿었다.

게다가 그녀는 지금 달리 믿을 수 있는 사람이 없었다.

헬리콥터가 착륙하자 카길은 대기 중인 자동차를 향해 질주했다.

그리고 국무 장관에게 재빨리 메시지를 보냈다.

〈바트 쾨츠팅 도착. 그 집으로 가는 중. 추후 보고.〉

카메라 한 대가 설치되어서, 프랑크푸르트의 아나히타가 베세즈다의 집에서 식탁에 나란히 앉아 있는 부모를 볼 수 있었다.

그곳은 그녀가 너무나 잘 아는 공간이었다. 생일 축하 파티가 열린 곳도 그곳이고, 명절에 친구들을 초대해 함께 식사한 곳도 그곳이었다. 아나히타가 15년 동안 매일 학교 숙제를 한 곳이기도 했다.

식탁에 자신이 좋아하는 남자아이의 이름 첫 글자를 칼로 새겨 놓은 적도 있었다.

어머니가 그걸 발견하는 바람에 얼마나 혼났는지 모른다.

그런데 지금 그녀는 그 집에서 자라면서 상상조차 하지 못했던 광경을 보고 있었다. 미국 국가정보국장이 그 소박한 식탁에 부모님과 함께 앉아 있었다. 물론 사교적인 자리와는 거리가 멀어도 한참 멀었다.

팀 비첨이 다히르 부부를 유심히 살피는 동안 애덤스 장관도 그들을 살펴보았다. 카메라의 강렬한 조명이 그들의 얼굴에 쏟아졌으나, 그 빛에도 하얗게 바래지 않은 것이 하나 있었다.

그들이 느끼는 공포. 그들은 맞은편에 앉은 사람이 이란 비밀경찰국장이기라도 한 것처럼 겁에 질려 있었다.

엘런은 이란 비밀경찰국장이라는 말을 머리에서 지워 버리려고 했지만 그 말이 자꾸만 되살아났다. 아부그라이브와 관타나모를 비롯해서, 그녀가 이제 막 조금씩 알게 된 블랙 사이트[21]들 때문이었다.

「폭탄 테러에 대해 아는 대로 말해.」팀 비첨이 말했다.

「이번에 유럽에서 있었던 거요?」마야 다히르가 물었다.

「다른 테러도 있나?」비첨이 다그치듯 물었다.

다히르 부인은 혼란스러운 표정이었다. 「아뇨. 제 말은, 그러니까, 몰라요.」

「112명이 죽었고, 앞으로도 계속 늘어날 거야.」비첨이 마야에게서 이르판에게로 이글거리는 시선을 돌려 노려보면서 말했다. 「부상자는 수백 명이고. 그런데 그 흔적이 너한테 이어진단 말이지.」

「나요?」이르판 다히르는 진심으로 충격을 받은 표정이었다. 「난 그 일과 아무 상관 없어요. 전혀.」

그는 위안을 얻으려는 듯이 마야를 바라보았다. 마야 역시 이르판 못지않게 충격과 공포를 느끼고 있었다.

「당신 형제 베흐남은 상관이 있지.」비첨이 말했다. 「형제에게 한번 물어보지 그래?」

이르판은 눈을 감고 고개를 숙였다. 「베흔, 무슨 짓을 한 거야?」그가 속삭였다.

프랑크푸르트에서 아나히타는 국무 장관 옆에 앉아 화면을 뚫어져라 바라보았다.

지금 일어나고 있는 일을 믿을 수 없었다.

21 미국이 국외에서 운영하고 있는 비밀 군사 시설.

「테헤란에 있는 가족 얘기를 해봐, 다히르 씨.」

이르판은 잠시 마음을 추스른 다음 이야기를 시작했다. 그가 수십 년 동안 단단히 봉인해 둔 이야기였다.

「테헤란에 아직 남동생과 누이가 있습니다.」

「아빠?」아나히타가 말했다.

「누이는 의사예요.」그는 말을 이었다. 차마 딸의 얼굴을 볼 수 없었다. 「남동생은 핵물리학자입니다. 둘 다 정권에 충성하고요.」

「충성하는 정도가 아니지.」팀 비첨이 말했다. 「미국 대사관 인질 사건 때 당신 남동생이 고위급 미국 외교관 머리에 총을 겨눈 사진이 우리에게 있어.」

「옛날 일입니다. 동생과 나는 아주 달랐어요.」

비첨이 앞으로 몸을 기울였다. 「그렇게 다른 것 같지도 않던데. 이게 뭔지 알겠나?」

그가 화질이 나쁜 신문 사진 하나를 들어 보였다. 그 아래에 적힌 글이 간신히 보였다.

〈테헤란에서 미국인을 인질로 잡은 학생들.〉

「어때, 다히르 씨?」

이르판 다히르가 〈난 망했어〉라고 말할 수 있는 상황이었다면, 실제로 그렇게 말했을 것이다. 그것이 사실이니까.

팀 비첨이 그를 대신해서 그 말을 해주었다.

「당신은 망했어, 다히르 씨. 사진 속 이 사람이 당신이잖아. 남동생 옆에.」

이르판은 어깨를 축 늘어뜨리고 사진만 빤히 바라보았다. 저런 사진이 존재하는 줄은 꿈에도 알지 못했다. 심지어 의기양양하게 총을 머리 위로 들어 올린 저 청년이 한때 존재했다는 사실조차 어찌어찌 잊어버리고 살았다.

「네, 맞습니다.」그는 몇 번 빠르게 숨을 쉬었다. 아주 긴 경주를 방금 마친 사람 같았다. 길고도 긴 경주를.

「우리 기록에 따르면, 당신은 2년 뒤에야 이란을 떠났어. 목숨이 위험해서 도망친 사람 같지는 않은데.」

이르판은 잠시 생각에 잠겼다가 조용히 말했다. 「비서의 딜레마라는 말을 들어 본 적 있습니까, 비첨 씨?」

18장

벳시 제임슨이 주문한 진저에일과 화이트헤드 장군이 주문한 맥주가 나왔다. 그제야 장군은 그녀에게 시선을 주었다.

벳시가 장군을 금방 알아보지 못한 이유 중 하나는 그가 군복 차림이 아니라는 점이었다. 버트 화이트헤드 장군은 일부러 사복으로 갈아입고 나왔다.

「눈에 덜 띄거든요.」 그가 웃는 얼굴로 설명했다.

벳시도 그 점을 이해했다. 군복을 입고 갖가지 기장과 훈장을 단 4성 장군만큼 눈에 띄는 존재는 별로 없을 것이다. 지금 장군은 「오즈의 마법사」에서 심장을 찾아다니는 양철 나무꾼처럼 보였다.

이 사람에게도 심장이 없을까? 온갖 무기를 마음대로 사용할 수 있는 사람에게 심장이 없다면, 생각만 해도 무서운 일이었다.

하지만 군복을 벗은 버트 화이트헤드는 수많은 정부 관료와 비슷해 보였다. 우선 직원들이 모두 프레드 맥머리처럼 생긴 정부가 있어야 하겠지만.

그래도 그에게서는 조용한 권위가 아우라처럼 확실히 뿜어져 나왔다. 부하들이 왜 이 사람을 따르는지 알 것 같았다. 그들은 이 사람의 지시를 아무런 의심 없이 따를 것이다.

「무엇을 도와드리면 되겠습니까, 제임슨 씨?」

「미행당하고 있어요.」

장군은 깜짝 놀라서 고개를 들었지만 두리번거리지는 않았다. 한층 더 주의력을 끌어 올린 모습이었다.

「그 사람이 여기 있습니까?」

「네. 장군님 바로 직전에 왔어요. 제가 따돌린 줄 알았는데 아니었네 요. 장군님 뒤에 있습니다. 문 옆에.」

「어떻게 생겼죠?」

벳시에게서 청년의 인상착의를 들은 뒤, 버트 화이트헤드는 그 청년 에게 곧바로 걸어갔다. 벳시는 그를 지켜보았다.

장군은 고개를 숙여 몇 마디 말을 건넨 뒤 청년과 함께 나갔다. 장군 의 손이 청년의 팔을 잡고 있었다. 다정해 보이는 모습이었으나, 벳시 는 사실이 다르다는 것을 알고 있었다.

영원처럼 느껴지는 시간이 흘렀다. 하지만 휴대폰에 표시된 시각을 보니 장군이 나간 지 고작 2분 남짓 흘렀을 뿐이었다. 장군이 자리로 돌아왔다.

「이젠 저 청년이 귀찮게 굴지 않을 겁니다.」

「그 사람은 누군가요? 누가 보냈어요?」

화이트헤드가 대답하지 않자, 벳시가 대신 말했다. 「티머시 T. 비첨 이군요.」

장군은 그녀를 잠시 바라보았다. 「애덤스 장관에게서 얘기를 들었 습니까?」

「비첨에 대해 좀 파보라면서 저를 돌려보냈어요. 그자가 혹시 뭘 꾸 미고 있는지 알아보라고요.」

「장관에게 아무것도 하지 마시라고 말씀드렸는데요.」

「음, 엘런 애덤스를 잘 모르시네요.」

장군이 빙긋 웃었다. 「이제 조금씩 알아 가는 중입니다.」

「비첨에 대해 아시는 게 좀 있어요? 파일에서는 아무것도 찾을 수 없던데요. 전부 다른 곳으로 옮겨졌어요.」

「지워진 것도 있을 겁니다.」

「누가 왜 그런 짓을 했을까요?」

「그 기록에 누구에게도 보여 주고 싶지 않은 정보가 있기 때문이 겠죠.」

「그게 뭘까요?」

「모릅니다.」

「그래도 뭔가 알고 계시긴 하잖아요.」

버트 화이트헤드는 마뜩잖은 표정이었다. 이런 상황으로 몰린 것에 심지어 화를 내는 것 같기도 했다. 하지만 결국 그가 한발 물러섰다.

「내가 아는 건, 모든 현명한 충고에도 불구하고, 나 역시 의견을 내놓았는데도 불구하고, 던 정부가 이란과의 핵 협정을 파기했다는 겁니다. 그건 정말 엄청난 실수였어요. 이제 이란의 무기 개발 프로그램을 사찰하고 감시할 길이 전혀 없습니다.」

「그게 비첨하고 무슨 관계인데요?」

「던 대통령을 그쪽으로 밀어 댄 사람 중 한 명입니다.」

「비첨이 왜 그랬을까요?」

「그보다는, 그걸로 누가 이익을 봤는지 물어봐야죠.」

「그렇군요. 그럼 제가 그 질문을 던진 걸로 해요.」

장군은 미소를 지었지만, 곧 미소가 사라졌다. 「우선 러시아가 있습니다. 우리가 협정을 파기함으로써, 러시아가 이란에서 자유로이 움직일 수 있게 됐어요. 이제 와서 그걸 바꿀 수는 없습니다. 이미 엎질러진 물이에요.」 장군은 테이블 위의 컵 받침을 보며 빙긋 웃었다. 「그대가 하였으나 하지 않았다, 내게 더 많은 것이 있으니.」

화이트헤드 장군이 시선을 들어 벳시를 마주 보았다. 그가 영국 시인 존 던[22]의 시를 인용하다니 뜻밖이었다. 이유가 뭘까?

그러다가 그가 무엇을 보고 있는지가 눈에 들어왔다. 오프더레코드

---

22 John Donne(1572~1631). 영국 성공회 사제이자 시인. 헤밍웨이의 소설 제목 〈누구를 위하여 종은 울리나〉는 존 던의 시에서 따온 것이다.

의 유명한 컵 받침. 거기에는 정치 지도자들의 캐리커처가 그려져 있었다.

화이트헤드 장군이 보고 있는 컵 받침의 주인공은 에릭 던이었다.

그가 한 말은 〈그대가 하였으나When thou hast done〉가 아니라, 〈그대에게 던이 있으나When thou hast Dunn〉였다.

에릭 던.

애덤스 장관은 이르판 다히르에게 계속 질문을 던지는 비첨의 목소리에 귀를 기울였으나, 신경이 점점 자신의 휴대폰으로 쏠렸다.

결국 그녀는 전화기를 들어 스콧 카길에게 문자를 보냈다. 〈새로운 소식은?〉

답이 없었다.

「무슨 뜻이죠?」 벳시가 물었다. 「에릭 던이 더 많이 가진 게 뭐예요? 말해 주세요. 엘런이 알아야 합니다.」

화이트헤드 장군은 한숨을 내쉬었다. 「우선, 다시 권력을 쥐려는 욕망입니다.」

「안 그런 정치가도 있나요?」 벳시는 테이블 위의 컵 받침을 가리켰다. 여러 대통령과 장관의 얼굴이 재미있게 그려져 있었다. 외국 지도자들도 있었다.

러시아 대통령. 북한 최고 지도자. 영국 총리. 모두 야간 뉴스를 통해 익숙해진 얼굴들이었다.

「그렇죠.」 화이트헤드 장군이 말했다. 「하지만 이건 에릭 던만의 문제가 아닙니다. 미국에는 이 나라가 나아가는 방향에 불만을 품은 사람들이 있어요. 그 사람들이 던을 이용하고 있습니다. 미국다운 미국의 부식을 막을 수 있는 유일한 희망이 던이라고 보는 겁니다. 던에게 무슨 비전이 있어서가 아니라, 자기들이 조종할 수 있는 인물이니까요. 하지만 그러기 위해서는 먼저 던을 다시 권좌에 올려놓아야 합니다.」

「어떻게요?」

장군은 잠시 침묵을 지키면서 말을 골랐다. 「미국 땅에서 재난이 일어난다면 어떻게 될까요? 이 나라 국민들이 몇 세대가 지나도록 상처에서 회복하지 못할 만큼 끔찍한 테러가 발생한다면? 그런 일이 이번 정부의 임기 중에 일어난다면?」

「더그 윌리엄스가 비난을 받겠죠. 사임하라는 요구도 나올 테고요.」

「자, 만약 대통령이 테러로 목숨을 잃는다면요?」

벳시는 가슴에 무거운 추가 떨어지기라도 한 것처럼 숨을 쉴 수가 없었다. 「무슨 말씀이에요? 그런 일이 일어나는 건가요?」

「모릅니다.」

「그래도 걱정은 하시는 거죠?」

장군은 대답하지 않았지만, 입술을 꾹 다물었다. 두려움을 견디느라 손마디도 하얗게 변했다.

강경 우파 매체들은 벌써 버스 폭탄 테러를 막지 못한 책임을 미국 정보 당국에 돌리고 있었다. 다시 말해, 신임 행정부 탓이라는 뜻이었다. 그보다 온건한 매체들조차 추가 테러에 대한 두려움을 부추기기 시작했다. 미국 영토에서 더 큰 테러가 있을지 모른다고.

만약 그런 일이 일어난다면…….

「테러리스트들이 폭탄을, 어쩌면 심지어 핵폭탄까지 손에 넣을 수 있다는 사실을 전임 대통령이 알면서도 그냥 놔뒀다는 말씀이세요? 권력을 다시 잡는 데 그걸 이용하려고?」 벳시가 물었다.

「에릭 던이 알면서 의식적으로 그런 일에 동의했을 것 같지는 않습니다. 그냥 이용당하고 있는 것 같아요. 러시아뿐만 아니라 여기 이 땅의 여러 세력에 의해서.」

「그쪽 당 사람들인가요?」

「그럴 수도 있죠. 하지만 당파의 문제를 훨씬 더 넘어서는 일입니다. 미국이 추구하는 다양성과 거기서 생겨나는 변화를 몹시 싫어하는 사람들이 있어요. 그들은 이런 변화를 자기들의 생계와 생활 방식에 대한 위협으로 봅니다. 그리고 스스로를 애국자라고 생각해요. 그런 사람들이 시위하는 걸 보셨을 겁니다. 독실한 신자들, 네오나치주의자, 파시스트.」

「봤어요, 장군님. 하지만 플래카드를 들고 시위하던 그 사람들이 이 모든 일을 지휘하고 있다고는 믿기 힘드네요.」

「그 사람들은 지휘자가 아니라 겉으로 드러난 증상일 뿐입니다. 병의 근원은 더 깊어요. 부와 권력을 지닌 자들, 자기가 가진 것을 보호하려는 자들, 그리고 더 많은 것을 가지려는 자들.」

〈내게 더 많은 것이 있으니…….〉

「에릭 던은 그들에게 완벽한 도구였습니다.」

「그들이 부리는 트로이 목마였군요.」 벳시가 말했다.

화이트헤드가 빙긋 웃었다. 「좋은 비유입니다. 속이 텅 빈 그 그릇에 그 사람들은 자기들의 야망, 분노, 증오, 불안감을 쏟아 넣었습니다.」

그를 지켜보고 그의 말에 귀를 기울이다가 벳시는 문득 떠오른 생각을 내뱉었다. 「에릭 던을 좋아하셨어요?」

화이트헤드 장군은 고개를 저었다. 「좋아하지도 싫어하지도 않았습니다. 그냥 내 지휘관이었을 뿐이에요. 그 사람도 한때는 괜찮은 사람이었을 겁니다. 대부분의 사람이 그러니까. 어렸을 때부터 언젠가 자기 나라를 파괴하겠다는 꿈을 품는 사람은 별로 없습니다.」

「하지만 일을 이 지경으로 만든 사람들은 자기가 나라를 파괴한다고 생각하지 않는다면서요. 완전히 반대로 생각한다고 하셨잖아요. 자기들이 나라를 구하는 애국자인 줄 안다고.」

「그들만의 나라죠. 그 사람들 사고방식이 그렇습니다. 편을 갈라요. 알카에다만큼 과격화된 이 나라의 테러리스트입니다.」

이 사람 제정신인가? 벳시는 이런 생각이 들었다. 머리를 너무 많이 맞은 것 아냐? 각 잡힌 경례를 너무 많이 한 게 문제인가? 도처에 음모가 있다고 생각하는 거야?

어느 편이 나을지 알 수 없었다. 합참 의장이 망상증 환자라고 생각하는 편이 나은지, 아니면 다른 사람들이 무서워서 차마 인정하지 못하는 사실을 그가 말하고 있다고 봐야 하는 건지.

이 나라의 내부에 이 나라를 진정으로 위협하는 세력이 정말로 있을까.

벳시는 물기가 맺힌 진저에일 잔을 손가락으로 훑으면서 위스키를 시킬걸 그랬다고 생각했다.

「그럼 비첨은요? 그 일과 어떤 관계인가요?」

화이트헤드가 입술이 거의 보이지 않을 만큼 입술에 힘을 주는 것을 보고 벳시는 말을 이었다. 「기왕 말을 시작한 김에 그것도 말해 주세요. 비첨의 역할은 뭐예요?」

「모릅니다. 나도 비공식 채널을 통해 알아보려고 했습니다만, 아직 아무 성과도 없습니다.」

「어쨌든 짐작하시는 건 있잖아요.」

「내가 확실히 아는 건, 팀 비첨이 이란 핵 프로그램에 대한 정보 분석 책임자였다는 사실입니다. 그 지역의 무기 이동에 대해 아주 많은 걸 알아요. 사람도 많이 알고.」

「샤도 알까요?」

「던 정부가 왜 샤의 석방에 동의했겠습니까?」 화이트헤드가 물었다.

「저야 모르죠.」

「정부는 협정을 파기해 이란에 핵무기를 개발할 수 있는 자유를 줘 줬습니다. 그리고 나서 파키스탄의 핵무기 거래상을 자유로이 풀어 주는 데 동의했죠.」

「그 둘이 관련되어 있나요?」 벳시가 물었다.

「둘 다 핵 확산 위험을 높였다는 점에서는 그렇습니다. 하지만 최종적인 구상이 구체적으로 무엇일까요?」

「다시 말씀드리지만, 저는 그런 건 모릅니다.」 벳시가 말했다. 「존 던의 시를 또 인용하신다면 그쪽에는 제가 도움이 될 수 있을 텐데요.」

화이트헤드는 짧게 미소를 지었다. 「분명한 건, 그 두 가지 결정에서 팀 비첨이 상수였다는 겁니다.」

「무슨 뜻인지는 알고 계시는 거죠?」

「그걸 아니까 무섭죠.」 화이트헤드 장군은 정말로 무서워하는 표정을 지었다. 「그게 전부가 아닙니다.」

「내게 더 많은 것이 있으니.」 벳시는 조용히 이렇게 말하고 나서, 장군의 말을 기다렸다.

「이른바 〈난제〉가 있습니다. 중동은 그렇지 않아도 용광로처럼 끓고 있었습니다. 비록 상당히 안정적인 상태이긴 했지만. 그런데 던 대통령이 아무 계획도 없이, 탈레반에 무슨 조건을 걸지도 않고, 아프가니스탄에서 우리 군대를 전부 빼버리기로 했습니다. 윌리엄스 대통령은 그 결정을 물려받았고요.」

벳시는 잠시 침묵을 지키며 장군을 유심히 살펴보았다. 이 사람에게서 받은 첫인상이 옳았을까? 얼굴은 프레드 맥머리처럼 생겼지만, 사실은 전쟁광인가?

「논쟁의 여지가 있는 결정이었다는 건 알지만, 언젠가는 우리가 그곳에서 나와야 했습니다.」 벳시가 말했다. 「군대를 불러들여야죠. 저는 그게 던 대통령의 하나뿐인 좋은 결정이라고 생각했는데요.」

「우리 군인들이 안전한 곳으로 물러나기를 나만큼 바라는 사람은 없을 겁니다. 정말이에요. 그럴 때가 됐다는 말에도 동의합니다. 문제는 그게 아니었어요.」

「그럼 뭐가 문제였는데요?」

「아무 계획도 없이, 저쪽에 대가로 뭘 요구하지도 않고 그렇게 했다는 점. 그동안 우리가 얻은 모든 것, 힘들게 구축한 안정, 우리 정보망과 대테러 역량의 유지를 보장할 수 있는 장치가 전혀 없었어요. 던의 조치로 진공 상태가 만들어졌단 말입니다. 탈레반은 그 공간을 기꺼이 채우려 할 테고요.」

벳시는 의자에 등을 기댔다. 「하, 20년이 넘게 싸웠는데 이제 탈레반이 다시 아프가니스탄을 장악하게 됐다고요?」

「그렇게 될 겁니다. 그와 동시에 알카에다뿐만 아니라 파탄도 들어올 거예요. 그들이 누군지 압니까?」

「길을 납치한 놈들이죠.」

「그래요, 애덤스 장관의 아들. 극단주의자들로 이루어진 대가족 같은 조직인데, 그 지역의 합법 조직과 비합법 조직에 모두 발톱을 박아두고 있습니다. 지금 아프가니스탄에 있는 이른바 민주 정부는 우리 힘으로 지탱하고 있어요. 아무 계획도 없이 우리가 빠지면……」 그는 양손을 펼쳤다. 「쥐 떼가 전부 다시 몰려올 겁니다. 모든 교두보가 사라지고, 모든 권리도 철회될 겁니다.」

「여자들, 여자아이들…….」

「안전하게 학교에 다니고 취직도 할 수 있을 거라고 생각했겠죠? 하지만 처벌당할 겁니다. 게다가 그게 전부가 아니에요.」

벳시는 점점 존 던이 싫어졌다.

「말씀하세요.」

「탈레반에는 지원이 필요할 겁니다. 그 지역의 동맹들. 파키스탄만큼 좋은 동맹이 어디 있겠습니까? 아프가니스탄이 인도에 도움을 청하는 걸 막기 위해서라면 무슨 짓이든 할 나라인데요.」

「하지만 파키스탄은 우리 동맹국이에요. 그렇다면 좋은 일 아닌가요? 움직여야 하는 말이 많다는 건 알지만, 그래도…….」

「파키스탄은 지금 복잡한 게임을 하고 있습니다.」 화이트헤드 장군이 말했다. 「오사마 빈라덴이 어디서 발견됐죠?」

「파키스탄이죠.」

「그냥 파키스탄이 아닙니다. 어디 외진 산속의 동굴이 아니었어요. 빈라덴은 아보타바드시 바로 외곽의 호화로운 대형 단지에 살았습니다. 국경에서 한참 안쪽으로 들어온 곳에. 파키스탄 정부가 빈라덴의 행방을 몰랐을까요? 나는 이 움직이는 말들 사이의 연결선을 찾아보려고 했습니다. 납득할 수 있는 설명은 하나뿐이에요. 던은 아프가니스탄에서 군대를 빼내는 것이 정치적인 승리라고 확신…….」

「그렇죠. 우리 모두 그 전쟁에 지쳐 있었으니까요.」

「그렇긴 하죠. 어쨌든 던도 아프가니스탄이 혼돈에 빠지면 안 된다는 걸 알 정도의 머리는 있었습니다. 그동안 얻은 모든 것, 모든 희생이 물거품이 되는 꼴은 보기에 좋지 않겠죠. 그래서 어떻게 했을까요?」

벳시는 잠시 생각해 보다가, 전혀 즐겁지 않은 미소를 지었다. 「파키스탄에 접근했군요.」

「아니면 그쪽에서 조용히 던에게 접근했을 수도 있고요. 파키스탄은 아프가니스탄을 잘 통제하겠다고 약속하면서 뭔가 대가를 요구했습니다. 아주 무시무시한 걸로.」

「아, 이렇게 반가울 데가. 아주 무시무시한 거란 말이죠? 지금까지 말씀하신 내용과는 달리. 그들이 뭘 원했습니까?」

화이트헤드는 자신의 생각을 짐작해 보라는 듯이 그녀를 빤히 바라보았다.

「바시르 샤군요.」 벳시가 말했다. 「전장의 개를 풀어놓았어요.」

「샤는 이 모든 일의 중심을 차지하고 있습니다. 파키스탄은 던 정부가 정치적인 실수를 저지르는 걸 구해 주려고 했어요. 설사 탈레반이 돌아오더라도, 파키스탄이 그 테러 조직을 통제해 주겠다고 한 겁니다. 그 대가로 미국에 바시르 샤의 석방을 허용해 달라고 요구했습니다.」

「던은 샤가 누구인지 알지도 못하고 알 생각도 없었겠죠.」 벳시가 말했다. 「던의 관심사는 오로지 재선뿐이었으니까.」

「그런데 재선에 성공하지 못했으니…….」

「배후 인물들이 당황했겠네요. 지금도 계속. 던을 다시 올려놓으려 하겠어요.」

장군이 고개를 끄덕였다. 1950년대의 중년 가정주부처럼 보이는 전직 교사 벳시를 유심히 살피는 장군의 표정이 엄숙하고 애잔했다.

그가 목소리를 낮춰서 말했다. 「조사를 그만두셔야 합니다. 그들은 불쾌한 짓을 하는 불쾌한 사람들이에요.」

「저는 어린애가 아니에요, 화이트헤드 장군님. 어린애한테 하듯이 말씀하시지 않아도 됩니다.」

그가 살짝 미소를 지었다. 「미안합니다. 맞는 말씀이에요. 민간인과 이런 이야기를 하는 게 익숙지 않아서 그럽니다. 아니지, 상대가 누구라도 마찬가지네요.」

그는 고개를 고정한 채 눈동자만 바 쪽으로 움직였다. 벳시가 어디선가 얼굴을 본 것 같은 남자가 거기에 자리를 차지하고 앉아서 소란을 피우는 바람에 사람들이 그를 피해 움직이고 있었다.

화이트헤드가 다시 그녀에게 시선을 돌려 목소리를 한층 더 낮췄다. 「그들은 살인자입니다.」

「네, 저도 거기까지는 이해했어요.」 벳시는 조용한 프랑크푸르트 거리의 그 파괴 현장이 다시 눈에 보이는 듯했다. 「그냥 말씀하세요. 무엇을 걱정하시는 겁니까?」

「바시르 샤는 다른 나라에 핵 기술과 원료를 팔 수 있는 사람입니다. 파키스탄 정부와 군부 내의 힘 있는 자리에는 샤와 한편인 자들이 앉아 있죠. 그들 모두 부자가 될 겁니다. 하지만…….」

「제가 알아맞혀 볼까요? 그게 전부가 아닌 거죠?」

「진짜로 무서운 일은, 바시르 샤가 테러리스트한테 핵무기를 팔 거라는 점입니다.」

이 솔직한 단언이 두 사람 사이의 낡은 테이블에 내려앉았다. 그동안 수많은 비밀, 수많은 음모, 수많은 끔찍한 이야기를 들은 테이블이지만, 지금만큼 끔찍한 이야기는 처음일 것 같았다.

「상상해 보세요.」 장군이 조용히 말했다. 「알카에다, IS 같은 테러 조직이 핵폭탄을 손에 넣으면 어떨지. 악몽입니다.」

「그래서 그렇게 된 건가요?」 벳시의 목소리가 거의 들리지 않을 만큼 작았다. 「그 물리학자들? 버스 테러?」 그녀는 장군을 잠시 살펴보았다. 「팀 비첨도 그 일당이라고요?」

「그건 모릅니다. 전혀 상관없어 보이지만 실제로는 서로 얽혀 있는 그 모든 결정에 비첨이 관련되어 있다는 사실만이 확실합니다. 미국이 이란과의 핵 협정을 파기한 것, 아무 계획도 없이 아프가니스탄에서 우리 군대를 철수시켜 테러리스트들이 탈레반의 옷자락을 붙잡고 다시 들어올 수 있게 한 것, 샤를 풀어 준 것. 아마 그래서 비첨에 관한 자료가 모두 지워졌을 겁니다. 이 사실을 증명하는 문서, 이메일, 메시지, 회의 메모 등을 모두 숨겨야 했을 거예요.」

「그 말씀은 비첨보다 더 깊은 배후가 있다?」

「아주 깊은 배후죠. 그럴 수밖에 없습니다. 팀 비첨은 이 일과 관련되어 있다 하더라도 그냥 꼭두각시일 겁니다. 일종의 도구예요. 배후에는 비첨보다 훨씬 더 힘센 사람들이 있습니다.」

「누군데요?」

「모릅니다.」

이번에는 벳시도 장군의 말을 믿었다. 하지만 이것이 전부가 아니었다. 분명했다. 벳시 제임슨은 한참 동안 침묵을 지켰다. 화이트헤드 장군이 마침내 입을 열 때까지.

「나는 그 물리학자들의 죽음이 작업의 시작이 아니라 완성을 뜻하는 것일까 봐 무섭습니다.」

「세상에.」

19장

바트 쾨츠팅에 있는 그 집의 문이 살짝 열려 있었다.

안에 발을 들여놓기도 전에 스콧 카길은 이미 어떤 광경을 보게 될지 확신했다. 자동화기를 발사했을 때의 자극적인 냄새가 문틈으로 새어 나오면서, 도저히 착각할 수 없는 다른 냄새도 함께 데려왔다. 금속 냄새가 살짝 섞인 피 냄새.

그는 손으로 권총을 단단히 쥐고, 부관에게 집 뒤편으로 돌아가라고 손짓했다. 그러고는 조용히 조심스럽게 안으로 들어갔다.

복도에 여자와 아이의 시체가 있었다.

그는 조심스레 그 둘의 옆을 지나서 거실을 들여다보았다.

아무도 없었다.

어두운 복도를 다시 걸어가자 부엌이 나왔다. 거기에 나이가 지긋한 여자의 시체가 있었다. 경찰관용 권총을 아직도 손에 쥔 채였다. 크게 뜬 눈에는 생기가 없었다.

그는 꼼짝도 않고 서서 귀를 기울였다.

이 일이 벌어진 지 얼마 되지 않았다.

범인들이 아직 집 안에 있을까? 그건 아닌 것 같았다.

그럼 아람 바니는? 그 테러범 바니는? 그도 죽었을까?

카길은 총을 들고 계단을 올라가 작은 방들을 드나들며 살펴보았다.

죽음의 냄새가 여기까지는 올라오지 않았다. 이곳에는 베이비 로션 냄새뿐이었다.

다시 계단을 내려오는데, 열린 현관문의 문턱에 그림자가 보였다.

그는 우뚝 걸음을 멈췄다.

그림자도 멈췄다.

작은 소리가 들렸다. 흐느끼는 소리.

카길은 계단을 뛰어 내려갔다. 바닥에 도착한 순간 달아나는 젊은 남자의 등이 보였다.

그는 그 남자를 따라 뛰어가면서 부관에게 소리쳤다. 그녀가 들었는지는 확실치 않았다.

아람 바니는 뛰었다. 목숨을 걸고 뛰었다. 죽고 사는 것이 이제는 더이상 중요하지 않게 되었는데도.

그 자리에서 달아난 건 본능이었다. 그뿐이었다. 그래도 그는 달아났다. 죽음을 피해서. 총을 든 남자에게서. 아내와 아이를 죽인 남자에게서.

아람 바니는 뛰었다.

스콧 카길은 그를 추적했다. 있는 힘을 다해 뛰었다. CIA 독일 지부장이라는 자리가 자리인 만큼, 이렇게 달려 본 것은 오랜만이었다.

지금은 달려야 했다. 무릎이 앞으로 뻗어 나가고, 발이 자갈로 포장된 길을 박찼다. 허파는 차가운 공기를 들이마셨다.

그는 뛰었다.

바니가 모퉁이를 돌았다.

카길은 모퉁이를 도는 순간 넘어지지 않게 속도를 살짝 줄였다. 그리고 바니의 목숨을 위협하지 않으면서 총을 쏠 방법을 고민했다. 그를 멈춰 세워서 데려가야 했다. 그래야 그를 신문할 수 있었다. 이번 테러를 조직한 세력에 대해 알아낼 수 있었다.

어쩌면 전체적인 그림을 알아낼 수도 있었다.

그는 모퉁이를 돈 순간 미끄러지듯 멈춰 섰다.

「아, 젠장.」

아나히타의 부모는 체포되었다. 요원들이 그들을 데려가려는 순간 엘런이 그들을 제지했다.

「딱 하나만 더 물어보겠습니다, 다히르 씨. 〈비서의 딜레마〉가 뭡니까?」

「그건 수학 문제입니다, 장관님.」

「무슨 문제인데요?」 엘런은 프랑크푸르트에서 모니터 속의 남자를 바라보았다.

「그만둘 때를 파악하는 것에 대한 문제예요.」 이르판이 말했다.

「그만두다니, 뭘요?」

「집이나 배우자나 일자리를 찾는 걸 그만두는 때. 자신에게 딱 맞는 최고의 비서를 찾았다고 확신하는가, 아니면 더 나은 비서가 어딘가에 있을 거라는 생각을 항상 가슴에 품고 있는가. 이런 생각을 품고 있다면, 앞으로 나아가는 건 불가능합니다. 반드시 결단을 내려야 해요. 설사 불완전한 결정이라 해도. 혁명 때 테헤란에서 저는 너무 많은 것을 봤습니다. 제가 이슬람에 대해 배운 것과는 어긋나는 일이 너무 많았어요. 그럼 그것이 어느 수준에 이르렀을 때 저는 이란을 떠났을까요? 이란은 제 고향이었습니다. 가족들과 친구들이 모두 그곳에 있고, 저는 이란을 사랑했습니다. 그렇다면 더 이상 참을 수 없어지는 순간이 언제지? 다시는 돌아올 수 없다는 것을 알면서 떠나기로 결정한 순간이 언제였을까요?」

「그게 언제인가요?」 엘런이 물었다.

「새로 들어선 정권이 구정권만큼, 어쩌면 그보다 더, 나쁘다는 걸 깨달았을 때입니다. 거기 머물렀다면 저도 그렇게 됐을 겁니다.」

팀 비첨이 이 대화가 빨리 끝나기를 기다리며 안달하는 모습이 언뜻 엘런의 시야에 잡혔다.

「그런 걸 표현하는 방정식이 존재합니까?」엘런이 다히르에게 물었다.

「네. 하지만 많은 일이 그렇듯이, 우리의 계산 결과가 때로 도움이 된다 해도 결국 우리는 본능에 의지하게 됩니다.」그가 잠시 말을 멈추고, 슬픈 검은 눈으로 엘런의 눈을 바라보았다. 「용기도 필요하고요, 장관님.」

〈비서의 딜레마라.〉

엘런은 무슨 뜻인지 이해했다.

다히르 부부가 끌려 나가고 화면이 꺼진 뒤 아나히타가 엘런을 바라보았다.

「부모님은 아무 잘못도 하지 않으셨어요. 수십 년 전에 거짓말을 한 건 맞지만, 아버지는 그 뒤로 항상 자랑스러운 미국인이자 모범적인 시민이었어요. 지금 이 일과 부모님이 아무 상관 없다는 건 장관님도 아시잖아요.」

「난 그런 거 몰라.」엘런이 말했다. 「네 삼촌의 집에서 누군가가 네게 메시지를 보냈다는 걸 알 뿐이지. 넌 그 사람을 모를지라도, 그 누군가는 네가 누군지 알아.」

아나히타의 이마에서 주름이 펴졌다. 「그럼 제 말을 믿으시는 거죠? 부모님 말을 믿으시는 거예요.」

「그 정도는 아니지만, 네가 길의 목숨을 구했지. 다른 사람들도 구하려고 했고. 네가 이 일에 관련된 것 같지는 않아. 하지만 네 부모는……」엘런은 하려던 말을 끝까지 해야 하나 고민하다가, 그러는 편이 낫겠다는 결론을 내렸다. 「길이 널 아껴. 원래 쉽게 사람을 믿는 아이가 아닌데, 널 믿는 것 같아.」

「길이 절 아낀다고요? 직접 그렇게 말했어요?」

「지금 그게 중요한 거야?」

애덤스 장관은 프랑크푸르트 영사관의 벙커를 나서면서 길을 생각했다. 취재원의 정체를 물어봤을 때 길은 심하게 화를 내면서 절대 말할 수 없다고 펄펄 뛰었다. 그 취재원을 보호하려는 의지가 대단했다.

하지만 곧 다른 방법이 있을지도 모른다고 속삭이고는, 곧바로 아나히타가 이곳에 와 있느냐고 물었다.

엘런은 길이 이 아가씨에게 마음이 있어서 그걸 물어본 줄 알았다. 하지만 지금은 다시 생각해 보는 중이었다.

혹시 지금 약간 뒤로 처져서 걷고 있는 저 자그마한 아가씨가 취재원이었을까? 장미 냄새를 풍기면서 자신은 무고하다고 주장하는 저 여자가? 아무것도 모른다고 주장하는데? 하지만 저 직원의 가족들은 이 일에 목까지 푹 잠겨 있었다. 아니, 어쩌면 머리 위까지 잠겨 있는 것 같기도 했다.

그때 빨갛게 표시된 긴급 문자가 휴대폰으로 들어왔다.

스콧 카길이구나. 드디어.

그러나 화면을 열고 보니 그것은 카길의 문자가 아니라 팀 비첨에게서 온 것이었다.

〈테헤란 정보원에게서 방금 입수. 딸이 있다고 함. 자하라 아흐마디. 23세. 학생. 물리학.〉

엘런은 보인턴에게 시선을 돌렸다. 지금까지 그녀는 보인턴이 옆에 있다는 사실을 또 까맣게 잊어버리고 있었다.

「보안선으로 대통령을 연결해.」 그러고 나서 비첨에게 문자를 보냈다. 〈그 딸이 그자입니까?〉

〈그렇게 보입니다. 그다지 강경파는 아닌 듯해요.〉

〈보입니까, 확실합니까?〉

〈직접 체포하지 않는 이상 확신 못 합니다.〉

〈아뇨, 안 돼요. 아무것도 하지 마세요. 내게 다른 생각이 있습니다.〉

엘런은 아나히타에게 시선을 돌렸다. 「네 사촌에게 네가 메시지를 하나 보내야겠다.」

「저한테 사촌이 있어요?」

「응.」

「사촌이라고요?」

「집중해. 그 애랑 연락해야 해.」

이 말에 아나히타는 정신을 차렸다. 「제가요? 어떻게요? 방금 말씀 하실 때까지 저한테 사촌이 있는 줄도 몰랐는데요.」

엘런은 이 말을 그냥 넘겼다. 「그 애가 너한테 메시지를 보낼 수 있 다면 너도 보낼 수 있겠지. 카길이 도와줄 거야.」 하지만 그녀는 곧 카 길이 테러 용의자를 잡으러 갔다는 사실을 기억해 냈다.

「테헤란에서 메시지를 보낸 자의 IP 주소가 우리에게 있습니다, 장 관님.」 보인턴이 말했다. 「그걸 이용하면 됩니다.」

엘런은 잠시 생각에 잠겼다. 「아니, 그 컴퓨터는 십중팔구 이란의 감 시 대상일 거야.」 그녀는 여기서 말을 멈췄다. 만약 정말로 감시 대상 이라면, 거기서 미국 국무부로 메시지가 날아갔다는 사실을 이란 당국 이 금방 알아낼 터였다. 그러면 아나히타의 삼촌이 의심받을 것이다. 적어도 처음에는. 그리고 그는 딸을 보호하려 할 것이다. 적어도 처음 에는.

그러니 이 자하라 아흐마디라는 학생에게 빨리 메시지를 보내야 했다.

「3분 뒤 대통령님과 연결될 겁니다.」 보인턴이 말했다.

「그래, 다히르 씨를 카길의 부서로 데려가.」 엘런이 보인턴에게 말 했다. 「그쪽에서 테헤란의 사촌과 연락을 시도하는 중이니까. 10분 뒤 까지 다른 방안들을 마련해 보라고 해.」

그들은 이제 다시 위층으로 올라와 있었다. 창문으로 햇빛이 들어오 고, 멋진 묘지 풍경이 내다보였다.

엘런은 다시 휴대폰을 확인했다. 바트 쾨츠팅에서는 여전히 소식이 없었다.

「내가 원했던 것보다는 좀 지저분한걸.」 풀장 옆의 남자가 말했다.

호리호리하고 몸매가 좋은 50대 남자였다. 그는 가택 연금 중에도 오히려 몸을 더 가꾸는 데 열중한 사람이었다. 「그래도 일이 끝나기는 했어.」

「네. 게다가 어쩌면 이편이 우리에게 더 이로울지도 모릅니다.」 그에게 소식을 가져온 보좌관이 의견을 내놓았다.

「그래? 어떻게?」 바시르 샤가 물었다.

「그들의 주의를 끌 테니까요.」

「주의는 이미 끈 것 아닌가?」 샤는 보좌관에게 앉으라는 시늉을 했다. 말을 하면서 이글거리는 햇빛을 가려야 하는 것이 귀찮아서였다. 「두 번의 실패가 있었다. 그런 일이 반복되는 건 원하지 않아.」

샤의 목소리는 따뜻했지만, 자살하라는 지시를 어긴 자살 폭탄 테러범의 소식을 가져오며 이미 겁에 질렸던 보좌관은 몸이 돌로 변한 것처럼 뻣뻣하게 굳는 것을 느꼈다. 그것은 일종의 준비 태세였다. 상사의 몸은 도약을 위해 도사린 육식 동물처럼 탄탄하게 긴장하고 있었다.

「내가 어떤 실패를 말한 건지 아나?」 샤가 물었다.

「폭탄을 가져간 놈이 도망쳤습니다. 비록 우리가…….」

샤가 손을 들었다. 「그리고?」

「그 아들이 죽지 않았습니다.」

「그래, 그 아들이 빠져나갔지. 길 바하르가 그 버스에 반드시 타게 하려고 아주 많은 노력을 기울였는데. 어쩌다 버스에서 내린 거지?」

「그것이 제가 두 번째로 보고할 내용입니다. 정보원이 보내온 영상입니다.」

샤는 프랑크푸르트의 119번 버스 내부에서 찍힌 영상을 보았다. 영상이 끝나자 그가 보좌관에게 시선을 돌렸다.

「놈이 전화를 받았군. 상황을 알았어. 누가 전화한 거지?」

「놈의 모친입니다.」

샤는 깊이 숨을 들이쉬었다. 이것은 그가 예상했던 대답인 동시에 가장 원하지 않았던 대답이었다.

「그럼 미국 국무 장관은 폭탄에 대해 어떻게 알게 되었을까?」 이제는 그의 목소리가 냉혹했다. 그가 말하는 한 마디 한 마디에서 분노가 혀를 날름거렸다. 「그 여자한테 누가 알려 준 거야?」

보좌관은 주위를 둘러보았다. 다른 사람들은 모두 한 걸음 뒤로 물러나 있었다.

「모르겠습니다. 국무부 내의 직원이었을 것으로 짐작하고 있습니다. 외무 담당 직원요.」

「그 직원은 사실을 어떻게 알았고?」

이제 보좌관은 불안한 표정을 지었다. 「곧 알아내겠습니다. 그리고……」 그는 눈을 감고 짧게 기도문을 중얼거렸다. 「한 가지 더 있습니다.」

「말해.」

「그들이 샤 님에 대해 알아냈습니다.」

「그 핵물리학자들이 내 밑에서 일하던 자들이라는 걸 엘런 애덤스가 안다고?」

「네.」 그는 자신에게 이제 어떤 일이 벌어질지 상상해 보았다. 총에 맞을까? 칼에 찔릴까? 아니면 그냥 악어가 있는 늪에 내던져질까? 오, 신이시여, 그것만은.

하지만 그의 눈에 보인 것은 샤의 미소였다. 이어서 샤는 고개를 끄덕였다.

바시르 샤가 일어섰다. 「옷을 갈아입고 클럽에 술을 마시러 가야겠다. 내가 돌아올 때까지는 다 파악해 둬.」

보좌관은 샤 박사가 풀장 옆을 돌아서 커다란 주택 안으로 걸어 들어가는 모습을 지켜보았다. 샤의 절친한 친구가 빌려준 팜비치의 집이었다.

프랑크푸르트 주재 미국 총영사는 애덤스 장관에게 자신의 집무실을 빌려주었다.

그녀는 총영사의 책상에 앉았다. 손에 들린 보안 전화기에는 미국 대통령의 못마땅한 얼굴이 떠 있었다. 한순간 그가 자신의 손바닥 안에 있는 것 같아서 아찔할 만큼 기분이 좋았다.

정말로…….

하지만 그 순간은 금방 사라지고, 대통령보다 훨씬 더 못마땅해 보이는 팀 비첨의 얼굴이 화면의 절반을 차지하며 나타났다. 분할된 화면 속에서 그의 얼굴이 대통령의 얼굴에 눌려 짜부라진 것처럼 보였다.

대통령이 이 통화에 비첨을 불렀다는 사실에 엘런은 깜짝 놀랐지만 내색하거나 질문을 던지지 않기로 했다. 어차피 이제 와서 비첨을 돌려보낼 방법도 없었다. 다만, 할 말과 하지 말아야 할 말을 조심스럽게 골라야 할 것 같았다.

「그래, 이젠 또 뭐가 문제입니까?」 윌리엄스 대통령이 말했다.

「문제는 없습니다, 대통령님.」 엘런이 말했다. 「오히려 일이 잘 진행되고 있는 편이죠.」

그녀는 상황 보고를 하면서 일부러 주의를 기울여, 비첨이 이미 아는 사실만 대통령에게 말해 주었다.

「그러니까 이 자하라 아흐마디라는 사람이 경고를 보냈다?」 윌리엄스가 말했다. 「그 여자에 대해 말해 보세요, 비첨.」

「방금 그 여자에 대한 보고서를 받았습니다. 지금 테헤란 대학에서 물리학을 공부하는 학생입니다.」

「아버지를 닮았군.」 대통령이 말했다.

「꼭 그렇지는 않습니다. 전공이 통계 역학이거든요.」

「그거 확률 이론이죠? 맞습니까?」 윌리엄스가 말했다.

엘런은 놀란 기색을 드러내지 않게 미리 훈련되어 있어서 다행이라는 생각이 들었다. 그런 훈련이 없었다면, 지금쯤 의자에서 바닥으로 떨어져 있을 터였다.

더그 윌리엄스가 그녀의 생각보다 똑똑한 것 같았다.

「네, 대통령님. 하지만 흥미로운 점은, 그 여자가 진보적인 학생 조직 소속이라는 사실입니다. 개방을 요구하는 단체입니다. 서방과의 교류도 원하고요. 주의할 점은 신앙심이 상당히 깊어 보인다는 것뿐입니다.」

「신앙심은 나도 깊어요.」 윌리엄스 대통령이 말했다. 「그게 의심의 근거가 됩니까?」

「이란에서는 그렇습니다.」

「그 여자가 모스크에 다니나요?」 엘런이 물었다.

「그렇습니다.」

「아버지와 같은 곳?」 그녀가 물었다.

「아뇨, 대학 부속 모스크입니다. 그곳 성직자가 과격파인지 지금 확인 중입니다.」

「생각하는 게 있습니까, 엘런?」 윌리엄스 대통령이 물었다.

「이번 공격의 배후에 이란이 있다고 거의 확신해도 될 것 같습니다, 대통령님. 그러면 모든 게 맞아떨어져요. 이란은 파키스탄 물리학자들을 위협으로 인식했습니다. 만약 자하라 아흐마디가 우리 직원에게 정말로 메시지를 보냈다면, 폭탄 테러를 막기 위해서였을 겁니다. 왜 그랬는지는 그 여자를 직접 만나 보기 전에는 알 수 없지만요. 지금 그 여자에게 메시지를 보내려고 시도 중입니다.」

비첨 앞이라도 여기까지는 말할 수밖에 없었다. 어차피 이 일을 다루는 곳이 그의 부서이고, 이 결정을 내리는 데 그도 한몫을 했기 때문이었다.

비첨이 자하라에 대해서도 알고, 그녀와 연락하려는 시도에 대해서도 안다는 사실이 어떻게 봐도 우려스러웠으나, 지금으로서는 어쩔 수 없었다.

「그 여자가 테러에 대해 어떻게 알게 되었을까요?」 대통령이 이 질문을 던진 뒤 잠시 침묵했다. 「아버지에게서? 그 물리학자?」

「그럴 가능성이 있습니다, 대통령님.」 비첨이 말했다.

「팀, 그 아버지가 딸에게 말해 줬을 거라고요?」 윌리엄스가 물었다.

「아버지도 테러를 막으려 했다는 겁니까?」

「아뇨, 아흐마디 박사는 정권을 지지하는 강경파입니다. 하지만 딸이 어떤 말을 우연히 들었거나, 아버지의 서류에서 뭔가를 봤을 가능성이 있습니다.」

「그건 추측이니 도움이 안 됩니다. 어떻게 하면 확실한 답을 얻을 수 있겠습니까?」 윌리엄스 대통령이 이 말을 하면서 앞으로 몸을 기울이자 화면 속 얼굴이 일그러져 보였다. 「엘런?」

「우리 정부가 구성된 뒤로 저는 이란 외무 장관과 관계를 구축하려고 노력했습니다. 그동안 관계가 많이 손상되었지만, 이란 외무 장관은 학식과 교양을 갖춘 사람이라서 우리 두 나라의 관계가 풀리는 편이 이롭다는 점을 아는 것 같습니다.」

「그 버스에 타고 있던 무고한 사람들이 죽었습니다.」 윌리엄스 대통령이 말했다. 「평화를 원하는 교양 있는 사람의 행동은 아니죠.」

「맞습니다.」 엘런이 동의했다. 「중요한 건 이겁니다. 그 메시지의 출처를 우리가 파악했다면, 이란 측도 곧 알아낼 겁니다. 자하라의 아버지가 한동안 딸을 보호해 줄 가능성도 있지만, 그렇지 않을 수도 있습니다. 만약 자하라가 체포된다면…….」

「우리가 먼저 그 여자와 접촉해야겠군요.」 윌리엄스가 말했다. 「방법은?」

비첨이 말했다. 「자하라의 사촌인 우리 직원이 이란 내의 저희 사람들에게 짧은 메시지를 보내는 데 성공한다면, 그 사람들이 자하라에게 접근할 수 있을 겁니다. 우리가 그녀의 존재를 알고 있으며, 그녀를 보호해 줄 것이라고 슬쩍 알리는 겁니다.」

「그 약속을 실천할 방안은 있습니까?」 윌리엄스가 물었다. 「그 여자를 납치할 수는 없는 일 아닙니까?」

대통령은 정말로 그럴 수 있다는 대답을 기대하는 것 같았다.

「제게 다른 생각이 있습니다.」 엘런이 말했다. 비첨 앞에서 이 말을 하고 싶지 않았지만, 이제는 선택의 여지가 없는 것 같았다. 상황이 너무나 빠르게 휙휙 변하고 있었다. 「제가 테헤란에 가겠습니다.」

더그 윌리엄스가 입을 열었다가 다시 닫았다. 그러고는 이렇게 말했다. 「뭐라고요?」

「테헤란에 가겠습니다. 에어포스 3은 이미 대기 중입니다. 원래 파키스탄으로 갈 예정이었습니다만, 가는 길에 항로를 바꾸면 됩니다. 은밀하게 테헤란으로 날아가는 겁니다.」

「에어포스 3을 타고 시끄럽게 경적을 울리면서요?」 윌리엄스가 다그치듯 물었다. 「그게 은밀하게 되겠습니까?」

비첨은 아무 말이 없었지만, 금방이라도 눈알이 튀어나올 것 같은 표정이었다.

「힘들겠죠. 하지만 언론이 알아차리기 전에 빠져나올 수 있습니다. 이란에는 정보의 자유가 없는 편이니까요. 어쩌면 자하라 아흐마디를 아예 데리고 나올 수 있을지도 모릅니다.」

「그게 될 것 같습니까?」 윌리엄스가 말했다. 「그쪽에서 장관을 붙잡아 둔다면요? 물론 그렇게 되면 나는 정신 나간 국무 장관을 손쉽게 제거할 수 있겠습니다만.」

「변수가 너무 많습니다.」 비첨이 말했다. 「그쪽에서 장관을 붙잡아 두려 하지 않을 가능성도 있습니다.」

「그럴 만도 하지요. 하지만 만약 그쪽이 장관의 발목을 잡는다면, 장관의 부재를 이쪽 사람들이 알아차릴 겁니다. 시간이야 걸리겠지만 결국은⋯⋯.」

「알겠습니다.」 엘런이 말했다. 「무슨 말인지 알아들었어요. 그래도 이란 외무 장관과 직접 만나서 이 문제를 토의해야 한다고 생각합니다. 그래야 신뢰까지는 아니더라도 약간의 공감이나 친밀감을 구축할 수 있을 겁니다. 내가 그렇게 시간을 끌면서 주의를 흐트러뜨리는 동안 어쩌면 우리가 자하라 아흐마디에게 메시지를 전달할 수도 있을 테고요. 아직까지는 누가 테러를 막으려 했다는 사실을 그쪽이 모르는 것 같습니다.」

「팀?」윌리엄스 대통령이 비첨에게 물었다.

비첨은 고개를 저었다. 「애덤스 장관이 가면, 이란이 테러의 배후라는 사실을 우리가 알아냈다는 걸 이란도 알게 될 겁니다. 우리가 정보를 얼마나 갖고 있는지 상대에게 알리는 건 결코 좋지 않아요.」

「만약 이란이 그 물리학자들을 죽인 범인이라면, 그쪽에서도 상황을 파악하고 있을 가능성이 있습니다.」엘런이 말했다. 「샤의 계획 말입니다. 어쩌면 그의 행방까지 알지도 모르죠.」엘런은 윌리엄스 대통령과 시선을 마주쳤다. 「위험을 무릅쓸 가치가 있지 않습니까?」

대통령이 짧게 고개를 끄덕였다. 「좋습니다. 하지만 테헤란은 안 돼요. 오만에서 만나는 걸로 합시다. 거긴 중립적인 나라니까. 내가 술탄과 전화해 보고 그쪽에서 동의하면 장관에게 알려 주겠습니다. 팀, 엘런과 함께 그 딸한테 메시지를 전달하는 방법을 계속 연구해 봐요.」

「대통령님, 저는…….」비첨이 뭔가 말하려고 했다.

「그만.」윌리엄스가 쏘아붙였다. 「두 분이 서로를 좋아하지 않는 건 나도 압니다. 하지만 두 분이 결과를 만들어 내기는 하는 것 같아요. 두 분에게는 안 좋은 일이겠지만. 레넌과 매카트니 같다고나 할까. 그러니 계속 협력해서 방법을 마련해 봐요. 오늘이 끝나기 전에 〈애비 로드〉 같은 것이 하나 나와야 합니다. 오만에서 일이 잘되기를 빕니다, 엘런. 그리고 독일에서 테러범을 붙잡는 즉시 내게 알려 줘요.」

「알겠습니다.」엘런이 말했다.

그의 화면이 꺼지자, 엘런 애덤스와 팀 비첨만 남아 서로를 노려보았다.

「내가 매카트니 역입니다.」엘런이 말했다.

「좋습니다. 어차피 레넌이 더 뛰어난 음악가였으니까요.」

엘런은 그 점을 놓고 다투려다가, 지금은 그것이 중요하지 않다는 사실을 깨달았다.

「지금은 우리가 함께하는 수밖에 없는 것 같네요.」엘런이 이렇게 말하자, 비첨이 희미하게 미소를 짓는 것이 보였다.

「그는 좋아하는 일을 할 뿐.」[23] 그녀는 혼자 흥얼거렸다.

엘런은 상황을 파악하기 위해 카길의 부서로 직접 갔다. 하지만 도착하자마자 문제가 생겼음을 알 수 있었다.

평소 분주하기 그지없던 사무실 안이 조용했다. 모두 제자리에서 꼼짝도 않은 채, 충격받은 얼굴을 그녀에게 돌릴 뿐이었다.

「뭡니까?」 엘런이 물었다. 「무슨 일이에요?」

상급 분석가 한 명이 앞으로 나섰다. 「죽었습니다, 장관님.」

엘런은 몸이 차갑게 식으면서 꼼짝도 할 수 없게 되었다. 「누가요?」

하지만 답은 이미 알고 있었다.

스콧 카길. 그의 부관. 그리고 아람 바니.

세 명이 모두 바트 쾨츠팅의 뒷골목에서 총에 맞아 쓰러졌다.

23 비틀스가 마지막으로 녹음한 앨범 「애비 로드」에 수록된 「컴 투게더」의 가사.

20장

벳시는 벨이 울리자마자 전화를 받았다.

「잘돼 가?」

「별로.」엘런이 말했다.

탈진한 목소리였다. 그럴 만도 했다. 워싱턴 시간으로 저녁 6시가 지 났으니, 프랑크푸르트에서는 자정이 지난 시각이었다.

하지만 엘런은 단순히 탈진한 것이 아니라 완전히 의욕을 잃어버린 것 같았다.

「무슨 일이야?」벳시가 말했다.

그리고 엘런의 집무실에 있는 소파에서 일어나 앉아 허리를 똑바로 폈다. 티머시 T. 비첨을 다시 파고들기 전에 잠깐 눈을 붙이려던 참이 었다. 엘런에게 줄 수 있는 새로운 정보를 찾았다면 좋을 텐데. 아무 정 보라도.

활기가 대부분 사라져 버린 친구의 목소리에 귀를 기울이면서 벳시 는 자신이 미행당했다는 이야기를 하지 않기로 마음을 정했다. 이미 화이트헤드 장군이 그 문제를 해결해 주었으니 괜찮을 것이다. 그리고 엘런은 벳시와 문자를 주고받다가 〈무슨 경호원?〉이라고 물은 일을 이미 잊어버렸을 수도 있었다.

「먼저 그 경호원 얘기부터 해봐.」엘런의 이 말을 듣고 벳시는 빙긋 웃었다.

그럼 그렇지, 잊었을 리가.

「농담이었어. 잘생긴 청년이 날 꼬시려고 했거든. 적어도 내 생각에는 확실히 그런 것 같았어. 비행기에서 내 옆에 앉았던 아름다운 아가씨의 눈길을 끌려던 건 절대 아닐 거야.」

「당연하지.」 엘런은 짧게 웃는 시늉을 했다. 「그래서 네 생각대로 됐어?」

「슬프게도 지금 내가 원하는 건 치즈케이크 한 판과 샤르도네 한 병이야.」

「아이고, 말만 들어도 좋다.」 엘런이 말했다.

「화이트헤드 장군은 만났어. 지금 상황에 대해 장군의 생각을 들었지. 앞으로 일어날 일에 대해서도.」

「말해 봐.」

「파키스탄이 러시아의 지원을 받아서 던을 설득해 샤를 석방해도 된다는 동의를 받아 냈다는 게 장군의 생각이야. 그게 거래의 일부였을 거라고.」

「무슨 거래?」 엘런의 목소리에 두려움이 가득했다.

「던이 아프간 사람들한테 아무 조건도 걸지 않고 거기서 우리 군대를 빼면, 파키스탄이 그곳의 안정을 유지해 주겠다는 거지. 그 대가로 파키스탄은 세상에서 가장 위험한 무기상의 석방에 동의하라고 미국에 요구했어. 멍청하기 짝이 없는 던은 뭐가 뭔지도 모르고 그러마고 했고.」

멍청했지. 엘런은 속으로 생각했다. 아니면 근시안적이었거나. 보이는 건 자기 지지율밖에 없었을걸. 아니면 돈이었으려나.

「비첨은?」 엘런이 물었다.

「두 번의 결정에 모두 관여했어.」 벳시가 말했다.

「오셀로의 귓가에서 속살거린 이아고였군.」

「그보다는 레이디 맥베스가 나을 것 같은데.」

「증거는?」

「아직은 없어. 그게 전부가 아니야.」〈내게 더 많은 것이 있으니.〉 벳시는 속으로 생각했다. 「화이트헤드 장군은 비첨이 혼자 움직이는 게 아닐 거라고 했어. 스스로 애국자라고 생각하는 사람들이 자기들이 보기에 비합법적인 정권을 끌어내리고 던을 다시 그 자리에 앉히려고 음모를 꾸미고 있다는 거야. 던이라면 자기들이 원하는 대로 움직일 테니까.」

벳시는 볼 수 없었지만, 엘런은 고개를 끄덕이고 있었다. 이 말이 그다지 충격적이지 않다는 사실 자체가 충격이었다.

엘런은 프랑크푸르트의 호텔 방에 혼자 있었다. 새벽 1시가 가까운 시각인데, 너무 피곤하고 신경이 곤두서서 잠이 오지 않았다. 자고 싶은 생각만 간절했다.

그녀는 오만에 가도 좋다는 메시지를 기다리는 중이었다. 그 연락을 받으면 이란 외무 장관과 연락할 수 있을 것이다. 그의 속을 떠보기 위해 이미 짤막한 개인 메시지를 보내 놓은 참이었다.

만약 이란이 버스 폭탄과 테러범을 준비한 배후라면, 바트 쾨츠팅에서 아람 바니가 살해된 일에도 그들의 손이 닿아 있다는 뜻이었다. 그와 더불어 스콧 카길과 그의 부관이 살해된 일에도.

솔직히 말해서, 애덤스 장관은 이란 쪽과 빨리 이야기를 나누고 싶어서 안달하고 있었다.

「믿을 사람과 믿지 말아야 할 사람을 파악해야 해. 증거가 필요해.」 엘런이 말했다.

벳시는 친구의 목소리에 깃든 두려움을 알아차렸다.

「조심해야 돼, 엘리자베스 앤 제임슨.」 엘런이 말했다.

「걱정 마. 화이트헤드 장군이 특수 부대원을 한 명 보내 줬어. 아직 내가 그쪽에 연락하지는 않았지만.」

「연락해. 꼭 연락해야 돼.」

「알았어. 이제 네 차례야. 그동안 있었던 일을 말해 봐.」

엘런 애덤스는 친구이자 고문이고, 자신의 모든 것인 벳시에게 그간의 일을 말해 주었다. 그녀의 이야기가 끝나자 벳시가 말했다. 「정말 유감스러운 일이 벌어졌네. 이란이 스콧 카길과 부관을 죽인 거야.」

「그 테러범도. 내 생각도 같아. 난 이란 외무 장관을 만나러 오만으로 갈 거야.」

「미쳤어?」 벳시가 허리를 더 똑바로 세우면서 다그치듯 말했다. 「그러면 안 되지. 놈들이 널 죽이면 어쩌려고? 아니면 납치할 수도 있어.」

뜻밖에도 전화기 속에서 웃음소리가 들려왔다. 「더그 윌리엄스도 오만행을 허락하면서 똑같은 소리를 했어.」

「개자식.」

「아냐, 농담이야. 난 괜찮을 거야. 이란이 우방은 아니지만, 멍청하지도 않으니까. 날 해치거나 납치해서 얻을 게 없잖아. 원래는 테헤란으로 가겠다고…….」

「말도 안 돼…….」

「그래야 팀 비첨이 날 계속 바보로 알 것 아냐. 게다가 내가 먼저 오만을 제안했다면 윌리엄스가 거부했을걸.」

「잠깐만. 내 전남편 때도 너 그런 심리 게임을 했잖아. 그래서…….」

「아니, 그놈은 처음부터 마음에 안 들었어.」

「너랑 같이 갈 수 있으면 좋은데.」

「나도 마찬가지야.」

「누구랑 가?」

「보인턴이랑 외교보안국 경호원들 외에 캐서린이랑 아나히타 다히르를 데려갈 거야. 그 외무 담당 직원. 그 애가 파르시어를 할 줄 알아. 이란 외무 장관이 실제로 무슨 말을 하는지 아는 사람이 옆에 있으면 도움이 될 거야.」

「그 애 가족이 어떤 사람들인지 알게 됐는데, 그 애를 믿을 수 있겠어?」

잠시 침묵이 흘렀다. 「아니, 완전히는 못 믿지. 그것도 걔를 옆에 두려는 이유 중 하나야. 어쨌든 지금까지 그 애를 잘 써먹었잖아. 자하라 아흐마디한테 메시지를 보내는 방법을 CIA가 찾아냈는데, 그 일에도 아나히타가 필요해. 자하라는 미국 쪽 공작원을 믿지 않을 거야. 하지만 아나히타는 믿을지도 모르지. 이란 당국은 아흐마디 박사의 컴퓨터로 이루어지는 통신을 십중팔구 감시할 테니. 이란 비밀경찰보다 먼저 자하라랑 접촉해야 돼.」

「그 애가 메시지를 보낸 건 확실해?」

「아니. 하지만 그럴 가능성이 가장 높긴 해.」 엘런은 길게 한숨을 내쉬었다. 「내가 작전을 승인했어. 자하라 아흐마디가 학교에 가려고 집을 나서는 즉시 우리 사람들이 접근할 거야.」

벳시가 옛날부터 알던 사실이 하나 있었다. 자신은 용감한 척 허세를 부릴 뿐이지만, 엘런은 진짜로 용감하다는 것. 벳시는 자신이 엘런처럼 그런 결정을 내릴 필요가 없어서 다행이라는 생각이 들었다.

「전화 끊기 전에 하나 더. 길은 어때?」

「몇 분 전 병원에 전화했더니 자고 있대. 당직 의사 말로는 한결 나아졌다더라. 공항 가는 길에 잠깐 들르려고.」

「취재원에 대해서는 계속 말 안 하고?」

「응, 전혀.」

잠시 침묵이 흘렀다. 엘런이 일부러 머뭇거리는 건지 아니면 정말로 피곤한 건지 벳시는 알 수 없었지만, 물어보지 않기로 했다. 전화를 빨리 끊을수록 친구가 빨리 잠들 수 있을 터였다.

「조심해, 엘런 수 애덤스.」

1시간 뒤 벳시는 쪽잠에서 깨어나며 어떤 사실을 깨닫고 화들짝 놀랐다.

헤이애덤스 호텔 지하 술집에서 본 사람. 장군도 본 그 사람. 거기서 소란을 일으킨 그 사람.

그 사람을 본 것이 오랜만이었다. 옛날에는 젊다 못해, 이슬을 머금은 아침처럼 보였는데.

하지만 그날 오프더레코드에서 그는 거의 알아보기 힘든 몰골이었다. 벳시는 소파에서 벌떡 일어나 샤워실로 들어가며 생각했다. 솔직히 그날은 꼴이 기계톱이랑 아주 비슷했어.

전화가 온 것은 프랑크푸르트 시간으로 새벽 3시가 가까운 때였다. 엘런은 선잠을 자다가 깨어났다.

오만행에 승인이 떨어졌다.

엘런은 침대에서 벌떡 일어났다. 그리고 2시간도 안 돼 이란 외무 장관에게서 무스카트 구시가지에 있는 술탄의 관저에서 만나겠다는 약속을 얻어 냈다.

「당신에게 할애할 수 있는 시간은 1시간입니다, 장관.」이란 외무 장관은 이렇게 말했다. 그는 멋들어진 영어를 구사했으나, 통역을 통해 말하는 편을 선호할 때가 더 많았다.

하지만 이번에는 둘이서 직접 이야기를 나눴다. 그편이 더 간편했다. 더 신중한 방법이기도 했다.

엘런은 찰스 보인턴에게 전화를 걸어 깨우고, 아나히타 다히르에게 전화를 걸어 깨우는 일을 그에게 맡긴 뒤, 캐서린을 깨웠다.

「오만으로 갈 거야. 점잖은 옷을 입어.」

「네, 가죽 바지는 두고 갈게요.」

엘런은 웃음을 터뜨렸다. 「40분 뒤에 이륙이야. 자동차는 20분 뒤에 출발할 거고.」

「알았어요. 아나히타는요?」 캐서린이 물었다.

캐서린과 아나히타 사이에 모종의 우정이 생긴 것 같았다. 엘런은 이것을 좋아해야 할지 싫어해야 할지 알 수 없었다.

「같이 갈 거야.」

20분 뒤 방탄 차량이 공항으로 출발했다.

「먼저 병원에 잠깐 들러 주겠어요?」 엘런이 물었다.

몇 분도 안 돼 그녀는 길의 병상 옆에 서 있었다. 잠든 아들의 멍든 얼굴이 평화롭게 보였다. 「길?」 그녀는 작게 속삭였다. 아들을 깨우기가 정말로 내키지 않았다. 엘런 애덤스가 싫어하는 수많은 일의 목록에 이것도 추가해야 할 것 같았다. 「길?」

길이 몸을 움직이며 살짝 부어오른 눈을 떴다. 「몇 시예요?」

「새벽 4시가 조금 넘었어.」

「여긴 어쩐 일이세요?」 길은 힘들게 일어나 앉았다. 엘런은 아들을 부축하며 등에 베개를 받쳐 주었다.

「이란 외무 장관을 만나러 오만으로 가는 길이야. 이번 일의 배후가 이란이었어.」

길은 고개를 끄덕였다. 「말이 되네요. 샤가 그 지역의 다른 세력에 핵무기 비밀이나 과학자들을 파는 게 싫었을 테니까.」

「네 취재원은⋯⋯.」

「말했잖아요. 나는⋯⋯.」

엘런은 한 손을 들어 올려 아들의 말을 막았다. 「알아. 누구냐고 물으려던 게 아니야.」 엘런은 목소리를 낮췄다. 「지난번에 네가 나한테 뭘 말하려다가 말았잖아. 네 취재원에게서 더 많은 걸 알아볼 방법이 있을 것 같다고 했지? 샤에 대해서도 알아볼 수 있을 것 같다고.」

「말 못 해요.」 길이 속삭였다.

「넌 지금 움직일 수 없잖아. 병원에 있는데.」

「생각한 게 있어요. 어머니는 어머니가 할 일을 하세요. 나는 내 일을 할 테니. 폭탄이 터지는 걸 본 사람은 나예요. 난 평생 그 사람들 얼굴을 잊지 못할 거예요. 그러니까 이 일에는 내 몫도 있어요. 날 믿어 보세요.」

「내가 널 못 믿어서 이러는 게 아니야. 네가 어떻게 될까 봐 그러지.」 엘런은 아들의 반응을 보기 위해 그 말을 하기로 결정했다. 「아나히타를 오만으로 데려갈 거야. 지금 밖에 있어.」

엘런은 길의 반응을 살폈다. 만약 아나히타가 취재원이라면…….

하지만 길은 아무 반응을 보이지 않았다. 「인사나 전해 주세요.」 이 말뿐이었다.

「그래. 우린 내일 늦게 돌아올 거다. 그때 또 들를게.」

「행운을 빌어요.」

25분 뒤 에어포스 3은 어둠 속에서 활주로를 질주하고 있었다. 오만까지 7시간이 걸리는 여행의 시작이었다.

순항 고도에 올라선 뒤 엘런은 회담 준비를 위해 집무실로 들어갔다. 거기에 아름다운 꽃다발이 놓여 있었다. 그녀가 좋아하는 스위트 피. 섬세하고 향기가 좋은 꽃이었다.

향기를 맡으려고 허리를 숙이는데 쪽지가 눈에 들어왔다.

「자네가 주문한 거야?」 엘런은 보인턴에게 물었다. 그는 커피와 가벼운 아침 식사를 가져온 승무원과 함께 방금 집무실로 들어온 참이었다.

보인턴은 들고 있던 파일들을 내려놓고 꽃다발을 보았다. 「아뇨. 멋지긴 하네요. 아마 미국 대사가 보낸 거겠죠.」

「내가 이 꽃을 좋아하는 걸 대사가 어떻게 알았지?」

「아주 철저한 분이니까요.」 보인턴이 말했다. 사실 그는 상사에게 좋아하는 꽃이 있는 줄도 모르고 있었다. 하지만 신임 국무 장관의 다른 점들에 대해서는 그동안 많이 알게 되었다. 「조사를 해보셨겠죠.」

「고마워요.」 엘런이 커다란 잔에 블랙커피를 따라 준 승무원에게 말했다. 승무원이 밖으로 나갔다.

쪽지를 펼친 그녀의 손가락에서 커피 잔이 스르르 미끄러졌다. 엘런이 아슬아슬한 순간에 커피 잔을 잡았지만, 작은 커피 방울 하나가 허벅지에 뜨겁게 떨어졌다.

「왜 그러세요?」 보인턴이 다가오면서 물었다.

「이 꽃을 누가 보냈지?」 엘런의 목소리가 무뚝뚝하게 변했다.

「말씀드렸잖아요, 장관님. 모른다니까요.」보인턴은 엘런의 반응에 진심으로 당황한 것 같았다. 「왜 그러세요?」

「알아봐.」

「네.」

보인턴이 서둘러 밖으로 나가는 동안 엘런은 쪽지를 책상 위에 내려 놓았다. 이미 손을 대기는 했지만, 거기에 더 이상 손이 닿지 않게 주의 했다.

그것은 친구이자 고문인 벳시가 워싱턴으로 돌아가기 전에 엘런이 건넨 쪽지를 스캔한 것이었다. 팀 비첨을 조사해 보라고 부탁한 쪽지. 무슨 일이 있어도 남에게 보여 주면 안 된다는 말 역시 거기 적혀 있었다.

그런데 그 쪽지가 지금 여기 있었다. 오만으로 가는 에어포스 3에. 쪽지가 끼워져 있던 스위트피 꽃다발이 이제는 그리 아름답게 보이지 않았다.

쪽지에 다른 글귀는 없었다. 서명도 없었다. 하지만 엘런은 범인을 알고 있었다. 지난 세월 동안 서명 없는 쪽지들을 누가 보냈는지 알고 있었다. 생일 카드. 크리스마스 카드. 퀸이 죽은 뒤에 온 메시지.

엘런은 보안 전화기를 들어 벳시에게 전화를 걸었다. 심장이 목구멍 까지 튀어 올라와 마구 날뛰고 있었다.

21장

이번에는 술집에 사람이 가득했다.

저녁 10시가 막 지난 지금, 워싱턴 사람들이 여기에 나와 놀고 있었다. 벳시는 어둑한 조명에 눈을 익히면서 술집 안을 둘러보았다. 그러고는 지난번에 피트 해밀턴이 있던 바로 곧장 걸어갔다. 지금은 그가 보이지 않았다. 왠지 그가 더욱더 추락했을 것 같아서 바 아래를 들여다보고 싶은 생각이 들었다.

「뭘 드릴까요?」 바텐더가 물었다.

〈수조에 가득한 샤르도네.〉 엘런 애덤스의 절친한 친구 벳시는 속으로 이렇게 대답했다.

「다이어트 진저에일로 주세요.」 이건 국무 장관의 고문이 내놓은 답이었다. 「가능하면 체리도 하나 얹어서.」 벳시가 말을 덧붙였다.

잔이 나오기를 기다리는데 휴대폰이 진동했다.

「이 시간에 안 자고 뭐 해? 거기 시간으로……」 그러나 상대의 목소리가 그녀의 말을 잘랐다.

「직유가 술집 안으로 걸어 들어오자.」 엘런의 목소리에 긴장이 배어 있었다.

「뭐? 사실 내가 방금 진짜 술집에 들어왔거든.」

「벳시, 직유가 술집 안으로 걸어 들어왔다고!」

벳시의 머리가 순간적으로 얼어붙었다…… 직유라. 직유.

「사막처럼 바싹 말랐다. 엘런.」그녀는 목소리를 낮췄다. 「무슨 일이야? 지금 어디야? 뒤에 들리는 그 소리는 뭐고?」

「너 괜찮아?」

「응, 지금 오프더레코드에 있어. 여기 벌써 네 캐리커처가 그려진 컵받침이 나와 있는 거 알아?」

「잘 들어, 벳시. 네가 떠나기 직전에 내가 준 쪽지, 그거 어디 있어?」

「내 주머니에.」벳시는 주머니에 손을 넣었다. 쪽지가 없었다. 「아, 잠깐. 그렇지. 네 집무실에 들어갔을 때 그걸 꺼내서 네 책상에 놓았어. 안전하게 보관하려고.」벳시는 점점 차분해졌다. 「왜?」

「그거 복사본이 여기 있어.」

「프랑크푸르트에? 어떻게…….」

「아니, 에어포스 3에.」

「젠장.」그녀의 머리가 정신없이 움직이며 그날 하루 동안 자신의 행동을 되짚어 보았다. 「내가 보인턴의 컴퓨터로 비첨을 조사하려고 보인턴의 사무실로 들어갈 때 쪽지를 네 책상에 그대로 뒀어.」

「누가 들어온 적 있어?」

「응, 바브 스텐하우저. 세상에, 엘런.」

오, 맙소사. 엘런은 속으로 생각했다. 국가정보국장만으로도 심각한데, 대통령 비서실장까지?

「그 여자가 왜 그걸 가져가서 너한테 스캔해 보냈을까?」

「그걸 가져간 사람이 샤한테 보내 줬어. 샤가 비행기로 보낸 스위트피 꽃다발 안에 그 쪽지를 넣어 두었고.」

「퀸이 너한테 보내던 꽃다발이잖아. 경고인가?」

「조롱이야. 자기가 가까이 있다는 걸 나한테 알리려는 거지. 자기가 원하는 일은 무엇이든 할 수 있을 만큼 가까이 있다고. 내가 어디 있든 자기가 손을 뻗을 수 있다고.」

「하지만 그러려면 프랑크푸르트에도 그쪽 사람이 있어야 하는데.

네 비행기에 접근할 수 있는 사람. 엘런……」

「나도 알아.」

그 사람은 경호 팀의 일원일 수도 있고, 승무원일 수도 있었다. 심지어 비행기 조종사일 수도 있었다.

아니면……. 엘런은 닫힌 문을 바라보았다. 그녀 자신의 비서실장일 수도 있었다. 거의 투명 인간처럼 움직이는 찰스 보인턴.

「세상에.」 벳시가 말했다. 「만약 스텐하우저가…… 그렇다면 윌리엄스도……?」

「아냐. 윌리엄스한테도 이런저런 구석이 있겠지만, 바시르 샤랑 한 패는 아니야. 어쨌든 상황을 명확히 정리할 필요가 있어. 지금은 모든 사람을 의심하고 있잖아. 계속 그럴 수는 없어.」

「같은 생각이야. 하지만 어떻게 정리하지?」

「역시 사실과 증거가 필요하겠지. 정보가 있어야 돼. 내 집무실에 다른 사람은 들어온 적이 없는 것 확실해?」

「확실…….」

「뭐야?」 엘런이 말했다.

「내가 화이트헤드 장군을 만나려고 여기로 왔을 때 누가 네 사무실에 들어갔을 수도 있겠다 싶어서. 그렇다면 네가 비첨을 조사하는 걸 샤가 알고 있다는 뜻이 돼.」

엘런 애덤스의 머리가 아주 차분하게 착 가라앉았다. 사람들이 흔히 생각하는 것과 달리 대부분의 여자들은 위기 대처에 뛰어난 편인데, 엘런도 그런 사람이었다. 그리고 지금은 위기 상황이었다. 「그렇다면 시간이 얼마 없어. 그쪽도 어떻게 해야 할지 방법을 모색 중일 거야. 아직 찾아낸 건 없어?」

「응, 아직. 그래서 여기로 나온 거야.」

「술집으로?」

「다이어트 진저…….」

「체리를 띄워서?」 엘런이 물었다.

「그게 최고지. 저기, 엘런, 아까 오후에 여기 왔을 때 피트 해밀턴을 봤어.」

「던의 예전 공보 비서?」

「응.」

「젊고 이상적이었지. 좀 귀엽기도 했고.」 엘런이 말했다. 「던의 거짓 말을 포장해서 파는 솜씨가 좋았어.」

「말솜씨가 진짜 그럴듯했지.」 벳시가 맞장구를 쳤다.

「아마 본인이 그 말을 정말로 믿었기 때문일걸. 선전 전문가의 첫 고객은 바로 자기 자신이니까.」

이건 엘런이 자신의 미디어 제국에 입사한 풋내기 기자들에게 세뇌 하듯 주입하던 말이었다. 여기에 불교 승려 툽텐 초드론의 가르침도 곁들였다. 〈네가 생각하는 것을 모두 믿어 버리면 안 된다.〉

「해밀턴은 일을 잘했어.」 엘런이 말했다. 「그러다 던의 아들로 교체 됐지.」

「그 멍청이.」 벳시가 말했다. 「해밀턴이 교체된 이유를 우리가 들은 적이 있나?」

「아무도 설명한 적이 없지. 하지만 해밀턴이 술 때문에 문제가 있다 는 소문이 돌았어. 국가 기밀을 믿고 맡길 수 없을 지경이라고. 해밀턴 을 왜 만나려고 하는데?」

「던 정부 내부자가 필요해. 우리가 원하는 정보를 찾는 데 도움이 될 거야. 다른 사람들은 다 무서워서 말을 꺼리지만, 해밀턴은 혹시 모 르지.」

「앙심을 품은 알코올 중독자의 말을 믿기는 힘들겠지만, 지금은 좀 나아졌을 수도 있으니까.」

벳시는 호전적인 목소리로 시끄럽게 떠들어 대던 해밀턴을 떠올렸 다. 다른 사람들이 그의 옆에서 멀어지던 모습도 기억났다.

「아닐 수도 있고.」 벳시가 말했다. 「어디 글에 인용할 수 있는 사람이 필요한 게 아니잖아. 우리가 원하는 증거를 찾아 줄 수 있는 사람이면 돼. 게다가 이제는 티머시 T. 비첨의 T가 무엇의 이니셜인지 꼭 알아야 겠어.」

「그렇다고 그 정보만 달랑 가져오지는 마.」

벳시가 웃음을 터뜨리자 엘런도 소리 내어 웃었다. 오늘 같은 하루를 보내고서 이렇게 웃을 수 있을 줄은 몰랐지만, 벳시는 항상 그녀의 마음을 가볍게 해주었다.

「조심해.」엘런이 말했다.「화이트헤드 장군이 특수 부대원 연락처를 줬다고 했지? 그 사람한테 연락해. 내가 너한테 준 쪽지를 샤가 읽었다면, 네가 비첨을 조사하는 걸 안다는 얘기야. 네가 진짜 정보에 접근하면……」엘런은 말을 멈췄다. 생각만으로도 참을 수 없었지만, 반드시 말해야 했다.「그놈이 무슨 짓을 할지…….」

「날 해칠 거라고?」

「제발, 내 마음의 평화를 위해서라도. 마음의 평화가 진짜 조금밖에 안 남았어.」

「알았어, 조심할게. 하지만 피트 해밀턴이랑 먼저 접촉해 보고. 특수 부대원 때문에 해밀턴이 겁을 먹고 도망치면 안 되잖아. 지금 오만으로 가는 길이야?」

「응.」

「캐서린한테 안부 전해 줘. 가죽 바지는 두고 가는지 모르겠네.」

엘런은 다시 소리 내어 웃다가 생각에 잠겼다. 아까는 딸이 농담을 하는가 보다 했지만, 혹시…….

「아, 엘런?」

「응?」

「너도 조심해.」

엘런은 전화를 끊고 스위트피 꽃다발을 보았다. 정말 섬세하고 기분 좋은 색깔이었다. 향기는 또 얼마나 부드러운지. 이 꽃을 보면 항상 퀸의 상냥함이 생각났다.

그녀는 꽃다발을 들어 쓰레기통에 버리려다가 다시 책상 위에 놓았다.

샤 때문에 이걸 빼앗길 수는 없었다.

〈하느님, 제발 놈이 벳시를 빼앗아 가지 않게 해주세요.〉

「네, 그 사람 맞아요.」바텐더가 벳시의 질문에 대답했다.「피트 해밀턴. 대략 2주에 한 번씩 와요. 만일의 경우를 위해서.」

「만일의 경우?」

「누가 자기랑 이야기하려고 하는 경우죠. 어쩌면 일자리를 줄지도 모르고요.」

「그런 사람이 있어요?」

「아뇨, 전혀요.」바텐더는 비버의 어머니처럼 생긴 이 여자 손님을 보았다.

「아까는 그냥 갔어요?」

「저희가 나가 달라고 했죠. 올 때부터 술에 취했는지 약에 취했는지 하여튼 그런 상태였어요. 다른 손님들한테 귀찮게 구는 바람에 저희가 출입문으로 안내해 드렸습니다.」바텐더는 손님을 유심히 살폈다.「그 사람을 왜 찾으세요?」

「내가 그 녀석 숙모예요. 녀석이 백악관을 떠난 뒤로 식구들이랑 연락이 끊겼거든요. 녀석 어머니가 아파서 녀석을 만나야 해요. 그 녀석이 어디 사는지 알아요?」

「아뇨, 정확히는 몰라요. 딘우드 어디라고 했던 것 같은데. 저라면 거기 안 가겠어요. 날이 어두워졌으니까.」

벳시는 다이어트 진저에일의 값을 치르고 소지품을 챙겼다.「안타깝지만, 녀석 어머니가 진짜로 아파요. 그래서 빨리 만나야 돼요.」

바텐더가 뒤늦게 문 앞까지 그녀를 따라왔다.「저기, 그 동네에 그냥 가시면 안 돼요.」그가 명함을 한 장 주었다.「혹시 누가 PR 전문가를 찾으면 주라고 그 사람이 몇 달 전에 맡겨 둔 거예요.」

벳시는 그 지저분한 종이쪽지를 보았다. 해밀턴이 집에서 자기 컴퓨터로 뽑았음이 분명했다.

「고마워요.」

「그 사람을 만나거든 다시는 여기 오지 말라고 전해 주세요. 정말 난처하거든요.」

택시가 명함의 주소지 앞에 섰다. 워싱턴 북동쪽의 딘우드는 헤이애덤스 호텔과 백악관에서 20분 거리지만 완전히 다른 세상이었다.

벳시는 아파트 건물의 출입문 앞에 섰다. 초인종은 없고, 과거에 초인종이 있던 자리 같은 구멍이 하나 있을 뿐이었다.

벳시는 문을 밀어 보았다. 손잡이가 고장 나서 아예 문을 잠글 수 없는 상태였다. 안으로 들어가니 거의 눈에 보일 듯이 생생하고 강렬한 냄새가 그녀를 덮쳤다.

지린내. 똥 냄새. 썩은 음식 냄새. 그리고 썩어 가는 어떤 물건 또는 어떤 사람의 냄새.

벳시는 휘청거리는 계단을 걸어 꼭대기 층으로 올라가서 문을 두드렸다.

22장

「꺼져.」

벳시는 냄새를 좀 막아 보려고 티슈 한 장을 얼굴에 댔다.

「해밀턴 씨?」

아무 대답이 없었다.

「피트 해밀턴? 나는, 아아……」 그녀는 손에 쥔 지저분한 명함을 보았다. 「PR 전문가가 필요해요.」

「한밤중에? 꺼져.」

「급한 일이에요.」

또 침묵이 흐르더니 나무 바닥에 의자 긁히는 소리가 났다.

「날 어떻게 찾았어?」 이제 목소리가 문 바로 뒤에서 들려왔다.

「오프더레코드의 바텐더한테서 주소를 받았어요. 아까 거기서 당신을 보기도 했고.」

「당신 누구야?」

택시를 타고 오는 동안 벳시는 이 질문에 뭐라고 대답해야 할지 고민했다.

「내 이름은 엘리자베스 제임슨이에요. 친구들은 날 벳시라고 불러요.」

상대에게 정직성을 요구하려면 그녀도 정직해져야 했다. 처음부터 거짓말을 하는 것은 좋지 않았다.

자물쇠를 하나, 둘, 세 개나 여는 소리가 들리더니 문의 걸쇠가 풀렸다. 그리고 문이 활짝 열렸다.

벳시는 불쾌한 냄새가 파도처럼 밀려들 것을 각오하고 있었지만, 두어 번 숨을 쉬었는데도 안에서는 냄새가 나지 않았다. 아니, 좀 더 정확히 말하자면 애프터셰이브 로션 냄새가 났다. 남자들 특유의 그 기분 좋은 냄새가 흐릿하게 배어 있었다.

게다가 뭔가를 굽는 냄새까지. 정확히 말하자면 초콜릿 칩 쿠키를 굽는 냄새였다.

벳시는 눈이 벌겋게 충혈된 남자가 나올 줄 알았다. 토사물이 덕지덕지 말라붙은 몸에 더럽고 늘어진 속옷만 입고 있을 줄 알았다. 그런 광경을 볼 거라고 각오하고 있었다. 사실 어렸을 때의 경험 덕분에 그 정도는 견딜 수 있었다.

하지만 이런 광경을 보게 될 줄은 몰랐다.

피트 해밀턴은 깨끗이 면도를 하고, 마치 다림질을 한 것 같은 운동복을 입은 모습으로 그녀 앞에 서 있었다. 눈빛도 깨끗했다. 방금 샤워를 했는지 짙은 색 머리카락이 아직 젖어 있었다.

그는 벳시와 키 차이가 별로 나지 않았고, 젖살이 아직 조금 남아 있었다. 살이 찐 건 아니지만 말랑말랑했다. 얼굴이 토실토실해서 이유식 병에 그려진 아기 같았다.

「그 고문이군요.」

「맞아요. 당신은 전직 공보 비서고요.」

해밀턴이 옆으로 물러났다. 「우선 들어오세요.」

안으로 들어가니 바로 작은 거실이었다. 벽에는 마음을 편안하게 해 주는 회청색이 칠해져 있고, 나무 바닥은 사포질을 해서 다시 다듬은 것 같았다.

펼쳐진 소파 베드 하나, 그리고 편안한 안락의자처럼 보이는 물건이 하나 있었다. 창가의 탁자에는 열어 놓은 노트북 컴퓨터와 서류들. 그리고 물 한 잔과 쿠키.

구석에는 간이 주방이 있었다.

방 안을 살펴보는 몇 초 동안 자물쇠들이 다시 잠기는 소리가 들렸다.

「왜 오신 겁니까?」 그가 물었다. 「PR 전문가가 필요한 건 아닐 텐데요.」

「아니, 사실은 필요해요. 더 구체적으로 말하자면, 당신이 필요해요.」

그는 그녀를 빤히 바라보다가 빙긋 웃었다. 「어디 보자. 그 버스 테러랑 관련된 일이죠?」 그가 고개를 갸우뚱하게 기울였다. 「설마 날 의심하는 건 아닐 텐데요.」

그는 옛날에 연단에서 던의 거짓말을 열심히 선전하던 시절 엄청난 효과가 있었던 그 천사처럼 귀여운 미소를 지었다. 사람의 마음을 녹이는 미소라서, 벳시는 마음의 방벽을 힘겹게 붙잡고 버텼다.

그러나 아기 천사 같은 얼굴과 초콜릿 칩 쿠키의 향기 앞에서 도저히 이길 수 있을 것 같지 않았다. 그녀가 프랑크푸르트에서 본 희생자들의 가족 얼굴을 떠올린 뒤에야 마음의 방벽이 쾅 하고 제자리를 찾아갔다.

「당신이 날 도와주면 좋겠어요, 해밀턴 씨.」

「내가 왜요?」

벳시는 방 안을 한 바퀴 둘러본 다음 그와 시선을 맞췄다.

「여기가 싫어서 하루라도 빨리 탈출하고 싶어 할 것 같아요?」 그가 말했다. 「대단해 보이지는 않겠지만, 여긴 내 집이에요. 게다가 여기에는 공동체도 있어요. 상처받았지만 점잖은 사람들이에요. 나랑 아주 잘 맞아요.」

「그래도 선택의 여지가 있다면 좋지 않겠어요? 당신도 그걸 바랄 것 같은데요. 누구나 그렇죠. 당신이 좋아서 여기에 살 수는 있지만, 꼭 여기에 살아야만 하는 건 아니잖아요. 아까 말했듯이, 오후에 오프더레코드에서 당신을 봤어요. 그때는 이성을 잃을 만큼 화가 나 있는 것 같던데. 지저분하고 한심한 모습으로.」

「정말로 PR 전문가가 필요한 거군요.」 해밀턴의 이 말을 듣고 벳시는 빙긋 웃었다.

「왜 그런 연기를 해요?」 벳시가 이렇게 물었지만 그는 대답하지 않았다. 그녀는 탁자로 다가가 컴퓨터 옆의 메모를 내려다보았다. 하지만 순식간에 그가 다가와 손으로 메모를 가려 버렸다.

「이만 가주세요.」

「책을 쓰고 있군요. 던에 대한 책.」

「아뇨. 이만 가주세요. 난 당신을 도울 수 없어요.」

벳시는 그의 검은 눈을 바라보았다. 「당신은 여기랑 전혀 맞지 않아요.」

그가 코웃음을 쳤다. 「당신 같은 엘리트 민주당 지지자들은 전부 똑같아요. 약자에게 마음을 쓰는 척하지만 사실은 경멸하죠.」

벳시는 눈썹을 치떴다. 「내 말은 그런 뜻이 아니에요. 아까 여기 이웃들이 점잖다고 했죠? 그러니까 당신이 여기랑 안 맞는 거예요. 당신은 상스러우니까. 난 지금 이번 테러의 범인을 찾아내는 일에 한 손 거들 수 있는 기회를 당신에게 제안하는 거예요. 어쩌면 추가 테러를 막는 일까지 해내게 될지도 몰라요. 그런데 당신은 온통 자기가 쓰는 책과 복수 생각뿐이네요.」

「이건 복수가 아니라 정의 구현이에요. 책을 쓰는 것도 아니고요. 난 증거를 찾으려는 거예요.」

「무슨 증거?」

「놈들이 나한테 한 짓의 증거. 그런 짓을 한 놈에 대한 증거.」

「장관님?」 찰스 보인턴이 에어포스 3의 객실 문 바로 안쪽에 서서 말했다. 「테헤란에서 준비가 끝났습니다. 장관님의 실행 명령만 있으면 됩니다. 제가 비첨 국장에게 연락할까요?」

「아니, 그럴 필요는 없어.」

「하지만······.」

「수고했어, 찰스. 다히르 씨와 캐서린을 좀 불러 주겠어?」

그가 나간 뒤 애덤스 장관은 보안 전화기를 들었다.

테헤란의 지상 요원은 미국 국무 장관의 목소리를 직접 듣고 깜짝 놀란 기색이 역력했다.

「준비됐어요?」엘런이 말했다.

「네, 장관님. 아흐마디의 집이 보이는 위치에 있습니다. 그 여자가 곧 학교에 가려고 나올 겁니다.」

「이란 쪽 미행이 없는 건 확실해요?」

전화기 저편에서 여자가 작게 웃었다. 「더할 나위 없이 확실합니다. 하지만 빨리 움직여야 하는 이유가 바로 그거예요. 꾸물거릴수록 놈들이 알아차릴 가능성도 커집니다.」

엘런은 잠시 스콧 카길을 생각했다. 바트 쾨츠팅에서 몇 시간 전 총격에 스러진 정보 요원.

이 사람들은 얼마나 용감한 걸까. 엘런 자신은 뜨거운 커피와 페이스트리와 스위트피 향기가 있는 비행기를 타고 허공을 날고 있는데.

「시작해요. 알라의 축복이 있기를.」

「인샬라.」

「화장실 좀 써도 돼요?」벳시가 물었다.

그녀가 화장실에서 돌아왔을 때, 해밀턴은 주방에서 차를 끓이는 중이었다. 조리대에는 쿠키 접시가 놓여 있었다. 그가 고갯짓으로 쿠키를 가리켰다.

그녀는 시키는 대로 접시를 들고 안락의자로 걸어가면서 쿠키 하나를 집어 들었다. 침대는 소파로 접어 놓은 상태였다.

「드릴까요?」해밀턴이 옆으로 와서 찻주전자를 가리키며 물었다. 그리고 벳시에게 잔을 건네면서 말했다. 「찾던 건 찾으셨어요?」

「사실……」그녀는 잔을 받았다. 「못 찾았어요.」

아스피린 외에는 어떤 약도 없었다. 이제는 그 사실이 놀랍지도 않았다. 해밀턴은 주정뱅이 알코올 중독자 행세를 했을 뿐이었다.

「내부자가 필요해요, 해밀턴 씨. 사정을 잘 알고, 정보를 찾아낼 수 있는 사람. 기꺼이 얘기해 줄 사람.」

「버스 테러에 대해서요? 난 아무것도 모르는데요.」

「던 정부의 더러운 비밀에 대해서요.」

해밀턴은 침묵으로 대답했다.

「내가 왜 그걸 말하겠어요?」 한참 만에 그가 말했다.

「당신이 그 비밀들을 직접 파헤치려는 중이니까.」

「아뇨, 난 그냥 내가 원하는 증거를 찾고 싶을 뿐이에요.」

「더 있어요? 맛있네요.」 벳시는 고갯짓으로 쿠키를 가리켰다.

「샌드위치 드실래요? 출출하세요?」

벳시는 빙긋 웃었다. 「아뇨, 괜찮아요. 권해 줘서 고마워요.」 그녀는 해밀턴을 향해 몸을 기울였다. 「그들이 당신한테 무슨 짓을 했어요?」

그가 입을 열지 않자, 벳시는 그를 조금 도와주기로 했다.

「그들은 아무 이유 없이 당신을 해고했죠. 그래서 어떻게든 이유를 꾸며 내려고 이메일과 메시지를 조작했어요. 당신을 중독자로 만들려고.」

이 말을 하면서 그녀는 해밀턴을 지켜보았다. 그가 시선을 아래로 내렸다.

아냐, 이게 전부가 아니야. 벳시는 속으로 생각했다. 〈내게 더 많은 것이 있으니…….〉

「당신이 마약 거래를 한다는 암시도 있었죠.」

그가 시선을 들고 길게 깊이 숨을 들이쉬었다. 「그런 적 없어요.」

「하지만 마약을 한 건 사실이잖아요.」

「안 그런 사람도 있어요? 그때 난 어렸어요. 우리한테는 그게 마티니 한 잔이나 같았다고요. 그래도 나는…….」

「……흡입은 안 했다?」

그가 빙긋 웃었다. 「거래는 하지 않았어요. 절대 그런 일은 안 해요. 게다가 대마초보다 더 강한 건 해본 적도 없어요. 하지만 그놈들은 마치 내가 마약으로 머리가 썩어서 정부에 위험한 존재인 것처럼 이야기를 꾸며 냈죠. 내가 마약값을 마련하려고 국가 기밀도 팔 놈인 것처럼. 날 국가 안보를 위협하는 존재로 만든 거예요.」

그의 눈이 그녀에게 호소하고 있었다. 아니, 그녀가 아니었다. 그의 눈은 그녀를 보고 있었지만, 그가 실제로 보고 있는 것은 자신을 비난하던 사람들이었다. 비공개회의에서 그의 앞에 증거를 내놓고 비난하던 사람들.

충격을 받은 그는 그들의 말을 부정하고, 애원하고, 울음을 터뜨렸다. 자기 말을 꼭 믿어 달라고.

그들은 당연히 그의 말이 사실임을 알고 있었다. 그것이 더 비극적이었다.

「그 사람들이 왜 당신한테 그런 짓을 한 거예요?」 벳시가 물었다.

해밀턴은 노트북 컴퓨터를 당겨서 자판을 몇 개 눌러, 사진이 곁들여진 파일 하나를 불러냈다.

「이게 내가 찾아낸 가장 근접한 이유예요. 내가 해고당하기 사흘 전에 나온 자료죠.」

그건 신문 기사였다. 아니, 기사가 아니라 워싱턴의 정치 가십 칼럼이었다. 사진 속 피트 해밀턴은 지금 벳시 앞에 앉은 청년보다 훨씬 더 젊어 보였다. 그가 백악관 출입 기자 몇 명과 즐겁게 웃고 있었다. 오프 더레코드에서.

사진 아래 설명은 이러했다. 〈피트 해밀턴 백악관 공보 비서는 확실히 내부자다.〉

벳시는 시선을 들었다. 「이게 다예요? 기자들이랑 만났다는 이유로 당신을 해고했다고요? 당신이 맡은 일이 이거였잖아요.」

「백악관에서 가장 중요한 건 충성심이었어요. 누구든 중요한 얘기를 할 것처럼 보이는 사람은 전부 쫓겨났어요.」

「여기선 그냥 웃고 있을 뿐이잖아요. 웃음의 이유가 뭔지도 알 수 없는데.」

「그건 중요하지 않았어요. 이 사람들은 CNN 기자예요. 대통령은 내가 자기를 주제로 한 농담에 웃음을 터뜨렸다고 생각했어요. 그렇게 씨앗이 뿌려진 뒤, 잡초가 아주 빨리 쑥쑥 자랐죠. 난 쫓겨날 수밖에 없었어요.」

「그래요, 그렇게 말할 수도 있겠지만 그 사람들은 당신을 국가 안보에 위협이 되는 존재로 만들었어요. 마약상으로 모함해서. 당신 인생을 망가뜨렸다고요.」

「일벌백계죠. 정부가 들어선 초기였으니, 누구든 조금이라도 충성심을 의심받으면 이렇게 된다고 보여 줄 필요가 있었던 거예요. 내 머리를 효수하지 않은 것만도 다행이에요.」

「효수한 거나 마찬가지 아니에요? 누구도 당신을 고용할 수 없게 됐으니.」

「그렇죠. 그 사람들은 단 한 번도 공식적인 발표를 하지 않았어요. 공개적으로 날 비난한 적도 없고요. 그들이 아무 짓도 안 하니 나는 자신을 방어할 수도 없고 재판을 걸 수도 없었어요.」

「그들? 에릭 던은요?」

해밀턴이 머뭇거렸다. 「그쪽은 아니길 바라지만, 모르겠어요. 그 정부에서 일어난 일 중에 대통령이 모르는 건 별로 없었으니까.」

「그럼 지금은요?」 벳시는 탁자와 서류들을 보았다. 「지금 누명을 벗으려는 거잖아요. 그때의 비난이 조작된 거라는 증거를 찾아서.」

「난 한참 지난 뒤에야 비로소 화가 났어요. 처음에는 그냥 충격을 받았고, 그다음에는 내가 그런 일을 당해도 싸다는 생각까지 들었으니까요. 에릭 던을 믿었거든요. 그 정부가 지향하는 목표를 믿었어요. 하지만 시간이 흐르면서 그놈들이 나한테 무슨 짓을 했는지 깨닫고 화가 났어요.」

「화가 날 때까지 도화선이 참 긴 사람이네요.」

「하지만 그것과 이어진 폭탄이 아주 커요.」

「오늘 오프더레코드에서는 왜 그런 연극을 한 거예요? 술이나 약에 취한 척 연기를 했잖아요. 왜 그랬어요?」

「날 찾아온 이유부터 말하세요, 제임슨 씨. 그리고 이건 반드시 알아두세요. 내가 어떤 일을 겪었든, 지금도 철저한 보수주의자라는 것. 이제는 내가 던을 그리 좋아하지 않을지라도, 당신 쪽 대장 역시 바보로 보여요.」

벳시가 웃음을 터뜨리자 그가 깜짝 놀랐다. 「정치가 어떻게 돌아가는지 지금도 관심을 쏟고 있다면, 내가 그 말에 토를 달지 않을 거라는 걸 알 텐데요. 그건 애덤스 장관도 마찬가지예요.」 이 말을 하고 나서 그녀는 다시 진지해졌다. 「우리 쪽 대장이 바보일 수는 있어도, 최소한 위험하지는 않아요.」

「대통령이 바보라면 그게 위험한 거예요.」

「내 말은, 우리 대장이 테러리스트를 지원하거나 어쩌면 무장까지 돕는 식으로 정부를 전복할 음모를 노골적으로 꾸미지는 않는다는 뜻이에요. 나더러 여기 왜 왔냐고 물었죠? 에릭 던이나 그에게 충성하는 사람들이 이번 버스 테러에 관련되어 있는 것 같아요. 이다음에 벌어질 일에도 역시.」

피트 해밀턴은 벳시를 빤히 바라보았다. 놀란 것 같기는 해도 충격을 받은 것 같지는 않았다.

「그런 생각을 하게 된 이유는?」

「바시르 샤의 석방을 허락했으니까요. 그 파키스탄의…….」

「그 사람이 누군지는 나도 알아요. 가택 연금에서 풀려났어요?」

「그리고 사라졌죠.」

「샤가 테러의 배후 같아요?」

「네. 아직 발표되지는 않았지만, 버스마다 파키스탄 핵물리학자가 한 명씩 타고 있었어요. 샤가 고용했던 사람들.」

그의 얼굴이 으스스했다. 지금도 천사 같은 얼굴이긴 했으나, 방금 괴물을 삼킨 천사 같다는 점이 문제였다.

「당신이 아는 걸 말해 봐요.」 벳시가 말했다. 「아는 게 있을 것 아니에요. 뭔가 들은 얘기라도.」

「나더러 왜 오프더레코드로 가서 주정뱅이 행세를 했느냐고 물었죠? 내가 위협적이지 않다는 걸 보여 주려고 그런 거예요. 이렇게 완전히 망가졌으니, 나 때문에 걱정할 필요 없다고. 그래서 그 사람들이 날 경계하지 않게 됐죠. 내가 멍한 눈으로 앉아서 혼자 중얼거리고 있으면 사람들은 자기들끼리 이야기를 계속해요. 그렇게 정보를 얻어듣는 거예요. 그 사람들이 나를 인간 같지도 않은 주정뱅이로 만들어 버렸다면, 나는 아예 그걸 이용하자는 거죠.」

벳시는 눈앞의 젊은 청년을 바라보면서, 어쩌면 그가 현대판 모차르트 같은 소년 천재인지도 모른다는 생각이 들었다.

「그래서 무슨 얘기를 들었어요?」

「사람들이 수군거리는 소리. 워싱턴 사람들은 항상 음모를 꾸미고, 항상 이야기를 과장하죠. 항상 거창한 약속을 하고요. 하지만 이건 달라요. 이번에는 조용해요. 평소처럼 정치적인 헛소리나 허세가 전혀 들려오지 않아요. 나도 알아보려고 했죠. 하지만 문제는…… 어디를 어떻게 뒤져야 하는지는 내가 알아요. 이런저런 이야기를 들으며 보낸 세월이 있으니, 사람들이 기밀 서류를 어디에 보관하는지 안다고요. 하지만 거기에 접근할 권한이 없어요. 백악관의 사이버 보안을 뚫을 수 없으니까.」

벳시가 빙긋 웃었다.

아침 7시 직후에 자하라 아흐마디가 집을 나섰다. 가까운 테헤란 대학교까지 걸어서 등교하기 위해서였다.

얼굴을 감싼 장미색 히잡이 발까지 늘어졌다.

어머니는 항상 검은색 히잡을 썼고, 아버지도 딸들에게 칙칙한 히잡을 써서 예의를 지키라고 잔소리를 했다. 하지만 자하라는 스무 살이 되고 대학에 다니기 시작하면서 사랑하는 아버지의 말을 이번만은 어기고 반항을 감행했다.

그녀의 히잡은 밝고 경쾌했다. 그녀는 이슬람이 자신을 행복하게 만들어 주기 때문이라고 아버지에게 설명했다. 알라가 자신에게 기쁨과 평화를 주신다고.

아버지는 이 말이 사실이라는 걸 알면서도 딸의 히잡 색깔을 받아들이지 않았다. 아흐마디 박사는 사랑하는 장녀가 이 나라의 정부는 말할 것도 없고, 신에 대해서도 적절한 예의나 존경심을 표하지 않는 것 같아서 걱정스러웠다. 딸은 심지어 정부와 신을 두려워하지도 않는 것 같았다.

그는 정부와 신의 심기를 거스르면, 어떤 일이 벌어질 수 있는지 잘 알았다.

자하라 아흐마디는 친숙한 길을 걸어가다가 누가 뒤에서 따라오는 것을 알아차렸다. 상점 진열창에 사람이 한 명도 아니고 두 명이나 비쳤다. 남자 한 명과 여자 한 명. 두 사람 모두 진한 검은색 옷을 입었고, 여자는 완전한 부르카를 썼다.

자하라는 비밀정보국인 VAJA 요원들을 식별할 수 있었다. 그들이 자주 집으로 아버지를 찾아오기 때문이었다. 그들은 아버지의 지저분한 서재에 앉아 아버지에게 질문을 던지고, 지시를 내렸다. 아버지는 그들의 말을 가만히 듣고, 시키는 대로 했다.

아버지가 강요 때문에 억지로 그렇게 하는 것은 아니었다. 아버지가 원해서 하는 일이었다.

그래서 자하라는 그런 요원들을 한 번도 무서워하지 않았다. 아버지와 똑같은 시선으로 그들을 바라보았다. 그들은 적대적인 세상으로부터 국민을 열심히 보호하는 정부의 사람이었다. 하지만 이제는 생각이 달라졌다. 그들이 지난번에 다녀간 뒤로. 그때 환기구를 통해 그녀의 방까지 올라온 대화 소리를 들은 뒤로.

그녀는 걸음을 재촉했다.

거리에는 이제 막 물건을 진열하기 시작한 행상인 몇 명밖에 없었다.

뒤따라오던 남자와 여자가 속도를 높이자 그들의 발소리가 점점 가까워졌다.

자하라는 속도를 높였다.

그들도 속도를 높였다.

자하라는 뛰기 시작했다.

그들도 그녀의 뒤를 따라 뛰면서 점점 가까워졌다. 자하라는 계속 속도를 높이면서 점점 겁에 질렸다.

지금까지 자신이 용감한 줄 알았는데, 그게 아니라 그저 순진했을 뿐임을 이제야 알 수 있었다.

자하라는 골목을 뛰어서 통과해 반대편으로 나왔다. 경쾌하고 밝은 분홍색 히잡 자락이 뒤로 펄럭거리며 그녀의 위치를 알려 주었다. 누구든 그녀를 찾을 수 있었다.

「멈춰요.」둘 중 한 사람이 소리쳤다.「해치려는 게 아니에요.」

당연히 말은 저렇게 하겠지. 설마 〈멈춰요, 우리가 당신을 죽여야 하니까〉라든가 〈고문해야 하니까〉라든가 〈당신을 실종시켜야 하니까〉라고 말할 리가 없지 않은가.

자하라는 멈추지 않았다. 하지만 모퉁이를 돌자마자 그 남자와 딱 마주쳤다. 아니, 사실은 그 남자와 아주 세게 부딪쳐 뒤로 비틀거리다가 넘어질 뻔했다. 뒤쫓아 온 그 여자가 잡아 주지 않았다면 넘어졌을 것이다.

자하라가 몸부림쳤지만, 남자는 한 손으로 그녀의 입을 막고 그녀를 단단히 붙들었다. 여자는 부르카의 주머니 안으로 손을 넣었다.

「안 돼요.」자하라는 애원했다. 손에 입이 막혀서 목소리가 작게 들렸다.「안 돼요.」

뭔가가 얼굴 앞으로 불쑥 튀어나왔다.

「자하라?」목소리가 들렸다.

그녀는 차츰 몸부림을 멈추고 휴대폰을 빠히 바라보았다. 전화기에서 외국어 말씨가 섞인 파르시어가 그녀에게 말을 걸고 있었다. 젊은 여자의 목소리였다. 미국인의 목소리이기도 했다.

「아나히타야. 네 사촌. 그 두 사람은 널 도와줄 사람들이고.」

오만을 향해 날아가는 에어포스 3의 사무실에서 애덤스 장관, 캐서린, 아나히타는 책상 위의 휴대폰을 빠히 바라보았다.

상대의 대답을 기다리는 동안 시간이 똑딱똑딱 흘러갔다.

「아나히타?」 잡음이 섞인 목소리가 들려왔다.

한데 모여 있던 세 사람은 서로의 얼굴을 바라보며 긴장을 풀고 미소를 지었다.

「정말로 너라는 걸 어떻게 믿지?」

이건 예상한 질문이었다. 그래서 미리 이르판 다히르와 연락해, 그와 그의 남동생만 아는 이야기를 딸에게 해주라고 부탁했다.

엘런이 아나히타에게 고개를 끄덕였다.

「우리 아버지가 옛날에 네 아버지를 〈똥멍청이〉라고 불렀어. 네 아버지는 우리 아버지가 물리학이 아니라 경제학을 공부한다는 이유로 〈상바보〉라고 불렀고.」

작은 안도의 한숨에 이어 즐겁기까지 한 목소리가 휴대폰에서 들려왔다.

「맞아. 지금은 내가 내 여동생을 그렇게 불러. 걔는 연극을 공부하거든.」

「나한테 사촌이 또 있어?」 아나히타는 평생 간절히 그리워했던 가족들이 전화기 안에 들어 있기라도 한 것처럼, 책상 위의 그 작은 사각형 물체를 빠히 바라보았다.

「남동생도 있는데. 걘 진짜 똥멍청이야.」

아나히타는 웃음을 터뜨렸다.

엘런이 손가락으로 빠르게 원을 그렸다.

아나히타가 고개를 끄덕였다. 「네 메시지를 받았지만 폭발을 막지 못했어. 저기, 그 두 사람은 네가 혹시 곤란해질 경우 도와줄 사람들이야. 널 밖으로 꺼내 줄 수 있어.」

「난 떠날 생각 없어. 이란은 내 고향인걸. 내가 그런 행동을 한 건 돕기 위해서지, 이란을 해치기 위해서가 아니야. 무고한 사람들을 죽이는 건 앞으로 나아가는 길이 아니잖아.」

「그렇지, 맞아. 하지만 비밀경찰한테 잡히는 건 싫잖아. 저기, 네 아버지가 그 물리학자들에 대해 어떻게 알았는지 우리가 알아야 돼. 너 혹시 바시르 샤에 대해 알아? 그 사람 계획에 대해서? 만약…….」

그때 고함 소리에 이어 몸싸움 소리가 들렸다.

그리고 전화가 끊겼다.

23장

「미안합니다, 장관.」이란 외무 장관이 말했다. 「버스 테러요? 무슨 말인지 전혀 모르겠군요.」

「놀라운 말씀을 하시네요, 아지즈 장관. 나세리 대통령이 장관에게는 중요한 정보를 말해 주지 않나요?」

두 사람은 궁전 앞까지 직접 나온 술탄의 마중을 받은 뒤, 지금은 아주 넓은 연회장에 앉아 있었다.

키가 크고 우아한 술탄은 오만만을 굽어보는 이 방까지 엘런을 안내하며 오만의 문화와 예술에 대해 그녀와 예의 바른 대화를 나눴다.

그러고는 자리를 피해 주었다.

방은 바닥에서 천장까지 거의 눈이 멀 것처럼 하얀 대리석으로 덮여 있었다. 양쪽으로 열면 널찍한 테라스로 연결되는 문을 통해 만 건너편의 이란이 거의 보이는 것 같았다. 이란 외무 장관이 마음만 먹었다면, 배를 타고 만을 건너 여기까지 올 수도 있었을 것 같았다.

그녀가 앞으로 몸을 기울이자, 아지즈는 뒤로 등을 기댔다. 지금까지 그녀는 대사관의 문화 담당관이 조언한 행동을 모두 실천했다.

이란 외무 장관과 만났을 때 몸에 손을 대면 안 된다.

공식적인 직함으로 상대를 부른다.

점잖은 스카프로 머리를 가려야 한다.

장관에게 등을 돌려도 안 되고, 시계를 봐도 안 된다. 그 밖에도 상대를 불쾌하게 만들 수 있는 사소한 일이 수백 가지나 되었다.

이 조언들을 실천함으로써 상대를 모욕하지 않는 데는 성공했으나, 회담에는 아무런 진전이 없었다. 그렇지 않아도 인공호흡기에 의지하고 있는 두 나라의 관계를 더 망칠 생각은 없지만, 이렇게 예의를 지키느라 허비할 시간이 없었다.

「분명히 말씀드리지만, 제가 꼭 알아야 할 정보가 있었다면 제가 알았을 겁니다.」이란 장관이 말했다.

모두 그가 데려온 통역사가 전해 준 말이었다.

엘런은 이란 장관과 미리 전화 통화를 할 때 그 통역사가 자신의 말도 전해 줄 수 있는지 물어보았다.

「그건 상당히 신뢰가 필요한 일입니다, 애덤스 장관.」아지즈 장관은 완벽한 영어로 이렇게 말했다.

「장관의 통역사가 내 말을 잘못 전달할 우려가 있다는 뜻입니까?」엘런은 즐거운 기색이 가득한 목소리로 말했다.

「만약 통역사가 그런 짓을 하면, 독수리를 시켜 놈의 혀를 뽑아 버릴 겁니다. 댁의 언론에서 우리에 대해 떠들어 대는 이야기가 그런 거죠? 우리더러 야만인이라고 하지 않습니까.」

「그건 우리 쪽의 오해입니다.」엘런이 시인했다. 「우리가 서로의 문화와 현실에 대해 잘 모르는 게 정말 많습니다. 이제는 정직하고……」그녀는 잠시 말을 멈췄다. 「투명해져야 할 때가 아닐까요?」

자하라 아흐마디가 어떻게 되었는지 물어보고 싶은 생각이 들었지만, 엘런은 묻지 않았다. 그런 걸 물으면 상황이 악화될 뿐이었다.

알알람 궁전에서 두 사람이 마주 앉아 있는 넓은 방의 하얀 대리석에 밝은 햇빛이 부딪혀 반짝거렸다. 두 사람 앞에는 무스카트 구시가지의 무트라 항구가 펼쳐져 있었다.

물론 엘런은 뒤에 서 있는 젊은 보좌관이 파르시어를 안다는 말을 아지즈 장관에게 하지 않았다.

아나히타에게는 아무 말도 하지 말라고, 특히 파르시어는 절대 금지라고 미리 말해 두었다. 대화를 잘 들어 두었다가 나중에 이란 장관의 말을 그대로 엘런에게 알려 주는 것이 아나히타의 임무였다.

아지즈는 아나히타를 보고 파르시어로 어디 출신이냐고 물어보았다.

아나히타는 아무것도 모르는 표정을 지었다.

아지즈가 빙긋 웃었다.

엘런은 아지즈의 의심이 완전히 풀렸는지 확신할 수 없었지만, 회담을 진행하면서 그가 미국 국무 장관에게 신경을 집중하느라 그녀의 뒤에 조용히 앉아 있는 캐서린, 아나히타, 찰스 보인턴의 존재를 잊어버렸음을 알 수 있었다.

「나세리 대통령께서 중요한 문제를 장관에게 모두 말해 주신다고요?」 엘런이 말했다. 「그런데도 버스 테러에 대해 모르신다는 겁니까? 귀국 정부가 폭탄을 설치했는데도요?」

이란 외무 장관은 아주 흥미로운 사람이었다. 이란 혁명의 목표들을 분명히 신봉하면서도, 이란이 고립되는 바람에 더 약해졌다는 생각도 하고 있는 듯했다.

그는 그동안 엘런에게 미묘한 신호를 보냈다. 이란의 이웃이자 동맹국인 러시아를 더 이상 믿을 수 없으니 미국과의 관계 개선에 더 마음을 열게 될지도 모른다는 신호였다. 물론 완전한 외교 관계에는 턱없이 못 미치는 관계라는 점은 변하지 않을 것이다. 그래도 약간의 변화는 가능할 것 같았다. 던이 핵 협정을 파기해 버린 것을 생각하면, 이 정도의 변화도 이란에는 지진과 맞먹었다.

하지만 아지즈는 신임 미국 대통령이 양국의 신뢰라는 측면에서 아주 커다란 적자 상태를 안고 출발해야 한다는 점을 분명히 했다. 이란이 미국의 감시를 받는 협정을 다시 체결하기는 어려울 듯했다. 그랬다가는 이란이 약한 나라로 보일 터였다.

애덤스 장관이 보기에는, 다음 행보를 예측할 수 없는 육식 동물 같은 러시아와 대결 국면을 누그러뜨리고 싶어 하는 미국 덕분에 미국-이란 관계에 아주, 아주 작은 기회가 하나 만들어진 것이 지금의 상태였다.

그 틈에서 양국에 모두 이로운 길을 찾아내는 것이 그녀의 임무였다. 앞으로 시간이 흐르면 그 틈을 더욱 넓혀 양국 사이에 진정한 이해를 일궈 낼 수 있을지도 몰랐다. 그렇게 되면 이란이 지금처럼 끈질긴 위협으로 인식되지 않을 것이고, 미국과 동맹국들 역시 테러의 과녁이 되지 않을 것이다.

그러나 그건 미래의 일이었다. 거기까지는 갈 길이 아주 멀었다. 게다가 버스 테러가 양국 사이의 골을 더욱 깊게 파놓았다. 하지만 그 덕분에 엘런에게 꼭 필요한 기회가 만들어진 것 또한 사실이었다.

「파키스탄 물리학자들의 죽음에 대해서는 말씀하고 싶지 않다고요?」엘런은 술탄의 주방이 제공한 과일과 다과 접시에서 통통한 대추야자를 하나 골라 들면서 말했다. 「버스에 타고 있던 사람들이 모두 목숨을 잃은 것에 대해서는 말할 필요도 없겠네요.」

「이야기를 나누는 것이야 얼마든지 할 수 있습니다만, 비난을 받는 것은 내키지 않습니다. 이란이 왜 파키스탄 사람을 죽이겠습니까? 게다가 그렇게 지독한 방법을 쓰다니요? 그건 말이 되지 않습니다, 장관. 하지만 인도는…….」

그는 많은 것을 표현하는 몸짓으로 양손을 활짝 벌려, 자신이 무슨 말을 하려는 건지 알지 않느냐는 시늉을 했다.

「아아,」엘런은 뒤로 등을 기대며 역시 양손을 벌렸다. 「하지만 바시르 샤는…….」

그러고 나서 그녀는 맞은편의 남자가 석상처럼 변하는 모습을 지켜보았다. 그의 이마에 맺힌 땀방울에 햇빛이 반사되었다.

그의 얼굴에서 미소가 사라지고, 눈빛에서도 즐거운 듯한 기색이 깡그리 사라졌다. 엘런을 노려보는 그의 얼굴에서 교양과 예의라는 가면이 조금씩 벗겨지고 있었다.

「우리 둘이서만 이야기할 수 있을까요?」엘런이 말했다.

다른 사람들이 모두 나간 뒤, 엘런은 아지즈 장관을 향해 몸을 기울였다. 그도 그녀를 향해 몸을 기울였다.

「하베르크라프테 만 포레 마르마히 아스트.」그녀는 조용한 목소리로 천천히 또박또박 단어들을 발음했다. 그의 회색 눈썹이 올라가는 것이 보였다.

「그렇습니까?」

엘런의 눈썹이 아래로 처졌다. 「내가 방금 한 말이 무슨 뜻입니까? 내 보좌관이 찾아내서 알려 준 문장인데요. 미리 연습을 좀 했습니다.」

「장관이 방금 한 말이 사실이 아니길 바랄 뿐입니다. 장관의 호버크라프트에 뱀장어가 가득하다고요?」

엘런의 입술이 움찔거리는 것으로 보아, 웃음을 참는 기색이 역력했다. 결국 그녀는 포기하고 웃음을 터뜨렸다. 「미안합니다. 내 호버크라프트에는 뱀장어가 없어요.」

아지즈도 웃음을 터뜨렸다. 「그건 확신할 수 없겠는데요. 원래 하려던 말은 뭡니까, 장관?」

「내가 하려던 말을 영어로 하면 〈패를 다 펼쳤다〉입니다.」

「동의합니다. 솔직해져야 할 때죠.」

엘런은 그와 시선을 마주치며 고개를 끄덕였다. 「귀국의 고위급 핵물리학자가 살고 있는 테헤란의 집에서 메시지 하나가 발송되었습니다. 버스 테러를 우리에게 미리 알려 주는 내용이었어요. 안타깝게도 그걸 받은 우리 직원이 스팸인 줄 알고 무시했다가 이미 늦어 버린 뒤에야 다시 찾아냈습니다.」

「안타깝네요.」아지즈가 한 말은 이것뿐이었다.

엘런의 솔직한 말에 이란 외무 장관이 놀랐는지는 몰라도, 워낙 노련한 외교관이라서 겉으로는 아무것도 드러나지 않았다.

시간은 부족하고, 해야 할 이야기는 아주 많았다. 이란 외무 장관과 단둘이 남는 자리를 예상보다 빨리 만들었으니, 이제는 결승선을 넘어야 할 때였다.

「그 물리학자와 가족들이 지금 귀국의 비밀경찰 손에 있습니다.」

「그런 일은 없습니다.」 아지즈가 말했다. 혹시라도 엿듣고 있을지 모르는 뱀장어들을 겨냥한 기계적인 답변이었다.

엘런은 이 말을 무시했다. 「그들이 석방된다면, 미국 정부는 호의로 받아들일 겁니다. 그들과 함께 잡힌 두 이란인도 풀어 주시고요.」

「설사 그 사람들이 우리 손에 있다 해도 석방될 수는 없을 겁니다. 귀국은 반역자와 첩자를 그냥 놓아줍니까?」

「그편이 더 이롭다면 그렇게 합니다.」

「이란에 무엇이 이로울까요?」

「신임 대통령의 감사 인사죠. 신세를 졌다는 직접적인 인사.」

「전임 대통령도 우리에게 감사 인사를 했습니다. 상당한 인사였죠. 핵 협정을 파기해서 이란이 평화로운 핵에너지 프로그램을 독자적으로 개발할 수 있게 해주었으니까요. 아무런 간섭 없이.」

「맞습니다. 그 대통령은 바시르 샤의 석방도 허용했어요. 샤 박사는 귀국의 호버크라프트에 실린 코브라겠죠? 아닙니까?」

아지즈는 그녀를 빤히 바라보았다. 그녀도 마주 바라보며 기다리고 또 기다렸다.

「정말로 원하는 게 뭡니까, 장관?」

「파키스탄의 핵물리학자들에 대해 귀국이 어떻게 알았는지 알고 싶습니다. 샤의 계획에 대해 어디까지 아는지도 궁금하고요. 그리고 그 사람들이 석방되기를 바랍니다.」

「우리가 왜 그걸 모두 들어줘야 하죠?」

「친구를 사귀고 싶은 사람이 먼저 친구가 되어야 하니까요. 만나자는 나의 요청을 받아들인 이유가 뭡니까? 러시아가 불안정하고 변덕스럽다는 걸 알기 때문이죠? 귀국은 점점 고립되고 있습니다. 이란 이슬람 공화국은 친구를 사귀지는 못하더라도 최소한 적을 더 줄일 필요가 있습니다. 샤는 파키스탄의 도움을 받아, 이 지역에서 적어도 한 나라에 핵무기 능력을 제공해 주기 직전입니다. 어쩌면 테러 조직에까지 그 능력을 제공할 수도 있어요. 그래서 귀국이 그 과학자들을 죽인 것 아닙니까. 하지만 세상에는 물리학자가 많습니다. 그들을 다 죽일 수는 없어요. 그러니 이런 일을 막으려는 우리를 도와야 합니다. 귀국의 도움이 필요합니다.」

몇 분 뒤 애덤스 장관과 아지즈 장관은 헤어졌다. 아지즈 장관은 곧바로 공항으로 가서 바로 옆에 있는 고국으로 돌아갔고, 엘런은 이 궁에 조금 더 머물러도 되겠느냐고 술탄에게 양해를 구했다.
엘런은 베란다에서 역사적으로 유명한 고대의 항구를 바라보며 전화를 걸었다.
「바브? 대통령과 통화를 하고 싶어요.」
「지금은 좀 바쁘…….」
「당장.」

바브 스텐하우저는 뒤로 물러나서, 윌리엄스 대통령이 전화를 받는 모습을 지켜보았다.
「엘런, 어떻게 됐습니까?」 적잖은 불안감과 긴장이 섞인 목소리였다.
「테헤란에 가야겠습니다.」
「그렇군요. 나도 여론 조사에서 지지율 90퍼센트를 받아야 합니다.」
「아뇨, 그건 대통령이 원하시는 거죠. 나는 반드시 가야 한다고 말한 겁니다. 이란이 폭탄을 설치했다고 아지즈 장관이 거의 인정하다시피 했어요. 우리가 우리 사람들을 구출하고 샤에 대한 정보도 얻을 가능성이 있을 것 같습니다만, 우리가 원하는 것을 아지즈가 주지는 않을 겁니다. 그럴 권한이 없으니까요. 그쪽 대통령만이 할 수 있는 일입니다. 아니, 어쩌면 나세리 대통령도 불가능할 수 있습니다. 아야톨라가 나서야 할 수도 있어요.」

「그 최고 지도자를 알현하는 건 불가능할 겁니다.」

「시도조차 해보지 않으면 당연히 그렇겠죠. 내가 기꺼이 그곳으로 가겠다는 의사를 표현한다면 도움이 될 겁니다.」

「그건 이쪽이 필사적이라는 사실만 표현할 뿐이에요. 정말이지, 엘런, 그렇게 분별력이 없습니까? 국무 장관으로 취임하자마자, 유조선을 폭파하고 비행기를 격추시키고 테러리스트들을 숨겨 주고, 이제는 무고한 민간인들까지 죽인 원수 국가를 방문하는 게 어떻게 보이겠습니까?」

「이걸 알릴 필요는 없습니다. 이란에 들어갔다가 몇 시간 만에 나올 겁니다. 민간 비행기를 이용할 거고요. 내가 오만에 있다는 사실도 아는 사람이 없잖아요.」

「그렇죠. 장관이 북한에서 호화 온천을 즐기고 있다고 설명해 두었습니다.」

엘런이 미처 참을 새도 없이 웃음소리가 흘러나왔다.

「화상 대화를 하면 안 됩니까?」 대통령이 물었다. 「우리가 적국과 친해지려고 애쓴다는 인상을 줄 수는 없습니다.」

그는 맞은편 벽에 줄줄이 붙어 있는 텔레비전 화면들 속에서 이른바 전문가라는 사람들의 얼굴을 보았다. 전부는 아닐지언정, 대부분의 전문가들이 이번 사태에서 윌리엄스 정부가 뭘 하고 있는지 의문을 제기하고 있었다. 테러에 대해 정부가 왜 미리 몰랐을까? 정부가 또 무엇을 모르고 있을까?

전직 국무 장관이 「폭스 뉴스」에 나와, 자기들 정부 때는 이런 재앙이 일어난 적도 없고 일어날 수도 없었다고 설명하고 있었다. 그는 오벌 오피스가 저렇게 무능한데, 이다음에는 미국 땅에서 무슨 일이 일어날지 어떻게 알겠느냐고 말했다.

「이게 어떻게 보일지는 알아요.」 엘런이 한발 물러섰다. 「하지만 샤를 붙잡아 그의 계획을 저지할 기회를 마침내 잡았습니다. 그러니까 내가 직접 가야 합니다. 성의를 보여야 합니다.」

「이란이 그 정보를 갖고 있다는 건 확실합니까?」

「아뇨.」엘런은 사실을 인정했다. 「하지만 우리보다 정보가 많은 건 맞습니다. 그 물리학자들에 대해 알고 있었으니까요. 이해할 수 없는 건, 이란이 버스를 통째로 터뜨려야 한다고 생각한 이유입니다. 그냥 그 과학자들을 저격했으면 될 텐데요. 그편이 훨씬 더 쉽잖아요.」

「화려하게 한 판 보여 주려고?」윌리엄스가 의견을 내놓았다. 「놈들은 이보다 나쁜 짓도 했습니다.」

「그래도 여전히 말이 되지 않습니다. 테헤란에 그 답이 있어요. 자하라 아흐마디와 우리 요원들도 거기 있고요. 비밀경찰이 그들을 체포했습니다. 우리는 그들을 빼내야 합니다. 이란이 샤에 대해 무엇을 알고 있는지도 캐봐야 하고요. 샤의 계획이나 행방에 대해서는 모를지라도, 그걸 아는 사람이 누군지는 알지도 모릅니다.」

「그쪽에서 우리한테 그걸 말해 주겠습니까?」

「우리가 그자를 막아 주길 바랄 테니 말할 겁니다.」

「그럼 이미 말해 줬겠죠. 우리의 도움을 바란다면, 그 물리학자들에 대해 왜 미리 말하지 않았겠습니까?」

「그건 나도 모릅니다. 그래서 테헤란에 가겠다는 거잖아요.」

「그게 역풍으로 돌아오면? 장관이 대아야톨라나 나세리 대통령한테 고개 숙여 인사하는 사진을 이란이 풀어 버린다면? 장관을 체포한다면? 스파이 혐의를 씌운다면? 그러면 어쩔 겁니까?」

「한 가지는 압니다.」엘런의 목소리가 순식간에 차가워졌다. 「당신이 내 석방을 위해 협상하는 일은 없으리라는 것.」

「엘런…….」

「내 계획을 승인하는 겁니까, 아닙니까? 술탄이 친절하게도 제트기 한 대를 빌려주겠다고 했습니다. 저쪽에도 알려 줘야 하고요. 이란이 마음을 바꿔서 러시아에 도움을 청하기 전에 내가 거기 도착해야 합니다.」

「좋습니다.」윌리엄스가 말했다. 「가세요. 하지만 혹시 문제가 생기면······.」

「내가 혼자서 일방적으로 저지른 일입니다. 당신과 상의한 적은 없는 겁니다.」

〈겁쟁이.〉 엘런은 전화를 끊으면서 생각했다.

〈미쳤군.〉 윌리엄스는 전화를 끊으면서 생각했다.

「팀 비첨을 불러와.」 그가 쏘아붙였다.

「네, 대통령님.」

비서실장이 나간 뒤 더그 윌리엄스는 텔레비전 화면들을 빤히 바라보았다. 오벌 오피스의 벽들이 빙글빙글 도는 것 같았다. 액체와 고체를 분리시키는 원심 분리기 같았다.

기계가 다 돌아간 뒤에는 퇴직한 것만 남았다.

24장

「됐어, 들어갔어요.」피트 해밀턴이 말했다. 「뭘 찾아보라고요?」

벳시는 해밀턴을 보인턴의 사무실로 데려와 기밀 정보에 접근할 수 있는 ID와 암호를 알려 주었다. 그 전에 국무 장관실의 출입문과 엘런의 집무실, 비서실장실의 문을 모두 잠그는 것도 잊지 않았다.

소파를 밀어 문을 막는 것 말고는 모든 조치를 취한 셈이었다. 심지어 그녀는 소파로 문을 막는 방법도 고려 중이었다.

「팀 비첨에 관해 찾아낼 수 있는 모든 것.」

해밀턴이 자판 위 허공에 손가락을 띄운 채로 그녀를 빤히 바라보았다. 「세상에, 국가정보국장 말이에요?」

「네, 티머시 T. 비첨. 하는 김에 T가 무엇의 약자인지도 알아봐요.」

두 시간 뒤 해가 막 떠오를 무렵, 해밀턴이 책상에서 뒤로 의자를 확 밀었다.

「뭘 좀 찾았어요?」벳시가 그의 뒤로 다가와 서면서 말했다. 「이게 뭐죠?」

해밀턴이 양손으로 얼굴을 문질렀다. 눈은 충혈되고 얼굴은 피곤해 보였다.

「비첨에 대해 찾아낸 건 이게 다예요.」

「2시간 동안?」

「네. 누군가가 정보를 주고 싶지 않은 모양이에요. 비첨의 보고서, 이메일, 회의 때 적은 메모, 예정표, 전부 하나도 없어요. 4년 치 문서가 사라졌어요. 몽땅. 법에 따라 반드시 보관해야 하는 문서들인데, 다 사라졌어요.」

「사라지다니, 어디로? 지워진 거예요?」

「아니면 파일이 옮겨졌을 수도 있죠. 아무도 생각하지 못할 다른 부서 쪽에. 그게 어디일지 누가 알겠어요. 아니면 놈들이 정보를 아주 깊숙이 묻어 놔서 내가 찾지 못하는 것일 수도 있고요.」

「왜요?」

「뻔하죠. 숨기고 싶은 게 있는 거죠.」

「계속 뒤져 봐요.」

「못해요. 막다른 길이에요.」

벳시는 고개를 끄덕이며 생각에 잠겼다. 「좋아요. 지금까지 우리는 비첨을 추적했어요. 그럼 이제 다른 데를 뒤지면 어떨까요. 뒤에서 몰래 다가가는 거예요. 뒷문을 찾아봐요.」

「샤? 탈레반?」

「나비넥타이.」

「네?」

「팀 비첨은 나비넥타이를 매요. 엘런이 운영하던 워싱턴의 신문이 패션 면에 비첨에 관한 기사를 실은 기억이 나네요.」

「그래서요?」

「뉴스 기사는 모두 보관되어 있잖아요. 기사 스크랩을 해주는 곳도 있고. 맞죠? 던 정부 때 팀 비첨은 국가정보국장이 아니라, 고위급 정보 고문이었어요. 그러니 그의 말을 인용한 기사가 많지 않을 거예요. 아니, 본인이 일부러 기사에 인용되지 않으려 했죠. 하지만 패션 기사라면? 던의 사람들이 하는 일이라면 무엇이든 비판하기로 악명 높은 신문의 기분 좋은 기사라면? 틀림없이 그 기회를 덥석 물었을 거예요.」

「나비넥타이요?」

「알 카포네는 탈세 때문에 붙잡혔어요.」 벳시가 화면으로 몸을 기울이며 말했다. 「나비넥타이로 비첨을 잡지 말라는 법도 없죠. 목에 건 올가미처럼. 나비넥타이 기사까지 굳이 기밀로 분류해 놓지는 않았을 거예요. 그 기사를 찾으면 비첨을 찾는 거예요.」

피트 해밀턴은 무슨 말인지 알아들었다. 나비넥타이는 놈들이 미처 태워 버리지 못한 다리가 되어, 비첨의 죄를 입증하는 정보의 샘으로 그들을 이끌어 줄 수 있었다.

「가서 커피를 가져올게요.」 벳시가 말했다.

「페이스트리도요.」 피트가 그녀의 뒤통수를 향해 소리쳤다. 「시나몬 빵으로.」

벳시가 보인턴의 사무실을 나서는데, 손가락으로 자판을 두드리는 소리가 뒤따라 나왔다. 벳시는 화이트헤드 장군이 보낸 특수 부대원에게 전화를 걸어 보호를 요청하겠다고 약속한 것을 떠올렸다.

터무니없는 생각 같았다. 국무부 건물 깊숙이 자리 잡은 국무 장관실의 편안하고 친숙하고 안전한 분위기 속에 있자니, 자신의 목숨을 위협하는 존재가 어딘가에 있을 거라고는 믿을 수가 없었다. 하지만 버스에 타고 있던 사람들도 틀림없이 똑같은 생각을 했을 것이다.

어쨌든 커피와 시나몬 빵부터 사오고 나서.

1층의 카페테리아로 내려가면서 벳시는 최소한 〈티머시 T. 비첨〉의 T가 무엇의 약자인지는 알아냈다는 사실을 위안 삼았다. 아주 이상한 이름이었다.

이란 정부에서 나온 중년 여성이 뒤로 한 걸음 물러나 엘런의 옷차림을 살펴본 뒤 영어로 말했다. 「됐습니다.」

그들은 테헤란의 이맘 호메이니 국제공항 격납고에 서 있는 술탄의 제트기 내부 침실에 있었다. 여자는 널찍한 객실 안의 다른 사람들에게 주의를 돌렸다. 캐서린 애덤스와 아나히타 다히르는 비슷한 옷을 입고 머리부터 발끝까지 부르카로 가리고 있어서 구분하기가 힘들었다.

애덤스 장관은 오만에서 술탄의 비행기에 오르기 전에 아지즈 장관에게 전화를 걸어 이란의 전통 복장을 요구했다. 아지즈는 무슨 소리인지 즉각 알아들었다.

통화를 마친 뒤, 비행기가 아직 오만을 떠나기 전, 엘런은 아나히타를 따로 불렀다.

「넌 여기 있어야 할 것 같은데. 이란 쪽에서 네 신원을 알아낼 가능성이 높아. 그러면 문제가 생길 거야. 네가 첩자로 체포될 수도 있어.」

「알아요, 장관님.」

「알아?」

아나히타는 미소를 지었다. 「저는 평생 이란이 우리 가족을 찾아내면 어떡하나 두려워하면서 살았어요. 제가 제 발로 사자 굴에 걸어 들어가는 건 상상도 할 수 없는 일인 것 같지만, 어제 제 부모님을 보면서 그동안 두려움에 떨며 비밀을 지키느라 두 분이 어떤 대가를 치르셨는지 깨달았어요. 지금까지 저는 부모님이 이끄는 대로 살면서 계속 두려워했죠. 앞으로도 그렇게 살기는 싫어요. 누군가한테 들킬까 봐 몸을 움츠리고 사는 데는 신물이 나요. 그런 건 사양이에요. 게다가 무슨 일이 일어나든, 제가 상상했던 것보다 더 나쁘지는 않을 거예요.」

「글쎄, 그건 모르는 일이지.」 엘런이 말했다.

「제가 뭘 상상했는지 알면 생각이 달라지실걸요. 저는 밤에 찾아오는 악마들의 이야기를 들으며 자랐어요. 크라프스트라라는 악마인데, 그중에서도 제가 제일 두려워한 건 알이에요. 눈에 보이지 않는 놈들이라, 무시무시한 일이 일어나야만 그놈들의 존재를 알아차릴 수 있거든요.」

그런데 지금 무시무시한 일들이 실제로 벌어지고 있었다.

엘런은 이번 테러의 배후에 바시르 샤가 있다는 말을 처음으로 들었을 때 아나히타가 지은 표정을 떠올렸다.

「그럼 샤가 알인가?」

「그러면 다행이죠. 샤는 아지 다하카예요. 가장 강력한 악마. 알의 군대를 부리면서 혼돈과 공포를 불러오는 놈이에요. 죽음도 불러오고요. 아지 다하카는 거짓을 재료로 만들어져요, 장관님.」

두 여자는 서로를 빤히 바라보았다.

「그렇군.」 엘런이 말했다.

그녀는 옆으로 한 걸음 비켜서서, 아나히타가 테헤란행 비행기에 오르는 모습을 지켜보았다.

비행기가 착륙하기 직전에 엘런은 프랑크푸르트의 병원에 전화해서 길을 찾았다.

「무슨 소리예요? 퇴원했다니?」 그녀가 다그치듯 물었다.

「죄송합니다, 장관님. 장관님도 아시는 일이라고 들었어요.」

또 거짓말. 엘런은 저 아래 이란을 창문으로 내려다보며 생각했다. 페르시아라. 열심히 살펴본다면, 이 비행기를 맞이하기 위해 테헤란으로 달려오는 아지 다하카를 알아볼 수 있을지 궁금했다. 아니면 그 악마가 지금은 다른 곳에서 다른 일을 보고 있을까? 계속 이어지는 거짓말 덕분에 점점 힘을 불리면서 미국 해안을 향해 살금살금 다가가고 있을까?

「다친 곳은 어쩌고요?」 엘런이 의사에게 말했다.

「목숨이 위험한 정도는 아니고, 아드님은 성인이니까요. 스스로 퇴원 수속을 밟을 수 있습니다.」

「아들이 어디로 갔는지는 아시나요?」

「아뇨, 장관님. 죄송합니다.」

엘런은 길의 휴대폰으로 전화를 걸어 보았지만 다른 사람이 받았다. 간호사였다. 길이 그녀에게 자기 휴대폰을 주면서 계속 갖고 있으라고 부탁했다는 설명이 이어졌다.

추적당하지 않으려고 그랬구나. 엘런은 속으로 생각했다.

「다른 말은 없던가요?」엘런이 물었다.

「없었어요.」

「뭐죠? 얘기가 더 있는 거죠?」엘런은 간호사의 어조만 듣고 알아차렸다.

「2천 유로를 빌려달라고 했어요.」

「그래서 빌려줬어요?」

「네, 어제 은행에서 인출했어요.」

그렇다면 길은 그때부터 도망칠 생각을 하면서 엘런에게는 비밀로 했다는 뜻이었다.

「왜 돈을 줬어요?」

「절박해 보였거든요. 게다가 장관님 아드님이니까 돕고 싶었어요. 제가 뭘 잘못한 건가요?」

「아뇨, 전혀요. 꼭 돈을 돌려받을 수 있게 해줄게요. 혹시 길한테서 소식이 오거든 나한테도 알려 줘요. Danke(고마워요).」

전화를 끊는 순간 전화벨이 울렸다.

「잘못 놓인 수식 어구가 술집 안으로 걸어 들어오자…….」

벳시! 엘런은 그 목소리만 들어도 항상 마음이 놓였다.

「……한쪽에 유리 눈을 박은 랠프라는 남자가 술집 주인. 무슨 일이야? 뭘 좀 찾아냈어?」

「팀 비첨에 대해서는 아무것도 못 찾았어, 아무것도. 아주 깊숙이 숨겨져 있는 모양이야. 그것만으로도 상당히 의미심장하지. 안 그래?」

「벳시, 뭐든 꼭 알아내야 해. 그자가 이번 일의 배후라는 증거가 필요하다고. 그자는 그냥 모함이라고 주장하겠지. 누가 자기를 함정에 빠뜨리려고 한다고. 대통령한테 미리 경고를 해줘야 하는데, 증거가 없이는 불가능해.」

「알아, 알아. 우리도 노력 중이야. 어쩌면 들어가는 길을 찾은 것 같기도 해. 뒷문을 통해서. 네 덕분이야.」

「나?」

「아니, 네가 아니라 너의 워싱턴 신문. 막후의 유력자 중에 나비넥타이를 매는 사람들에 관한 기사를 패션 면에 실은 적이 있잖아.」

「그랬나? 기사가 별로 없는 달이었나 보네.」

「하지만 그게 네 언론 매체에 실린 가장 중요한 기사인지도 몰라. 비첨에 관한 모든 문서는 우리가 결코 찾을 수 없는 곳에 묻혀 있거든. 어디서부터 시작해야 하나 막막했는데, 그 나비넥타이 기사가 있었어. 놈들이 그것까지 다른 파일에 묻어 버렸다면 모를까, 그건 비첨이 던 밑에서 일하면서 응한 유일한 인터뷰야. 설마 그것까지 기밀로 분류할 수는 없었을 거야. 피트 해밀턴이 지금 뒤지고 있어.」

「그걸 찾으면 다른 것도 찾을 수 있겠네.」

「그러기를 바라야지.」 벳시의 전화기 속에서 깊은 한숨 소리가 들려왔다.

「거기서 뭔가 나오면 알려 줄 거지?」

「제일 먼저 알려 줄게. 아, 비첨에 대해 찾아낸 게 하나 있긴 해. T가 무엇의 약자인지 알아냈는데, 아마 듣고도 못 믿을걸.」

「뭔데?」

「비첨의 이름은 티머시 트러블 비첨이야.」

「미들네임이 트러블이라고?」 엘런은 웃음을 참을 수가 없었다. 「애 이름을 그렇게 짓는 부모가 있어?」

「원래 가문에 내려오는 이름이거나, 아니면 부모가 짚이는 게 있었거나…….」

자기들이 알을 낳았다는 걸 알았나? 엘런은 속으로 생각했다.

「아, 펠런 대위한테 연락했어. 그 특수 부대원.」 벳시가 말했다. 「지금 이리로 오는 중이야.」

「고마워.」

「지금 어디야?」

「곧 테헤란에 착륙해.」

「연락…….」

「할게. 너도.」

비행기가 테헤란의 이맘 호메이니 국제공항 상공을 선회했다. 엘런이 반쯤 잊고 있던 노래를 자기도 모르게 콧노래로 흥얼거리자, 창문에 김이 서렸다.

그녀는 이것이 호슬립스[24]의 노래임을 곧 기억해 냈다.

「트러블, 트러블.」그녀는 가사를 흥얼거렸다. 「대문자 T로 쓴 트러블.」

비행기가 격납고에 들어가 멈춘 뒤, 엘런이 요청한 부르카를 든 이란 여자가 비행기 안으로 들어왔다.

몇 분 뒤 그들은 비행기에서 내렸다. 여자들이 먼저 계단을 내려가고, 찰스 보인턴이 뒤를 따랐다.

서구에서 온 여자들은 긴 부르카 자락을 밟지 않으려고 주의했다. 부르카는 눈이 있는 위치에 그물로 덮인 작은 구멍이 있을 뿐, 머리부터 발끝까지 온몸을 가려 주는 옷이었다.

이란 여자들이 보통 이런 부르카를 걸치고 다니는 건 아니었다. 그런 여자들은 주로 아프가니스탄에서 볼 수 있었다. 하지만 이란에도 부르카를 입는 여자가 꽤 있어서 세 명의 서구 여자가 이상하게 보이지 않을 정도는 되었다. 길 가던 행인, 공항 직원, 운전기사 중 누구도 미국 국무 장관이 방금 이란에 도착했음을 알아차리지 못할 것이다.

엘런 애덤스의 발이 마침내 바닥에 닿았다. 카터 대통령 때인 1979년 이후 처음으로 미국의 고위 관리가 이란 땅에 발을 디딘 순간이었다.

「젠장,」피트 해밀턴이 모니터 너머로 벳시를 바라보며 말했다. 「들어갔어요.」

「들어가다니요?」데니스 펠런이 먹던 시나몬 빵을 내려놓으며 물었다.

24 아일랜드의 록 밴드.

벳시는 입이 귀에 걸릴 정도로 웃고 있었다. 「대위님 상관에게 먼저 연락하고요.」

그녀는 화이트헤드 장군에게 전화해서 상황을 알려 주었다.

「나비넥타이라.」 그가 웃으면서 말했다. 「위험한 여성이셨군요. 내가 곧 가겠습니다.」

「샤 박사님, 국무 장관의 비행기가 예정대로 이슬라마바드에 착륙하지 않았습니다.」 보좌관이 말했다.

「그럼 지금 어디 있어?」

「테헤란인 것 같습니다.」

「그럴 리가 있나. 그렇게 무모한 여자가 아닐 텐데. 알아봐.」

「네.」

바시르 샤는 레모네이드를 한 모금 마시고 허공을 노려보았다. 지난 세월 동안 그는 엘런 애덤스에게 거의 애정을 품게 되었다. 그녀에 대해 상당히 내밀한 부분까지 알게 된 덕에 이상한 유대감마저 생겨났다.

「무슨 꿍꿍이지?」 그는 혼자 속삭였다.

엘런은 행동하기 전에 미리 생각을 많이 하는 성격이었다. 하지만 샤의 행동 때문에 그녀가 너무 놀라서 이런 실수를 저지르게 되었을 가능성도 있었다.

아니면 이것이 실수가 아니거나.

어쩌면 실수를 저지르는 쪽은 샤 자신일 수도 있었다. 이 생각이 너무 낯설고 뜻밖이어서 그는 놀란 사람이 바로 자신임을 깨달았다. 그것은 아주 미약하고 작은 가시 같은 의혹이었으나, 의혹이 존재하는 것은 사실이었다.

몇 분 뒤 보좌관이 돌아와 보니, 샤 박사는 오찬 손님들을 위해 차려진 식탁의 식기를 가지런히 정돈하고 있었다.

「테헤란입니다, 박사님.」

바시르 샤는 테라스 너머 바다를 바라보며 이 정보를 받아들였다.

이슬라마바드에서 가택 연금 상태에 있을 때와는 정말로 다른 환경이었다. 그때는 식물이 우거진 정원에 에워싸인 공간만이 그의 세상이었다.

다시는 그렇게 갇히는 꼴이 되지 않을 것이다. 아무리 편안한 환경이라 하더라도.

「그 아들은?」

「박사님이 예측하신 바로 그곳에 있습니다.」

「예측이 아니지. 추측한 게 아니잖아. 자유 의지도 없었고. 그 녀석에게는 선택의 여지가 없었어.」

그 망할 놈의 집안에서 적어도 한 명은 확실히 이쪽에서 미는 대로 움직여 주었다.

「비행기 대기시켜.」

「점심 손님들이 곧 오실…….」샤의 시선을 받은 보좌관이 입을 다물고 전화를 걸기 위해 서둘러 달려갔다.

「취소한다니요?」전화를 받은 여자가 말했다.「자기가 그렇게 대단한 사람인 줄 아는 건가요? 영광으로 알아야죠. 전직 대통…….」

「샤 박사님이 진심으로 송구하다고 말씀하셨습니다. 아주 급한 일이 생겼거든요.」

바시르 샤는 방탄 리무진에 올라 대서양을 등졌다. 평생 볼 바다를 다 본 것 같았다. 문득 정원이 그리워졌다.

25장

길 바하르는 어머니가 떠나자마자 프랑크푸르트의 병원에서 나왔다.

환자복을 갈아입는 그에게 젊은 간호사가 부탁한 돈을 주었다. 혹시 평생 모은 돈을 주는 게 아닌가 싶었다.

「다시 올게요. 돈은 꼭 갚을 거예요.」

「제 여동생이 원래 그 버스를 타려고 했는데 놓쳤어요. 당신은 또 무슨 일이 일어나지 않게 막으려는 거잖아요. 그러니까 받으세요.」

그는 공항으로 향하는 차 안에서 봉투를 열어 보았다. 유로 지폐와 함께 약과 붕대가 들어 있었다.

그는 진통제를 한 알 먹고 나머지는 잘 보관해 두었다.

몇 시간 뒤, 그러니까 그의 어머니가 프랑크푸르트의 병원으로 전화를 걸고 있을 무렵, 그는 비행기에서 내려 주위를 둘러보았다.

파키스탄 페샤와르.

배 속이 졸아들고 심장이 빠르게 뛰었다. 머리에서 몸의 중심부로 피가 모두 빠져나가 이대로 기절할지도 모른다는 생각이 잠깐 들었다. 자신이 예전에 보았던 피의 기억에서, 잘린 머리에 대한 기억에서 도망치려 애쓰고 있는 것 같았다.

납치 사건 이후 페샤와르에 온 것은 처음이었다. 그때 그는 자신을 납치한 자들이 IS나 알카에다가 아니라는 사실을 깨닫고 경악했다. 그 두 단체 중 하나였어도 충분히 무서웠을 텐데, 그를 납치한 자들은 파탄 소속이었다.

그들은 다른 지하드 조직에 비해 비교적 덜 알려진 편이었다. 십중팔구 사람들이 그들의 존재를 인정하는 것조차 두려워하기 때문일 것이다. 그들의 이름을 입에 담는 것은 생각할 필요도 없는 일이었다. 대가족으로 이루어진 파탄의 영향력은 알카에다와 탈레반은 물론 심지어 보안군에까지 뻗어 있었다. 그들은 유령과 같았다. 그 유령들이 모습을 나타내는 자리는 반드시 피해 다녀야 했다.

그러나 머리에서 자루가 벗겨지고 눈이 주위에 적응한 뒤 그는 자신이 파탄 캠프로 납치되었음을 깨달았다. 파키스탄과 아프가니스탄의 국경에 위치한 곳이었다.

길 바하르는 이미 죽은 목숨이었다. 게다가 죽음도 몹시 끔찍할 터였다.

하지만 그는 어떻게든 탈출하는 데 성공했다. 있는 힘껏 뛰어서 최대한 멀리 도망쳤다. 그런데 지금은 그곳으로 돌아가기 위해 있는 힘껏 달리고 있었다.

공항 입국 심사대에서 세관원의 깐깐한 시선을 받으며 그는 편안한 표정을 지으려고 애썼다. 이 나라는 관광객이 많이 오는 곳이 아니었다.

「나는 학생입니다.」 길이 말했다. 「박사 논문을 준비 중이에요. 실크로드에 대해서. 그거 아시…….」

그의 여권에 쾅 하고 도장이 찍히고, 세관원은 가보라고 손짓했다.

공항을 나선 그는 더위와 먼지, 그리고 거의 2백만 명이 사는 도시의 분주함과 맞닥뜨렸다. 가만히 서 있는 그에게 호리호리한 남자들이 달려왔다.

「택시?」

「택시?」

길은 한 손을 이마로 들어 올려 햇빛을 가린 자세로 택시 기사 한 명을 선택했다. 그가 길의 가방을 받으려고 손을 뻗었지만, 길은 그의 손을 거의 쳐내다시피 하면서 가방을 사수했다.

낡은 택시에 오른 뒤 그는 편안히 등을 기댔다. 도시 풍경이 백미러에 담겼을 때에야 그는 입을 열었다.

「살람 알라이쿰, 아크바르.」

「발음이 점점 좋아지는걸, 똥얼굴.」

「똥대가리shithead가 더 좋아. 똥얼굴shit-face은 보통 주정뱅이를 뜻하니까.」

「너한테 똥대가리면 항문이라고 해야 하나.」 아크바르의 말에 길이 웃음을 터뜨렸다. 「네게도 평화가 함께하기를, 친구.」

아크바르는 고속도로를 벗어나, 점점 더 울퉁불퉁해지는 도로를 덜컹덜컹 달렸다. 실크로드는 결코 매끈한 길이 아니었다. 알렉산드로스 대왕, 마르코 폴로, 칭기즈 칸 등 많은 사람이 이미 위험을 무릅쓰고 발견한 사실이었다.

합참 의장은 찰스 보인턴의 책상에 앉아 심각한 표정으로 문자와 이메일을 읽었다.

「지금까지는 딱히 범죄가 될 만한 것이 없습니다.」 그가 고개를 들어 모니터 너머를 향해 말했다. 「샤의 이름이 있긴 한데, 지나가듯이 언급됐을 뿐이에요. 그가 누군지 비첨이 모르는 것처럼 보일 정도입니다.」

화이트헤드 장군은 다른 사람들을 바라보았다. 국무 장관 비서실장의 사무실에 커피 냄새와 시나몬 빵 냄새가 배어 있었다. 벳시 제임슨과 피트 해밀턴은 책상 맞은편에 서 있고, 펠런 대위는 문 옆에서 전략적인 위치를 점하고 있었다.

블라인드도 커튼도 모두 닫아 둔 상태였다. 장군이 이 사무실에 도착하자마자 가장 먼저 취한 조치가 그거였다. 햇빛을 막기 위해서가 아니라, 혹시 누가 장거리 망원경을 동원하더라도 안을 들여다볼 수 없게 하기 위해서.

그들은 티머시 트러블 비첨에 관한 숨겨진 파일들 속에 깊이 들어와 있었다. 그들이 점점 위험해지고 있다는 뜻이었다.

「비첨의 문서를 숨기려고 누군가가 이만큼 공을 들인 데는 이유가 있겠죠.」 화이트헤드 장군이 해밀턴에게 자리를 양보하며 말했다. 해밀턴은 다시 작업을 시작했다. 「이걸 다 숨기는 데는 틀림없이 몇 주가 걸렸을 겁니다.」 그는 생각에 잠긴 표정으로 고개를 끄덕였다. 「그래요, 여기에 반드시 뭐가 있을 거예요.」

「제가 찾아내겠습니다.」 해밀턴이 화면을 훑어보면서 말했다.

「미들네임이 정말로 트러블입니까?」 화이트헤드가 물었다.

「그런 것 같아요.」 벳시가 말했다. 「비첨이 절대 그 이름을 쓰지 않을 만도 하죠. 저는 T가 〈반역자traitor〉의 약자일지도 모른다고 생각했는데요.」

버트 화이트헤드가 몹시 역겨운 것을 보듯이 컴퓨터를 바라보았다. 매국노를 보는 듯한 표정이었다. 그가 다시 벳시에게 시선을 돌렸다. 「애덤스 장관은 지금 어디 있습니까?」

벳시가 미처 대답하기 전에 해밀턴이 말했다. 「아이고, 지금은 이쯤 해두죠. 눈이 침침해서 실수를 할지도 모르겠어요. 좀 쉬어야겠습니다.」

그가 컴퓨터를 껐다.

「내가 계속하면 돼요.」 벳시가 말했다.

「아뇨, 고문님도 휴식이 필요해요. 밤을 꼬박 새웠잖아요. 게다가 이미 살펴본 문서가 어떤 건지는 나만 알아볼 수 있습니다. 나만의 체계가 있거든요. 고문님이 손대면 체계가 흐트러질 거예요. 1시간만 쉬면 기운이 날 겁니다.」

「맞는 말이에요.」 화이트헤드가 이렇게 말하면서 펠런 대위에게 시선을 돌렸다. 「우리는 휴식의 가치를 알지. 예리한 상태를 유지하는 것. 그렇지, 대위?」

「그렇습니다.」

화이트헤드 장군은 책상에서 자신의 모자를 집어 들면서 해밀턴을 흘깃 바라보았다. 그를 평가하는 날카로운 시선이었다. 장군이 문으로 걸어갔다.

「저 친구를 믿어도 되는 겁니까?」 그가 벳시에게 속삭였다. 「던 정부에서 일했잖아요.」

「장군님도 마찬가지죠.」

「아아, 아닙니다. 난 미국 국민을 위해 일했어요. 지금도 그렇고요. 하지만 저 친구는……」 그는 모자로 피트 해밀턴을 가리켰다. 해밀턴은 키보드 위에 양팔을 얹고 엎드려 있었다. 「난 잘 모르겠습니다.」 장군이 벳시에게 다시 시선을 돌리더니 느닷없이 빙긋 웃었다. 「나비넥타이라, 정말 대단하십니다. 이번 일이 끝나면 내 아내와 함께 식사나 한번 하죠. 오프더레코드 말고 다른 데서.」

벳시는 미소를 지었다. 「그러면 좋죠.」

〈이번 일이 끝나면이라.〉 벳시는 이런 생각을 하면서, 펠런 대위가 장군과 함께 엘리베이터를 향해 마호가니 로를 걸어가는 모습을 지켜보았다. 두 사람은 아무도 들을 수 없을 만큼 낮은 목소리로 이야기를 나눴다.

〈이번 일이 끝나면.〉

생각만 해도 기분이 좋았다.

「문 닫아요.」 그녀가 보인턴의 사무실로 돌아오자 피트 해밀턴이 말했다. 그는 전혀 졸린 기색 없이 다시 컴퓨터에 로그인하고 있었다. 「잠그면 더 좋고요.」

「왜요?」

「부탁합니다.」

벳시는 문을 잠근 뒤 해밀턴에게 다가갔다. 그의 손가락이 자판 위를 날아다녔다. 뭔가를 추적하느라 힘껏 질주하는 발소리 같았다.

그가 갑자기 동작을 멈추더니 일어서서 벳시에게 자리를 양보했다. 직사각형 모니터 화면 안에 그가 붙잡아 놓은 내용을 읽어 보라는 뜻이었다.

「찾았어요?」 벳시는 자리에 앉으며 말했다. 하지만 해밀턴의 표정과 창백한 안색이 미리 경고를 해주는 것 같았다. 원하던 내용이 아닐 거라고. 정말로 예상보다 훨씬, 훨씬 더 심각한 내용이었다.

벳시는 두 번, 세 번 화면을 읽은 뒤 아래로 내렸다. 그리고 다시 올렸다. 그제야 마음을 다스려 해밀턴을 바라볼 수 있었다.

「이래서 컴퓨터를 끈 거예요?」 벳시가 물었다.

해밀턴은 화면에 떠 있는 메모를 빤히 바라보며 고개를 끄덕였다.

샤 박사의 가택 연금을 풀어 주겠다는 파키스탄의 계획에 전폭적인 지지를 표명한 메모였다.

화면을 아래로 내린 뒤, 두 사람은 경악과 침묵 속에서 두 번째 메모를 보았다. 이란 핵 협정 파기를 강력히 권고하는 내용이었다.

세 번째 메모는 아프가니스탄 철군 이후를 대비한 계획이 필요하지도 않고 현명하지도 않은 이유를 상세히 설명했다.

이 메모들에는 각각 최고 우선순위 표시와 최고 기밀 표시가 붙어 있었다. 서명한 사람은 합참 의장, 앨버트 화이트헤드 장군이었다.

「세상에.」

「장관님,」 외교보안국의 경호팀장이 허리를 숙여 작은 목소리로 말했다. 「전화가 왔습니다.」

「지금은 받을 수 없어요.」 그녀도 낮은 목소리로 속삭였다.

「제임슨 고문님의 전화입니다.」

엘런은 나세리 대통령에게서 한 번도 시선을 떼지 않은 채, 잠시 머뭇거렸다. 「내가 최대한 빨리 전화하겠다고 전해 줘요.」

이란의 나세리 대통령은 정부 중앙청사 입구에서 애덤스 장관 일행을 맞이했다. 대통령 집무실도 이 건물에 있었다. 엘런은 회담이 시작되기 전에 부르카를 벗어도 되겠느냐고 양해를 구했다. 그와 엘런이 서로의 모습을 더 똑똑히 볼 필요가 있었다.

「아, 그 전에 제 일행을 먼저 소개해 드리겠습니다, 대통령님. 이쪽은 제 비서실장 찰스 보인턴입니다.」

「보인턴 실장.」

「안녕하십니까.」

「제 딸 캐서린입니다.」

「아아, 미디어 업계의 거인이시군요. 어머니의 사업을 물려받으셨다죠?」 대통령은 매력적인 미소를 지었다. 「나도 딸이 하나 있는데, 언젠가 그 아이가 내 자리를 물려받으면 좋겠습니다. 국민들이 원하신다면.」

〈최고 지도자가 원하신다면, 이라는 뜻이겠지.〉 엘런은 속으로 이런 생각을 했지만 입 밖에 내지는 않았다.

「여성이 이란의 대통령이 된다면 정말 멋질 겁니다.」 캐서린이 말했다.

「여성이 미국 대통령이 되는 것 역시 그렇겠지요. 어느 쪽이 먼저 그 일을 해내는지 두고 봅시다. 어쩌면 두 분이 모두 국가에 봉사하게 될지도 모르지요. 아니면 혹시 어머님께서는……?」

대통령은 엘런에게 시선을 돌려 살짝 고개를 숙였다.

「아, 저런, 대통령님, 제가 무슨 실례를 저질렀을까요?」 엘런이 말했다.

대통령은 웃음을 터뜨렸다. 엘런의 반응은 이 상황에 딱 맞았다. 나세리의 말을 인정하면서 동시에 적절히 자신을 낮추는 태도.

이제는 가식적인 대화와 부르카를 모두 벗어던질 때였다. 하지만 아직 소개할 사람이 한 명 더 남아 있었다. 엘런은 자신의 왼쪽에 서 있는 여자를 가리켰다.

「이쪽은 아나히타 다히르입니다. 국무부의 외무 담당 직원이죠.」

아나히타가 아주 조금 앞으로 나섰다. 부르카에 얼굴이 가려져 있었지만, 온몸이 긴장한 기색을 감출 길이 없었다. 긴장이 그녀의 몸에서 뿜어져 나왔다. 엘런은 아나히타와 아주 가까이 서 있었기 때문에, 품이 넉넉한 부르카가 가늘게 떨리는 것을 볼 수 있었다.

「대통령님,」 아나히타는 먼저 영어로 이렇게 말한 뒤, 파르시어로 말을 이었다. 「예전에 제 성은 아흐마디였습니다.」

아나히타는 턱을 치켜들고 대통령을 빤히 바라보았다. 대통령도 그녀를 빤히 바라보았다. 경비병 한 명이 앞으로 나섰지만, 대통령이 손짓으로 물렸다.

엘런은 파르시어를 알아듣지 못했지만, 〈아흐마디〉라는 이름은 들렸으므로 아나히타가 무슨 말을 했는지 깨달았다.

그녀는 자신의 직원에게 더욱 가까이 다가섰다.

「자네가 누군지 알아.」 나세리 대통령이 영어로 말했다. 「이르판 아흐마디의 딸. 자네 아버지는 이란을 배신했네. 혁명의 형제자매들을 배신했어. 피를 나눈 형제자매들도 배신했고. 그런데 미국은 그를 어떻게 대접했나? 내가 들은 보고에 따르면, 자네 부모가 감옥에 있다고 하더군. 단순히 이란인이라는 이유만으로 체포당했다고. 그 두 사람이 무서워한 건 우리가 아닐세. 그들이 무서워한 건……」 그는 엘런에게 시선을 돌렸다. 「당신들입니다.」

엘런이 예상했던 것보다 훨씬 더 빠른 속도로 회담이 내리막길을 타고 있었다. 한국에서의 실패가 이제는 승리처럼 보일 지경이었다.

엘런은 입을 열어 부정하려다가, 문득 아지 다하카를 떠올렸다. 그는 거짓을 바탕으로 번성한다고 했다.

거짓을 더 키울까 두려워서 진실을 부정하는 건 얼마나 쉬운가. 엘런은 이런 생각이 들었다. 그리고 나니 아지 다하카가 얼마나 위험한지 알 것 같았다. 그것이 선한 사람들을 뒤쫓기 때문이 아니었다. 누군가를 뒤쫓을 필요가 없었다. 사람들 안에 이미 존재하고 있으니까. 아지 다하카는 거기서 거짓을 만들어 내 구술했다.

그것이 궁극의 배신자였다.

「맞습니다.」 엘런이 말했다.

그녀의 말에 대통령은 깜짝 놀라서 순간적으로 입을 열지 못했다. 그는 미국 국무 장관이 왜 저런 걸 시인하는지 알아보려는 듯 그녀를 바라보았다.

「두려워할 만도 했죠.」 엘런이 말을 이었다. 「이란인이라서가 아니라, 국적에 대해 거짓말을 했으니까요. 물론 그것 때문에 우리가 여기까지 온 건 아닙니다만.」

「그럼 왜 오셨습니까?」

「대화를 계속하기 전에 부르카를 벗어도 될까요?」

나세리 대통령은 비행기로 부르카를 가져왔던 여성 관리에게 짧게 고갯짓을 했다. 그 관리가 엘런 일행을 옆방으로 데려가, 옷을 갈아입고 잠시 휴식을 취할 수 있게 해주었다.

숨이 막힐 것 같은 부르카를 벗으니 한결 마음이 놓였다.

「너 괜찮아?」 캐서린이 아나히타에게 물었다. 아나히타의 얼굴은 잿빛이었지만 침착했다.

「대통령이 우리에 대해 많은 걸 알고 있어.」 아나히타가 말했다. 「아버지는 간첩들이 있을 거라고 의심했는데, 난 그냥 지나친 걱정인 줄만 알았어.」

아나히타는 유서 깊은 도시를 굽어보는 창가로 다가갔다.

캐서린이 그녀의 손을 잡았다. 「괜찮아.」

「괜찮아?」 아나히타가 물었다.

「여기서 고향에 온 기분을 느끼는 거. 지금 느끼는 게 그거지? 나세리하고 충돌했는데도.」

아나히타는 캐서린을 향해 빙긋 웃은 뒤 한숨을 내쉬었다. 「그렇게 티나? 행복과 두려움을 동시에 느끼는 게 어떻게 가능하지? 행복해서 두려워. 이게 말이 되나? 평생 이란을 두려워하고, 심지어 부끄러워하기까지 했는데. 지금 여기서 이란 대통령과 이야기하고 있다니. 파르시어로. 게다가……」 그녀는 창밖을 바라보았다. 「여기가 편안해. 내가 있어야 할 곳에 온 것처럼.」 그녀는 엘런에게 시선을 돌렸다. 「이건 말이 안 되잖아요.」

「말이 안 되는 일도 있는 법이야.」 엘런이 말했다. 「우리 인생에서 가장 중요한 일 중에는 이성에 반항하는 것도 있어.」

「내 비밀 하나 말해 줄까? 아주 단순한 비밀이야.」 캐서린이 아나히타의 손을 꼭 쥐면서 말했다. 「사람은 오로지 마음으로만 제대로 볼 수 있다. 중요한 것은 눈에 보이지 않는다.」 그녀는 어머니를 향해 미소를 지었다. 「어렸을 때 아빠랑 엄마가 밤에 책을 읽어 주며 나를 재워 주셨죠. 내가 가장 좋아한 작품은 『어린 왕자』였어요.」

엘런은 미소를 지었다. 그때는 정말 소박한 시절이었다. 퀸과 길과 아기 캐서린이 함께 있던 시절. 아나히타처럼 엘런 애덤스도 자신의 삶이 이곳에 이를 줄은 전혀 예상하지 못했다. 이란에 와 있다니. 적의 심장부에 와 있다니. 국무 장관이 된 것은 말할 필요도 없었다. 젊은 시절의 자신이 이런 소리를 들었다면 얼마나 놀랐을까.

비록 증거는 없었지만, 아나히타 다히르가 미국에 충성한다는 사실을 애덤스 장관은 이제 마음으로 확신할 수 있었다. 이란에 오니 집에 온 것 같은 기분이 든다는 아나히타의 말이 마침내 엘런에게 확신을 주었다는 사실이 얄궂었다.

간첩이나 반역자라면 그런 말을 할 리가 없었다.

미국 대통령과 정보기관이 엘런의 이런 논리를 받아들일 것 같지는 않았다. 하지만 어린 왕자라면 받아들일 것이다.

그의 작은 손에 그들의 운명이 쥐어져 있는 게 아니라는 점이 안타까울 따름이었다.

엘런은 캐서린, 아나히타와 시선을 맞춘 뒤, 문 옆에 서 있는 여성 관리를 흘깃 보았다.

「죄송해요,」 아나히타가 속삭이듯 말했다. 「나세리 대통령한테 그런 말을 하지 말걸 그랬어요. 저 때문에 화를 냈잖아요.」

「아냐.」 엘런도 작은 목소리로 말했다. 「대통령이 뭘 물어보든 넌 그냥 사실대로만 말해.」

「대통령이 제 아버지에 대해 안다면, 자하라가 제 사촌이라는 사실도 알 거예요.」

「그렇지.」 이제 엘런은 자신이 이 위험한 게임을 어디까지 받아들일 수 있는지 결정해야 했다. 그녀는 모두가 들을 수 있게 정상적인 크기의 목소리로 말했다. 「하지만 그 애가 너한테 경고를 보냈다는 사실은 모를지도 몰라. 아마 그 메시지가 아흐마디의 집에서 국무부로 발송됐다는 사실만 알고 있을 거야.」

「여기 사람들이 자하라를 어떻게 할까요?」 아나히타가 물었다.

「간첩과 반역 혐의로 재판에 부칠 거라더군.」 엘런이 말했다.

「여기서 간첩과 반역자는 어떤 벌을 받는데요?」 캐서린이 물었다.

「사형당하지.」

침묵이 흘렀다.

「만약 아나히타의 정체가 밝혀지면요?」 캐서린이 어머니를 강렬한 눈빛으로 바라보았다. 「그러면 어떻게 돼요?」

엘런은 깊이 숨을 들이쉬었다. 「일단은 확실히 아는 사실만 바탕으로 움직이자. 섣불리 추측하지 말고.」

하지만 엘런은 이미 짐작하고 있었다. 아나히타를 여기 데려온 것이 정말 커다란 잘못 같다는 생각이 들었다. 방금 일부러 목소리를 키워서 말한 것 역시 아주 커다란 실수가 될 것 같았다.

얌전한 서양식 원피스에 히잡을 쓴 애덤스 국무 장관은 이렇다 할 특징이 없는 건물 안의 이렇다 할 특징이 없는 회의실로 이동해 나세리 대통령과 마주 앉았다. 이 건물은 1980년대에 소련 사람들이 설계하고 지은 것 같았다.

엘런은 러시아가 여기에 도청 장치를 심어 두고 모든 말을 엿듣고 있을 것이라는 가정하에 움직이고 있었다. 이란 정보국과 비밀경찰 역시 이곳의 대화를 엿듣고 있을 것이다. 모르긴 해도, 미국 정보 요원들도 예외가 아닐 듯했다. 티머시 트러블 비첨까지 포함해서.

이번 회담의 청중이 상당히 많을 수도 있다는 뜻이었다.

「저희더러 왜 여기까지 왔느냐고 물으셨죠.」엘런은 고갯짓으로 아지즈 장관을 가리켰다. 「아지즈 장관이 이미 말씀드렸을 겁니다. 버스 세 대를 날려 버린 폭탄 테러가 귀국의 책임이라는 걸 알고 있습니다.」

나세리 대통령이 뭐라고 말하려는 듯 입을 열었지만, 엘런은 한 손을 들어 말을 막았다.

「죄송하지만, 제 말을 끝까지 들어 주십시오. 그 사실을 통해 우리는 몇 가지를 알 수 있습니다. 귀국이 그 물리학자들을 필사적으로 막으려 했다는 것도 거기에 포함되죠. 우리는 그 물리학자들이 바시르 샤 밑에서 일했다는 사실도 알고 있습니다. 그렇다면 귀국은 샤와 가까운 누군가에게서 그 물리학자들에 관한 정보를 얻었다는 뜻입니다.」

「귀국이 모르는 것도 많습니다.」나세리가 말했다.

「그래서 제가 여기까지 온 겁니다, 대통령님. 이야기를 듣고 알아 가려고요.」

나세리 대통령은 더 이상 아무 말도 하지 못하고 갑자기 벌떡 일어섰다. 거의 펄쩍 튀어 오르는 것처럼 보일 정도였다. 아지즈도 마찬가지였다. 뿐만 아니라, 미국인들을 제외한 모든 사람 역시 벌떡 일어섰다.

엘런이 고개를 돌려 보니 나이가 지긋한 남자가 회의실로 들어오는 것이 보였다. 깔끔하고 긴 하얀 수염을 기르고, 치렁치렁한 검은색 로브를 입은 남자였다.

엘런도 일어서서 몸을 돌렸다. 그녀의 앞에 이란 이슬람 공화국의 최고 지도자인 대아야톨라 호스라비가 서 있었다.

「세상에.」아나히타가 속삭이듯 말했다.

26장

길 바하르는 문손잡이를 꽉 붙잡고, 다른 손을 낡은 택시 천장에 댔다. 더 이상 길이라고 부를 수 없는 산길을 택시가 힘겹게 달리는 동안 몸을 지탱하기 위해서였다.

그렇게 1시간 넘게 달린 뒤에 아크바르가 차를 세웠다.

「여기부터는 걸어간다. 갈 수 있어?」

길은 통증을 느끼고 있음이 분명했다.

「조금만 쉬면 돼, 잠깐만.」

아크바르가 그에게 물 한 병과 빵을 주었다. 길은 반가운 기색으로 그것을 받아 든 뒤, 숨겨 두었던 진통제를 확인했다. 두 알이 남아 있었다.

그는 앞에 뻗은 울퉁불퉁한 땅을 바라보았다. 지금 향하는 곳이 어딘지 알고 있었으므로, 가파른 비탈과 뾰족뾰족한 바위는 차라리 걱정거리가 아니었다.

그는 약을 한 알 먹고, 다리 상처의 피투성이 붕대를 갈기 위해 바지를 벗었다.

「어디 봐.」아크바르가 말했다. 「내가 할게.」

그는 길의 떨리는 손에서 붕대를 받아, 매우 뛰어난 솜씨로 조심스레 상처를 세척하고, 소독제 가루를 뿌린 뒤 새 붕대를 감아 주었다.

「고약하네.」

「그래도 난 운이 좋은 거야.」 길은 고통스러운 기색을 영 감추지 못했다. 게다가 그와 아크바르는 워낙 많은 일을 함께 겪은 사이라서, 어떤 고통이든 굳이 감출 필요가 없었다.

몇 분 안에 진통제의 약효가 돌기 시작하자 길은 두 발로 일어섰다. 얼굴이 창백했지만, 다시 몸을 움직일 수 있었다.

그가 앞을 바라보며 아크바르에게 말했다. 「원한다면 넌 여기서 기다려도 돼.」

「아니, 갈 거야. 그래야 놈이 널 죽이는지 아닌지 알지.」

「날 데려왔다고 너까지 죽이면 어쩔 건데?」

「그럼 그게 알라의 뜻이야.」

「알함둘릴라.」 길이 말했다. 알라에게 감사하라.

두 남자는 출발했다. 바윗길을 올라가던 중에 아크바르가 지팡이 역할을 할 수 있는 나뭇가지를 하나 찾아내서, 절룩거리며 따라오는 길에게 주었다. 길은 힘을 얻기 위해 무슬림의 기도문을 중얼거리고 있었다. 그에게는 용기도 필요했다.

「답이 없어요.」 벳시가 낮은 목소리로 거의 으르렁거리듯이 말했다.

특수 부대원인 데니스 펠런 대위는 밖에 나가 있었다. 벳시가 밖에 나가서 기다려 달라고 했을 때 대위가 놀란 표정을 짓자, 그녀는 지금부터 봐야 하는 자료가 최고 기밀 서류라서 아무도 이 방 안에 있으면 안 된다고 설명했다.

펠런 대위는 당연히 피트 해밀턴을 바라보았다. 그는 에릭 던의 입으로 일하다가 불명예스럽게 쫓겨난 사람이었다.

「내가 데려온 사람이에요.」 벳시가 대위의 시선을 맞받으며 말했다.

물론 말도 안 되는 소리였다. 해밀턴에게 암호 해독 반지나 다목적 허리띠나 토르의 망치를 줬다고 말한 거나 마찬가지였다.

대위가 망설이는 것이 보였다. 벳시의 말을 믿는 것도 같았다. 사실이 아니라면, 그런 터무니없는 소리를 누가 늘어놓겠는가.

그렇게 펠런을 복도로 내보낸 뒤에도 두 사람은 방 안에 도청 장치가 있을 거라는 가정하에 계속 목소리를 낮췄다.

데니스 펠런은 화이트헤드 장군의 전속 부관이었다. 그렇다면 장군은 두 사람을 보호하기 위해서가 아니라 감시하기 위해 그녀를 보냈을 터였다. 사무실에 이미 도청 장치가 설치되었다고 가정해야 했다.

벳시는 비첨이 아니라 화이트헤드가 바시르 샤와 함께 움직이는 첩자라는 사실에 여전히 정신을 차릴 수 없었다. 합참 의장이 테러리스트와 한편이 되어 중요한 정보를 제공하고 있다니.

그 〈이유〉를 도저히 짐작조차 할 수 없었으므로 벳시는 아예 시도도 하지 않았다. 그런 건 나중에 생각해도 되는 문제였다. 지금은 엘런에게 알려 줘야 했다.

벳시는 전화로 연락이 안 되자 문자를 전송했다.

「오타가 있는 것 같아요.」 그녀가 작성한 문자를 보고 피트 해밀턴이 속삭였다.

〈동의어가 주점 안으로 한가로이 들어온다.〉

「어디에요?」

「전부. 원래 〈화이트헤드가 첩자다〉, 이렇게 써야 하는 것 아닌가요? 철자를 잘못 치신 것 같아요.」

「이건 만일을 대비한 우리 암호예요.」 벳시가 숨죽인 소리로 말하고는 고갯짓으로 컴퓨터를 가리켰다. 「저 자료 안에 또 뭐가 있는지 찾아 봐야죠.」

해밀턴은 보인턴의 책상에 앉아 다시 작업을 시작했다.

아야톨라가 회의실 안으로 들어오자 경비병들과 관리들이 고개를 숙이며 손바닥을 심장 부근에 댔다.

「장관.」

「예하.」 엘런은 잠시 머뭇거렸다. 윌리엄스 대통령의 말이 옳다는 것을 너무나 잘 알기 때문이었다. 만약 그녀가 테러 국가의 수반과 만나는 모습이 사진으로 찍혀 밖으로 유출된다면 엄청난 난리가 벌어질 것이다. 그에게 고개 숙여 인사하는 사진은 생각할 필요도 없었다.

그래도 엘런 애덤스는 인사를 위해 고개를 숙이려고 했다. 겉으로 보이는 모습을 걱정하기에는 중요한 일이 아주 많았다. 앞으로 어떻게 될지 모르는 수천의 목숨 같은 것. 이 회담의 결과에 그 중요한 일들의 향방이 달려 있었다.

그런데 그녀가 고개를 몇 센티미터 숙이기도 전에 호스라비 대아야톨라가 손을 뻗었다. 그 손이 그녀의 몸에 닿지는 않았다. 근처까지 오지도 않았다. 그래도 그 몸짓의 의미는 분명했다.

「됐소.」나이가 80대인 그가 살짝 바람이 새는 듯한 목소리로 말했다.「그럴 필요 없소.」

엘런은 허리를 똑바로 펴고 그의 회색 눈을 마주 보았다. 호기심이 깃든 눈이었다. 진중함도 있었다. 엘런은 속지 않았다. 지난 세월 동안 헤아릴 수 없이 많은 살인이 그의 승인하에 이루어졌다. 거의 확실했다. 겨우 몇 시간 전만 해도 그는 고작 세 명을 죽이기 위해 백 명이 넘는 무고한 사람들의 학살을 지시했다.

하지만 그녀는 예의에 예의로 답했다.

「알라께서 함께하시기를.」그녀는 이렇게 말하면서 한 손을 심장 부근에 댔다.

「함께하시기를.」그는 흔들림 없는 눈빛으로 그녀와 눈을 마주쳤다. 그녀가 그를 평가하듯이, 그도 그녀를 평가하는 중이었다.

아야톨라 뒤에는 젊은 남자들이 벽처럼 늘어서 있었다. 이란 방문을 준비하는 짧은 시간 동안 애덤스 장관은 사전 조사를 위해 전문가들과 현대 이란에 대한 이야기를 나눠 보았으므로, 그 청년들이 아야톨라의 아들들과 보좌관들임을 알고 있었다.

호스라비 대아야톨라가 단순히 이란의 영적인 지도자만은 아니라는 사실 또한 알고 있었다. 30년이 넘도록 최고 지도자로 살아오면서 그는 겉으로는 겸손한 성직자 행세를 했으나 보이지 않는 곳에서는 은밀하게 자신의 권력을 다졌다.

호스라비 아야톨라는 그림자 정부라고 할 만한 것을 감독했으며, 거기서는 그의 사람들이 이란의 미래에 대해 중요한 결정을 내렸다. 만약 아주 조금이라도 변화가 생긴다면, 그 출발점은 호스라비였다. 조종간을 잡은 사람은 나세리가 아니라 호스라비였다.

대아야톨라는 치렁치렁한 검은색 로브 위에 자신의 직책을 나타내는 망토를 걸치고 있었다. 머리에 쓴 거대한 검은색 터번에도 나름의 의미가 있었다. 우선 색깔이 흰색이 아니라 검은색인 것은 그가 예언자 무함마드의 직계 후손이라는 뜻이었다. 터번의 크기는 지위를 의미했다.

대아야톨라의 터번은 토성의 바깥쪽 고리와 비슷했다.

그가 혈관이 튀어나온 한 손으로 손짓을 하자, 모두 자리에 앉았다. 호스라비는 나세리 대통령의 옆이자 엘런과는 마주 보는 자리를 차지했다.

「장관이 원하는 정보를 우리가 줄 수 있을 것이라고 믿고 여기까지 오셨을 거요.」 그가 말했다. 「또한 우리가 그 정보를 줄 만한 이유도 있다고 보는 것 같고.」

「이번에는 우리에게 필요한 것이 서로 맞아떨어지는 것 같습니다.」

「필요한 것이란?」

「바시르 샤를 막는 것이죠.」

「우리가 이미 그를 막았소.」 대아야톨라가 말했다. 「그의 물리학자들이 이제는 임무를 수행할 수 없게 되었으니.」

「그 임무가 무엇입니까?」

「핵폭탄 제조요. 그건 뻔히 알 수 있을 줄 알았는데.」

「누구의 핵폭탄입니까?」

「그건 중요하지 않소. 이 지역에서 다른 세력에 핵폭탄이나 제조 능력을 주는 건 우리 이익에 어긋나는 일이니까.」

「하지만 그 물리학자들을 대신할 사람은 얼마든지 있습니다. 세상의 모든 물리학자를 살해할 수는 없잖습니까.」

호스라비가 눈썹을 올리며 희미한 미소를 지었다. 마치 그럴 수 있다고 말하는 것 같았다. 필요하다면 실제로 세상의 모든 핵물리학자를 죽일 것이라고. 자기 나라의 물리학자만 빼고.

하지만 애덤스 장관은 그가 이 자리에 나온 데에는 이유가 있을 것이라고 확신했다. 이란 이슬람 공화국의 최고 지도자가 원하는 것이 있지 않고서야 이 자리에 나올 리가 없었다.

그것이 무엇인지도 알 것 같았다. 겉으로는 그가 강건해 보이지만, 미국 정보 관계자들 사이에는 그의 건강이 나빠지고 있다는 소문이 돌아다녔다. 호스라비는 아들 아르다시르에게 자기 자리를 물려주고 싶었으나, 러시아는 자기네 사람을 그 자리에 올려 조종하고 싶어 했다.

그렇게 되면 이란은 명목상의 독립국 신세가 될 것이다. 실제로는 러시아의 위성 국가로 전락한다는 뜻이었다.

그것은 암암리에 벌어지는 권력 투쟁이었다. 비잔틴 시대부터 줄곧 잔혹해지기 일쑤인 중동의 정치판에서 살아남은 이 노회한 인물은 반드시 승리를 거머쥘 생각이었으나, 지금 이 자리에 나온 것을 보니 이제는 자신할 수 없는 모양이었다.

그래서 그는 중간에서 양편을 이간질하기로 했다. 위험한 게임이었다. 기꺼이 이런 게임에 나섰다는 사실만으로도, 그가 결코 인정하고 싶지 않을 만큼 절박하고 취약한 상태임을 알 수 있었다.

하긴 그가 굳이 인정할 필요도 없었다. 서로에게 필요한 것이 맞아떨어졌다는 엘런의 말이 이미 그 역할을 해버렸으니까. 호스라비는 엘런의 말을 분명히 이해했다. 두 사람 모두 이 투쟁에서 러시아의 승리를 바라지 않았다. 또한 두 사람 모두 인정하고 싶지 않을 만큼 절박하고 취약한 상태였다.

엘런이 생각했던 것보다 좋은 상황인 동시에 나쁜 상황이었다. 좋은 것은 성공의 가능성이 있기 때문이고, 나쁜 것은 절박하고 취약한 사람이나 국가가 예상 밖의 일을 저질러서 최악의 경우 재앙까지 초래할 수 있기 때문이었다.

단 한 사람을 죽이기 위해 민간인이 가득한 버스를 폭파해 버리는 짓 같은 것.

「샤의 물리학자들에 대해 어떻게 아셨습니까, 예하?」 엘런이 물었다.

「전 세계에 이란의 친구들이 있소.」

「친구가 그렇게 많은 나라라면 확실히 대량 학살을 저지를 필요가 없을 텐데요. 귀국은 버스에 탄 사람을 모두 죽였을 뿐만 아니라, 거기서 도망친 테러범 한 명을 추적해 역시 살해했습니다. 그의 가족도, 미국 고위 관리 두 명도 함께.」

「귀국의 독일 주재 정보 수장과 그의 부관을 말하는 거요?」 대아야 톨라가 물었다.

그가 무지한 척하지 않는다는 사실에서 엘런은 이번 일이 그가 직접 관심을 기울여야 할 만큼 중요한 일임을 알리려 한다는 인상을 받았다.

「그럼 우리가 어떻게 했어야 하겠소?」 그가 물었다. 「우리가 줄곧 경고해도 귀를 기울이지 않는데. 그 사람들을 모두 죽이는 건 우리도 바라는 일이 아니었소. 귀국이 우리의 호소에 답해 주었다면 죽이지 않았을 거요. 이번 일에는 우리 못지않게 귀국의 책임도 있소이다. 우리보다 더 책임이 크지.」

「무슨 말씀이십니까?」

「이러지 마시오, 장관, 그쪽 정권이 바뀐 건…….」

「정부입니다.」

「……나도 알고 있소만, 그래도 지속적으로 이어지는 정보가 있을 터인데. 소박한 성직자인 내가 설마 그렇게 훌륭한 나라의 국무 장관보다 더 많은 걸 알고 있다고 할 셈이오?」

「아시다시피 제가 국무 장관 자리에 앉은 지 얼마 안 됐습니다. 저를 일깨워 주시지요.」

아야톨라는 오른편에 앉은 젊은 남자에게 시선을 돌렸다. 그의 아들이자 후계자로 낙점된 아르다시르였다.

「우리는 몇 달 전 그 물리학자들에 대해 귀국 국무부에 알렸습니다.」 아르다시르가 말했다. 말의 내용은 폭탄선언이었지만, 목소리는 부드럽고 사무적이었다.

「그렇군요.」 엘런은 의연한 태도를 유지했다. 「그래서요?」

아르다시르가 양손을 들어 올렸다. 「반응이 없었습니다. 우리는 혹시 메시지가 제대로 전달되지 않았나 하고 여러 차례 시도했습니다. 짐작하시겠지만, 우리는 공식 채널을 사용할 수 없으니까요. 우리가 보낸 메시지를 지금 보여 드릴 수도 있습니다.」

「그러면 고맙겠습니다.」 엘런이 그런 메시지의 존재나 내용을 꼭 확인할 필요가 있는 것은 아니었다. 그녀가 원하는 것은 그 경고 메시지의 수령인으로 지목된 사람들의 이름이었다. 팀 비첨이 거기에 있을 것 같았다.

그녀는 어떻게든 균형을 회복하려고 필사적이었지만, 유리한 위치는 이미 사라진 뒤였다.

아르다시르가 말을 이었다. 「서방이 신경 쓰지 않는다는 사실이 확실해졌을 때, 우리는 직접 해결하기로 했습니다. 유감스러운 마음으로.」

「그래도 무고한 사람들까지 죽일 필요는 없었습니다.」

「이미 벌어진 일입니다, 장관. 우리가 얻은 정보는 샤 박사가 핵무기를 만들려고 그 물리학자들을 고용했다는 사실뿐이었습니다. 그들의 이름도 몰랐어요. 그들의 여행 계획만 입수했을 뿐입니다.」

「그 버스들.」 나세리가 말했다. 「우리는 귀국의 정보망이 더 많은 정보를 갖고 있는지 물었습니다. 간청하다시피 했어요. 하지만 결국 다른 방법이 없었습니다.」

「우리는 이란 이슬람 공화국에 대한 이런 위협을 묵인하지 않겠다는 뜻을 샤 박사와 서방에 알려야 했습니다.」 아르다시르가 말했다. 「이 지역의 다른 나라가 핵무기를 손에 넣는 걸 허용하지 않을 겁니다.

그렇지 않아도 아버님이 모든 대량 살상 무기에 대한 파트와를 발령하신 참이니까요.」

「그렇군요.」 엘런이 말했다. 「하지만 귀국에도 핵물리학자가 있잖습니까. 바로 얼마 전에 핵무기 개발 프로그램의 수장인 베흐남 아흐마디 박사를 체포하신 것으로 압니다.」

「아닙니다.」

「아니라고요? 뭐가요?」

「아흐마디 박사의 프로그램은 핵무기가 아니라 원전을 위한 겁니다.」 아르다시르가 말했다. 「그리고 우리가 박사를 체포한 것도 아닙니다. 박사에게 직접 출두해서 몇 가지 질문에 답변해 달라고 요청했을 뿐이에요. 하지만 박사의 딸인 그 젊은 여자? 그 여자는 체포된 것이 맞습니다. 재판을 받고 유죄 판결을 받을 경우, 처형될 겁니다.」 그는 아나히타에게 시선을 돌렸다. 「그 여자가 연락한 사촌이 당신이죠. 그렇지 않습니까?」

아나히타가 대답하려 했지만, 엘런이 그녀의 손을 잡았다. 아나히타에게 거짓말하지 말라고 조언하긴 했어도, 필요 이상으로 정보를 내줄 필요는 없었다.

이란이 정말로 샤의 계획에 대해 미국 정부에 알리려 했으나 미국이 그 경고를 무시했다는 사실은 정치적으로도, 외교적으로도, 도덕적으로도 재앙이었다. 이란이 저지른 짓과 도덕적으로 동일선상에 놓일 만한 일도 아니고 핑계로 삼을 수 있는 일도 아니었지만, 엄청난 파괴력을 지닌 것은 분명했다.

엘런은 열심히 할 말을 찾았다. 「미국은 이제 행동할 준비가…….」

뒤에 늘어선 여러 관리가 재미있다는 듯한 표정을 지었다. 최고 지도자는 거의 눈에 보이지도 않는 동작으로 그들의 입을 막아 버린 뒤, 엘런에게 시선을 집중했다.

「……조금 늦긴 했지만요.」 엘런은 호스라비에게 시선을 돌렸다.

이란 사람들이 그녀의 공격에 대비했음을 알 수 있었다. 그들은 그녀가 슬플 정도로 긴 이란의 위반 사례들을 줄줄 읊어 댈 것이라고 예상하고 있었다.

　그런 유혹이 느껴지기는 했다. 하지만 그런 행동이 아무리 정당하다 해도 그 유혹에 넘어간다면, 또다시 진부한 논쟁에 빠질 수밖에 없었다. 그랬다가는 아무것도 해결하지 못한 채, 모두 진흙탕을 뒹굴게 될 터였다.

　「귀국의 메시지가 무시당한 것에 대해 진심으로 죄송합니다, 예하. 미국 정부를 대표해서 제가 귀국의 경고를 무시한 것에 대한 깊은 유감의 뜻과 사과를 드립니다.」

　헉 하고 놀라는 소리가 들렸다. 이란인들이 낸 소리가 아니었다. 그들도 놀란 기색이 역력하긴 했지만.

　소리를 낸 사람은 찰스 보인턴 비서실장이었다. 그가 이를 악물고 속삭였다. 「장관님!」

　엘런은 러시아부터 미국 정보국에 이르기까지 지금 이 대화를 도청하던 모든 사람이 보인턴처럼 헉 하고 놀란 소리를 내는 모습을 상상해 보았다. 미국 국무 장관이 이란의 대아야톨라에게 사과를 하다니.

　하지만 그것은 계산된 행동이었다. 그녀는 자신이 방금 한 행동의 의미를 정확히 알고 있었다. 지금 그녀는 칼날 위에 서 있었다. 거기서 진실과 신중함 사이의 균형을 잡으며, 대아야톨라에게 은밀한 메시지를 전달하는 중이었다.

　그는 경험이 많은 사람이었으므로, 원래 약자들이 거칠게 날뛰면서 부인하고, 거짓말하고, 허세를 부린다는 것을 알고 있었다.

　강자들은 실수를 인정함으로써, 그 실수에 휘둘릴 여지를 아예 없애 버리는 편을 택했다.

　깊이 뉘우치는 기색을 보일 수 있는 것은 정말로 만만찮은 사람들뿐이었다. 미국 국무 장관의 행동은 그녀가 결코 약한 사람이 아니며, 엄청난 힘과 결의를 갖고 있다는 증거였다.

　대아야톨라는 이 의미를 이해하고, 인정한다는 듯이 한쪽으로 고개를 살짝 기울였다. 그녀의 사과를 인정한다는 뜻이었지만, 그보다는 그녀의 행동으로 자신이 유리한 위치를 빼앗겼음을 인정한다는 뜻이 훨씬 더 컸다.

「샤 박사에 대한 정보를 원한다고요.」호스라비가 말했다. 「우리도 그자를 막고 싶소. 장관이 말했듯이, 우리에게 필요한 것이 서로 맞아떨어지는 것 같군. 하지만 우리가 줄 수 있는 정보가 많지 않아 안타까울 따름이오. 우리는 샤가 지금 어디 있는지 몰라요. 그자가 핵 과학자와 원료 외에 핵무기에 대한 비밀 또한 판매하고 있다는 사실을 알 뿐이오.」그는 잠시 말을 멈추고, 비단 손수건으로 코를 훔쳤다. 「우리가 이번에는 그자를 저지했지만, 그자는 체포되지 않는 한 계속 이런 일을 저지를 것이오. 귀국이 괴물을 풀어놓았어요. 그자는 귀국의 책임이오.」

「그자를 가택 연금 상태로 되돌리라는 말씀입니까?」

「그건 별로 찬성할 수 없겠소, 장관.」

엘런은 아야톨라의 말이 무슨 뜻인지 완벽히 이해했다. 그가, 그러니까 이란이 미국에 무엇을 원하는지.

「샤와 물리학자들에 대한 정보를 어떻게 얻으셨습니까?」그녀가 물었다.

「익명의 정보원입니다.」아야톨라의 아들이 말했다.

「그렇군요. 그럼 같은 정보원이 자하라 아흐마디에 대한 정보도 알려 주었을까요?」엘런이 물었다.

대아야톨라가 문가에 서 있는 혁명수비대원에게 고갯짓을 하자 그가 문을 열었다. 눈부신 분홍색 로브에 히잡을 쓴 젊은 여자가 안으로 들어왔다.

아나히타가 일어나려고 했지만, 엘런이 그녀의 다리를 눌러 저지했다.

이 모습을 다른 사람들도 보았다.

자하라 뒤로 나이 지긋한 남자가 들어왔다. 그녀의 아버지이자 핵물리학자인 베흐남 아흐마디였다.

두 사람은 대아야톨라를 보고 그대로 걸음을 멈췄다. 충격을 받은 표정이었다. 아무래도 두 사람은 아야톨라를 아주 먼발치에서나 봤을까, 실제로 본 적은 없는 모양이었다.

아흐마디 박사가 한 손을 심장 부근에 대고 곧바로 허리를 깊게 숙였다. 「예하.」

자하라도 아버지의 뒤를 따랐지만, 그 전에 엘런과 아나히타를 차례로 바라보았다. 엘런이 누군지 알아본 기색이 역력했다.

사촌 사이인 자하라와 아나히타의 얼굴이 워낙 닮아서, 그녀가 아나히타를 알아본 것은 당연한 일이었다. 그러나 그녀는 아무 말도 하지 않고, 겸손하고 얌전하게 눈을 내리깔며 최고 지도자에게 허리를 숙였다.

「안 그래도 아흐마디 양 이야기를 하던 참입니다.」 호스라비에게서 대화를 진행하라는 신호를 받은 나세리 대통령이 말했다. 「아흐마디 양, 버스에서 폭탄이 터질 거라는 이야기를 어떻게 알게 됐는지 여기서 말해 보겠소?」

「대통령님이 말씀해 주셨어요.」

방 안의 모든 사람이 눈썹을 치떴지만, 그중에서도 나세리의 눈썹이 가장 높게 올라갔다. 「난 말하지 않았소.」

「직접 말씀하신 건 아니죠. 하지만 대통령님의 과학 고문을 아버지에게 보내셨어요. 그분이 아버지에게 물리학자들에 대해 말씀하셨습니다. 그들이 정확히 몇 시에 어떤 버스를 탈지 아는 것이 전부라는 말씀과 함께. 그걸 제가 엿들었어요. 제 방이 아버지의 서재 바로 위에 있거든요.」

자하라는 말하면서 아버지를 보지 않았다. 거의 로봇 같은 말투를 보니, 미리 이 질문을 예상하고 답을 준비해 연습했음이 분명했다.

또한 아버지를 보호하려고 애쓰고 있다는 사실도 분명히 알 수 있었다.

「그걸 왜 미국에 알리기로 했소?」 나세리가 물었다.

방 안이 긴장으로 가득 찼다. 지금 하는 답변에 그녀의 미래가 걸려 있었다. 미국에 정보를 줬다고 인정한다면, 그녀에게 미래는 없었다.

「그건요, 예하……」 자하라는 대아야톨라를 빤히 바라보았다. 「자비로우신 알라께서 무고한 사람들의 살해를 용인하시지 않을 것이라고 믿기 때문입니다.」

주사위는 던져졌다. 자하라는 믿음을 선언했고, 그로써 자신의 운명을 결정했다.

「우리에게 설교라도 할 셈인가? 대아야톨라께 알라에 대해 설교하겠다는 거요?」 나세리가 다그치듯 말했다. 「그대가 알라의 뜻을 안다고?」

「아뇨. 무고한 남자, 여자, 아이가 살해당하는 것을 알라께서 원치 않으실 것이라는 확신이 있을 뿐입니다. 만약 이란을 보호하기 위해 그 물리학자들만 죽일 계획을 제가 엿들었다면, 그걸 저지하려 하지 않았을 거예요.」

자하라는 여전히 눈을 내리깔고 있는 아버지에게 시선을 돌렸다.

「아버지는 이 일에 대해 전혀 모르십니다.」

「글쎄.」 대아야톨라가 말했다. 「과연 그럴까 싶구나, 아이야. 네가 한 짓을 우리가 어떻게 알아냈을 것 같으냐?」

방 안이 지독하게 조용해졌다. 모두 딱딱하게 굳어서 아버지와 딸을 뚫어져라 바라보고 있었다.

「아빠?」

침묵이 흘렀다.

「아빠? 아빠가 말했어요?」

그는 시선을 들고 뭐라고 중얼거렸다.

「더 크게.」 나세리 대통령이 다그쳤다.

「어쩔 수 없었다. 내 컴퓨터는 감시 대상이야. 내가 무엇이든 검색할 때마다, 메시지를 보낼 때마다 다 알려진다. 어차피 결국 사실을 알아냈을 거야. 나도 달리 방법이 없었다. 네 동생들을 지켜야 하니까. 네 엄마를 지켜야 하니까.」

「박사는 충성심을 입증했소.」 나세리가 말했다.

하지만 엘런은 대아야톨라와 아지즈 장관의 얼굴에서 지극히 혐오스럽다는 표정을 보았다. 충성심이 무엇보다 중요할 수는 있어도, 가족을 배신했다는 사실은 그 사람의 인성을 아주 잘 보여 주었다.

베흐남 아흐마디 박사가 딸보다 오래 살아남을 수는 있겠지만, 그의 품성은 아니었다.

자하라는 아버지를 외면했다.

애덤스 장관도 그를 외면했다.

대아야톨라를 비롯해서 방 안의 모든 사람이 베흐남 아흐마디를 외면했다.

일이 급속도로 진행되면서 사건의 조각들이 착착 맞아 들어가는 동시에 또한 제멋대로 흩어지고 있었다.

엘런이 여기서 뭐라도 건지려면 빨리 결단을 내리고 행동에 나서야 했다.

「우리는 뒤가 아니라 앞을 보아야 합니다.」 그녀는 자하라에게 쏠려 있는 사람들의 시선을 이 말로 끌어왔다. 「미국은 행동할 준비가 되어 있습니다. 그러나 행동을 위해서는 샤에 대한 정보가 필요합니다. 그의 위치. 그의 계획. 그 계획의 진척 상황. 귀국에 정보를 알려 준 자에 대해서도 알아야 합니다.」

엘런은 아야톨라와 시선을 마주치며 뜻을 전달하려고 애썼다. 러시아가 도청하고 있을 확률이 거의 백 퍼센트에 가깝다는 사실을 자신도 알고 있다고 말하고 싶었다. 이 방에서 지금 하는 말은 모두 그들에게 들려주기 위한 것이라는 뜻도 전달하려고 했다. 그녀가 요구한 정보를 설사 아야톨라가 알고 있다 해도 결코 입 밖에 낼 수는 없을 터였다. 하지만 모종의 신호를 보낼 수는 있지 않을까 싶었다.

무슨 신호라도.

샤에 대한 정보의 출처를 아야톨라는 알고 있음이 분명했다. 정확한 정보를 준 것을 보면, 틀림없이 샤와 가까운 사람일 터였다. 그러나 모든 정보를 알 만큼 가까운 사람은 아닌 듯했다.

대아야톨라가 말하기를 꺼리는 것으로 보아, 정보원은 러시아 쪽임이 거의 확실했다. 러시아 정부는 아니었다. 만약 정부에서 준 정보라면 호스라비가 아무 어려움 없이 엘런에게 말해 줬을 것이다. 러시아 정보국이 모르는 사실을 엘런에게만 밝히는 게 아니니까.

엘런은 생각을 정리했다. 정보원은 러시아 쪽이지만 정부는 아니었다. 그렇다면 답은 하나밖에 없었다.

대아야톨라가 그녀와 시선을 마주쳤다. 「장관은 자녀들에게 『어린 왕자』를 읽어 줬지. 나도 내 아이들에게 읽어 줬다오.」

엘런은 온 신경을 집중하고 있었다. 신경이 얼얼해질 정도였다. 아야톨라는 그녀와 캐서린과 아나히타가 부르카를 갈아입으면서 나눈 이야기를 모두 엿들었다고 방금 조용히 확인해 주었다.

그렇다면 애덤스 장관이 도청을 의심하면서 일부러 시인한 사실, 즉 아나히타가 사촌의 메시지를 받은 장본인이라는 사실도 들었을 것이다.

엘런이 위험한 줄 알면서도 계산적으로 한 그 행동이 옳았는지 확인하기 직전이었다.

지금 최고 지도자가 하는 말에는 모두 의미가 몇 층이나 겹쳐져 있었다.

그가 아들들에게 시선을 돌렸다. 「너희는 항상 페르시아의 『비드파이 우화집』을 가장 좋아했지.」 그는 힘없이 늘어진 오른팔을 왼팔로 들어 올렸다. 엘런은 오래전 폭탄 공격으로 그가 심한 부상을 입어 오른팔을 못 쓰게 되었음을 떠올렸다. 그는 아이처럼 그 팔을 감싸 안고서 다시 엘런에게 시선을 돌렸다. 「고양이와 쥐에 대한 우화를 아시오?」

「죄송합니다만, 모릅니다.」 엘런은 또한 그가 자기 나라의 옛 이름인 〈페르시아〉라는 말을 쓴 것을 놓치지 않았다.

「커다란 고양이, 아니 사자라고 합시다. 그 사자가 사냥꾼의 그물에 걸렸소.」나직하게 달래 주는 듯한 목소리였으나, 그의 눈빛은 예리했다. 「막 구멍에서 빠져나온 쥐가 그것을 보았소. 사자는 쥐에게 그물을 갉아 자신이 빠져나갈 수 있게 해달라고 애걸했지만 쥐는 거절했소.」아야톨라는 미소를 지었다. 「현명하고 늙은 쥐라서, 사자가 풀려난 뒤 자기를 잡아먹을지도 모른다고 생각한 거요. 그게 사자의 본성이니까. 그래도 사자는 계속 간청했소. 그래서 쥐가 어떻게 했는지 아시오?」

「쥐는…….」나세리가 입을 열었지만, 아지즈가 그의 말을 막았다.

「대통령님, 미국 국무 장관께 던지신 질문인 것 같습니다.」

엘런은 생각에 잠겼다. 이것의 모종의 메시지, 또는 암호인 것 같았지만 의미를 읽어 낼 수 없었다.

「모르겠습니다, 예하.」엘런이 이렇게 대답했더니 놀랍게도 아야톨라가 마음에 든다는 표정을 지었다.

「꾀바른 쥐가 그물을 갉기는 했는데, 완전히 구멍을 내지는 않았소. 줄 한 가닥을 한 번만 더 갉으면 끊어질 정도로 남겨 둔 거요. 사자가 계속 그물에 묶여 있게. 사냥꾼이 다가오는 소리가 들렸소. 발소리가 점점 가까워졌지.」

방 안의 다른 사람들은 사라져 버리고, 이란 이슬람 공화국의 최고 지도자와 미국 국무 장관만 남았다.

호스라비 대아야톨라가 목소리를 낮췄다. 마치 엘런에게 직접 귓속말을 하는 것 같은 느낌이 났다.

「쥐는 사자가 다가오는 사냥꾼에게 정신이 팔릴 때까지 기다렸다가 아슬아슬한 순간에 그 하나 남은 줄을 갉아 사자를 풀어 주었소. 그리고 사자가 자유로워졌음을 미처 깨닫기 전, 찰나의 순간에 제 구멍 안으로 도망쳤지. 사자는 나무 위로 도망쳤고.」

「사냥꾼은요?」엘런이 물었다.

「빈손이 되었지요.」아야톨라는 어깨를 으쓱했다. 하지만 그의 검은 눈동자는 엘런에게서 한 번도 떨어지지 않았다.

「아니면 사자에게 잡아먹혔을지도 모르겠네요.」 엘런이 말했다. 「그것이 사자의 본성이니까요.」

「그럴지도.」 대아야톨라는 혁명수비대원에게 시선을 돌렸다. 「저 여자를 체포해라.」

엘런은 얼어붙었다. 수비대원이 자하라에게 한 걸음 다가섰다.

「아니야.」 호스라비가 말했다. 「저 여자, 반역자의 딸을 잡아라. 메시지를 받은 여자.」

아나히타가 비틀비틀 일어섰다. 엘런은 벌떡 일어나 아나히타를 자기 몸으로 가렸다. 「안 돼요!」

혁명수비대원이 엘런을 옆으로 밀어 버리고, 그녀가 붙들고 있던 아나히타를 억지로 끌어당겼다. 아지즈가 말했다. 「애덤스 장관, 첩자이자 반역자가 이란으로 한가로이 들어와 정부의 최고위급 인사들이 나온 회의에 참석하고도 무사히 나갈 수 있을 것이라고 생각하시지는 않았을 겁니다. 우리는 누가 쥐인지 압니다.」

「유감이오.」 대아야톨라가 일어서서 문으로 향하며 말했다.

27장

파탄 캠프를 향해 천천히 접근하는 길과 아크바르에게 산속 감시 초소에서 AK-47 소총을 겨눴다. 눈에 보이지는 않았지만, 초소에 전사들이 있음이 분명했다.

파슈툰족의 옷을 입은 길과 아크바르는 양팔을 뻗었다. 길은 혹시 총으로 오해받을까 싶어서, 지팡이로 쓰던 나뭇가지도 손에서 놓았다.

옆에서는 아크바르가 가쁘게 숨을 몰아쉬고 있었다. 거친 산길을 올라온 탓이기도 하고, 두려움 때문이기도 했다. 길은 훨씬 더 심하게 절룩거리며 한 걸음 내디딜 때마다 움찔거렸다.

그래도 두 사람은 계속 앞으로 나아갔다.

무장한 파수병이 다가왔다. 그 뒤로 익숙한 모습이 보였다. 두 사람을 향해 기관총이 겨눠진 상태였다. 길과 아크바르는 걸음을 멈췄다.

「아스 살람 알라이쿰.」 길 바하르가 말했다. 「당신에게 평화가 있기를.」

「와 알라이쿰 아스 살람.」 이곳 파탄 캠프의 지휘관임이 분명한 남자가 말했다. 당신에게도 평화가 있기를.

잠시 긴장이 흘렀다. 총을 쥔 청년은 지시를 기다리며 손에 더욱 힘을 주었다. 지휘관을 등진 상태라서, 그는 수염을 기른 지휘관의 얼굴에 나타난 희미한 미소를 보지 못했다.

「상태가 별로 좋아 보이지 않는군, 친구.」지휘관이 말했다.

「그래도 마지막으로 보았을 때보다는 낫지 않나.」

「뭐, 머리가 아직 붙어 있긴 하네.」

「자네 덕분이지.」

지휘관이 앞으로 나아가 길을 끌어안고 세 번 입을 맞추자 파수병은 무기를 내렸다.

길은 뒤로 물러나 쭉 뻗은 팔로 지휘관을 붙잡고 유심히 살펴보았다.

살이 좀 더 붙고, 근육도 늘어난 것 같았다. 30대 초반인 그는 길이 처음 만났을 때의 앳된 청년이 아니었다. 하기야 그건 길도 마찬가지였다.

지휘관의 얼굴은 풍상과 근심에 지쳤고, 수염이 자랐으며, 긴 머리는 뒤로 빗어 넘겨져 있었다. 몸에는 아프간 전사의 군복을 입었다. 이슬람 복장과 서구의 군복이 혼합된 옷이었다.

「잘 지냈나, 함자?」

「살아 있네.」지휘관은 주위를 한번 둘러본 뒤, 커다란 손을 길의 어깨에 얹고 이렇게 말했다. 「가세. 곧 어두워질 거야. 어둠 속에서 무엇이 나타날지 누가 알겠나.」

「자네가 밤의 주인인 줄 알았는데.」길은 그를 뒤따르며 이렇게 말했다.

「난 무엇의 주인도 아니야.」함자가 들춰 준 천막 입구로 길이 들어가고, 아크바르는 밖에 남았다.

「그래, 옛날 헤어졌을 때와 똑같이 소박한 사람인 걸 알겠군.」길은 폭발물과 수류탄이 들어 있는 상자들과, 〈아브토마트 칼라시니코바 Avtomat Kalashnikova〉라는 글자가 찍힌 길쭉한 나무 상자들을 살펴보았다.

AK-47이 그 안에 들어 있다는 뜻이었다. 모든 상자에 러시아 글자가 찍혀 있었다.

함자가 천막 안의 남자들에게 밖으로 나가라고 지시한 뒤, 사모바르[25]에서 차 두 잔을 따랐다.

「러시아에서 온 물건 중에 사람을 죽이지 않는 것도 있으니 다행이지.」 그가 달콤한 차를 건배하듯 들어 올리며 말했다. 그러고는 진지한 표정이 되었다. 「오지 말아야 할 곳에 왔어.」

「알아. 미안하네. 다른 길이 있었다면 안 왔을 거야.」

함자가 피가 배어 나오는 길의 다리를 고갯짓으로 가리켰다. 「어찌된 건가? 그 여자를 막으려 한 거야?」

「그 핵물리학자? 아니. 자네가 말해 준 대로 파키스탄의 공항에서 비행기를 탈 때부터 프랑크푸르트까지 부하리 박사를 따라갔네. 박사가 샤를 만날 때까지 따라가서 샤의 꿍꿍이를 알 수 있으면 좋겠다는 생각뿐이었어. 하지만 그 버스에서 폭탄이 터졌네.」

함자가 고개를 끄덕였다. 「폭탄 얘기는 들었어. 이유나 범인에 대한 이야기는 없었지만, 안 그래도 궁금했네.」 그가 길을 빤히 바라보았다. 「여긴 왜 왔나?」

「미안하네, 함자. 정보가 더 필요해.」

「더는 줄 수 없어. 이미 너무 많은 말을 했네. 누가 알아차리기라도 하면…….」

길은 바닥에 앉은 채로 커다란 쿠션에 몸을 기대며 살짝 움찔거렸다. 「자네가 안전하려면 샤가 제거돼야 한다는 건 자네도 알고 나도 알아. 지금쯤이면 누군가가 자기를 배신했다는 걸 샤도 분명히 알 걸세. 오래지 않아 이런저런 정보를 꿰어 맞춰서 자네를 잡으러 오겠지.」

「파키스탄의 중년 과학자가 저 산을 올라온다고? 내 파수병들을 뚫고? 난 이미 안전해.」

「내 말이 무슨 뜻인지 알잖아. 샤가 누구를 보낼지도 알고.」 길은 상자들을 뒤돌아보았다. 「미안하네.」

「난 샤와 아무 관계가 없어. 그 물리학자들에 대해 떠도는 소문 하나를 전해 줬을 뿐이네.」

「그렇지. 하지만 자네한테 그 소문을 말해 준 사람이 있을 것 아닌가.」함자가 고개를 젓자 길은 주위를 둘러보았다. 「더 말해 주게.」

「여길 떠나게. 지금은 너무 늦었으니, 내일 날이 밝자마자.」함자가 일어섰다. 「난 더 이상 할 말이 없어. 오래전 나는 자네의 탈출을 도왔지. 그걸 후회하게 만들지 말게. 어쩌면 알라께서는 자네의 참수를 원하셨는지도 몰라. 내가 신의 뜻을 온전히 따라야 하는 상황은 원하지 않네.」

「정말로 그렇게 생각하는 것도 아니면서.」길은 앉은 자세 그대로 말했다. 「자네가 날 풀어 준 건, 우리가 몇 달 동안 함께 코란을 공부했기 때문이야. 예언자 무함마드의 말씀을 자네가 내게 가르쳐 주었지. 진정한 이슬람은 평화로운 공존을 원한다고. 그래서 샤를 막고 싶어 했던 거잖아. 지금도 막고 싶어 하고.」

이곳에 잡혀 있을 때 길은 파수병의 말을 유심히 듣다가 간혹 단어나 구절을 하나씩 익히게 되었다. 그렇게 해서 파슈툰어로 파수병들에게 말을 걸기 시작했다. 그러던 어느 날 밤, 가장 어린 파수병, 그에게 식사를 가져다주는 그 파수병이 마침내 그의 말에 대답했다.

몇 달 뒤 그 젊은 파수병은 길과 마주 앉았고, 길의 부탁으로 코란의 언어인 아랍어 표현들을 가르쳐 주었다. 두 사람은 이슬람에 대해 이야기를 나눴다. 코란을 함께 읽었다. 길은 예언자의 가르침을 익혔다. 시간이 흐르면서 그는 예언자와 이슬람이 알려 주는 삶의 방식을 사랑하게 되었다.

그리고 그렇게 함께 이야기를 나누면서 함자의 시선도 부드러워졌다. 그는 과격파 성직자들이 말씀과 의미를 자기들 목적에 맞게 뒤틀어 놓았음을 깨달았다.

프랑스인 기자가 참수된 뒤, 밤의 어둠을 틈타 함자는 길의 손목과 발목을 묶은 끈을 풀고 그를 놓아주었다. 그 뒤로 두 사람은 줄곧 은밀하게 연락을 주고받았다. 그들의 유대는 튼튼했다.

「난 자네가 무고한 사람들을 죽일 사람이 아니라는 걸 알아.」 길이 말했다. 「다른 전사들은 죽이겠지만, 알라는 무고한 사람들의 죽음을 바라시지 않을 거야. 그래서 자네가 내게 샤와 그 물리학자들의 이야기를 해준 것이 아닌가. 소총은 그렇다 쳐도……」 그는 AK-47이 가득 들어 있는 뒤쪽 상자로 시선을 돌렸다. 「무차별적인 살상이 가능한 대량 살상 무기는 차원이 달라. 정보가 더 필요하네. 그런 일을 막기 위해서.」 길은 다리에서 느껴지는 통증에 이를 갈면서, 천막 바닥에 놓인 커다란 쿠션에 몸을 기대고 앞으로 숙였다. 「만약 샤의 고객들이 핵폭탄을 만들어 터뜨린다면, 수천 명이 죽을 걸세. 그러면 알라가 뭐라고 하시겠나?」

「내 믿음을 조롱하는 건가?」

길은 충격받은 표정을 지었다. 「아냐, 그럴 리가. 그건 나의 믿음이기도 한데. 그래서 내가 이 망할 산길을 걸어 여기까지 올라온 거야. 자네를 만나려고. 그 일을 막으려고. 부탁하네. 제발 부탁이야, 함자. 도와줘.」

두 사람은 서로를 빤히 보았다. 같은 또래지만, 두 사람이 자란 세계는 완전히 달랐다. 그런데도 운명이 둘을 형제처럼 하나로 묶어 주었다. 마음이 잘 맞는 친구처럼. 어쩌면 바로 이 순간, 이 일을 위한 안배였을 수도 있었다.

함자는 그의 본명이 아니었다. 그는 전사들의 무리에 합류하면서 이 이름을 택했다. 〈사자〉라는 뜻이었다.

길은 그의 본명이었지만, 온전한 이름은 아니었다. 대부분의 사람이 길버트를 줄여 길이라고 부르는 줄 알았다. 그러나 깊은 밤에 포로의 몸으로 파수병과 함께 앉아 코란에 대해 토론할 때, 길은 이름의 비밀을 말해 주었다.

그의 온전한 이름은 길가메시였다.

「세상에.」 함자는 히스테리에 가까운 웃음을 터뜨렸다. 「길가메시? 어떻게 그런 일이?」

「아버지가 대학에서 고대 메소포타미아 문명을 공부하셨거든. 그러면서 어머니한테 시를 읽어 주시곤 했는데, 어머니가 제일 좋아한 게 서사시 〈길가메시〉였어.」

길은 어렸을 때 자신의 방에 루브르의 포스터 한 장이 걸려 있었다는 말은 함자에게 하지 않았다. 고대 메소포타미아의 도시 두르샤루킨의 한 유적에서 수백 년 전 약탈해 온 조각상을 찍은 것이었다. 서사시의 주인공 길가메시의 조각상. 길가메시는 가슴에 사자 한 마리를 껴안고 있었다. 두 사람의 마음, 두 사람의 운명이 하나로 섞였다.

그 유적은 최근 전쟁에서 IS의 손에 파괴되었다. 따라서 처음에는 약탈처럼 보였던 행위가 지금은 많은 유물을 지켜 낸 행위가 되었다.

길가메시는 구세주가 뜻밖의 모습으로 나타난다는 사실을 실감했다. 처음에는 구세주처럼 보이지 않을 때가 많았다. 아니, 오히려 정반대로 보였다. 구세주는 상당히 고약하게 보이는 반면, 괴물은 아주 흥미롭게 보일 때도 있었다. 최악의 존재가 최고처럼 보이는 현상. 과격파 성직자가 바로 그러했다. 파렴치한 정치 지도자들도 그러했다.

지금 길가메시와 사자는 황혼 녘에 천막 안에 앉아 서로를 마주 보고 있었다. 결단을 앞에 두고서.

28장

「엄마, 어떻게 해요? 아나를 두고 갈 수는 없어요.」

엘런은 부르카로 갈아입으라며 안내받은 사무실 안을 서성거리고, 캐서린은 그런 어머니의 뒤를 따라다녔다. 두 사람은 여기서 이란을 떠날 준비를 해야 했다.

조금 전 바로 이 방에서 부르카를 벗은 것이 1천 년 전의 일처럼 느껴졌다.

「나도 모르겠다.」 엘런이 말했다. 이건 사실이었다. 지금도 분명히 대화를 엿듣고 있을 이란과 러시아 사람들도 이 말을 듣고 놀라지 않을 터였다.

애덤스 장관은 걸음을 멈추고, 아나히타의 부르카를 빤히 바라보았다. 소파 위에 놓인 부르카가 납작하게 눌린 인체 모양을 하고 있었다. 그 옷을 입고 있던 여자가 너무나 갑작스레 사라지는 바람에 그녀의 그림자가 뒤에 남은 것 같았다.

엘런은 그 옷에서 원자 폭탄이 떨어진 뒤의 히로시마와 나가사키 사진을 떠올렸다. 사람들이 증발하듯 사라져 버린 그 끔찍한 광경 속에 남은 것은 검은 윤곽선뿐이었다.

〈오, 주님. 오, 하느님, 도와주세요.〉 엘런은 속으로 기도했다.

아나히타가 입었던 부르카의 검은 윤곽선을 물끄러미 바라보자니,

허공을 움켜쥐려고 애쓰는 것 같은 기분이 들었다. 그런다고 추락을 막을 수는 없을 텐데.

애덤스 장관은 지금 필사적이었다. 샤를 어떻게 막을까? 어떻게 하면 아나히타와 자하라 아흐마디를 석방시켜 데리고 떠날 수 있을까?

자신이 이곳을 방문했는데도 상황은 조금도 나아지지 않았다. 아니, 솔직히 훨씬 더 악화되었다.

적어도 겉으로 보기에는.

엘런은 다시 서성거리기 시작했다. 좁은 곳에 갇힌 사자처럼 벽을 따라 방 안을 돌고 또 돌았다. 자신에게 필요한 것이 이미 손에 들어왔다는 느낌이 들었다. 그녀가 꼭 해야 하는 일을 하는 데 필요한 정보와 도구를 대아야톨라가 이미 손에 쥐여 준 것 같았다. 비록 그가 아나히타를 체포해 인질로 삼음으로써 국무 장관의 손을 묶어 버린 꼴이었지만.

그가 무슨 일을 꾸미고 있는 건가?

미국 국무부 직원을 체포한 것은 놀라운 일이었다. 충격적인 일이었다. 그것은 공격이고 도발이었다. 전혀 말이 되지 않았다. 겉으로 보기에는.

그렇다면 호스라비 대아야톨라가 왜 그런 짓을 했을까? 그가 지금 그녀에게 원하는 행동은 무엇일까? 그녀에게는 선택지가 많지 않았다. 아나히타 다히르를 여기에 두고 바시르 샤에 대한 정보도 없이 그냥 떠날 수는 없었다. 아야톨라도 그 정도는 알고 있음이 분명했다.

그런데도 그는 그녀를 내쫓았다. 빈손으로.

그녀는 창문 앞에서 걸음을 멈추고, 이란 수도의 풍경을 내다보았다.

사자와 쥐의 이야기에 틀림없이 뭔가 의미가 있었다. 그것은 단순한 우화가 아니었다. 하지만 사자는 누구고, 쥐는 또 누구지?

그들이 서로를 도운 이유는? 일시적으로나마 둘의 목적이 같았기 때문이다. 사냥꾼을 물리치는 것. 바시르 샤 박사를 물리치는 것.

그런데 왜 아나히타 다히르를 체포했을까?

왜?

그 빈틈없는 아야톨라의 말과 행동에는 모두 여러 의미와 목적이 층층이 쌓여 있었다.

「엄마.」캐서린의 목소리에 점점 커져 가는 불안이 드러났다. 「어떻게든 해야 돼요.」

「지금 하고 있잖아. 생각하는 거.」

누군가 문을 두드렸다.

「장관님,」외교보안국의 스티브 코월스키였다. 「고문님에게서 문자 메시지가 왔습니다.」

엘런은 생각할 것이 있으니 나중에 얘기하자고 말하려고 했다. 하지만 아까 벳시에게서 전화가 걸려 온 것이 생각났다. 그런데 이제는 문자를 보냈다고? 급한 일임이 분명했다.

엘런은 그에게서 자신의 전화기를 받았다.

「무슨 일이에요?」캐서린이 물었다.

그렇지 않아도 이 하루가 도저히 끝날 것 같지 않아서 스트레스에 지쳐 있던 엘런의 창백한 얼굴이 벳시의 문자 때문에 더욱더 하얗게 변했다.

〈동의어가 주점 안으로 한가로이 들어온다.〉

문제가 생겼다는 뜻이었다. 그것도 아주 큰 문제가.

〈난독증이 브래지어 안으로 걸어 들어온다.〉엘런은 문자를 입력했다. 이걸 보내는 사람이 바로 자신이며, 무서운 일이 일어났음을 이해했다고 알리기 위해 벳시와 미리 약속해 둔 문구였다.

답장이 금방 날아왔다. 벳시가 보안 전화기 화면을 뚫어져라 바라보며 엘런의 답장을 기다린 모양이었다.

〈반역자는 비첨이 아니라 화이트헤드야.〉

엘런은 의자에 털썩 주저앉았다. 마침내 추락이 끝나 그녀는 바위 위로 떨어졌다.

〈확실해?〉라고 써서 보내고 싶은 유혹이 들었지만, 벳시의 성격에 철저히 확인도 안 하고 그런 문자를 보냈을 리가 없었다.

그래서 엘런은 이렇게 썼다. 〈넌 괜찮아?〉

〈응. 화이트헤드의 특수 부대원이 문밖에 있어.〉

엘런의 심장이 졸아들었다. 벳시더러 그 장교에게 연락하라고 말한 사람이 바로 엘런이었다. 그런데 이런······.

〈증거는?〉

〈메모. 화이트헤드가 샤의 석방을 승인했어. 승인하고 지지했음.〉

엘런은 숨을 내쉬었다. 화이트헤드의 말이 거짓이었다.

팀 비첨이 전화를 걸기 위해 오벌 오피스를 나갈 때 화이트헤드가 그를 흘깃 보던 것이 기억났다. 그 장면의 영향으로 엘런은 합참 의장이 국가정보국장을 신뢰하지 않는다고 생각하게 되었다.

그런데 이제야 제대로 보였다. 그 밖의 수많은 사소한 일도 마찬가지였다. 그건 그저 교묘한 수준이 아니라 음흉한 술수였다. 그는 팀 비첨을 조용히 무너뜨려 죽이고 있었다. 예술적으로 연출된 수많은 작은 시선으로.

〈그가 뭘 알고 있어?〉 엘런이 문자를 보냈다.

〈내가 아는 것 전부.〉

거의 모두 안다는 얘기였다. 이란에서 있었던 일만 빼고. 아니, 이것도 알지 몰랐다. 도청하는 무리 중에 그가 있을 수도 있으니까.

화이트헤드의 보안 등급이 높으니 비첨의 파일을 모두 숨기는 일에도 틀림없이 관여했을 것이다. 그러면서 동시에 자신의 역할을 밝혀주는 자료들도 모두 제거했을 것이다. 이건 황급히 마련된 계획이 아니었다. 몇 달, 아니 어쩌면 몇 년 동안 준비된 일이었다. 던 정부의 집권 기간 내내. 그때는 내부 혼란이 심해 감독 기능이 거의 작동하지 못했다.

하지만 화이트헤드 장군은 자신이 언급된 문서 하나를 빠뜨렸다. 그것도 유난히 위험한 문서를. 이것이 이상했다. 그렇게 많은 노력을 기울였는데, 그렇게나 위험한 문서를 놓쳤다고?

하지만 곧 다른 생각이 이 생각을 압도했다.

버트 화이트헤드가 반역자? 바시르 샤와 한편? 테러리스트들에게 정보를 제공했다고? 합참 의장이 왜 그런 짓을 하지?

그는 조국을 배신했다. 대량 살상에 참여했다. 입만 열면 거짓말을 했다.

합참 의장 앨버트 화이트헤드 장군이 아지 다하카였다.

프레드 맥머리가 악마였다.

샤의 계획이 성공하면 수천 명, 아니 어쩌면 수십만 명이 망령이 될 것임을 화이트헤드 장군은 알고 있었다.

그녀의 휴대폰이 진동하며 새로운 문자의 도착을 알렸다. 이번에는 길에게서 온 것이었다.

〈이만 가야 돼. 조심해.〉 그녀는 벳시에게 이렇게 썼다.

그리고 아들에게서 온 메시지를 자세히 보니, 어디서 온 것인지는 알 길이 없었지만 어쨌든 제목에 〈길 보냄〉이라고 적혀 있었다. 그리고 평소처럼 어머니에게 짤막한 문자를 보내는 대신, 아예 이메일을 전송했다.

아니, 엄마가 아니라 미국 국무 장관에게 보낸 거야. 엘런은 이메일을 열면서 이 사실을 깨달았다.

그녀가 이메일을 다 읽은 뒤, 전화기가 손가락 사이로 빠져나와 무릎 위로 떨어졌다.

길은 아프가니스탄의 파키스탄 접경지에 있었다. 파탄이 장악한 지역에. 전에 잡혀갔던 곳. 오, 주님.

그는 그녀에게 필요한 정보를 알아냈다.

버스에서 암살당한 파키스탄 핵물리학자 세 명은 미끼였다. 교란용 미끼. 그들은 바시르 샤가 오로지 살해를 목적으로 고용한 무명의 평범한 과학자들이었다. 샤가 그들을 죽인 것은, 서구에 위험이 이미 지나갔다는 인상을 심어 주기 위해서였다. 아니면 하다못해 아직 시간 여유가 있다는 인상이라도 주려고 했다.

하지만 사실 시간 여유는 전혀 없었다.

길의 취재원은 진짜 핵물리학자들이 이미 몇 년 전부터 일하고 있다고 말했다. 일류 과학자들이 안식년 휴가를 떠나는 척하고, 사실은 샤 밑에서 일하고 있었다. 그리고 샤는 그들을 제3자에게 빌려주었다. 그 제3자는 알카에다임이 거의 확실했다. 그들의 임무는 아프가니스탄 내부에 핵무기 개발 시스템을 만드는 것이었다.

엘런이 갑자기 벌떡 일어서는 바람에 의자가 뒤로 쓰러졌다. 그녀는 빨리 머리를 굴린 뒤 문자를 썼다. 〈전화해.〉

길은 누군가에게서 빌린 전화기로 연락하는 것이라고 했다. 그가 믿는 대상임이 분명한 그 사람의 이름은 아크바르 어쩌고였다. 그 전화기에는 도청 장치가 없을 것이다. 그리고 그녀의 휴대폰은 보안 전화기였다. 그래도 이 방에는 도청 장치가 있을 확률이 거의 백 퍼센트였다. 그러니 조심스럽게 말을 골라야 했다.

통화가 시작되고 2~3분이면 도청이 들어올 것이다.

「2분 알람을 설정해.」 엘런이 캐서린에게 속삭였다. 캐서린은 어머니의 다급한 표정을 보고, 이번만은 아무것도 묻지 않았다.

엘런은 첫 번째 벨 소리가 끝나기도 전에 전화를 받았다. 「어딘지 말해.」

「샤의 물리학자요? 정확히는 몰라요. 파키스탄-아프간 국경 어딘가예요. 동굴이나 막사는 아닐 거예요. 아마 폐공장일걸요.」

국경이 길어서 살펴볼 곳이 많았으나, 길은 그 이상 자세한 정보를 알아낼 수 없었다.

「크기는?」 그녀는 목소리를 낮추고, 말을 애매하게 하려고 애쓰는 중이었다.

「몰라요. 배낭에 든 더티 밤부터 그보다 큰 무기 정도. 몇 블록이나 도시 전체를 날릴 수 있을 만큼.」

캐서린이 손가락 하나를 들었다. 1분이 지났다는 뜻이었다. 1분 남았다.

「여럿이야?」

「네.」

「어디?」

짧은 침묵이 영원처럼 느껴졌다. 곧 길이 대답했다. 「미국.」

「어디?」

「도시예요. 어딘지는 몰라요. 더 제작 중이에요. 러시아 마피아가 샤한테 원료를 공급하는 것 같아요.」

그거 말이 되네. 엘런은 속으로 이런 생각을 하면서, 정신없이 생각을 굴렸다. 서로 떨어져 있던 조각들을 하나로 이었다. 러시아 정부는 아닐 터였다. 공식적으로는. 하지만 러시아 대통령과 재벌들은 마피아와 관계를 맺고, 무기에서부터 인간에 이르기까지 온갖 상품을 팔아 벌어들인 막대한 돈을 직접 나눠 가졌다.

러시아 마피아는 이념도 도덕도 전혀 없는 무리였다. 브레이크가 없었다. 대신 그들에게는 무기, 연줄, 돈이 있었다. 그들은 거래 상대도 판매하는 상품도 가리지 않았다. 플루토늄에서 탄저균까지, 아동 성노예에서 사람의 장기까지 무엇이든 팔았다.

그들은 필요하다면 악마와 잠자리를 하고 아침 식사까지 만들어 바칠 사람들이었다.

샤가 그 물리학자들에 대해 이란에 살짝 정보를 줄 때는 제3자를 이용했음이 분명했다. 러시아 마피아와 이란 정보국 양쪽에 모두 발을 걸친 정보원보다 더 그 일에 맞는 사람이 있었을까?

러시아 마피아가 이란과 샤를 이어 주는 연결 고리였다. 그들이 둘 사이를 오가는 망령이었다.

「엄마……」 길이 말했다.

「응?」

「놈들이 벌써 거기 있다는 얘기가 돌아요. 미국 도시에. 폭탄도. 그래서 샤가 유럽에서 물리학자들을 죽인 거래요. 미국에서 주의를 돌리려고. 다음의 대규모 공격도 유럽에서 일어날 것처럼 보이려고.」

캐서린이 손가락을 둥글게 돌렸다. 시간이 다 됐다는 뜻이었다.

하지만 아직 질문이 하나 남아 있었다.

「언제?」

「곧. 그것밖에 몰라요.」

엘런은 전화를 끊으며 중얼거렸다. 「젠장.」

벳시 앞으로 문자가 들어왔다.

잠을 자지 못해서 눈이 벌겋게 충혈된 얼굴로 그녀는 피트 해밀턴에게 몇 시간 쉬고 오라고 말했다. 그가 찰스 보인턴의 사무실 소파에 몸을 말고 누워서 죽은 듯이 자는 동안, 벳시는 엘런의 소파에 누워 천장만 바라보았다.

몸에는 기운이 하나도 없었으나, 머리는 계속 정신없이 돌아갔다. 버트 화이트헤드가 첩자라니. 합참 의장이고 4성 장군인데. 아프간과 이라크 전쟁에 참전했는데 반역자라니.

그때 문자가 들어왔다.

〈잠이 안 옴. 비첩에 대한 정보는? 대통령께 말해야 함.〉

순간적으로 벳시는 테헤란에서 엘런이 보낸 문자인 줄 알았으나 곧 화이트헤드의 문자임을 깨달았다.

〈없어요.〉 그녀가 문자를 입력하는 동안, 피로와 분노로 손가락이 덜덜 떨렸다. 〈잠시 눈을 붙이려고요. 장군님도 쉬세요.〉

그리고 나서 그녀가 다시 눕기도 전에 또 메시지가 들어왔다. 이번에는 엘런의 것이었다. 아니, 길의 메시지를 엘런이 전달해 준 것이었다.

벳시는 그것을 읽고 나서 중얼거렸다. 「젠장.」

바시르 샤의 비행기가 한밤중에 착륙했다. 차를 타고 이슬라마바드의 집에 도착한 그는 별로 사용하지 않는 뒷길로 들어갔다. 정원을 통과하는 길이었다.

그는 예정보다 하루 빨리 미국을 떠났다. 꼭 그때 떠나야 했다.

세상이 영원히 바뀔 때까지 딱 하루 남짓 남았다.

「엘런 애덤스는 아직 테헤란에 있나?」 그가 부하에게 다그치듯 물었다.

「저희가 아는 한은 그렇습니다.」

「그걸로는 안 되지. 확실한 답을 가져와. 거기서 누굴 만나서 무슨 말을 들었는지도 알아 오고.」

15분 뒤, 샤가 잠자리에 들 준비를 하고 있을 때, 부하가 정보를 가지고 돌아왔다.

「나세리 대통령을 만났답니다.」

「그리고?」 정보가 더 남았음이 분명한데, 부하가 말하는 것을 두려워하고 있었다.

「대아야톨라도 만났습니다.」

「호스라비?」 샤가 노려보자 부하는 눈을 크게 뜨고 고개를 끄덕였다.

「장관이 알아낸 것은 없습니다.」

「전혀?」

「네. 그리고 일행 중에 외무 담당 직원이 간첩 혐의로 체포되었습니다.」

샤는 침대에 걸터앉아 생각을 정리했다. 이건 앞뒤가 맞지 않았다.

「대아야톨라가 사자와 쥐에 관한 이야기를 장관에게 해줬습니다. 우화인데, 아야톨라가 아이들에게 읽어 주던 것이랍니다.」

「그런 건 관심 없어. 그 여자가 뭘 했는지 전부 알아 와.」

호스라비가 뭘 꾸미는 거지? 샤는 이를 닦으며 생각했다. 엘런 애덤스는 무슨 생각이야?

〈기회가 있을 때 그 여자를 죽여 버릴걸 그랬어. 그 여자 아들은 곧 죽을 테니 다행이지. 그리고 그 여자는 그게 아들 녀석이 자초한 일이고 그 여자 자신의 잘못 때문이라는 걸 알게 될 거야.〉

그는 개수대에 침을 뱉은 뒤 다시 노트북 컴퓨터가 있는 곳으로 돌아가, 고양이와 쥐가 나오는 페르시아의 그 옛 우화를 찾아보았다. 이루어질 수 없을 것 같은 동맹의 이야기임을 그는 알아보았다. 거기까지는 뻔한 이야기였다. 하지만 이 이야기는 또한 사냥에 대한 것이기도 했다. 인식의 교란에 대한 이야기이기도 했다.

바시르 샤는 컴퓨터 뚜껑을 천천히 덮었다. 그는 워낙 노련한 사냥꾼이라서 속임수에 당할 리가 없다는 확신이 있었다. 그러니 고양이와 쥐를 모두 잡을 것이다.

「떠나야 돼,」 아크바르가 말했다. 「지금 당장.」

「무슨 소리야?」 길이 말했다. 「해가 졌어. 산에는 무자헤딘이 우글거리고. 함자의 전사나 무자헤딘이 우리를 적으로 착각하고 죽여 버릴걸. 나도 여기서 나가고 싶어. 하지만 해가 뜰 때까지 기다려야 돼.」 길은 친구를 자세히 살펴보았다. 아크바르는 분명히 불안해서 안절부절못하고 있었다. 「왜 그렇게 안달하는 거야?」

아크바르가 뒤를 돌아보았다. 두 사람은 함자가 내준 천막에 있었다. 함자가 먹을 것과 마실 것도 준비해 주었다. 길은 이제 막 잠자리에 들려던 참이었다. 온몸이 욱신거렸다.

「그냥 느낌이 안 좋아.」 아크바르가 말했다.

그는 모직 담요를 몸에 둘둘 말고 천막 기둥에 몸을 기댔다. 그리고 옷의 접힌 자락 사이에 숨겨 둔 긴 칼을 벌써 백 번째쯤 만져 보았다.

29장

「장관님.」 찰스 보인턴이 노크를 하고 들어와서 말했다. 「오만 술탄의 비행기가 준비되었습니다. 이란 측은 빨리 떠나라고 성화를 부리고 있고요.」

그의 호리호리한 몸이 문가에 불안한 듯 서 있었다.

창가에 서 있는 엘런 모녀는 평생을 통틀어 최고의 공포와 맞닥뜨린 사람들 같았다.

「무슨 일입니까?」 보인턴은 방 안으로 한 발 더 들어와 문을 닫으며 물었다.

엘런은 캐서린과 벳시에게 길의 메시지를 전달했다. 그가 전화로 알려 준 정보도 일부 거기에 추가했다. 윌리엄스 대통령과 팀 비첨에게도 메시지를 전달할까 생각했지만, 아직 망설이는 중이었다.

화이트헤드 장군이 혼자 움직일 리가 없었다. 백악관 고위층 사이에 틀림없이 그의 부역자들이 있을 것이다. 어쩌면 각료들 중에도 있을 가능성이 있었다. 그녀가 메시지를 보냈을 때 그들이 중간에서 가로챈다면, 음모가 발각됐음을 알아차릴 것이다. 그래서 잡힐 위험을 무릅쓰느니 차라리 폭탄을 일찍 터뜨리는 쪽을 선택할지도 모를 일이었다.

그러니 윌리엄스 대통령에게는 은밀히 알려야 했다. 엘런이 직접 만나서.

하지만 이란에서 하려던 일도 아직 끝나지 않았다. 정보를 더 얻어내야 했다. 누군가가 샤에게 핵 원료를 공급하고 있었다. 길의 말처럼 러시아 마피아일 가능성이 높았다.

또한 이란 측에 물리학자들의 존재를 알려 준 사람도 있었다.

다시 생각해 봐도, 이란의 정보원이면서 마피아와도 손잡은 사람일 가능성이 높았다. 마피아가 일부러 정보를 흘렸을 것이다. 나세리와 아야톨라가 정확히 샤의 의도대로 움직이도록. 그들이 샤의 물리학자들을 살해하도록.

그 정보원이라면 샤의 큰 그림에 대해서도 알고 있을 가능성이 있었다. 어쩌면 그의 행방까지 알고 있을지도 몰랐다. 그리고 그 정보원은 십중팔구 아직 이란에 있을 터였다. 그 사람을 찾을 수만 있다면 얼마나 좋을까.

「무슨 일입니까?」 보인턴이 다시 물었다. 「장관님?」

「엄마?」 캐서린이 말했다.

엘런은 한 손으로 입을 가리고 고개를 젖혀 천장을 물끄러미 바라보았다. 어떻게든, 어떻게든 수수께끼를 풀어야 했다.

그녀가 여기까지 알아냈으니, 대아야톨라도 알아냈을 것이다. 그는 샤를 저지하기 위해 그녀의 도움이 필요했다. 그녀는 테러 공격을 막기 위해 그의 도움이 필요했다.

호스라비는 그 정보원이 누군지 알고 있을까? 안다 해도 엘런에게 말해 줄 수는 없을 것이다. 대놓고 말할 수는 없었다. 두 사람의 일거수일투족이 감시당하고 있으니까.

그러니 그녀에게 다른 방법으로 정보를 전달해야 했다.

그래서 사자와 쥐 이야기를 한 것이다. 상호 이해관계에 대한 이야기. 하지만 그것은 인식의 교란에 대한 이야기이기도 했다. 한쪽으로 시선을 돌리게 해놓고, 중요한 일은 다른 데서 벌이는 방식.

「저 사람들이 우리더러 떠나라고 했나?」 엘런은 보인턴에게 물었다. 「아니면 우리가 떠나겠다고 한 거야?」

보인턴은 혼란스러운 표정이었다. 「그게 그거 아닌가요?」

「그러지 말고 대답해. 그 관리가 정확히 뭐라고 말했는지.」

보인턴은 생각에 잠겼다. 「이렇게 말했습니다. 〈애덤스 장관님께 대 아야톨라의 명령으로 이란을 떠나셔야 한다고 알려 주세요.〉」

「그것참 분명한 말이네요.」캐서린이 말했다.

「글쎄.」엘런은 다시 비서실장을 바라보았다. 「그 사람들을 물려.」

보인턴은 코웃음을 쳤다. 「여기서요?」하지만 장관의 표정이 심각한 것을 보고 그의 얼굴이 시무룩해졌다.

「시간을 끌어 봐.」애덤스 장관이 말했다.

「시간을 끌어요?」보인턴이 거의 비명 같은 목소리로 물었다. 「어떻 게요?」

「하라면 해.」

엘런은 보인턴을 문밖으로 밀어내다시피 했다. 문이 닫히는 순간, 보인턴이 이란 관리에게 장관님 일행이 곧 나오실 거라고 말하는 소리 가 들렸다. 「잠깐 지체되는 겁니다. 여성분들이시니까요.」곧 그의 목 소리가 다시 들렸다. 「여기 여성분들도 같은가요?」

〈시간을 많이 벌기는 힘들겠어.〉 엘런은 속으로 생각했다.

그래도 그녀는 화이트헤드 장군이 첩자라는 사실을 한쪽으로 밀어 두고, 마음을 차분히 가라앉히려고 애썼다.

길이 알려 준 정보도 옆으로 밀어 두었다. 핵폭탄이 미국의 여러 도 시에 이미 설치되었음이 거의 확실하다는 정보. 곧 폭발할 것이라는 정보.

심장이 한 번 뛸 때마다 똑딱거리며 시간이 줄어드는 것 같았다.

엘런은 눈을 감고 심호흡을 했다. 깊이 들이쉬고, 깊이 내쉬고. 〈다 음 수를 어떻게 둬야 할지 생각해. 소음과 다른 생각은 모두 밀어내고, 분명한 시선으로…….〉

「엄마?」

잠시 침묵이 흐르다가 엘런이 눈을 번쩍 떴다.

그녀의 심장이 조금 더 빨리 뛰면서 갈비뼈를 두드려 댔다. 귀한 시간을 헤아리며, 자정을 알리는 종소리를 향해 달려가는 시계탑 같았다.

심장과 함께 머리도 정신없이 돌아갔다. 거의 다 왔어. 거의.

그렇지, 알아냈다. 대아야톨라의 말이 무슨 뜻인지 알았어.

엘런은 성큼성큼 걸어가서 문을 벌컥 열었다. 그 순간 보인턴과 가없은 이란 관리의 말소리가 들려왔다. 두 사람은 만약 예언자가 과거에 나무였다면 과연 어떤 나무였을지 이야기하고 있었다.

어쩌면 비서실장마저 신성 모독 혐의로 체포될 뻔한 것을 엘런이 막은 것 아닌가 하는 생각이 들었다.

「찰스!」

그가 작살에 걸린 물고기처럼 그녀에게 시선을 돌렸다. 「네?」

「들어와.」

그는 두말없이 움직였다.

「떠나야겠어.」 그녀는 문을 닫으면서 말했다. 「당장.」

「네, 아까 제 말이 그 말입니다.」 보인턴이 말했다.

「비서실장은 여기 남고.」

「네?」

「캐서린, 너도 남아.」

두 사람은 엘런을 빤히 바라보았다.

「아나히타를 두고 갈 수는 없어.」 엘런이 평상시의 목소리로 말했다. 도청 중인 사람들이 모두 들을 수 있게. 「난 워싱턴으로 돌아가서 윌리엄스 대통령에게 상황을 설명하고 지시를 받아야 돼. 두 사람은 내가 돌아올 때까지 여기 이란에 남아서 관광이나 하고 있어.」

두 사람 모두 미친 사람을 보듯이 그녀를 보았다.

「미행하는 사람들이 있을 거야. 그 사람들을 무작정 끌고 다니는 것도 좋겠지. 두 사람한테 뭔가 꿍꿍이가 있다고 생각하게 만들어. 가서 페르세폴리스도 구경하고. 아니면, 잠깐, 발루치스탄의 선사 시대 동굴 그림을 보고 싶다고 하는 게 더 낫겠네.」

「무슨 말씀을 하시는 거예요?」 캐서린이 말했다.

「여기로 오는 길에 내가 그 동굴 이야기를 읽었거든.」 엘런이 설명했다. 「고고학자들이 거기서 그림을 발견했대. 1만 1천 년 전의 것이야. 어떤 사람들은 그게 이란인들이 오래전 아메리카 대륙에서 이주해 왔다는 증거라고 믿는다더군.」

「네?」 캐서린은 이제 완전히 어리둥절한 표정이었다. 반면 보인턴은 신중했다.

「북아메리카 원주민 부족들이 타던 것과 똑같은 말이 바위에 그려져 있거든. 그러니 두 사람이 그걸 보고 싶다는 게 말이 돼.」

「그런가요?」 마침내 보인턴이 입을 열었다. 「정말로 그래요?」

「물론이지. 우리 모두 동족이라는 믿음을 존중하는 뜻도 되고. 중요한 건, 누가 됐든 미행자들을 여기저기 마구 즐겁게 끌고 다니는 거야.」

「즐겁게요?」 보인턴이 말했다.

「뭐, 원한다면 뚱하게라고 해도 좋고.」

보인턴이 동굴 그림을 검색하는 동안, 캐서린이 목소리를 확 낮춰 속삭이듯 말했다. 「엄마, 폭탄이 있잖아요. 오빠가 말해 준 것. 허비할 시간이 없어요.」

「허비하는 게 아니야.」 엘런은 딸과 시선을 마주쳤다. 캐서린은 그 시선에 깃든 단호함을 보았다.

「그 동굴까지 자동차로 거의 20시간이 걸려요.」 보인턴이 휴대폰에서 시선을 들고 이렇게 말했다.

「아마 비행기로 근처 공항까지 가서 차로 이동하는 방법이 있을 거야.」 엘런이 다시 평소의 목소리로 말했다. 어쨌든 이 상황에서 최대한 평소와 비슷한 목소리였다. 「가는 길에 잠을 자도 되고. 두 사람의 움직임에 관심이 있는 사람이라면, 두 사람을 따라다니느라고 더 많은 시간과 노력을 허비하게 되겠지.」

「하지만 우리도 시간과 노력을 허비하는 겁니다.」 보인턴이 반발했다.

캐서린은 어머니를 보았다. 피로에 지쳐 빨갛게 충혈된 눈이 반짝이고 있었다. 그것이 뛰어난 머리 때문인지 광기 때문인지는 알 수 없었다. 길이 알려 준 내용과 재앙을 막아야 한다는 압박감이 어머니를 벼랑 너머로 밀어 버린 걸까?

「아나히타는요?」캐서린이 물었다. 「자하라는? 그 둘을 우리가 어떻게 도우면 돼요?」

「이란인 두 명도 체포되어 있잖아요.」찰스가 말했다.

「일단 윌리엄스 대통령의 생각을 들어 볼 거야. 이건 내가 마음대로 내릴 수 있는 결정이 아니니까. 최대한 빨리 돌아올 테니, 두 사람은 가능한 한 소란스럽게 그 동굴로 가. 그래야 그들이 두 사람을 미행하느라 나한테는 신경을 안 쓸 거야.」

이 말을 하면서 그녀는 재빨리 문자를 입력해 캐서린에게 보여 주었다.

〈가. 날 믿고. 생각이 있어.〉

애덤스 장관은 날이 까맣게 어두워진 뒤 술탄의 비행기에 올랐다. 넓찍한 기내에서 그녀는 부르카를 벗어 여성 관리에게 주려고 했다.

「그냥 갖고 계세요.」그녀가 완벽한 영어로 말했다. 「다시 오실 것 같은데요.」

비행기가 활주로를 달리는 동안 엘런은 의자에서 몸을 앞으로 기울였다. 그러면 워싱턴에 더 빨리 도착할 수 있기라도 한 것처럼.

그녀는 캐서린과 보인턴이 그들 나름의 긴 여행을 위해 차에 오르는 모습을 보고 떠나왔다.

아야톨라의 사자와 쥐 이야기에 대한 자신의 해석이 맞아야 하는데. 그녀는 자신의 일행 중 누군가가 이란에 남을 수밖에 없는 상황을 만들기 위해 아야톨라가 아나히타 다히르를 체포했을 것이라고 거의 확신하고 있었다.

그리고 그가 애덤스 장관을 공개적으로 쫓아내다시피 하면서도 캐서린과 보인턴이 뒤에 남는 것을 묵인해 주었을 때, 그녀는 자신의 해석이 옳았음을 확인했다.

그는 교란 작전을 쓰고 있었다. 그가 엘런에게 해주고 싶은 말이 있으나, 엘런을 감시하는 눈길이 너무 많았다.

그래서 그는 그녀를 이란에서 내보내면서 동시에 그녀의 일행 중 누군가가 이란에 남아 정보원을 만날 수 있게 일을 꾸몄다. 그러면 그 사람이 정보원에게서 필요한 정보를 얻을 수 있을 것이다.

비행기가 순항 고도에 도달했을 때 캐서린에게서 문자가 왔다.

〈공항에서 비행기가 우리를 기다리고 있었어요.〉

엘런은 깊은 안도감을 느끼며 고개를 숙였다.

그들이 두 사람을 기다리고 있었다. 호스라비의 의도를 엘런이 제대로 읽었다는 뜻이었다.

엘런은 엄지 척 이모티콘을 재빨리 보낸 뒤 의자에 등을 기댔다. 자신감이 생겼다.

하지만…….

그녀는 또 다른 생각을 밀어내려고 애썼다.

하지만…….

호스라비는 테러리스트였다. 미국과는 불구대천의 원수이고, 서방을 겨냥한 많은 공격에 자금을 댔다. 그런데 엘런은 조금 전 자신의 딸과 조국을 그의 손에 맡겼다. 사자와 쥐가 나오는 우화만 믿고.

그녀는 그 노회한 성직자가 만들어 놓은 함정에 자신이 곧장 빠진 꼴이 되지는 않을 것이라고 믿고 있었다.

이 생각을 마지막으로, 그녀는 지칠 대로 지친 몸에 항복했다.

자그마한 비행기의 문이 닫히는 순간 보인턴은 성호를 그었다.

두 사람은 시스탄-발루치스탄주까지 오는 동안 비행기에서 조금 눈을 붙였다. 비행기가 하강을 시작했을 때 찰스 보인턴은 이요르[26] 같은

26 동화 『곰돌이 푸』에 나오는 당나귀.

태도로 캐서린에게 이곳이 파키스탄 국경에서 멀지 않다고 말해 주었다. 그가 보기에는 이 점이 특히 더 심각한 문제였다.

하지만 캐서린은 창밖의 어둠 속에서 어떻게든 지면을 찾아보려고 애쓰면서, 미국 도시에 이미 핵폭탄이 설치되어 있다는 사실을 보인턴이 아직 모른다는 점을 되새겼다. 그는 정말로 〈심각한 문제〉가 뭔지 모르고 있었다.

파르하드라는 반백의 남자가 비행기를 마중 나와, 자신이 운전기사 겸 가이드라고 설명했다. 캐서린과 보인턴이 올라탄 파르하드의 낡아 빠진 자동차에서는 담배 냄새가 났다. 그는 사막으로 차를 몰았다.

그의 영어는 유창했고, 부드러운 발음은 음악처럼 들렸다. 그는 서방 고고학자들이 이 유적을 자주 찾아와서 익숙하다고 말했다. 그 점을 자랑스러워하는 기색이 역력했다. 차 안에는 세 사람뿐이었고, 주위에 다른 차량도 보이지 않았다. 언제나 곁을 떠나지 않는 경비병과 감시자도 없었다. 모두 두 사람에게 흥미를 잃어버린 것 같았다.

찰스 보인턴도 흥미를 잃어버린 사람처럼, 여명 속에서 한없이 이어지는 사막과 험한 바위산의 풍경만 바라보았다.

파르하드는 동물과 식물과 사람을 표현한 청동기 시대 그림 문자와 암각화에 대해 이야기해 주었다.

「식물성 염료로 그린 것도 있고, 피로 그린 것도 있어요. 그림이 수천 점이나 됩니다.」 그가 설명했다.

이 지역에 동굴 그림이 그렇게 많은데도 관광객들이 관심을 보이지 않는다는 말도 했다.

「외국인 여행자가 이리로 오는 꼴을 못 봤어요.」

그는 이곳에서 발견된 유적들을 보호해야 한다고 역설했다. 그리고 자기 옆에 앉은 캐서린을 바라보았다. 보인턴은 뒷좌석에서 고개를 젖히고 입을 벌린 채 코를 골며 자고 있었다.

「그래서 여기 온 거죠? 중요한 것을 지키려고?」

그의 시선이 워낙 강렬해서 그녀는 고개를 끄덕였지만, 무엇을 향해 고개를 끄덕이는 것인지 잘 알 수 없었다.

막 해가 떠오를 무렵, 그들은 목적지에 도착했다. 그들은 보인턴을 살살 달래서 깨운 뒤 고원으로 올라갔다. 파르하드가 보온병에 담아 온 진한 커피, 통통한 무화과, 오렌지, 치즈, 빵으로 이루어진 아침 식사를 차렸다.

캐서린은 보인턴과 파르하드의 사진을 찍었다. 아직도 정장에 넥타이까지 맨 보인턴은 국무부 건물에서 비밀의 문을 통과해 이곳으로 떨어진 사람 같았다.

뜻밖의 장소에 떨어져 불퉁해진 사람.

캐서린은 이 사진을 어머니에게 보내면서, 짤막한 문자도 덧붙였다. 동굴에 도착했으며, 더 이야기할 것이 생기면 또 연락하겠다는 내용이었다.

그러고 나서 캐서린은 바위에 앉아 수만 년 동안, 아니 어쩌면 수백만 년 동안 전혀 변하지 않았을 고대의 풍경을 바라보며 감탄했다. 오래전 사람들이 바로 이 자리에 앉아 자신의 일상을 바위에 새겼을 것이다. 자신의 믿음과 생각, 심지어 감정도 새겼을 것이다.

「만져 봐도 돼요?」 그녀가 물었다. 파르하드가 고개를 끄덕이자, 그녀는 집게손가락을 뻗어 선을 따라갔다.

「독수리입니다.」 그가 설명했다. 「그리고 저건……」 그가 그 위의 선들을 가리켰다. 「태양입니다.」

캐서린 자신도 이유를 잘 모르겠지만, 하여튼 목이 메면서 눈시울이 촉촉해졌다. 마음속 깊은 곳에 숨겨져 있던 뭔가를 건드리는 음악을 들었을 때나, 감동적인 문장을 읽었을 때와 비슷했다. 말과 사냥꾼을 새긴 그림, 구불구불한 선을 그리며 날아오르는 새들과 낙타를 새긴 그림, 갑자기 기쁘고 강렬하게 퍼지는 햇살. 정말이지 너무나 인간적이었다.

이 그림들을 새겨 놓은 손이 지금과 똑같은 이 땅을 만지고, 지금과 똑같은 햇살을 느꼈을 것이다. 자기들이 치르는 의식을 기록해 두어야 한다고 생각했을 것이다. 그들의 삶은 캐서린 자신의 삶과 그리 다르지 않았다. 아니, 전혀 다르지 않았다.

그녀가 신문사와 방송사를 운영하며 하는 일과도 크게 다르지 않았다. 돌에 새겨진 이 그림들은 그들이 전하는 뉴스였다. 그들은 이 그림으로 그 시대의 사건들을 전했다.

왠지 위안을 얻는 기분이었다. 캐서린은 커피를 마시고, 과일과 치즈를 먹고, 일출을 지켜보며 이런 생각을 했다. 그녀에게는 위안이 필요했다.

샤가 무슨 계획을 꾸미고 있을지 너무나 두려웠다. 그가 미국의 도시에 이미 심어 둔 것들을 생각하면, 자기들이 그를 막지 못할까 봐 너무나 두려웠다.

어머니가 왜 자신과 보인턴을 여기로 보냈는지, 여기서 무엇을 해야 하는지 짐작이 가지 않았다. 그래도 햇살을 새긴 그림을 손으로 더듬어 보면서 캐서린은 뜻밖의 깊은 평화를 느꼈다.

삶을 보여 주는 이 그림들은 수천 년의 세월을 이겨 냈다.

누군가의 목숨이 끝난다 해도, 삶은 계속 이어진다.

「갑시다.」 파르하드가 식사한 자리를 치우면서 말했다. 「최고의 그림들은 안에 있어요.」

그가 좁게 갈라진 바위 틈새를 고갯짓으로 가리키며 일어서서 두 사람에게 램프를 하나씩 건넸다. 그리고 그 좁은 틈새로 들어갔다. 보인턴은 계속 투덜거렸다. 「젠장, 젠장, 젠장.」

안으로 들어간 뒤 캐서린은 재킷에 묻은 붉은 흙먼지를 털어 내고 램프를 천천히 움직이며 주위를 둘러보았다. 그림은 보이지 않았다.

「더 안으로 들어가야 돼요.」 파르하드가 설명했다. 「그래서 최근에야 발견된 겁니다.」

앞서가는 그를 두고 보인턴과 캐서린은 시선을 교환했다.

「난 여기 남아야 할 것 같아요.」 보인턴이 말했다.

「같이 가는 게 좋을 것 같은데요.」 캐서린이 말했다.

「제가 동굴을 안 좋아해서요.」

「언제 동굴에 가본 적이 있어요?」

「당신이 백악관에서 보낸 시간이 얼마 안 된다는 건 확실히 알겠네요.」 보인턴이 속삭였다.

캐서린의 웃음소리가 동굴 안으로 통통 튀듯이 퍼졌다가 나직한 신음 소리처럼 변해서 되돌아왔다.

캐서린은 휴대폰을 꺼냈다. 신호가 잡히지 않았다. 여기서 움직이는 동안 영상 촬영을 하고 싶었지만, 배터리가 얼마 남지 않아서 전화기를 껐다. 그 상태로 부적처럼 계속 손에 쥐고 있었다.

두 사람은 파르하드를 따라 모퉁이를 돌았다. 걸음을 멈추고 서 있던 파르하드가 두 사람을 돌아보았다.

「여기까지 들어왔으면 된 것 같네요.」 그의 손에 총이 들려 있었다.

두 사람은 그를, 그의 총을 빤히 바라보았다.

「무슨 짓이에요?」 캐서린이 간신히 말했다.

「기다리는 거예요.」

그때 소리가 들렸다. 동굴 안쪽 훨씬 더 깊숙한 곳에서 들려오는 발소리. 메아리 때문에 이쪽으로 가까워지는 사람들이 몇 명인지 도저히 알 수 없었다. 마치 수백 명의 발소리처럼 들렸다. 캐서린은 벽에 피로 그려진 고대의 생물들이 살아난 것 같다는 터무니없는 생각을 했다. 그들이 바위벽을 벗어나 다가오고 있었다.

두 사람은 소리를 향해 시선을 돌렸다. 파르하드의 총이 이제는 어둠 속을 겨냥하고 있었다. 점점 가까이 다가오는 정체불명의 사람들을 향해서.

캐서린은 램프를 재빨리 흙바닥에 내려놓고, 보인턴에게도 따라 하라고 손짓했다. 그러고는 그와 함께 조용히 뒷걸음치며 어둠 속으로 물러났다.

두 사람이 겨우 세 걸음 물러났을 때, 고대의 동굴 깊숙한 곳에서 나온 사람들의 모습이 드러났다. 처음에는 흔들리는 불빛들만 보일 뿐이었다. 마치 정령들이 공중에 떠 있는 것 같았다.

하지만 불빛이 더 가까워지면서, 그 뒤의 사람들이 드러났다.

아나히타였다. 자하라와 그녀의 아버지 아흐마디 박사도 있었다. 자하라를 만나 메시지를 전했던 두 이란인, 미국의 정보원으로 활약하던 그들도 있었다. 이 일행과 동행한 혁명수비대원 두 명은 호송 중인 죄인이 아니라 파르하드, 캐서린, 보인턴에게 무기를 겨눴다.

그들이 4미터 남짓 떨어진 곳에 멈춰 섰다.

어머니가 엄청난 실수를 저지른 건가? 캐서린은 속으로 생각했다.

이렇게 끝나는 거야? 여기 동굴 벽에 내 피가 흩뿌려지는 걸로? 고대의 조상들이 뿌린 피와 내 피가 합쳐지는 거야? 그러면 수백 년 뒤에 어떤 인류학자가 흩뿌려진 핏자국을 보고 하늘의 별들을 그려 놓은 거라고 해석하려나?

어머니가 읽었다던 글이 정말로 옳은 것 같았다. 고대 이란인과 아메리카 사람이 결국 같은 장소에 도달하게 되었다던가? 문제는 그 장소가 오리건이 아니라, 여기 동굴의 벽이라는 점이었다.

캐서린은 아나히타와 눈을 마주쳤다. 그 눈에도 공포가 가득했다. 그녀도 캐서린과 같은 생각을 하고 있었다.

여기서 이렇게 끝나는 거라고.

캐서린은 휴대폰의 영상 촬영 기능을 켰다. 여기서 무슨 일이 벌어지든 기록은 남을 것이다.

「마흐무드?」 이란인 미국 정보원 중 여성이 이쪽을 바라보며 말했다.

파르하드가 권총을 아주 조금 아래로 내렸다. 「체포됐다는 얘기는 들었어.」

「맞아.」 여성 정보원이 웃음기 없는 얼굴로 말했다. 「누가 정보를 준 모양이야.」 그녀는 혁명수비대원들에게 시선을 돌렸다. 「총을 내려도 돼요. 우리가 만나려던 사람들이니까.」

「마흐무드?」 캐서린이 속삭이듯 작은 소리로 말했다. 「이름이 파르하드라면서요?」

「가이드로 일할 때는 그 이름이에요.」

「그럼 지금 직업은 뭐죠?」보인턴이 물었다.

「두 분의 구세주.」

여성 요원이 고개를 절레절레 저었다. 「걸어다니는 자존심 덩어리 같으니. 저 사람은 MOIS의 정보원이에요.」

「이란 정보국을 말하는 거예요.」보인턴이 말했다.

「마흐무드는 러시아 마피아와도 일하고 있어요.」여성 요원이 설명했다. 경멸하는 기색이 훤히 드러났다. 「그래서 우리가 여기서 만난 거고요. 맞죠?」

그들은 아직도 4미터 남짓 거리를 두고 서 있었다. 그들이 따뜻한 동료처럼 말하고 있긴 해도, 단단히 똬리를 튼 긴장감 또한 느껴졌다. 육식 동물이 잔뜩 도사리고 있는 것 같았다.

바닥에 놓아둔 캐서린의 램프가 거친 바위벽에 빛을 던져 훌륭한 그림들을 밝혀 주었다.

우아하고 육감적인 그림이었다. 밖에서 본 그림들보다 훨씬 더 훌륭했다. 피로 그린 말과 낙타를 탄, 피로 그린 남자들이 비명을 지르며 몸부림치는 고양이 비슷한 동물을 향해 창을 내지르는 그림. 역동적인 흐름이 느껴졌다.

이것이 사냥이고, 이것이 살육이었다.

30장

함자는 막사 외곽으로 그들을 배웅 나왔다.

춥고 맑은 아침이지만, 오후 중반이 되면 숨이 막힐 정도로 기온이 올라갈 터였다. 이 지역의 이 고도에서는 그것이 일상이었다. 이곳에서 살아가려면 적응력이 필요했다.

길은 함자와 포옹하면서 재킷 주머니에 뭔가가 슬며시 들어오는 것을 느꼈다. 처음에는 휴대폰인 줄 알았지만, 휴대폰이라기에는 너무 크고 무거웠다.

「이게 필요할 거야.」 함자가 속삭였다. 「행운을 비네.」

「고맙네. 전부.」

두 사람은 시선을 마주쳤다. 서로 상대의 행동을 이해하는 눈빛이었다. 그 행동이 불러올 결과도. 길은 아크바르를 따라 산길을 내려갔다. 이 좁은 산길을 걷다 보면 그 낡은 택시가 나올 것이다. 거기서 파키스탄으로 돌아가 비행기를 타고…… 어디로 가지?

집으로? 워싱턴으로? 거기에 폭탄이 설치되었을 게 거의 확실한데?

길은 절룩절룩 걸으면서 워싱턴으로 돌아가야 할 합당한 이유를 찾아보았다. 돌아가면 안 되는 합당한 이유도 찾아보았다.

이 길을 잘 아는 아크바르는 어디서 그 일을 해야 하는지도 정확히 알고 있었다. 길이 꺾어지는 곳. 함자의 파수병들이 지키는 영역을 벗어나 목격자가 전혀 없는 곳.

그는 주머니 속의 휴대폰을 만져 보았다. 시체를 사진으로 찍으면 추가 수당을 준다고 했다. 새 차를 살 수 있을 만큼.

에어포스 3이 착륙하자마자 애덤스 장관은 방탄 SUV에 옮겨 타고 워싱턴 거리를 달렸다. 비상등을 번쩍거리면서. 호위 차량들이 교차로에서 교통 통제를 했다.

그런데도 앤드루스 공군 기지에서 백악관까지 가는 길이 영원처럼 멀게 느껴졌다.

엘런은 계속 휴대폰을 확인했다. 캐서린이 전통 복장을 입은 늙은 이란 남자와 뚱한 표정의 비서실장을 찍은 사진에 〈도착했어요. 엄마가 옳아요. 와볼 만한 곳이네요. 미행은 없었어요〉라는 문자를 첨부해서 보낸 뒤로 아무 연락이 없었다.

그게 벌써 몇 시간 전인데.

휴대폰을 다시 확인한 엘런은 메시지를 보냈다.

〈별일 없니? 괜찮아?〉 그리고 하트 이모티콘을 덧붙였다.

차가 백악관 내부로 이어지는 옆문 앞에 서자 엘런은 곧바로 내렸다. 경비를 맡은 해병대원이 문을 열어 주었다. 관리들은 걸음을 멈추고 그녀에게 인사했다.

그녀는 널찍한 복도를 거의 뛰다시피 하면서도 차분한 표정을 유지하려고 애썼다. 벳시에게는 피트 해밀턴을 데리고 대통령 부속실로 오라고 이미 문자를 보내 두었다.

벳시는 엘런과 포옹한 뒤, 과거 에릭 던의 공보 비서였던 해밀턴을 소개했다.

「우릴 도와줘서 고마워요.」 엘런이 말했다.

「저는 조국을 돕는 겁니다.」

엘런은 빙긋 웃었다. 「그거면 돼요.」

「대통령께 장관이 오셨다고 말씀드리겠습니다.」 윌리엄스의 비서가 느릿느릿한 말씨로 말했다. 금방이라도 달콤하고 차가운 차를 내오겠다고 말할 것 같았다.

하지만 말투와 달리 그 여성 비서는 빠르게 움직였다. 불필요한 동작이 없는 것으로 보아, 지금 상황을 정확히 알고 있음이 분명했다.

아니, 정확히는 모르겠지. 엘런은 휴대폰을 또 확인하면서 속으로 생각했다.

아무 연락이 없었다.

문이 열리자 세 사람은 오벌 오피스 안으로 들어갔지만, 겨우 두 걸음 만에 멈춰 서서 눈앞의 광경을 뚫어져라 바라보았다.

엘런이 대통령에게 은밀한 만남을 요청했는데도, 소파에 앉아 있던 두 남자가 일어서는 것이 보였다.

그들이 거의 동시에 시선을 돌렸다.

팀 비첨과 버트 화이트헤드 장군.

엘런은 놀라움이나 짜증을 숨길 수 있는 상태가 아니었다. 그래서 두 남자를 무시하고 앞으로 나서면서 윌리엄스에게 직접 말했다.

「대통령님, 제가 은밀한 만남을 요청드린 것 같은데요.」

「맞습니다. 난 동의하지 않았고요. 샤에 관한 정보가 있다면, 우리가 빨리 그 정보를 들을수록 대책도 빨리 마련할 수 있습니다. 팀은 런던행 비행까지 미루고 여기에 와 있습니다. 그러니 말해 보세요.」

그제야 그는 엘런과 함께 들어온 두 사람을 알아차렸다. 벳시 제임슨은 그도 아는 사람이지만 다른 하나는…… 윌리엄스 대통령은 모든 정치인이 머릿속에 갖고 있는 사진 앨범을 휙휙 넘겼다.

그러다 마침내 답을 알아낸 그가 기쁜 동시에 당혹스러운 표정을 지었다.

「당신은…….」

「피트 해밀턴입니다, 대통령님. 던 대통령의 공보 비서였습니다.」

윌리엄스가 국무 장관에게 시선을 돌렸다. 「무슨 일입니까?」

엘런은 대통령에게 다가섰다. 「대통령님이 따로 들으셔야 하는 이야기가 있어서 제가 돌아온 겁니다. 대통령님만 들으셔야 합니다.」

그녀의 목소리에 섞인 간청을 그가 알아들었는지는 알 수 없지만, 어쨌든 그는 그녀의 말을 무시했다.

「샤에 관한 겁니까? 그의 계획을 알아냈어요?」

어쩔 수 없었다. 엘런 애덤스는 어깨를 곧게 펴고 이렇게 말했다. 「백악관에 있는 첩자, 반역자에 관한 겁니다. 샤 박사를 가택 연금에서 풀어 주는 일을 승인한 자이자, 지금도 그와 협력하는 자입니다. 파키스탄 정부의 일부 인사들과도 협력해서 탈레반과 알카에다에 미국을 향해 사용할 핵무기를 구해 주려 하고 있습니다.」

한마디씩 말이 이어질 때마다 윌리엄스 대통령의 눈이 계속 커지더니, 나중에는 공포에 질린 남자의 캐리커처 같은 모습이 되었다.

「뭐?」

「찾았습니까?」 화이트헤드가 이렇게 말하면서 팀 비첨에게 한 걸음 다가섰다. 「필요한 증거를 찾았어요?」

윌리엄스는 합참 의장을 바라보았다. 「알고 있었습니까?」

엘런도 화이트헤드 장군을 바라보았다. 분노를 참을 수가 없었다. 그녀는 화가 나서 부들부들 떨고 있었다.

잠시 그녀는 말을 할 수 없는 상태였지만, 장군을 노려보는 그녀의 표정이 모든 것을 알려 주었다.

화이트헤드의 얼굴이 점점 놀란 표정을 짓더니, 눈썹이 가운데로 모였다. 「잠깐. 설마 나를……」

「다 압니다.」 엘런은 그를 이글이글 노려보았다. 「증거가 있어요.」

그녀가 벳시에게 고갯짓을 하자, 벳시가 프린트해 온 문서를 책상에 놓았다. 클리버 부인은 그렇게 가장 먼저 망치질을 하고는 돌아서서 화이트헤드를 한 번 노려본 뒤 뒤로 물러났다.

장군은 문서를 보려고 책상으로 다가갔지만, 윌리엄스가 한 손을 들어 올리자 걸음을 멈췄다.

대통령이 문서를 들었다. 그것을 읽는 그의 얼굴이 점차 아래로 늘어졌다. 입은 벌어지고, 눈은 이해할 수 없다는 듯 멍해졌다. 계단을 내려가다 발을 헛디디는 순간과 비슷했다. 사고를 피할 수 없음을, 결과가 상당히 안 좋을 것임을 깨닫는 순간.

오벌 오피스에 적막이 흘렀다. 시계가 똑딱거리는 소리뿐이었다.

윌리엄스 대통령이 문서를 떨어뜨리고 화이트헤드에게 시선을 돌렸다.

「이 나쁜 자식.」

「아닙니다. 내가 아니에요! 내가 아닙니다. 그 문서에 뭐라고 적혀 있는지 몰라도, 다 거짓말입니다.」

그는 필사적으로 주위를 둘러보다가, 팀 비첨에게 시선이 닿았다. 그는 경악한 표정으로 합참 의장을 바라보고 있었다.

「네놈.」 화이트헤드는 이렇게 말하고 나서 그를 향해 움직였다. 「네놈 짓이지?」

그가 비첨에게 한 걸음 다가서자, 비첨은 뒷걸음질을 치다가 안락의자에 발이 걸려 바닥으로 넘어졌다.

「경비대.」 윌리엄스가 소리치자 모든 문이 활짝 열렸다.

비밀경호국 요원 일부가 대통령을 에워싸고, 다른 요원들은 권총을 빼 든 채 집무실 안에 위험 요소가 있는지 살폈다.

「저자를 체포해.」

요원들은 대통령이 가리킨 남자를 바라보았다. 4성 장군. 전쟁 영웅. 많은 요원이 영웅으로 우러러보는 사람.

합참 의장.

아주 짧은 순간 망설임이 있었지만, 곧 상급 요원이 앞으로 나섰다.

「무기를 내려놓으세요, 장군.」

「무기는 없다.」 장군이 양팔을 벌렸다. 그러고는 요원들에게 몸수색을 당하면서 대통령에게 시선을 돌렸다. 「내가 아닙니다. 저놈이에요.」 그는 막 바닥에서 일어서는 비첨을 고갯짓으로 가리켰다. 「저놈이 무슨 수작을 부렸는지는 모르지만, 저놈입니다.」

「제발 이제 그만 좀 하세요.」 엘런이 말했다. 「우리가 증거를 찾았어요. 메모를 찾았다고요. 당신은 잘 숨겨 둔 줄 알았겠지만, 샤의 석방에 동의하는 메모, 그 지역의 불안정을 부추기는 메모, 이번 일을 꾸미는 메모.」

「나는 절대······」 화이트헤드가 입을 열었다. 「샤를 풀어 준 건 미친 짓이었습니다. 나는 절대······.」

벳시가 그의 말을 잘랐다. 「비첨의 문서 사이에서 그 메모를 찾았어요.」

「무슨 문서?」 비첨이 말했다. 「어디라고요?」

「화이트헤드 장군이 국장님을 모함하려 했습니다.」 벳시가 설명했다. 「국장님을 반역자로 몰려고 했어요. 특히 던 정부 시절에 작성된 국장님의 문서들을 공식 문서 보관소에서 다른 곳으로 옮겨 놓는 방법을 썼죠. 국장님에게 숨겨야 할 비밀이 있는 것처럼 보이게 하려고 그 문서들을 파묻어 버렸어요.」

「제가 그 문서들을 찾아냈습니다.」 피트 해밀턴이 말했다. 「던 정부의 개인 문서고에 숨겨져 있더군요.」

「그런 건 없어.」 윌리엄스 대통령이 말했다. 「모든 서한과 문서는 공식 문서 보관소에 자동으로 보내지게 돼 있다고. 기밀로 분류될 수는 있어도, 어쨌든 거기 보관돼 있어.」

「아뇨, 대통령님.」 해밀턴이 말했다. 「던 정부 사람들은 일부러 비슷한 문서고를 만들었습니다. 문서를 삭제할 수는 없지만, 거의 뚫을 수 없는 벽 뒤에 숨길 수는 있었으니까요. 암호를 아는 내부자들만이 그곳에 들어갈 수 있었습니다. 저는 암호를 알았지만, 컴퓨터에 접근할 권한이 없었어요.」

「나는 그 권한이 있지만 암호를 몰랐죠.」 벳시 제임슨이 말했다. 「그래서 우리 둘이 협력했습니다.」

「당신은 샤와 파키스탄에 당신이 협력한 기록을 모두 비첨 국장의 것처럼 바꿔 놓았어요.」 피트 해밀턴이 화이트헤드에게 말했다. 「하지만 두 가지를 빠뜨렸죠. 우리가 그걸 찾아낸 겁니다.」

화이트헤드는 고개를 저었다. 말문이 막힌 모양이었다. 하지만 엘런은 그가 거짓말과 연기에 능하다는 사실을 이미 알고 있었다. 그럴 수밖에 없었을 것이다.

그녀도 모든 사람의 좋은 친구인 이 프레드 맥머리에게 한 번 속아 넘어갔지만, 두 번은 속을 생각이 없었다.

「그러고는 팀 비첨을 믿으면 안 된다는 말을 조용히 흘리고 다녔습니다.」 엘런이 말했다. 「그게 효과가 있었죠. 내가 당신 말을 믿었으니까요.」

「프랑크푸르트에서부터 나를 미행하고, 공원과 술집에도 나타났던 그 청년.」 벳시가 말했다. 「내가 당신에게 말했던 그 청년에게 당신이 나가서 이야기를 나눴죠. 당신이 그렇게 쉽게 문제를 해결해 줘서 내가 얼마나 고마웠는지 모릅니다. 하지만 이젠 알겠어요. 그 청년은 당신의 부하였던 거죠.」

「아니야.」

「엘런이 나한테 준 쪽지의 스캔본을 그때 손에 넣은 건가요?」 벳시가 말했다. 「당신은 그 청년을 쫓아 보낸 게 아닙니다. 내가 술집에서 당신과 함께 있는 동안, 국무 장관 집무실로 가서 수색해 보라고 지시했겠죠. 개인적인 자료를 찾아보라고 했을 거예요. 샤에게 보내서 엘런에게 겁을 줄 수 있는 걸로.」

「그건 당신 생각이었습니까, 아니면 샤의 생각이었습니까?」 엘런이 물었다.

「전부 사실이 아니야.」 하지만 포위망이 점점 좁혀지면서, 죄를 부인하는 그의 목소리는 계속 힘을 잃었다.

「벳시, 그 특수 부대원이 아직 같이 있어?」 엘런이 물었다.

「밖의 복도에 있으라고 했어.」

엘런은 대통령에게 시선을 돌렸다. 「특수 부대원이 있는데…….」

「데니스 펠런 대위.」 벳시가 말했다.

「그 여자도 한패입니다. 그 여자도 체포해야 합니다.」

「제발, 그건 너무하잖소.」 화이트헤드가 말했다. 「펠런 대위는 훈장을 받은 참전 군인입니다. 이 나라를 위해 사선에 섰던 사람이에요. 대위한테는 이러면 안 됩니다. 그 친구는 아무 관련이 없어요.」

「그럼 당신은 관련이 있다고 인정하는 건가?」 윌리엄스 대통령이 말했다. 화이트헤드 장군이 침묵하자, 대통령은 비밀경호국 요원에게 고갯짓을 했다. 「펠런 대위를 체포해요.」

화이트헤드는 깊이 숨을 들이쉬었다. 이제 도망칠 길이 없음을 깨달은 모양이었다. 펠런은 가벼운 형을 받기 위해 틀림없이 모든 것을 시인할 터였다.

「잠깐만요.」 비첨은 급박하게 돌아가는 상황을 이해하려고 애썼다. 「분명히 정리하고 넘어가죠. 내가 조국을 배신한 줄 알았다고요?」 그가 엘런에게 말했다. 「내가 바시르 샤와 한패인 줄 알았다고? 증거도 없이? 저자의 암시만으로?」

「맞아요. 미안합니다, 팀.」 애덤스 장관이 말했다.

「미안?」 비첨은 기가 막힌 표정으로 거의 고함을 지르다시피 했다. 「미안?」

「국장님이 대단히 호감이 안 가는 인물인 것도 한몫했죠.」 벳시가 말했다. 엘런은 입술을 꾹 다물고 힘을 주었다. 아주 꾹.

「왜?」 윌리엄스가 말했다. 그는 조금 전부터 줄곧 버트 화이트헤드만 바라보고 있었다. 「장군, 도대체 왜 그런 짓을 했습니까?」

「하지 않았습니다. 안 합니다, 그런 짓.」 그는 미간을 좁히고, 정신없이 머리를 굴리고 있었다. 전략가는 포기하지 않는 법이다. 그는 그물에서 구멍을 찾아내려고 필사적이었다.

하지만 빠져나갈 길이 없었다. 아무리 몸부림을 쳐도 그는 꼼짝없이 덫에 걸린 신세였다. 그도 그것을 깨달았다.

「돈이죠.」 비첨이 말했다. 「항상 돈이 문젭니다. 그 무고한 사람들을 죽이는 대가로 얼마나 받았나? 적에게 핵폭탄을 넘기는 대가는? 얼마였어, 화이트헤드 장군?」 그는 대통령에게 시선을 돌렸다. 「우리 직원들에게 해외 계좌를 들여다보라고 하겠습니다. 틀림없이 거기 있을 겁니다.」

화이트헤드의 눈은 엘런에게 고정되어 있었다. 그러다 순간적으로 벳시에게 옮겨 갔지만 되돌아왔다.

「펠런 대위는 이 일과 아무 관련 없습니다.」 그가 엘런에게 조용히 말했다.

「당신이 날 모함하려고 했다고? 이 나쁜 자식. 날 함정에 빠뜨리려고?」 비첨의 분노가 점점 고조되어 히스테리에 이르렀다. 「난 조국을 위해 평생을 바친 사람이야. 그런 나한테 당신이 똥을 묻히려고 해?」

이때 화이트헤드가 놀라울 만큼 빠른 속도로 비첨에게 달려들어, 단번에 카펫 위로 쓰러뜨렸다. 그리고 그의 몸을 타고 앉아 얼굴에 주먹질을 퍼부었다. 비첨은 소리를 지르며 얼굴을 가리려 했지만 소용없었다.

비밀경호국 요원들이 곧 나섰으나, 특수 부대 훈련을 받은 장군이 비첨에게 상처를 입히는 데는 그 짧은 순간만으로도 충분했다.

요원 두 명이 대통령을 붙잡아 수그리게 하고 자기들 몸으로 그를 가렸다. 다른 요원 두 명은 장군에게로 향했다. 한 명이 장군의 얼굴에 권총을 휘두르자, 장군은 멍해진 얼굴로 바닥에 쓰러졌다.

요원들이 그의 머리에 총을 겨누고, 그의 몸을 무릎으로 눌렀다.

엘런은 본능적으로 팔을 뻗어 벳시를 보호하며 뒤로 밀었다. 갑자기 브레이크를 밟으면서 아이를 보호하려 하는 엄마와 비슷했다.

더그 윌리엄스가 다시 허리를 펴고 옷매무새를 가다듬었다.

요원들이 화이트헤드를 일으켜 세웠다. 그의 얼굴 한편을 타고 피가 흘러내렸다.

「다 끝났습니다, 버트.」 윌리엄스가 말했다. 「우리한테 사실을 숨겨 봤자 얻을 게 없어요. 샤가 무엇을 하려는 건지 우리는 알아야 합니다.

그자가 겨냥하는 곳이 어딥니까?」 침묵이 흘렀다. 「핵 기술을 사가는 건 누굽니까? 탈레반? 알카에다? 그자들의 기술은 어느 정도죠? 작업 장소는?」 침묵이 흘렀다. 「폭탄은 어디 있습니까? 말해요!」 대통령이 호통을 치며 화이트헤드에게 한 걸음 다가섰다. 그를 공격하려는 것 같았다.

요원 한 명이 팀 비첨을 부축해 일으켜 세워서 의자에 앉히고 수건을 건넸다. 비첨의 부러진 코에서 흘러나온 피가 하얀 카펫에 스며들었다.

화이트헤드가 엘런에게 시선을 돌렸다. 「난 내 할 일을 했습니다.」

「세상에.」 벳시가 속삭였다. 「자기 죄를 인정하는 거야. 지금까지…….」

「뭐라고요?」 엘런은 버트 화이트헤드를 뚫어져라 바라보았다. 「장군이 무슨 짓을 했는지 말하세요.」

「그대가 하였으나 하지 않았다, 내게 더 많은 것이 있으니.」 그가 벳시를 빤히 바라보며 말했다.

경악에 찬 침묵이 이 말을 에워쌌다. 그러나 대통령의 목소리가 그 침묵을 깨뜨렸다.

「장군을 데려가. 신문을 해서 장군이 아는 걸 알아내야 돼. 팀, 가서 치료를 받아요.」

오벌 오피스의 상황이 정리된 뒤, 더그 윌리엄스는 자신의 의자에 무겁게 주저앉아 컴퓨터로 출력한 문서를 빤히 바라보았다. 망할 메모 같으니.

「난 꿈에도…….」

그는 시선을 들고 엘런과 벳시에게 앉으라는 시늉을 했다. 그러고는 천천히 일어섰다. 잔뜩 두들겨 맞은 사람 같았다.

그는 피트 해밀턴에게 다가가 그의 팔을 잡고 문으로 이끌었다.

「도와줘서 고맙소. 며칠만 기다려요. 다시 만나고 싶으니까.」

「저는 대통령님을 찍지 않았습니다.」

윌리엄스는 지친 미소를 지으며 목소리를 낮췄다. 「저 사람들도 마찬가지일걸.」

그는 국무 장관과 그녀의 고문을 향해 고개를 살짝 기울였다.

하지만 그의 얼굴에는 즐거운 기색이 전혀 없었다. 걱정에 짓눌린 표정뿐이었다.

「행운을 빕니다, 대통령님. 제가 할 수 있는 일이 있다면…….」

「고맙소. 이 일은 누구에게도 말하지 말고.」

「알겠습니다.」

해밀턴이 나간 뒤 윌리엄스는 자기 자리로 돌아왔다. 「화이트헤드 장군 이야기를 하려고 그 먼 테헤란에서 여기까지 돌아온 겁니까?」

그가 해밀턴과 이야기하는 동안 엘런은 다시 휴대폰을 확인했다. 역시 소식이 없었다. 캐서린에게서도, 길에게서도.

이제는 걱정을 넘어 공황 상태로 접어들 것 같았지만, 지금은 생각을 집중해야 했다.

벳시가 그녀의 손을 잡고 속삭였다. 「괜찮아?」

「캐서린이랑 길한테서 소식이 없어.」

벳시는 윌리엄스에게 시선을 돌리는 엘런의 손을 꼭 잡아 주었다. 「대통령님이 화이트헤드 장군에 대해 반드시 알아야 한다고 생각했습니다. 저들이 중간에 메시지를 가로챌 위험을 무릅쓸 수도 없었고요.」

「장군 말고 다른 사람들도 있다고 보는 겁니까?」

「가능성이 있다고 봅니다.」

「쿠데타 시도?」 그의 얼굴은 창백했지만, 적어도 최악의 상황에 맞서려는 의지는 있는 듯했다.

「모릅니다.」 엘런은 말을 하고 나서 멈칫했다.

정말 쿠데타 시도인가? 만약 핵폭탄이 터져서 수백 명, 수천 명, 많으면 수십만 명이 목숨을 잃고 미국의 주요 도시가 파괴되면 나라가 혼돈에 빠질 것이다. 분노도 솟을 것이다.

그러다 질서가 조금이라도 회복되면 당연히 책임을 묻는 목소리가 일어나겠지. 그뿐만 아니라 복수를 외치는 사람들도 나올 것이다. 그런 짓을 저지른 테러리스트뿐만 아니라 그런 일을 막지 못한 정부에 대해서도 복수해야 한다고.

이 모든 일이 에릭 던 정부 시절에 시작되었다는 사실은 광기에 휩쓸려 잊힐 것이다.

엘런은 에릭 던을 바보로 보았지만, 미치지는 않았을 것이라고 믿었다. 그가 적극적으로 이 음모에 동참하지는 않았을 것이다. 일을 꾸민 것은 혼돈이 이득이 되는 자들이었다. 전쟁도, 정권 교체도 그들에게는 이득이었다. 던 정부에서 일하다가 지금도 정부에 남아 있는 거머리 같은 인간들.

어쩌면 정말로 이것이 쿠데타 시도일 수 있었다.

더그 윌리엄스는 국무 장관의 당혹스러운 표정을 알아보았다.

「화이트헤드에게서 알아내면 됩니다.」 그가 말했다.

「글쎄요, 잘 모르겠습니다.」 엘런이 말했다. 「그리고 다른 문제가 또 있습니다. 이것도 대통령님에게만 말씀드려야 하는 겁니다.」

대통령은 벳시를 보았다.

「벳시는 이미 압니다.」 엘런이 말했다. 「제 딸과 아들도 알고요. 더 이상은 없습니다. 이 정보를 알려 준 사람도 길이었습니다.」

오벌 오피스 문이 벌컥 열리더니 바브 스텐하우저가 안으로 1미터쯤 들어와 서서 카펫의 핏자국을 빤히 바라보았다.

「방금 들었습니다. 사실입니까?」

「자리를 비워 줘, 바브.」 대통령이 말했다. 「필요해지면 버저를 누를 테니.」

스텐하우저는 멍한 얼굴로 가만히 서 있었다. 복도에서 들은 화이트헤드 장군의 얘기도, 방금 대통령이 한 말도 모두 놀라워서 기가 막혔다.

그녀의 시선이 대통령에게서 애덤스 장관에게로 옮겨 갔다가, 다시 벳시 제임슨에게로 움직였다. 소름이 끼칠 만큼 차가운 시선이었다.

「무슨 일입니까?」

「부탁하네, 바브.」 윌리엄스의 목소리에 같은 말을 세 번 반복하게 만들지 말라는 경고가 들어 있었다.

스텐하우저가 나간 뒤, 윌리엄스가 앞으로 몸을 기울이며 말했다. 「이제 말해 보시오, 장관.」

엘런은 입을 열었다.

31장

「여기서 좀 쉬자.」아크바르가 말했다.

그는 걸음을 멈추고서, 절벽 아래 협곡을 내려다보았다.

길은 자신의 다리 상태를 고려해 주는 친구가 고마웠다. 내려가는 길이라 숨은 덜 가쁘지만, 다친 다리에는 훨씬 더 좋지 않았다. 여기저기 부딪히고 미끄러져야 하기 때문이었다.

「아니, 그냥 내려가자.」길이 말했다. 「빨리 가야 돼. 어머니랑 연락해야 하니까.」

「함자가 뭐라고 해? 네 표정이 상당히 안 좋아.」

「아, 함자는 너도 알잖아. 호들갑 잘 떠는 거.」

아크바르가 웃음을 터뜨렸다. 「그래, 그걸로 유명하지. 파탄은 다 그래.」

「내 표정이 안 좋은 건, 함자가 내게 아무것도 말해 주지 않았기 때문이야. 할 수 없는 건지, 하기 싫은 건지. 샤에 대해 아는 게 있는 것 같은데 말을 안 하네. 마지막 희망을 안고 왔건만. 어머니한테 아무 소득도 없다고 말해야 할 판이야.」

「어제도 어머니한테 뭘 보내지 않았어? 내 휴대폰을 빌려 갔잖아.」

「그랬지. 그래도 함자가 아침에 생각을 바꿔서 쓸모 있는 정보를 알려 주려나 했는데, 아니더라고.」

아크바르는 친구의 얼굴을 유심히 살폈다. 친구는 맞았지만, 이제 생각해 보니 절친한 친구는 아닌 것 같았다.

「안됐네. 기껏 여기까지 왔는데.」아크바르는 한 팔을 뻗어, 길에게 앞장서라는 시늉을 했다. 「먼저 가.」

「아니, 네가 먼저 가는 게 나을지도 모르겠어. 그래야 내 다리가 잘 못되더라도 네 몸 위로 쓰러질 것 아냐.」

「이러면서 누구더러 호들갑을 떤다는 건지.」그래도 그는 앞으로 나섰다. 이러면 그가 해야 하는 일이 좀 더 힘들어지긴 했다. 길이 눈으로 목격하게 될 거라는 점에서. 뒤에서 칼을 찌르는 편이 언제나 더 쉬웠다. 뒤에서 밀어 버리는 것 역시.

그러면 길의 충격받은 표정이 계속 그를 괴롭히는 일도 없을 터였다. 하지만 새 차를 뽑고 나면 그 얼굴도 곧 사라질 것 같았다.

아크바르는 바윗길의 모퉁이를 돌아 걸음을 멈췄다. 좁은 길 바닥에는 위에서 미끄러진 자갈들이 흩어져 있었다. 아크바르는 돌아서서 길을 향해 양팔을 뻗었다.

이걸 보고 길은 순간적으로 당황했다. 하지만 그 순간은 정말로 찰나에 불과했다.

그는 아크바르의 손을 피하다가 튀어나온 바위에 다친 부위를 찧었다. 다리가 휘청거리자 그는 고통에 비명을 지르면서도 본능적으로 손을 뻗어 아크바르의 로브 자락을 붙잡았다. 그 바람에 아크바르도 그와 함께 쓰러졌다.

몸이 바닥에 닿은 뒤 그는 아크바르의 옷자락을 놓고 서둘러 물러났다. 오른손으로는 로브의 주머니를 찾아 헤맸다. 함자가 몰래 넣어 준 총이 거기 있었다.

「무슨 짓이야?」그가 소리쳤다. 아크바르는 네 발로 일어서서 서둘러 그를 쫓아왔다.

길의 눈이 휘둥그레졌다. 아크바르는 아무 대답이 없었지만, 그가 손에 쥔 긴 칼이 대신 대답해 주었다.

「젠장.」길은 더 맹렬하게 주머니를 찾아 헤맸다. 하지만 로브의 품이 넉넉해서 쉽지 않았다.

그는 자갈과 흙을 한 줌 쥐어 아크바르의 얼굴에 던졌지만, 아크바르의 속도는 별로 느려지지 않았다.

길은 미친 듯이 발길질을 했다. 그러나 오랜 무자헤딘 생활로 육박전에 능한 아크바르는 길의 신발을 붙잡고 비틀었다. 길은 아픔과 공포로 비명을 지르며 온몸을 옆으로 돌렸다. 로프에 걸린 송아지가 된 기분이었다.

그는 철저히 무력했다. 완강히 저항하고 소리를 지르면서도 칼이 자기 목을 긋기를 기다렸다. 그러다 아크바르의 의도를 깨닫고 경악했다. 그는 길을 절벽으로 끌고 가는 중이었다. 마치 그가 발을 헛디뎌서 떨어진 것처럼 꾸미려고. 살인이 아니라 사고처럼 꾸미려고.

「안 돼, 안 돼!」

그는 절벽을 향해 미끄러졌다. 무거운 신발이 그를 아래로 잡아끌었다. 상황이 슬로 모션처럼 느껴졌다. 아무리 달려도 달아날 수 없는 악몽 같았다.

그는 양팔을 앞으로 뻗어 무엇이든 붙잡을 것을 찾아 미친 듯이 경사면을 긁었다. 무엇이든 좋았다.

하지만 이미 소용없었다. 이제는 돌이킬 길이 없었다. 곧 미끄러지는 속도가 빨라지기 시작하면, 그는 허우적거리며 곧장 절벽 아래로 떨어질 것이다.

그때…….

그의 손가락이 흙을 긁으면서 손톱이 깨지고 핏자국이 남았다.

그때 총성이 들렸다. 딱 한 방. 뭔가가 구르듯 내려가는 모습이 시야 가장자리에 흐릿하게 잡혔다.

하지만 길의 곤경은 끝난 것이 아니었다. 몸이 여전히 미끄러지는 중이었다. 그는 무엇이든 잡을 것을 찾아 더욱 맹렬하게 몸부림쳤다.

그때 누군가의 손이 그의 목덜미를 잡아 끌어 올렸다.

위험이 지나간 뒤 그는 숨을 몰아쉬며 바닥에 쓰러져 울었다. 몸의 떨림이 멈추지 않았다. 그러다 마침내 흙과 눈물로 더러워진 얼굴을 들었다.

「누가 호들갑을 떤다고?」 함자가 말했다.

「젠장, 젠장. 자네가 어떻게……?」

「알았냐고? 몰랐어. 하지만 저 자식을 처음부터 안 믿었지. 항상 얻을 것이 있는 일에만 끼어드는 녀석이거든. 대개는 노리는 게 돈이고. 우리가 포획한 무기를 암시장에 팔아서, 결국 우리한테 무기를 빼앗긴 놈들 손에 다시 들어가게 한다든지. 비열한 놈이었어.」

「그럼 나한테 말해 줬어야지.」

「자네가 저 쓰레기랑 계속 연락하는 줄 내가 어떻게 알고?」

「저놈 주인이 누구야?」 길이 물었다. 하지만 답을 알 것 같았다. 「샤? 세상에. 샤가 아크바르를 매수했다는 건, 내가 여기 온 걸 안다는 뜻이잖아. 자네랑 얘기한 것도 알고.」 길이 말하는 동안 함자는 고개를 끄덕였다. 「나한테 정보를 준 게 자네라는 사실도 알게 되겠네.」

「아닐 수도 있어. 여기서는 동맹이……」 그는 황량한 풍경을 눈으로 훑었다. 「유동적이니까. 누구든 아크바르를 매수할 수 있었어. 미국 국무 장관 아들의 행방이라면 돈이 되는 정보니까.」

「그냥 정보만 판 게 아니잖아. 누군가가 날 죽이려 한 거야.」

「그런 것 같네.」

「그래서 그 총을.」 길은 주머니를 손으로 잡았다.

「그래, 별로 소용은 없었지만. 자네가 저놈한테 하는 말을 들었어. 거짓말을 하더군. 나한테서 아무 말도 못 들었다고. 왜지? 자네도 저놈을 의심한 건가?」

길은 절벽 아래에 완전히 망가진 모습으로 널브러진 시체를 바라보았다. 의심했나? 그는 고개를 저었다. 「아니, 그냥 자연스럽게 조심한 거야. 아는 사람이 적을수록 좋잖아.」

함자도 절벽 아래의 시체를 보았다. 자신이 만든 시체였다. 「자네가 저놈이랑 같이 막사로 와서 놀랐네.」

어디서 들어 본 문장이었다. 길은 곧 그 이유를 깨달았다. 「사마라에 서 그와 약속이 있었다.」

함자가 고개를 갸우뚱하자 길이 말했다. 「옛날 메소포타미아 이야 기에 나오는 말이야. 죽음을 속이는 건 불가능하다는 뜻이지.」

「자네는 두 번이나 속인 것 같은데. 죽음이 어디서 자네와 만날 계획 인지 궁금한걸.」 함자는 허리를 숙여 길에서 뭔가를 주웠다. 「이게 저 주머니에서 떨어졌어.」 그는 휴대폰과 자동차 열쇠를 길에게 건넸다. 하지만 긴 칼은 자신이 챙겼다. 「나라면 사마라에 안 갈 걸세.」

길은 절룩거리다가 미끄러지기도 하면서 산길을 내려갔다. 죽음이 자신을 따라오지 않고 뒤에 남은 것 같은 이상한 기분이 들었다. 죽음 이 약속한 상대는 함자가 아닐까. 자신이 함자에게 죽음을 데려다준 것이 아닐까.

그가 마지막으로 친구를 한 번 돌아보았을 때, 함자도 같은 생각을 하는 것 같은 표정이었다.

함자 사자는 길가메시에게 정보를 주는 데에 자신의 목숨 또한 바쳤 다. 그러니 바시르 샤의 모습으로 나타난 죽음이 우쭐거리며 그 목숨 을 가져갈 것이다.

길은 아크바르의 휴대폰을 계속 들여다보며 신호가 잡히는지 확인 했다. 막사에서는 신호가 잡혔지만, 계곡과 동굴에서는 아무것도 잡히 지 않았다.

자동차로 돌아온 그는 구멍투성이인 국경으로 방향을 잡고, 울퉁불 퉁한 길을 달렸다.

이제는 워싱턴으로 돌아갈 계획이었다. 그저 집에 가고 싶은 생각뿐 이었다. 옆에서 도움이 되고 싶었다. 하지만 친절한 간호사의 돈을 갚 고 아나히타를 찾기 위해 프랑크푸르트부터 들를 예정이었다.

전에 납치된 뒤로 그는 두려움을 벽처럼 세워 자신을 에워싸고 그 요새 안에서 세상을 바라보았다. 안전한 요새 안에서 혼자. 하지만 이제는 그럴 수 없었다. 절벽을 향해 미끄러지는 동안 요새가 무너졌다. 기회를 한 번 더 얻었는데, 그녀와 함께 보낼 수 있는 귀한 시간을 또 두려움에 도둑맞는 건 터무니없는 일이었다. 설사 죽음이 그를 찾아낸다 해도, 그의 가슴에는 두려움이 아니라 사랑이 있을 것이다.

아나히타는 사촌 자하라 옆에 자리를 잡으면서, 그녀가 동굴의 공간이 허락하는 한 아버지에게서 최대한 멀리 떨어져 있다는 사실을 깨달았다. 자하라를 가운데 두고 각각 양편에 앉은 아나히타와 캐서린 애덤스가 그녀를 응원하듯이 붙잡아 주었다.

다들 총을 내린 뒤, 파르하드, 아니 마흐무드는 일행을 데리고 거의 숨겨진 곁길로 내려갔다. 그 길을 따라가니 동굴 속의 널찍한 공간이 나왔다. 그는 사람들에게 한복판에 둥그렇게 놓인 돌 안에 램프를 놓으라고 지시했다. 수만 년 전 사그라든 불길에 동굴 바닥이 이미 검게 그을려 있었다.

그들은 오래전에 죽어 흙으로 돌아간 사람들이 여기까지 굴려서 가져온 바위들 위에 앉았다.

아나히타는 속으로 생각했다. 여기 사람들이 집을 버리고 떠난 건 무슨 재앙이 일어났기 때문일까? 여기는 축하 의식을 하는 자리였나? 의식을 치르는 곳? 피난처? 그들은 동굴 속 깊숙한 이곳이 안전하다고 믿고 숨어 있었을까?

아나히타 일행도 지금 비슷한 믿음을 갖고 있었다.

하지만 고대의 그 사람들은 결국 누군가에게 발각되었을까?

아나히타는 벽은 물론 천장까지 뒤덮은 그림들을 보았다. 등유 램프의 흔들리는 불빛 때문에 그림이 움직이는 것처럼 보였다. 그곳에서 본격적인 사냥이 영원히 벌어지고 있는 것 같았다. 사람들이 뒤쫓던 고양이 비슷한 동물이 돌아서서 오히려 사람들을 추적하는 모습이 동영상처럼 이어지는 것 같기도 했다.

정말로 저런 일이 일어났을까? 저 동물이 여기 있던 사람들을 찾아냈나?

아나히타는 상상이 점점 자신을 압도하고 있음을 깨달았다. 좋지 않았다. 그렇지 않아도 현실이 무서워 죽겠는데.

그녀는 한데 모아 놓은 램프들 너머, 원의 반대편에 있는 삼촌을 바라보았다. 그는 아나히타에게 아무 말도 걸지 않고, 원수를 보듯이 노려보기만 했다. 마치 자신의 딸이 아나히타의 꾐에 빠져 하지 말아야 할 일을 저질렀다고 생각하는 것 같았다.

그로 인해 자신도 하지 말아야 할 일을 저질렀다고 생각하는 거겠지.

아흐마디 박사는 자하라에게는 기회가 생길 때마다 말을 걸면서 용서를 빌었다. 자신이 왜 자하라를 신고했는지 이해해 달라고. 그는 울면서 딸의 손을 잡으려고 했지만, 자하라가 손을 휙 거둬들이면서 아나히타와 캐서린에게 다가섰다. 고통스러운 표정의 아흐마디 박사만 혼자 남았다.

그는 양손에 고개를 묻은 자세로 앉아 있었다. 아나히타는 아인슈타인의 말을 떠올렸다. 〈제3차 세계 대전에 어떤 무기가 나올지는 알 수 없으나, 제4차 세계 대전 때 사람들은 막대기와 돌멩이로 싸울 것이다.〉

하지만 아인슈타인은 정직하지 못했다. 지금 여기에 둘러앉은 사람들과 마찬가지로, 아인슈타인도 세상을 석기 시대로 돌려놓을 무기가 무엇인지 너무나 잘 알고 있었다.

또한 그런 무기를 많이 만들어 낸 베흐남 아흐마디 박사만큼 그 사실을 잘 아는 사람도 없었다.

「이제 나는 죽음이 된다…….」 아나히타는 로버트 오펜하이머가 인용했던 「바가바드기타」의 구절을 작은 소리로 중얼거렸다. 「세상의 파괴자.」

그녀는 삼촌을 보면서 속으로 생각했다. 〈어쩌면 우리가 동굴 생활에 익숙해져야 할지도 몰라.〉

캐서린은 옆에 딱 달라붙어 있는 찰스 보인턴에게 시선을 돌렸다.

그녀를 보호하려는 걸까? 아니, 그녀는 답을 알고 있었다. 그는 그녀의 보호를 원하고 있었다.

캐서린은 이 남자에게 점점 호감 비슷한 감정이 생겼다.

「오벌 오피스 같죠?」 그녀가 동굴 안을 눈으로 둘러보며 속삭였다.

보인턴이 살짝 웃었다. 「오싹할 정도네요.」

파르하드가 헛기침을 하자, 모두의 시선이 그에게 쏠렸다.

「MOIS의 내 담당자에게서 미국인들을 만나 이리로 데려오라는 말을 들었습니다. 내가 아는 사실을 말해 주라는 지시도 있었고요.」

캐서린은 잠시 눈을 감았다. 어머니의 확신 또는 짐작대로 이것은 아야톨라의 계획이 맞았다. 하지만 다른 사람보다 먼저 정보를 알아내서 샤를 저지하려면 캐서린과 보인턴만 테헤란 밖으로 빼낼 방법을 찾아야 했다.

물론 러시아 측 모르게.

목적지는 중요하지 않았다. 미행이 따라붙지 않는 것만이 중요했다.

어머니도 대단하고 아야톨라도 대단하네.

파르하드는 주위를 에워싼 어둠 속을 바라보다가 다시 모여 앉은 사람들에게 시선을 돌렸다. 「하지만 이렇게……」 그가 팔로 그들 모두를 가리켰다. 「사람이 많다는 말은 없었는데.」

「그게 중요한가요?」 캐서린이 물었다.

「그럴 수 있죠. 만약 저쪽이 미행을 당했다면.」 그는 확실히 두려워하고 있었다. 그의 눈이 이쪽저쪽으로 바삐 움직였다. 「여긴 왜 왔습니까?」

「이 사람들을 여기로 데려가라는 지시를 받았습니다.」 혁명수비대원 중 고참이 말했다. 「여기서 넘겨주면 된다고 했지만, 이 사람은 아닙니다. 이 사람은 우리와 함께 돌아갈 겁니다.」

그가 말한 사람은 아흐마디 박사였다. 박사는 고개를 들고 있었다.

「그럼 왜 그 사람까지 데려왔어요?」 보인턴이 물었다.

수비대원은 뜻밖에도 미소를 지었다. 「당신들은 여기까지 온 진짜 목적을 들었습니까?」

「이봐요.」 캐서린이 말했다. 신경에 거슬려서 견디기 힘들었다. 「당신이 아는 걸 빨리 말할수록 우리 모두 여기서 빨리 나갈 수 있어요.」

그녀의 불안감이 깊어졌다. 만약 파르하드가 정보를 전달하라는 지시를 받았다면 왜 아까 아침 식사를 차렸을까? 명령을 빨리 수행하고 떠나고 싶은 기색이 역력한데? 왜 식사를 준비하는 데 시간을 낭비한 거지?

이제 보니 그가 시간을 끌고 있는 것 같았다. 뭔가를 기다리는 것 같기도 했다. 아나히타 일행을 기다린 게 아니라면, 누구지?

「진짜 과학자들이 일하는 곳은 어디예요?」 캐서린이 다그치듯 물었다.

「진짜 과학자?」 보인턴이 말했다. 「그게 무슨 소리예요?」

캐서린은 길의 정보를 설명하느라 귀한 시간을 허비하고 싶지 않았다. 그녀는 오로지 파르하드에게 주의를 쏟고 있었다.

「파키스탄의 아프가니스탄 접경 지역에 폐공장이 있습니다.」 파르하드가 귓속말처럼 목소리를 낮춰 말했다.

둥글게 앉은 사람들이 모두 앞으로 몸을 기울였다. 상상력이 제멋대로 움직이게 내버려 둔 캐서린의 눈에 벽의 그림들이 방향을 돌려 사람들과 마찬가지로 몸을 기울이는 것처럼 보였다. 더 큰 사냥감의 존재를 눈치챈 것처럼. 신선한 피 냄새를 맡은 것처럼.

「러시아 마피아가 핵물질과 장비를 샤에게 판매하고 보내 주기 시작한 지 1년이 넘었어요.」 파르하드가 말했다.

「폭탄도 최소한 세 개는 만들었죠.」 캐서린이 말하자 파르하드가 놀란 얼굴로 그녀를 보더니 고개를 끄덕였다.

「젠장.」 보인턴이 말했다.

「어디 있어요?」 캐서린이 물었다.

「모릅니다. 내가 들은 말만 알아요. 2주 전 컨테이너선에 실려 미국으로 보내졌다고 들었습니다.」

「말도 안 돼.」 보인턴이 말했다. 「미국에 핵폭탄이 있어요?」 그가 벌떡 일어서서 파르하드를 내려다보았다. 「어딥니까? 당신은 알죠? 어디 있어요?」

파르하드가 고개를 젓자 보인턴이 그에게 달려들어 흙바닥으로 쓰러뜨렸다. 그의 덩치가 파르하드보다 상당히 크고 나이도 몇 살 어렸지만, 책상물림인지라 전투 훈련을 받은 파르하드와는 상대가 되지 않았다. 지금까지 찰스 보인턴의 전투 상대라고 해봤자 국무부 건물 안의 자동판매기가 고작이었다. 심지어 그 전투에서도 그는 패배자였다.

그래서 미처 알아차리기도 전에 그는 목이 졸리는 신세가 되었다.

「그만해요.」 캐서린이 명령했다. 「이럴 시간이 없어요.」 그녀가 파르하드를 밀치자 그는 성난 눈으로 그녀를 보았다. 순간적으로 그가 그녀를 공격할 것 같았다. 하지만 그는 곧 보인턴에게서 물러났다. 보인턴은 목을 붙잡고 휘청휘청 일어섰다.

「앉아요.」 캐서린이 말하자 두 남자 모두 앉았다. 캐서린도 다시 바위에 앉아 파르하드에게 몸을 기울였다. 「그 공장에 가봤어요?」

이번에도 그는 주위를 한 번 흘깃 보더니 작게 고개를 끄덕였다. 「상자에 담긴 물건을 배달했습니다. 뭔지는 모르고요.」

「그게 어딘지 말해요.」

「바자우르 지역, 킷콧 바로 외곽의 옛 시멘트 공장이에요. 하지만 거기까지 절대 못 갈 겁니다. 사방에 탈레반이 있으니까.」

「폭탄이 설치된 곳을 누가 알아요? 정확한 장소는?」 캐서린이 물었다.

「샤 박사.」

「그리고? 다른 사람들도 알 텐데요. 샤가 직접 그걸 운반하지는 않았을 테니.」

「공장에 아는 사람이 있겠죠. 거기서 배송을 맡은 사람. 미국에도 설치를 맡은 사람이 있을 테고요. 하지만 그게 누군지는 나도 모릅니다. 내가 들은 말만 알아요.」

「들은 말이라면?」

「그냥 소문입니다. 샤 박사는 신화 같아요. 온갖 환상적인 이야기가 그 사람을 에워싸고 있다고요. 나이가 수백 살이라는 둥, 눈빛만으로 사람을 죽일 수 있다는 둥.」

「아지 다하카라는 소문도 있어요.」 아나히타가 말했다.

파르하드가 두려움에 잿빛으로 질려서 고개를 끄덕였다.

「신화 말고 사실만.」 캐서린이 다그쳤다. 「빨리, 빨리.」

유리 굴뚝을 열어 놓은 램프 속의 불꽃이 흔들리고 있었다. 곧 가벼운 바람이 느껴지자 캐서린의 팔에 난 털들이 곤두섰다.

그냥 샤의 이름을 입에 담았기 때문일 거야. 내 상상이야.

하지만 불꽃이 정말로 흔들리는 것은 분명한 사실이었다. 다른 사람들도 그것을 보고 있었다.

「말해요.」 캐서린이 말했다. 작은 목소리였지만, 말투는 훨씬 더 강렬했다.

파르하드는 눈을 휘둥그렇게 뜨고 있었다. 혁명수비대원들도 총을 들어 단단히 쥐면서 등 뒤의 어둠을 향해 돌아섰다.

첫 번째 총알이 파르하드의 가슴을 맞혔다.

캐서린은 양팔을 휙 뻗어 바위에 앉은 자하라와 보인턴을 아래로 밀었다. 그녀 자신도 몸을 굴려 흙바닥에 엎드리면서, 바위 뒤에 몸을 숨기려고 애썼다. 총알들이 동굴 벽을 맞고 튀어나왔다.

찰스 보인턴이 파르하드에게 기어가 그의 총을 붙잡고 몸을 가까이 기울이는 것이 보였다. 죽음을 앞둔 파르하드는 입만 움직여서 뭐라고 말하더니 기침을 했다. 보인턴의 얼굴에 피가 튀었다.

보인턴은 두려움에 질린 눈으로 캐서린을 돌아보았다.

파르하드가 죽었다. 혁명수비대원 한 명을 포함해서 다른 사람들도 쓰러져 있었다.

「자하라!」 총성 속에서 아흐마디 박사가 소리쳤다.

아직 살아 있는 혁명수비대원은 동굴 벽의 바위 틈새에 몸을 숨기고 어둠을 향해 응사하고 있었다.

캐서린은 램프가 있는 곳에서 멀어져야 한다는 사실을 깨달았다. 아니, 그보다는 램프를 멀리 보내는 편이 더 좋을 것이다.

캐서린은 마음을 다잡았다.

그녀를 줄곧 지켜보던 아나히타는 캐서린의 의도를 짐작하고 역시 마음을 다졌다.

혁명수비대원이 다시 사격을 시작하자, 두 여자는 둥글게 놓인 돌 안으로 뛰어들어 램프들을 어둠 속으로 던졌다. 적의 총알이 날아오는 방향으로. 그리고 나서 두 사람은 다시 몸을 피하며 바닥에 엎드렸다.

혁명수비대원이 총에 맞아 벽에 기댄 자세로 늘어져 있었다. 여성 요원이 그에게 손을 뻗어 AK-47을 가져갔다.

램프들이 땅에 떨어져 폭발하자, 공격자들의 모습이 갑자기 환히 드러났다.

「Poimet(젠장).」 러시아인 한 명이 소리쳤다. 이것이 그의 마지막 말이 되었다.

보인턴도 그들을 향해 계속 총을 쏘았다. 총알이 동굴 사방에 뿌려졌다.

총알이 날아다니는 가운데 캐서린은 별로 믿음직하지는 않아도 몸을 숨길 수는 있는 바위 뒤로 몸을 굴려, 양팔로 머리를 가린 채 엎드려 있었다. 총성이 멎자 그녀는 천천히 고개를 들었다.

매캐한 연기가 허공에 퍼져 있었다. 연기가 걷히자 살육의 현장이 드러났다.

「아빠?」

캐서린과 아나히타가 고개를 돌려 보니, 자하라가 아버지에게 기어가고 있었다. 그는 사지를 넓게 벌린 채 똑바로 쓰러져 있었다. 딸에게 가려다가 기관총에 맞은 모양이었다.

「아빠?」 자하라가 아버지 옆에 무릎을 꿇고 앉았다.

캐서린이 그쪽으로 가려고 했지만 아나히타가 막았다. 「시간을 좀 주세요.」

파르하드도 죽고, 혁명수비대원과 이란인 요원 두 명도 모두 죽었다.

「찰스.」 캐서린은 보인턴에게 다가갔다. 그는 다리에 힘이 풀려서 바닥에 아이처럼 앉아 있었다. 총을 쥔 아이였다. 「괜찮아요? 어디 다쳤어요?」

캐서린은 보인턴 옆에 한쪽 무릎을 대고 앉아서 부드럽게 총을 빼냈다.

그녀를 바라보는 그의 아랫입술과 턱이 가늘게 떨렸다. 「내가 사람을 죽인 것 같아요.」

캐서린은 그의 손을 잡았다. 「선택의 여지가 없었잖아요. 어쩔 수 없었어요.」

「어쩌면 그냥 부상만 입었는지도 몰라요.」

「맞아요, 어쩌면.」 캐서린은 티슈를 한 장 꺼내서 침을 묻힌 뒤, 그의 얼굴에서 점점 말라 가는 파르하드의 피를 닦아 주었다.

「저 사람이 말했어요.」 보인턴이 파르하드를 바라보았다. 파르하드는 동굴 천장의 장엄한 예술 작품에 취한 사람처럼 허공을 빤히 바라보고 있었다. 「백악관이라고.」

「네?」

「저 사람이 백악관이라고 했어요. 그게 무슨 뜻일까요?」

32장

윌리엄스 대통령은 눈을 반짝이며 정신을 집중했다.

엘런이 말을 할 때마다 그의 양손은 천천히 주먹을 쥐었다. 그 주먹에 어찌나 힘이 들어갔는지, 벳시가 보기에는 곧 피가 새어 나올 것 같았다. 그의 손톱이 박힌 손바닥에는 성흔 같은 자국이 남을 것이다.

버스에서 살해당한 과학자들은 미끼였다.

진짜 핵물리학자들, 죽은 사람들보다 훨씬 뛰어난 그들은 벌써 1년 넘게 샤 박사 밑에서 일하고 있었다.

가택 연금에서 풀려난 샤는 탈레반과 알카에다에 줄 핵무기 개발에 박차를 가했다. 파키스탄과 러시아 내부에도 그 사실을 아는 사람들이 있었다.

그들은 적어도 세 개의 폭탄을 성공적으로 제조해서 이미 미국 도시들에 설치해 놓았다. 그 폭탄들은 언제라도 터질 수 있는 상태였다.

하지만 정확히 어디인지 알 수 없었다. 시기도 알 수 없었다. 폭탄의 크기도 알 수 없었다.

「이야기 끝났습니까?」그가 물었다. 애덤스 장관이 고개를 끄덕이자 그는 단추를 눌렀다. 바브 스텐하우저가 나타났다. 「부통령에게 에어 포스 2를 타고 콜로라도 스프링스의 샤이엔산으로 가서 지시를 기다리라고 해.」

「네, 대통령님.」 스텐하우저는 충격을 받은 표정이었지만, 아무런 질문도 던지지 않고 사라졌다.

대통령이 다시 엘런을 보았다. 「전부 장관 아들이 가져온 정보라고요?」

엘런은 노골적인 비난은 아닐망정, 비꼬는 말이 날아올 것을 예상하고 마음의 준비를 했다. 길이 놈들과 한패가 아니라면 어떻게 이런 정보를 알 수 있는가? 혹시 납치됐을 때 과격파가 된 것 아닌가? 길이 이슬람교로 개종한 것은 모두가 아는 사실이었다. 그는 그런 일을 당했는데도 여전히 중동을 사랑했다.

그러니 그의 정보를 어떻게 믿을 수 있을까?

「용감한 청년입니다.」 더그 윌리엄스가 말했다. 「고맙다고 전해 주세요. 자, 정보가 더 필요합니다.」

「대아야톨라가 나한테 정보를 더 주려고 한 것 같습니다.」

「그자가 왜요?」

「후계 계승 문제, 이란의 미래를 생각하고 있으니까요. 그런 문제가 자신의 손을 벗어나 적의 손이나 러시아의 손에 들어가는 걸 원하지 않습니다. 미국이 개입하는 것도 원하지 않고요. 하지만 앞으로 나아갈 좁은 길이 있다고 보는 것 같습니다. 고양이와 쥐가 협력하는 길이죠.」

「뭐라고요?」

「아닙니다, 그냥 이야기예요.」

대통령은 고개를 끄덕였다. 굳이 우화를 듣고 이해할 필요는 없었다. 「샤를 막는다면, 우리 모두의 승리입니다.」

「하지만 호스라비 아야톨라가 남들 앞에서 내게 정보를 줄 수는 없었습니다. 그래서 내 딸 캐서린을 남겨 두었습니다. 찰스 보인턴도 함께. 내 생각이 맞았어야 할 텐데요. 아야톨라는 우리 직원 아나히타 다히르를 체포했습니다.」

「경고 메시지를 받은 직원 말입니까?」 대통령이 그 이름을 기억해

냈다.

「네.」지금은 대통령에게 아나히타의 집안 이야기를 하지 않아도 될 것 같았다.「그리고 나를 이란에서 쫓아냈습니다.」

「테헤란 주재 스위스 대사관에 있는 우리 사람들에게 우리 직원 한 명이 불법적으로 억류당했다고 알리겠습니다.」

「아뇨, 그러지 마세요.」

전화기로 향하던 그의 손이 멈췄다.「왜요?」

「대아야톨라가 정보를 넘기려고 일부러 그런 것 같습니다.」

「왜 장관에게 직접 넘기지 않고요?」

「나는 너무 눈에 띄니까요. 그러니 나를 이란에서 내보낼 수밖에 없었을 겁니다. 누구든 감시자가…….」

「러시아 쪽…….」

「아니면 파키스탄 쪽이나 샤도 나를 미행할 테니까요. 그들은 내가 굴욕을 당한 줄 알고…….」

「이런.」윌리엄스가 얼굴을 찌푸렸다.

「……내 딸과 보인턴이 직원의 석방을 위해 남았다는 사실에는 신경을 쓰지 않을 겁니다.」

「대아야톨라가 주고 싶어 하는 정보를 받으려고 두 사람을 남겼다고 했죠? 어떤 정보입니까?」

「모릅니다.」

「아야톨라가 실제로 그런 생각을 했는지도 확실하지 않은데, 엄청난 도박을 하셨습니다, 엘런.」

〈모든 걸 걸었지.〉엘런은 속으로 이렇게 생각했지만, 소리 내어 말하지는 않았다.「많은 것이 걸려 있으니까요.」

「보인턴 말인데……」대통령이 말했다.「장관의 비서실장 말입니다. 그 친구 트윙키와 싸워서 진 사람 아닙니까?」

「상대가 호호였을걸요.」[27]

27 트윙키와 호호는 모두 크림이 들어간 과자 이름이다.

「뭐, 적어도 그 친구가 첩자라고 의심할 사람은 하나도 없겠군요. 그래서 뭘 좀 알아냈답니까?」

엘런은 숨을 한 번 들이쉬었다. 「몇 시간째 연락이 없습니다.」

더그 윌리엄스는 윗입술을 깨물면서 짧게 고개를 끄덕였다. 「폭탄이 어디에 설치됐는지 알아내야 합니다. 폭탄이 어디서 제조되는지도 알아야 하고요.」

「맞습니다, 대통령님. 화이트헤드 장군은 털어놓지 않겠죠. 아마 알고 있긴 할 텐데요.」

「필요하다면 때려서라도 알아내야죠.」

〈강화 신문〉[28]의 잔혹성에 경악했던 엘런이지만, 지금은 상황 윤리가 자신 안에 깊은 우물처럼 자리하고 있음을 깨달았다. 만약 고문으로 정보를 알아내서 수천 명의 목숨을 구할 수 있다면, 한번 해보는 수밖에.

엘런은 시선을 내려 자신의 손을 보았다. 무릎 위에서 깍지 낀 손의 관절이 하얗게 질려 있었다.

「왜 그래?」 벳시가 물었다.

엘런은 시선을 들어 친구와 시선을 맞췄다. 벳시가 알겠다는 듯 작게 코웃음을 쳤다.

「넌 못 해, 그렇지? 목적이 수단을 정당화해 주지는…….」

「목적은 수단에 의해 정의되는 거야.」 엘런은 이렇게 말하고 나서 더그 윌리엄스를 바라보았다. 「고문보다 더 훌륭하고 더 빠른 방법들이 있습니다. 고문을 받는 사람은 고통을 멈추려고 무슨 말이든 한다는 걸 아시잖습니까. 그 사람의 말이 전부 진실은 아닙니다. 게다가 화이트헤드는 아주 오래 버틸 겁니다. 그의 집을 수색해야 합니다. 국방부의 집무실에 정보를 보관하지는 않았을 겁니다. 자기 컴퓨터에 그걸 보관했을까요? 아마 집 안 어딘가에 메모들이 있을 겁니다.」

윌리엄스가 수화기를 들었다. 「팀 비첨은 어디 있나?」

28 9·11 테러 이후 고문을 에둘러서 표현하는 말.

「병원에 갔습니다. 코가 부러져서요. 곧 진료가 끝날 겁니다.」

「우린 시간이 없어. 비첨의 부국장을 들여보내게, 당장.」

「내가 같이 가겠습니다.」 엘런이 이렇게 말하면서 일어섰다.

「좋습니다.」 윌리엄스가 말했다. 「결과를 알려 줘요. 난 동맹들과 연락하겠습니다. 샤 밑에서 일한다는 그 과학자들에 대해 그쪽 정보기관들이 좀 찾아보라고 해야지.」

사이렌을 마구 울려 대는 차량 행렬에 섞여 베세즈다로 향하는 내내 엘런은 휴대폰을 확인했다.

두려움을 참기가 힘들었다. 이대로 영영 소식이 안 온다면? 그녀가 자기 손으로 자식들을 죽음의 길에 밀어 넣은 거라면? 그러고도 자식들이 어떻게 됐는지 끝내 알아내지 못한다면?

테헤란의 아지즈와 연락해야 하는가 싶었다. 이란 외무 장관이라면 발루치스탄의 그 동굴로 사람을 보내…….

하지만 그녀는 망설였다.

캐서린에게 시간을 좀 더 주어야 했다. 아지즈에게 연락했다가는 일을 완전히 망칠 수 있었다.

그래서 엘런은 눈앞의 일에 억지로 정신을 집중했다. 화이트헤드 장군이 숨겨 둔 정보를 찾아내는 일.

「장군이 너한테 아무 말도 안 했어?」 엘런이 물었다. 벌써 백 번째쯤 같은 걸 묻는 것 같았다. 「뭐든 도움이 될 만한 얘기?」

벳시는 머리를 쥐어짰다. 「빌어먹을 시만 읊었어. 전혀 도움도 안 되는걸.」

생각하면 오싹했다. 장군이 존 던의 시를 읊은 것이.

케이프 코드 스타일의 집 진입로로 차량들이 들어갔다. 말뚝을 박아 만든 울타리와 지붕창이 있고, 널찍하게 집을 감싼 베란다에는 흔들의자가 있었다.

너무나 전형적인 미국 집의 모습이라서 엘런은 더욱더 화가 났다.

속에서 쓴물이 올라오는 것 같았다.

일부 요원들이 현관문을 쾅쾅 두드리고, 다른 요원들은 집 뒤로 몰려갔다.

문을 아예 부수려는데, 어떤 여자가 문을 열었다. 소박하지만 고전적인 스타일로 반백의 머리를 멋지게 자른 여성이었다. 옷차림은 실크 블라우스와 바지였다.

전혀 허세가 느껴지지 않는 우아한 모습이라고 엘런은 생각했다.

「뭐죠? 무슨 일이에요?」 그 여자가 물었다. 딱히 다그치는 듯한 말투는 아니었다. 요원들이 그녀를 옆으로 밀치자, 그녀가 말했다. 「버트는 어디 있어요?」

그녀는 남편을 찾아 요원들 너머를 바라보다가, 미국 국무 장관에게 시선이 닿았다.

그녀는 당황해서 흥분한 것처럼 보이는 커다란 개의 목줄을 잡고 있었다. 집 안 깊숙한 곳에서 아이 우는 소리가 들렸다.

「무슨 일이에요?」

「비키세요.」 요원 한 명이 그녀를 밀치며 말했다.

엘런이 벳시에게 고갯짓을 하자, 벳시가 화이트헤드 부인의 팔을 잡고 아이 우는 소리가 들리는 쪽으로 이끌었다.

요원들이 이미 사방에 퍼져 있었다. 그들은 책꽂이에서 책을 빼내고, 의자와 소파를 뒤집고, 벽에 걸린 그림을 떼어 냈다. 조금 전만 해도 우아하고 안락하던 집이 점점 더 심하게 어질러졌다.

벳시가 장군의 아내와 함께 부엌으로 가는 동안 엘런은 서재를 찾아냈다. 국가정보국의 부국장과 상급 요원들이 그곳을 수색하고 있었다.

커다란 창문이 뒤뜰을 향해 나 있는 밝고 큰 방이었다. 뒤뜰에는 아이를 위해 집에서 직접 만든 그네가 걸려 있었다. 두툼한 나무판자에 밧줄을 매어, 떡갈나무 가지에 연결한 그네.

잔디밭에는 아이들이 갖고 노는 미식축구 공 하나가 버려져 있었다.

서재 벽을 모두 차지한 책꽂이에는 책과 사진 액자가 가득했다. 요원들은 그것을 모두 꺼내서 살펴본 뒤 바닥에 던졌다.

이 방에 훈장이나 표창장은 없었다.

자녀들과 손주들의 사진, 버트 화이트헤드 부부의 사진, 친구와 동료의 사진뿐이었다.

방 안에 한바탕 소용돌이가 몰아치는 듯한 광경을 보며, 애덤스 장관은 벽에 기대서서 생각했다.

사람이 이런 짓을 하게 되는 이유가 뭘까? 조국을 배반하고, 시민을 죽이는 짓을 하다니. 핵폭탄 중 하나는 워싱턴에 설치되어 있음이 거의 확실했다. 아예 백악관일 가능성도 거의 백 퍼센트였다.

대통령도 이걸 알고 있었다. 그가 엘런을 제외한 고위 각료들과 부통령을 다른 곳으로 보낸 이유가 그거였다. 충격파와 낙진이 몇 킬로미터까지 퍼져 나가면서 마주치는 모든 사람과 모든 사물을 태우고, 방사능을 퍼뜨릴 것이다.

버트 화이트헤드에게 무슨 일이 있었던 걸까? 도대체 무슨 의문을 품었기에 테러리스트와 공모한다는 답을 얻었을까?

엘런이 부엌으로 가니 벳시가 다른 사람들과 함께 있었다. 화이트헤드 부인과 딸이 신문을 받는 중이었다.

엘런은 문 앞에 서서, 두 정보 요원이 화이트헤드 모녀에게 질문을 쏟아 내는 소리를 1~2분쯤 들었다. 아이는 엄마 품에 안겨 울면서 버둥거렸다.

「자리를 좀 비워 주겠습니까?」 엘런이 말했다.

요원들은 못마땅한 표정으로 시선을 돌렸다가 벌떡 일어섰다.

「내가 저 두 분과 따로 이야기를 나누고 싶은데요.」

「그럴 수는 없습니다.」

「내가 누군지 압니까?」

「네, 장관님.」

「다행이군요. 나는 프랑크푸르트에서 병실에 누워 있는 아들을 두고 밤새 날아왔습니다.」 그녀는 사실을 조금 과장했다. 「내게 몇 분쯤 시간을 내줄 수는 있을 텐데요.」

요원들은 확연히 내키지 않는 표정으로 서로를 한 번 본 뒤 자리를 비워 주었다.

엘런은 자리를 잡고 앉기 전에, 우는 아이를 보고 아이 엄마에게 말했다.「아이를 데리고 밖에 나가서 바람을 좀 쏘이는 게 낫겠어요.」

「엄마?」

화이트헤드 부인이 작게 고개를 끄덕였다. 딸이 손자를 데리고 나간 뒤, 엘런은 의자에 앉아 부인을 유심히 살펴보았다. 분노와 두려움이, 분노와 혼란이 서로 싸움을 벌이는 기색이 역력했다.

하지만 당혹스럽기는 엘런도 마찬가지였다. 화이트헤드 부인의 얼굴이 낯익었다. 어딘가에서 만난 적이 있는 것 같았다.

그러다 곧 생각이 났다.「화이트헤드 부인이 아니군요, 그렇죠?」

벳시의 눈썹이 위로 치솟았지만, 벳시는 아무 말도 하지 않았다.

「집에 있을 때는 그 이름이에요.」

「마사 티어니 교수시죠. 조지타운 대학교에서 영문학을 가르치는.」

서재 바닥에 펼쳐진 채 나뒹구는 책 중 하나에 이 여자의 얼굴 사진이 있었다. 오래전에 찍은 저자 사진이었다. 책 제목은 〈왕들과 절박한 남자들〉. 존 던의 시에서 가져온 표현을 제목으로 붙인, 그 형이상학적 시인의 전기였다.

「부인의 남편이 계속 〈그대가 하였으나 하지 않았다〉를 인용하는 이유가 뭐죠?」

「내게 더 많은 것이 있으니.」 티어니 교수가 그 구절을 마저 인용했다.「이건 말장난입니다. 난 던을 연구하는 사람이에요. 그 덕분에 버트도 던 전문가 비슷하게 됐죠. 아마 그 구절이 마음에 드는 모양입니다.」

「왜요?」

「모르죠. 그 사람이 말해 주지 않았어요. 장관님이 시를 논하러 온 건 아니겠죠. 무슨 일인지 말씀해 주세요. 남편은 어디 있습니까?」

「부인과 오랫동안 함께 지낸 덕분에 던 전문가가 되었다면, 부인은 안보 전문가가 되셨습니까?」엘런이 말했다.

「변호사를 불러야겠습니다.」티어니 교수가 말했다. 「버트도 만나야겠어요.」

「난 경찰이 아니고, 부인도 체포된 것이 아닙니다. 난 부인에게 도움을 청하는 거예요. 이 나라를 도와달라고요.」

「그렇다면 난 자초지종을 알아야겠습니다.」

「아뇨, 우리 질문에 대답부터 하셔야 합니다.」엘런은 목소리를 낮췄다. 「충격을 받으셨을 겁니다. 겁도 나겠죠. 하지만 부탁합니다. 우리에게 필요한 정보를 말해 주세요.」

티어니 교수는 멈칫하다가 고개를 끄덕였다. 「최선을 다해 돕겠습니다. 이것만 말해 주세요. 버트는 괜찮습니까?」

「남편에게서 바시르 샤라는 이름을 들어 본 적 있습니까?」

「무기상 말이군요. 네, 일전에 들었습니다. 그자가 가택 연금에서 풀려났다고 남편이 고함을 질러 댔거든요.」

「부인에게 그런 이야기를 했어요?」엘런이 말했다.

「그게 국가 기밀입니까?」티어니 교수가 물었다.

엘런은 잠시 생각해 보았다. 「아뇨, 그렇지는 않은 것 같네요.」

「그렇겠죠. 그게 국가 기밀이라면, 버트는 절대, 무슨 일이 있어도 말할 사람이 아닙니다.」

「그러니까 샤가 석방된 것에 장군이 놀랐다는 건가요?」

「충격을 받았죠. 남편이 그렇게 화를 내는 건 아주 오랜만에 봤습니다.」

엘런은 이 말을 믿고 싶었다. 하지만 이건 원래 반역자들이 잘하는 짓이었다. 그들은 최악의 상황을 기꺼이 믿으면서도 재앙은 무시해 버리는 사람들의 심리를 이용했다.

만약 화이트헤드 장군이 화를 냈다면, 그건 샤가 자유의 몸이 되었기 때문이 아니라 그 사실이 알려졌기 때문일 것이다.

「장군의 개인 서류는 어디에 보관되어 있습니까?」엘런이 물었다.

티어니 교수가 잠시 침묵하다가 말했다. 「서재 문과 가장 가까운 책꽂이 뒤에 금고가 있어요.」

엘런은 벌떡 일어섰다. 「비밀번호는?」

「내가 가서 열어 드리죠.」

「아뇨, 번호를 말하세요.」

두 여자는 서로를 뚫어져라 바라보았다. 결국 티어니 교수가 번호를 말해 주면서 이렇게 설명했다. 「우리 애들 생일을 합한 거예요.」

엘런은 부엌을 나갔다가 몇 분 뒤 돌아와 벳시에게 말했다. 「가자.」

차에 올라 워싱턴으로 돌아가는 길에 벳시가 물었다. 「어떻게 됐어? 금고에 뭐가 있었어?」

「애들 출생증명서밖에 없었어. 혹시 거기 뭔가 숨겨져 있을지도 모르니 분석은 하겠지만······.」

벳시는 엘런이 빈손으로 나온 게 아니라는 사실을 알아차렸다. 엘런은 티어니 교수의 책을 꼭 쥐고 있었다.

『왕들과 절박한 남자들』.

〈여자도 있지.〉 벳시는 속으로 생각했다.

국경을 넘어 파키스탄으로 들어온 뒤에야 길의 휴대폰에 신호가 잡혔다. 그는 차를 멈추고 재빨리 어머니에게 문자를 보냈다.

길가에 차를 세워 놓고 앉아 있는 것은 안전하지 않으므로, 그는 꾸물거리지 않았다. 문자를 보낸 뒤에는 공항으로 향했다. 몇 시간을 더 가야 했다.

「내가 갈게.」아나히타가 말했다.

「나도 같이 갈게.」자하라가 말했다. 「우리 아버지가······ 그러니까 내가······.」

두 사람은 파르하드가 몰던 차 안에 있었다. 하지만 자동차 열쇠를 찾을 길이 없었다. 아직 파르하드의 수중에 있음이 분명했다.

캐서린도 아버지를 갑작스레 잃은 경험이 있기 때문에 자하라의 심정을 이해했다. 그래서 짧게 고개를 끄덕였다. 「가요. 하지만 빨리 돌아와야 돼요. 또 누가 여기로 오고 있을지는 하느님만 아시니까. 이 모임에 대해 누군가가 러시아 쪽에 알린 게 분명해요.」

「파르하드죠.」 보인턴이 말했다. 「모두의 편이었으니까.」

캐서린은 보인턴이 파르하드에게서 가져온 총을 아나히타에게 주었다. 「서둘러.」

생김새와 움직이는 모습이 꼭 닮은 두 사촌은 재빨리 비탈길을 올라가 동굴 입구로 향했다. 동굴 안의 통로가 이제는 익숙했다. 두 사람은 깨진 램프의 불빛을 향해 그 길을 달렸다.

아직 얼마 가지도 못했는데, 자하라가 천천히 멈춰 서더니 한 손을 들었다. 아나히타도 함께 멈춰 서서 긴장했다. 온몸의 감각이 진동했다.

아나히타에게도 그 소리가 들렸다.

사람들 목소리. 러시아어.

「에이씨.」 그녀가 투덜거렸다. 「젠장, 젠장, 젠장.」

그녀는 등 뒤의 동굴 입구를 보았다가, 다시 흐릿한 불빛으로 시선을 돌렸다. 성난 사람들의 야만적인 목소리가 들리는 곳.

선택의 여지가 없었다. 그들에게는 자동차 열쇠가 필요했다.

아나히타는 몸을 낮게 숙이고 동굴 속의 공터를 향해 조금씩 나아갔다. 공터 맞은편 통로에서 일그러진 그림자들이 움직였다. 자하라는 아버지의 시체를 빤히 바라보고 있었다. 처음 쓰러진 자리에 그대로 누워 있는 그의 몸 일부가 바위들에 가려져 보이지 않았다.

「가,」 아나가 속삭였다. 「갔다가 빨리 와.」

자하라가 뭘 하고 싶은지는 알 수 없었지만, 지금은 그 문제로 이야기를 나눌 때가 아니었다.

아나는 배를 깔고 엎드려서 파르하드의 시체를 향해 기었다. 그리고 억지로 그의 시체를 보면서 몸을 더듬어 열쇠를 찾아냈다.

그녀는 소리를 내지 않으려고 아주, 아주, 아주 조심스럽게 열쇠를 꺼냈다.

그다음에는 열쇠를 주먹에 꼭 쥐고 자하라를 흘깃 보았다. 자하라는 아버지의 이마에 입을 맞추고 네 발로 기어서 뒤로 물러났다.

두 사람이 밖으로 통하는 통로 입구에 다다랐을 때 고함 소리가 들리더니 손전등 불빛이 날아왔다.

두 사람은 그대로 달아났다. 뒤도 돌아보지 않고, 굳이 몸을 숨기려 하지도 않았다. 햇빛이 비쳐 드는 좁은 입구를 향해 통로를 질주할 뿐이었다. 입구가 칼날처럼 보였다.

뒤에서 발소리와 고함 소리가 들렸다.

아나는 좁은 입구를 빠져나오면서 캐서린과 보인턴에게 소리쳤다. 「안에 더 있어요, 우릴 봤어요.」

「쫓아와요.」 자하라가 서둘러 비탈길을 내려오면서 소리쳤다.

캐서린이 두 사람에게 달려와 아나히타의 손에서 열쇠를 채갔다. 「얼른 타!」

두 사람은 두말없이 차에 올랐다. 차에 시동이 걸리는 순간 총알이 날아왔다. 아나는 창문을 내리고 마주 총을 쏘았다. 정신없이. 총을 쏴 본 건 고사하고, 손에 쥐어 본 것도 이번이 처음이었다. 그래도 동굴 입구의 두 남자가 머리를 숙이고 몸을 피하게 만들 수는 있었다.

캐서린이 가속 페달을 밟자 차가 출발했다. 아나가 뒤를 돌아보니, 남자들의 모습이 보이지 않았다.

하지만 곧 다시 쫓아올 터였다. 아나도 알고, 캐서린도 알고, 다른 사람들도 모두 알았다.

보인턴은 뒷좌석에 흩어져 있던 옛 지도를 찾아내 이곳의 위치와 차가 향하는 방향을 알아내려고 애쓰는 중이었다.

「내 핸드폰이 방전됐어.」 캐서린이 길에서 자꾸만 미끄러지려는 낡은 차와 씨름하며 말했다. 「파르하드가 샤의 물리학자들에 대해 해준 말을 엄마에게 알려야 해요. 찰스?」

「내가 할게요.」 보인턴은 지도를 치워 버리려고 안간힘을 쓰면서 말했다. 심하게 덜컹거리는 차 안에서 자하라가 지도를 잡았다.

찰스의 휴대폰 배터리도 빨간색이었다. 남은 시간은 3분.

그는 재빨리 문자를 입력하고는, 오자가 없는지 확인하는 데 귀한 시간을 썼다. 지금은 실수가 용납되지 않는 상황이었다.

그는 보내기 버튼을 누르고 숨을 내쉬었다.

「우리 어디로 가요?」 아나가 물었다.

멀리서 먼지구름이 그들을 쫓아왔다. 차 안이 조용했다. 그들은 어디로 갈지는 말할 것도 없고, 여기가 어딘지도 잘 알지 못했다.

「차 세워요.」 엘런이 말하자, 운전석의 외교보안국 경호원이 차를 세웠다.

「장관님?」 조수석에 앉은 스티브가 뒤를 돌아보며 물었다.

하지만 그녀는 거의 동시에 들어온 두 건의 문자 메시지를 읽고 또 읽느라 아무 말이 없었다.

아크바르의 휴대폰으로 보낸 길의 메시지는 프랑크푸르트를 경유해서 워싱턴의 집으로 돌아가겠다는 내용이었다.

그다음에는 찰스 보인턴의 문자가 들어왔다.

엘런은 깊이 숨을 들이쉬고는 앞으로 몸을 기울여 운전석의 요원에게 말했다. 「백악관으로 가야겠어요, 최대한 빨리.」

「알겠습니다.」

사이렌을 켜고 경광등을 반짝거리며 그들은 거리를 질주했다.

「엘?」 벳시가 말했다. 「무슨 일이야?」

「캐서린과 보인턴이 정보를 얻어 냈어. 폭탄이 제조되는 곳.」

「아, 다행이다. 설치된 곳도 알아? 어느 도시래?」

「그건 모르지만, 공장을 습격하면 알게 되겠지. 길도 문자를 보냈어. 이쪽으로 온다는데 내가 오지 말라고 했어.」

벳시는 고개를 끄덕이고는, 아무렇지 않은 척했다. 「적어도 애들은 무사하구나.」

「글쎄……」엘런이 말했다. 찰스의 문자를 보면, 그들은 안전한 것과 거리가 멀었다. 「사라반의 동굴 그림을 좀 찾아볼래? 이란의 시스탄-발루치스탄 지역에 있어.」

벳시는 검색하면서 질문을 던졌다. 「왜?」

「내가 캐서린과 보인턴을 그쪽으로 보냈거든.」

「위험을 피하게 하려고?」

「꼭 그렇지는 않아.」벳시가 이란의 그 지역 지도를 휴대폰으로 불러내자, 엘런은 이란과 파키스탄의 국경선을 눈으로 따라가며 살펴본 뒤, 아들에게 메시지를 보냈다.

길은 휴대폰의 신호음을 듣고 차를 세운 다음, 어머니의 답장을 읽었다.

그리고 재빨리 지도를 찾아보았다. 「젠장.」

그는 잠시 생각에 빠졌다가 답장을 보냈다.

엘런은 의사당의 둥근 지붕이 보이는 지점에서 길의 답장을 받았다.

그리고 거기에 몇 마디를 덧붙여서 보인턴에게 보낸 뒤, 의자에 머리를 기대고 생각에 빠졌다.

배터리 용량이 1분쯤 남은 보인턴의 휴대폰으로 장관의 메시지가 들어왔다.

「펜. 종이. 빨리.」그는 이렇게 말하고서, 자하라의 손에서 지도를 잡아채 몇 글자를 갈겨썼다. 그러고 나자 그의 휴대폰이 완전히 꺼져 버렸다.

「파키스탄이에요.」그가 일행에게 말했다. 「파키스탄으로 가야 돼요.」

「미쳤어요?」 자하라가 말했다. 「난 이란 사람이에요. 거기 가면 우린 죽을 거예요.」

「여기서도 죽어.」 아나가 뒤에서 쫓아오는 먼지구름을 가리켰다. 마치 주머니곰이 쫓아오는 것 같았다.

찰스는 몸을 앞으로 기울여 캐서린에게 말했다. 「당신 오빠가 파키스탄에 있어요. 거기서 우리를 만나러 올 거예요. 당신 오빠는 그쪽에 아는 사람들이 있으니까. 내가 그 도시 이름을 적어 놨어요. 국경에서 멀지 않으니, 우린 국경만 넘으면 돼요.」

캐서린은 백미러를 흘깃 보았다. 소용돌이 같은 먼지구름이 더 가까웠다.

자하라와 아나히타가 국경까지 가는 최선의 경로를 짜는 동안, 찰스 보인턴은 의자에 등을 기대고 앞을 빤히 바라보았다.

뭔가가 마음에 걸렸다. 뭘 잊어버린 것 같았다. 아, 그렇지. 재빨리 휴대폰을 꺼낸 그는 버튼을 누르고 또 눌렀지만, 배터리에 아무것도 남아 있지 않았다.

그가 깜박 잊고 애덤스 장관에게 말하지 않은 것은 파르하드가 마지막 숨과 함께 뱉은 말이었다.

〈백악관.〉

33장

엘런과 벳시가 오벌 오피스의 문을 막 들어서자마자 윌리엄스 대통령이 말했다. 「뭘 좀 찾았습니까?」

「화이트헤드의 집에는 아무것도 없었지만, 캐서린과 찰스 보인턴이 샤의 물리학자들이 일하는 곳을 알아냈습니다. 거기에 가면 폭탄이 숨겨진 곳에 대한 정보도 얻을 수 있을 거라고 합니다.」

「천만다행이군. 거기가 어딥니까?」

「파키스탄입니다. 아프간 접경 지역.」 엘런이 구체적인 정보를 전달했다.

「찾기는 쉽겠어요.」 대통령이 말했다. 「파키스탄 바자우르 지역, 킷콧 바로 외곽의 버려진 시멘트 공장이라고요?」 그는 자신이 제대로 들었는지 다시 확인했다. 엘런이 고개를 끄덕이자 그가 인터콤을 눌렀다. 「화이트헤드 장군더러 이리로…….」

그는 말을 끊었다.

「대통령님, 장군은…….」 스텐하우저가 말했다.

「그래, 내가 깜박했어. 특전단장에게 상황실에서 보자고 전하게. 당장. 팀 비첨에게도 그리로 오라고 전하고. 병원 진료는 끝났나?」

「방금 메시지를 받았습니다, 대통령님. 정보국 회의를 위해 런던으로 가는 중입니다. 돌아오라고 할까요?」

「아뇨.」엘런이 대신 대답하자 윌리엄스 대통령이 그녀를 바라보았다. 그녀가 말했다.「비첨이 그 회의에 가는 것도 중요합니다.」

윌리엄스는 눈을 가늘게 떴지만, 인터콤을 향해 이렇게 말했다.「아냐, 바브. 비첨은 가게 둬.」그러고 나서 그는 책상 위의 서류를 하나로 모아 정리했다.「같이 갑시다.」

「죄송합니다만, 대통령님, 파키스탄으로 가서 총리를 만나는 걸 허락해 주시기 바랍니다. 이제 결판을 낼 때가 된 것 같습니다.」

「이란에서 결판을 냈던 것처럼요, 엘런?」

「정보를 얻었잖습니까.」

「외무 담당 직원은 체포당하고, 장관 본인은 그 나라에서 쫓겨났습니다.」

「그래도 정보를 얻었습니다.」엘런이 같은 말을 되풀이했다.「멋진 방법도 아니고 전통적인 방법도 아니었지만, 어쨌든 정보를 얻었어요.」

「그 정보를 믿어도 될까요?」

「내 딸을 믿을 수 있느냐고 묻는 겁니까?」

「아, 정말, 엘런, 그쯤 해둬요. 길의 사건 때 내가 잘못한 건 맞습니다. 미안해요. 그때 길의 석방을 위해 내가 나섰어야 했습니다.」

엘런은 그의 말이 이어지기를 기다렸다.

날짜를 세고 시간을 헤아리던 그때의 심정. 고통스러운 시간이 1초, 1초 흐를 때마다 그녀는 아들이 참수되었다는 소식을 예상하며 각오를 다졌다. 자신이 어떤 광경을 보게 될지 알기 때문에. 자신이 피하려고 아무리 애써도, 아들의 사진이 모든 신문과 뉴스의 첫머리를 장식할 것이다. 심지어 웹사이트까지도.

길의 어머니로서 그녀는 평생 그 사진 외에 다른 것을 보지 못하고 살게 될 터였다. 무엇을 보든 그 사진이 앞에 둥둥 떠다닐 터였다.

그런데 그 고통 속에서 길을 구해 줄 수 있었던 남자가, 그녀를 구해 줄 수 있었던 남자가 하는 말이 〈미안해요〉?

그녀는 무슨 말을 하게 될지 몰라서 입을 열 수 없었다. 그래서 그냥 가만히 서서 애써 숨을 골랐다. 미국 대통령을 뚫어져라 바라보면서. 그를 아프게 하고 싶었다. 그가 아들을 아프게 한 것처럼. 엘런 자신을 아프게 한 것처럼.

「상상해 보세요.」마침내 그녀가 말했다.「당신 아들이 참수되었다고.」

「길은 그렇게 되지 않았습니다.」

「그렇게 되었습니다. 매일 낮, 매일 밤 내 머릿속에서.」

더그 윌리엄스는 이런 생각을 미처 해보지 못했다. 이제야 머릿속에 어떤 이미지가 떠올랐다. 자신의 아들이 땅바닥에 무릎을 꿇고 있는 모습. 더러워진 얼굴은 겁에 질려 있고, 그의 목에는 긴 칼날이 닿아 있었다.

윌리엄스는 숨을 집어삼키며 엘런과 시선을 마주쳤다. 길게만 느껴지는 몇 초가 흐른 뒤 그가 속삭이듯 말했다.「미안합니다.」

이번에는 진심으로 하는 말임을 그녀도 알 수 있었다. 그냥 가벼운 실수를 덮으려는 전략적인 사과가 아니었다. 그가 가슴속 깊은 곳에서 쥐어짜 낸 말이었다.

진심으로 미안하다고.

그녀에게 용서를 구하지 않을 정도의 양식도 있었다. 그는 결코 용서받지 못할 것이다. 용서받아서도 안 되었다.

「엘런, 나는 당신의 아들이나 딸을 의심하는 게 아닙니다. 그 두 사람의 정보원에 의문을 갖는 거예요.」

「우리에게 그 정보를 전하기 위해 여러 사람이 목숨을 바쳤습니다. 우리에게 있는 건 그 정보뿐이니, 우리는 그걸로 움직일 수밖에 없어요. 나는 이슬라마바드로 가야 합니다. 우리가 동원할 수 있는 힘을 모두 과시하면서 화려하게 도착해야 해요. 다른 건 몰라도, 대통령님이 공장 습격을 계획하고 시행하는 동안 내가 그들을 교란할 필요가 있습니다.」

「그 〈교란〉이라는 게 무슨 뜻인지는 굳이 묻지 않겠습니다.」 널찍한 복도를 서둘러 걸어가며 대통령이 말했다. 엘런은 다리가 긴 그와 속도를 맞추느라 뛰고 있었다.

「하지만…….」그녀가 말했다.

윌리엄스가 걸음을 멈추고 그녀를 바라보았다. 「이번엔 또 뭡니까?」

그녀는 깊이 숨을 들이쉬었다. 「가는 길에 에릭 던에게 들르고 싶습니다.」

「플로리다요? 왜요?」

「그가 뭘 알고 있는지 알아보려고요.」

「전직 대통령이 배후라고 생각하는 겁니까?」 윌리엄스가 다그치듯 물었다. 「장관, 난 그 인간을 조금도 존중하지 않지만, 미국 도시에서 핵폭탄이 터지는 걸 그자가 허락했을 거라고는 상상할 수 없습니다.」

「나도 마찬가지입니다만, 그자가 뭔가를 알지도 몰라요. 본인도 모르는 사이에.」

이 말을 듣고 있던 벳시는 이란-콘트라 청문회 때 레이건 대통령에 대해 떠돌아다니던 유명한 말을 떠올렸다.

〈그가 무엇을 몰랐는가? 그리고 자신이 그걸 모른다는 걸 언제 알았는가?〉

문서고에 가면 에릭 던이 모르는 사실들이 가득할 것이다.

윌리엄스의 동의를 얻어 내고 에어포스 3으로 가는 길에 벳시는 엘런이 여전히 들고 있는 책을 보았다.

티어니 교수의 저서 『왕들과 절박한 남자들』. 존 던의 전기.

벳시는 의자에 등을 기대고, 앞으로 다가올 대결을 생각했다. 〈그대가 하였으나done 하지 않았다…….〉

그녀는 뒤에서 누가 밀기라도 한 것처럼 앞으로 불쑥 몸을 내밀었다.

「세상에, 엘, 화이트헤드는 처음부터 그 말을 하고 있었어. 〈던.〉 〈done〉이 아니야. 말장난을 한 거야. 존 던도, 화이트헤드도 모두 말장난을 했어. 그래서 네가 그 책을 갖고 있는 거지? 그래서 에릭 던을 만나러 가는 거지? 버트 화이트헤드가 우리한테 그러라고 했으니까.」

「맞아.」

「하지만 틀림없이 이건 무슨 술수일 거야. 우리가 시간을 낭비하게 만들려는 거야. 에릭 던은 아무것도 모르거나, 뭔가 알면서도 절대 우리한테 말하지 않을 거야. 화이트헤드가 우리 머릿속에 들어와서 일을 망치려 하는 거라고. 일종의 심리전이야.」

「그럴지도 모르지.」 엘런은 앞으로 몸을 기울여 경호 요원에게 길을 우회해서 조지타운에 있는 팀 비첨의 집에 들르자고 말했다.

「그 사람은 런던으로 가는 중이라고 하지 않았어?」 벳시가 물었다.

「응.」 엘런은 더 이상 말하지 않았다.

팀의 집에 들르자 가정부가 정말로 그가 집에 없다고 확인해 주었다. 비첨 부인과 10대인 두 아들은 유타의 별장으로 휴가를 떠났다고 했다.

플로리다를 향해 비행기가 이륙하는 순간 그녀는 벳시에게 물었다. 「버트 화이트헤드는 왜 아직도 워싱턴에 있을까?」

「백악관 면담실에 붙잡혀 있는 처지잖아. 그래서겠지.」

「그럼 팀 비첨은 왜 여기에 없지?」

「정보를 더 얻겠다며 런던의 정보국장 회의에 참석하러 갔으니까. 그 사람이 거기 참석하는 게 중요하다고 네 입으로 말했잖아.」

「그건 중요한 거 맞아.」

「무슨 생각을 하는 거야?」 벳시가 물었다.

엘런은 대답하지 않고 깊은 생각에 몰두하고 있었다.

비행기가 순항 고도에 도달하자, 엘런의 책상에 있는 콘솔이 징징 신호음을 냈다. 암호 메시지가 들어왔다는 신호였다. 대통령의 영상 전화였다. 엘런이 스크린을 두드리자 더그 윌리엄스의 얼굴이 나타났다.

그녀는 벳시를 보았다. 벳시는 빙긋 웃고 방을 나갔다. 지금부터 나올 이야기는 최고 기밀이라서, 국무 장관의 고문도 들을 수 없었다.

「전화 연결됐습니다, 대통령님.」엘런이 말했다.

「됐군. 우리도 다 모였습니다.」윌리엄스 대통령이 탁자에 둘러앉은 장군들을 고갯짓으로 가리켰다.

그들 모두의 인생에서 가장 중요한 회의가 이렇게 시작되었다.

미국 특수 부대를 버려진 시멘트 공장에 들여보내, 핵무기 생산을 저지하는 방법을 의논하는 회의. 무엇보다 중요한 일은 이미 핵폭탄이 설치된 장소를 알아내는 것이었다.

돌격 소총이 캐서린 애덤스를 겨눴다. 그날 하루에만 벌써 백 번째쯤 이런 일을 당하는 것 같았다.

그래서인지 이제는 놀랍지도 않았다.

그들은 이란과 파키스탄의 국경을 향해 25킬로미터를 달려왔다. 그동안 캐서린은 무슨 말을 할지 미리 연습했다. 다른 사람들, 특히 찰스와 의논해 준비한 말이었다.

국경을 넘는 방법, 추적자들은 국경을 넘지 못하게 막는 방법도 의논했다.

「미국 국무 장관의 딸이라고?」파키스탄의 국경 경비대원이 말했다.

아나히타가 통역하고, 캐서린은 고개를 끄덕였다. 경비대원은 그녀와 보인턴의 여권을 갖고 있었다. 일행의 다른 사람들은 여권이 없었다. 아예 아무런 증명서가 없었다.

파키스탄의 국경 경비대원은 신분증이 없는 다른 사람들보다 캐서린과 찰스의 여권을 훨씬 더 수상쩍게 살펴보았다. 캐서린은 그 이유가 무엇일지 너무 깊게 생각하고 싶지 않았다.

「왜 파키스탄으로 넘어오려는 겁니까? 목적이 뭐예요?」

「안전.」보인턴이 말했다. 「미국 국무 장관의 딸과 비서실장이 당신 때문에 국경을 넘지 못하고 다치거나 목숨을 잃었다는 사실을 파키스탄 총리께서 아시면 틀림없이 무척 화를 낼 겁니다. 정치적으로도 개인적으로도 악몽이 되겠죠. 총리에게도 당신에게도.」

캐서린은 이제 혼란과 동요를 드러내는 경비대원에게 말했다. 「하지만 한번 생각해 보세요. 당신이 우리 목숨을 구해 줬다고 우리가 말한다면, 총리께서 당신을 얼마나 흡족하게 바라보실까요? 이름이 뭐죠?」

아나히타가 이름을 받아 적었다.

보인턴은 점점 가까워지는 먼지구름을 가리켰다. 「저 차에 러시아 마피아가 잔뜩 타고 있어요. 당신이 막아야 하는 건 저들입니다. 미국은 이 나라의 동맹이고, 러시아는 아니잖아요.」

다른 경비대원이 초소에서 나타나 동료에게 휴대폰을 보여 주었다. 화면에 뭐가 떠 있는지는 몰라도, 두 사람의 신분이 확인된 모양이었다.

찰스 보인턴은 휴대폰을 빤히 바라보며, 그걸 좀 빌려달라고 말할까 생각해 보았다. 생각하면 할수록, 파르하드가 피를 토해 내며 남긴 마지막 말을 애덤스 장관에게 전하는 것이 더욱 중요한 일 같았다.

〈백악관.〉

그러나 설사 파키스탄 경비대원이 그에게 휴대폰을 빌려준다 해도, 그것으로 미국 국무 장관의 보안 번호에 메시지를 보낼 수는 없었다. 그래도 찰스는 맛있는 스테이크를 바라보는 굶주린 사람처럼 휴대폰에서 시선을 떼지 못했다.

「그럼 이 사람들은?」 경비대원이 총으로 아나히타와 자하라를 가리켰다. 「이란은 우리 친구가 아닙니다. 이 사람들은 신분증도 없어요. 이 사람들은 허락할 수 없습니다.」

이건 위험했다. 캐서린과 보인턴만 받고, 다른 일행은 받지 못하겠다니.

「글쎄요, 이 두 사람한테 신분증이 없는데 파키스탄인이 아니라고 어떻게 확신해요?」 캐서린이 말했다.

「확실합니다.」

「파키스탄인일 수도 있는데. 우린 친구를 두고 가지 않을 거예요. 그러니 당신이 결정해요. 이 사람들은 이란인인가요 파키스탄인인가요? 우리가 국경을 건너고 당신은 영웅이 될 건가요? 아니면 우리를 돌려 보내고 골치 아픈 인생을 살 건가요?」

「우리는 이란과의 국경을 지키는 초소에 배치된 사람들입니다.」 새로 나타난 경비대원이 두 사람의 여권을 돌려주면서 유창한 영어로 말했다. 「여기서 더 힘들어져 봤자죠.」

「아프가니스탄과도 국경을 접하고 있죠?」 찰스가 말했다. 「거기는 소풍 같은 곳이 아닐걸요.」

경비대원이 어깨를 으쓱했다. 「보면 놀랄 겁니다.」 하지만 그도 찰스 보인턴의 말이 무슨 뜻인지 알 것 같았다. 「술을 갖고 있습니까? 담배는?」 모두 고개를 저었다. 「무기는?」

그는 아나의 무릎에 놓인 총을 똑바로 바라보았다.

모두 고개를 젓자, 그는 건너가라고 손짓했다. 미국을 사랑해서가 아니라, 자기 나라 총리에 대한 두려움 때문이었다. 아프간 국경에 대한 두려움도 있었다.

캐서린 일행이 차를 출발시키는데, 그가 투덜거리는 소리가 들렸다. 「젠장맞을 미국인들 같으니.」 하지만 증오한다기보다는, 거의 경탄하는 목소리였다. 거의.

캐서린은 신경 쓰지 않았다.

이 지역, 아니 멋대로 그어진 이 국경 전체가 여러 파당과 부족이 들끓는 용광로 같은 곳이었다. 저마다 수백 년 묵은 앙심을 품고 있었으며, 갈라졌다가 합치기를 반복하는 복잡한 동맹 관계를 맺고 있었다. 미국의 동맹은 거의 없었으나, 러시아의 팬도 없었다.

캐서린은 모퉁이를 돌면서 백미러를 보았다. 먼지구름이 국경에 다다른 것이 보였다.

뒷좌석에서 작게 중얼거리는 소리가 들렸다.

자하라가 묵주를 들고 구슬을 하나씩 굴리며 중얼거렸다. 「알함둘릴라.」

아나히타도 함께 기도했다.

묵주는 닳아서 살짝 반짝거렸다. 아흐마디 박사가 평생 동안 하루에도 몇 번씩 기도하며 손가락으로 그 묵주를 돌린 덕분이었다. 자하라는 이것을 가져오려고 목숨을 걸었다. 그런 짓을 저질렀어도 자하라가 여전히 사랑하는 아버지의 흔적. 한 번 끔찍한 일을 저질렀다고 해서 평생에 걸친 헌신이 지워지지는 않았다.

「알함둘릴라.」

길과의 약속 장소를 향해 작은 도시와 마을을 통과해 달리는 동안, 처음에는 보인턴이, 그다음에는 캐서린이 그 기도에 동참했다. 작게 몇 번이나 중얼거리는 말이 더러운 고물 자동차 안을 가득 채우자 조금은 마음이 차분해지는 것 같았다.

알함둘릴라.

알라에게 모든 감사와 찬양을.

⟨하느님 감사합니다.⟩ 캐서린은 속으로 생각했다. 이제 남은 과제는 길을 찾는 것뿐이었다.

엘런은 파키스탄 바자우르 지역의 3차원 지도를 향해 몸을 기울인 특전단장을 지켜보았다. 그는 능숙한 솜씨로 지도를 이리저리 돌리며 살펴보고 탐색했다.

「2008년에 바자우르 전투가 있었습니다.」 그가 해당 지역을 확대한 뒤 말을 이었다. 「파키스탄 군대가 이 지역에서 탈레반을 몰아내려고 벌인 전투였습니다. 궁극적으로 그들이 승리해서 탈레반을 몰아냈지만, 잔혹한 전투였습니다. 파키스탄 군대는 용감하게 가차 없이 싸웠습니다. 그런데 탈레반이 돌아왔다니 유감입니다.」 그는 고개를 들어 대통령과 시선을 마주쳤다. 「당시 우리 고문단이 거기 있었습니다. 정보와 군사 고문단이었습니다. 버트 화이트헤드가 그 일원이었고요. 당시에는 대령이었습니다. 그래서 이 지역을 잘 압니다. 화이트헤드 장군을 불러야 합니다, 대통령님.」

「화이트헤드 장군은 다른 임무가 있습니다.」 윌리엄스 대통령이 말했다.

회의실 안의 군인들은 서로 시선을 주고받았다. 그들도 소문을 들었음이 분명했다.

「그럼 그게 사실입니까?」 한 명이 말했다.

「계속하세요.」 윌리엄스 대통령이 말했다. 「우리는 그 공장에 가야 합니다. 어떻게 가면 되겠습니까?」

저기서 시작된 건가? 엘런은 속으로 생각했다. 산과 계곡과 동굴에서 잔혹한 전투가 소용돌이처럼 휘몰아칠 때, 화이트헤드 대령의 신념에 실금이 생긴 건가?

세월이 흐르면서 그가 너무 많은 것을 보았을까? 억지로 한 일이 너무 많았을까? 혐오스러운 일을 보았으면서 침묵을 강요당했나?

너무나 많은 젊은이가 죽어 가는데, 그것으로 누군가는 이득을 취하는 것을 보았나? 화이트헤드 대령의 신념에 난 실금이 서서히 커지다가 결국 화이트헤드 장군의 구렁이 된 건가?

엘런은 휴대폰을 꺼내서 바자우르 전투를 검색해 보았다. 그 작전의 이름은 라이언하트였다.

사자가 덫을 빠져나갔으나, 심장은 뒤에 남은 건가?

그녀는 휴대폰을 내려놓고, 지금 워싱턴 상황실에서 벌어지는 일에 정신을 집중했다. 그녀는 군사 전술 전문가가 아니었다. 미국이 파키스탄의 허락 없이 그 나라 영토 내에서 비밀리에 군사 작전을 실행해 파키스탄 국민을 사로잡거나 어쩌면 죽이기까지 했다는 사실을 파키스탄 정부가 확실히 알게 되었을 때 상황을 매끄럽게 무마하는 것이 그녀의 임무가 될 터였다.

거기서 죽는 사람 중에 바시르 샤가 있으면 좋은데. 그녀는 이런 생각을 하면서도 별로 기대하지는 않았다. 아지 다하카를 어떻게 죽이겠어?

그녀는 지도에 초점을 맞췄다. 바위투성이 지역이라 거의 난공불락처럼 보였다. 윌리엄스 대통령과 엘런의 눈에는 마을과 산맥과 강만 보이는 곳에서 장군들은 다른 것을 보았다. 기회와 죽음의 함정. 헬리콥터와 공수 부대원이 착륙할 수 있는 지점. 부대가 땅에 발을 딛기도 전에 쓰러질 수 있는 지점.

「시간이 좀 걸릴 겁니다, 대통령님.」 계급이 가장 높은 장군이 말했다.

「음, 우리에겐 시간이 없습니다.」 윌리엄스는 화면 속의 애덤스 장관을 보았다. 그녀가 고개를 끄덕였다. 이 일을 반드시 해내야 한다는 뜻이었다.

「테러 집단이 그 공장에서 탈레반을 위한 핵무기를 만들고 있다고 말했잖습니까.」 대통령이 말했다. 「그런데 그게 전부가 아닙니다.」

〈내게 더 많은 것이 있으니.〉 엘런은 속으로 시를 읊었다.

「놈들이 폭탄 세 개를 이미 만들어 미국 도시에 설치했다는 첩보가 있습니다.」

그때까지 지도를 들여다보던 장군들이 동시에 허리를 펴고 대통령을 빤히 바라보았다. 순간적으로 말문이 막힌 모습이었다.

이 방 안의 사람들과 온 세상을 갈라놓는 협곡이 방금 입을 벌린 것 같았다. 아는 자와 알지 못하는 자 사이의 그 공간을 누구도 건널 수 없었다.

「우리는 그 공장에 꼭 들어가야 합니다.」 윌리엄스 대통령이 말했다. 「거기 과학자들을 저지하기 위해서지만, 지금은 그보다도 폭탄이 어디에 숨겨져 있는지 알아내야 합니다.」

「아내한테 전화해야겠습니다.」 장군 한 명이 문으로 향했다. 「아이들을 데리고 워싱턴에서 나가라고 해야겠어요.」

「제 남편과 딸들도.」 또 다른 장군 역시 문으로 향했다.

윌리엄스가 문 옆을 지키는 장교들에게 고갯짓을 하자, 그들이 문 앞으로 나서서 길을 막았다.

「계획이 나올 때까지 아무도 못 나갑니다. 기회는 한 번뿐입니다. 앞으로 몇 시간 뒤에 그 기회를 잡아야 해요.」

엘런은 이 광경을 지켜보며 빠른 속도로 머리를 굴렸다. 하지만 그 생각이 반갑지 않은 결론에 도달할 것임을 알기 때문에 생각의 속도를 늦추려고 애썼다.

그녀는 이미 그 결론에 절반쯤 다가가 있었으나, 너무 무서워서 더 이상 나아가지 못했다. 그러다 이제야 발걸음을 뗄 수 있었다.

「장관님,」스피커에서 조종사의 목소리가 들려왔다.「팜비치 국제공항에서 착륙 허가를 받았습니다. 7분 뒤 착륙합니다. 통신을 끊어야 합니다.」

「안 돼요.」그녀는 불쑥 쏘아붙였다가 목소리를 가다듬었다.「미안합니다만, 안 돼요. 시간이 더 필요합니다. 정 안 되면 다시 한 바퀴 공중을 도세요.」

「안 됩니다. 공중 관제소의 허가가…….」

「허가를 받아요. 5분이 더 필요합니다.」

잠시 침묵이 흘렀다.「알겠습니다.」

에어포스 3이 선회하며 방향을 바꾸는 동안 엘런은 이번 회의에서 처음으로 입을 열었다.

「대통령님, 드릴 말씀이 있습니다. 따로.」

「지금 회의…….」

「부탁합니다, 지금 당장.」

대통령과 통화를 끝내고 조종사에게 착륙해도 된다고 알린 뒤, 엘런은 밝은 햇빛을 받아 반짝이는 바다와 야자나무들을 바라보며 녹슨 그네와 미식축구 공을 생각했다. 선반에 놓여 있던 사진들과 하얀 울타리도 생각했다.

그다음으로 떠올린 것은 프랑크푸르트에서 저지선 앞에 서 있던 부모들이었다. 실종된 자녀들의 사진을 들고 아스팔트 위에서 펄럭이는 빨간색 담요만 바라보던 사람들.

파키스탄 어딘가에 있을 캐서린과 길도 생각했다.

엘런 애덤스는 왕들과 절박한 남자들을 생각했다. 혹시 자신이 생애 최악의 실수를 저지른 것이 아닐까. 아니, 모든 사람의 생을 통틀어 최악의 실수가 아니었을까.

34장

애덤스 장관의 차량 행렬이 에릭 던의 플로리다 별장 정면에 있는 높은 황금색 출입문 앞에 이르렀다.

그는 장관 일행이 온다는 걸 알면서도, 차량 행렬이 길고 긴 진입로를 달려오는 것을 그의 개인 경호원이 미리 볼 수 있었는데도, 그들을 기다리게 만들었다.

기본적으로 던의 사병이라고 할 수 있는 경호원들이 신분증을 요구하자 애덤스 장관은 상냥한 미소를 지었다. 경호원들은 느긋하게 시간을 끌다가 신분증을 돌려주었다. 그들은 몰랐지만, 벳시가 아는 욕을 모두 동원하고 있어서 엘런의 무릎이 들썩거렸다.

엘런을 경호하는 외교보안국 경호대장이자 경험 많은 베테랑인 스티브 코월스키가 앞좌석에서 고개를 돌려 뒷좌석의 클리버 부인을 보았다. 그녀는 절대로 합치지 말아야 할 단어들을 열심히 조합해서, 기괴한 동시에 웃기기 짝이 없는 산물을 만들어 냈다. 명사는 동사로 변하고, 동사는 완전히 다른 어떤 것으로 변했다. 언어로 저런 재주를 부리는 것이 가능할 거라고 코월스키는 짐작도 하지 못했다. 해병대 출신인데도.

그는 애덤스 장관에게 감탄했지만, 장관의 고문에게는 흠모의 감정을 느꼈다.

공항에서 여기까지 오는 동안 그들은 에릭 던의 기자 회견을 지켜보았다. 그들이 아직 비행기에 있을 때, 던이 그들이 올 것을 알고 소집한 기자 회견이었다.

회견의 유일한 목적은 애덤스 장관의 아들에게 온갖 쓰레기를 끼얹는 것인 듯싶었다. 길 바하르가 런던, 파리, 프랑크푸르트의 폭탄 테러와 관련되어 있을 것이라고 그냥 암시만 하는 수준이 아니라, 아예 대놓고 비난을 퍼부었다. 길이 어머니에게 속살거리는 바람에 어쩌면 미국 국무 장관이 미국에 등을 돌렸는지도 모른다는 말까지 했다. 그는 고함과 손짓을 곁들여 이렇게 말했다. 정권이 바뀌면서 미국이 약해졌다고. 과격파, 사회주의자, 테러리스트, 낙태론자, 반역자, 얼간이가 지금 이 나라를 이끌고 있다고.

「이제 들어가셔도 됩니다.」 경호원이 말했다. 그가 달고 있는 기장은 엘런이 극보수주의에 관한 보도에서 본 적이 있는 것이었다.

「비밀경호국이 전직 대통령의 경호를 책임지지 않는 겁니까?」 자동차가 성처럼 보이는 집을 향해 달려가는 동안 엘런이 물었다.

「원래는 그래야 합니다만……」 코월스키 요원이 말했다. 「던 전 대통령이 자기 사람들을 전면에 내세웠습니다. 비밀경호국이 딥 스테이트의 일부라고 생각하거든요.」

「그게 미국에 충성하고, 대통령 개인이 아니라 그 직위에 충성한다는 뜻이라면, 던의 생각이 옳아요.」 엘런이 말했다.

안으로 들어가기 전에 엘런은 휴대폰을 한 번 더 확인했다. 캐서린도, 길도, 보인턴도 메시지를 보내지 않았다. 대통령의 메시지도 없었다.

그녀는 휴대폰을 경호대장에게 넘긴 뒤 차에서 내렸다. 그녀와 벳시는 양쪽으로 열리는 거대한 문 앞에 서서 문이 열리기를 기다렸다.

기다리고, 또 기다렸다.

피트 해밀턴이 어둑한 실내를 걸어와 바에 자리를 잡고 앉는 모습을 바텐더는 당혹스럽게 지켜보았다.

「다시는 오지 말라고 했을 텐데요.」 그가 피트에게 말했다.

하지만 그의 모습이 조금 달라진 것 같았다. 예전처럼 방탕해 보이지 않았다. 눈빛도 밝고 옷도 깨끗했다. 머리도 엉켜 있지 않았다.

「어떻게 된 겁니까?」 바텐더가 물었다.

「무슨 뜻이에요?」

바텐더는 피트를 향해 고개를 갸우뚱하게 기울였다가, 자신이 이 청년에게 마음을 쓰고 있음을 깨닫고 깜짝 놀랐다. 그가 4년 동안 서서히 고통스럽게 몰락하는 모습을 지켜본 탓이었다. 그는 이 청년이 안쓰러웠다.

정치는 누구에게나 잔혹해질 수 있었다. 여기 워싱턴에서는 특히 무자비했다. 심지어 이 청년은 조리돌림을 당했다. 사람들은 그를 웃음거리로 만들고, 꼬챙이에 꿰어 태워 버리려고 했다.

하지만 피트 해밀턴이 갑자기 다시 온전해진 모습으로 나타났다. 예전처럼 건강해 보였다. 겨우 하루 만에. 샤워와 깨끗한 옷의 효과가 이토록 놀라웠다.

바텐더는 오랜 경력을 쌓은 만큼 쉽게 속지 않았다. 이건 겉모습에 불과했다.

「스카치로 주세요.」 피트가 말했다.

「탄산수로 드리죠.」 바텐더가 말했다. 그리고 삼각형으로 자른 라임한 조각을 퐁당 넣어서 애덤스 장관의 캐리커처가 그려진 컵 받침 위에 날씬한 유리잔을 놓았다.

피트는 빙긋 웃으며 주위를 둘러보았다.

누구도 그에게 주의를 기울이지 않았다. 여기 오는 것이 실수일 수 있다는 생각은 그도 했다. 저쪽에서도 집으로 곧장 가라고 말했고, 화이트헤드와 백악관에 있는 그의 공범들에 관한 증거도 더 추적해 보아야 했다.

그래도 여기 권력의 배 속에서 오가는 말을 듣고 싶었다.

가장 중요한 화제, 아니 유일한 화제가 버트 화이트헤드인 것은 놀랍지 않았다. 그가 체포되었다는 소문이 파다했다.

하지만 그의 혐의가 분명치 않았다.

손님들 중 가장 커다란 무리가 방금 도착한 젊은 여자 주위에 모였다. 전에는 피트가 이 술집에서 본 적이 없지만, 아까 오벌 오피스 앞에서 기다릴 때 본 여자였다. 윌리엄스 대통령의 비서실장 비서.

그녀가 그의 시선을 알아차리고 밝은 미소를 지었다. 그도 마주 웃어 보였다. 그리고 잔을 들고 한가로이 그쪽으로 다가가면서 어쩌면 오늘이 운수 좋은 날인 것 같다고 생각했다.

나라가 최대 위기에 처해 있는 지금, 바브 스텐하우저의 비서가 술집에 온 것이 이상하다는 생각은 조금도 하지 않았다.

어쩌면, 어쩌면, 그 여자가 여기까지 자신을 미행했을지도 모른다는 생각도 전혀 하지 않았다.

어쩌면 오늘이 아주, 아주 운수 나쁜 날일 수 있다는 생각도 하지 않았다.

윌리엄스 대통령은 상황실을 나가 미리 예정된 기자 회견을 마치고 30분 뒤에 다시 돌아왔다.

기자 회견을 취소했다면 이상하게 보였을 것이다. 기자 회견 시간은 고작 10분 정도였다. 나머지 20분 동안에는 다른 일을 했다.

기자들 몇 명이 화이트헤드 장군에 대해 질문을 던지기는 했지만, 아직 안갯속을 헤매고 있었다. 먹구름이 모이고 있었으나, 아직은 하늘에서 아무것도 떨어지지 않았다. 멀리서 우르릉거리는 소리만 들릴 뿐이었다.

「어떻게 됐습니까?」 윌리엄스는 지도 앞의 장군들에게 다가가 물었다.

그들은 두 개의 작전 계획을 내놓았다.

「둘 다 자신은 없습니다.」 특전단장이 말했다. 「하지만 촉박한 시간 안에 저희가 생각해 낼 수 있는 최선입니다. 시간이 더 있었다면…….」

「시간은 없습니다.」 윌리엄스가 말했다. 「사실 갈수록 시간이 줄어들고 있어요.」 그는 장군들의 작전 설명에 귀를 기울였다. 「성공 가능성이 얼마나 됩니까?」

「1번 작전안은 20퍼센트, 2번 작전안은 12퍼센트 정도로 보고 있습니다. 보고처럼 탈레반이 참호를 잘 구축하고 있다면, 우리 팀이 아예 땅에 발을 딛지도 못할 것이 거의 확실합니다.」

「그래도 공장을 폭탄으로 완전히 부술 수는 있을 겁니다.」 장군 한 명이 말했다.

「유혹적이긴 하군요.」 대통령이 말했다. 「하지만 거기 폭탄이 더 있다면, 우리 때문에 그게 터질 수 있습니다. 게다가 미국 어디에 핵폭탄이 설치되어 있는지 정보를 얻을 기회도 사라지죠. 지금은 그 정보가 가장 중요합니다.」

「정보를 얻을 다른 방법이 없습니까?」

「있었다면 지금 실행하고 있겠죠.」 대통령은 지도를 향해 몸을 기울였다. 「바보 같은 소리일 수도 있는데, 다른 가능성이 하나 보입니다. 우리가 여기에 내린다면…….」 그는 장군들이 생각하지 못한 장소를 가리켰다.

「거기에는 바위가 너무 많습니다.」 장군 한 명이 말했다.

「하지만 평평하죠. 딱 헬리콥터 두 대가 내릴 정도 공간이 있고요.」

「평평하다는 걸 어떻게 아십니까?」 누군가가 가까이 몸을 기울이며 물었다.

「눈에 보입니다.」 윌리엄스 대통령은 3차원 영상을 조작해 그 지역을 확대했다. 아니나 다를까, 평평한 지대가 나타났다. 넓지는 않았지만 평평했다.

「죄송합니다만, 대통령님, 그래 봤자 무슨 소용입니까? 공장에서 10킬로미터나 떨어져 있는데요. 공장까지 절대 못 갈 겁니다.」

「안 가도 됩니다. 교란 작전이니까요. 우리가 공중에서 지원을 해주면, 탈레반 전사들이 바빠질 겁니다. 그동안 진짜 부대가 공장으로 직접 침투합니다.」

장군들은 미친 사람을 보듯이 대통령을 보았다.

「말도 안 됩니다.」 합참 부의장이 말했다. 「즉시 공격당할 겁니다.」

「교란 작전이 있으면 달라지죠. 탈레반이 다른 데서 정신이 없는 상황이라면 가능합니다. 그렇죠?」 대통령이 장군들의 눈을 바라보았다. 「습격 몇 시간 전에 우리 정보망을 통해 소문을 퍼뜨릴 겁니다. 이 지역에 탈레반이 있다는 말을 듣고 우리가 공격을 계획하는 것 같다는 소문. 그러면 저들의 주의를 끌 수 있습니다. 습격 장소가 꽤 먼 곳이니, 저들은 우리의 진짜 목표가 공장이라는 걸 짐작하지 못하겠죠. 그래도 어쨌든 우리가 탈레반 영역 심장부로 침투하는 거니까 저들은 믿을 겁니다. 내가 영국의 벨링턴 총리에게 부탁하겠습니다. 폭탄 테러에 대한 보복으로 SAS[29]가 공격하는 것처럼 꾸미겠다고요. 그럴듯한 이야기니, 적들이 우리에게 시선을 주지 않을 겁니다.」

그는 장군들을 바라보고, 장군들은 서로를 바라보았다.

「가능하겠습니까?」 그가 물었다.

침묵이 흘렀다.

「가능하겠습니까!」 그가 고함을 질렀다.

「30분만 주십시오, 대통령님.」 임시 의장이 말했다.

「20분 드리겠습니다.」 윌리엄스는 문으로 향했다. 「그 뒤에 특전단을 공중에 띄우는 겁니다. 부대가 가는 동안 여러분이 상세한 부분을 다듬으세요.」

문을 나온 뒤 그는 문에 몸을 기대고 눈을 감았다. 그리고 양손으로 얼굴을 덮으며 중얼거렸다. 「내가 무슨 짓을 한 거지?」

「왕들과 절박한 남자들.」 벳시가 작게 중얼거렸다. 그들은 넓디넓은 현관홀을 걸어가며 입을 다물지 못했다. 이곳의 장식들이 진짜 궁전에

29 영국 육군 특수 부대.

있었다면 지나친 과시욕의 기념비가 아니라 정말로 찬란하게 보였을 텐데.

「테라스에서 대통령님이 기다리십니다.」 그의 개인 비서가 말했다.

이탈리아식 테라스가 여러 개 연달아 이어지다가 올림픽 경기장 크기의 수영장으로 이어졌다. 한가운데에는 분수가 있었다. 대단한 광경이긴 했으나, 분수 때문에 실제로 수영하기는 힘들 것 같았다.

수영장을 에워싼 것은 잘 다듬어진 잔디밭과 정원이었다. 그리고 별장의 경계 너머에는 바다가 있었다. 그 너머에는 아무것도…….

엘런은 저 별장 경계선이 에릭 던의 세상 끝이 아닌가 하는 생각이 들었다. 그는 자신이 영향을 미칠 수 있는 영역 너머에서 무슨 일이 일어나든 상관하지 않을 것이다.

그래도 그 영역이 여전히 놀라울 정도로 넓다는 사실은 엘런도 인정하는 수밖에 없었다.

던과의 만남을 빨리 해치워야 하지만, 그에게 서두르는 인상을 주면 그는 틀림없이 시간을 질질 끌 것이다.

「애덤스 부인.」 그가 일어서서 한 손을 내밀고 그녀에게 다가왔다.

덩치가 아주 컸다. 거대하다고 해도 될 정도였다. 엘런은 그를 여러 차례 만났지만, 사교적인 모임에서 스치듯 본 것이 전부였다. 그때 그녀는 그를 재미있는 사람으로 생각했다. 심지어 귀여운 매력도 있다고 보았다. 하지만 그는 다른 사람에게 관심이 없었으며, 조명이 다른 사람에게 옮겨 가면 쉽게 싫증을 냈다.

에릭 던의 제국이 성장하다가 무너지고 다시 솟아오르는 동안 그녀는 자신이 경영하는 언론사들을 동원해 그의 프로필을 작성하게 했다. 그는 매번 더 대담해지고, 더 우쭐거리고, 더 약해졌다.

욕조의 거품처럼 언제든 펑 터져서 악취를 뿜을 수 있는 상태였다.

그러다 뜻밖에도 그가 정치에 관심을 돌리더니 이 나라 최고의 자리를 거머쥐었다. 틀림없이 그의 정부를 이용할 계획이던 사람들과 외국 정부들의 도움이 있었을 것이다. 그들은 실제로 던의 정부를 이용했다.

이것이 민주주의라는 밝은 빛에 따라다니는 짙은 그림자였다. 사람들에게 자유를 남용할 자유가 있다는 것.

「이 자그마한 부인은 누구신가?」던이 벳시에게 시선을 돌리며 물었다. 「부인의 비서? 파트너? 난 마음이 열린 사람입니다. 그런 짓을 훤히 보이는 데서 하면서 말들을 놀라게 하지만 않는다면.」

그가 웃어 대는 동안 엘런은 끙 하는 소리로 벳시에게 가만히 있으라고 주의를 주었다. 벳시가 반응해 봤자 이 가벼운 남자의 양식이 될 뿐이었다.

엘런은 자신의 평생 친구이자 고문이라고 벳시 제임슨을 소개했다.

「애덤스 부인에게 무엇을 조언하시는데요?」그가 두 사람에게 미리 준비해 둔 의자에 앉으라고 손짓했다.

「애덤스 장관의 결정은 장관 본인의 몫입니다.」벳시가 말했다. 그녀의 목소리가 너무 다정해서 엘런은 겁을 먹었다. 「난 오로지 섹스를 위해 옆에 있죠.」

엘런은 눈을 깜박이며 생각했다. 〈하느님, 지금 이걸 듣고 계시다면 당장 저를 데려가세요.〉 에릭 던은 잠시 조용하다가 웃음을 터뜨렸다.

「좋습니다, 엘런, 어쩐 일로 왔습니까?」그가 따뜻하고 친절한 모습을 연출하면서 말했다. 「설마 그 폭발 때문은 아니겠지요. 그건 유럽의 문제지, 우리 문제가 아니잖아요.」

「우리 쪽에 들어온 첩보 중 일부가…… 거슬립니다.」

「또 나한테 뒤집어씌우려고?」그가 물었다. 「믿지 마세요, 가짜 뉴스입니다.」

엘런은 그가 길에게 어떤 헛소리를 퍼부어 댔는지 말하고 싶은 마음이 간절했지만, 그건 정확히 그가 원하는 반응이었다. 그래서 그녀는 그 기자 회견을 보지 못한 척했다.

「우리와 직접적인 관련은 없지요. 그보다 화이트헤드 장군에 대해 여쭤보려고 왔습니다.」

「버트?」던이 어깨를 으쓱했다. 「난 그 사람을 별로 써먹지 않았어요. 하지만 명령은 잘 따랐습니다. 내 장군들은 전부 그랬어요.」

일부러 그녀를 도발하려고 저렇게 말하는 건가? 그 사람들이 그의 장군이 아니라는 걸 지적하게 하려고? 아니면 진심으로 저렇게 생각하는 건가?

「장군이 명령 이상의 행동을 했을 가능성은 없습니까?」

던은 고개를 저었다. 「전혀. 내 정부에서는 내가 모르는 일이나 내가 승인하지 않은 일은 전혀 일어나지 않았습니다.」

〈그래, 그 말이 되돌아와서 당신 엉덩이를 물 거야.〉 벳시는 속으로 생각했다.

「샤 박사를 가택 연금에서 풀어 주는 것에 동의하신 이유가 뭡니까?」 엘런이 물었다.

그가 의자에 등을 기대자 의자가 삐걱거렸다. 「아아, 그거로군. 당신이 물어볼 거라고 하더니만.」

「하더니만?」 엘런이 말했다. 「화이트헤드 장군입니까?」

「아니, 바시르요.」

엘런은 혀가 제멋대로 굴지 않게 통제했지만, 피가 얼굴에서 빠져나가는 것은 통제하지 못했다. 온몸의 피가 배 속으로 몰리는 바람에 얼굴이 죽은 사람처럼 창백해졌다.

「샤라고요?」 그녀가 물었다.

「그래요, 바시르. 당신이 화를 낼 거라고 하더군.」

엘런은 예의 바르게 말할 수 있을 때까지 마음을 다스렸다. 「그자와 이야기를 하셨습니까?」

「물론. 안 될 것도 없지. 바시르는 내 도움에 감사를 표하고 싶어 했습니다. 천재이자 기업가니까, 우린 공통점이 많아요. 장관, 이만하면 바시르한테 해코지를 할 만큼 하지 않았소? 바시르는 무기상이라는 누명을 쓰고 장관의 언론사들을 포함한 여러 곳에서 비난을 받은 파키스탄 사업가입니다. 나한테 전부 설명해 줬어요. 파키스탄 측에서도 설명해 줬고. 장관이 핵에너지와 핵무기를 혼동한 게 문제입니다.」

벳시가 거의 들리지 않는 소리로 뭐라고 중얼거렸다.

던이 순식간에 시뻘게진 얼굴로 그녀를 바라보았다. 금방이라도 거품이 뻥 하고 터질 것 같았다.

「방금 뭐라고 했소?」

「대통령님이…… 기민한 분이라고 했습니다.」

던은 계속 그녀를 노려보다가 다시 엘런에게 시선을 돌렸다.

엘런은 하마터면 몸을 뒤로 뺄 뻔했다. 이 남자의 기세는 확실히 대단했다. 엘런은 사람에게서든 사물에서든 이런 기세를 본 적이 없었다.

가장 성공적인 정치가들에게는 카리스마가 있는 법이라 해도, 던의 기세는 그 수준을 훨씬 뛰어넘었다. 그의 옆에 있는 것이 엄청난 경험이었다. 그는 짜릿한 흥분을 약속하며 사람을 끌어당겼다. 하지만 그 흥분이 위험으로 변할 수도 있었다. 수류탄으로 저글링을 하는 것과 비슷했다.

짜릿함과 두려움. 심지어 엘런도 그것을 느낄 수 있었다.

엘런 애덤스에게는 이런 것이 결코 매력적이지 않았다. 아니, 오히려 반감이 느껴졌다. 그래도 에릭 던에게 강렬한 매력과 동물적인 본능이 있다는 사실만은 인정할 수밖에 없었다. 사람들의 약점을 찾아내는 솜씨가 천재적이었다. 남의 뜻을 꺾어 자기 뜻에 따르게 하는 솜씨도 마찬가지였다. 휘어지지 않는 사람을 만나면, 그는 그 사람을 아예 부러뜨렸다.

무섭고 위험한 사람이었다.

그래도 엘런은 뒤로 물러나고 싶지 않았다. 숨을 곳을 찾아 도망치고 싶지 않았다.

휘어지지도 않을 것이다. 물론 부러지는 일도 절대 없을 터였다.

「전임 정부의 누가 샤 박사의 가택 연금을 해제하자고 제안했습니까?」

「아무도. 내 생각이었소. 내가 피해 대책을 위해 정상 회담에서 파키스탄 측과 은밀히 접촉했거든. 그때 나온 말이었어요. 내 전임 정부가 간섭을 많이 했다고 불평하면서 제대로 된 지도자가 권좌에 앉았으니 안심이 된다고 말하더군. 지난 대통령 시절이 끔찍했다면서 말이오. 약하고 멍청했다나. 그러면서 샤 박사를 언급했소. 파키스탄에서는 영웅인데, 대통령이 나쁜 조언을 듣고 파키스탄에 압박을 넣어 그를 체포하게 했다고 말이지. 그게 외교 관계에 엄청난 피해를 입혔기 때문에 내가 손을 봤소.」

「샤 박사의 석방에 동의하는 방식으로 말이죠.」

「그 사람을 만난 적 있소? 세련되고 똑똑한 사람이에요. 장관이 생각하는 것과는 다릅니다.」

반박하고 싶은 생각이 들었지만, 엘런은 참았다. 샤가 어떤 식으로 감사를 표했느냐는 질문도 던지지 않았다. 그럴 필요가 없었다.

「샤 박사는 지금 어디 있습니까?」 엘런이 물었다.

「뭐, 원래 어제 점심을 같이 먹기로 돼 있었는데 그 사람이 취소했어요.」

「뭐라고요?」

「그러게나 말이오. 이게 말이 되나? 취소라니. 내 약속을.」

「여기 있었습니까? 미국에?」

「그래요. 1월부터 있었지. 여기서 멀지 않은 내 친구 집에 그 사람이 머무를 수 있게 해줬소.」

「그 사람한테 미국 비자가 있었나요?」

「그랬나 보지. 내가 이리로 이사 오기 전에 그 친구를 이리로 보냈습니다.」

「주소를 알려 주시겠습니까?」

「지금은 거기 없어요. 들를 생각인 것 같아서 하는 말인데, 어제 떠났어요.」

「어디로요?」

「나야 모르지.」

엘런은 벳시를 한 번 쏘아보았다. 저쪽에서 던진 공에 반응하지 말라는 경고였다. 하지만 벳시는 경악한 표정으로 그를 뚫어져라 바라보기만 했다. 지금은 개인적인 감정을 분출할 수 있는 상태가 아니었다. 그래서 대신 고개를 내려 휴대폰을 흘깃 보았다. 피트 해밀턴의 메시지가 들어와 있었다.

HLI

아무리 봐도 오타 같아서 벳시는 물음표를 답장으로 보낸 뒤 다시 대화에 주의를 돌렸다.

「대통령님,」엘런이 말했다. 「샤 박사의 행방을 아시거나, 그걸 알 만한 사람을 아신다면 말씀해 주세요. 당장.」

에릭 던은 그녀의 말투에 멈칫했다. 얼굴이 갑자기 진지해지더니, 그는 눈썹을 하나로 모으고 그녀를 유심히 살펴보았다.

「무슨 일입니까?」

「알카에다에 핵무기를 넘기는 음모에 샤 박사가 관련된 것으로 보입니다.」그녀가 말할 수 있는 것은 여기까지였다.

던은 엘런을 빤히 바라보았다. 순간적으로 그녀는 그가 자신의 말에 충격을 받아 정말로 도와줄지도 모른다는 생각이 들었다. 하지만 곧 그가 웃음을 터뜨렸다.

「완벽해. 바시르가 말한 그대로야. 장관은 의심이 지나쳐요. 바시르는 만약 장관이 이런 말을 하면, 그 꽃이 마음에 들더냐고 물어보라 했소. 무슨 뜻인지 나는 도통 모르겠지만. 바시르가 장관에게 꽃을 보냈소? 사랑이군.」

침묵 속에서 엘런의 귀에 들리는 소리는 자신의 숨소리뿐이었다. 그녀는 일어섰다.

「시간을 내주셔서 감사합니다.」그녀는 한 손을 내밀었다. 그가 그 손을 잡자 그녀는 손을 홱 잡아당겨 던의 거대한 덩치를 바싹 끌어당겼다. 코가 맞닿고 그의 입 냄새가 느껴질 정도였다. 고기 냄새가 났다.

그녀는 속삭이듯 작은 소리로 말했다. 「그 탐욕과 어리석음 아래에는 그래도 조국을 사랑하는 마음이 있을 겁니다. 만약 정말로 알카에다가 폭탄을 손에 넣는다면, 여기 미국 땅에 사용할 겁니다.」

그녀는 뒤로 물러나서, 그새 풀이 죽은 던의 얼굴을 노려보며 말을 이었다.

「재임 시절 백악관에서 당신의 승인 없이는 어떤 일도 시행되지 않았다고 당신이 몇 번이나 확실히 말했습니다. 그 주장을 다시 생각해 보든지, 아니면 우리를 도와 이 일을 막는 게 좋을 겁니다. 재앙이 일어난다면, 당신의 저 커다란 황금색 문 앞에 그 책임이 떨어질 테니. 내가 반드시 그렇게 만들 겁니다. 샤의 행방을 안다면 지금 말해요.」

그의 눈에 두려움이 나타났다. 임박한 재앙에 대한 두려움? 아니면 그로 인해 비난을 받는 것에 대한 두려움? 엘런은 답을 알지도 못했고, 알고 싶지도 않았다.

「말해요, 당장.」 엘런이 다그쳤다.

「바시르가 머무른 곳이 어딘지는 말해 줄 수 있소. 내 비서에게 주소를 알려 주라 하지. 하지만 그뿐이오.」

절대 〈그뿐〉이 아니라는 것을 엘런은 거의 확신했다.

〈내게 더 많은 것이 있으니……〉

「화이트헤드 장군이군요. 샤의 석방에 장군이 어떤 역할을 했습니까?」

「장군이 공을 주장하고 있소? 내 생각이었다니까.」

엘런은 그를 빤히 바라보았다. 그는 자신의 공을 놓치는 법이 없었다. 설사 그것이 재앙을 불러온 공이라 해도.

애덤스 장관과 벳시 제임슨은 팜비치에 있는 샤의 별장 주소를 알려 줄 던의 비서를 현관홀에서 기다렸다. 비서는 엘런에게 쪽지를 건네면서 이렇게 말했다. 「던 대통령님이 위대한 분이라는 사실을 알아주시기 바랍니다.」

엘런은 그가 그런 말을 시키더냐고 물어볼 뻔했지만, 그냥 이렇게만 말했다. 「글쎄요, 그가 착한 사람이 아니라서 안타깝네요.」

젊은 여비서가 이 말에 반박하지 않는다는 점이 흥미로웠다.

다시 SUV에 오른 뒤 벳시가 엘런의 손에 있는 쪽지를 고갯짓으로 가리켰다.

「그리로 가려고?」

「아니, 파키스탄으로 갈 거야.」 그녀는 맡겨 두었던 휴대폰을 가져와, 던의 비서에게서 받은 주소를 윌리엄스 대통령에게 보냈다. 그러면 즉시 작전을 지시할 것이 분명했다.

「윌리엄스 대통령.」 영국 총리의 선명하고 사무적인 목소리가 보안 전화기 속에서 들려왔다. 「어쩐 일이십니까?」

「잭, 그걸 물어봐 주시니 반갑습니다. 그쪽의 SAS가 폭탄 테러의 보복으로 파키스탄의 알카에다 지역 공격을 계획 중이라는 소문을 좀 퍼뜨려야겠어요.」

잠시 침묵이 흘렀다.

영국 총리가 곧장 전화를 끊어 버리지 않은 것만도 다행이었다.

윌리엄스는 손마디가 하얗게 될 정도로 전화기를 쥔 손에 힘을 주었다.

「무슨 일을 꾸미는 겁니까, 더그?」

「모르는 편이 좋을 겁니다. 어쨌든 당신의 도움이 필요해요.」

「그 때문에 우리 나라가 모든 테러 집단의 과녁이 될 수도 있다는 걸 아실 겁니다.」

「직접 공격하라는 게 아닙니다. 그냥 소문을 부인하지만 않으면 됩니다. 앞으로 몇 시간 동안만.」

「인식이 곧 현실입니다. 영국이 실제로 공격을 했든 어쨌든 상관없이 테러 집단은 그 소문을 믿을 거예요. 믿고 싶으니까.」

「사실 영국은 이미 과녁이 되었습니다. 스물여섯 명이 죽었어요, 잭.」

「스물일곱 명입니다. 1시간 전에 어린 여자아이가 죽었습니다.」 긴 한숨 소리가 들려왔다. 「좋습니다, 그렇게 하세요. 누가 물어보면 부인하지 않겠습니다.」

「누구도 사실을 몰라야 합니다. 총리의 사람들조차도.」 윌리엄스가 말했다. 「런던에서 여러 나라의 정보기관 수장들이 긴급회의를 열기로 되어 있지요?」

벨링턴이 길게 숨을 내쉬며 생각에 잠겼다. 「내 사람들한테도 거짓말을 하라는 겁니까?」

「맞습니다. 나도 똑같이 할 거예요. 총리가 동의한다면, 나는 우선 우리 국가정보국장에게 거짓말을 할 겁니다. 팀 비첨은 런던에서 그 회의에 참석 중이에요. 내가 그에게 SAS 공격에 대한 소문을 알릴 겁니다. 그러면 그가 영국 관리들에게 묻겠죠. 관리들은 총리에게 물을 테고.」

「그때 거짓말을 해야 하는 거군요.」

「진실을 말하지 않으면 됩니다. 조심조심 모호하게 구세요. 원래 잘하시는 일이잖습니까.」

벨링턴이 웃음을 터뜨렸다. 「내 전처를 만나신 모양입니다.」

「그래, 어떻게 하겠습니까, 잭?」

애덤스 장관에게서 긴급 메시지가 들어와 있는 것이 윌리엄스의 눈에 띄었다. 그는 벨링턴의 답을 기다리고 또 기다렸다.

「죽은 아이는 일곱 살이었습니다. 내 손녀랑 같은 나이죠. 좋습니다, 내가 몇 시간 동안 늑대들을 붙잡아 둘 수 있습니다.」

「고맙습니다, 총리. 나중에 술 한잔 사지요.」

「그거 좋네요. 다음에 여기 오시면 함께 주점에 가서 파이랑 술을 먹는 겁니다. 축구 경기를 봐도 좋겠군요.」

두 남자는 잠시 그 광경을 상상했다. 그런 일이 가능하다면 얼마나 좋을까. 하지만 두 사람 모두에게 그런 시절은 영원히 사라진 과거였다.

전화를 끊은 뒤 윌리엄스는 엘런의 메시지를 읽고, FBI와 국토안보부에 팜비치의 별장으로 출동하라는 지시를 내렸다.

그는 또한 그들에게 전날 어떤 자가용 비행기가 팜비치를 떠났는지, 승객들은 누구였으며 행선지는 어디였는지 알아보라는 지시도 내렸다. 그러고 나서 SAS 소문에 시동을 걸었다.

책상 위의 버저가 울렸다.

「대통령님,」 합참 부의장이 말했다. 「출발했습니다.」

윌리엄스 대통령은 시간을 확인했다. 몇 시간 뒤 특수 부대가 어둠 속에서 파키스탄의 탈레반 지역에 도착할 것이다.

습격과 공세가 시작되었다.

35장

엘런은 이슬라마바드로 가는 비행기 안에서 선잠을 자며 자주 깨어 메시지를 확인했다.

치누크 헬리콥터와 공중 급유기로 이루어진 부대가 중동의 비밀 기지에서 이륙했고, 지휘관들은 최종 공격 계획을 검토 중이었다.

에어포스 3이 파키스탄에 도착한 초저녁 무렵, 특수 부대는 둘로 나뉘었다.

엘런은 시간을 확인했다. 그들이 땅에 처음 발을 디딜 때까지 3시간 23분이 남아 있었다. 교란 부대가 먼저 내리고, 20분 뒤 공장 습격이 있을 예정이었다.

바시르 샤가 플로리다를 떠나 미지의 행선지로 향했음을 확인해 주는 메시지도 들어왔다. 그가 있던 별장은 텅 비어 있었다. 사람도 서류도 전혀 없었다. 그의 이름으로 된 비행 기록도 없었다.

실망스러웠지만 놀랍지는 않았다.

조사 팀은 모든 자가용 비행기를 추적하다가, 그 지역에서 출발한 항공사 비행기까지 조사 범위를 넓혔다.

바시르 샤는 유령처럼 흔적도 없이 사라져 버렸다.

엘런은 지금도 책상에 놓여 있는 스위트피 꽃다발을 보았다. 꽃이 시들고 있는 것이 만족스러웠다. 이파리를 늘어뜨리고 죽어 가고 있었다.

승무원이 꽃을 치우려고 했지만, 엘런은 그냥 놔두라고 말했다. 그의 선물이 죽어 가는 모습이 묘하게 만족스러웠다.

샤를 대신하는 물건으로는 한심스러워도 아무것도 없는 것보다는 나았다.

「비행기에서 내리기 전에 보여 줄 것이 있어.」 벳시가 말했다.

피트 해밀턴에게서 답장이 오지 않았기 때문에 그녀는 엘런에게 그의 메시지를 일단 보여 주기로 했다.

「HLI?」 엘런이 말했다. 「이게 무슨 뜻이야?」

「오타 같아.」

엘런은 이마에 주름을 잡았다. 「하지만 급하다는 표시가 붙어 있잖아. 오타에 그런 표시를 붙이진 않지. 중요한 내용이라면 정확한지 확인하고 보낼 것 아냐, 안 그래?」

「나야 그러겠지만, 급한 상황이었나 보지, 뭐.」

「해밀턴한테서 설명이 왔어?」

「물어봤는데 답장이 없어.」

두 사람은 세 글자를 뚫어져라 바라보았다. 혹시 HIL을 쓰려던 것일까? 하지만 그렇다 해도 뜻을 알 수 없기는 마찬가지였다. hill인가? 의사당 Capitol Hill? 거기에 폭탄이 설치돼 있나? 하지만 그것도 말이 되지 않았다. L을 하나 빼먹을 이유가 없지 않은가. 심지어 급하다는 표시까지 붙여서 보냈는데.

「답장이 오면 알려 줘.」

엘런은 거울을 보았다. 이번에는 부르카를 입지 않았다. 그냥 보수적이고 단정한 바지 정장을 입었다. 거기에 그녀의 국무 장관 임명이 발표되었을 때 파키스탄 외무 장관이 보내 준 아름다운 비단 스카프를 둘렀다. 공작새 깃털 같은 무늬가 들어간 빼어난 물건이었다.

이제부터 하려는 일을 생각하니 마음이 좋지 않았다. 하지만 선택의 여지가 없었다. 용감한 군인들이 임무를 제대로 해낸다면, 그녀도 자신의 임무를 해내야 했다.

「준비됐어? 그냥 여기 있을래? 잠이나 좀 자면서?」 그녀는 벳시에게 물었다. 벳시는 스트레스와 피로에 지친 얼굴을 하고서도 엘런을 위해 숨기려 했다.

「장난해? 9학년 애들한테 『템페스트』를 가르치는 것에 비하면 이 정도는 아무것도 아냐. 아이고, 열네 살짜리 애들 서른 명을 상대하느니 차라리 낙하산을 타고 알카에다 지역으로 들어가겠다.」

〈오, 멋진 신세계여.〉 벳시는 친구를 보며 생각했다. 〈멋진 사람들이 사는 곳.〉

「우린 해낼 거야.」 엘런이 말했다.

〈지옥이 비었으니 모든 악마가 여기에 와 있다.〉[30]

아니, 적어도 여기서 멀지 않은 곳에 있기는 했다. 그녀는 샤가 다가오는 공격을 전혀 모른 채 공장에 있기를 바랐다. 다시 시간을 확인했다.

남은 시간 3시간 20분…….

치누크 헬리콥터 여러 대가 간격을 두고 날았다.

해가 막 지기 시작할 때 이륙한 그들은 코를 아래로 향한 채 앞으로 쑥 날아갔다. 안에는 저 아래 고원에 내려가 그곳을 사수할 특수 부대원들이 타고 있었다.

대장은 그들의 단호한 얼굴을 보았다. 대부분 20대의 젊은 나이인데도 이미 경험 많은 베테랑들이었다. 하지만 이번 임무는 지금까지 수행한 그 어떤 임무보다 힘들 것이다. 그리고 많지는 않을지언정 일부는 고국으로 돌아가지 못할 것이다.

그녀의 상관도 그녀에게 이 임무를 맡기면서 그 점을 알고 있었다. 그녀도 작전 계획을 보며 그 점을 알아차렸다. 그러나 이번 작전이 워낙 중요한 탓에 그녀는 아무 말도 하지 않았다. 머뭇거리지도 않았다.

30 벳시와 엘런이 생각하는 구절 모두 셰익스피어 희곡 『템페스트』에 나오는 대사이다.

「캐서린과 길도 파키스탄에 있다고 생각하니 기분이 이상해.」 벳시가 에어포스 3에서 내릴 준비를 하며 말했다. 「비록 여기서 아주 멀리 있긴 하지만. 걔들이 우리랑 합류할 수 있으면 좋은데.」 벳시는 잠시 말을 멈추고 엘런에게 대답할 시간을 주었다. 그러나 침묵만이 되돌아왔다. 「그래도……」 벳시는 말을 이었다. 「애들이 워싱턴보다는 여기 있는 게 나은 것 같아.」

「나도 그래.」 핵폭탄에 대해 아는 사람이라면 누구나 가장 먼저 본능적으로 이런 생각을 할 터였다. 식구들을 워싱턴에서 피신시키자. 폭탄이 설치되었을 수도 있는 대도시에서 피신시키자.

비행기 밖에서는 군악대가 음악을 연주하면서 예식을 위한 연습을 하고 있었다.

「이거 봤어?」 벳시가 아이패드를 내밀었다.

윌리엄스 대통령의 기자 회견 한 장면이 올라와 있었다.

버스 폭탄 테러에서 길 바하르의 역할에 대해 던 전 대통령이 한 말에 대해 어떤 기자가 그에게 질문을 던졌다.

「그 질문에는 딱 한 번만 대답하겠습니다.」 윌리엄스 대통령이 카메라를 똑바로 바라보며 말했다. 「길 바하르는 버스에 탄 사람들을 구하기 위해 자신의 목숨을 걸었고, 하마터면 목숨을 잃을 뻔했습니다. 그는 훌륭한 청년입니다. 가족들과 조국에 자랑스러움을 안겨 주었습니다. 그의 이름, 평판, 또는 그의 어머니의 평판을 더럽히려는 시도는 모두 악의적이고 무지한 자들의 소행입니다.」

엘런은 더그 윌리엄스의 목소리가 좋다는 걸 전에는 왜 몰랐나 싶어서 눈썹을 치떴다.

「피트 해밀턴한테서는 여전히 소식이 없어?」 그녀가 말했다.

벳시는 휴대폰을 다시 확인해 보고 고개를 저었다.

「장관님,」 엘런의 비서가 말했다. 「시간이 됐습니다.」

엘런은 마지막으로 한 번 더 거울을 보며 깊이 숨을 들이쉬었다. 허리를 펴고, 어깨도 똑바로 펴고, 턱을 올리고, 고개를 들어.

〈우린 해낼 거야.〉 엘런은 따뜻한 저녁 공기 속으로 한 발을 내디디며 속으로 다시 다짐했다. 사람들이 미국 국기를 흔들며 환호했다. 국가 연주는 언제나 그렇듯이 가슴을 울렸다. 「황혼의 마지막 빛 속에서.」 그녀는 노래를 따라 불렀다.

〈오 하느님, 저희를 도와주소서.〉

두 번째 부대가 이륙했다. 헬리콥터에는 귀한 자산이 가득했다. 이 아들딸들의 부모는 조국이 이들에게 무엇을 요구했는지 알면 겁에 질릴 것이다. 젊은 남녀 군인들은 M-4 라이플을 단단히 쥐고 통로 맞은편의 서로를 물끄러미 바라보았다.

그들은 창의 날카로운 끝부분이었다. 특수 부대원. 엘리트 군인. 10년 전 오사마 빈라덴을 잡으러 갈 때는 네이비 실도 파키스탄에 들어갔다.

이 군인들은 이번 임무가 적어도 그때만큼은 중요하다는 사실을 알고 있었다. 어쩌면 더 중요할 수도 있었다.

또한 위험도 역시 적어도 그때만큼은 된다는 사실도 알았다. 어쩌면 더 위험할 수도 있었다.

「설마 저건 아니겠죠.」 자동차가 부르르 떨면서 자그마한 파키스탄 마을에 멈춰 서자 찰스 보인턴이 말했다. 「이건 판잣집이잖아요.」

「뭘 기대했는데요?」 캐서린이 물었다. 「최고급 호텔?」

「그래도 여긴 너무⋯⋯.」 그는 한쪽으로 살짝 기울어진 나무 건물을 가리켰다. 「여기 전기는 들어오나요?」

「전동 칫솔 때문에 그래요?」 캐서린이 차에서 내리며 물었다. 하지만 속으로는 그녀 역시 놀라움과 실망감을 조금 느끼고 있었다.

「아뇨,」 보인턴이 말했다. 「이것 때문이에요.」 그가 휴대폰을 들어 올렸다. 「이걸 충전해서 장관님께 메시지를 보내야 해요.」

〈백악관. 백악관.〉

캐서린은 뭔가 짜증스러운 말을 하려다가 참았다. 배가 고프고 피곤해서 목적지에 도착하면 두 가지 문제를 모두 해결할 수 있을 줄 알았는데, 아무리 봐도 틀린 것 같았다.

〈백악관. 백악관.〉 보인턴은 속으로 생각했다. 마지막 메시지를 보낼 때 왜 이 말을 같이 보내지 않았을까? 목숨이 위험한 순간이었으니까. 자신이 사람을 죽였으니까.

그때 그는 순간적으로 제정신이 아니어서, 자신이 목숨을 잃기 전에 진짜 물리학자들에 대한 정보를 장관에게 전달해야 한다는 생각밖에 할 수 없었다.

〈백악관.〉 여기까지 오는 동안 내내 그는 이 말이 무슨 뜻인지 속으로 곱씹어 보았다. 아니, 사실은 뻔한 의미를 인정하지 않으려고 애썼다.

백악관의 누군가가 샤와 협조하고 있었다. 화이트헤드 장군일 수도 있지만, 그의 일터는 백악관이 아니라 국방부였다.

파르하드가 그 둘을 잘 구분하지 못했을 가능성은 남아 있었다.

하지만 찰스 보인턴은 내심 그렇지 않을 것이라고 확신했다. 파르하드가 죽어 가면서 피와 함께 내뿜는 숨결에 〈백악관〉이라는 말을 했으니, 진심을 담은 말임이 분명했다.

캐서린이 문을 두드리자 그 서슬에 문이 부르르 떨렸다. 그러고는 놀랍게도 문이 열리더니 길의 모습이 드러났다.

「아, 정말 다행이다.」 길이 말했다.

캐서린은 오빠를 포옹하려고 다가가다가 그가 자신의 뒤편을 보고 있음을 깨달았다.

아나히타 다히르가 있는 곳이었다.

이내 누군가가 캐서린을 팔꿈치로 슬쩍 밀어내더니 아나히타가 길에게 다가가 단단히 끌어안았다.

「이런,」 캐서린의 등 뒤에서 누군가가 말했다. 「이건 뜻밖인데요.」

캐서린이 뒤를 돌아보자 아나가 있었다. 아니, 좀 더 자세히 살펴보니 아나가 아니라 보인턴이었다. 아나는 지금 길에게 매달려 거의 흐느끼고 있었다.

찰스가 거리를 벌리면서 말했다. 「휴대폰, 휴대폰 갖고 있어요?」

「네…….」

「이리 줘요.」 길에게서 휴대폰을 받은 보인턴은 잠시 후 보내기 버튼을 눌렀다.

됐다. 이제 이것은 그의 책임이 아니었다. 그래도 메시지가 전송되는 동안 그 의미가 계속 그의 마음에 남았다. 마음속에 박힌 가시 같았다.

〈백악관.〉

「장관, 이렇게 갑자기 오시다니 반갑습니다.」

파키스탄 총리 알리 아완 박사가 한 손을 내밀었지만, 그리 반가운 표정은 아니었다.

「근처에 올 일이 있어서요.」 엘런이 따뜻한 미소를 지으며 말했다.

아완 박사는 억지 미소를 짓고 있었다. 이 상황이 불편했지만, 미국 국무 장관이 저녁 식사를 함께 하자며 갑자기 나타났을 때 대리를 내보낼 수는 없는 법이었다.

그와 그녀가 만난 곳은 총리 관저 입구였다. 조명이 우아한 흰색 건물들을 밝히고, 식물이 우거진 정원까지 흘러넘쳤다.

야자수들이 머리 위로 당당하게 솟아 있는 곳에서, 역사를 사랑하는 엘런은 지난 수백 년 동안 지금 이 자리에 서서 자신처럼 경탄한 사람이 과연 몇 명이나 될지 상상해 보는 수밖에 없었다.

저녁 공기가 따스하고 향기로웠다. 후텁지근한 공기 속에 달콤하거나 알싸한 꽃향기가 퍼졌다. 애덤스 장관의 자동차 행렬은 파키스탄 수도의 혼란스럽고 활기 넘치는 거리를 지나 이 고색창연한 단지에 도착했다. 북적거리는 도시의 중심부에 위치한 평화로운 천국이었다.

몇백 킬로미터 떨어진 곳에서 곧 일어날 일을 생각하니, 이렇게 고요한 곳에 와 있다는 사실이 지극히 기묘했다.

엘런은 하늘의 별들을 바라보며, 저 밤하늘을 날아가고 있을 특수 부대원들을 생각했다.

헬리콥터가 착륙 지점인 고원으로 다가갔지만, 산과 협곡 때문에 고원 바로 위에 도착할 때까지는 그곳을 육안으로 볼 수가 없었다.

조종사들은 야간 투시경을 이용해 비행하면서, 자신들이 목적지에 도착하기 전에 탈레반 대공포에 포착되는 일만은 일어나지 않기를 바라고 또 바랐다. 이 치누크 헬기들이 수많은 개조를 거치기는 했어도, 헬리콥터의 스텔스 기술이 아직 완벽함과는 거리가 멀다는 사실을 다들 잘 알고 있었다.

입을 여는 사람은 하나도 없었다. 조종사들이 지형을 확인하려고 애쓰는 동안, 병사들은 저마다 자기만의 생각에 빠져 창밖의 별들만 바라보았다.

엘런은 알코올이 전혀 없이 신선한 과일즙으로만 만든 칵테일을 보고 마음이 놓였다. 그 칵테일을 마신 뒤, 손님들은 만찬을 위해 아름답게 준비된 타원형 식탁으로 안내되었다.

엘런의 휴대폰은 경호대장인 스티브 코윌스키 손에 있었다. 휴대폰을 가져오지 않는 것이 의전상 옳은 일이었을 뿐만 아니라, 엘런 본인도 휴대폰을 손에서 떼어 놓고 싶었다. 2분마다 한 번씩 휴대폰을 확인하고 싶은 욕구에 자신이 저항할 수 있을 것 같지 않았다.

맞은편에 앉은 벳시는 어느 젊은 장교와 대화 중이었다. 엘런은 왼편에 앉은 총리에게 시선을 돌렸다.

이 만찬에 참석하기 위해 급히 소집된 사람 중 아완 박사 정부의 국방 장관인 라카니 장군이 포함되어 있어서 엘런은 마음이 놓였다. 그는 총리를 사이에 두고 엘런의 반대편에 앉아 있었다.

외무 장관도 식탁에 앉아 있었다. 엘런이 짐작하기에는, 미국의 신

417

임 국무 장관이 전임 장관만큼 무능하기를 바라고 나온 것 같았다.

그녀는 얼마 전 한국에서 실패를 겪은 것이 의외로 이롭게 작용하고 있음을 깨달았다. 적어도 몇몇 사람은 그것을 그녀가 정말로 무능하다는 증거로 받아들였다. 그녀를 쉽사리 조종할 수 있다고 믿는다는 뜻이었다.

지금 그녀가 이 사람들에게 심어 주고 싶은 생각이 바로 그거였다. 어쨌든 지금부터 중요하기 짝이 없는 몇 시간 동안은 그래야 했다.

「저는 샤 박사도 나오시지 않을까 했는데요.」

그녀가 신중하지 못한 성격이라는 인상을 더 확실히 해주면 좋을 것이다.

관리 두세 명이 포크를 떨어뜨리는 바람에 시끄러운 소리가 났다. 하지만 아완 총리는 달랐다. 그는 지극히 차분한 표정을 유지했다.

「바시르 샤를 말씀하시는 겁니까, 장관? 아쉽지만 그는 내 집에서 환영받는 사람이 아닙니다. 모든 관공서에서도 마찬가지고요. 어떤 사람들은 그를 영웅으로 보지만, 우리는 진실을 알고 있습니다.」

「그가 무기상이라는 진실 말인가요? 핵 기술과 원료를 누구든 돈을 내는 사람에게 판다는 진실?」 그녀의 눈빛은 순진했고, 목소리에는 특별한 감정이 드러나지 않았다. 마치 방금 들은 소문을 확인하려는 것 같았다.

「맞습니다.」 총리는 짧게 대답했다. 그의 자제력이 뛰어나지 않았다면, 거의 무례하게 들리는 어조가 나왔을 것이다. 그래도 그의 목소리에는 분명히 경고의 기색이 배어 있었다. 파키스탄에서 바시르 샤는 점잖은 자리에서, 더구나 외국인 손님이 있는 자리에서는 언급하지 말아야 할 이름이었다.

「그건 그렇고, 생선이 맛있네요.」 엘런은 아완 박사를 곤혹스러운 상황에서 꺼내 주었다.

「마음에 드신다니 다행입니다. 지역 특산 요리입니다.」

두 사람 모두 친절하고 느긋한 분위기를 유지하려고 열심히 애쓰고 있었다. 엘런은 아완 총리 역시 자신만큼이나 이 연극이 끝나기를 초조하게 바랄 것이라고 짐작했다. 이 혼란스러운 나라를 연구한 정보 관리들, 파키스탄 학자들과 이야기도 나누고 자료도 조사하면서 엘런은 아완 박사가 깊은 갈등을 느끼고 있다는 결론을 내렸다.

처음에 그는 샤를 지지했으나 나중에 공개적으로 그에게 등을 돌렸다. 파키스탄 민족주의자인 아완 총리는 인도라는 거인과 국경을 맞댄 이 나라가 살아남으려면 더욱 강해지는 길밖에 없다고 믿었다. 적어도 강해지는 것처럼 보이기라도 해야 했다.

몸을 부풀려 위협적인 분위기를 연출하는 복어와 비슷했다. 파키스탄이 몸을 부풀릴 때 사용한 것은 핵물질이었다.

바시르 샤가 그것을 제공해 주었다. 그러나 그로 인해 파키스탄은 온갖 종류의 위험하고 달갑지 않은 주의를 끌게 되었다. 이것도 무기로 저글링을 하는 것 같은 위험한 상황이었으나, 그 무기가 단순한 수류탄이 아니라 핵폭탄이니 문제였다.

「그가 어디 있는지는 아마 모르시겠지요, 총리님. 그의 집이 여기서 멀지 않은 것 같은데요.」

미국의 요원들이 그의 집을 감시하고 있었으나, 이번 일이 일어나기 전에 그가 몰래 숨어 들어갔을 가능성이 있었다.

「샤의 행방요? 전혀 모릅니다.」 아완 박사는 그냥 빨리 이 대화를 해치우는 수밖에 없다고 체념하고 있었다. 엘런은 불쾌할 뿐만 아니라 심지어 위험하기까지 한 이 이야기를 꼭 나누고 싶어 하는 것 같았다. 「귀국의 전임 대통령이 그를 가택 연금에서 풀어 달라고 요청했고, 우리는 그 요청에 따랐습니다. 그 뒤로 샤 박사는 어디든 마음대로 갈 수 있는 자유의 몸입니다.」

「그를 위협으로 생각하지 않으시나요?」

「저희에게 위험하다고요? 아닙니다.」

「그럼 누구에게 위험할까요?」

「만약 제가 이란이라면 걱정하고 있을 겁니다.」

「마침 그 얘기를 꺼내 주시니 반갑네요. 저희가 협조할 수 있지 않을까 싶습니다, 총리님. 이란과의 핵 협정을 되살리고, 이란이 어쩌면 갖고 있을 수도 있는 핵무기를 포기하게 만드는 거죠. 리비아의 경우에는 성공했습니다.」

엘런은 바라던 반응을 얻었다. 총리의 눈썹이 위로 치솟고, 라카니 국방 장관이 총리의 몸 앞으로 몸을 기울여 그녀를 노려보았다. 마치 그녀가 엄청나게 멍청한 소리를 한 것 같았다.

멍청한 소리 맞았다.

애덤스 장관은 속으로 생각했다. 살다 보면 고양이가 될 때도 있고, 쥐가 될 때도 있어. 사냥꾼이 될 때도 있고.

저들이 무슨 생각을 하는지 뻔히 보였다.

거의 문자 그대로 기회가 하늘에서 무릎 위로 뚝 떨어졌다고 생각할 터였다. 이 기회를 허비할 수는 없지. 신임 국무 장관에게 본때를 보여 줄 수 있을 것 같은데. 이 여자의 스승이 되어 볼까. 이 지역에 대한 파키스탄의 관점을 이 여자에게 가르쳐 주는 거지. 이곳에서 그들은 흰 모자를 쓴 사람들이고 인도, 이스라엘, 이란, 이라크 등 검은 모자를 쓰는 자들은 모두 믿지 말아야 한다고.

하지만 엘런은 파키스탄 정부와 군대 안에 미국의 아프가니스탄 철군을 이용해 이 지역에서 자국의 힘과 영향력을 더욱 강화할 수 있을 것이라고 보는 자들이 있음을 알고 있었다. 어쩌면 이 식탁에도 있을지 몰랐다.

아프가니스탄을 파키스탄의 새로운 주로 만드는 것이 그들의 기본적인 구상이었다.

미국이 사라지면, 그동안 파키스탄에 피신해 있던 탈레반이 다시 아프가니스탄의 정권을 잡을 것이다. 그리고 그들의 동맹이자 여러 면에서 그들의 국제적 군대 역할도 하는 알카에다가 함께 나타날 것이다.

알카에다는 서구에 상처를 입히는 데 열중하고 있었다. 특히 오사마 빈라덴을 죽인 미국에 복수할 생각이 강렬했다. 그들은 복수를 맹세했고, 이제는 바시르 샤와 러시아 마피아의 도움과 미국의 아프가니스탄 철군 및 탈레반의 재부상 덕분에 그 맹세를 철저히 실천할 기회를 얻을 터였다. 그들이 꿈도 꾸지 못했던 화려하고 파괴적인 방법으로.

테러 조직은 정부가 하지 못하는 일을 할 수 있었다. 정부는 국제적 감시와 제재에 신경을 써야 하지만, 테러 조직은 그럴 필요가 없었다.

아완 박사는 위대하지는 않을지 몰라도, 어쨌든 착한 사람이었으며 지하드를 주장하지도 않았다. 과격파와는 거리가 멀었다. 테러 공격에 그는 반감을 느꼈다. 하지만 그는 또한 현실주의자였다. 파키스탄 내의 과격파를 통제할 능력도 없었다. 미국이 떠나고 탈레반이 돌아오고 샤가 자유로워진 뒤에는 그들을 막을 방법이 거의 없었다.

파키스탄 총리는 전임 미국 대통령이 정상 회담에서 샤의 석방을 요구했을 때 내심 충격을 받았다. 그래서 던 대통령에게 샤의 석방이 가져올 수 있는 결과를 설명하려고 했으나, 마이동풍이었다.

던에게 보통 효과를 발휘하던 아첨의 말을 푸짐하게 늘어놓았는데도, 그는 샤의 석방을 강력히 요구했다. 아완이 유일하게 실패를 맛본 순간이었다. 누군가가 던에게 먼저 더 많은 아첨의 말로 손을 뻗었음이 분명했다. 그가 누군지 아완은 알 것 같았다.

이제 바시르 샤가 세상으로 나왔으니, 아완 총리는 다시 줄타기를 하는 신세가 되었다. 그는 미국과의 긴밀한 관계를 유지하면서, 자국 내의 과격파들과는 더욱더 긴밀한 관계를 유지해야 했다.

그럼 알카에다는? 아완은 그냥 고개를 숙이고 가만히 있고 싶은 생각뿐이었다.

그의 정치 생명과 물리적 생명이 모두 거기에 달려 있었다.

던이 선거에서 졌을 때 그들은 걱정스러웠지만, 이제 보니 신임 국무 장관도 던만큼 무지하고 오만한 것 같았다. 그들이 주무를 수 있다는 뜻이었다.

생선 요리가 점점 더 맛있어졌다.

36장

거친 착륙이었다.

협곡에 몰아치는 바람 때문에 헬리콥터 조종이 거의 불가능했으나, 치누크 헬기 두 대의 조종사들은 특수 부대원들이 아래로 뛰어내려 옆으로 벗어나는 동안 간신히 기체를 안정되게 유지했다.

헬기들이 떠올라 은폐물을 찾아서 방향을 돌리는 순간, 거센 돌풍이 선두 헬기를 절벽 쪽으로 밀어붙였다.

「젠장, 젠장, 젠장.」 조종사는 부조종사와 함께 사투를 벌이며 중얼거렸다. 날개가 바위에 닿고 기체가 덜컹거렸다.

조종간이 덜덜 떨리더니 기체가 기울어졌다.

결말을 예감한 조종사는 부조종사와 항법사를 바라보았다. 그들도 그녀를 마주 보며 고개를 끄덕였다.

그녀는 고원의 부대에서 멀어지는 방향으로 조종간을 돌렸다. 다른 한 대의 헬리콥터와도 멀어지는 방향이었다.

헬리콥터가 산등성이를 넘어가 시야에서 사라지는 동안 조종실 안에 침묵이 흘렀다.

「오, 하느님.」 조종사가 속삭였다.

그러고는 불덩어리가 피어올랐다.

몇 초 뒤 탈레반 주둔군의 비행운이 나타났다.

「온다.」특수 부대 대장이 소리쳤다.

샐러드가 나오는 동안 현악 4중주단이 바흐의 「두 대의 바이올린을 위한 협주곡」을 연주했다.

엘런이 좋아하는 음악이었다. 그녀는 거의 매일 아침 이 음악을 들으며 긴장을 풀고 하루를 준비했다. 이 음악을 연주한 것이 우연인가 싶었지만, 아무래도 그렇지는 않을 것 같았다. 이 만찬장에 있는 사람 중 누가 이 음악을 준비했는지 궁금했다.

총리일까? 그는 숨은 메시지 같은 것을 전혀 모르는 듯했다. 그럼 외무 장관? 가능성이 있었다.

라카니 국방 장관? 그녀가 읽은 기밀 브리핑 자료에 따르면, 국방 장관일 가능성이 가장 높았다. 그는 기성 체제와 과격파 집단에 한 발씩 걸치고 있었다.

하지만 라카니 장군도 이 정보를 틀림없이 누군가에게서 들었을 것이다. 그가 누구인지 엘런은 확신했다.

스위트피를 보낸 그 사람.

자녀들의 생일에 카드를 보내고, 남편을 독살했음이 분명한 그 사람.

수많은 사람을 폭탄으로 죽일 계획을 짠 사람.

바시르 샤는 채소와 신선한 허브가 담긴 접시를 애덤스 장관 앞에 내려놓았다.

대단한 순간이었다. 기묘한 감각을 느낀 그는 자신이 흥분하고 있음을 깨달았다. 냉소적인 그가 무엇이든 감정을 느낀 것은 아주 오랜만이었다. 이렇게 가슴이 두근거리는 스릴은 말할 것도 없었다.

그는 엘런 애덤스를 직접 만난 적이 한 번도 없지만, 멀리서 그녀를 줄곧 연구했다. 그런데 지금은 그녀의 향수 냄새가 느껴질 만큼 가까이 다가가 있었다. 그녀가 뿌린 향수는 클리니크의 아로마틱스 엘릭서였다. 어쩌면 그가 크리스마스 선물로 보낸 바로 그 향수병의 향수일 수도 있었다. 하지만 엘런이라면 그 향수병을 곧장 쓰레기통에 던져 버렸을 것 같았다.

여기서 이런 위험을 무릅쓰는 건 터무니없는 짓이었다. 하지만 위험 없는 삶이 삶인가? 게다가 여기서 일어날 수 있는 최악의 일이라고 해 봤자 뭐지? 만약 정체를 들킨다면 그는 조금 장난을 쳤을 뿐이라고 주 장할 것이다. 웨이터로 변장을 해봤다고. 최악의 경우라고 해도 무단 침입 혐의를 받는 정도일 텐데, 그렇다고 정말로 기소가 이루어지지는 않을 것이다. 그건 확실했다.

차라리 정체를 들키면 좋겠다는 무모한 생각도 마음 한구석에 있었 다. 그러면 그의 정체를 깨달은 엘런 애덤스의 표정을 볼 수 있을 것이 다. 그가 이렇게 가까이 다가온 것에, 그리고 자신이 할 수 있는 일이 전혀 없다는 사실에 어떤 표정을 지을까. 그는 바로 미국인들 덕분에 자유의 몸이었다.

그가 마음만 먹으면 지금 엘런을 죽일 수도 있었다. 목을 꺾어 버려 도 되고, 날카로운 칼을 푹 찔러 넣어도 되었다. 음식에 독을 타거나, 유리 가루 같은 것을 넣는 방법도 있었다.

그는 이처럼 그녀의 삶과 죽음을 좌우할 힘을 갖고 있었다.

그러나 그는 그녀의 재킷 주머니에 종이쪽지만 한 장 슬쩍 찔러 넣 었다. 그걸로 그녀가 죽지는 않겠지만, 죽음 근처까지 갈 수는 있었다.

그래, 그는 그녀를 조금 더 데리고 놀 생각이었다. 폭탄이 터졌을 때 그녀의 반응을 구경할 것이다. 그녀가 자신의 잘못으로 수천 명이 죽 었고, 자기 나라에 엄청난 변동이 일어났음을 깨달았을 때의 반응.

그는 그녀의 연한 체취를 들이마시면서, 혹시 자신이 이 여자에게 섬뜩한 애정을 품게 된 것은 아닌지 생각해 보았다. 일종의 뒤집어진 스톡홀름 증후군 같은 것이 아닐까. 증오와 사랑은 정말이지 서로 아 주 밀접하게 엮여 있었다.

하지만 그건 아니었다. 그는 자신이 강하게 느끼는 감정에서 고약한 냄새가 난다는 사실을 알고 있었다. 이 여자가 그의 인생을 망가뜨렸으니, 이제 그가 그 은혜를 갚을 차례였다. 서서히. 그는 그녀가 소중히 여기는 것들을 모두 그녀에게서 **빼앗을** 것이다. 그녀의 아들이 암살 시도에서 벗어난 것은 사실이지만, 다른 날 다른 기회를 노리면 되었다.

그는 그저 지금 이 순간을 즐기고 있었다. 심지어 그녀에게 말을 걸기까지 했다.

「샐러드입니다, 장관님.」

엘런 애덤스가 고개를 돌렸다.

「Shukria(고맙습니다).」 그녀가 우르두어로 말했다.

「Apka khair maqdam hai(천만에요).」 웨이터가 이렇게 말하고 나서 따뜻한 미소를 지었다.

엘런은 예쁜 눈이라고 생각했다. 부드러운 인상의 진한 갈색 눈이었다. 그녀의 아버지를 닮은 눈. 그가 조금 낯익게 보이는 건 분명히 그래서였다.

그에게서 풍기는 재스민 냄새도 좋았다.

웨이터는 총리에게로 옮겨 갔다. 총리도 그에게 고맙다고 인사했지만 시선을 들지는 않았다. 국방 장관은 기분이 좋다 못해 거의 쾌활해 보였다. 그가 웨이터에게 뭐라고 말하자, 웨이터는 정중한 미소를 지은 뒤 다음 사람에게로 옮겨 갔다.

라카니 장군이 저렇게 즐거워하는 이유가 뭐지? 엘런은 뭔가 불길하다는 느낌을 떨칠 수가 없었다.

바흐의 음악이 부드럽게 이어지는 가운데, 엘런은 지금 이곳에서 예상보다 훨씬 더 복잡한 게임이 펼쳐지고 있음을 깨달았다.

특수 부대원들은 지금 어디쯤 있을까? 교란 작전은 이미 시작되었을 것이다. 공장 습격을 맡은 조는 공장에 도착했을까?

「이란이 무기 개발을 포기하게 만든다는 얘기를 하셨죠.」 아완 총리의 말에 엘런은 다시 대화에 주의를 돌렸다. 「제 생각에는 말입니다,

대아야톨라가 워낙 빈틈없는 사람이라 안 될 것 같습니다. 아야톨라는 무아마르 카다피처럼 되는 걸 원하지 않아요.」

엘런은 하마터면 〈카다피가 어떻게 됐지요?〉 하고 말할 뻔했으나 그건 지나친 행동일 것 같았다. 아완 총리도 그녀가 그렇게까지 무지하다고는 믿지 않을 것 같았다. 그는 그녀를 면밀하게 살피듯 지켜보고 있었다. 분석하고 있는 것 같았다. 그의 강렬한 시선이 느껴졌다.

엘런은 그냥 입 다물고 가만히 앉아서, 자신이 어디까지 무지한지 아완 총리가 궁금해하게 내버려 두기로 했다. 그녀는 시간을 확인하고 싶다는 유혹과 싸웠다. 시계를 보는 것은 더없이 무례한 행동일뿐더러, 지금 이 만찬을 지켜보는 누군가에게 그녀가 모종의 일을 기다리고 있다는 신호로 보일 수 있었다.

그게 사실이긴 했지만.

그녀는 다시 공격에 나선 부대를 생각했다. 작전이 어떻게 진행되고 있는지 궁금했다. 여기 사람들이 바흐의 음악을 들으며 신선한 허브 샐러드를 즐기는 동안 그 지역에서 일어난 일을 나중에 알게 되면 얼마나 거친 말을 쏟아 낼지도 궁금했다.

「카다피 대령은 설득에 넘어가 핵무기를 포기했습니다.」 국방 장관이 설명하는 동안 아완 박사는 계속 엘런을 지켜보았다. 「그러고 나서 정신을 차려 보니 리비아는 침공당했고, 카다피는 권좌에서 쫓겨나 죽임을 당했습니다. 이 지역의 누구도 그 교훈을 잊지 않을 겁니다. 어떤 나라든 핵무기를 갖고 있으면 안전합니다. 아무도 감히 공격하지 못할 테니까요. 핵무기가 없는 나라는 취약합니다. 무기를 포기하는 건 자살 행위예요.」

「공포의 균형이군요.」 엘런이 말했다.

「힘의 균형입니다, 장관.」 총리가 따뜻한 미소를 지으며 말했다.

보좌관 한 명이 라카니 장군의 귓가로 고개를 숙여 귓속말을 하고 있었다. 장군은 고개를 돌려 보좌관을 빤히 보다가 뭐라고 말했다. 보좌관이 급히 사라졌다.

국방 장관이 아완 박사에게 조용히 말을 걸었다.

바로 그 얘기임을 엘런은 깨닫고, 억지로 긴장을 풀었다. 천천히 숨을 쉬려고 노력했다. 타원형 식탁 맞은편에서 벳시도 장관과 총리의 대화에 주의를 기울이고 있었다.

아완 총리는 조용히 장군의 말을 들은 뒤 엘런에게 시선을 돌렸다. 「영국이 오늘 밤 파키스탄 영토 내의 알카에다 거점에 공격을 가할 예정이라는 소식을 방금 들었습니다. 장관도 아는 일입니까?」

다행히 엘런은 이 소식에 진심으로 놀랐다. 겉으로도 그런 기색이 드러난 모양이었다.

「아뇨, 모릅니다.」

아완은 유난히 강렬한 시선으로 그녀를 유심히 살피다가 고개를 끄덕였다. 「사실인 것 같군요.」

「하지만 그게 일리 있는 소식이긴 합니다.」 엘런이 천천히 말했다. 「런던과 다른 도시에서 일어난 폭탄 테러의 배후가 알카에다라고 믿는다면요.」

조심스럽게 고른 말을 천천히 내놓는 동안, 그녀의 예리한 머리는 신속히 움직이며 온갖 가능성을 조사해 보았다.

총리의 말이 정말로 사실일까? 영국이 정말로 공격을 결정했을까? 혹시 팀 비첨이 참석한 정보국 회의에서 그런 제안이 나온 걸까? 오늘 밤 파키스탄 영공을 찾는 사람이 많은 건가?

반면 이 소식이 사실이 아닐 가능성도 있었다. 윌리엄스 대통령이 일부러 거짓 소문을 퍼뜨렸을 가능성. 만약 그런 경우라면, 훌륭한 작전이었다. 엘런은 어느 쪽이 진실인지 알고 싶을 뿐이었다.

「하지만 말이 안 되는 것도 있습니다.」 아완이 쏘아붙이자, 방 안의 대화 소리가 멎었다. 「우리에게 미리 알리지 않은 것. 이건 우리 영토에 대한 공격입니다. 우리가 위치를 압니까?」

「보좌관이 알아보는 중입니다.」 이제는 쾌활한 표정이 한결 잦아든 라카니 장군이 말했다. 바로 그때 보좌관이 돌아와 또 그에게 귓속말을 하려고 했다.

「크게 말하게.」장군이 말했다. 「이제 모두 알고 있으니까. 공격 장소가 어디라고?」

「이미 진행 중입니다, 장군님. 바자우르 지역에서요.」

「도대체 무슨 생각이야?」총리가 다그치듯 물었다. 「또 바자우르 전투인가? 지난번 바자우르 전투에서 흘린 피로는 부족했나?」

그도 그 전투에 참전했다. 당시 중급 장교로 간신히 목숨을 건진 그가 음악을 들으며 샐러드를 먹는 동안, 두 번째 전투가 불을 뿜고 있었다니. 자신이 그곳이 아니라 여기에 있는 것이 다행이었다. 그는 영국 특공대가 산속 요새에 숨은 탈레반, 알카에다와 전투를 벌이는 모습까지는 상상하지 않았다.

바자우르 전투, 라이언하트 작전. 그때의 상처는 결코 멀리 물러가는 법이 없었다. 그 전투는 아완 총리가 전쟁을 싫어하며 평화롭고 안전한 파키스탄을 갈망하는 수많은 이유 중 하나였다.

아완 박사는 국방 장관이 안도한 표정을 짓는 것을 보았다. 말이 되지 않았다. 영국이 파키스탄 영토에서 은밀한 작전을 벌이고 있다는데 어떻게 기뻐할 수 있는가? 국방 장관은 파르르 화를 내야 맞았다.

저자가 뭘 꾸미는 거지? 총리는 속으로 생각했다. 줄타기를 하는 자신의 발이 휘청거리는 것을 느끼며, 그는 또한 자신이 이 의문의 답을 정말로 알고 싶은지 확신하지 못했다.

아완 총리는 라카니 장군에게 아무런 환상이 없었다. 그를 국방 장관으로 임명한 것은 순전히 당내의 가장 과격한 사람들을 달래기 위해서였다. 그러나 신뢰할 수 없는 사람이 국방 장관 자리에 앉아 있는 것은 문제였다.

그 순간 애덤스 장관의 경호대장이 뭐라고 귓속말을 하면서 그녀에게 휴대폰을 건넸다.

「잠깐 실례하겠습니다, 총리님. 급한 연락이 와서요.」

「영국 측입니까?」그가 다그치듯 물었다. 국가적 모욕을 당한 마음의 상처가 아직도 욱신거렸다.

「아뇨, 제 아들 소식입니다.」

「거의 다 왔습니다.」 조종사가 말했다. 「90초 남았어요.」

대령이 지시를 내리자, 대원들이 일어서서 문 앞에 늘어섰다.

창밖 저 멀리서 포격으로 밤하늘이 밝아지는 것이 보였다. 탈레반들이 있는 위치에 비행기들이 폭탄을 떨어뜨리자 엄청난 폭발이 일어났다.

고원에서 특수 부대원들이 적과 교전하고 있었다. 교란 작전이었다.

「45초.」

모두들 곧 열릴 문으로 휙 시선을 돌렸다. 그들에게도 임무가 있었다. 공장 안의 사람들이 흩어지기 전에 번개처럼 빠른 속도로 공장을 확보하는 것. 공장 안의 사람들에게 서류를 파기할 틈을 주지 말아야 했다.

그들이 핵폭탄을 터뜨릴 틈도 주지 말아야 했다.

「15초.」

문이 열리더니, 차갑고 신선한 바람이 훅 들어왔다.

그들은 머리 위의 와이어에 고리를 걸고 마음을 다졌다.

엘런은 짧은 메시지를 읽었다. 길이 아니라 보인턴의 메시지였다.

이란 정보국과 러시아 마피아 모두의 정보원이었던 파르하드가 러시아인의 손에 죽으면서 숨이 끊어지기 직전에 이런 말을 했다고 한다.

「백악관.」

탈레반의 화력이 무시무시했다. 예상을 웃돌았다. 대위는 적의 무기가 러시아제임을 알아차리고, 그 정보를 본부에 알리면서 자신들이 버티며 응사하고 있다고 보고했다.

그녀가 막 공중 지원은 언제 오느냐고 물어보려는데, 머리 위에서 엄청난 굉음이 들리더니 땅이 뒤흔들릴 만큼 강력한 폭발이 일어났다. 미국 전투기들이 산허리에 투하한 폭탄의 효과였다.

그 덕분에 부대는 잠시 숨을 돌릴 수 있었다.

그러나 곧 다시 시작되었다.

대위는 바위 뒤에 웅크린 채 시계를 확인했다. 다른 조가 지금쯤 공장에 도착했을 것이다. 여기서는 20분 정도만 더 총격전을 이어 가면 될 터였다.

〈그냥 버티기만 해. 버티기만 해. 무슨 일이 있어도 버티는 거야.〉

자기들이 여기에 온 진짜 이유를 아는 사람은 이 소대에서 그녀 혼자였다. 만약 적이 이들을 사로잡아 고문한다 해도, 이 임무의 진짜 목적을 전혀 알아낼 수 없을 것이다.

그러나 그녀는 부하들 중 누구라도 사로잡히는 꼴을 두고 볼 생각이 없었다.

윌리엄스 대통령은 백악관 맨 아래층의 중앙 상황실에서 정보 및 군사 고문들에 에워싸여 앉아 있었다. 그들이 이곳에 온 지 1시간이 지났다. 창문 하나 없는 방 안의 공기가 갑갑했지만, 그런 것을 알아차리거나 신경 쓰는 사람은 하나도 없었다.

그들은 모니터에 온 정신을 집중한 채, 라펠을 타고 공장에 침투할 특수 부대원들을 지켜보고 있었다.

「15초.」 조종사의 목소리가 들렸다. 놀라울 정도로 선명했다.

윌리엄스 대통령은 회전의자의 팔걸이를 꽉 쥐고 마음을 다잡았다.

합동특수작전사령부의 사령관이 대통령 옆에 있고, 합참 부의장은 옆방에서 고원의 부대 움직임을 지켜보고 있었다.

「대통령님, 헬리콥터 한 대를 잃었습니다.」 부의장이 보고했다.

「특수 부대원들은?」 윌리엄스는 놀란 내색을 하지 않으려고 애썼다.

「헬기에서 내렸습니다. 하지만 특수전 대원 세 명을 잃었습니다.」

윌리엄스는 짧게 고개를 끄덕였다. 「다른 사람들은 버티고 있고요?」

「네, 적의 화력과 주의를 끌고 있습니다.」

「좋습니다.」

「출발, 출발, 출발!」명령이 떨어졌다.

수천 킬로미터 떨어진 상황실에서 미국 대통령은 앞으로 몸을 기울였다.

특수 부대원들의 군모에 달란 야간 투시 카메라 덕분에 그는 상황을 정확히 볼 수 있었다. 마치 그곳에 실제로 있는 것 같았다.

더그 윌리엄스는 습격 작전 지휘관과 함께 헬기에서 라펠을 타고 내려오는 기분에 몸을 살짝 움직였다. 다른 부대원들이 내려오는 동안 사방이 으스스할 정도로 조용했다. 거의 평화롭게 보일 정도였다.

군화가 바닥에 닿으면서 쿵 하는 소리와 끙 하는 소리가 났다.

대화는 한 마디도 오가지 않았다. 대원들은 할 일을 정확히 알고 있었다.

요원이 피트 해밀턴의 집 문을 두드리며 더러운 복도를 눈으로 둘러보았다.

악취가 났다. 파트너를 보니 인상을 찌푸리고 있었다.

「해밀턴?」그는 주먹으로 문을 두드리며 소리를 질렀다.

그들은 오프더레코드에서부터 그의 자취를 추적해 여기까지 왔다. 그가 집에 돌아온 지 1시간이 넘었는데, 그 뒤로 어떤 연락에도 응답이 없었다.

비밀경호국의 베테랑인 선임 요원이 주위를 둘러보았다. 뭔가 이상했다. 백악관과 협력하는 사람이라면, 백악관 측의 문자, 이메일, 전화에 반드시 응답할 것이다. 지금이 새벽 3시라면 또 몰라도…… 고작해야 오후 중반이었다.

요원의 목덜미 털이 곤두섰다.

그가 잠금장치를 향해 고개를 수그리고 도구를 사용한 지 겨우 몇 초 만에 작게 딸깍하는 소리가 났다. 그는 권총을 꺼내 들고 파트너에게 고갯짓을 했다.

〈준비됐어?〉

〈됐어요.〉

그는 발로 문을 살짝 열었다.

그리고 그대로 멈췄다.

엘런 앞에 디저트가 놓였다. 이번에는 다른 웨이터였다.

이슬라마바드에서 진행된 이번 만찬은 딱히 농담이 오가는 분위기가 아니었지만, 영국이 바자우르를 습격했다는 소식이 도착한 뒤에는 완전히 분위기가 가라앉았다.

라카니 장군은 실례하겠다면서 자리를 비웠으나, 총리는 자리를 지켰다. 그가 미국인 손님을 얼마나 중요하게 생각하는지 보여 주기 위해서였는지도 모른다. 아니면 누가 진짜 책임자인지 보여 주기 위해서였을 수도 있었다. 엘런이 보기에는 이쪽의 가능성이 더 높았다. 그는 그냥 뒤에 남아 달콤한 과자를 즐기는 사람이었다.

애덤스 장관은 SAS가 공격한다는 소문이 정말로 계략이었음을 깨달았다. 바자우르에 착륙해 알카에다와 교전 중인 부대는 미국 특수부대였다. 파키스탄 측이 실상을 알아차리는 것도, 누가 이번 습격을 지휘했는지 알아내는 것도 이제는 시간문제였다.

그녀는 둥근 공 모양의 과자를 시럽 위에서 이리저리 굴렸다. 장미와 카르다몸의 연한 향기가 고급 본차이나 그릇에서 풍겨 올라왔다.

보인턴의 경고를 전달한 뒤로 윌리엄스 대통령에게서는 아무 소식이 없었다.

〈백악관.〉

사실 이것은 그들이 이미 아는 사실을 확인해 준 정보에 불과했다. 백악관의 대통령 가까이에 반역자가 있다는 사실.

바로 그때 엘런의 휴대폰이 빨간 표시가 된 문자가 들어왔음을 알렸다.

피트 해밀턴을 확인하러 간 요원들이 그의 아파트에서 총에 맞아 죽은 그를 발견했다는 소식이었다.

그들은 오프더레코드에서부터 그의 자취를 추적했다. 그는 그 술집에서 젊은 여성과 이야기를 나눴는데, 그녀는 그가 술집을 나간 직후 역시 그곳을 떠났다. 요원들은 그녀의 신원을 조사하는 중이었다.

「괜찮으십니까?」아완 박사가 그녀의 창백한 안색을 보고 물었다.

「아마 생선이 저한테 잘 안 맞았던 것 같습니다. 잠시 실례해도 되겠습니까, 총리님?」

「물론입니다.」그는 그녀와 함께 일어섰다. 엘런은 벳시에게 함께 나가자고 고갯짓을 했다. 식탁에 앉아 있던 다른 사람들도 모두 일어서서, 서둘러 나가는 두 여자를 지켜보았다. 여성 보좌관이 두 사람을 화장실로 안내했다.

어색하고 길게만 느껴지는 이 저녁이 점점 끝나가는 것 같았다. 주빈이 먹은 것을 토해 낸다면, 보통 만찬이 끝났다는 신호로 받아들여지기 마련이었다.

하지만 그것은 잘못된 예상이었다.

특수 부대원들은 달리는 자세로 지상에 착지해 공장을 향해 질주했다. 그리고 대통령을 비롯한 여러 사람이 지켜보는 가운데, 공장 문을 열고 안으로 쏟아져 들어갔다.

「이상 무!」

「이상 무!」

「이상 무!」

침투한 지 7초. 지금까지 저항은 없었다. 총성도 들리지 않았다.

「이게 정상입니까?」윌리엄스가 특전단장에게 물었다.

「〈정상〉은 없습니다, 대통령님. 하지만 이 시설을 방어하는 사람들이 있을 거라고 예상하기는 했습니다.」

「그런데 사실은 없었다?」

「적이 우리의 공격을 전혀 몰랐다는 뜻일 수도 있습니다.」 하지만 그는 당황한 기색이었다.

윌리엄스 대통령은 또 어떤 뜻이 있느냐고 물어보려다가, 그냥 지켜보기로 마음을 정했다. 곧 답을 알 수 있을 터였다.

똑딱똑딱 시간이 흐르면서, 긴장감이 금방이라도 끊어질 것처럼 팽팽해졌다. 윌리엄스는 1초가 이렇게까지 길게 늘어날 수 있다는 사실을 처음 알았다.

묵직한 군화들이 콘크리트 계단을 한 번에 두 개씩 올라갔다. 모두 M-4를 겨눠 들고 있었다. 한 조는 위로 올라가고, 다른 한 조는 아래로 내려가고, 또 다른 한 조는 장비가 가득한 커다란 공터로 달려갔다.

23초.

「이상 무!」

「이상 무!」

「이상 무!」

「저게 뭐죠?」 윌리엄스가 화면 하나를 가리켰다.

대장은 가까이 가보라는 지시를 받고 이동했다. 〈그것〉이 분명히 보였다.

「아, 젠장.」 대통령이 말했다.

「아, 젠장.」 합동특수작전 사령관이 말했다.

「아, 젠장.」 지상 파견대장이 말했다.

시체가 줄줄이 놓여 있었다. 모두 하얀 가운을 입은 물리학자들이었다. 바닥에 힘없이 늘어진 그들 뒤 벽에는 총알 자국과 핏자국이 보였다.

「신원을 조사해.」 파견대장이 말했다. 「문서가 있는지 찾아봐.」 대원들이 장갑 낀 손으로 시체를 수색했다.

「언제 그렇게 된 건가?」 특전단장이 파견대장에게 물었다.

「죽은 지 하루, 또는 그 이상 된 것 같습니다.」

샤가 자기 사람들을 죽였다. 쓸모를 다한 사람들이었다. 그가 필요한 것을 손에 넣었음을 윌리엄스는 깨달았다. 폭탄을 이미 조립해서 알카에다에 팔았고, 알카에다는 이제 탈레반의 보호를 받고 있었다.

샤는 여기서 뒷마무리를 했을 뿐이다.

「문서를 찾아요.」 대통령이 지시했다. 「그 정보가 필요하니까.」

「알겠습니다!」

〈오, 하느님, 제발.〉

「여기 시체가 더 있습니다.」 다른 사람의 목소리가 들려왔다. 「2층입니다.」

「지하에도 있습니다. 세상에, 이건 대량 학살이에요.」

「폭발물이 있을지 모르니 주의해.」 파견대장이 대원들과 함께 공장을 뒤지며 지시했다. 그들은 문서를, 컴퓨터를, 휴대폰을 찾고 있었다. 무엇이라도 좋았다.

윌리엄스 대통령은 양손에 얼굴을 괴고 화면을 뚫어져라 바라보았다. 눈을 크게 뜨고, 숨을 빠르게 쉬고 있었다.

「폭탄이 어디로 보내졌는지 알아야 해.」 그가 다시 말했다.

들어간 지 90초가 지났는데 수확이 전혀 없었다.

2분 10초가 지난 뒤에도 수확이 전혀 없었다.

「아직 아무것도 없습니다.」 파견대장이 보고했다. 「계속 수색하겠습니다. 부비 트랩은 감지되지 않습니다.」

합동특수작전 사령관이 대통령에게 고개를 돌렸다. 「이상합니다.」

「그래도 좋은 일 아닙니까?」

「그렇겠죠.」 하지만 사령관은 불안한 표정이었다.

「말해 보세요.」

「이 일을 꾸민 자가 우리 병사들이 공장 안으로 깊숙이 들어온 뒤에 쓰러뜨릴 생각인 것 같아 걱정입니다.」

「우리가 할 수 있는 일은?」

「없습니다.」

「저들에게 경고해야 하지 않습니까?」 윌리엄스 대통령이 고갯짓으로 화면을 가리켰다.

「저들도 압니다.」

상황실에 앉아 있는 사람들이 어두운 표정으로 화면을 바라보며, 특수 부대원들이 중요한 정보를 찾아 공장 안으로 깊숙이 이동하는 모습을 지켜보았다. 앞에 십중팔구 무엇이 기다리고 있을지 그들도 아주 잘 알고 있었다.

「대통령님.」

윌리엄스 대통령은 화들짝 놀라 집중에서 벗어나며 문 쪽을 보았다. 합참 부의장이 서 있었다. 문틀을 부여잡은 그의 얼굴이 아파 보였다. 그의 뒤로 고원의 상황을 지켜보던 사람들이 보였다.

윌리엄스는 일어섰다. 사람들의 얼굴을 보니 좋지 않은 소식이 분명했다. 「그래요, 장군.」

「끝났습니다.」

「뭐라고요?」 윌리엄스가 말했다.

「모두 죽었습니다. 소대 전체가.」

죽음 같은 침묵이 흘렀다. 「전부?」

「네. 반군의 공격을 막으려고 했지만, 적이 너무 많았습니다. 그들이 미리 알고 있었던 것 같습니다.」

윌리엄스는 특전단장을 바라보았다. 그는 말문이 막힌 표정이었다. 윌리엄스는 다시 합참 부의장을 보았다.

「계속하세요, 장군.」 대통령은 허리를 더 꼿꼿하게 펴고 마음의 각오를 다졌다.

⟨내게 더 많은 것이 있으니…….⟩

「파탄과 알카에다 병력이 소대를 압도한다는 사실이 분명해지고, 빠져나갈 길도 없다는 사실을 깨달은 대위가 테러리스트들을 손에 잡히는 대로 붙잡아 방패로 이용하며 마지막까지 싸우라고 지시했습니다.」

「맙소사.」윌리엄스는 눈을 감고 고개를 숙인 채 상상을 해보려고 했지만…….

할 수 없었다.

그는 다시 고개를 들고, 심호흡을 한 뒤 고개를 끄덕였다. 「고맙습니다, 장군. 시신은요?」

「시신을 가져오려고 무장 헬리콥터를 보냈습니다만…….」장군은 정말로 아픈 사람 같았다.

「알겠습니다. 고맙습니다. 병사들의 이름을 알고 싶습니다.」

「네, 대통령님.」

슬퍼할 시간은 나중에 얼마든지 있었다. 윌리엄스 대통령은 다시 공장 화면으로 돌아갔다. 특수 부대원들이 함정임이 거의 확실한 공장 안으로 계속 깊숙이 들어가고 있었다.

하지만 그들에게는 정보가 필요했다.

곧 터질 핵폭탄이 미국의 어느 도시에 묻혀 있는가?

벳시는 여자 화장실을 수색해 본 뒤 문을 잠갔다.

두 사람뿐이었지만, 엿듣는 사람이 없다는 뜻은 아니었다.

「무슨 일이야?」그녀가 속삭이듯 말했다. 「뭔데 그래?」

엘런은 비단 커버로 감싼 긴 소파에 앉아 친구를 바라보았다. 벳시도 그녀 옆에 앉았다.

「피트 해밀턴이 살해당했어.」엘런이 속삭이듯 말했다. 「노트북 컴퓨터와 휴대폰과 서류들이 사라졌고.」

「아아아.」벳시의 몸에서 힘이 빠졌다. 그 청년의 열정적인 얼굴이 떠오르면서, 몸속의 모든 뼈가 녹아 버린 것 같았다. 그녀가 그를 데려와 도와달라고 설득했는데.

그러지 않았다면…….

「그가 마지막으로 보낸 메시지 말인데, 언제 왔어?」엘런이 물었다.

벳시는 정신을 차리고 휴대폰을 확인한 뒤 시각을 말해 주었다.

「그 뒤로는 연락이 없었어? 설명도?」

벳시는 고개를 끄덕였다. HLI가 의미를 알 수 없는 오타가 아니라, 어쩌면 목숨의 위협을 느끼고 있었을 청년이 마지막으로 보낸 다급한 메시지였을 가능성이 갑자기 훅 높아졌다.

「그것만이 아니야.」 엘런이 말했다. 얼굴이 헬쑥했다. 「교란 부대가…… 특수 부대원들이…….」

「응?」

엘런은 깊이 숨을 들이쉬었다. 「목숨을 잃었어.」

벳시는 엘런을 빤히 바라보았다. 시선을 돌려 눈을 감고, 단 몇 초만이라도 어둠 속으로 피하고 싶었다. 하지만 아주 짧은 한순간이라도 친구를 버릴 수가 없었다. 그래서 그녀는 손을 뻗어 엘런의 손을 쥐었다.

「전부?」

엘런이 고개를 끄덕였다. 「특수 부대원 서른 명과 특전단 헬기 담당 여섯 명. 모두.」

「맙소사.」 벳시는 한숨을 내쉰 다음, 무서워서 차마 묻기 힘든 질문을 던졌다. 「그럼 다른 사람들은? 공장에 간 사람들.」

「소식 없어.」

문을 두드리는 소리가 나더니 문손잡이가 덜컥거렸다.

「장관님,」 여자의 목소리가 들렸다. 「무슨 일 있으신가요?」

「잠깐만요.」 벳시가 대답했다. 「금방 나갈게요.」

「도움이 필요하세요?」

「아뇨.」 벳시는 쏘아붙이듯이 말하고 나서, 정신을 수습했다. 「고마워요. 그냥 시간이 조금 필요해서 그래요. 속이 안 좋아서요.」

이제는 이 말이 사실이었다.

두 사람은 엘런이 꼭 쥐고 있는 휴대폰을 내려다보며, 백악관의 추가 메시지를 기다리고 또 기다렸다.

〈백악관이라.〉 엘런은 보인턴이 보낸 메시지를 생각했다. 이란인 이

중 첩자가 죽어 가면서 한 말이 그것이라고 했다.

「피트 해밀턴의 메시지 좀 다시 보여 줘.」

이것 역시 죽음을 앞둔 사람의 메시지였다. 자신이 죽을 것을 아는 사람. 〈백악관〉은 아니었지만, 그것과 비슷한 메시지일 가능성이 있었다.

HLI

바로 그때 긴급 표시가 붙은 메시지가 엘런의 휴대폰에 나타났다. 백악관에서 온 것이었다.

월리엄스 대통령은 특수 부대원들이 두 번째 공장 수색을 끝내는 모습을 화면으로 지켜보았다. 그러고 나서 합동특수작전 사령관에게 시선을 돌렸다.

「불러들이세요.」

「알겠습니다.」

엘런 애덤스는 화장실 칸 안으로 들어가 털썩 무릎을 꿇고 속을 게웠다. 벳시는 윌리엄스 대통령이 보낸 몇 줄짜리 문자 메시지를 보고 있었다.

〈공장 비었음. 물리학자와 기술자 사망. 서류, 컴퓨터 없음. 폭탄이 간 곳도 모름. 그곳에 핵물질 있었던 증거 있음. 특징 분석 중. 목적지에 대한 정보 없음.〉

수확이 없었다.

벳시는 엘런에게 가서 도와줘야 한다고 생각했다. 얼굴에 차가운 손수건을 대주어야 한다고.

하지만 움직일 수가 없었다. 그래도 마침내 눈을 감을 수는 있었다. 그녀는 떨리는 손으로 눈을 덮으면서, 뺨이 젖은 것을 느꼈다.

피트 해밀턴이 죽었다. 교란 작전을 위해 파견된 특수 부대 소대원들도 죽었다.

물리학자들도 죽고, 공장에는 아무것도 없었다.

모두 허사였다.

핵폭탄이 어디에 설치되어 있는지 그들은 여전히 몰랐다. 전혀 몰랐다. 폭탄이 언제 터질지도. 그저 곧 터질 것이라는 확신이 있을 뿐이었다.

37장

「장관님?」

이번에는 엘런의 외교보안국 경호대장 코월스키 요원의 목소리가 화장실 밖에서 들려왔다.

「도움이 필요하십니까?」

「아뇨, 아뇨, 괜찮아요. 1분만 더 기다려 줘요. 얼굴에 물만 좀 끼얹고 나갈 테니.」

실제로 그들은 그렇게 하고 있었다. 엘런은 이제부터 벳시에게 할 말을 가리기 위해 수돗물을 계속 틀어 놓았다.

「피트 해밀턴의 말이 무슨 뜻인지 알 것 같아.」그녀가 속삭였다.

「뭐?」

「그 메시지. HLI.」

「그럼 당황해서 오타를 낸 게 아니라고?」

「아닐 거야. 몇 년 전, 던이 취임한 직후에 알렉스 황이 날 찾아왔어.」

「너희 언론사의 백악관 출입 기자 말이지?」벳시가 말했다.

「맞아. 인터넷에서 별것 없는 음모론자들이 떠드는 소리를 들었다면서, 인터넷의 어떤 방 이름을 댔어. HLI라는 사이트였는데, 황은 거길 조사해 보고, 그게 그냥 장난이거나 아니면 극우 극단주의자들의 희망 사항일 거라는 결론을 내렸지. 어쨌든 그 사이트가 실제로는 존재하지 않는다는 결론이었어.」

「HLI가 확실해? 오래전에 들은 걸 그렇게 정확히 기억한다고?」

「HLI의 의미 때문이야. 만약 그 이야기가 사실이었을 때의 의미 때문이기도 하고.」

「그 말이 무슨 뜻인데?」

「고위급 정보원high-level informant. 백악관에 있는 사람.」

「하지만 실제로는 없었다며. 그냥 상상으로 꾸며 낸 고위 관리가, 응? 비밀 정보를 극우 집단에 넘겨 준다고? 51구역³¹이야? 우리 사이에 외계인이 있다는 건가? 백신에 추적 장치가 달려 있다거나, 핀란드가 존재하지 않는다거나, 뭐 그런 거야? 그냥 이런저런 얘기를 꾸며 내서 그걸 HLI의 정보라고 한 거야?」

「처음에는 황도 그렇게 생각했어. 이상하지만 십중팔구 해롭지는 않은 이야기로. 심지어 백악관 브리핑에서 피트 해밀턴에게 그걸 물어보기까지 했는데, 피트는 아무것도 모른다고 대답했지. 그래서 황은 도무지 결론이 나지 않는 음모론에 불과하다는 결론을 내렸는데, 내가 조금 더 파보라고 했어.」

「왜?」

「그런 이야기는 대개 변방에서 끝나는데, 그 건은 더 깊이 들어갔거든.」

「다크 웹으로 갔구나.」

「사실 나도 몰라.」

「하지만 알렉스 황이 결국 취재를 멈춘 거지?」

정부를 취재하는 기자들이 어디 외국에라도 파견된 사람처럼 〈특파원correspondent〉이라고 불리는 게 그녀는 항상 재미있었다. 하지만 이제 그 이유를 알 것 같았다. 그곳은 나라 안의 나라였으며, 그곳만의 행동 규칙이 있었다. 그곳만의 중력과 갑갑한 대기, 계속 변하는 국경

---

31 미국 공군의 비밀 기지. 아폴로 달 착륙 조작설과 UFO 연구설이 나돌면서 유명해졌다.

도 있었다.

그 나라를 대표하는 동물은 바로 소문이었다. 백악관에는 소문이 들 끓었다. 정권이 몇 번이나 바뀌는 동안 살아남은 베테랑들은 어떤 소문이 진실인지 아는 덕분에 살아남았다. 하지만 그보다는 헛소문이라 해도 유용하게 쓰일 수 있는 것을 알아보는 능력이 더 중요한 것 같기도 했다.

「맞아. 별로 깊이 들어가지도 못했는데, 이상하기 짝이 없는 걸 발견했지. 대개 음모론을 떠들어 대는 사람들은 최대한 대중의 관심을 끌고 싶어 하거든. 자기가 아는 〈비밀〉을 널리널리 퍼뜨리고 싶어 하니까. 하지만 HLI에 대해 아는 사람들은 달랐어. 오히려 그 이야기를 조용히 묻어 버리려고 필사적인 것 같았지.」

「깊은 침묵이네.」

엘런은 고개를 끄덕였다. 「황은 결국 취재를 그만뒀고, 얼마 안 돼서 퇴사했어.」

「어디로 갔어? 다른 신문사?」

「아니, 아마 버몬트로 이사했을 거야. 거기 신문사에서 일하는지도 모르지. 조용한 삶을 누리면서. 백악관 출입 기자를 하다 보면 탈진하게 되거든.」

「알았어, 내가 그 사람을 찾아볼게.」

「왜?」

「그 뒷이야기를 듣고 싶으니까. HLI가 정말로 존재하는지, 이번 일에 관련되어 있는지 알아봐야 해. 피트를 위해서라도.」

이건 그냥 하는 말이 아니라 진심이었다. 벳시는 그 청년에게 의무감을 느꼈다.

「좋아, 하지만 너 말고 다른 사람한테 지시할게.」 엘런이 말했다.

「난 왜 안 돼?」

「피트 해밀턴이 여기저기 조사하고 다니다가 죽었으니까.」

「엘런, 어차피 폭탄이 터지면 우리 모두 납작해질 것 같지 않아? 내가 조사해 볼게. 그 머리글자가 무슨 뜻이라고?」

엘런은 살짝 미소를 지었다. 「하여튼 멍청해.」 그녀는 수도를 잠갔다. 「준비됐어?」

「다시 공격하라, 친구여.」[32] 벳시가 거울로 입술 화장을 확인하며 말했다.

두 사람은 화장실에서 나오자마자 파키스탄 총리의 분노한 얼굴과 맞닥뜨렸다.

알리 아완은 화려한 복도에 뒷짐을 지고 서 있었다. 만찬에 참석했던 모든 사람이 그의 뒤에 늘어서 있었다. 심지어 현악 4중주단까지도.

모두가 엘런 애덤스를 노려보았다.

「장관, 언제 나한테 말할 생각이었습니까?」 그가 들어 보인 휴대폰에는 그날 밤 특수 부대 공격의 실체를 알리는 메시지가 떠 있었다.

엘런은 이제 참을 수 없었다.

「그럼 총리님은 언제 저한테 말할 생각이었습니까?」 그가 분노한 상태라면, 그녀는 이글이글 타오르는 불꽃이었다. 「그래요, 우리 특수 부대가 오늘 밤 바자우르에서 탈레반, 알카에다와 교전해 큰 희생을 치렀습니다. 그동안 다른 부대는 버려진 시멘트 공장을 공격했고요. 영국군이 아니라 우리였습니다. 파키스탄 영토 내로 깊숙이 들어온 것도 맞습니다. 우리가 왜 그랬는지 아십니까?」

엘런은 총리를 향해 두 걸음 다가가서, 자수가 놓은 긴 쿠르타[33]를 움켜쥐려다가 가까스로 참았다.

「거기 테러 집단이 있기 때문입니다. 그들이 왜 거기 있을까요? 이 나라가 그들에게 피난처를 제공했기 때문입니다. 서구의 적, 미국의 적이 이 땅 안에서 활동하게 당신들이 허용했습니다. 오늘 밤의 기습에 대해 왜 말하지 않았느냐고요? 당신들을 믿을 수 없으니까요. 당신들은 파키스탄 영토에 알카에다 기지를 허용했을 뿐만 아니라, 바시르

---

32 셰익스피어 희곡 『헨리 5세』에 나오는 대사를 살짝 변형한 것.

33 인도 사람들이 입는 셔츠.

샤가 버려진 공장에서 무기를 만드는 것도 허락했습니다. 이건,」그녀가 그를 향해 한 걸음 다가서자 그가 뒤로 물러났다.「당신들,」그녀는 한 걸음 더 다가갔다.「책임입니다.」

이제 그녀는 그의 앞에 바싹 붙어 서서 그의 번들거리는 얼굴을 올려다보고 있었다.

「지금 우리가 장관의 말을 어떻게 믿습니까?」그가 다시 힘을 내서 말했다.「장관은 거짓말을 했습니다. 순전히 우리의 주의를 흐트러뜨리려고 여기에 왔어요.」

「그거야 당연하죠. 필요하다면 또 그렇게 할 겁니다.」

「우리 나라의 존엄성을 모욕했어요.」

엘런은 몸을 가까이 기울여 속삭였다.「웃기지 말아요. 우리 특수 부대원 서른여섯 명이 당신들이 허락한 재앙을 막으려다가 오늘 밤 목숨을 잃었습니다.」

「나는……」총리는 이제 문자 그대로 수세에 몰려 있었다.

「당신이 뭐요? 당신은 몰랐다고요? 아니면 알고 싶지 않았다고요? 샤를 풀어 주면서 무슨 일이 일어날 거라고 생각했습니까?」

「우리는…….」

「선택의 여지가 없었다고요? 지금 장난합니까? 위대한 나라 파키스탄이 미국의 미치광이한테 항복했다고요?」

「미국 대통령이었습니다.」

「그럼 현직 미국 대통령한테는 뭐라고 설명할 겁니까?」엘런은 그를 노려보았다.

아완 총리는 넋이 달아난 얼굴이었다. 그는 높은 줄에서 줄타기를 하다가 떨어졌지만, 아직 한 손으로 줄을 붙잡고 죽어라 버티는 중이었다. 심연 위의 허공에 매달린 채.

「따라오세요.」엘런은 그의 팔을 잡고 사실상 밀치다시피 여자 화장실로 몰아넣었다. 벳시가 따라 들어와 아무도 따라오지 못하게 문을 잠가 버렸다.

「총리님,」 파키스탄 경호대장이 소리쳤다. 「뒤로 물러서세요.」

「아닐세.」 아완이 소리쳤다. 「기다려, 난 위험하지 않으니.」 그는 엘런을 보았다. 「그렇죠?」

「제 생각 같아서는……」 엘런은 말을 끊고 심호흡을 했다. 「총리님, 저는 정보가 필요합니다. 샤가 물리학자들을 데려다가 폭탄을 만드는 데 바자우르의 그 공장을 이용했습니다.」

「폭탄?」

엘런은 그를 유심히 살펴보았다. 아완이 정말로 몰랐을까? 그게 가능한 일인가? 기겁한 표정을 보니 정말로 몰랐을 가능성이 높은 것 같았다. 어쩌면 이것이야말로 그가 도덕적으로 넘을 수 없는 선일 수도 있었다.

「공장에 핵물질이 있었다는 증거가 발견되었습니다.」

「핵?」 상황을 이해하려고 애쓰는 그의 표정이 기겁에서 공포로 바뀌었다.

「네, 총리님은 뭘 알고 계십니까?」

「전혀 모릅니다. 오, 신이시여.」 그는 그녀에게 등을 돌리고, 비단 커버로 감싼 커다란 쿠션들 사이로 호화로운 화장실 안을 서성거리기 시작했다. 한 손은 이마를 짚고 있었다.

「그래도 뭔가 아는 게 있을 것 아닙니까.」 엘런이 그를 따라가며 말했다. 「우리가 확보한 정보에 따르면, 폭탄은 알카에다에 팔렸고, 이미 목적지에 배달되었습니다.」

「어딥니까?」

「그게 문제예요.」 엘런은 손을 뻗어 서성거리는 그를 붙잡고 자기 쪽으로 돌려세웠다. 「모릅니다. 미국의 도시 세 곳이라는 것만 알죠. 정확한 위치와 폭발 시간을 알아야 합니다. 도와주세요, 총리님. 아니면 하느님의 도움을 바랄밖에요……」

아완 총리의 숨소리가 빠르고 얕아졌다. 벳시는 그가 금방이라도 기절할 것 같아서 걱정스러웠다.

비록 그가 이런 일을 어느 정도 예상하고 있었다 해도 구체적인 사실을 듣고 충격을 받은 기색이 역력했다.

그는 오토만에 무겁게 주저앉았다. 「내가 경고했습니다. 경고하려고 했어요.」

「누구한테요?」 엘런은 그의 옆에 있는 오토만에 앉아 앞으로 몸을 기울였다.

「던 대통령. 하지만 그의 고문들이 강경했습니다. 샤 박사를 반드시 석방해야 한다고.」

「고문들 중 누가요?」

「모릅니다. 던 대통령이 그들의 말을 듣고 다른 사람들 말은 듣지 않았다는 것만 압니다.」

「화이트헤드 장군입니까?」

「합참 의장요? 아뇨, 그 사람은 반대했습니다.」

하긴 그랬겠지. 겉으로는. 벳시는 이런 생각을 하면서 피트를 떠올렸다. 개인 문서고에 파묻혀 있던 그 문서들, 합참 의장을 가리키는 그 문서들을 찾아냈을 때 좋아하면서도 경악하던 모습.

화이트헤드가 HLI인가? 틀림없을 것이다. 하지만 그가 혼자가 아닐 가능성이 있었다. 그가 일하는 곳은 국방부였다. 만약 백악관에 실제로 다른 사람이 있다면?

「지금 샤는 어디 있습니까?」 엘런이 아완에게 다그치듯 물었다.

「모릅니다.」

「누가 압니까?」

잠시 침묵.

「누가 압니까?」 엘런이 다그쳤다. 「국방 장관?」

아완 박사는 시선을 떨어뜨렸다. 「그럴지도요.」

「이리 불러들이세요.」

「여기로요?」 그는 여자 화장실 안을 눈으로 둘러보았다.

「그럼 총리님 집무실로. 어디든 좋으니 빨리하세요.」

아완이 휴대폰을 꺼내 전화를 걸었다. 벨 소리가 울리고, 울리고, 또 울렸다.

아완의 이마에 주름이 잡혔다. 그는 문자를 보낸 뒤 다른 번호로 전화를 걸었다.

「라카니 장군을 찾아, 당장.」

그가 이렇게 연락을 시도하는 동안 엘런은 윌리엄스 대통령에게 런던의 팀 비첨을 불러들이면 어떻겠느냐는 메시지를 보냈다.

곧바로 답장이 왔다. 비첨이 군용기를 타고 워싱턴으로 올 것이라는 내용이었다.

〈장관도 돌아오세요.〉 대통령은 이렇게 썼다.

엘런은 잠시 머뭇거리다가 문자를 입력했다. 〈몇 시간만 더 주세요. 여기서 답을 찾을지도 모릅니다.〉

그녀가 보내기 버튼을 누른 뒤 곧 대통령의 답장이 왔다.

〈1시간 주겠습니다. 그 뒤에 곧 에어포스 3에 오르세요.〉

엘런은 휴대폰을 다시 맡기러 가다가 마음을 바꿨다. 질문이 하나 남아 있었다.

〈물리학자들을 죽이는 데 사용된 무기는요?〉

〈러시아제.〉

그녀는 아완 총리에게 물었다. 「러시아가 파키스탄에 얼마나 깊숙이 들어와 있습니까?」

「전혀 영향력이 없습니다.」

엘런은 그를 유심히 보았다. 그도 그녀를 유심히 보았다. 애덤스 장관이 고함을 지를 때보다 이렇게 차분한 모습이 더 불안했다.

게다가 라카니 장군은 도대체 어디에 있는가? 그가 일을 이 지경으로 만들었으니, 여기서 장관의 분노를 마주하는 것도 그여야 했다.

「나를 무능한 바보로 생각한 것 압니다.」 엘런의 이 말을 듣고 아완은 깜짝 놀랐다. 「쉽게 조종할 수 있을 거라고 생각했겠죠.」

「그런 인상을 준 것이 맞습니다, 장관. 이제 보니 고의였군요.」

「제가 총리님을 어떻게 생각했는지 아십니까?」

「장관이 조종할 수 있는 무능한 바보?」

이 말을 들으면서 벳시는 이 남자에게 호감을 느끼지 않기가 힘들겠다고 생각했다. 그래도 그를 믿기는 힘들었다.

「네, 뭐, 조금은 그랬을지도 모르죠.」 엘런이 시인했다. 「하지만 그보다는 총리님이 너무나 힘겨운 자리에 앉은 좋은 사람이라고 생각했습니다. 지금도 마찬가지고요. 하지만 심판의 순간이 왔습니다. 총리님이 결정을 내려야 합니다. 지금. 우리입니까, 지하디스트입니까? 테러리스트와 동맹국 중 누구와 한편이 되겠습니까?」

「내가 장관을 선택한다면, 만약 내가 장관을 돕는다면…….」

「총리님이 다음 과녁이 될지도 모르죠. 저도 압니다.」 엘런은 약간의 연민을 느끼며 아완을 바라보았다. 「하지만 총리님이 테러리스트를 선택한다 해도 어차피 결국은 그들의 손에 죽을 겁니다. 총리님의 쓸모가 다하는 날. 분명히 말씀드리지만, 지금 바로 그 선 위에 서 계십니다. 오늘 밤 이후 총리님이 그 선을 넘을지도 모르죠. 샤가 지금 뒷정리를 하고 있는 것 같은데, 총리님은 치워야 할 대상입니다. 우리가 샤를 찾을 수 있게 도와야만 희망이 있어요.」 엘런은 아완의 고민을 지켜보았다. 「파키스탄이 테러리스트와 미치광이의 손에 떨어지는 걸 원하십니까? 러시아 손에 떨어지는 건요?」

〈왕들과 절박한 남자들.〉 벳시는 속으로 생각했다. 지금 그들은 절박한 쪽이었다.

「샤가 어디 있는지는 모릅니다. 정말로 몰라요.」 아완이 말했다. 「라카니 장군이 알지도 모르는데, 말해 줄 것 같지는 않습니다. 아까 러시아 이야기를 하셨죠. 러시아는 우리 동맹이 아니지만, 파키스탄에는 러시아 마피아와 관련된 자들이 있습니다.」

「라카니 장군도 포함해서요?」

총리는 지극히 불행한 표정으로 고개를 끄덕였다. 「그럴 겁니다.」

「장군이 러시아 마피아의 무기를 샤에게 파는 겁니까?」

끄덕.

「핵물질도 포함해서요?」

끄덕.

「샤의 무기를 알카에다에 파는 것도?」

끄덕.

「그리고 테러 집단에 안전한 피난처를 보장해 주는군요.」

끄덕.

엘런은 아완에게 왜 그를 막지 않았느냐고 다그칠 뻔했지만, 지금은 그럴 때가 아니었다. 만약 여기서 무사히 살아남는다면, 그때 따질 것이다. 사실 미국 역시 악마와 슬금슬금 손을 잡은 적이 있었다. 때로는 그런 것이 필요악이었다. 공평한 거래라고 하기는 힘들 때가 많았다.

애덤스 장관이 지켜보는 가운데, 알리 아완 총리는 결단을 내렸다. 그는 줄을 붙잡고 있던 손을 놓고 자유낙하를 선택했다.

「만약 바시르 샤가 핵물질을 갖고 있다면, 틀림없이 러시아 마피아의 최고위 인사와 선이 닿아 있을 겁니다.」

「그게 누굽니까?」

아완이 머뭇거리자 엘런이 속삭였다. 「어차피 여기까지 왔잖아요. 한 걸음만 더 내디디세요.」

「막심 이바노프. 공개적으로 시인한 적은 없지만, 러시아 대통령인 그가 관여하지 않은 일은 결코 일어나지 않습니다. 그의 승인 없이는 누구도 그런 무기, 그런 핵물질을 구할 수 없어요. 그는 엄청난 돈을 벌었습니다.」

엘런도 의심을 하고 있었다. 심지어 자신이 경영하던 대형 신문사 한 곳에 취재 팀을 만들어 이바노프와 러시아 마피아의 관계를 조사해 보라고 한 적도 있었다. 그러나 18개월 동안 조사했는데도 그들은 아무것도 얻지 못했다. 이야기를 하겠다고 나서는 사람이 없었다. 이야기를 해줄 것 같은 사람들은 사라져 버렸다.

러시아 대통령이 러시아 재벌을 만들었다. 그는 그들에게 부와 권력을 주고, 그들을 좌지우지했다. 그리고 그들이 마피아를 좌지우지했다.

러시아 마피아가 모든 것을 이어 주는 실이었다. 이란. 샤. 알카에다. 파키스탄.

핑 하는 소리가 나면서 빨갛게 표시된 메시지가 또 도착했다. 윌리엄스 대통령이 보낸 것이었다.

공장에서 감지된 핵물질은 우라늄-235로 밝혀졌다. 사우스우랄에서 채굴되었으나, 2년 전 유엔 핵감시위원회가 사라졌다고 보고한 물질이었다.

엘런은 이 문자를 읽고, 용기를 모아 답장을 보냈다.

아완 총리에게 마지막으로 던질 질문이 하나 남아 있었다.

「HLI라는 말이 무슨 뜻인지 압니까?」

「HLI? 미안하지만, 모릅니다.」

애덤스 장관은 일어서서 총리에게 감사 인사를 하고 떠났다. 그 전에 여기서 나눈 이야기를 누구에게도 말하지 말라고 부탁하는 것을 잊지 않았다.

「아, 걱정 마세요. 말하지 않을 겁니다.」

이건 그녀도 믿었다.

오벌 오피스에서 윌리엄스 대통령은 휴대폰을 바라보며 투덜거렸다. 「아, 젠장.」

그렇지 않아도 무시무시하던 밤이 더 심각해졌다.

국무 장관이 보낸 메시지에 따르면, 러시아 마피아가 이 일에 관련되었을 가능성이 높았다. 그 말은 러시아 대통령이 관련되었을 가능성이 높다는 뜻이었다.

더그 윌리엄스는 자신이 지금 핵무기를 깔고 앉아 있다는 사실을 추호도 의심하지 않았다. 그래서 겁에 질려 있었다. 죽기 싫은 것은 그도 다른 사람들과 마찬가지였다.

하지만 그보다 더 싫은 것은 실패였다.

그는 백악관에 꼭 필요한 인원만 남기고, 모든 직원을 대피시키라고 지시해 두었다.

지금 전문가들이 우라늄-235의 방사능 흔적을 찾아 백악관을 수색 중이었지만, 윌리엄스 대통령은 방사능을 가리는 방법이 있다는 사실을 알고 있었다. 백악관에 숨을 곳이 아주, 아주 많다는 사실도 알고 있었다.

여기 설치된 것이 정말로 더티 밤이라면, 서류 가방에 들어갈 수 있는 크기였다. 그리고 이 산만하고 낡은 건물에는 서류 가방이 아주 많았다.

윌리엄스는 엘런 애덤스의 메시지를 다시 보았다.

그녀는 워싱턴으로 돌아오지 않겠다고 했다. 아직은. 대신 에어포스 3을 타고 모스크바로 가겠다고 했다. 러시아 대통령과 회담을 주선해 줄 수 있나요?

한순간 윌리엄스 대통령은 국무 장관이 바로 반역자일까 하고 생각해 보았다. 그래서 핵폭탄이 있는 곳과 최대한 멀리 떨어지려는 걸까.

하지만 그는 곧 이 생각을 지웠다. 이런 것이야말로 위험했다. 겁에 질려서 서로를 공격하고, 서로를 의심하는 것.

성공적으로 일을 해결하려면 서로 하나로 뭉쳐야 했다.

그가 지금 핵폭탄을 깔고 앉은 신세라 해도, 엘런 애덤스의 상황 역시 별로 나을 것이 없었다. 그녀는 러시아의 곰과 한판 대결을 벌이러 가는 중이었다.

죽는 방법으로 어느 쪽이 더 나을까? 핵폭발로 타 죽는 것? 곰에게 찢겨 죽는 것?

그는 책상에 팔을 겹쳐 놓고 거기에 머리를 얹었다. 그리고 잠시 눈을 감고 들꽃이 만발한 초원과 햇빛을 받아 반짝이는 개울을 상상했다. 그가 기르는 골든리트리버 비숍이 잡지도 못할 나비를 쫓아 펄쩍펄쩍 뛰고 있었다.

그러다 비숍이 멈춰 서서 하늘을 보았다. 버섯구름이 보였다.

윌리엄스 대통령은 고개를 들고 손으로 얼굴을 쓸어내린 뒤 모스크 바로 전화를 걸었다.

〈이게 실수가 아니어야 할 텐데.〉

공항으로 가는 길에 엘런은 휴대폰을 꺼내려고 재킷 주머니에 손을 넣었다. 이건 본능이었다. 휴대폰을 한 번 사용할 때마다 경호대장에게 맡긴다는 사실을 계속 잊어버렸다.

하지만…….

「이게 뭐지?」

「뭔데?」 벳시가 물었다. 그녀는 긴장한 동시에 기진맥진한 상태였다. 머리가 멍했다. 이런 식으로 얼마나 더 견딜 수 있을지 알 수 없었다.

그러다 피트 해밀턴이 생각났다. 고원에서 싸운 특수 부대원들도 생각났다.

일이 끝날 때까지 무조건 견뎌야 했다.

엘런이 엄지와 검지로 쪽지 하나를 잡고 들어 올렸다. 「스티브?」

그가 앞좌석에서 뒤를 돌아보았다. 「네, 장관님.」

「증거품 봉투 있어요?」

그녀의 어조 때문에 스티브는 그녀를 면밀히 살펴보았다. 그다음에는 그녀가 손에 잡고 있는 것으로 시선을 돌렸다. 그리고 좌석 사이 보관함에서 봉투를 꺼냈다.

그녀가 쪽지를 봉투에 넣었다. 벳시가 거기에 누군가 공들여 쓴 글자들을 이미 사진으로 찍어 두었다. 글자들은 심지어 우아하게 보일 정도였다.

310 1600

「이게 무슨 뜻이지?」 벳시가 물었다.

「나도 몰라.」

「어디서 났어?」

「내 주머니에 있었어.」

「그건 아는데, 누가 거기에 넣었느냐고.」

엘런은 그날 저녁의 일을 되짚어 보았다. 그녀가 에어포스 3에서 그 재킷을 입었을 때는 쪽지가 없었다. 그때가 벌써 영원처럼 멀게 느껴졌다. 그 뒤로 그녀의 주머니에 쪽지를 넣었을 만한 사람은 아주 많았다. 그러나 만찬에 참석한 손님들은 대부분 예의 바르게 거리를 유지했다. 아완 총리나 외무 장관이 그렇게 가까이 다가왔던 것 같지도 않았다.

그건 라카니 장군도 마찬가지였다.

그럼 누구지?

누군가의 눈 한 쌍이 생각났다. 짙은 갈색 눈. 그리고 허리를 숙이며 부드럽게 말을 건넬 때 섞여 있던 외국어 말씨. 그의 향수 냄새를 맡을 수 있을 정도로 거리가 가까웠다.

재스민 냄새.

「샐러드입니다, 장관님.」

이 말을 건네고 나서 그는 사라졌다. 만찬이 끝날 때까지 보이지 않았다.

하지만 그녀의 주머니에 이 쪽지를 넣을 정도의 시간은 있었다. 틀림없었다.

그와 동시에 다른 사실 하나도 깨달았다.

「샤였어.」 엘런이 거의 알아듣기 힘든 목소리로 말했다.

「샤?」 벳시는 이제 정신이 번쩍 든 얼굴이었다. 「샤가 누굴 시켜서 그걸 전달한 거야? 꽃을 보낸 것처럼?」

「아니, 샤가 직접 왔어. 나한테 샐러드를 서빙한 웨이터. 그 사람이 샤였어.」

「오늘 밤 거기 있었다고? 세상에, 엘런.」

「급해요, 스티브. 내 휴대폰.」 엘런은 휴대폰을 받자마자 전화를 걸었다. 「애덤스 장관이에요. 정보 데스크로 연결해 줘요.」

고통스러울 정도로 길기만 한 1분 동안 그녀는 이슬라마바드 주재 미국 대사관의 야간 교환원에게 자신이 정말로 미국 국무 장관임을 납득시키려고 애쓰다가 결국 전화를 끊고 그냥 대사에게 전화를 걸었다.

「바시르 샤의 주소가 필요합니다. 그의 집 앞으로 당장 경비와 정보 인력을 보내세요. 완전 무장으로.」

「네.」 대사는 깊은 잠에서 깨어나려고 애쓰면서 중얼거렸다. 「잠시만요, 장관님. 제가 주소를 알려 드리겠습니다.」

대사에게서 주소를 알아낸 뒤 몇 분도 안 돼서 그들은 이슬라마바드의 교외에 도착했다. 식물이 우거진 곳이었다. 대사관 사람들을 기다리는 동안 벳시는 옛날 백악관 출입 기자였고 HLI를 처음 밝혀낸 알렉스 황의 행방을 추적하기 시작했다.

엘런은 아완 총리에게 전화를 걸어 상황을 알려 주었다.

「샤 박사가 오늘 밤 그 자리에 있었다고요?」 총리는 말문이 막히는 모양이었다. 「라카니 장군이 손을 써줬을 겁니다. 안 그래도 장군이 그 웨이터랑 농담을 주고받는 걸 보고 이상하다 했더니……」

「저도 마찬가지였습니다. 장군 소식은 없습니까?」

「네, 찾는 중입니다. 어쩌면 샤와 함께 있을지도 모르죠.」

「샤의 집에 들어가도 되겠습니까?」

「어차피 들어가실 것 아닙니까?」

「물론입니다. 하지만 지금 총리님께 품위 있는 일을 하실 기회를 드리는 겁니다.」

「좋습니다, 제가 허가하겠습니다. 하지만 법원도 제게 그런 권위를 인정해 줄지는 잘 모르겠습니다.」 그는 잠시 말을 멈췄다가 다시 이었다. 「그래도 날 믿어 줘서 고맙습니다.」

그녀는 그를 완전히 믿지 않았다. 아직은 아니었다. 하지만 지금 이 순간 마지막 망설임을 던져 버렸다.

「310 1600이라는 숫자의 뜻을 아십니까?」

아완은 숫자를 되뇌다가 잠시 생각에 잠겼다. 「1600은 백악관 주소

아닙니까?」

엘런의 얼굴이 하얗게 질렸다. 어떻게 이걸 몰랐지? 펜실베이니아 애버뉴 1600번지. 「맞습니다.」

그럼 310은 무슨 뜻일까? 시간일까? 백악관에 설치된 폭탄이 새벽 3시 10분에 터지는 건가?

「이만 가봐야겠습니다.」

「행운을 빕니다, 장관.」

「총리님도요.」

전화를 끊은 뒤, 그녀는 숫자에 대한 아완의 말을 벳시에게 전했다.

「그래, 그럴 수도 있겠어.」 벳시도 동의했다. 「폭탄 하나가 백악관에 있다는 거지. 그 정도는 우리도 짐작했으니까. 하지만 폭탄이 세 개라면서, 샤는 왜 하나에 대해서만 경고한 거지? 그보다는 간단한 숫자일 수도 있어. 다른 숫자와 똑같은 것 아닐까?」

「다른 숫자?」

「버스 테러 때. 그 직원이 해석한 숫자 말이야.」

엘런은 숫자를 더 자세히 들여다보았다. 「버스? 알카에다가 미국 어딘가의 310번 버스에 폭탄을 설치했고, 그게 16시에 터질 예정이라고?」

「오후 4시. 그런 것 같아. 런던, 파리, 프랑크푸르트에서 터진 폭탄의 목적이 미끼로 이용된 물리학자들을 죽이는 것뿐만 아니라 일종의 예행연습이었다면?」

「하지만 도시를 알아낼 길이 없잖아.」 엘런이 말했다. 「오후 4시는 또 어떻고? 어느 시간대야?」

벳시는 쪽지를 빤히 보다가 뭔가를 알아차렸다. 「엘런, 이거 310이 아니야. 3 띄고 10이야. 10번 버스 세 대가 오후 4시에 터질 예정이라는 뜻이야. 각각 해당 시간대의 시각으로.」

「하지만 그것도 말이 안 됩니다.」 스티브가 앞좌석에서 뒤를 돌아보며 말했다. 「죄송합니다만, 두 분의 이야기를 안 들을 수가 없어서요.」

그는 대화 내용에 충격을 받아 얼굴이 창백했다. 「미국 어딘가의 10번 버스 세 대에 더티 밤이 있다는 걸 안다면, 전국의 교통국에 경보를 띄워 10번 버스를 정지시키고 수색하기만 하면 됩니다. 쉬운 일은 아니지만, 불가능한 일도 아니에요. 아직 시간 여유도 있습니다.」

엘런은 한숨을 내쉬었다. 「맞아요, 그런 뜻일 리가 없지.」

그들은 숫자를 뚫어져라 바라보았다. 수면 부족으로 앞이 흐릿한 엘런의 눈은 숫자 사이의 작은 공간을 미처 알아차리지 못했지만, 이제 보니 분명히 공간이 있었다.

3 10 1600

그래도 이 숫자의 의미는 여전히 알 수 없었다. 그러니 샤를 찾아내는 것이 더욱더 중요해졌다.

어두운 집을 바라보는 순간 엘런은 얼음물을 밟은 것처럼 밑에서부터 몸이 오싹해졌다. 그 기운이 입으로, 코로 슬금슬금 다가오다가 머리까지 완전히 집어삼킨 것 같았다.

알 수 없었다. 알 수 없었다. 이 숫자가 무엇을 의미하는지.

버스일 수도 있고, 백악관일 수도 있었다.

아니면 그냥 아무렇게나 적어 놓은 숫자일 수도 있었다. 바시르 샤가 그녀의 일을 망치려고, 귀한 시간을 허비하게 하려고.

확실한 것은 엘런이 너무나 피곤해서 혼자 힘으로 이 수수께끼를 해결할 수 없다는 점이었다. 그녀는 숫자 사이의 작은 공간을 놓쳤다. 지금도 또 무엇을 놓치고 있을까?

「네가 찍은 사진을 보내 줘.」 엘런은 벳시가 보낸 사진을 어딘가로 전달했다.

「대통령한테?」 벳시가 물었다.

「아니, 이걸 알 수 없기는 대통령도 마찬가지야. 게다가 정말로 HLI가 있다면 백악관에서 누가 이 쪽지를 보는 건 위험해. 그래서 첫 번째 암호를 해독한 사람한테 보냈어.」

그리고 나서 엘런은 더그 윌리엄스에게도 문자를 보내긴 했다. 만약 백악관에 핵폭탄이 있다면, 새벽 3시 10분으로 폭발 시간이 맞춰져 있을지도 모른다는 내용이었다.

윌리엄스는 시계를 보았다.
저녁 8시 직후였다. 7시간 남았다.

38장

길과 아나히타는 먹을 것과 생수를 구하려고 이 작은 도시의 거리로 과감히 나갔다.

가는 길에도, 좋은 냄새가 나는 음식을 그물 가방에 넣어 돌아오는 길에도 두 사람은 계속 이야기를 나눴다.

처음에는 지난 24시간 겪은 일을 각자 조심스럽게 이야기하기 시작했다.

길이 함자와의 만남, 아크바르의 공격을 설명하는 동안 아나히타는 열심히 귀를 기울이며 질문을 던지고, 공감을 표시했다. 그녀는 그에게 온전히 집중하고 있었다. 이야기가 끝난 뒤 길은 아나히타에게 어떤 일들을 겪었는지 물어보았다.

아나히타는 그를 잘 아는 만큼, 이 질문도 예의상 물어본 것임을 알고 있었다. 상대가 한 만큼 나도 한다. 그뿐이었다. 어머니는 첫 질문은 누구나 할 수 있다고 자주 말했다. 중요한 것은 두 번째, 세 번째 질문이었다.

둘이 사귀는 동안 사랑을 나눈 뒤 함께 침대에 누워 있을 때 길은 그녀에게 어떤 하루를 보냈느냐고 자주 물었다. 하지만 두 번째 질문을 던질 때는 드물었고, 세 번째 질문은 한 번도 던지지 않았다. 그녀의 하루에 어느 정도 관심을 보일 뿐, 그녀 자신이 어떤 상태인지에 대해서는 거의 묻지 않았다.

아나히타는 그가 자신에게 갖는 관심이 어디에서 멈추는지 깨달았다. 자신이 개인적인 이야기를 자진해서 털어놓으면 안 된다는 것도 터득했다. 길은 그런 이야기에 진심으로 관심이 없었다. 그런데도 그녀는 그에게 마음이 가는 것을 어쩔 수 없었다. 오셀로처럼 그녀도 현명하지는 않지만 너무나 깊은 사랑을 했다.

그래도 오셀로는 결국 사랑의 보답을 받았다. 그의 비극은 상대도 자신을 사랑한다는 사실을 몰랐다는 데 있었다.

두 사람은 파키스탄 소도시의 어두운 골목들을 걸었다. 향신료 냄새가 강한 음식들의 따스한 향기에 푹 잠긴 길을 걸으며 아나히타는 길에게 지극히 피상적인 대답을 했다. 신문 헤드라인에 실릴 만한 이야기. 누구에게라도 할 수 있는 이야기. 딱 그만큼만. 그녀 자신의 생각과 감정 안으로 그를 들여놓지 않을 만큼만.

하지만 마음의 문은 잠겨 있지 않았다. 그녀는 그저 문 안쪽에 서서 그를 받아들일 수 있기를 바라고 있었다. 열쇠는 두 번째 질문이었다. 세 번째 질문을 던진다면 그는 문턱을 넘어 그녀의 마음이 있는 곳에 도달할 수 있을 것이다.

「진짜 힘들었겠네.」 아나히타의 이야기가 끝나자 길이 말했다. 그러고는 침묵에 빠졌다.

아나히타는 자기도 모르게 기다렸다. 한 걸음. 두 걸음. 세 걸음을 걸을 때까지 침묵 속에서.

길이 손을 잡는 것이 느껴졌다. 그녀가 아는 몸짓이었다. 그가 자격을 얻지도 못한 친밀한 행위를 향한 전주곡. 그녀는 자신의 손에 닿은 따뜻하고 친숙한 손을 느끼며 잠시 걸음을 멈췄다. 그 덥고 끈적거리는 밤공기 속에서 잠시 그 손을 느꼈다.

그러고는 손을 놓았다.

그가 뭐라 말하려고 입을 열었지만, 그 순간 휴대폰으로 메시지가 들어왔다.

「어머니의 메시지야. 바시르 샤가 숫자가 적힌 쪽지를 어머니한테 줬대. 해석할 수 있는지 네가 한번 보라는데.」

「내가?」

「암호 같아. 지난번 암호도 네가 풀었으니, 이것도 풀 수 있지 않을까 하시나 봐.」

「이리 줘봐.」

그는 휴대폰의 방향을 돌려 그녀에게 보여 주면서 입을 열었다. 「아나…….」

「이것부터 읽고.」 그녀가 사무적이고 무뚝뚝한 목소리로 말했다.

3 10 1600

그녀의 젊은 눈은 숫자들 사이의 간격을 즉시 알아차렸다. 이제 그녀는 이 암호를 푸는 일에 완전히 몰두하고 있었다.

이번에는 지난번처럼 시간이 걸리면 안 되었다. 사촌 자하라가 보낸 메시지가 심상치 않다는 사실을 깨닫는 데 시간이 너무 오래 걸렸고, 그 의미를 해석하는 데에는 그보다 훨씬 더 오랜 시간이 걸렸다.

그로 인해 백 명이 넘는 사람이 목숨을 잃었다. 다시 그런 꼴을 볼 수는 없었다. 정신을 다른 곳에 팔 때가 아니었다. 안가까지 가는 동안 내내 그녀는 머리로 그 숫자를 되뇌었다.

3 10 1600

집에 도착한 뒤에는 종이 여러 장에 숫자를 적어 일행에게 각각 한 장씩 주었다.

「바시르 샤가 보낸 거예요. 우리가 이 숫자의 의미를 알아내야 해요.」

「더티 밤과 관련된 거야?」 캐서린이 물었다.

「너희 어머니는 그렇게 생각하셔.」

그들은 함께 음식을 먹으면서, 기름 램프를 밝힌 식탁 위에서 머리를 모으고 각자 생각나는 것들을 꺼내 놓았다. 모두 추측이었다.

1600이면 백악관인가?

10번 버스 세 대?

애덤스 장관과 똑같은 가설에 도달하는 데에는 시간이 오래 걸리지 않았다. 그들은 또한 이 숫자가 일종의 계략이나 미친 사람의 장난일 가능성도 생각해 보았다. 그러나 일단 이 숫자에 의미가 있다고 가정할 필요가 있었다.

길은 식탁 맞은편의 아나를 보았다. 부드러운 빛이 그녀의 얼굴을 비췄다. 총명한 눈이 밝게 반짝였다. 그녀는 완전히 몰두하고 있었다.

아까 걸어오는 길에 그는 그녀에게 묻고 싶었다. 부모가 신문당하는 모습을 지켜보면서 어땠느냐고 정말로 묻고 싶었다.

테헤란에 갔을 때, 체포되었을 때에 대해서도 묻고 싶었다. 거기서 어떤 일을 겪었는지, 그때 심정은 어땠는지.

그녀가 동굴에서 공격당한 일을 짧은 문장 몇 개로 설명할 때는 그녀를 잃을 뻔했다는 생각에 머리가 어지러워졌다.

그는 그다음에 어떻게 됐는지 묻고 싶었다. 그다음에는, 또 다음에는 어떻게 됐는지. 어느 집 문간에 주저앉아 그녀의 이야기에 귀를 기울이고 싶었다. 영원히 그녀의 세상에 푹 빠진 채로.

하지만 그는 침묵했다.

기사를 위해 취재할 때가 아니라면 개인적인 질문을 던지는 것은 무례하다는 생각을 아버지가 머릿속에 단단히 박아 두었다. 기자일 때의 이야기였다. 하지만 친구들, 특히 여자 친구들을 대할 때도 그들이 마음을 열 때까지 기다려야 한다고 했다. 아버지는 이런저런 질문을 던지면 무례하게 보일 수 있다고 말했다. 부적절한 호기심을 품은 것처럼 보일 수 있다고.

하지만 어머니가 아버지와 이혼한 데에는 이유가 있을 터였다. 아버지가 연애에서 몇 번이나 실패한 데에도 이유가 있을 터였다.

어머니가 퀸 애덤스와 결혼한 데에도 이유가 있는 것 같았다. 애덤스는 어머니에게 어떤 심정이냐고 묻고, 어머니의 대답에 귀를 기울였다. 그러고는 더 많은 질문을 던졌다. 호기심도 있었겠지만, 그보다는 어머니를 생각하는 마음 때문이었다.

길은 말 대신 자신이 아는 유일한 방법으로 마음을 전달했다. 그녀의 손을 잡은 것이 그 방법이었다. 하지만 그녀는 그에게서 멀어져 침묵에 빠졌다.

검은 SUV 두 대가 애덤스 장관의 자동차 뒤에 미끄러지듯 멈추더니 무장을 갖춘 요원들이 뛰어내렸다.

엘런과 벳시는 외교보안국 경호원들이 무기에 손을 가져다 댄 자세로 그들의 신원을 확인한 뒤 자동차 문을 열어 주었을 때에야 차에서 내렸다.

「이 집이 누구 것인지 압니까?」 엘런이 물었다.

「네, 장관님. 바시르 샤 박사의 집입니다.」 요원들 중 상급자가 말했다. 「저희가 계속 감시하고 있었습니다만, 샤의 기척은 없습니다.」

「그래요. 하지만 그가 이슬라마바드에 있다고 믿을 만한 근거가 있습니다. 그를 찾아서 생포해야 해요.」 그녀는 상급 요원과 눈을 마주쳤다. 「생포.」

「알겠습니다.」

「이 집의 구조를 잘 압니까?」

「네, 언젠가 진입할 가능성을 고려해서 익혀 두었습니다.」

엘런은 잘했다는 듯 고개를 끄덕였다. 「좋습니다.」 그리고 어두운 주택을 바라보며 말을 이었다. 「중요한 서류도 있을지 모릅니다. 다음 과녁을 상세히 기록한 자료.」

「다음 과녁요?」

「런던, 파리, 프랑크푸르트 버스 테러의 배후에 샤가 있습니다. 폭탄을 더 심어 놓은 것 같기도 하고요. 어디에 심었는지 알아야 합니다.」

상급 요원은 심호흡을 했다. 유명한 물리학자의 집에 쳐들어가 체포만 하면 되는 줄 알았는데, 갑자기 그보다 훨씬, 훨씬 더 심각한 일이 되어 버렸다.

「우리가 왔다고 알리고 문을 열어 달라고 할 수는 없겠죠.」 애덤스 장관이 말했다. 「놈들이 문서를 태워 버릴 위험이 있습니다. 완벽한 기습을 해야 합니다.」

「그건 저희 전문입니다, 장관님.」 요원이 높은 담장을 보았다. 「아마 지키는 사람들이 있을 겁니다.」

「그렇겠죠. 그러면 어려울까요?」

「아뇨, 장관님. 문제가 생기는 건 저희에게 일상입니다.」

「대문자 T로 쓰는 트러블이겠군요. 나도 같이 가겠습니다.」

「안 됩니다.」 그와 스티브 코월스키가 동시에 말했다.

「방해하지 않겠습니다. 내가 서류를 찾아봐야 해요.」

「아뇨, 그럴 수는 없습니다. 장관님의 안전만이 문제가 아니라, 장관님이 방해가 돼서 작전 전체가 위험해질 겁니다.」

「내가 작전을 이끌겠다는 게 아닙니다.」 엘런은 스티브에게 시선을 돌렸다. 「스티브, 계속 우리 이야기를 듣고 있었으니, 이 일에 무엇이 걸려 있는지 알 겁니다. 이 정보를 얻으려고 얼마나 많은 사람이 목숨을 잃었는지도 알 테고.」 그가 다시 반대하려고 하자 엘런이 말했다. 「이제 안전한 장소는 존재하지 않는다는 걸 스티브도 나만큼 잘 알 겁니다. 우리가 샤를 잡고 그 정보를 확보해야 안전해져요. 만약 샤의 계획이 성공한다면, 이번에 설치된 폭탄만으로 끝나지 않고 한없이 계속될 겁니다. 그러니 우리 임무를 나눕시다. 내가 서류를 훑어보는 동안 여러분은 이곳을 장악하고 샤를 찾아요.」 엘런은 공격대를 이끄는 상급 요원에게 시선을 돌렸다. 「당신이 허락할 때까지 나는 안으로 들어가지 않을 겁니다. 됐습니까?」

두 사람은 마지못해 고개를 끄덕였다.

엘런은 벳시에게 시선을 돌렸다. 「넌 여기 있어.」

「그래.」

그들이 집을 지키는 높은 출입문을 향해 걸어가자 벳시도 뒤를 따랐다.

「트러블, 트러블…….」

스티브가 신호를 보내자, 두 여자는 마당을 질주했다. 어두운 집에 한 걸음씩 가까워질 때마다 엘런의 팔에서 털이 곤두섰다.

「대문자 T로 쓰는 트러블.」

저항은 없었다. 경비원도 없었다. 애덤스 장관은 이것이 무슨 의미인지 알 것 같아서 가슴이 덜컥 내려앉았다.

「잠깐, 잠깐, 잠깐.」 자하라 아흐마디가 조용히 하라는 듯 양손을 들어 올렸다.

그들은 숫자에 대해 계속 다양한 가설을 내놓는 중이었다. 한 바퀴씩 돌 때마다 점점 더 터무니없는 가설이 나왔다.

「바시르 샤라는 사람이 핵물리학자들에 대한 정보를 우리 나라 정부에 흘린 사람이죠?」 자하라가 말했다.

「이란 정부, 그래요.」 보인턴이 말했다.

「우리가 그들을 죽이고, 비난도 뒤집어쓰게 하려고.」

「맞아요.」 캐서린이 말했다. 「무슨 말을 하려는 거예요?」

「그 사람이 이번에도 똑같은 짓을 하려는 건지 몰라요. 우리를 조종해서.」

「십중팔구 그렇겠죠.」 찰스 보인턴이 동의했다. 「하지만 이번에는 우리도 그걸 알아요.」

「다른 점은 그것만이 아니에요.」 자하라가 말했다. 「내가 보기에 우리는 샤에게 너무 집중하고 있어요. 그 사람이 원하는 대로. 샤가 애덤스 장관에게 왜 이 쪽지를 줬을까요?」

「자기중심적인 미친놈이라 우리를 갖고 놀고 싶은 마음을 참지 못해서?」 보인턴이 의견을 내놓았다.

「그건 다 맞는 말이지만, 놈은 사업가이기도 해요.」 길이 말했다. 「일이 실패하면 바이어들한테 책임을 져야 하는데, 놈이 그런 걸 원할 것 같지는 않습니다. 일이 실패할까 봐 조금 걱정하는 게 아닐까 싶어요. 시간이 촉박한데, 우리가 놈의 예상보다 더 가까이 다가가고 있는 거죠.」

「내 생각도 같아요.」자하라가 말했다. 「이건 보험이에요. 그 사람은 사실상 펄쩍펄쩍 뛰면서 우리한테 자길 봐달라고 손을 흔들어 대는 거나 같아요.」

「그래서 우리가 진짜로 봐야 할 곳에서 시선을 돌리려고.」캐서린이 말했다.

「그럼 그게 어디죠?」보인턴이 물었다.

「샤의 고객이죠.」아나히타가 말했다. 「샤는 무기상이에요. 중개인이라고요. 폭탄을 제조할 수 있게 해주기는 하지만, 그 폭탄을 직접 사용하지는 않아요. 과녁과 시간을 선택하는 건 샤가 아니에요.」

「바로 그거야. 하지만 그 사람도 정보는 알고 있을 거야.」자하라가 말했다.

「그래, 알고 있을 거야.」아나히타가 말했다. 「어쩌면 폭탄 배달까지 샤가 해줬을 수도 있어.」

「하지만 장소와 시간을 정하는 건 샤의 고객이지.」캐서린이 말했다. 이 이야기의 방향을 점점 이해하면서 그녀의 눈도 차츰 커졌다. 「우린 지금까지 샤의 관점에서 이 숫자를 봤지만, 관점을……」

「알카에다로 돌려야 돼요.」자하라가 말했다.

아나히타가 자하라에게 말했다. 「우린 서구인의 사고방식으로 생각하고 있었어. 그런데 네 말은 이슬람의 사고방식으로 이걸 보라는 거지?」

「이슬람이 아니라 지하드야.」자하라가 말했다. 「그들의 세계에서 이 숫자가 무슨 의미일까? 알카에다 같은 테러 조직들은 그냥 종교만이 아니라 신화에 심하게 의존해. 자기들이 겪은 부당한 일들을 옛날 것이든 요즘 것이든 자꾸만 되뇌면서 상처가 치유되지 못하게 하지. 그럼 이 숫자는 어떤 상처에서 나온 걸까?」

3 10 1600

「시체가 있어요!」

샤의 집 지하실에 엎어져 있는 남자의 시체를 향해 다가가던 요원은 시체 아래에 금방 알아보기 어려운 와이어가 있는 것을 보았다.

「와이어가 있습니다.」 그는 이렇게 보고한 뒤 뒤로 물러났다.

그들은 마당에 들어와 두 걸음을 내딛기도 전에 이곳에 사람이 없음을 알아차렸다. 저항이 전혀 없었다. 샤 같은 사람은 거의 군대 수준의 병력에 에워싸여 있을 텐데.

그래, 이 집에는 아무도 없었다. 적어도 살아 있는 사람은 없었다.

엘런과 벳시는 샤의 서재에서 그의 서류들을 뒤지고 있었다. 요원들이 미리 이곳을 수색한 뒤 위험한 장치는 없다고 확인해 주었다.

「여기서 나가셔야 합니다, 장관님.」 스티브가 말했다. 「지하실에 시체가 있는데, 와이어로 폭발물과 연결되어 있습니다.」

「샤인가요?」 벳시가 물었다. 하지만 답은 이미 알고 있었다.

스티브는 두 사람을 집 밖으로 몰고 나가는 중이었다. 「모릅니다. 시체를 뒤집어 신원을 확인하기 전에 폭탄부터 해체해야 하니까요.」

엘런은 지하실 시체의 신원을 거의 확신할 수 있을 것 같았다. 5분 뒤 그녀의 짐작이 확인되었다. 파키스탄 국방 장관 라카니 장군이었다.

아지 다하카가 그날 밤 아주 바삐 움직인 모양이었다. 피와 공포를 무기로 뒤청소를 하고 있었다.

요원들이 모두 이상 없다고 소리친 뒤, 벳시는 다시 집 안으로 들어가 서류를 뒤지려고 했지만 엘런이 제지했다.

「여긴 아무것도 없어. 놈이 다 가져갔어. 설사 우리가 뭘 찾아내더라도, 우리를 교란하려고 일부러 심어 둔 것일 거야. 이만 가자.」

「모스크바로?」 벳시가 물었다. 차라리 저 안으로 들어가 폭탄이 터질 위험을 무릅쓰는 편이 더 낫다고 생각하는 듯한 표정이었다.

「모스크바로.」

그곳은 이 일정의 마지막 경유지였다. 모스크바에 들르고 나면 더 이상 갈 곳이 없었다. 집에 돌아가 기다릴 일만 남았다.

하지만 아직 가볼 길이 하나 더 있기는 했다. 에어포스 3에 오른 뒤, 벳시는 HLI를 처음 밝혀내고 행방이 묘연해진 기자 황을 다시 찾기 시작했다.

비행기가 카자흐스탄 상공을 지날 때, 그녀는 그를 찾아냈다.

39장

3월 말 아침 9시 10분에 에어포스 3이 눈보라 속에 모스크바 셰레메티예보 국제공항에 착륙했다.

하늘은 어디서 주먹을 한 대 얻어맞은 것 같은 모습이었다. 멍든 구름들이 화창할 때에도 약하기 그지없는 겨울 햇빛을 가렸다. 벳시는 옛날 마이크 타이슨이 한 말을 떠올렸다.

〈주먹으로 입을 한 대 얻어맞기 전에는 다들 나름대로 계획을 갖고 있죠.〉

그녀는 지금 주먹에 머리를 맞고 어질어질한 정도가 아니었다. 설사 여기 오기 전에 계획이 있었다 해도, 그게 뭔지 지금은 기억도 나지 않았다.

엘런도 벳시도 외교보안국 경호원들도 외투를 가져오지 않았다. 장갑도 모자도 없었다. 미국 대사관에 급히 연락해 둔 덕에 방탄 SUV 여러 대가 활주로에서 기다리고 있었으나, 두꺼운 옷도 가져오라는 말을 깜박 잊어버린 것이 문제였다.

엘런은 심호흡을 하며 머리에 쓴 우산 하나에만 의지해 밖으로 나갔다. 우산은 시베리아에서부터 러시아 전역을 질주해 여기까지 온 바람에 곧바로 뒤집혀 버렸다. 오는 길에 눈과 얼음과 속도를 얻은 바람이 엘런을 후려쳤다. 그녀는 비행기 트랩의 계단 꼭대기에 서서 순간적으로 쇼크 상태에 빠졌다. 숨을 쉴 수가 없었다. 얼굴을 후려치고 눈 속으로 스며드는 눈송이들을 물리치기 위해 눈을 깜박이는 것 외에는 꼼짝도 할 수 없었다.

이제 쓸모없어진 우산을 뒤에 서 있던 경호원에게 넘긴 뒤 엘런은 균형을 잡기 위해 팔을 뻗었다. 그러나 양손으로 차가운 금속 난간을 잡았다가 곧바로 놓았다. 따뜻한 살갗이 난간에 얼어붙어 손을 뜯어내게 될 것 같아서였다.

「괜찮으십니까?」 소음 때문에 스티브가 그녀의 귓가에서 고함을 질러 가며 물었다.

괜찮으냐고? 하루에 어떤 일을 경험해야 힘든 게 되는 거지? 하지만 곧 특수 부대원들이 생각났다. 버스에 타고 있던 사람들, 사진을 들고 서 있던 아버지들과 어머니들과 자식들도 생각났다.

피트 해밀턴과 스콧 카길도 생각났다.

「괜찮아요.」 그녀는 마주 고함을 지르며 대답했다. 벳시도 고개를 끄덕이는 것이 언뜻 보였다.

그해 크리스마스에 벳시가 엘런이 가장 좋아하는 시인인 루스 자도의 최신 시집을 선물로 주었다. 그 얄팍한 시집의 제목은 〈나는 괜.찮.다.I'm F.I.N.E.〉였다.

그건 〈엉망진창이고fucked up, 불안하고insecure, 신경과민이고neurotic, 자기중심적egotistical〉이라는 말의 머리글자를 모아 지은 제목이었다.

애덤스 장관은 떨리는 몸을 가라앉히려고 이를 악물고 아래에서 기다리는 사람들을 향해 돌아섰다. 그리고 억지로 미소를 지었다. 카리브해에 휴가를 즐기러 온 사람처럼.

윌리엄스 대통령은 이번 방문을 기밀로 해야 한다고 분명하게 요구했다. 누군가의 주의를 끌거나 소란이 벌어지면 안 된다는 것이었다. 물론 언론에 알리는 것은 금물이었다.

어디까지나 국무 장관과 러시아 대통령의 은밀한 만남이어야 했다.

그런데 지금 그녀는 트랩 꼭대기에 서서 카메라를 든 기자들에게 손을 흔들고 있었다. 이바노프 대통령에게 뭔가를 요구하면, 그가 정확히 반대 행동을 할 거라고 확신해도 좋다. 그녀는 또 한 번 파드득 몸을 떨면서 생각했다. 어쩌면 그에게 무슨 일이 있어도 바시르 샤가 있는 곳을 절대 말하지 말라고 요구해야 할 것 같다고.

폭탄이 숨겨진 곳도 절대 말하지 말라고 해야 할 것 같았다.

그녀는 얼어 죽기 전에 이 계단을 다 내려갈 수만 있으면 좋겠다는 심정으로 발을 떼었다. 절반쯤 내려가고 나니 걷기가 힘들었다. 단화를 신은 발과 다리가 점점 얼어붙었고, 얼굴에도 감각이 없었다.

계단이 눈과 얼음으로 뒤덮여 있어서 한 단씩 내려갈 때마다 발이 조금 미끄러졌다. 혹시 이바노프가 일부러 꾸민 일이 아닐까 하는 생각이 들었다. 계단을 깨끗이 청소하는 게 그렇게 어려운 일일 리가 없잖아. 여기서 내가 목이라도 부러지기를 바라는 건가?

아니, 절대 그런 꼴이 될 생각은 없었다. 그러나 이렇게 마음을 다지는 와중에도 발이 또 미끄러져서 그녀는 간신히 균형을 잡았다.

자동차들이 필요 이상으로 먼 곳에 세워져 있는 것이 보였다. 따뜻한 곳이 간절했다. 그녀는 마지막으로 남은 계단 몇 개를 그냥 단번에 뛰어내려 자동차로 달려가고 싶었다. 몸이 얼음 조각으로 변하기 전에 그곳에 닿고 싶었다.

하지만 그녀는 억지로 속도를 늦추다가 마지막 계단 바로 위에 멈춰서서, 몇 계단 뒤에서 따라오는 벳시를 기다렸다. 〈젠장, 젠장, 젠장〉하고 투덜거리는 소리가 벳시의 위치를 알려 주었다.

만약 벳시가 얼음 계단에서 미끄러진다면, 엘런 자신이 그녀를 붙잡아 주고 싶었다. 벳시가 평생 그녀의 쿠션이 되어 주었던 것처럼.

에베레스트처럼 느껴지는 계단을 마침내 벗어난 그녀의 발이 눈 쌓인 활주로에 닿았다.

엘런은 마중 나온 사람들을 향해 억지로 고개를 끄덕이며 미소를 지었다. 아니, 자신의 얼굴이 지금 미소를 짓고 있기를 바랐다. 어쩌면 얼음으로 변한 얼굴에 쩍 하고 금이 간 것처럼 보일 수도 있었다.

그녀를 마중하러 나온 사람들은 모두 아주 두툼한 파카를 입고, 털 달린 후드까지 쓰고 있었다. 남자인지 여자인지, 북극곰인지 마네킹인지도 구분할 수 없을 정도였다.

엘런은 자동차로 걸어가는 동안 미끄러졌지만 스티브가 팔을 잡아 주었다. 일단 차에 오르고 나자 몸이 걷잡을 수 없이 떨리기 시작했다. 그녀는 양팔을 문지른 다음, 따뜻한 바람이 나오는 통풍구 앞에 손을 댔다.

「괜찮아?」 그녀는 벳시에게 물었다. 그러나 실제로 입에서 나온 말은 알아들을 수 없는 중얼거림이었다.

벳시는 얼어붙은 얼굴로 이를 달달 떨면서 끙끙거리기만 할 뿐 대답하지 못했다. 하지만 그런 소리만으로도 욕을 하는 재주가 있었다.

「지금 몇 시예요?」 입을 다시 놀릴 수 있게 되자 엘런이 스티브에게 물었다.

「10시 25분 전입니다.」 아직도 얼어 있는 그의 입술에서 간신히 말이 새어 나왔다.

「워싱턴 시간으로는?」

그는 손목시계를 확인했다. 「새벽 3시……」 한기가 그의 몸을 훑고 지나갔다. 「25분 전입니다.」

「내 휴대폰 좀 주겠어요?」 그녀는 윌리엄스 대통령에게 보낼 짤막한 문자를 휴대폰에 입력했다. 손가락이 너무 심하게 떨려서 몇 번 되돌아가 오타를 수정해야 했다. 또한 자동 완성 기능이 〈폭탄〉이라는 단어를 이상하게 바꿔서 미국 대통령에게 보내는 문자에는 절대로 쓸 수 없는 내용으로 만들어 버린 것도 수정해야 했다.

더그 윌리엄스는 문자를 읽었다.

그는 오벌 오피스에 있었고, 백악관을 수색한 경비 팀은 우라늄-235의 흔적을 전혀 찾아내지 못했다. 방사능도 없었다. 하지만 그것이 정말로 아무것도 없다는 뜻은 아니라는 사실을 그들이 대통령에게 알려 주었다.

상황을 알고 있는 비밀경호국에서 대통령에게 백악관을 떠나라고 처음에는 요청했다가, 그다음에는 다그쳤다가, 마지막에는 애원까지 했다. 만약 백악관에 정말로 핵폭탄이 설치되어 있다면, 대통령과 최대한 가까운 곳에 있을 것이라는 사실을 그들도 대통령도 모두 알고 있었다.

그래도 그는 비밀경호국의 요청을 거부했다.

「의미 없는 제스처일 뿐입니다.」 상급 경호 요원이 스트레스에 지치고 분노한 얼굴로 쏘아붙였다.

「그래요?」 윌리엄스는 그 여성 요원을 유심히 살폈다. 「역대 대통령들을 오랫동안 지켜보았을 테니 모든 제스처, 모든 말, 모든 행동이 영향을 미친다는 걸 알 텐데요. 무엇이 더 나쁠까요? 여기서 죽는 것? 아니면 테러리스트들이 대통령을 집에서 쫓아냈다는 걸 널리 알리는 것?」 그는 요원에게 미소를 지었다. 「솔직히 나도 정말 여기서 나가고 싶습니다. 지난 몇 시간 동안 내가 용감한 사람이 아니라는 걸 깨달았어요. 그래도 갈 수 없습니다. 미안합니다.」

「그럼 저희도 갈 수 없습니다.」

「여기서 나가세요. 명령입니다. 여러분의 죽음이야말로 의미 없는 제스처일 뿐이에요. 날 보호하는 게 여러분의 임무라는 건 압니다만, 그건 공격을 막으라는 뜻이에요. 아니면 대통령을 보호하면서 총알을 대신 맞거나. 하지만 폭탄을 대신 맞을 수는 없잖아요. 폭탄이 터질 때 여러분이 날 보호할 길은 없습니다. 나의 죽음은 우리가 위험에 굴하지 않는다는 사실을 온 세상에 알리는 선언이 될 겁니다. 반면 여러분의 죽음은 무의미해요. 그러니 여러분은 떠나야 하고, 난 여기 남아야합니다.」

요원들은 물론 거부했다. 경호를 책임진 상급 요원이 상관인 대통령에게 한 가지 양보를 하기는 했다. 어린 자녀가 있는 요원들을 조금이

나마 안전한 외곽 펜스에 배치한 것이다.

윌리엄스가 혼자 남은 뒤에야 개인 화장실에서 장군이 나왔다.

두 사람은 창가에 서서 잔디밭을 바라보았다.

「혹시나 해서 말씀드립니다만, 대통령님은 아주 용감한 사람입니다.」

「고맙습니다, 장군. 하지만 그런 말은 내 속옷한테나 해요.」

「명령입니까, 대통령님?」

윌리엄스는 웃음을 터뜨리며 합참 의장을 보았다. 윌리엄스 대통령은 고원에 내린 특수 부대원들이 모두 죽었다는 말을 듣고 문간에 서 있던 그의 표정을 평생 잊지 못할 것 같았다. 자신의 부관을 직접 선택해 그 부대의 지휘를 맡긴 사람도, 그 교란 작전을 짠 사람도 모두 장군 본인이었다.

몇 시간이 지난 지금도 망연자실한 표정이 아직 남아 있었다. 아주 가까이 있는 사람에게만 보이는 얇은 막 같았다.

윌리엄스는 저 막이 평생 동안 사라지지 않을지도 모르겠다는 생각이 들었다.

3시 15분 전이었다.

이제 25분 남았다는 뜻이었다.

눈보라 속에서 엘런은 전후에 지어진 소비에트식 건물들이 휙휙 스쳐 가는 것을 보았다. 고개를 숙인 사람들도 스쳐 지나갔다. 그들은 눈보라를 향해 몸을 수그리고 터벅터벅 일터로 향하고 있었다. 자동차 행렬이 지나가도 고개조차 들지 않았다.

비록 이 나라의 지도자를 그리 좋아하지는 않지만, 애덤스 장관은 러시아 사람들을 아주 좋아했다. 적어도 지금까지 만난 러시아 사람들은 그랬다. 그들은 단순히 쾌활한 정도가 아니라 생기와 웃음으로 가득했으며, 항상 너그럽고 친절했다. 언제든 먹을 것과 마실 것을 나눠 주었다. 엘런은 러시아 사람들의 강인함을 결코 부정할 수 없었다. 그러나 그들이 용감하게 싸워 나치와 외부의 파시즘을 물리친 뒤 내부에서 파시즘이 슬금슬금 기어 나오는 꼴을 보게 된 것을 생각하면 탄식이 나왔다.

엘런은 만약 자신이 이번 임무에 실패한다면 미국에서도 같은 일이 일어날까 봐 적잖이 두려웠다. 아니, 사실은 이미 그런 일이 일어나고 있었다.

그들은 공정한 선거를 통해 폭군을 쫓아내는 데 성공했다. 그러나 그것은 단단한 승리가 아니었다. 지금 그녀의 임무는 유권자들을 설득하는 것이 아니라, 다음 선거 때까지 이 정부가 살아남게 하는 것이었다.

그녀는 시간을 확인했다. 모스크바 시간으로 오전 10시 5분 전이었다.

워싱턴 시간으로는 3시 5분 전.

양파 같은 크렘린의 멋진 둥근 지붕이 앞에서 눈보라 속에 보였다 안 보였다 했다. 엘런과 벳시는 이제 어느 정도 몸이 녹아서 떨지 않을 정도는 되었으나, 옷과 신발이 흠뻑 젖어 있었다. 신발에는 활주로의 기름 섞인 눈이 남긴 얼룩도 묻어 있었다.

엘런은 뜨거운 샤워가 정말로 간절했다. 하지만 지금은 불가능했다. 벳시는 휴대폰을 확인했다. 전에 백악관 출입 기자였던 황이 퀘벡의 스리 파인스라는 작은 마을에 살고 있는 것을 이미 알아 두었다. 그는 이름까지 바꿨지만, 벳시는 확신했다.

그래서 그에게 도움을 청하는 문자를 보냈다.

늦은 시간인데도 그는 답장을 보내 주었다. 자신은 이제 새로운 삶을 시작했다는 내용이었다. 그동안 머나라는 서점 주인과 사랑에 빠졌으며 지금 함께 살고 있다고 했다. 그는 일주일에 사흘 동안 그 서점에서 일하고, 다른 날에는 마을에서 자원봉사를 했다.

눈 치우기. 음식 배달하기. 여름에는 잔디 깎기.

그는 행복한 생활을 하고 있다면서 연락을 거부했다.

무슨 일로 연락한 것이냐는 물음은 없었지만, 답장 내용을 보면 짐작하고 있는 것 같았다.

그래도 벳시는 확인할 필요가 있었다.

그래서 〈HLI〉라고 입력한 뒤 보내기 버튼을 눌렀다.

그 뒤로 줄곧 침묵뿐이었다. 하지만 벳시는 휴대폰을 통해 그의 공포가 생생히 느껴지는 것 같았다. 마치 그녀가 공포라는 앱을 방금 작동시킨 것 같았다.

「장관님.」

크렘린 문 앞에서 이바노프 대통령의 하급 보좌관이 엘런을 맞이했다. 그녀는 미소 띤 얼굴로 엘런 일행을 안으로 안내한 뒤 엘런의 경호팀에 무기를 소지할 수 없다고 말했다.

스티브가 말했다. 「미안합니다만, 무기를 내어 드릴 수는 없습니다. 외교적인 면책권으로 우리가 무기를 소지할 수 있을 텐데요.」 그는 그녀에게 자신의 신분증을 보여 주었다.

「Spasibo(고맙습니다). 맞습니다, 일반적인 상황이라면 그렇죠. 하지만 이번 방문은 워낙 급박하게 진행돼서 미처 서류 작업을 할 시간이 없었습니다.」

「서류 작업이라니요?」 겉으로 보기에 스티브 코월스키는 지극히 차분했으나, 엘런은 그의 관자놀이에서 핏줄이 펄떡거리는 것을 볼 수 있었다.

「아, 민주주의가 어떤지 아시잖아요.」 보좌관이 빙긋 웃으며 말했다. 「항상 서류를 작성해야 하죠.」

「옛날 그 좋은 시절과는 다르군요.」 벳시가 이렇게 말했다가 매서운 눈총을 받았다.

「괜찮아요.」 엘런이 스티브에게 부드럽게 말했다.

「아뇨, 괜찮지 않습니다. 무슨 일이라도 생기면…….」

「스티브가 내 옆에 있을 거잖아요. 아무 일도 없을 거예요. 그냥 빨리 일을 끝내고 여길 떠납시다.」

10시 2분이었다.

남은 시간 8분.

더그 윌리엄스는 오벌 오피스의 소파에 앉아 있었다. 장군은 맞은편에 있었다.

그들은 오래전부터 아는 사이였다. 대통령은 장군의 아내와 아들을 만난 적이 있고, 장군의 아들은 아프가니스탄에서 공군에 복무한 적이 있었다. 장군에게도 백악관에서 나가라고 말해야 할 것 같았지만, 솔직히 말하자면 곁에 사람이 있는 것이 좋았다.

두 사람 모두 스카치를 한 잔씩 들고 있었다. 이미 서로를 위해 건배하며 한 잔을 쭉 마시고, 두 번째로 따른 잔이었다.

윌리엄스는 팀 비첨에게 런던에서 돌아오라고 명령한 것이 쩨쩨한 짓이었는지 판단이 서지 않았다. 자신은 여기서 핵폭탄을 깔고 앉아 있는데 국가정보국장이 브라운스 호텔에서 영국식 아침 식사를 푸짐하게 즐길 생각을 하니 가만히 있을 수 없었다.

비첨은 몇 시간 뒤에나 도착하겠지만, 그래도 그가 온다는 생각에 윌리엄스 대통령은 작은 만족감을 느꼈다.

윌리엄스는 장군과 이런저런 이야기를 나누면서, 뭔가 역사적인 의미가 있는 일, 정치적으로나 개인적으로 엄청나게 중요한 일을 이야기해야 하는 것 아닌가 하는 생각이 들었다. 하지만 실제로는 개에 대한 이야기를 하고 있었다.

장군이 기르는 개는 독일산 셰퍼드로 이름이 파인이었다. 퀘벡의 작은 마을에 사는 친한 친구가 선물로 준 녀석이라고 했다. 장군이 어느 해 여름 경찰관인 친구를 만나러 갔을 때의 일이었다. 두 사람은 마을 풀밭에서 거대한 소나무 세 그루의 그늘에 놓인 벤치에 앉아 있었다. 장군은 새소리, 바람 소리, 아이들이 노는 소리에 귀를 기울이며 수십 년 만에 처음으로 평화를 느꼈다.

그때의 그 느낌이 너무 좋아서 그는 그 마을의 이름을 따서 개의 이름을 지었다.

윌리엄스는 자신이 기르는 골든리트리버에 대해 이야기했다. 그 개의 이름 비숍은 성직자인 주교를 뜻하는 것이 아니라, 윌리엄스가 아주 좋아하는 모교의 이름을 딴 것이었다. 그가 이미 세상을 떠난 아내를 처음 만난 곳이 그 학교라서 그렇게 애정을 느끼는 것 같기도 했다. 평소 비숍은 오벌 오피스의 책상 밑에 앉아 있거나 잠을 잤다. 하지만 더그 윌리엄스는 백악관 직원에게 부탁해서 비숍을 백악관과 멀리 떨어진 곳으로 데려가게 했다.

필요하다면 녀석을 돌봐 달라는 부탁도 해두었다.

남은 시간 5분.

「장관.」

막심 이바노프가 방 한복판에 꼼짝도 않고 서 있었다. 엘런이 그에게 다가가는 수밖에 없었다. 모욕을 의도한 이런 사소한 행동들이 그녀에게는 아무런 영향을 미치지 못했다. 옛날 같으면 거슬렸을지도 모르지만, 오늘은 아니었다.

「대통령님.」

두 사람은 악수를 했다. 엘런은 벳시를 소개하고, 이바노프는 자신의 선임 보좌관을 소개했다. 엘런은 그가 고문이라는 말을 쓰지 않는 것에 주목했다. 이 남자에게 조언을 해주는 사람은 아무도 없었다. 한 번은 몰라도 두 번은 불가능했다.

이바노프의 체구는 엘런의 생각보다 훨씬 더 작았지만, 존재감은 강렬했다. 그와 가까이 서 있는 건 팽팽하게 당겨진 고무줄에 방아쇠가 걸려 있는 폭탄과 나란히 서 있는 느낌이었다.

러시아 대통령과 광기 사이에는 거의 아무것도 없었다. 에릭 던과도 공통점이 아주 많은 사람이었다. 하지만 던과 달리 막심 이바노프야말로 진짜라는 사실이 곧바로 확연히 눈에 들어왔다.

미묘한 압제와 잔혹한 압제를 모두 훈련받은 가차 없는 폭군.

에릭 던은 다른 사람의 약점을 본능적으로 알아차리는 재주가 있으나, 이바노프처럼 계산적이지는 않았다. 그러기에는 그가 너무 게을렀다. 하지만 이바노프는 모든 것을 계산했다. 시베리아마저 오싹하게 만들 만큼 냉정하게.

하지만 그런 이바노프도 엘런 애덤스가 올 줄은 몰랐다. 미국 국무 장관이 에어포스 3을 타고 모스크바로 올 거라고는 생각하지 않았다. 크렘린의 거실까지 곧바로 들어오다니.

한편 엘런은 이바노프의 강철 같은 시선 아래에 보기 드문 혼란이 있음을 알아차렸다. 그뿐만 아니라 약간의 두려움과 분노도 있었다.

이 상황도, 그녀도 마음에 들지 않는 모양이었다. 예전에도 그랬지만 지금은 훨씬 더했다.

하지만 그녀를 마주 바라보면서 그가 점점 자신감을 되찾는 것이 보였다. 엘런은 이유를 알 것 같았다.

지금 그녀의 모습이 엉망이라는 사실. 머리가 한쪽은 불룩하고, 다른 한쪽은 두피에 찰싹 달라붙어서 비뚤어진 것처럼 보였다. 비행기에서 내리기 전에 단장을 했으나, 눈보라에 모든 것이 날아가 버린 탓이었다.

옷도 축축하고 더러웠다. 신발에서는 걸을 때마다 철벅철벅 소리가 났다.

초강대국을 대표하는 만만치 않은 인물이라고 할 수 없는 몰골이었다. 물에 빠진 생쥐 같은 미국 국무 장관은 한심하고 약했다. 그녀가 대표하는 그 나라처럼. 이바노프가 생각하기에는 그랬다. 아니, 엘런은 이바노프가 이렇게 생각하기를 원했다.

「커피?」 그가 통역을 통해 물었다.

「Pozhaluysta.」 엘런이 말했다. 〈좋습니다〉라는 뜻이었다.

이바노프 대통령을 만나기 전에 매무새를 정돈할 시간을 달라고 말할 수도 있었지만 그러지 않기로 했다. 이바노프나 던 같은 남자들은 항상 여자를 얕보고 과소평가했다. 특히 여자의 몰골이 후줄근하다면 더욱더.

그러나 이것은 그녀에게 작은 이점에 불과했다. 또한 이바노프를 과소평가하는 실수를 저지르지 않는 편이 최선이었다. 그를 과소평가한 사람들은 안 좋은 일을 당했다.

시간이 똑딱똑딱 흘러갔다. 이제 첫인상을 남겼으니 이런 질문을 던져도 될 것 같았다.

「저와 제 고문이 간단히 썻고 와도 될까요, 대통령님?」

「물론입니다.」 그가 하급 보좌관에게 손짓을 하자 그녀가 두 사람을 화장실로 안내했다.

기본적으로 필요한 것만 갖춰진 화장실이었다. 그러나 아무도 방해하지 않는 공간이라는 점이 가장 중요했다.

화장실에 들어서자마자 엘런은 전화부터 걸었다.

남은 시간 90초.

윌리엄스 대통령의 휴대폰이 울렸다. 화면을 보니 엘런 애덤스였다.

「뭣 좀 알아냈습니까?」 그는 희망을 품고 물었다.

「아뇨, 죄송합니다.」

「그렇군요.」 실망감과 체념이 목소리에 확연히 드러났다. 구원은 없었다. 지원군은 오지 않을 것이다.

3 10 1600

남은 시간 50초.

「방금 크렘린에 도착했는데, 저는……」 엘런의 목소리가 점점 작아졌다. 「대통령님을 혼자 두고 싶지 않았습니다.」

「혼자가 아닙니다.」 그는 옆에 누가 있는지 말해 주었다.

「다행이네요. 아니, 다행이라는 게…….」

「무슨 뜻인지 압니다.」

30초. 벳시는 통화 내용을 들을 수 있을 만큼 가까이 서 있었다. 두 사람 모두 심장이 쿵쾅거렸다.

오벌 오피스에서 더그 윌리엄스가 일어섰다. 장군도 일어섰다.

20초.

두 여자가 시선을 마주쳤다.

두 남자도 시선을 마주쳤다.

10초.

윌리엄스는 눈을 감았다. 장군도 눈을 감았다.

야생화가 피어 있는 초원이 보였다. 화창한 날이었다.

2초.

1초.

침묵. 침묵. 깊은 침묵.

그들은 기다렸다. 타이머가 몇 초쯤 어긋날 수도 있었다. 심지어 1분까지도 가능했다.

윌리엄스가 눈을 뜨니 장군이 그를 빤히 바라보고 있었다. 하지만 그들은 아무 말도 하지 않았다. 감히 할 수 없었다.

「세상에,」 아나히타가 말했다. 「내가 알아낸 것 같아요. 〈3 10 1600〉이 무슨 뜻인지.」

「뭐라고요?」 보인턴의 말과 함께 모두 아나히타 옆으로 모여들었다.

「아까 지하디스트의 관점에서 보라고 했잖아.」 아나히타가 자하라에게 말했다. 「우리가 9·11이라고 말하면 모두 그 뜻을 알지. 〈3 10〉이 알카에다에게 그만큼 중요한 날짜라면?」

「왜? 그게 무슨 뜻인데?」 캐서린이 물었다.

「오사마 빈라덴이 3월 10일에 태어났어, 〈3 10〉.」 아나히타는 휴대폰 화면을 돌려 자신이 찾아낸 빈라덴의 정보를 모두에게 보여 주었다. 「보여요? 빈라덴 생일이에요. 오늘이. 알카에다는 미국인의 손에 죽은 빈라덴의 복수를 맹세했어요. 그래서 오늘 폭탄이 터지게 맞춰 놓은 거예요. 자기들 뜻을 밝히는 거죠. 상징적으로.」

「복수군요.」 보인턴이 말했다.

캐서린도 휴대폰 화면을 읽어 보고 고개를 끄덕였다. 「정말이네. 1957년 3월 10일에 태어났어. 그럼 〈1600〉은 무슨 뜻이야?」

「그 사람이 죽은 시각이에요.」 자하라가 말했다.

「아니에요.」 캐서린이 말했다. 「여기 이 자료에 따르면 새벽 1시에 죽었어요.」

「파키스탄 시간으로는 그렇지.」 길이 말했다. 「미국 동부 시간으로는 오후 4시야.」

「우리는 이슬라마바드에서 일하면서 워싱턴으로 보고하는 생활을 했기 때문에 알지.」 아나히타가 길과 시선을 마주치면서 말했다. 「당신 어머니한테 연락해야 돼.」

「자,」 길이 자신의 휴대폰을 건넸다. 「당신이 암호를 풀었으니 문자도 직접 보내.」

엘런은 재빨리 문자를 훑어보고, 즉시 대통령에게 읽어 주었다.

더그 윌리엄스는 크게 숨을 내쉬었다.

「우리에게 13시간 여유가 생긴 것 같습니다, 장군. 그때 가서 이걸 처음부터 다시 해야겠네요.」

그가 암호에 대해 설명하자 장군이 고개를 끄덕였다. 「그 망할 놈의 물건을 찾아낼 시간이 생긴 겁니다. 반드시 찾아내겠습니다.」 그는 아직 전화로 연결되어 있는 엘런을 불렀다. 「고맙습니다, 장관. 조심하세요.」

「장군님도요. 나중에 백악관에서 뵙죠. 여기 일이 끝나는 대로 돌아갈 겁니다.」

「너무 서두르지 않아도 됩니다.」 윌리엄스가 말했다. 「내일 돌아와도 늦지 않아요.」

40장

매무새를 정리하면서 벳시는 엘런에게 기자를 찾았다고 알렸다.

「겁을 내고 있어. 그래서 신문사를 그만두는 데서 그치지 않고, 아예 다른 나라로 가서 이름까지 바꾼 거야.」

「그러니까 그 친구가 정말로 뭘 알고 있을지도 모른다?」 엘런이 물었다.

「내 생각엔 그래.」

「그럼 연락해 봐야겠네.」

「납치할까?」 벳시가 물었다. 거의 즐거워 보였다.

「세상에, 베츠, 그래도 한 사람 정도는 〈안납치〉 당해야지.」

「그런 단어는 없는 것 같은데.」

「그게 중요한 게 아니잖아. 납치가 아니라, 그 친구를 설득할 사람이 필요해. 혹시 친구나 절친한 친구가 있는지 알아볼 수 있어? 우리가 그쪽에 빨리 보낼 수 있는 사람으로.」

화장실에서 나온 엘런은 스티브에게 휴대폰을 넘겼다. 스티브는 그녀의 얼굴을 살폈다. 조금 전까지 워싱턴에서 어떤 일을 예상하고 있었는지 알기 때문이었다.

「다 잘됐어요.」 그녀가 말하자 그는 안도한 표정을 지었다.

「이미 떠난 건가 하고 걱정하던 참이었습니다, 애덤스 장관.」 이바노프 대통령이 방으로 돌아온 두 사람에게 말했다. 「커피가 좀 식었어요.」

「그래도 맛있을걸요.」 엘런은 커피를 한 모금 마셨다. 풍부하고 강렬해서 정말로 맛있었다.

「자, 이젠 나도 인정할 수밖에 없군요. 장관이 왜 여기까지 왔는지 궁금하다는 걸.」 이바노프가 안락의자에 등을 기대고 다리를 넓게 벌렸다. 「파키스탄에서 곧장 이리로 왔죠. 그 전에는 테헤란에 있었고, 또 그 전에는 오만에서 술탄을 만났고, 또 그 전에는 프랑크푸르트에 있었어요. 정말 바쁘게 움직였습니다.」

「저를 면밀하게 지켜보셨군요.」 엘런이 말했다. 「그렇게 신경을 써주시니 기쁩니다.」

「시간이 잘 가거든요. 자, 지금은 이렇게 여기 와 계시니……」 그가 엘런을 강렬하게 바라보았다. 「나는 왠지 그 이유를 알 것 같습니다, 장관.」

「글쎄요, 정말로 아실까요?」

「내기라도 할까요? 유럽에서 터진 폭탄과 관련된 일이라는 데에 1백만 루블을 걸겠습니다. 나한테 조언을 구하러 오셨겠죠. 왜 내게서 도움을 얻을 수 있다고 생각했는지는 도무지 모르겠지만.」

「어머, 대통령님이 모르는 일은 거의 없을 텐데요. 어쨌든 대통령님의 말씀 중 앞부분은 옳습니다. 방금 거신 돈을 저랑 나눠 갖는 건 어떻습니까?」

이바노프의 미소에서 김이 빠졌다. 다시 입을 연 그의 목소리는 냉혹하고 무뚝뚝했다.

「그럼 내가 좀 더 구체적으로 말하죠.」

막심 이바노프에게 항상 옳은 말을 하는 것보다 중요한 일은 절대 틀린 말을 하지 않는 것밖에 없었다. 자신이 틀렸다는 말을 남에게서 듣지 않는 것도 역시 중요했다. 후줄근하고 초라한 중년 여자한테서 자신이 틀렸다는 말을 듣지 않는 것도 중요했다. 그녀는 이바노프가 이미 통달한 게임의 초보였다.

다른 나라와의 회담은 언제나 전쟁이었다. 그러니 그는 이길 것이다. 비기는 건 승부가 아니었다.

「그렇습니까?」 엘런이 재미있는 말을 들었다는 듯이 고개를 한쪽으로 기울였다.

「장관은 폭탄 테러로 죽은 과학자들이 바시르 샤가 고객에게 판매할 핵폭탄을 제조하려고 고용한 사람들이 아니라는 사실을 알아냈습니다. 장관이 여기에 온 건 그 폭탄마저 터지기 전에 폭탄의 위치를 찾는 데 도움을 얻고 싶어서입니다.」

「정말 많은 걸 알고 계십니다, 대통령님. 그리고 이번에도 대통령님의 말씀은 일부만 옳습니다. 제가 폭탄 때문에 온 건 맞지만, 핵폭탄 때문은 아닙니다. 핵폭탄은 저희가 잘 처리하고 있어요. 제가 온 건 예의를 차리기 위해서입니다. 가까운 곳에서 곧 터질 것을 해체하는 데 도움을 드리려고요.」

이바노프가 몸을 앞으로 기울였다. 「여기? 크렘린에서?」 그가 주위를 둘러보았다.

「말하자면 그렇다는 겁니다. 아시다시피 제 아들이 로이터 기자입니다. 그 애가 곧 회사에 제출할 기사를 하나 제게 보내 줬는데, 존경의 뜻으로 그걸 대통령님께 먼저 보여 드려야겠다고 생각했습니다. 제가 직접.」

「나한테? 왜요?」

「대통령님과 관련된 이야기니까요.」

이바노프는 의자에 등을 기대며 미소를 지었다. 「설마 나랑 러시아 마피아가 관련되어 있다는 이야기를 지금도 추적하는 건 아닐 텐데요. 그런 건 없습니다. 만약 그런 집단이 있었다 해도 내가 이미 종지부를 찍었어요. 나는 러시아 연방이나 우리 국민들을 해치는 자라면 누구라도 용납하지 않을 겁니다.」

「정말 고결하십니다. 체첸 사람들이 들으면 아주 기뻐하겠어요. 하지만 틀렸습니다. 마피아가 아니에요.」

벳시는 꼼짝도 않고 앉아 있었다. 평온한 표정이었지만, 지금 듣는 이야기는 모두 금시초문이었다. 이리로 날아오는 비행기 속에서 엘런은 컴퓨터 앞에 앉아 시간을 보냈을 뿐, 길과 연락을 주고받지는 않았다. 뭘 한 거지?

이바노프와 마찬가지로 벳시도 이 이야기의 방향이 궁금했다. 그러나 이바노프의 표정과 도사린 듯한 자세를 보니 그는 단순히 궁금한 정도가 아닌 것 같았다.

「그럼……?」 이바노프가 말했다.

「그럼…….」 엘런이 스티브에게 고갯짓을 하자 그가 그녀의 휴대폰을 가져다주었다. 그녀는 화면을 몇 번 조작한 뒤 이바노프를 향해 돌렸다.

벳시는 화면을 볼 수 없었지만, 이바노프의 얼굴은 볼 수 있었다. 갑자기 시뻘겋게 달아오른 그의 얼굴이 나중에는 자주색으로 변했다.

그의 회색 눈이 가늘어지고, 입술이 꾹 다물어졌다. 그에게서 한 번도 느껴 본 적이 없는 분노의 기운이 꿈틀꿈틀 새어 나왔다. 누가 벽돌로 그녀의 얼굴을 후려친 것 같았다. 벳시는 갑자기 겁이 났다.

그들은 지금 러시아 깊숙이 들어와 있었다. 크렘린 깊숙한 곳이었다. 엘런의 경호대는 무장 해제를 당했다. 이 일행을 감쪽같이 해치우는 일이 어렵기는 할까? 그들이 러시아 국내선 비행기를 타고 가다가 추락 사고를 당했다고 발표하면 그만이었다.

벳시는 엘런을 보았다. 그녀의 얼굴은 암호 같았지만, 관자놀이에서 작게 박동하는 혈관이 그녀의 심정을 알려 주었다. 미국 국무 장관인 그녀도 겁을 내고 있었다.

그래도 여기서 뒤로 물러날 수는 없었다.

「이게 무슨 짓이야!」 이바노프가 고함을 질렀다.

「무슨 말씀입니까?」 엘런이 말했다. 살짝 즐거워하는 듯한 기색이 싹 사라진 목소리였다. 차갑고 냉혹했다. 벳시가 지금까지 아주 드물게 들어 본 목소리였다. 「이런 사진을 처음 보는 것도 아닐 텐데요, 막심. 앞에 놓고 사용하신 적도 있잖습니까. 화면을 오른쪽으로 넘기면 동영상이 나올 겁니다. 하지만 나라면 안 넘길 거예요. 상당히 끔찍하거든요. 대통령님이 상체를 드러내고 말에 올라탄 그 사진과는 비교도 안 됩니다. 그 말이 다른 동영상에 나온다는 얘기를 길에서 듣기는 했습니다만.」

이제 벳시는 진심으로 궁금해졌다.

이바노프는 엘런을 노려보기만 할 뿐 아무 말도 하지 못했다. 강을 막은 통나무 더미처럼 단어들이 그의 목구멍에 쌓여 있는 것 같았다.

엘런이 휴대폰을 뒤로 물리려 했지만, 이바노프의 손이 채찍처럼 뻗어 나와 휴대폰을 채가더니 벽에 던져 버렸다.

「이런, 막심, 성질을 부릴 필요는 없습니다. 그런 건 아무 소용이 없어요.」

「이 멍청한 년, 멍청한 년!」

「년이라, 그럴지도 모르죠. 하지만 이게 정말로 그렇게 멍청합니까? 당신에게서 배운 방법인데요. 그동안 당신이 협박한 사람이 몇 명입니까? 아동 성애 사진을 조작해서 인생을 망가뜨린 사람이 몇 명입니까? 당신이 조금 진정해야 우리가 어른답게 이야기를 나눌 수 있을 텐데요.」

벳시는 스티브를 비롯한 경호 요원들이 상당히 가까이 다가선 것을 보고 안도감을 느꼈다. 스티브가 벽에 던져진 휴대폰을 가져와 다시 엘런에게 주었다. 엘런은 휴대폰을 확인했다.

아직 작동하고 있었다.

엘런은 이바노프를 놀리듯이 휴대폰을 무릎에 놓고 말했다. 「아시겠지만, 당신은 행운아입니다. 만약 이 휴대폰이 아까 부서졌다면 난 내 아들에게 전화를 할 수 없을 테고, 그러면 기사가 실렸을 겁니다. 자, 이 폭탄을 해체할 시간을 5분 드리겠습니다.」 그녀는 고갯짓으로 휴대폰을 가리켰다. 「이 기사가 나가서 터져 버리기 전에.」

「설마 그런 짓을 하지는 않겠지.」

「왜요?」

「우리 두 나라 사이에 평화는 꿈도 꿀 수 없는 일이 될 테니까.」

「그럴까요? 그 평화라는 게 한 개도, 두 개도 아니고 세 개나 되는 핵 폭탄과 함께 오는 겁니까?」

그는 계속 말을 하려고 했지만, 엘런이 한 손을 들어 그의 말을 끊었다.

「이런 얘기는 이제 됐습니다. 우리 둘 다 시간이 없는데, 지금 시간 낭비를 하고 있어요.」 그녀는 이바노프를 향해 몸을 기울였다. 「당신은 러시아 마피아를 운영만 하는 사람이 아닙니다. 당신이 마피아를 만들었어요. 당신이 그 역겨운 단체의 아버지이기 때문에, 그 단체는 당신이 시키는 대로 합니다. 러시아 마피아는 러시아의 우라늄을 손에 넣을 수 있죠. 어떻게? 당신을 통해서. 정확히 말하자면, 남부 우랄에서 채굴된 우라늄-235입니다. 이 물질의 흔적이 어젯밤 미군이 파키스탄에서 기습한 공장에서 발견되었습니다. 마피아가 바시르 샤에게 판매한 우라늄입니다. 샤는 그걸 더티 밤으로 만들려고 핵물리학자들을 고용했습니다. 그리고 그 폭탄을 알카에다에 팔았죠. 알카에다는 그걸 미국의 도시에 설치했고요. 모두 당신의 보호 아래 이루어진 일입니다. 샤가 지금 어디 있는지, 폭탄의 위치가 정확히 어디인지 알아야겠습니다.」

「그건 당신의 환상이야.」

엘런은 휴대폰을 들어 문자를 입력한 뒤, 보내기 버튼 위의 허공에 손가락을 띄웠다. 그녀의 결의가 얼마나 단단한지가 분명히 드러났다. 그를 볼 때 그녀가 얼마나 혐오감을 느끼는지도 분명했다.

「눌러.」 그가 말했다. 「아무도 그 기사를 안 믿을 테니.」

「당신이 적을 모함하려고 비슷한 사진을 조작했을 때 사람들은 믿었습니다. 이건 당신이 잘 쓰는 방법이죠? 정치적 암살의 중성자탄이라고나 할까. 아동 성애 혐의에 사진까지 증거로 나오면 확실하죠.」

「그러기에는 날 존경하는 사람이 많아.」이바노프는 이렇게 말했지만, 무릎을 하나로 모은 자세였다. 「아무도 안 믿을 거야. 아무도 감히.」

「아, 그거로군요. 두려움. 당신은 공포 정치를 하죠. 하지만 그렇게 해서 얻는 건 충성심이 아니라, 잠재적인 적입니다. 그리고 이건……」 그녀는 휴대폰을 들어 올렸다. 「혁명에 불을 붙일 도화선입니다. 아동 성애예요, 막심. 분명히 말하지만, 이 사진을 사람들은 쉽게 잊어버리지 못할 겁니다. 하지만 당신 말이 옳을 수도 있죠. 그럼 한번 두고 볼까요?」

그가 뭐라고 말하기도 전에 그녀는 보내기 버튼을 눌렀다.

「잠깐.」그가 소리쳤다.

「너무 늦었어요. 이미 보냈습니다. 길이 이 문자를 받고 30초 안에 기사를 제출할 겁니다. 1분 뒤면 로이터 통신을 타고 온 세상에 이야기가 퍼지겠죠. 3분 뒤에는 다른 언론사들이 이 기사를 받을 테고요. 그러고 몇 초 되지도 않아 소셜 미디어에 이 이야기가 퍼지면서 당신 이름이 실시간 검색어에 오를 겁니다. 4분만 지나면 당신의 경력, 당신의 인생이 다 끝장날 거예요. 그런 얘기는 믿지 않는다고 말하는 사람들도 당신이 다가오는 것을 보면 어린 자식들을 숨기고 애완동물을 방에 가두겠죠.」

그는 증오심을 전혀 숨기지 않고 그녀를 노려보았다. 「소송을 걸 거야.」

「물론 그러셔야죠. 저라도 걸 겁니다. 하지만 슬프기도 하지. 이미 엎질러진 물인걸요. 그래도 아직 기회는 있습니다, 대통령님. 앞으로 몇 초 동안은 제가 길을 막을 수 있어요.」

「난 폭탄이 어디 있는지 몰라.」

엘런은 일어섰다. 벳시도 함께 일어서면서 손이 떨리는 것을 막으려고 주먹을 꽉 쥐었다. 에어포스 3에 오를 때까지는 이 남자의 손에 그들의 운명이 달려 있었다. 이바노프의 러시아에서 자비는 쉽게 접할 수 없는 것이었다.

「그게 사실이야.」그가 소리쳤다.「기사를 막아.」

「왜요? 당신은 제게 아무것도 주지 않았습니다. 게다가 난 정말로 당신이 싫어요. 당신이 추락하는 게 기쁩니다.」엘런은 문으로 향했다. 「당신이 시골 별장에 내려가서 장미나 기르고 있으면, 우리가 평화를 이룩할 가능성이 훨씬 더 높아질 겁니다.」

「샤가 어디 있는지 안다.」

엘런은 걸음을 멈추고 가만히 있다가 돌아섰다.「말해요, 당장.」

이바노프는 머뭇거리다가 결국 입을 열었다.「이슬라마바드. 당신 바로 코앞에 있었어.」

「이번에도 틀렸습니다. 거기 있었던 건 맞는데 사라졌어요. 국방 장관의 시체에 폭탄을 연결해 두고 사라졌습니다. 이것까지 아셨습니까? 라카니 장군을 정보원으로 기르는 데 긴 시간을 투자했을 텐데, 이제 다시 시작하셔야겠습니다. 하지만 아완 총리가 이번에는 예전처럼 눈을 감고 살지 않을걸요. 모두 샤 덕분입니다. 그리 안정적인 동맹은 아니지만.」엘런은 이바노프를 노려보았다.「어디 있습니까?」그녀가 한층 언성을 높였다.「말해요.」

「미국.」

「어디?」

「플로리다.」

「어디?」

「팜비치.」

「거짓말. 우리가 그의 별장을 감시 중입니다. 아무도 오지 않았어요.」

「거기가 아냐.」이제 이바노프는 미소를 짓고 있었다.

「똑딱똑딱, 대통령님, 팜비치 어딥니까?」

하지만 이제는 엘런과 벳시 모두 답을 알고 있었다. 그런데도 러시아 대통령의 얇은 입술에서 그 말이 나오는 순간에는 역시 충격이었다.

41장

「난 안 믿습니다.」윌리엄스 대통령이 말했다. 「그건 폭군의 말일 뿐이에요. 에릭 던이 오만한 멍청이인 건 맞습니다. 이바노프나 샤는 말할 것도 없고 극우 세력에도 이용해 먹기 좋은 바보죠. 하지만 뻔히 알면서도 테러리스트를 보호해 줄 사람은 아닙니다. 이바노프가 거짓말을 하는 거예요. 당신을 갖고 노는 겁니다.」

엘런은 화가 나서 크게 숨을 내쉬며 벳시를 바라보았다. 그들은 에어포스 3을 타고 귀국하는 중이었다.

「대통령의 말이 틀리지 않아.」벳시가 말했다. 「이바노프의 표정을 봤잖아. 산 채로 네 껍질을 벗기고 싶은 얼굴이었어. 그자가 사실을 말했다는 보장이 없어. 아무리 네가 그 사진으로 그자를 협박했다 해도. 아니, 협박했으니 더욱더. 지금 이바노프는 널 망가뜨리기 위해서라면 무슨 짓이든 할 거야.」

엘런은 휴대폰을 손으로 가리고 있었지만, 대통령의 목소리가 여전히 작게 들려왔다. 마치 그가 휴대폰 안에 갇혀 있는 것 같았다. 「협박요? 사진은 또 뭡니까?」

엘런은 휴대폰에서 손을 떼고 사정을 설명했다.

「세상에. 그런 짓을 했어요? 그 애는……?」

「그 소년은 컴퓨터로 만든 가상 인물이었어요. 현실에는 존재하지 않습니다.」 엘런이 말했다.

「그건 다행이군. 하지만 장관이 사진을 조작해서 그걸로 한 나라의 수반을 협박했다고요?」 윌리엄스가 다그치듯 물었다.

「그자는 범죄 조직의 수장입니다. 그 범죄 조직은 핵폭탄을 미국 땅에 설치하는 일을 도왔고요. 네, 내가 그런 짓을 했습니다. 필요하다면 그보다 더한 짓도 할 거예요. 그럼 제가 뭘 할 줄 아셨습니까? 그자를 물고문이라도 할까요? 대통령님이 옳을 수도 있습니다. 샤가 던의 집에 있다는 그자의 말이 거짓일 수도 있어요. 그걸 판별할 방법은 하나뿐입니다.」

「설마 거기 가서 초인종을 누르겠다는 말은 아니겠죠?」

「아뇨. 전직 대통령의 집에 특공대를 보내서 그의 손님을 납치하자고 제안하는 겁니다.」

「맙소사.」 대통령은 한숨을 내쉬었다. 「이봐요, 엘런, 이바노프는 영리한 자입니다. 만약 이게 성공하더라도 우리는 그자의 손바닥에서 놀아나는 꼴이 될 수 있어요. 거기서 샤와 폭탄을 찾아내서 폭탄을 해체한다 해도, 우리는 불법적인 행위를 했을 뿐만 아니라 정적을 공격하기까지 했다는 이유로 쫓겨날 겁니다. 정말로 무기를 들고 가서 공격하는 거잖아요. 세상에, 내가 에릭 던의 땅에 대한 기습을 승인했다가 던이 부상을 입을 수도 있어요. 그러면 어쩔 겁니까?」 잠시 침묵이 흐른 뒤 윌리엄스 대통령이 물었다. 「던이 러시아의 정보원이라는 말을 믿습니까?」

엘런은 깊이 숨을 들이쉬었다. 「의도적으로 정보원 노릇을 하지는 않았을지라도, 자기도 모르는 사이에 그렇게 됐을 가능성은 있습니다. 그리고 그게 중요하지도 않아요. 결론은 똑같습니다. 만약 던이 백악관으로 돌아온다면 꼭두각시가 될 겁니다. 미국이 러시아의 한 주가 될지도 몰라요. 막심 이바노프가 모든 결정을 내릴 겁니다. 그러고는 자기 사람을 파키스탄 총리로 앉히고, 이란의 다음 대아야톨라 자리도 친러시아파에 주겠죠. 항상 자기가 초(超)강자라고 주장하던 이바노프가 정말로 초강자가 되는 겁니다.」

「엿 같네.」벳시가 한숨처럼 말했다.

「내 말이 그 말입니다.」윌리엄스가 말했다.「우리에게 유일한 희망은 샤가 던의 집에 있는지 던에게 직접 물어보는 것 같습니다. 정말로 거기 있다면, 자진해서 샤를 내놓으라고 던에게 호소하는 겁니다. 던이 우리 요구를 들어주면 좋고, 들어주지 않으면 적어도 우리가 애를 써보기는 했다는 증거가 남겠죠.」

「죄송합니다만, 대통령님, 미치셨습니까? 상대가 누군지 잊었어요? 다른 전직 대통령이라면 그 방법이 통할지 모르죠. 아니, 다른 전직 대통령이라면 바시르 샤를 손님으로 데리고 있지도 않을 겁니다. 위험을 무릅쓸 수는 없어요. 던에게 물어보는 건 샤에게 미리 경고해 주는 것과 같습니다. 기습만이 우리의 희망이에요.」

「어젯밤 바자우르에서는 효과가 없었습니다.」

「그랬죠.」그건 단순히 비극적인 일이 아니라, 걱정스러운 일이기도 했다. 가장 줄여서 말해도 이 정도였다. 반군들은 특수 부대가 온다는 사실을 미리 알고 있었던 것 같았다.

파르하드는 〈백악관〉이라고 말했다. 피트 해밀턴은 〈HLI〉라는 문자를 보냈다. 자신이 어떻게 될지 거의 확신하던 순간에.

두 사람 모두 죽으면서 같은 말을 하려고 했다. 〈반역자.〉

그 반역자가 샤에게 미국의 습격 계획을 알렸고, 샤는 그 소식을 탈레반에게 알렸다. 그리고 탈레반이 특수 부대원들을 죽였다.

그 반역자가 이번에는 폭탄에 대해 알고 있을 것이다. 아예 그가 백악관에 폭탄을 설치했을 가능성도 높았다. 그자가 누군지 찾아내야 했다. 그리고 이를 위해 엘런은 모험을 하는 수밖에 없었다.

「말씀드리지 않은 것이 있습니다, 대통령님.」

「맙소사, 설마 이바노프를 납치했다는 소리는 아니죠?」

「네. 하지만……」

「뭡니까?」

「피트 해밀턴이 살해당하기 전에 벳시에게 문자를 보냈습니다. 딱 세 글자였습니다. HLI.」

그녀는 반응을 기다렸다. 침묵이 흘렀다.

「어디서 들어 본 것 같은 말인데……」 윌리엄스가 말했다. 「HLI. 어디서 들었는지 모르겠네요. 뜻이 뭡니까?」

「고위급 정보원.」

「아아,」 대통령이 웃음을 터뜨렸다. 「그거로군. 몇 년 전 의회에서 돌아다니던 우스갯소리예요. 어떤 기자가 이것저것 묻고 다녔죠. 우익의 거대한 음모가 있다면서.」 그의 말을 들으니 우스운 얘기처럼 들렸다.

「네, 정말 재밌네요.」

다시 침묵이 흘렀다. 「이제는 그렇게 재밌는 이야기가 아닌 것 같군요.」 그가 인정했다.

「같다고요? 피트 해밀턴은 HLI에 대해 알아냈기 때문에 죽었어요. 마지막 순간에 한 일이 문자를 보내는 거였습니다. 그리고 분명히 말해서, 나는 그게 그냥 우익의 음모라고 보지 않습니다. 그 수준을 훨씬 넘어섰어요.」

「정말로 HLI가 있다고 믿는 겁니까?」

「네.」

「그럼 왜 나한테 일찍 말하지 않았습니까?」 대통령이 다그치듯 물었다.

「다른 사람한테까지 알려질까 봐서요. 대통령님과 가까운 누군가에게.」

「내 비서실장 말이군요.」

「네, 바브 스텐하우저는 최고위급 인사입니다. 게다가 바브의 비서도 있죠. 술집에서 해밀턴과 같이 있었다던 젊은 여자가 바로 그 비서였습니다. 그런데 지금 종적이 묘연해요. 정말 이상하지 않습니까?」

「누구든 이 모든 일을 기획할 만큼 똑똑하고 인내심이 강한 사람이라면, 희생양도 반드시 마련해 두었을 겁니다. 그렇죠?」

엘런은 침묵했다.

「내 비서실장은 희생양으로 지목되기 좋은 자리 아닙니까? 아니, 너무 좋은가요?」

「그 말씀이 맞을지도 모르죠. 답을 알아내는 방법은 HLI 웹사이트를 추적하는 것뿐입니다.」 엘런이 말했다. 「이름을 알아내야죠. 그러려면 알렉스 황을 찾아야 합니다.」

「누구요?」

「이것저것 묻고 다녔다던 백악관 출입 기자입니다.」

「그 기자 이름을 장관이 어찌 압니까?」

「우리 기자였으니까요. 취재를 완성하지 않고 회사를 그만뒀습니다. 당시에는 HLI를 파봐도 나오는 게 없다고 말했죠. 그냥 음모론자들이 만들어 낸 이야기 같다고요. 그자들은 아무거나 터무니없는 얘기를 만들어서 정체 모를 HLI 탓으로 돌릴 수도 있으니까요.」

「그게 맞는 얘기 같습니다만.」

「저도 그 뒤로 잊어버리고 있다가, 피트 해밀턴이 죽기 전에 보낸 정보를 보고 생각해 냈습니다. 게다가 이란 정보원도 죽기 직전에 〈백악관〉이라고 말했죠. 그걸 무시할 수는 없습니다.」

「어디 있습니까?」 윌리엄스가 물었다. 「그 기자.」

「벳시가 찾아냈습니다. 이름을 바꾸고 퀘벡의 어느 마을에 숨어 있어요. 스리 파인스라는 마을입니다. 우리와는 대화를 거부하고 있고요. 사람을 보내서 그를 설득해 보고 싶습니다. 황이 믿는 사람으로요. 우리가 그를 찾아냈으니, 샤도 곧 찾을 겁니다.」

「만약 그가 HLI에 대해 아는 걸 우리에게 말하지 않는다면?」 윌리엄스가 물었다. 「그 기자도 납치합니까? 안 될 것도 없죠. 아예 또 주권 국가를 침공하는 게 어떻습니까? 여기도 동맹국인데. 캐나다도 신경 쓰지 않을 겁니다.」

윌리엄스는 점점 지나치게 흥분하는 것 같아서 자제했다. 오늘 안에 폭탄을 찾아서 해체하고 목숨을 구하려면 머리를 맑은 상태로 유지해야 했다.

「이봐요, 샤가 우리의 선결 과제입니다. 그를 잡으면 돼요. 하지만 그러기 위해 내가 비밀 작전을 승인해야 하는군요. 벌건 대낮에. 우리 국민을 상대로. 전직 대통령을 상대로. 이건 분명히 해둡시다. 그건 불법이에요.」

「네, 뭐, 핵폭탄을 설치하는 일도 아마 불법일걸요.」 벳시가 말했다.

「대통령님이나 내가 오늘 정치적인 생명은 둘째치고 물리적인 생명이라도 구할 가능성은 아주 낮습니다.」 엘런이 말했다. 「감옥살이는 지금 걱정할 문제가 아니에요. 폭탄의 위치를 샤가 안다면, 그리고 우리가……」 엘런은 에어포스 3의 자기 책상 위에 놓여 있는 시계를 보았다. 공교롭게도 원자시계였다. 「폭탄을 찾아내서 해체할 시간이 10시간 남았다면, 저는 모든 법을 어겨서라도 그 일을 해내야 한다는 데 한 표를 던지겠습니다. 그다음에는 그냥 결과를 받아들여야죠.」

「우리를 아주 납작하게 눌러 버리는 결과가 될 겁니다, 엘런.」 대통령은 단순히 피로한 정도가 아니라 진이 다 빠진 것 같았다. 체념한 것 같기도 했다. 「내가 시동을 걸지요. 이번 방법은 효과가 있어야 할 겁니다. 샤가 거기 있어야 할 거예요.」

에어포스 3이 막 앤드루스 공군 기지로 접근하고 있을 때, 에릭 던은 첫 번째 티로 다가갔다. 특공대는 별장으로 접근하고 있었다.

이 클럽의 총무가 화를 내는 던의 비서에게 설명한 바에 따르면, 던이 골프를 치는 시간이 변경된 것은 뜻하지 않은 컴퓨터 고장 때문이었다.

특공대원들은 던이 집을 떠나는 모습을 지켜본 뒤 각자 위치를 잡았다.

경비병들이 보였다. 민간 용병들이 공격용 소총을 들고 서 있었다. 꽃줄처럼 몇 줄이나 둘러멘 탄띠 때문에 그들이 순찰을 돌 때면 철컹철컹 소리가 났다. 아니, 아예 그들이 움직이기도 힘들 것 같았다.

반면 델타포스 특공대원들은 은밀함과 속도가 무기였다. 그들은 칼, 총, 밧줄, 테이프를 소지하고 있었다. 그것이면 충분했다.

진짜 특공대원이라면 누구나 무기보다 사람이 더 중요하다는 점을 알고 있었다. 임무의 성공을 좌우하는 것은 무기보다 군인의 성격과 그가 받은 훈련이었다.

반면 극우 민병 대원들은 정신적 안정성보다 우지 기관 단총을 더 높이 쳤다.

원래 전직 대통령을 경호해야 하는 비밀경호국 요원들은 던이 데려온 이 민간 경호대에 밀려났다. 그날 아침 요원들은 본부에서 은밀한 전갈을 받고 평소보다도 더 뒤로 물러났다.

비밀 작전 팀의 대장은 용병들을 고작 몇 분 지켜보는 것만으로 그들이 평소에 어떻게 움직이는지 알아냈다.

그가 신호를 주자 대원들이 물밀듯이 담장을 넘어 고양이처럼 착지했다. 그리고 별장 건물을 향해 소리 없이 질주했다. 스캔 장비로 집 안에 사람들이 있는 위치를 이미 알아 두었으나, 그중에 누가 샤인지 정보를 바탕으로 판단한다 해도 확신할 수는 없었다.

사상자를 내면 안 된다는 것이 명령이었다. 다치는 사람도 없어야 했다. 놈을 잡아 데리고 나오는 일만 해야 했다.

거의 불가능한 임무였지만, 이 특공대원들은 원래 이런 임무만 맡았다.

한 조가 2층을 수색하는 동안 다른 한 조는 1층을, 또 다른 한 조는 지하를 수색했고, 또 다른 두 조는 뒤뜰로 은밀하게 나갔다. 거기에 한 남자가 앉아 있었다.

「놈이 아닙니다.」 특공대원은 이렇게 보고한 뒤 누군가의 눈에 띄기 전에 뒤로 물러나, 다음 사람에게 향했다.

「놈이 아닙니다.」

「놈이 아닙니다.」

「놈이 아닙니다.」

한 명씩 보고가 들어오는 동안 백악관과 에어포스 3에서는 윌리엄스와 엘런과 벳시가 특공대원들의 보디캠 영상을 지켜보았다. 세 사람은 숨소리도 제대로 내지 못했다. 만약 샤가 저기에 없다면…….

「놈이 아닙니다.」마지막 특공대원이 보고했다.

「놈은 여기 없습니다.」부(副)대장이 말했다.

잠시 침묵이 흐른 뒤 대장이 입을 열었다. 「주방에도 사람들이 있다.」

「여기 직원들입니다.」대원 한 명이 말했다. 「요리사, 설거지 담당, 서빙 직원으로 확인됐습니다.」

「내 스캔 화면에는 네 명이 있어. 틀림없이 냉동 창고에 있었을 거다.」금속으로 둘러진 냉동 창고 안의 사람은 스캔에 잡히지 않았다. 「다시 확인해.」

특공대원 두 명이 뒷계단을 통해 조용히 지하로 내려가서 곁방으로 숨어 들어갔다. 아침 식사 쟁반을 들고 2층으로 올라가던 보좌관을 간신히 피할 수 있었다.

주방으로 다가가자 빵을 튀기는 냄새와 고수풀 냄새가 났다. 그리고 살짝 외국어 말씨가 섞인 영어가 들려왔다.

「이건 파라타라는 겁니다.」불 앞에 선 남자가 삼각형 빵을 주물 팬으로 부치면서 말했다. 「이게 거의 익었을 때 달걀물을 추가하죠.」

델타포스 특공대원들이 주방으로 들어갔다. 요리사가 막 침입자의 존재를 알아차리고, 빵을 부치던 남자가 그들 쪽으로 고개를 돌리려는 순간 그의 입이 테이프로 막히고 머리에 자루가 씌워졌다.

「잡았습니다.」

특공대원 한 명이 그를 어깨에 둘러멘 뒤 동료와 함께 뛰어서 그 자리를 벗어났다. 그들이 몇 초 만에 번개처럼 사라졌기 때문에 요리사도 설거지 담당도 미처 반응할 틈이 없었다.

특공대원들이 계단을 뛰어 올라가는 동안 남자는 끙끙거리면서 몸부림을 쳤다. 특공대원들은 사람이 있는 곳을 알려 주는 기계의 도움으로 길을 찾아갔다.

주방에서 외치는 소리를 듣고 직원들과 경비 팀이 달려오자 특공대원들은 가까운 방으로 들어가, 그들이 지나갈 때까지 기다렸다.

특공대원들이 별장에 들어갔다가 나올 때까지 걸린 시간은 몇 분에 불과했다.

12분 뒤 민간 헬리콥터가 민간 비행장에서 이륙해 북쪽으로 향했다.

에어포스 3이 착륙했지만, 엘런과 벳시는 그대로 기내에 남아 작전을 지켜보았다.

「오, 하느님,」 헬리콥터가 이륙하자 엘런이 말했다. 「저게 가엾은 요리사가 아니라 정말로 샤여야 하는데.」

「머리에서 자루를 벗겨요.」 윌리엄스 대통령이 지시하자, 특공대장이 자루를 벗겼다.

그 안에서 나타난 얼굴은 이슬라마바드의 만찬 때 서빙을 맡은 웨이터의 것이었다.

악명 높은 핵물리학자의 얼굴이 그들을 노려보았다.

세상에서 가장 위험한 무기상이 그들을 노려보았다.

바시르 샤 박사였다.

「잡았어.」 엘런이 한숨을 내쉬며 말했다. 「아지 다하카를 잡았어.」

전화선으로 이어진 더그 윌리엄스가 웃는 소리가 들렸다. 안도감이 넘쳐서 살짝 히스테리 수준에 이른 것 같았다. 그러다 웃음소리가 멈췄다. 「아지 누구? 샤가 아닌 겁니까?」

「아, 죄송합니다. 샤 맞아요. 축하합니다, 대통령님. 해내셨어요.」

「우리가 해낸 겁니다. 저들이 해낸 거고.」 윌리엄스가 델타 특공대장의 이어폰을 향해 말했다. 「축하합니다. 이번 작전이 얼마나 중요했는지 내가 언젠가 여러분에게 직접 이야기해 줄 수 있으면 좋을 텐데요.」

「감사합니다, 대통령님.」

이 말을 듣고 샤의 눈이 커졌다. 그의 입에는 여전히 테이프가 붙어 있었지만, 그의 눈이 모든 것을 말해 주었다. 이들이 자신을 어디로 데려갈지 확실히 알 것 같았다.

그리고 그곳에서 미국 대통령 외에 또 무엇이 자신을 기다릴지도.

더그 윌리엄스는 고개를 숙이고 양손에 얼굴을 묻었다. 까끌까끌하게 돋아난 수염이 만져졌다.

그는 샤워와 면도를 하러 욕실로 들어가기 전에 〈아지 다하카〉를 찾아보았다. 정확한 철자를 몰라서 몇 번 시도한 끝에 검색할 수 있었다.

머리가 세 개인 파괴와 공포의 용. 거짓에서 태어나 세상을 파괴한다. 혼돈을 몰고 오는 뱀 폭군.

그래, 바시르 샤에게 모두 맞는 설명이었다.

그러나 더그 윌리엄스는 얼굴에 물을 끼얹고 거울을 보면서, 용의 머리 두 개는 누구의 것인지 궁금해졌다.

하나는 이바노프일 것이다. 그럼 나머지 하나는? HLI가 누구지?

샤워실에서 머리 위로 뜨거운 물을 맞고 있을 때에야, 다시 거의 인간이 된 것 같은 기분이 들었을 때에야 그는 생각이 났다.

엘런이 그 기자에 대해 한 말. 수많은 사람이 그랬듯이 그 기자도 안전한 곳을 찾아 캐나다로 도망쳤다고 했다. 엘런은 퀘벡의 어느 마을 이름을 말했다. 최근에 누군가에게서 들은 이름이었다.

그는 수건으로 몸을 닦으며 기억해 냈다. 불길에 타 죽기를 기다리던 그 공포의 순간을.

그때 장군이 자기 개의 이름이 파인이라고 말했다.

스리 파인스. 스리 파인스.

허리에 수건을 감고 서둘러 욕실에서 나온 그는 합참 의장에게 전화를 걸어 이야기를 들은 뒤 국무 장관에게 전화했다. 그녀도 백악관에 오기 전에 재빨리 샤워를 하고 옷을 갈아입으려고 집으로 향하는 중이었다.

「그 기자를 만날 사람을 퀘벡으로 보냈습니까?」대통령이 물었다.

「아뇨, 황이 믿을 만한 사람을 찾는 중입니다.」

「그럼 찾지 않으셔도 됩니다. 이미 찾은 것 같으니까.」

지금 시각은 오전 9시였다. 그들의 생각이 옳다면, 핵폭탄은 오후 4시에 터질 것이다.

7시간. 그들에게 남은 시간은 7시간이었다.

하지만 이제는 수중에 샤도 있었다. 게다가 어쩌면, 아지 다하카의 세 번째 머리에 대한 단서도 찾은 것 같았다.

「파인은 어때?」

「잘 있어. 귀가 조금 커졌지만.」전화기 속에서 장군이 말했다.

「그래?」아르망 가마슈는 자신이 기르는 독일산 셰퍼드 앙리를 내려다보았다. 이 녀석의 귀도 아래로 늘어뜨린다면 발에 걸릴 정도지만 지금은 두 귀가 바짝 서 있었다. 이 개는 항상 깜짝 놀란 것처럼 보였다.「워싱턴에서 천둥이 치는 것 같던데. 괜찮은가?」

「뭐, 사실, 그래서 전화한 거야. 알렉스 황이라는 사람을 아나?」

「그럼. 개인적으로 아는 사이는 아니고, 그 사람이 쓴 백악관 기사를 옛날에 자주 읽었지. 지금은 그만뒀지?」

「그래, 그만뒀지. 지금은 스리 파인스에 살아.」

「아닐걸. 여기에는 그런 이름을 가진 사람이 없어.」

「하지만 앨 첸은 있잖아. 미국인인데, 2~3년 전에 거기 왔을 거야.」

「2년 전이야.」가마슈의 목소리에 걱정이 스며들었다.「그 친구가 황이라는 건가? 이름을 왜 바꾼 거지?」

「그래서 전화한 거야. 부탁할 일이 있어서.」

엘런은 샤워실로 들어갔다. 마침내.

그녀는 눈을 감고 얼굴에 떨어지는 따뜻한 물줄기를 그대로 맞았다. 물이 그녀의 지친 몸을 타고 폭포처럼 흘러내렸다. 다친 곳은 전혀 없느데도 온몸에 멍이 든 것 같았다. 어쨌든 눈에 보이는 상처는 없었다. 하지만 지난 며칠 동안 겪은 충격, 고통, 공포를 영원히 잊을 수 없을 것 같았다.

그러니까 상처는 안에 있었다. 영원한 상처였다.

지금은 그런 것을 생각할 때가 아니었다. 아직도 달려갈 길이 남았다. 최후의 질주를 해야 할 때였다.

그녀와 벳시는 재빨리 샤워를 하고 옷을 갈아입으려고 그녀의 집으로 왔다. 잠깐 정비를 하는 시간이었다. 벳시에게도 그럴까?

샤워를 마치고 나오니 방금 끓인 커피 냄새와 단풍나무로 훈제한 베이컨 냄새가 났다.

「아침 식사를 만드는 거야?」 엘런은 밝고 유쾌한 부엌으로 들어가면서 물었다. 「세상이 문자 그대로 폭발할 판인데 넌 베이컨을 굽고 있네.」

「네가 좋아하는 시나몬 빵도 데우고 있어.」

그러고 보니 그 냄새도 났다.

「날 고문할 셈이야? 난 여기 오래 못 있어. 백악관에 가야 돼.」

「가지고 나갈 수 있게 만들었어. 차 안에서 먹고 마시면 돼.」

「벳시……」

벳시는 손에 뒤집개를 든 채로 동작을 멈추고 엘런을 바라보았다. 「아냐, 말하지 마.」

「넌 여기 있어.」

「무슨 말도 안 되는 소리야. 너랑 나는 유치원 때부터 제일 친한 친구였어. 네가 내 목숨을 구해 준 적도 몇 번이나 되고, 정서적으로도 경제적으로도 나를 지탱해 줬지. 패트릭이 죽은 뒤에……」 벳시는 흡 하고 숨을 들이쉬었다. 바닥이 없는 심연 같은 상처 가장자리에서 비틀거리는 것 같았다. 「넌 내 최고의 친구야. 날 두고 가면 가만히 안 있어.」

「넌 여기 있어 줘. 캐서린을 위해. 길을 위해. 우리 개들을 위해.」

「넌 개 안 키우잖아.」

「그렇지만 네가 몇 마리 키울 거잖아, 그렇지? 만약에…….」

벳시의 눈이 따끔거리기 시작했다. 숨도 제대로 쉬어지지 않았다. 「날. 두고. 갈. 생각은. 마.」

「네가 필요해.」엘런이 말했다. 〈제발, 말해. 같이 가자고. 내 옆에 있어 달라고 말해.〉그녀는 자신에게 애원했다. 「여기 있어 줘. 내 말대로 하겠다고 해. 제발. 이번만은 좀. 내가 영상 통화로 전화할게. 네가 여기 없으면 난 전화를 끊어 버릴 거야. 진짜로.」

「여기 있을게.」

「복도의 전화기 옆에 번호를 두고 갈게. 필요할 때 거기로 전화해.」

벳시는 고개를 끄덕였다.

엘런은 그녀를 꼭 끌어안았다. 「과거, 현재, 미래가 술집 안으로 걸어 들어와…….」

벳시는 친구를 꼭 붙잡고 뭐라고 말하려 했지만 아무 말도 나오지 않았다. 엘런은 뒤로 물러나 벳시의 뺨에 입을 맞춘 뒤 몸을 돌려 걸어갔다.

그녀는 대기 중인 자동차를 향해 빠르게 걸어가면서 복도에 걸린 액자들을 지나쳤다. 아이들 사진, 생일 파티 사진, 추수 감사절과 크리스마스 사진. 그녀와 퀸의 결혼식 사진.

벳시와 자신이 어렸을 때 찍은 사진. 벳시는 콧물을 줄줄 흘리는 더러운 몰골이었고, 엘런은 티끌 한 점 없이 깨끗했다. 이 두 반쪽이 모여 찬란한 하나가 되었다.

엘런 애덤스는 집에서 나와 SUV에 올라탔다. 대통령과 핵폭탄이 기다리는 백악관으로 그녀를 데려다줄 차였다.

「긴장이 넘치네.」벳시는 차가 밖으로 빠져나가는 것을 지켜보며 속삭였다. 그러고는 천천히, 천천히 무릎을 꿇었다. 엘런의 향수 냄새가 그녀 주위에 연하게 남아 있었다. 마치 그녀를 안전하게 지켜 주려는 듯이. 아로마틱스 엘릭서의 냄새였다.

그녀는 몸을 구부려 최대한 작게 만들고 눈을 감은 뒤, 몸을 앞뒤로 흔들었다.

벳시 제임슨은 그냥 무서운 정도가 아니라 공포에 질려 있었다.

퀘벡 경찰서의 강력반장인 가마슈 형사가 서점에 들어왔다.

「아직 안 들어왔어요, 아르망.」머나가 말했다.

「뭐가 안 들어와?」

「손녀한테 준다고 주문하신『샬럿의 거미줄』말이에요. 머리가 복잡하신 것 같네요.」

「조금. 앨 있어?」

「루스의 집에서 눈을 치우고 있어요.」

「눈을 퍼서 루스를 꺼내는 거야 가두는 거야?」아르망이 묻자 머나가 웃음을 터뜨렸다.

「이번에는 꺼내는 거예요.」

「Merci(감사합니다).」아르망은 이렇게 인사하고 나서 수정처럼 맑은 겨울 날씨 속에서 루스 자도의 작은 집으로 걸어갔다. 높이 쌓인 눈더미 뒤에서 눈이 풀썩거리고, 삽이 번쩍거리는 것이 보였다.

「앨?」

추위와 노동으로 얼굴이 벌겋게 된 40대 후반의 앨이 삽질을 멈추고 삽에 몸을 기댔다.「아르망, 어쩐 일이에요?」

「이야기 좀 할 수 있나?」

앨은 이웃인 아르망을 빤히 바라보았다. 그의 표정을 보니 무슨 일인지 알 것 같았다. 앨은 몇 시간 전 국무부에서 일하는 벳시라는 사람의 연락을 받고, 자신은 새로운 인생을 살고 있으니 이야기하고 싶지 않다고 말했다. 이 평화로운 삶이 좋다고.

이제야 찾은 삶이었다.

비록 완전히 평화롭지는 않았지만. 낮이나 밤이나 매일 그의 삶에는 그림자가 드리워져 있었다. 앨 첸은 그림자가 옆으로 비켜나서 그 속에 감춰져 있던 생물이 모습을 드러내는 이런 날이 언젠가 올 것을 알고 있었다.

첸은 길게, 길게 숨을 내쉬었다. 그의 입김도 연기처럼 길게 이어졌다. 그는 쌓인 눈 속에 삽을 박아 넣었다. 「좋습니다, 이야기하죠.」

두 사람은 주점으로 걸어갔다. 눈이 발밑에서 뽀드득뽀드득 소리를 냈다. 높이 쌓인 눈에 반사된 밝은 햇빛 때문에 두 사람은 눈을 가늘게 떴다.

저 앞에 주점이 보였다. 첸에게는 평화로운 삶의 끝을 뜻했다.

안으로 들어간 두 사람은 벽난로 앞에 자리를 잡고 카페오레를 주문했다.

「메르시.」음료가 도착하자 가마슈가 말했다. 그러고는 앨에게 시선을 돌려 잠시 유심히 살펴보았다. 그가 숨죽인 목소리로 말했다. 「자네가 누구고 왜 여기에 왔는지 알아. 숨으려고 온 거지?」

앨은 아무 말도 하지 않았다. 그래서 가마슈는 말을 이었다.

「자네가 계속 여기 머무는 이유도 알아.」 그는 서점과 이어진 문을 바라본 뒤, 첸을 향해 몸을 기울이고 목소리를 더욱더 낮췄다. 「놈이 자네를 찾아내면 여기에 온갖 지옥을 몰고 올 거야. 자네뿐만 아니라 머나에게도, 다른 사람들에게도.」

「누구 얘길 하시는 건지 모르겠네요, 아르망. 〈놈〉이 누굽니까?」

「자네가 여기 숨어서 피하려는 사람. 내가 꼭 말로 해야 하겠나? 우리가 자네를 찾아냈으니, 놈도 찾아낼 거야. 우리한테 시간이 얼마나 남았는지는 몰라도, 아마 금방일걸.」

「저는 돌아갈 수 없어요, 아르망. 간신히 도망쳤다고요.」 그의 손이 덜덜 떨렸다. 아르망은 2년 전 여기에 처음 나타났을 때의 그를 기억했다.

그는 큰 소리가 날 때마다 몸을 떨었다. 사람이 북적거리는 방에는 들어가지도 못했다. 남이 말을 거는 것은 고사하고 자기를 바라보기만 해도 그는 또 덜덜 떨었다. 올리비에와 가브리의 민박집에서 방에 틀어박힌 그를 구슬려서 데리고 나오는 게 그들이 할 수 있는 최선이었다. 머나가 따스하게 노래하는 듯한 목소리와 초콜릿케이크로 그 일을 해냈다.

그녀는 그가 책을 좋아하는 것 같아서 어느 여름날 저녁 자신의 서점 문을 닫은 뒤 그를 초대했다. 그 뒤 사흘마다 한 번씩 그녀는 폐점 시간 뒤에 그가 혼자 책을 볼 수 있게 해주었다. 그는 종류를 가리지 않고 책을 샀다. 때로는 새 책을 샀지만 헌책을 살 때가 많았다.

그러다 머나가 그를 구슬려서 뒤뜰로 데리고 나와 함께 맥주를 마시며 벨라벨라강을 지켜보았다. 서로 이야기를 할 때도 있고 하지 않을 때도 있었다.

그러다가 나중에는 앞뜰까지 그를 데리고 나왔다. 거기서 그는 느리지만 결코 정체되는 법이 없는 마을 사람들의 삶을 지켜보았다.

이렇게 앨 첸은 조금씩 밖으로 나왔다.

그리고 이제는 완전히 이 마을의 일원이 되어 있었다. 비록 마을 사람들에게 모든 것을 솔직하게 털어놓지는 않았지만.

「머나는 자네가 누군지 아나?」

「아뇨, 제가 과거 이야기를 안 하려고 하는 것만 알아요. 제가 누군지는 모릅니다.」

「그럼 나도 머나에게 말하지 않겠네. 하지만 자네는 그곳으로 돌아가야 돼. 그 HLI라는 웹사이트에 대해 자네가 아는 걸 알려 줘야지.」

앨은 고개를 저었다. 「안 갑니다, 못 가요.」

「앨,」 가마슈가 말했다. 「지금 바시르 샤가 잡혔어. 워싱턴으로 이송되는 중일세. 이제 그쪽에서는 그 고위급 정보원이 누군지 알아야 해. 자네도 이해하지?」

「샤가 잡혔다고요? 정말로요? 그냥 하시는 말씀 아니에요?」

「잡혔어. 놈이 얼마나 위험한지는 자네도 알지? 놈의 일당이 무슨 짓을 저지를 수 있는지도. 윌리엄스 대통령은 백악관에 있는 샤의 정보원이 누군지 알아야 하네.」

아르망은 미국에 설치된 폭탄에 대해서는 듣지 못했다. 장군은 그 정보가 꼭 필요하지 않다고 보았다. 유럽의 버스에서 폭탄이 터진 일을 아르망은 당연히 알고 있었다. 다른 폭탄이 있다는 이야기도 들었다. 더 강력한 폭탄이 어딘가에 있다고 했다.

「자네가 돌아갈 수 없다면 나한테 말하게. 고위급 정보원이 누구야? 그가 누군가?」

가마슈는 고함을 지르는 대신 목소리를 더욱 부드럽게 만들었다. 그동안의 수많은 경험으로 그는 사람들이 고함을 지르는 상대에게 자연스레 방어막을 친다는 사실을 알고 있었다. 하지만 부드럽게 말하는 사람에게는, 상처를 입고 겁에 질린 짐승처럼 다가올 때가 있었다.

앨 첸은 고개를 저었으나, 이번에는 분위기가 달랐다. 대화를 거부하는 것이 아니라, 그의 말에 이의를 제기하는 몸짓이었다.

「그가 아닙니다.」

「여자야?」

「그들입니다. 제가 알아낸 게 그거예요. HLI는 한 사람이 아닙니다. 아니, 한 사람이었는지도 모르죠. 지휘자가 있는 게 분명했으니까요. 하지만 제가 알아낸 바로는, HLI는 집단입니다. 조직이에요.」

「목적이 뭔데?」

「미국을 자기들이 생각하는 올바른 모습으로 돌려놓는 것. 제가 아는 한, 그 단체는 불만을 품은 권력자들로 이루어져 있습니다.」

「무슨 불만?」

「정부에 대한 불만이죠. 나라가 나아가는 방향에 대한 불만. 문화의 변화에 대한 불만. 그들은 진짜 미국의 가치가 사라져 가고 있다고 봅니다. 그냥 과거를 그리워하면서 되돌리고 싶어 하는 점잖은 보수주의자들이 아니에요. 극단적인 극우주의자입니다. 파시스트죠. 백인 우월주의자, 민병대. 그들은 미국이 더 이상 미국이 아니라고 보기 때문에, 자기들의 행동이 불충이라고 생각하지 않습니다. 오히려 그 반대죠.

자기들이 기울어진 배를 바로잡는다는 거예요.」

「배를 침몰시켜서?」

「배를 정화해서. 그게 나라를 위한 자기들의 의무라고 생각해요.」

「군인들인가?」

첸은 고개를 끄덕였다. 「고위급입니다. 존경받는 사람들이고요. 하원 의원, 상원 의원도 있어요.」

「Mon Dieu(세상에).」가마슈가 속삭인 뒤 잠시 허리를 펴고 벽난로의 불을 바라보았다.

「누군가? 이름이 필요해.」

「저도 알면 말했겠죠. 모릅니다.」

「전 대통령의 지지자인가?」

「겉으로만 그래요. 이 사람들은 정부를 증오합니다. 전 대통령의 정부조차도.」

「하지만 정부의 일원도 있잖아. 자기들도 정치인이니.」

「거대한 시스템을 무너뜨리려면 안에서부터 썩게 만들지 않겠어요?」

가마슈는 고개를 끄덕였다. 「HLI는 다크 웹에 있는 사이트지? 이 사람들이 거기서 정보를 공유하는 거고.」

「다크 웹 너머예요.」

가마슈는 눈썹을 올렸다. 「그런 게 있는 줄은 몰랐는데.」

「인터넷은 우주와 같아요. 결코 끝나는 법이 없죠. 온갖 종류의 경이와 온갖 종류의 블랙홀이 있어요. 제가 HLI를 찾은 곳이 거깁니다.」

「주소를 말해 봐.」

「저는 몰라요.」

「못 믿겠는데.」

두 사람은 서로를 빤히 바라보았다. 가마슈는 앨 첸의 눈에서 두려움과 분노를 보았다. 첸은 가마슈의 눈에서 초조감과 짜증을 보았다. 하지만 그것만이 아니었다.

그의 눈 속 깊은 곳에 연민이 있었다. 이해도 있었다. 가마슈는 두려움이 무엇인지 아는 사람이었다.

앨 첸은 깊이 숨을 들이쉬며 서점 쪽을 흘깃 보았다. 머나가 새로 들어온 책을 분류하고 있었다. 앨 첸이 갑자기 뜻밖의 행동을 했다.

그가 셔츠의 단추를 풀자 심장 위쪽에 흉터가 있었다. 「머나에게는 어머니가 사용하시던 속기로 어머니가 좋아하시던 인용구를 새긴 거라고 말했습니다.」

「그 말을 믿던가?」

「잘 모르겠습니다. 받아들이긴 했어요.」

「원래는 그게 뭔데?」

「HLI의 주소입니다.」

가마슈는 고개를 한쪽으로 살짝 기울이고 흉터를 보다가, 첸의 눈으로 시선을 돌렸다. 「이런 건 한 번도 본 적이 없어.」

「그럼 운이 좋으신 겁니다. 이 주소가 형사님을 블랙홀로 데려가겠지만, 들여보내 주지는 않을 거예요. 입장을 위한 암호가 있어야 합니다.」

「그럼 그 암호는?」

첸이 고개를 저었다. 「그건 끝내 못 구했습니다. 제가 여기까지 알아냈을 때 놈들이 사람을 시켜서 저를 추적했어요. 그래서 제가 여기로 온 겁니다.」

그는 유리에 서리 같은 무늬가 새겨지고 가운데에 세로로 창살이 있는 창문을 내다보았다. 소나무 세 그루가 마을 위로 솟아올라 하늘을 가리키고 있었다.

「입장 암호가 필요해.」 가마슈가 말했다. 「그걸 누가 갖고 있을지 혹시 아나?」

「뭐, HLI의 회원이라면 다 갖고 있겠죠. 바시르 샤도 알 가능성이 있고요.」

「괜찮겠나?」 가마슈는 휴대폰을 들어 보이며 말했다. 첸이 고개를 끄덕이자, 그는 첸의 가슴에 짧은 한 줄로 새겨진 숫자와 글자와 기호를 사진으로 찍었다.

아무리 봐도 웹사이트 주소 같지 않았다. 적어도 정상적인 사이트는 아니었다. 어쨌든 이 세상에서는.

「누가 자네한테 이걸 새긴 건가?」

「제가 했습니다. 어느 날 술에 잔뜩 취해서.」

「왜?」

「이유는 아실 텐데요, 아르망.」

앨은 다시 셔츠의 단추를 잠갔고, 두 사람은 함께 술집을 나섰다. 알렉스 황은 두툼한 파카를 입었는데도 여전히 살을 에는 듯한 추위를 느꼈다. 아무리 몸을 감싸도 따뜻해지지 않았다. 이 냉기는 안에서부터 나오는 것이었다. 하지만 이제는 다시 온전한 인간이 되어 몸이 따스해질지도 모른다는 생각이 들었다.

헤어지기 전에 아르망이 고맙다고 인사하며 물었다. 「어머니가 정말로 좋아하시는 인용구가 있었나?」

「네, Noli timere(두려워 마라)였습니다.」

아르망이 한 손을 내밀었다. 「Noli timere.」

황이 고마운 줄 모르는 시인을 눈 속에서 파내는 작업을 다시 시작하러 가는 동안 아르망은 집으로 가서 친구에게 사진을 보냈다. 미국 합참 의장이 그의 친구였다. 그 사진에는 어느 웹사이트 주소만이 아니라 한 남자의 자기혐오 또한 담겨 있었다. 자신의 비겁함을 매일 일깨우기 위해, 자신을 비난하기 위해 그는 자신의 살에 이것을 새겼다.

〈Noli timere.〉 아르망은 보내기 버튼을 누르면서 속으로 되뇌었다. 두려워 마라.

어쩌면 이제 앨 첸, 아니 알렉스 황이 그 흉터를 다른 눈으로 보게 될 수도 있었다. 할렐루야나 축복으로. 그 무시무시한 글자와 숫자와 기호를 심장 위에 새긴 것은 절대 잊어버리지 않기 위해서라고. 이 마을까지 도망쳐 와서 결국 심장을 가져간 여인을 만났다고.

아르망은 찬란한 날씨를 내다보며 속삭였다. 「두려워 마라. 두려워
마라.」
하지만 그는 두려웠다.

42장

이제 게임의 마지막 순간이었다.

방 안의 사람들 모두가 알고 있었다.

워싱턴 시간으로 오후 2시 57분. 즉 14시 57분. 16시까지는 아직 1시간 3분이 남아 있었다. 폭탄을 찾아내서 해체할 수 있는 시간. 첫 번째 암호 메시지가 국무부의 아나히타 다히르 책상에 도착한 때로부터 지금까지 영원만큼 긴 시간이 흐른 것 같았다.

하지만 그동안 그들이 충분히 성과를 얻은 걸까?

모든 주요 도시에 팀들이 대기 중이었다. 전 세계 모든 정보기관은 알카에다와 동맹들 사이의 대화를 가로채서 파고들었다. 이번 일이 시작되었을 때부터 줄곧. 하지만 지금까지는 아무 소득이 없었다.

유일한 희망은 오벌 오피스에서 등받이가 딱딱한 의자에 앉아 있는 중년의 파키스탄 과학자뿐이었다. 그는 맞은편 책상에 앉아 있는 미국 대통령을 노려보았다.

「폭탄이 어디 있는지 말해, 샤 박사.」 윌리엄스가 말했다.

「내가 왜?」

「그럼 부인하지는 않는 건가?」

샤는 재미있다는 표정으로 고개를 갸우뚱하게 기울였다. 「부인? 난 너희 미국인들 때문에 몇 년 동안 가택 연금 상태로 지내면서 이 순간을 생각했어. 이 순간을 꿈꿨어. 여기 미국에서 벌어지는 일들을 지켜보면서. 너희가 민주주의를 뒤범벅으로 만드는 걸 지켜보면서. 아주 재미있었지. 최고의 리얼리티 쇼였다고. 비록 진짜 현실은 아니지만. 이른바 민주주의 정치라는 것은 대부분 환상이잖아. 위대한 하층민들을 위한 연극.」

「폭탄이 존재하지 않는다는 뜻인가?」 엘런이 말했다.

「그건 아니지. 폭탄은 있어.」

「그럼 너도 같이 폭발하고 싶지 않은 이상 우리한테 폭탄 위치를 말해야 할 텐데. 시간이……」 엘런은 시계를 확인했다. 「59분 남았어.」

「내가 당신 주머니에 슬쩍 넣어 준 암호를 해석한 모양이네. 맞아, 59분. 아, 59분 뒤에는 모든 게 사라지지. 대혼란과 독재 중에 하나를 선택하라면 미국인들이 뭘 선택할 것 같아? 또 공격이 있을 거라고 두려워하면서 공포에 질려 테러리스트가 시키는 대로 할걸. 스스로 자기들의 자유를 파괴할 거야. 권리를 빼앗기는 것도 받아들이겠지. 심지어 박수까지 칠걸. 수용소. 고문. 추방. 자유주의 의제들, 여자의 평등, 동성혼, 이민자, 이런 것들 때문에 진짜 미국이 죽어 버렸다고 비난할 거야. 소수의 애국자들이 대담하게 행동에 나선 덕분에, 할아버지 할머니 시대의 미국, 백인 앵글로색슨 그리스도교인이 대부분이고 하느님을 무서워할 줄 아는 미국이 되살아날 거라고 하겠지. 그 일을 위해 수천 명을 무참히 죽여야만 한다면, 뭐, 어차피 이건 전쟁이니까. 미국이라는 등대가 이렇게 죽을 거야. 자살로. 솔직히 이미 기침을 하면서 피를 토하는 상태였잖아.」

「폭탄 어디 있어!」 윌리엄스 대통령이 호통을 쳤다.

「난 쿠데타를 많이 봤는데, 이렇게 가까이서 보는 건 처음이야.」 샤가 몸을 앞으로 기울였다. 「모든 쿠데타에는 한 가지 공통점이 있는데, 그게 뭔지 궁금해?」

윌리엄스와 엘런은 그를 노려보았다.

「말해 줄게. 쿠데타는 항상 아주…… 갑작스러워. 적어도 쿠데타로 밀려나는 사람한테는 그렇지. 권좌에서 쫓겨나는 사람들, 어쩌면 총살이나 교수형을 당할 수도 있는 사람들은 모두 지금의 당신 같은 표정이야, 대통령 각하. 충격. 경악. 당혹. 두려움. 어떻게 이런 일이 있을 수 있지? 하지만 당신이 주의를 기울였다면 물살이 바뀌는 걸 알아차렸을 거야. 수면이 점점 높아져서 반란이 되는 걸. 다른 사람들과 마찬가지로 당신 잘못도 그거야.」

샤는 등받이에 등을 기대고 다리를 꼬았다. 그리고 무릎에서 뭔가를 터는 시늉을 했다. 하지만 엘런은 그의 손이 살짝 떨리는 것을 포착했다. 웨이터로 변장하고 그녀에게 샐러드를 건넬 때는 보지 못한 광경이었다.

그가 떠는 것은 처음 보았다.

이 남자도 결국 겁을 내고 있었다. 하지만 뭐가 무서운 거지? 죽는 것? 아니면 다른 것? 아지 다하카가 무서워할 일이 뭐가 있을까? 하나밖에 없었다.

자기보다 더 큰 괴물.

손이 꽤 떨리는 것을 보니, 괴물이 아주 가까이에 있음이 분명했다.

「밖을 보면서 적이 나타나지 않는지 수평선을 살피다가 자기 집 뒤뜰에서 일어나는 일을 놓친 거야.」 그가 계속 말을 이었다. 「여기 미국 땅에, 당신의 도시에, 상점에, 중심지에 그것이 뿌리를 내리고 있었는데. 당신 친구들 사이에, 가족들 사이에. 분별 있는 보수주의자가 오른쪽으로 이동하고, 우파는 극우로 이동하고, 극우는 극보수주의로 이동하고. 분노와 좌절감에 휩싸인 그들은 온갖 정신 나간 이론들과 거짓 〈사실들〉, 거짓말을 토해 낼 권리를 얻은 말쑥한 정치가들이 판치는 인터넷 덕분에 과격화됐지. 당신이 가까이에서 보지 못하는 걸 나는 멀리서 봤어. 이곳 사람들의 불만이 분노로 자라나는 걸. 이른바 애국자들은 분노, 의지, 경제적 뒷받침을 모두 갖고 있었어. 도화선도 갖고 있었지. 단 하나 모자란 건 내가 제공할 수 있었고.」

「폭탄이군.」 윌리엄스가 말했다.

「핵폭탄.」엘런이 말했다.

「바로 그거야. 내가 딱 가택 연금에서 풀려나기만 하면 되는데 말이야, 이 나라의 대통령이라는 쓸모 있는 멍청이가 그걸 해줬어. 그렇게 해서 내가 두 조각을 맞출 수 있게 된 거야.」그는 양손을 들어 올렸다. 「국제적 테러 조직 알카에다와 여기 국내의 애국자들.」그는 두 손을 하나로 합쳤다. 「그랬더니 짠! 맞아, 난 오래전부터 이 순간을 생각했어. 시간과 인내심, 시간과 인내심. 톨스토이는 이걸 지닌 사람이 가장 강한 전사라고 했지. 맞는 말이야. 이걸 둘 다 지닌 사람은 거의 없거든. 난 둘 다 있어. 그래, 내가 고향인 이슬라마바드에서 이 광경을 지켜보게 될 거라고 생각했던 건 사실이야. 하지만 지금은 이렇게 맨 앞줄에 앉아 있네.」

「아니, 넌 무대에 올라가 있어.」엘런이 말했다.

샤가 엘런에게 시선을 돌렸다. 「그건 당신도 마찬가지야. 난 돈은 많이 벌리지만 위험한 일에 종사하고 있지. 내 일에 환상을 품고 있지는 않아. 그래서 내가 어떻게 죽을지 여러 가지 상상을 해봤는데, 솔직히 빛이 번쩍하는 순간 바로 죽는 게 제일 좋을 것 같더라고. 난 준비됐어. 당신은?」그는 다시 대통령에게 시선을 돌렸다. 「만약 내가 당신한테 정보를 주면, 내 고객들은 내게 훨씬 느리고 훨씬 빛이 덜한 죽음을 줄 거야.」

「십중팔구 그렇겠지.」윌리엄스가 말했다. 「당신이 우리한테 붙잡히는 바람에 놈들이 당신한테 손을 못 대는 것이 다행일걸. 이 건물 안에 HLI가 있다면 모를까.」

샤는 이 말을 듣고 순간적으로 당황했다. 짧은 순간이었지만 엘런은 바시르 샤가 누구를 무서워하는지 알아차렸다. 그보다 더 큰 괴물은 바로 고위급 정보원이었다.

「HLI?」샤가 말했다. 「무슨 소린지 전혀 모르겠는걸.」

「그거 안타깝군.」윌리엄스가 말했다. 「물론 당신이 안타깝다는 건 아니고. 아마 다른 사람들이.」

샤의 얼굴이 미소 짓는 표정 그대로 얼어붙었다. 「무슨 소리야?」

남은 시간 52분.

「글쎄,」 윌리엄스가 말했다. 「당신은 시체로 흔적을 계속 남겼지. 일을 마무리하려고 죽이기도 하고, 다른 사람들한테 경고하려고 죽이기도 하고. 당신이 우리 수중에 있다는 걸 당신 친구들이 알면 같은 짓을 하지 않을까 싶은데. 자, 알카에다가, 러시아 마피아가 자기들을 배신하면 안 된다는 본보기를 보이려고 누굴 찾아갈까?」

엘런은 허리를 숙여 샤에게 귓속말을 했다. 재스민 냄새와 땀 냄새가 났다. 「내가 힌트를 하나 줄까? 내 언론사들이 당신의 암시장 무기 판매에 대해 보도하기 시작했을 때 당신이 뒤쫓은 사람이 누구지? 내 남편을 독살한 게 누구야? 내 아이들한테 겁을 준 사람은? 바로 어제 내 아들과 딸을 죽이려고 한 사람은?」

「내 가족? 내 가족들을 해치려고?」

엘런은 허리를 폈다. 「아니, 샤 박사, 그게 당신과 우리의 수많은 차이점 중 하나야. 우린 당신 식구들을 해치지 않아.」

샤가 크게 숨을 내쉬었다.

「안타깝게도 파키스탄과 그 너머에 나가 있는 우리 요원들과 정보원들은 모두 폭탄에 대한 정보를 추적하느라 바빠. 우리 동맹들도 마찬가지고. 그러니 우리는 당신 가족들을 절대로 해치지 않을 테지만, 보호해 줄 수도 없어. 당신이 백악관에 와 있는 이유에 대해 알카에다가 어떤 정보를 입수했는지 누가 알까. 이바노프와 러시아 마피아가 무슨 생각을 할지 어찌 알겠어?」

「심지어 이런 것도 가능하지.」 윌리엄스 대통령이 말했다. 「당신이 우리한테 협조하고 있다는 소문이 도는 거야. 당신이 미국의 정보원이라고. 민주주의. 언론의 자유. 재미있지 않나?」

「내가 절대 배신할 사람이 아니라는 걸 그들도 알아.」

「확실해? 내가 테헤란에 갔을 때 대아야톨라가 고양이와 쥐가 나오는 페르시아 우화를 이야기해 줬어. 당신도 아는 이야기인가?」

샤는 고개를 끄덕였다.

「하지만 당신이 좋아할 법한 다른 우화가 있어. 개구리와 전갈이 나오는 건데.」

「관심 없어.」

「전갈은 강을 건너고 싶지만 헤엄칠 줄을 몰라. 누군가의 도움이 필요하지. 그래서 개구리한테 자신을 등에 태워 강을 건네달라고 부탁해.」 엘런이 말했다. 「그랬더니 개구리가 이러는 거야. 〈내가 건네주면 네가 날 찔러서 죽일 거야.〉 전갈은 코웃음을 치지. 〈널 찌르지 않겠다고 약속하지. 그랬다가는 우리 둘 다 물에 빠질 테니까.〉 그래서 개구리는 그의 부탁을 받아들여 전갈과 함께 강을 건너.」

샤는 그녀를 외면하고 있었지만, 이야기에는 귀를 기울였다.

「그런데 강을 절반쯤 건넜을 때 전갈이 개구리를 찔러 버리지. 개구리는 마지막 숨을 내쉬면서 왜 그랬냐고 물어.」

「그러니까 전갈이 대답하길, 〈나도 어쩔 수 없어〉.」 윌리엄스 대통령이 말했다. 「〈그게 내 본성이니까.〉」 대통령은 책상 위로 몸을 기울였다. 「당신이 어떤 사람인지 알아. 당신의 본성을 우리가 안다고. 당신의 동맹이라는 자들도 알겠지. 당신이 한순간에 자기들을 배신할 사람이라는 걸. 폭탄이 어디 있는지 말해. 그러면 우리가 당신 가족을 보호해 주지.」

그 순간 바브 스텐하우저가 오벌 오피스로 들어와 윌리엄스 대통령에게 곧장 다가갔다.

「팀 비첨이 돌아와서 밖에서 기다리고 있습니다. 안으로 안내할까요?」

「그래, 바브.」

「그리고 던 대통령에게서 전화가 와 있습니다. 화가 난 것 같습니다.」

윌리엄스는 시간을 확인했다. 남은 시간 50분.

「1시간 뒤에 다시 전화하라고 해.」

캐서린 애덤스, 길 바하르, 아나히타 다히르, 찰스 보인턴은 휘청거리는 탁자에 말없이 앉아 있었다. 구석에 걸려 있는 전구 하나가 전부였기 때문에, 그들의 얼굴은 대부분 어둠에 잠겨 있었다.

그게 차라리 나았다. 그렇지 않아도 다른 사람들의 공포가 점점 커지는 것이 느껴지는데, 굳이 눈으로까지 볼 필요는 없었다.

보인턴이 휴대폰을 건드리자 반짝 시간이 표시되었다. 파키스탄 시간으로 밤 12시 10분. 오사마 빈라덴이 죽은 시각까지 50분 남았다.

수백 명, 어쩌면 수천 명이 죽을 때까지 50분. 캐서린과 길의 어머니도 거기에 포함될 것이다.

그런데 그들이 할 수 있는 일이 하나도 없었다.

바시르 샤는 팀 비첨이 걸어 들어오는 문으로 시선을 돌렸다.

국가정보국장은 걸음을 멈추고, 의자에 똑바로 앉아 있는 샤를 노려보았다. 비첨은 아파 보였다. 눈가의 멍 자국과 코에 댄 부목도 한몫을 했다.

「잡은 겁니까?」

하지만 아무도 그에게 주의를 기울이지 않았다. 모두의 눈이 샤를 향하고 있었다.

「폭탄은 어디 있나?」 대통령이 다시 물었다.

「내가 말할 수 있는 건 폭탄이 워싱턴, 뉴욕, 캔자스시티에 있다는 것뿐이야. 내 가족을 지켜 줘, 제발.」

「그 도시들 어디?」 윌리엄스가 다그쳐 묻는 동안, 엘런은 전화를 걸었다.

「나는 몰라.」

「모를 리가 없나.」 비첨이 말했다. 재빨리 상황을 파악한 그는 성큼성큼 방을 가로질러 샤에게 다가왔다. 「틀림없이 당신이 배달 계획도 짰을 텐데.」

「각 도시의 조직원들한테 전달했을 뿐이야.」

「놈들의 이름!」

「몰라. 그걸 어떻게 기억해?」

「설마 송장에 〈핵폭탄〉이라고 돼 있진 않았겠지.」 비첨이 말했다. 「거기 뭐라고 적었어?」

「의료 장비. 방사선 검사용.」

「젠장,」 비첨은 전화기에 손을 뻗으며 계속 물었다. 「방사선이 감지돼도 설명할 수 있었겠군. 언제 배송했어?」

「몇 주 전.」

「날짜.」 비첨이 고함을 질렀다. 「정확한 날짜를 말해.」 그러고 나서 그는 수화기를 향해 말했다. 「비첨이다. 국토안보부 연결해. 국제 운송 기록을 추적해야 한다. 당장!」

「2월 4일, 카라치를 경유하는 선박.」

비첨은 이 정보를 전달했다.

통화를 끝낸 엘런은 주의를 기울였다. 뭔가 이상했다. 「거짓말이에요.」

비첨이 그녀에게 시선을 돌렸다. 「무슨 소립니까?」

「자진해서 정보를 내놓고 있잖아요.」

「가족을 구하려는 거겠죠.」 윌리엄스 대통령이 말했다.

엘런은 고개를 저었다. 「아뇨, 생각해 보세요. 저자의 가족은 틀림없이 안전할 거예요. 아까 저자가 그랬잖아요. 몇 년 동안 이 일을 계획했다고. 그러니 자신이든 가족이든 그렇게 위험하게 두지 않았을 겁니다. 알카에다나 러시아 마피아가 저자를 믿지 못하듯이, 저자도 그들을 안 믿어요. 지금 우리를 방해하는 겁니다.」

「왜요?」 비첨이 다그치듯 물었다.

「왜일 것 같아요? 어떤 행동이든 샤가 행동을 하는 이유가 뭡니까? 저자는 끝까지 버틸 겁니다. 당신이라면 안 하겠어요? 그러고는 정보의 대가로 굉장한 걸 요구하겠죠. 그러면서도 정보를 주는 건 지금 우리가 깔고 앉아 있는 폭탄에 대해서만. 다른 폭탄은 터지게 놔둘 겁니다. 모든 게 치밀한 계획이에요. 심지어 던의 집에 간 것까지도. 분별 있는 사람이라면 이 일이 잦아들 때까지 알프스의 한적한 성에 숨어서……」

「잦아드는 게 아니라 터진다고 해야지.」샤가 말했다. 이제 그는 초조하거나 겁을 먹은 얼굴이 아니었다. 웃는 얼굴로 고개를 천천히 젓고 있었다.

「저자가 일부러 잡혀 왔다는 겁니까?」비첨이 말했다.

「당신은 똑똑해.」샤가 엘런에게 이렇게 말한 뒤 팀 비첨에게 시선을 돌렸다.「당신은 별로고.」샤는 다시 엘런을 보았다.「당신한테도 독을 먹일 걸 그랬어. 하지만 우리 관계가 즐거워서 말이야.」

바브 스텐하우저가 문간에 나타났다.「장군이 왔습니다, 경비대와 함께. 대통령님이…….」

「들여보내게.」윌리엄스 대통령이 말했다.「비서실장도 들어오고.」

엘런은 휴대폰을 꺼내 화상 통화 버튼을 눌렀다.

남은 시간 36분.

이제 시작이었다.

벳시는 벨이 울리자마자 전화를 받았다.

사람들의 목소리가 들리고, 오벌 오피스의 모습이 보였다. 하지만 엘런은 보이지 않았다. 엘런이 몸 앞쪽을 향해 휴대폰을 들고 있는 모양이었다. 벳시는 뭐라고 말하려다가 생각을 바꿨다.

엘런이 아무 말도 하지 않는 데에는 이유가 있을 것이다. 엘런이 말할 때까지 가만히 있는 편이 최선이었다.

벳시는 녹화 버튼을 눌렀다. 엘런의 휴대폰 카메라가 휙 방향을 돌려 문으로 향하자 벳시는 깜짝 놀라서 눈을 커다랗게 떴다.

팀 비첨은 깜짝 놀라서 눈을 커다랗게 떴다.

바시르 샤도 깜짝 놀라서 눈을 커다랗게 떴다.

화이트헤드 장군은 얼굴에 멍이 든 모습으로 나타났다. 군복에는 팀 비첨과 싸울 때 묻은 핏자국이 그대로 남아 있었다. 특수 부대원 두 명이 그의 양편에 서 있었다.

「이렇게 와줘서 반갑습니다, 장군.」윌리엄스는 이렇게 말하고 나서 다른 사람들에게 시선을 돌렸다. 「다들 합참 의장을 아실 겁니다.」

「전(前) 합참 의장이죠.」비첨이 말했다.

「여기에 〈전〉자가 붙는 사람이 있긴 하지만……」화이트헤드가 말했다. 「나는 아냐.」

그가 특수 부대원들에게 고갯짓을 하자, 그들은 앞으로 걸어 나와 전 국가정보국장의 양편에 자리를 잡았다.

43장

「무슨 짓입니까?」비첨이 다그치듯 물었다.

「아직입니까, 버트?」윌리엄스 대통령이 비첨을 무시하고 장군에게 물었다.

「아직 기다리는 중입니다.」

「기다려요?」비첨은 두 사람을 번갈아 바라보았다.「뭘요?」

남은 시간 34분.

엘런이 비첨에게 다가갔다.「말해.」

「뭘요?」

「폭탄은 어디 있습니까, 팀?」

「뭐요? 내가 그걸 안다고?」그는 기가 막힌 동시에 겁을 먹은 것 같았다.「대통령님, 설마……」

「설마가 아니라 확신이지.」윌리엄스는 비첨을 노려보았다.「당신이 바로 고위급 정보원이야. 반역자. 단순히 정보를 흘리는 데서 그치지 않고, 우리 적인 테러리스트들과 협력해서 핵폭탄을 터뜨리려는 자. 다 끝났어. 내가 오늘 16시 1분에 의회와 언론에서 발표될 성명서를 이미 작성해서 보내 두었다. 당신을 반역자로 지목한 성명서야. 설사 당신이 여기서 어찌어찌 살아나더라도 쫓기는 몸이 될 거야. 당신은 실패했어. 그러니 폭탄이 어디 있는지 말해.」

「아닙니다, 세상에, 아니에요. 내가 아니라 저자입니다.」 그는 화이트헤드를 가리켰다.

남은 시간 33분.

윌리엄스는 책상 뒤에서 돌아 나와 국가정보국장에게 곧바로 다가갔다. 그리고 그의 목을 한 손으로 잡고 쭉 뒤로 밀고 가 벽에 박아 버렸다.

아무도 그를 막으려 하지 않았다.

「폭탄은 어디 있나?」

「모릅니다.」 비첨이 빠르게 대답했다.

「당신 가족은 어디 있습니까?」 엘런이 방을 가로질러 와서 대통령 바로 옆에 서면서 다그치듯 물었다.

「내 가족?」 비첨이 갈라진 목소리를 냈다.

「내가 말해 주죠. 당신 가족은 유타에 있어요. 당신이 아이들을 학교에서 데리고 나와 낙진이 떨어지지 않을 먼 곳으로 보냈으니까. 화이트헤드 장군의 가족은 어디 있는지 압니까? 난 알아요. 직접 만났거든. 장군의 부인, 딸, 손자가 모두 여기 워싱턴에 있어요. 위험하다는 걸 알면 사람들이 가장 먼저 무엇을 할까? 가족을 안전한 곳으로 대피시키죠. 심지어 샤도 그렇게 했어요. 당신도 그렇게 했고. 그러고 나서 당신도 여기서 몸을 빼냈지. 하지만 버트 화이트헤드는 남아 있었습니다. 가족도 역시. 곧 무슨 일이 일어날지 전혀 몰랐으니까. 진짜 반역자가 누군지 그때 감을 잡았죠.」

「말해!」 윌리엄스가 다그쳤다. 비첨의 목을 졸라 버리고 싶은 것을 그는 간신히 참고 있었다.

남은 시간 30분.

「연락이 왔습니다.」 화이트헤드가 소리쳤다. 「방금. 대통령님께 보내겠습니다.」

윌리엄스가 손을 놓자 팀 비첨은 자신의 목을 부여잡고 스르르 쓰러졌다.

대통령은 책상으로 달려가 글자는 읽을 생각도 않고 사진을 클릭했다. 그리고 인상을 찌푸렸다. 「이거 사람의 피부입니까? 이게 뭐죠?」

「제 친구의 말에 따르면, HLI 사이트의 인터넷 주소랍니다.」

「그걸 사람의 피부에 새겼다고요?」 윌리엄스가 물었다.

「그냥 사람이 아니라 알렉스 황입니다.」 엘런이 말했다.

「황?」 바브 스텐하우저가 말했다. 그때까지 문가에 머물러 있던 그녀가 앞으로 나와 화면을 보았다. 「그 백악관 출입 기자요? 국무 장관의 직원 아니었습니까? 몇 년 전에 그만뒀죠.」

「몸을 숨긴 겁니다.」 엘런이 샤를 노려보며 말했다. 그는 마치 연극을 보듯 이 광경을 지켜보고 있었다. 「HLI라는 것에 관한 소문을 취재 중이었는데, 처음에는 극우주의자들의 과격한 음모론 사이트인 줄 알았답니다. 그래도 더 깊이 파고들어 갔죠. 피트 해밀턴도 뭔가를 알아냈지만, 황처럼 도망치지 못했어요.」

「두 사람이 뭘 알아낸 겁니까?」 윌리엄스 대통령이 물었다.

「제 친구가……」 화이트헤드는 황이 숨어 있는 마을 이름을 말하려다가 멈췄다.

엘런은 샤를 보았다. 그는 이제 살짝 앞으로 몸을 기울이고 있었다.

「황의 말로는, HLI가 한 사람이 아니랍니다.」 장군이 말을 이었다. 「조직의 이름입니다. 정부의 여러 곳에서 높은 자리를 차지한 사람들로 이루어졌는데, 그중에는, 오, 하느님, 군인도 있습니다.」 그는 고개를 절레절레 젓고는 다시 입을 열었다. 「선거로 당선된 공직자들도 있습니다. 상원 의원, 하원 의원. 그리고 대법관 중 적어도 한 명.」

「세상에.」 윌리엄스가 속삭이듯 말했다.

「드디어 나왔군.」 샤가 말했다. 「쿠데타 얼굴.」

「이 미친놈……」 윌리엄스는 여기서 말을 멈췄다.

남은 시간 28분.

대통령은 화면 속 사진으로 다시 시선을 돌렸다. 「이걸 갖고 우리가 뭘 해야 합니까? 의미를 알 수 없는데요. 그냥 숫자, 글자, 기호를 늘어놓았을 뿐.」

엘런은 자신의 휴대폰 화면이 컴퓨터 화면을 향하게 들고서 허리를 숙였다. 대통령의 말이 맞았다. 이건 그녀가 지금껏 본 어느 인터넷 주소와도 달랐다.

「그 주소를 입력하면 다크 웹 너머의 어느 곳으로 들어갈 수 있는 모양입니다.」화이트헤드가 말했다.

「헛소리.」비첨이 여전히 목을 붙잡고 바닥에 주저앉은 채로 갈라진 목소리를 냈다. 「그런 곳은 없어.」

「어디 한번 해봅시다.」윌리엄스는 사진 속 주소를 노트북 컴퓨터에 입력한 뒤 엔터 키를 눌렀다.

아무 변화도 없었다.

컴퓨터는 생각하고, 생각하고, 생각했다.

남은 시간 26분.

〈빨리, 빨리.〉엘런은 생각했다. 엘런은 기도했다.

벳시는 엘런의 식탁에 앉아 창문으로 쏟아지는 햇빛을 듬뿍 받으며 그 광경을 지켜보았다.

〈빨리, 빨리.〉그녀도 기도했다.

오벌 오피스에서 윌리엄스 대통령은 화면을 뚫어져라 바라보았다. 가느다란 파란 선이 깜박이며 앞으로 나아갔다가 물러서기를 반복했다.

〈빨리.〉그도 기도했다.

「소용이 없습니다.」스텐하우저가 겁에 질린 목소리로 말했다. 「여기서 나가야 합니다.」그녀는 문으로 다가갔다.

「거기 서, 바브.」대통령이 명령했다.

「4시 25분 전입니다.」

「비서실장도 우리도 모두 이 자리에 있을 겁니다.」대통령이 말했다.

화이트헤드 장군이 특수 부대원 한 명에게 고갯짓을 하자, 그가 문 옆에 자리를 잡았다.

〈빨리, 빨리.〉

바로 그때 컴퓨터가 생각을 멈췄다. 화면이 까맣게 변했다.

모두 눈도 깜박이지 못했다. 숨도 쉬지 못했다. 그때 화면에 문이 나타났다.

윌리엄스 대통령은 깊이 숨을 들이쉬며 속삭이듯 말했다. 「다행이다.」

그는 커서를 문의 한복판으로 밀어 클릭하려고 했다.

「잠깐,」 엘런이 말했다. 「이게 함정일 수도 있습니다. 혹시 그걸 클릭하면 폭탄이 터질 수도 있어요.」

대통령은 시간을 확인했다. 「4시 22분 전입니다, 엘런. 지금 와서 그런 게 중요합니까?」

엘런은 깊이 숨을 들이쉰 뒤 짧게 고개를 끄덕였다. 화이트헤드 장군도 고개를 끄덕였다.

「안 돼에에에.」 벳시가 속삭였다. 「하지 마.」

윌리엄스가 문을 클릭했다.

아무 일도 일어나지 않았다.

그는 다시 클릭했다. 아무 일도 일어나지 않았다.

「노커나 초인종이 있습니까?」 엘런이 말했다. 웃기는 소리였는데 아무도 웃지 않았다.

「없습니다.」 윌리엄스가 말했다. 이제 그는 커서를 아무렇게 움직여 마구 클릭하고 있었다. 「젠장, 젠장, 젠장.」

남은 시간 20분.

화이트헤드는 자신의 휴대폰을 들어, 퀘벡에서 가마슈가 보낸 메시지를 다시 읽었다.

「젠장, 제가 메일을 다 읽지 않았습니다. 사진을 전달하는 데 정신이 팔려서요. 안으로 들어가려면 암호가 필요하다고 황이 말했답니다.」

「뭐?!」 윌리엄스가 말했다. 「암호가 뭐랍니까?」

「모른답니다. 황은 놈들이 자신을 뒤쫓는다는 걸 알고 조사를 중단했답니다.」

남은 시간 18분.

사람들이 비첨을 보았다.

「암호가 뭐야? 말해.」 화이트헤드가 성큼성큼 다가가 비첨의 옷깃을 잡고 일으켜 세워서 그의 등을 벽에 쿵쿵 찧었다. 링컨의 초상화가 비뚤어졌다. 「말해!」

「몰라. 젠장, 나도 모른다고. 저놈한테 물어봐!」 비첨이 샤를 향해 손짓했다. 샤는 빙긋 웃고 있었다.

「시간을 갖고 느긋하게. 난 지금 아주 즐겁습니다. 당신들한테 말해 줄 이유가 없어요.」

「알긴 하는 거야?」 엘런이 다그쳤다.

「알 수도 있고, 모를 수도 있고.」

「이제 어쩌지요?」 윌리엄스가 물었다. 「암호가 뭘까요?」

엘런은 샤를 노려보았다. 시선으로 구멍이라도 뚫을 것처럼 계속 바라보자 결국 그가 살짝 자세를 바꿨다.

「알카에다.」 엘런이 말했다.

「알카에다를 입력해 보라고요?」 윌리엄스는 엘런이 아니라고 말하기도 전에 자신의 말을 실행했다.

아무 변화도 일어나지 않았다.

엘런이 말했다. 「제 말은, 알카에다가 폭탄을 터뜨릴 날로 오늘을 고른 데에는 이유가 있었다는 겁니다. 오사마 빈라덴의 탄생과 죽음을 기념하는 뜻이 있었죠. 일종의 상징. 상징의 힘은 우리 모두 잘 압니다. 3 10 1600. 이 사람들은……」 그녀는 손짓으로 비첨을 가리켰다. 「자기들이 애국자라고 생각합니다. 진정한 미국인이라고. 그런 사람들이 뭘 암호로 사용할까요?」

「독립기념일?」 윌리엄스가 제안했다. 「하지만 독립기념일이라는 글자일까요, 날짜일까요?」

「둘 다 입력해 보세요.」 엘런이 말했다.

「하지만 시도할 기회가 한두 번밖에 남지 않았을 수도 있습니다.」 화이트헤드가 말했다.

윌리엄스는 화를 내며 양손을 들어 올렸다가 〈독립기념일〉을 입력한 뒤 엔터를 눌렀다.

아무 일도 일어나지 않았다.

윌리엄스는 대문자, 소문자, 날짜, 띄어쓰기를 모두 시도했다.

「젠장, 젠장, 젠장.」

남은 시간 15분.

「잠깐만요.」 엘런은 샤에게 시선을 돌렸다. 「내가 틀렸어요.」 그녀는 심장이 한 번, 두 번 뛸 동안 그를 빤히 바라보았다. 시간을 갖고 느긋하게. 심장이 세 번째로 뛰었다.

모든 소리, 모든 움직임이 멈췄다. 그녀는 아지 다하카를 노려보고, 아지 다하카도 그녀를 마주 노려보았다.

「3, 10, 1600을 넣어 보세요.」

윌리엄스 대통령은 그 말에 따랐다.

아무 일도 일어나지 않았다.

엘런은 미간에 주름을 잡았다. 암호가 뭘까? 방금 자신이 숫자를 불렀을 때 틀림없이 샤의 눈이 커진 것 같았다.

「3 띄고 10 띄고 1600.」

윌리엄스가 엔터를 누르자마자 소리가 들렸다. 삐걱거리는 소리. 문이 천천히, 아주 천천히 열리더니 화면 세 개가 나타났다. 모두 폭탄을 하나씩 보여 주는 화면이었다.

「세상에.」 미국 대통령이 말했다. 모두 화면을 뚫어지게 바라보았다.

「멍청이, 그걸 알려 주다니.」

모두 샤를 한 번 보고, 방금 이 말을 한 사람을 보았다.

버트 화이트헤드 장군이 대통령의 머리에 총을 대고 있었다.

44장

벳시 제임슨은 오벌 오피스를 볼 수 없었지만, 방금 아주 끔찍한 일이 벌어졌음을 깨달았다.

그녀에게 보이는 것은 노트북 컴퓨터 화면뿐이었다.

엘런은 화면 속 열린 문이 보여 준 광경을 향해 휴대폰을 단단히 들고 있었다.

「이 나쁜 자식.」 윌리엄스 대통령이 의자에서 일어나 뒤로 끌려가면서 말했다. 권총이 그의 관자놀이에 닿아 있었다.

특수 부대원들이 앞으로 나오려고 했다.

「모두 물러서.」 화이트헤드가 명령했다.

「그래서 오늘 새벽에 나랑 같이 있어 줬군.」 윌리엄스가 말했다. 「새벽 3시 10분에는 폭탄이 터지지 않는다는 걸 알았으니까.」

「당연히 알았지. 비첨, 저놈들 총을 회수해.」 그는 누구보다 충격받은 표정을 한 특수 부대원들을 가리켰다. 「스텐하우저, 저놈들한테 플라스틱 수갑이 있어. 책상다리에 묶어 놔.」

「내가?」 스텐하우저가 말했다.

「젠장, 당신이 누군지 내가 모를 것 같아? 내가 당신을 포섭했잖아. 당신은 당신 비서를 포섭했고, 그 비서는 지금 어디 있어? 그 여자가

530

해밀턴을 죽였지? 그 여자는 당신이 손봐 줬나?」

팀 비첨은 특수 부대원들의 무기를 가져와서 스텐하우저에게 총 하나를 내밀었다. 그녀는 그 총을 받는 것이 어떤 의미인지 분명히 아는 얼굴로 그것을 바라보았다.

「아, 까짓것.」 그녀는 이렇게 말하고서 권총을 받았다. 그러고는 천천히 방향을 돌려 합참 의장을 겨눴다. 「당신 누구야?」

장군은 콧방귀를 뀌었다. 「내가 누구 같은데?」

스텐하우저는 샤를 보았다. 「당신 저자를 알아?」

샤는 이 광경을 지켜보다가 고개를 저었다. 「아니. 하지만 난 당신도 몰라. 신분이 철저히 가려져 있으니까. 그래도 저자가 대통령의 관자놀이에 총을 대고 있다는 사실이 단서 아닐까?」

버트 화이트헤드는 빙긋 웃었다. 「내가 누군지 알고 싶어? 난 진짜 미국인이야. 애국자. 내가 HLI라고.」

아지 다하카의 세 번째 머리는 결국 합참 의장이었다.

군사 쿠데타가 진행 중이었다.

벳시의 눈이 커졌다. 휴대폰 속에서 오가는 말도 말이지만, 그보다는 노트북 컴퓨터 화면의 영상 때문이었다.

열린 문은 폭탄이 설치된 세 곳을 보여 주었다.

화면 한편에는 폭탄 자체의 사진이 있고, 다른 한편에는 폭탄이 설치된 장소의 실시간 영상이 있었다.

남은 시간 12분.

화면에 뉴욕 그랜드센트럴 역의 드넓은 중앙 광장이 보였다. 러시아워의 통근 인파로 발 디딜 틈이 없는 그 역의 의무실에 폭탄이 있었다.

캔자스시티의 레고랜드에 들어가려고 줄을 선 가족 나들이객들도 보였다. 폭탄은 응급처치실에 있었다.

하지만 백악관의 폭탄 위치는 분명하지 않았다. 폭탄을 너무 가까이서 잡았기 때문에 주변을 볼 수 없었다. 넓은 백악관 건물 내부의 어디인지 알 길이 없었다.

휴대폰으로는 오벌 오피스의 실시간 영상을 볼 수 있었다. 버트 화이트헤드가 대통령을 인질로 잡고 있는 것이 보였다. 처음에 그를 의심했던 것이 결국 사실로 드러난 셈이었다.

남은 시간 11분 25초.

누가 조치를 취해야 하는데. 벳시는 속으로 생각했다. 누군가에게 알려야 해.

누가 전화라도 걸어.

「세상에.」 그녀는 한숨을 내쉬었다. 「그게 나네. 엘런이 나한테 원한 게 이거야.」

하지만 누구한테 전화를 걸지?

벳시는 꼼짝도 할 수 없었다. 누가 폭탄을 해체할 수 있을까? 설사 누군지 알더라도 그녀는 지금 휴대폰을 이용할 수 없었다. 오벌 오피스와 계속 통화를 연결해 두어야 했다. 그래야 대통령의 노트북 화면을 보고, 엘런을 볼 수 있었다.

아니, 전화기가 또 있었다. 현관 근처의 유선 전화. 그녀가 그리로 달려가니, 엘런이 옆에 놓아둔 전화번호가 보였다. 벳시는 수화기를 부여잡고 그 번호를 눌렀다.

「부통령님?」

남은 시간 10분 43초.

「아니, 당신은 HLI가 아니야.」 비첨이 말했다. 「저 여자야.」 그가 가리킨 사람은 스텐하우저였다. 「저 여자가 모든 계획을 짰어. 저 여자가 고위급 정보원이야.」

「닥쳐, 멍청이.」 스텐하우저가 고함을 질렀다.

「저들도 알아.」 비첨이 말했다. 그는 스텐하우저 비서실장을 빤히 바라보다가 점점 눈이 커졌다. 「당신이군. 당신이 날 함정에 빠뜨리려고 했어. 나에 관한 자료들을 숨겨서 마치 내가 이 모든 일의 배후인 것처럼 꾸민 거야. 일이 잘못되면 내가 비난을 뒤집어쓰게. 당신 화이트 헤드와 한패로군.」

「저자는 관계없어.」스텐하우저가 말했다. 「저자가 누군지 나도 몰라.」

「잘됐어.」화이트헤드가 말했다. 「내가 노린 게 바로 그거니까. 내가 누구한테든 사실을 알리고 싶었을까? 잘 생각해 봐, 스텐하우저. 이 일이 당신 아이디어일까, 아니면 누가 당신을 유도한 걸까? 난 앞에 내세울 사람이 필요했어. 상원 의원, 하원 의원, 대법관에게 접근할 수 있는 사람. 당신이 그들 중 몇 명이나 포섭했지? 둘? 셋?」

「셋.」비첨이 말했다.

「입 닥쳐!」스텐하우저가 말했다.

「세상에.」엘런은 점점 분명해지는 음모의 규모 앞에서 속삭이듯 말했다. 「왜? 왜 이런 짓을 한 겁니까? 테러 조직이 여기서 핵폭탄을 터뜨리게 하다니요. 미국 땅에서.」

「미국? 이건 미국이 아니야!」스텐하우저가 소리쳤다. 「워싱턴, 제퍼슨 같은 건국의 아버지들이 지금 이 나라를 알아볼 수 있을 것 같아? 근면한 미국인들이 일자리를 도둑맞고 있어. 기도는 금지되고, 매일 매시간 낙태 수술이 시행되고, 동성애자들도 결혼이 가능해지고, 이민자와 범죄자가 물밀듯이 들어오고 있는데? 우리가 이런 꼴을 보고만 있는데? 아니, 이젠 막아야 돼.」

「이건 애국이 아니야. 자생적인 테러라고요.」엘런이 소리쳤다. 「세상에, 미국 특수 부대 한 소대가 학살당하는 데 당신이 일조를 했어.」

「순교야. 나라를 위해 죽었으니까.」비첨이 말했다.

「역겨워 죽겠네.」엘런은 화이트헤드 장군을 향해 돌아섰다. 「당신이 이 모든 일을 시작한 겁니까?」

남은 시간 6분 32초.

「난 저자가 누군지 몰라.」바브 스텐하우저가 말했다. 「어쨌든 우리 편은 아니야. 총 내려.」

그녀가 화이트헤드를 향해 다가서는 순간 장군은 재빠른 동작으로 총구를 돌려 바브 스텐하우저를 겨눴다.

월리엄스는 지금이 기회임을 깨닫고, 팔꿈치를 뒤로 쳐올려 화이트헤드의 명치를 강타했다. 그가 몸을 반으로 접으며 허리를 숙였다.

장군은 곧 엘런에게 몸을 던져 그녀를 바닥에 쓰러뜨렸다.

곧 총성이 연달아 울리자 엘런은 몸을 둥글게 말고 머리를 손으로 가렸다.

벳시는 경악 속에서 귀를 기울였다.

엘런의 휴대폰이 화면을 아래로 한 채 바닥에 떨어져 있어서 벳시는 아무것도 볼 수 없었다. 하지만 총성과 고함 소리가 계속 들려왔다.

그러고는 정적이 흘렀다.

벳시는 입과 눈을 크게 벌리고 화면만 뚫어지게 바라보았다. 숨도 쉬지 않았다. 그러다 마침내 간신히 목소리를 냈다. 「엘런?」 그다음에는 비명 같은 고함이 터져 나왔다. 「엘런!」

위엄 있는 목소리가 말했다. 「대통령님, 괜찮으십니까? 국무 장관?」

벳시는 비밀경호국 요원이 현장에 도착한 모양이라고 생각했다.

「엘런! 엘런!」

검은 화면이 사라지고, 친구의 얼굴이 나타났다. 「전화했어?」 엘런이 다그치듯 물었다.

「전화?」

「부통령한테. 폭탄 위치 말해 줬어?」

「응. 그 총성은…….」

「공포탄입니다.」 대통령의 목소리가 들려왔다. 친숙한 목소리에 긴장이 배어 있었다.

남은 시간 5분 21초.

「엎드려.」 어떤 남자가 힘 있는 목소리로 말했다. 「손은 뒤통수에 대고.」

엘런이 휴대폰을 든 채 휙 방향을 돌린 덕분에 벳시는 바시르 샤, 팀 비첨, 바브 스텐하우저가 바닥에 엎드려 허리에 손을 올린 모습을 볼 수 있었다. 버트 화이트헤드가 총을 손에 든 채 특수 부대원들 옆에 앉아 플라스틱 수갑을 자르고 있었다.

「폭탄은…….」 윌리엄스가 말했다.

「벳시가 부통령에게 알렸습니다.」 엘런이 말했다. 「작업 중이에요.」

「하지만 여기 설치된 건……」 화이트헤드가 말했다. 「위치가 어딥니까?」

그들은 노트북 컴퓨터 화면을 보았다.

남은 시간 4분 59초.

「어딘지 모르겠군.」 윌리엄스는 이렇게 말하고 나서 포로들에게 시선을 돌렸다. 「어디야? 말해! 너희도 같이 죽을 거야?」

「너무 늦었어요.」 스텐하우저가 말했다. 「터지기 전에 해체하는 건 불가능할 겁니다.」

윌리엄스, 애덤스, 화이트헤드는 서로를 빤히 바라보았다.

「의무실이 어디죠?」 엘런이 물었다.

「모릅니다.」 대통령이 말했다. 「아직 식당도 간신히 찾아가는 수준이라.」

그러나 화이트헤드 장군은 눈을 크게 뜨고 있었다. 「어딘지 내가 압니다.」 그는 바닥을 내려다보았다. 「오벌 오피스 바로 아래입니다.」

「젠장.」 대통령이 말했다.

화이트헤드 장군은 이미 문으로 달려가고 있었다.

4분 31초.

미국 대통령과 국무 장관은 뒤편 계단을 한 번에 두 칸씩 내려갔다. 몇 걸음 앞에 특수 부대원과 합참 의장이 있었다.

「장관의 짐작이 옳아야 할 텐데요.」 윌리엄스가 말했다.

「맞을 겁니다. 다른 폭탄들도 의무실에 있었으니, 여기서도 마찬가지일 겁니다.」하지만 사실 엘런도 속으로는 그렇게 확신하지 못했다.

비밀경호국 요원들이 바짝 뒤를 따라왔다. 지하층에 도착해 보니, 의무실 문이 잠겨 있었다.

「내가 암호를 압니다.」대통령이 키패드에 암호를 입력했으나 손이 너무 심하게 떨려서 한 번 더 시도해야 했다. 엘런은 그에게 고함을 지르고 싶은 것을 간신히 참았다.

고함 대신 그녀는 계속 줄어드는 숫자를 흘깃 보았다.

4분 3초.

문이 열리고 전등에 자동으로 불이 들어왔다.

「장비 가져왔나?」화이트헤드가 특수 부대원에게 물었다.

「네.」

일행은 의무실 한복판에 서서 주위를 둘러보았다.

「어디 있지?」윌리엄스가 제자리에서 한 바퀴를 돌면서 날카로운 눈으로 방 안을 살폈다.

「MRI 기계.」엘런이 말했다. 「폭탄이 발각되지 않은 건 MRI 기계에서 방사능이 나오는 게 자연스러운 일이었기 때문입니다.」

3분 43초.

폭탄 해체 전문가인 특수 부대원이 MRI 기계의 패널을 조심스레 열었다.

거기 폭탄이 있었다.

「더티 밤입니다.」그가 말했다. 「크기가 큽니다. 백악관이 무너지고, 워싱턴 절반에 방사능이 퍼질 겁니다.」

대원은 폭탄 해체 작업을 시작했고, 화이트헤드는 윌리엄스와 엘런을 바라보며 이렇게 말했다. 「도망치라고 말하고 싶지만……」

3분 13초.

화이트헤드는 옆으로 물러나 전화를 걸었다. 엘런이 보기에 아내에게 거는 것 같았다.

벳시는 휴대폰 화면을 뚫어져라 바라보았다. 엘런이 보였다. 엘런도 그녀를 볼 수 있었다.

친구의 죽음을 오랫동안 슬퍼하지 않아도 된다는 점이 어쩌면 작은 위안인 것 같다는 생각이 들었다. 그녀도 결국 방사능 오염으로 죽을 테니까.

캐서린과 길이 먼 곳에 있다는 생각에 엘런은 정말 마음이 놓였다.

캐서린, 길, 아나히타, 자하라, 보인턴은 거의 깜깜한 집 안에서 한데 모여 탁자 한복판에 놓인 휴대폰만 바라보았다. 캐서린의 텔레비전 방송국에서 지금 방영 중인 프로그램이 거기 떠 있었다.

핵폭탄이 터진다면, 몇 분도 되지 않아 생중계로 보도될 것이다.

지금 앵커는 어떤 방송인을 상대로 토마토가 과일인지 채소인지를 놓고 인터뷰하고 있었다. 그럼 학교 영양 식단표에서 케첩을 어디에 표기해야 하나요?

2분 45초.

길은 친숙한 손이 자신의 손안으로 들어오는 것을 느끼고 아나를 보았다. 그녀의 다른 손은 자하라의 손을 쥐고 있었다. 길이 손을 뻗어 캐서린의 손을 잡자, 캐서린은 보인턴에게 손을 뻗었다.

서로 딱 붙어서 둥글게 모여 앉은 그들은 휴대폰 화면을 바라보며 남은 시간을 헤아렸다.

특수 부대원이 작업하고, 장군이 통화하는 동안 엘런은 옆에 서 있는 더그 윌리엄스의 존재를 느꼈다. 그녀가 손을 잡아 주자 그는 고맙다는 듯 미소를 지었다.

「안 될 것 같습니다.」특수 부대원이 말했다. 「이런 메커니즘을 본 적이 없습니다.」

1분 31초.

「자,」 화이트헤드가 특수 부대원에게 자신의 휴대폰을 불쑥 내밀었다. 「들어 보게.」

그들은 미친 듯이 손을 놀리는 특수 부대원을 뚫어져라 바라보았다.

40초.

특수 부대원이 공구를 들었다가 떨어뜨렸다. 화이트헤드 장군은 허리를 숙여 그 공구를 주워서 눈을 한껏 크게 뜨고 있는 특수 부대원에게 건넸다.

21초.

아직 해체 중. 아직 해체 중.

9초.

벳시는 눈을 감았다.

8초.

윌리엄스도 눈을 감았다.

7초.

엘런도 눈을 감았다. 마음이 차분해졌다.

45장

모든 방송국이 기자 회견을 생중계했다.

국무 장관실의 화면은 백악관의 제임스 S. 브래디 언론 브리핑실에 맞춰져 있었다. 대통령을 기다리는 기자들로 방 안이 북적거렸다.

「어머니더러 같이 기자 회견하자고 하지 않았어요?」 캐서린이 물었다.

「그럴 사람 같니?」 벳시가 이렇게 묻고는 샤르도네를 꿀꺽꿀꺽 마셨다.

「같이 가자고 하긴 했어. 내가 거절했지.」 엘런은 가족들을 바라보았다. 「너희랑 여기 있는 게 더 좋았거든.」

「아아,」 길이 벳시를 보았다. 「잔으로 술을 드시네요.」

「저 아이가 있으니까.」 벳시는 아나히타를 가리켰다.

그들은 소파와 안락의자에 앉아 커피 탁자에 발을 올리고 있었다. 벽 앞의 선반에는 포도주병과 맥주병, 반쯤 먹다 만 샌드위치 쟁반이 있었다. 길은 맥주병 뚜껑을 돌려서 딴 뒤 아나히타에게 건네고 자신도 한 병을 손에 들었다.

「기자들한테 뭐라고 할까요?」 그가 어머니에게 물었다.

「사실대로 말하겠지.」 엘런은 아들과 딸 사이의 소파로 쓰러지듯 누웠다.

캐서린 일행이 이른 아침에 워싱턴에 도착했을 때, 엘런은 옷도 갈아입지 못한 채 잠들어 있었다.

군 수송기가 빨라서 다행이야. 엘런은 속으로 생각했다.

그녀는 자고 일어난 뒤 캐서린 일행에게 대략적인 이야기를 들려주었다. 상세한 이야기는 시간을 갖고 느긋하게 해줘야 할 것 같았다.

캐서린은 화면을 지켜보았다. 그녀의 회사 기자들도 저 기자 회견장에 가 있었지만, 물론 그녀는 이번 사건의 내부 사정을 잘 알고 있었다. 그래서 자기가 겪은 일을 기사로 써서 편집자에게 보내면서, 대통령이 직접 말할 때까지 보도 제한을 걸어 두었다.

이미 아는 사실만 가지고도 기사로 풀어내는 데 몇 달이 걸릴 터였다. 어쩌면 몇 년이 걸릴 수도 있었다. HLI의 조직원을 모두 잡아내는 데에도 역시 그만큼 시간이 걸릴 것이다.

대법관 두 명과 하원 의원 여섯 명이 이미 체포되었고, 앞으로 며칠 동안 더 많은 사람이 체포될 것으로 예상되었다. 어쩌면 이런 일이 몇 주, 몇 달 동안 이어질 수도 있었다.

길이 말했다. 「어제 오벌 오피스에서 화이트헤드 장군이 대통령을 인질로 잡았을 때, 그게 쇼라는 걸 어머니는 아셨어요?」

「나도 그게 궁금했어.」 벳시가 말했다. 「네가 부통령 번호를 두고 가면서 나더러 꼭 집에 있어야 한다고 말했잖아. 나한테 전화하는 역할을 맡기려고. 넌 뭔가를 알고 있었던 거야, 그렇지?」

「그게 내 희망 사항이긴 했는데, 확실하진 않았어. 내가 전화할 수 없다면 네가 해야 할 거라고 생각한 정도지. 하지만 화이트헤드가 윌리엄스의 머리에 총을 댔을 때는 순간적으로 장군이 진짜 반역자라고 믿었어.」

그녀는 그 경악스러운 순간으로 되돌아간 것 같았다. 자신들이 실패했음을, 모든 노력이 허사였음을 깨달은 순간. 그녀는 새벽 2시 30분에 잠에서 깨어 벌떡 일어나 앉았다. 눈을 크게 뜨고 입을 벌린 채 허공만 바라보았다.

이 공포가 언젠가 완전히 사라지기는 할지 궁금했다. 지금 아들과 딸을 양옆에 두고 소파에 앉아 있는데도 공포가 스칠 듯이 가깝게 다가왔다. 안전한 곳에 있는데도 심장이 벌렁거리고 머리가 어지러웠다.

〈난 안전해.〉 그녀는 속으로 되뇌었다. 〈난 안전해. 모두 안전해.〉

논쟁적인 민주주의 국가에서 이만하면 최대한 안전한 편이었다. 이런 것이 바로 자유의 대가였다.

「장군의 행동이 쇼라는 걸 대통령은 알고 계셨어요?」 아나히타가 물었다.

「알고 있었대. 함께 계획을 짰다더구나. 안 그래도 비밀경호국 요원들이 왜 당장 뛰어 들어오지 않는지 궁금했거든. 윌리엄스가 오벌 오피스에 들어오지 말라고 미리 명령해 둔 거였어.」

엘런은 폭탄이 해체될 때를 떠올리며 빙긋 웃었다. 알고 보니 버트 화이트헤드가 전화한 사람은 그의 아내가 아니었다. 뉴욕에서 더티 밤을 해체 중이던 폭탄 해체반이었다.

그들은 더 일찍 작업을 시작했기 때문에 폭탄의 메커니즘을 알아내서 백악관의 특수 부대원에게 무엇을 어떻게 해야 하는지 재빨리 지시해 줄 수 있었다.

2초를 남기고 타이머가 멎었다.

모두 마음을 추스른 뒤 화이트헤드 장군은 더그 윌리엄스에게 돌아서서 명치를 문지르며 대통령께서 자신을 꼭 그렇게 세게 치셔야 했느냐고 물었다.

「미안합니다.」 윌리엄스가 말했다. 「너무 흥분한 탓에. 그래도 내가 장군을 제압할 수 있다니 기쁘네요.」

「다시 시험해 보시지 않는 게 좋을 겁니다, 대통령님.」 특수 부대원이 여전히 폭탄을 향해 몸을 구부린 채로 말했다.

이제 애덤스 장관은 식구들과 함께 기자들이 자리를 찾아 앉기 시작하는 브래디 언론 브리핑실의 광경을 지켜보고 있었다.

「엄마?」 캐서린이 말했다.

「아, 그래.」엘런은 현재로 돌아왔다.

「장군이 HLI가 아니라는 걸 어떻게 아셨어요?」캐서린이 물었다.

「처음에는 HLI인 줄 알았어. 피트 해밀턴이 던 정부의 비밀 문서고에서 찾아낸 서류들을 믿었거든. 그런데 두어 가지가 마음에 걸리는 거야. 체포되었을 때 장군은 팀 비첨을 공격했지. 마구 두들겨 팼어. 그러고는 끌려가기 직전에 나한테 이런 말을 했어. 〈난 내 할 일을 했습니다.〉」

「나도 기억나.」벳시가 말했다. 「그땐 소름이 끼쳤는데. 자기가 샤를 풀어 주고, 미국 땅에 폭탄이 설치될 길을 뚫어 줬다고 자백하는 줄 알았거든.」

「나도 그렇게 생각했어.」엘런이 말했다. 「자기가 맡은 일을 다했다고. 하지만 생각하면 할수록 그게 완전히 다른 뜻일 수도 있겠다 싶은 거야. 그런 식으로 이성을 잃는 건 전혀 화이트헤드 장군답지 않았거든. 전투에 참전한 적도 있고, 위험한 임무에서 작전을 지휘한 적도 있는 사람인데. 그러려면 먼저 자신을 다스릴 줄 알아야 하잖아. 그래서 사실은 장군이 이성을 잃은 게 아닌 건가 하는 생각이 들었어. 비첨을 일부러 그렇게 공격한 건가…….」

「그런 행동을 할 이유가 없잖아요.」길이 말했다.

「비첨이 반역자라는 의심은 가는데 증거가 없으니까. 장군은 우리가 전략을 의논할 때 비첨이 그 방에 있지 않게 하려고 자신이 할 수 있는 일을 한 거야. 그 방법이 먹혔지. 우리가 계획을 짤 때 비첨은 병원에 가 있었잖아.」

「그게 〈난 내 할 일을 했습니다〉의 의미였어.」벳시가 말했다. 「그다음부터는 우리가 나설 차례였고.」

「또 뭐가 있었어요?」캐서린이 말했다.

「그럼. 그보다 훨씬 더 뻔하고 훨씬 더 간단한 사실. 버트 화이트헤드의 가족은 여전히 워싱턴에 있었는데, 비첨의 가족은 아니었거든.」엘런이 말했다.

이제 벳시가 내내 차마 묻지 못하던 질문을 내놓았다.

「화이트헤드 장군이 공장 습격 작전을 짰어?」

「응, 내가 윌리엄스한테 우리가 실수한 것 같다고 말했거든. 화이트헤드가 함정에 빠진 것 같다고. 솔직히 윌리엄스는 〈난 내 할 일을 했습니다〉에 대한 내 설명을 받아들이지 않았지만, 화이트헤드와 비첨의 가족에 대한 이야기를 듣고는 납득했지. 특전단장과 장군들이 그 공장에 침투했다가 빠져나오는 좋은 계획을 생각해 내지 못하자, 윌리엄스가 화이트헤드에게 도움을 청했어. 장군은 바자우르 전투 때 미국 측 참관인 중 하나였으니, 그 지역을 잘 알아.」

「그래서 교란 작전을 설계했군요.」 캐서린이 말했다.

「공장 습격도. 두 작전이 하나야. 장군은 직접 작전을 이끌고 싶어 했는데 윌리엄스가 허락하지 않았어. 화이트헤드가 풀려났다는 걸 다른 사람들이 알게 되면 위험하니까. 비첨이 우리를 잘 속였다고 안심하고 있어야 했거든.」

「그럼 그때부터 이미 비첨이라는 걸 알았어요?」 길이 말했다.

「그렇게 생각하긴 했는데 증거는 없었어. 비첨이 런던으로 가겠다고 했을 때 윌리엄스가 허락한 것 역시 비첨을 멀리 보내 버리기 위해서였지.」

벳시는 다시 그동안 차마 묻지 못하던 또 하나의 질문을 던졌다.

「그럼 교란 작전을 지휘한 사람은 누구야?」

엘런은 벳시를 바라보며 조용히 말했다. 「버트는 자신의 부관을 선택했어. 특수 부대와 함께 아프가니스탄에서 세 번 복무했고, 장군의 부하 중 최고의 장교였지.」

「데니스 펠런?」

「그래.」

벳시는 눈을 감았다. 평생 쉴 한숨을 다 쉬었다고 생각했는데, 아직 속에 한숨이 적어도 한 개는 남아 있는 모양이었다. 바로 이 방에 서서 커피 잔을 들고 미소 짓던 그 젊은 얼굴을 생각하며 그녀는 길고 깊은 슬픔의 한숨을 내쉬었다.

그녀는 그때 열심히 일하던 피트 해밀턴을 보았다.

깊이, 깊이 계속 파고 들어가던 해밀턴. 그는 합참 의장에 대해 누가 심어 둔 정보를 찾아낸 뒤에도 멈추지 않고 계속 파고 들어갔다.

평범한 인터넷 너머, 다크 웹 너머로. 경계를 지나 광활하고 텅 빈 공간으로. 빛조차 뚫지 못하는 그곳에서 그는 HLI를 찾아냈다.

그렇게 깊이 파고들어 간 것이 결국은 그가 스스로 무덤을 판 꼴이 되었다.

이제 두 젊은이 모두 이 세상에 있지 않았다.

버트 화이트헤드는 막대기를 던지고, 그것이 눈 더미 속으로 사라지는 것을 지켜보았다. 파인이 막대기를 쫓아 펄쩍 뛰어올랐다가 고개를 눈 속에 처박았다. 허공으로 치켜든 엉덩이에서 꼬리가 마구 흔들렸다.

깨끗한 눈 더미 위에 놓인 파인의 커다란 귀가 마치 날개 같았다.

파인 옆에서 또 다른 셰퍼드 한 마리가 신나게 춤을 추다가, 그 옆의 눈 더미에 고개를 처박았다. 이유를 도통 알 수 없는 행동이었다.

「솔직히 앙리는 머리에 든 게 별로 없어.」 화이트헤드 옆에 있던 남자가 말했다. 「머리는 순전히 저 귀를 지탱하려고 존재하는 거지. 중요한 건 전부 심장에 간직한 녀석이야.」

버트가 웃음을 터뜨리자 입김이 뿜어져 나왔다. 「영리한 녀석이네.」

두 사람은 스리 파인스에 있는 가마슈의 집을 바라보았다. 집 안에서는 두 사람의 아내들이 텔레비전 앞에 앉아 대통령의 기자 회견을 기다리고 있을 것이다.

「자네도 안에 들어가서 보겠나?」 아르망이 물었다.

「아니. 자네는 보고 싶으면 들어가 봐. 대통령이 무슨 말을 할지 나는 이미 아니까 굳이 안 들어도 돼.」

그는 기진맥진한 사람 같았다. 버트 부부는 파인을 데리고 몬트리올로 날아온 다음 차를 몰고 이 평화로운 퀘벡의 마을로 왔다. 바로 평화를 위해서.

두 사람은 아무 말 없이 걸었다. 마을의 광장을 빙 둘러 걸어가는 그들의 발밑에서 뽀드득뽀드득 눈 밟는 소리가 났다. 자연석, 벽돌, 미늘 벽판자로 지은 오래된 주택들이 그들 앞에 있었다. 굴뚝에서는 연기가 피어오르고, 여러 칸으로 나뉜 창문에서는 따뜻한 불빛이 새어 나왔다.

이제 막 6시가 지났을 뿐인데 이미 사방이 어두웠다. 머리 위에서 북극성이 밝게 반짝였다. 항상 같은 자리를 꾸준히 지키는 그 별을 중심으로 다른 별들은 밤하늘에서 원을 그리며 이동했다.

두 남자는 걸음을 멈추고 하늘을 올려다보았다. 변하지 않는 뭔가가 있다는 사실이 위안이 되었다. 언제나 변하는 우주에서 변하지 않는 단 하나.

추위가 뺨을 할퀴었지만 두 사람은 서둘러 안으로 들어가지 않았다. 바람이 시원하고 상쾌했다.

그 사건이 있은 지 이제 겨우 하루 남짓 지났을 뿐인데, 마치 전생에 다른 세상에서 일어난 일 같았다.

「데니스 펠런이랑 다른 친구들이 그렇게 돼서 참 안됐어.」

「Merci(고마워), 아르망.」아르망도 형사이니 부하를 잃는 슬픔이 뭔지 알고 있을 터였다. 그가 지휘하는 부하들은 대부분 무서울 정도로 젊었다.

그도 가장 소중한 것은 가슴에 간직하는 사람이었다. 스러져 간 그 젊은이들은 두 사람의 심장이 뛰는 한, 그곳에 안전하게 살아 있을 것이다.

「난 그저 우리가 놈들을 다 잡을 수 있기를 바랄 뿐이야.」화이트헤드가 말했다.

아르망이 걸음을 멈췄다. 「미심쩍은 부분이라도 있어?」

「샤 같은 놈을 상대할 때는 항상 미심쩍지.」

「자네가 대통령 머리에 총을 겨눌 때는 폭탄이 어디 있는지 이미 알고 있었잖아. 대통령이 열어 놓은 HLI 사이트에서 정확한 위치를 알 수 있었으니까. 백악관에 있는 것까지 포함해서. 그런데 왜 폭탄 해체 반을 곧장 내려보내지 않았나? 대통령을 인질로 잡은 척하면서 귀한 시간을 흘려보낸 이유가 뭐야?」

「백악관 폭탄의 위치를 몰랐어. 폭탄을 너무 가까이 잡은 화면이었 거든.」

「그럼 위치를 어떻게 알아낸 거야?」

「짐작한 거지.」

아르망은 경악한 얼굴로 합참 의장을 보았다. 「짐작?」

「다른 폭탄들이 의무실에 있다는 걸 알았거든. 그래서 백악관 폭탄 도 의무실에 있을 거라고 짐작한 거야. 하지만 그건 나중 이야기고, 그 때 우리는 비첨과 스텐하우저의 자백이 필요했어. 폭탄을 찾는 것만이 능사가 아니었으니까. 폭탄을 설치한 놈도 잡고, 증거도 찾아야 했어.」

「애덤스 장관이 자기 고문한테 그 상황을 생중계하고 있었다는 걸 자네는 알았나? 그래서 그 고문이 전화로 정보를 알렸다는 걸?」

「장관이 휴대폰으로 뭔가 하고 있다는 건 알았어. 그래서 혹시나 하 는 희망을…….」

「너무 아슬아슬했어.」 아르망이 말했다. 「놈들은 왜 그런 짓을 한 건 가? 자기 나라가 나아가는 방향에 환멸을 느낀 것까지는 알겠어. 그런 데 그렇다고 핵폭탄을? 그게 터졌으면 죽는 사람이 도대체 몇 명 이야?」

「전쟁에서 죽는 사람은 몇 명인가? 그자들은 이걸 또 한 번의 미국 독립 전쟁으로 생각했어.」

「알카에다를 동맹으로? 러시아 마피아를 동맹으로?」

「사람은 누구나 악마와 거래를 하지. 가끔. 그건 자네도 마찬가 지야.」

아르망은 고개를 끄덕였다. 맞는 말이었다. 그도 그런 거래를 한 적 이 있었다.

그들은 술집 앞을 지나갔다. 술집 창문에서 버터 같은 불빛이 흘러

나와 눈 덮인 거리를 비췄다. 마을 사람들이 벽난로 앞에 앉아 술을 마시며 활발하게 이야기를 나누는 모습이 보였다. 무슨 이야기인지 알 것 같았다. 지금 전 세계 사람들이 나누고 있는 그 이야기일 것이다.

두 사람은 불 꺼진 서점 앞에서 걸음을 멈췄다. 위층에 불빛이 보였다. 머나 랜더스와 알렉스 황이 기자 회견을 보는 그 방에서 불빛이 부드럽게 흔들렸다.

「여긴 정말 평화로워.」 버트 화이트헤드가 고개를 돌려 산과 숲을 바라보면서 말했다. 별이 가득한 하늘도 보았다.

「글쎄,」 아르망이 말했다. 「여기가 좋은 날이 있긴 하지.」 그는 친구의 입에서 긴 한숨이 새어 나오는 것을 보았다. 「자네 퇴역하고 이리로 이사하면 어떻겠나? 집을 구할 때까지 자네와 마사가 우리 집에 있어도 돼.」

버트는 말없이 몇 걸음 더 걷다가 대답했다. 「마음이 끌리는데. 내가 그러고 싶은 마음이 얼마나 큰지 자네는 짐작도 못 할 거야. 하지만 난 미국인일세. 결함이 많다 해도, 그건 모두 싸워서 지킬 가치가 있는 민주주의의 흉터지. 내 조국은 미국이야, 아르망. 여기가 자네 조국인 것처럼. 게다가 우리가 음모를 꾸민 자들을 모두 잡아들였다는 확신이 들지 않는 한 나는 내 자리를 지킬 걸세.」

「신사숙녀 여러분, 미국 대통령이십니다.」

더그 윌리엄스가 천천히 연단으로 걸어갔다. 진중한 표정이었다.

「준비한 발표를 하기 전에, 특전단 비행단 소속 군인 여섯 명과 특수부대 1개 소대 전원을 포함해서 이 나라를 재앙으로부터 구하려고 목숨을 바친 사람들을 위해 잠시 묵념을 하고자 합니다. 모두 서른여섯 명의 용감한 사람들입니다.」

국무 장관 집무실에 있던 사람들이 고개를 숙였다.

오프더레코드의 손님들도 고개를 숙였다.

타임스스퀘어에서, 팜비치에서, 캔자스시티와 오마하와 미니애폴리스와 덴버의 거리에서, 광대한 초원과 산맥에서, 마을과 소도시와 대도시에서, 미국인들이 고개를 숙였다.

나라를 위해 목숨을 바친 진정한 애국자들을 위해서.

「이제 준비한 발표문을 읽겠습니다.」윌리엄스 대통령이 말했다. 그러고는 잠시 가만히 서서 생각을 정리하는 듯했다.「그 뒤에 질문을 받겠습니다.」

그곳에 모인 기자들이 조금 웅성거렸다. 대통령의 말이 그만큼 뜻밖이었다.

국무 장관 집무실에 있던 사람들은 귀를 기울였다.

윌리엄스 대통령은 그날 아침 엘런을 오벌 오피스로 불러 국민들에게 해야 할 말과 하지 말아야 할 말을 상의했다. 그는 기자 회견에도 같이 참석하자고 권했으나, 엘런이 고사했다.

「감사합니다만, 지금은 가족들과 함께 있고 싶습니다, 대통령님. 다른 사람들과 함께 기자 회견을 지켜보겠습니다.」

「당신의 조언이 필요합니다, 엘런.」그가 벽난로 앞의 안락의자로 그녀를 손짓해 불렀다.

「그 와이셔츠는 양복과 어울리지 않습니다.」

「아니, 아니, 그런 것 말고. 기자 회견에서 질문을 받을지 말지 고민 중입니다.」

「받으셔야 할 것 같은데요.」

「하지만 민감한 질문이 나올 것 아닙니까. 대답하기가 거의 불가능한 것들.」

「그렇겠죠. 진실을 말하면 됩니다.」엘런이 말했다.「진실은 우리가 감당할 수 있습니다. 피해를 입히는 건 거짓말이죠.」

「사실대로 말했다가는 일이 그 지경에 이를 때까지 뭘 했느냐고 날 비난할 텐데요.」대통령은 엘런을 주의 깊게 살펴보았다. 「그래서 그런 의견을 내놓는 겁니까?」

「한국에서 있었던 일의 앙갚음이라고 생각하시죠.」

「아,」대통령은 인상을 찌푸렸다. 「알고 있었습니까?」

「짐작했습니다. 나를 국무 장관으로 임명한 이유가 그것 아닙니까? 내가 내 언론사를 포기하게 만들고, 해외에서 많은 시간을 보내게 만들려고요. 그래야 대통령님 근처에 얼씬거리지 않을 테니까. 게다가 날 실패작으로 만드는 것도 가능했을 겁니다. 내가 국제적으로 망신을 당하면, 대통령님이 날 해고했겠죠.」

「좋은 계획 아닙니까?」

「그런데 일이 이렇게 됐네요. 더그, 아프가니스탄은 이제 어떻게 되는 겁니까? 우리가 철수하면 탈레반과 알카에다를 포함한 테러 조직들이 그곳을 차지할 겁니다.」

「그렇죠.」

「지금까지 이룩한 인권 신장이 물거품이 될 수 있어요. 학교에 다니면서 교육을 받던 여자 어린이들과 여자들. 교사, 의사, 변호사, 버스 기사가 됐던 그 사람들. 탈레반이 돌아오면 그 사람들이 어떻게 될지 아시잖습니까.」

「아프가니스탄에 어떤 정부가 들어서든, 반드시 권리를 존중해야 한다는 사실을 알려 주려면 강인하고 국제적으로 존경받는 국무 장관이 필요할 것 같은데요. 아프가니스탄이 다시 테러 조직의 본거지가 되면 안 된다는 것도 알려 줘야 하잖아요.」대통령이 한참 동안 엘런을 바라보는 바람에 엘런은 얼굴을 붉히고 말았다. 「고맙습니다. 이번 테러를 막기 위해 모든 걸 걸고 그렇게 노력해 줘서.」

「대통령님도 아시잖습니까.」엘런이 말했다. 「우리가 길을 잃었다고 느끼는 건 이번의 그 음모 가담자들만이 아니라는 걸. 그들이 가장 눈에 띄긴 해도, 그들의 주장에 동조하는 사람이 수천만 명은 될 겁니다. 선량하고 점잖은 사람들이죠. 정치적으로는 우리와 생각이 다를지라도, 우리가 필요하다고 하면 입고 있던 셔츠라도 벗어 줄 사람들입니다.」

대통령은 고개를 끄덕였다. 「압니다. 우리가 어떻게든 해야죠. 우리가 입고 있던 셔츠를 벗어 준다든지.」

「일자리를 주세요. 그들의 자녀에게 미래를 주고, 그들이 사는 마을에 미래를 주면 됩니다. 그들의 두려움을 부추기는 거짓을 막으세요.」

그 거짓 때문에 이 땅에 자생적인 아지 다하카가 생겨나 몸집을 불렸다.

「청산할 것도 많고, 치유할 것도 많습니다.」 대통령이 말했다. 「내가 생각했던 것보다 훨씬 많아요. 장관의 매체들이 쓴 사설이 옳았습니다. 내가 배울 것이 많아요.」

「내가 사설에서 대통령님의 머리를 뽑아 버려야 한다고…….」

「그래요, 그래요, 기억합니다.」 하지만 그는 웃는 얼굴이었다. 그의 시선 때문에 그녀는 얼굴이 달아올랐다.

그때로부터 몇 시간이 흐른 지금 해 질 녘에 그녀는 아들과 딸, 벳시와 찰스 보인턴과 아나히타 다히르와 함께 자신의 집무실에 앉아 있었다. 길의 표정을 보니, 아나히타가 단순히 외무 담당 직원 이상의 존재가 될 것 같았다.

그들은 더그 윌리엄스가 핵폭탄을 해체한 전문가들을 소개하는 모습을 지켜보았다. 이어서 윌리엄스는 버스에서 폭탄이 터진 이후 일어난 일들을 설명했다.

「엄마를 좋게 말해 주는데요.」 캐서린이 말했다. 「대통령의 어조가 변했어요.」

엘런은 그의 양복이 바뀐 것을 알아보았다.

벳시가 몸을 기울여 엘런에게 뭔가를 건넸다. 「국무 장관님의 노고에 감사하는 작은 선물입니다.」

오프더레코드에서 가져온 잔 받침이었다. 엘런 애덤스의 얼굴이 그려진 것.

기자 회견이 끝난 뒤 길은 아나히타에게 저녁을 먹겠느냐고 물었다.

식당에서 그녀는 그가 책 출간 제안을 받았다는 말에 귀를 기울였다. 그리고 그런 제안을 받은 기분이 어떤지, 책을 쓰는 데 시간이 얼마나 걸릴 것 같은지 물었다.

이미 모든 사실이 공개되었으므로, 비밀 유지 의무를 위반할 걱정은 없었다. 그는 막후의 일들을 완전히 글로 풀어낼 생각에 들떠 있었다. 하지만 사자 함자의 이야기는 하지 않을 것이다. 그는 테러 조직인 파탄의 일원인 동시에 그의 친구였다.

길은 아나히타에게 자신과 함께 책을 쓰겠느냐고 물었다.

아나히타는 거절했다. 아직 국무부의 외무 담당 직원이라는 직책이 있기 때문이었다.

「부모님은 어떠셔?」 길이 물었다.

「집으로 돌아오셨어.」

길은 고개를 끄덕였다. 아나히타는 창밖을 내다보았다. 파괴되지 않은 워싱턴 거리가 보였다.

「두 분 기분은 어떠셔?」 그가 물었다.

아나히타는 깜짝 놀라서 그에게 시선을 돌렸다. 그리고 그의 질문에 대답했다.

「그럼 당신 기분은 어때?」 그가 물었다.

「장관님.」

「찰스.」

「러시아에서 사라진 핵물질을 조사해 보라고 하셨잖아요.」

그는 그녀의 책상에서 1미터쯤 거리를 두고 서 있었다.

이미 한참 전에 해가 졌는데도 벳시는 자신의 사무실에서 메모를 작성하며, 그녀가 녹화한 영상에 대한 미국 정보 관계자들의 질문에 답하고 있었다.

「뭘 좀 찾아냈어?」 애덤스 장관이 물었다.

그가 그녀를 바라보는 시선이 크게 거슬렸다. 확실히 좋은 표정은 아니었다.

엘런은 그가 내민 서류를 받아 든 뒤, 자기 옆의 의자를 가리켰다. 처음 있는 일이었다. 지금까지 그녀는 그가 책상 맞은편에 서 있는 편을 선호했다.

하지만 새로운 세상이 된 만큼, 두 사람의 관계도 새로이 시작되었다.

엘런은 안경을 쓰고 서류를 보다가 그를 바라보았다.

「이게 뭐지?」

「러시아뿐만 아니라 우크라이나, 오스트레일리아, 캐나다, 미국에서도 핵물질이 사라졌습니다.」

「어디로 갔는데?」 엘런은 이 질문을 던지는 순간 진짜 웃기는 소리라는 생각이 들었다. 애당초 〈사라졌다〉는 말이 무슨 뜻이겠는가.

그런데도 그는 손으로 이마를 문지르며 대답했다. 「모르겠습니다. 하지만 핵폭탄 수백 개를 만들 수 있는 양입니다.」

「사라진 지 얼마나 됐어?」

이번에도 그는 고개를 저었다.

「우리 창고에서도 사라졌다고?」

그가 고개를 끄덕였다.

「그게 전부가 아닙니다.」 그가 서류에서 한참 아래쪽을 가리켰다.

〈그대가 하였으나 하지 않았다, 내게 더 많은 것이 있으니.〉

그녀는 속으로 이 구절을 생각하며 시선을 아래로 내렸다. 그리고 그 내용을 읽으면서 천천히 길게 숨을 들이쉬었다.

사린 가스.

탄저균.

에볼라.

마르부르크 바이러스.

그녀는 페이지를 넘겼다. 목록이 계속 이어졌다. 인류가 알고 있는 모든 끔찍한 물질들. 인류가 만들어 낸 모든 끔찍한 것들이 거기 있었다. 그리고 동시에 없었다.

모두 사라져서 종적을 알 수 없었다.

엘런은 사라진 것들의 긴 목록을 보았다.

「또 악몽이 다가오겠어.」 그녀가 속삭였다.

「네, 그럴 것 같습니다, 장관님.」

감사의 말

우리가 이렇게 함께 일할 수 있었던 것이 고맙다. 이번 경험은 우리의 우정에 기쁨과 놀라움을 더해 주었다. 우리 각자에게도 감사할 사람이 아주 많은데, 이제 그 얘기를 해보자.

루이즈

많은 일이 그렇듯이 이 책을 시작하게 된 것도 내게는 뜻밖의 일이었다.

2020년 봄 몬트리올 북쪽 호숫가에 있는 가족들의 오두막에서 시간을 보낼 때의 일이다. 코로나가 맹위를 떨칠 때라 그곳에 피신해 있는데, 내 에이전트에게서 문자가 왔다. 〈할 얘기가 있어요.〉

내 경험상 이런 문자는 결코 좋은 소식이 아니다.

전염병이 전 세계로 퍼진 시기에(알고 보니 그때는 겨우 시작에 불과했다), 외딴 호숫가에 혼자 고립되어 있던 내게 이제는 작가로서의 재앙까지 일어나려는가 싶었다.

나는 젤리 빈 한 봉지를 들고 에이전트에게 전화했다.

「힐러리 클린턴과 같이 정치 스릴러를 쓰는 거 어떻게 생각해요?」

「허?」

에이전트는 같은 질문을 되풀이했고, 나도 같은 대답을 했다.

「허?」

이 질문에 내가 완전히 놀라긴 했지만, 이 이야기가 느닷없는 것은 아니었다. 힐러리와 나는 원래 아는 사이다. 아니, 사실 친한 친구다 (지금도 친구라는 사실을 기적으로 생각해도 될 것 같다).

많은 일이 그렇듯이 우리 우정도 뜻밖의 일이었다.

힐러리가 대통령 선거에 출마해 뛰고 있던 2016년 7월의 일이다. 그녀의 절친한 친구인 벳시 존슨 이블링이 시카고의 어떤 기자와 인터뷰하면서 힐러리와의 관계에 대해 말했다. 기자가 두 사람의 공통점이 무엇이냐고 묻자, 벳시는 여러 공통점 중에 둘 다 책을 사랑한다는 점을 언급했다. 특히 범죄 소설을 좋아한다고 했다.

그때 기자가 우리의 삶을 완전히 바꿔 놓은 질문을 했다.

「지금 어떤 책을 읽고 계십니까?」

그게 운명이었는지, 두 사람 모두 내 책을 읽고 있었다.

미노타우로스 출판사에서 내 책의 홍보를 맡고 있는 놀라운 홍보 전문가 세라 멜닉은 그 인터뷰를 보고 신이 나서 내게 연락했다.

가마슈가 나오는 신작의 홍보 투어가 시카고에서 곧 시작되었는데 거기서 행사 전에 벳시를 만나면 어떻겠느냐는 제안이었다.

솔직히 큰 행사를 앞둔 때에는 스트레스가 심하기 때문에 낯선 사람을 만나는 것이 그리 좋지 않다. 그래도 나는 만나겠다고 했다.

일주일쯤 뒤 나는 무대 뒤에서 어떤 소리를 듣고 고개를 돌렸다가 그만 사랑에 빠졌다. 그 자리에서 아주 간단히.

나는 힐러리의 절친한 친구가 위압적인 막후 유력자처럼 생겼을 줄 알았다. 하지만 그녀는 반백의 머리를 단발로 자른 호리호리한 여성이었다. 그녀의 미소는 세상 누구보다 따스하고, 눈빛도 상냥했다. 그 자리에서 나는 마음을 빼앗겼다.

그때도 지금도 나는 벳시를 사랑한다.

내가 투어를 마치고 집으로 돌아오고 몇 주 뒤 내 사랑하는 남편 마이클이 치매로 세상을 떠났다. 남편이 없는 삶에 익숙해지려고 애쓰는 동안 나는 조문 카드를 열어 보는 데서 위안을 얻었다.

어느 날 식탁에 앉아 카드를 열고 읽기 시작했는데, 마이클이 어린이 백혈병 연구에 많은 기여를 했다는 내용이 적혀 있었다. 마이클이 몬트리올 어린이병원에서 혈액학과장을 지낸 것, 국제 소아과 종양 연구 팀에서 수석 연구자로 활동한 것도 언급되었다.

카드를 보낸 사람은 상실감과 슬픔을 이야기하며, 진심 어린 조의를 표했다.

힐러리 로댐 클린턴의 카드였다.

세계에서 가장 강력한 권좌를 놓고 잔인할 정도로 치열한 선거 운동에서 마지막 박차를 가하던 클린턴 장관이 일부러 시간을 내서 내게 쓴 카드였다.

날 직접 만난 적도 없는데.

내 남편을 직접 만난 적도 없는데.

심지어 난 캐나다인이라 미국 선거에서 투표할 수도 없는데. 그것은 그녀에게 조금도 도움이 되지 않을 개인적인 카드였다. 그녀는 깊은 슬픔에 빠진 낯선 이에게 위안의 손길을 내밀었다.

나는 남을 생각하는 그녀의 그 마음을 영원히 잊지 못할 것이다. 또한 그 일을 계기로 나 역시도 더 상냥한 사람이 되기로 했다.

나는 벳시와 계속 연락을 주고받았다. 11월이 되자 그녀는 힐러리가 대통령으로 선출되는 것을 직접 보라면서 뉴욕의 재비츠 센터로 나를 초대했다. 그 광대한 공간에서 저편에 자그맣게 앉아 있던 벳시의 모습을 나는 결코 잊지 못할 것이다. 방금 너무 많은 것을 본 사람의 그 공허한 눈빛도.

2017년 2월, 힐러리는 주말을 함께 보내자면서 벳시와 나를 채퍼콰로 초대했다. 우리가 처음으로 직접 만나는 자리였다.

거기서 나는 또 사랑에 빠졌다. 너무나 놀라웠던 그 며칠이 마법처럼 느껴진 데에는, 초등학교 6학년 때 처음 만난 두 친구를 조용히 지켜보던 순간도 한몫했다. 두 사람은 평생 친한 친구로 지냈다. 둘 중 한 명은 변호사, 퍼스트레이디, 상원 의원, 국무 장관이 되었고, 선거인단 대신 실제 유권자들의 표로 계산했다면 대통령에도 당선되었을 것이다. 한편 다른 한 명은 고등학교 교사로 일하다가 지역 활동가가 되었고, 훌륭한 남편 톰과 함께 세 자녀를 키워 냈다.

벳시와 힐러리가 영혼의 단짝이라는 사실이 너무나 명확히 눈에 보여서, 두 사람이 함께 있는 모습을 보는 것은 거의 영적인 경험에 가까웠다.

그해 여름 벳시와 톰, 힐러리와 빌이 퀘벡으로 와서 나와 함께 일주일 동안 휴가를 즐겼다.

벳시가 오랫동안 싸워 온 유방암과의 전투에서 패색이 짙어졌을 때였다. 그래도 그녀는 힐러리와 자신이 포함된 수많은 절친한 친구의 응원을 받으며 삶을 긍정적으로 바라보았다.

2019년 7월 벳시가 세상을 떠났다.

『스테이트 오브 테러』를 이미 읽은 독자라면, 이 작품이 증오를 들여다본 정치 스릴러지만 궁극적으로는 사랑에 바치는 찬가임을 알 수 있을 것이다.

힐러리와 나는 우리가 경험한 여자들 사이의 심오한 관계를 작품에 반드시 반영하고 싶었다. 그것은 무슨 일이 있어도 흔들리지 않는 우정의 유대였다.

우리는 또한 벳시를 아주 비중 있게 그리고 싶었다.

현실 속의 벳시 이블링은 훨씬 더 온화한 사람으로 입도 그리 거칠지 않았지만, 벳시 제임슨과 공통점도 많다. 반짝거리는 지성, 맹렬한 의리가 그렇다. 그리고 용맹함, 용맹함, 용맹함. 그리고 무한한 사랑.

그래서 내 훌륭한 에이전트 데이비드 저너트가 내 친구 힐러리와 정치 스릴러를 쓰겠느냐고 물었을 때 나는 좋다고 대답했다. 하지만 걱정이 없지는 않았다.

나는 그때 가마슈 형사가 나오는 작품을 막 끝낸 뒤였다. 그래서 그때는 시간이 있을 것 같았다. 그러나 범죄 소설과 정치 스릴러에 비슷한 점이 있다 해도, 내가 써본 것은 범죄 소설뿐이었다. 이렇게 스케일이 큰 정치 스릴러는 내가 편안하게 생각하는 영역을 훨씬 넘어서서 아예 다른 행성처럼 느껴질 정도였다.

하지만 실패가 두렵다는 이유로 이런 기회를 놓칠 수는 없었다. 적어도 시도는 해보아야 했다. 내가 글을 쓰는 방에 포스터가 하나 붙어 있다. 거기에 적힌 것은 아일랜드 시인 셰이머스 히니가 죽음을 앞두고 마지막으로 한 말이다.

〈Noli Timere(두려워 마라).〉

솔직히 나는 두려웠다. 하지만 살다 보면 덜 무서워할 것이 아니라 더 용기를 내야 할 때가 많다.

그래서 나는 눈을 감고 심호흡을 한 뒤 좋다고 말했다. 그 책을 쓰겠다고. 힐러리가 기꺼이 나서기만 한다면. 힐러리는 이 일에 훨씬 더 부담을 느낄 것이 분명했다.

이 책의 플롯을 구성한 과정을 자세히 말할 생각은 없다. 그해 봄 수없이 주고받던 전화 통화 중에 이 플롯이 나왔다고만 말하겠다. 힐러리는 국무 장관 시절 새벽 3시에 깜짝 놀라서 깬 적이 있다고 말했다. 그런 순간의 악몽 같은 일들을 상상한 시나리오 세 개 중에서 우리는 이 플롯을 선택했다.

우리가 실제로 이 책을 함께 쓴다는 아이디어를 낸 사람은 내 친구이자 모든 세대를 통틀어 훌륭한 출판 기획자 중 한 명인 스티븐 루빈이다. 고마워, 스티브!

그가 먼저 데이비드 저너트에게 아이디어를 내놓았고, 데이비드가 내게 그 아이디어를 이야기했다. 고마워, 데이비드. 미로 속에서 이 책을 인도해 주고, 항상 현명하고 긍정적이고 따스한 태도로 나를 지켜 줘서.

미노타우로스 출판사/세인트마틴스 출판사/맥밀런 출판사에도 적잖은 위험을 떠안아 준 것에 감사하고 싶다. 돈 와이즈버그, 존 사전트, 앤디 마틴, 샐리 리처드슨, 트레이시 게스트, 세라 멜닉, 폴 호치먼, 켈리 래글런드, 그리고 『스테이트 오브 테러』의 편집을 맡아 준 SMP의 훌륭한 편집자 제니퍼 엔덜린에게도 감사한다.

힐러리와 계약한 출판사 사이먼 & 슈스터의 아이디어와 협조에도 크게 감사한다.

밥 바넷에게도 감사한다.

내 비서(이자 훌륭한 친구) 리즈 데스로지어스에게도 감사한다. 리즈의 지원이 없었다면 이 책은 나올 수 없었을 것이다.

벳시를 소설에 등장시켜도 좋다고 허락해 준 톰 이블링에게도 감사한다.

2020년 겨울과 봄에 전염병을 피해 나와 함께 지내면서 나의 고뇌와 터무니없는 아이디어에 귀를 기울여 준 내 형제 더그에게도 감사한다.

롭과 오디, 메리, 커크, 월터, 로키, 스티브에게도 감사한다.

아이디어와 응원을 준 빌에게도 감사한다. (빌 클린턴이 초고를 읽고 나서 〈대통령이 이런 행동을 하는 건 좀……〉이라고 말할 때는 반박하기가 힘들었다.)

우리는 공동 집필 사실을 1년 넘게 비밀로 해야 했으나, 수많은 친구가 단순히 항상 우리 옆에 있어 주는 것만으로 자기도 모르는 사이에 우리를 도와주었다. 여기에는 힐러리와 나의 공통의 친구들도 포함되는데, 모두 벳시를 통해 알게 된 사람들이다.

하다이와 돈, 올리다와 주디, 보니와 켄, 수키, 팻시, 오스카와 브렌던에게 감사한다.

그리고 힐러리. 그녀는 악몽이 될 수도 있었던 일을 기쁨으로 바꿔 주었다. 이 책을 아주 멋지게 만들어 주고, 함께 집필하는 경험을 편안하고 재미있게 만들어 주었다. 물론 내가 5백 페이지 분량(진짜다)의 원고 스캔본을 받았을 때는 예외다. 여백에는 힐러리의 메모가 잔뜩 적혀 있었다.

내 마법의 젤리 빈이 어찌나 고마운지.

우리는 페이스타임으로 통화를 하면서 플롯을 이야기하다가 막막해지면 한참 서로 얼굴만 바라보다가도 함께 웃음을 터뜨리곤 했다.

그리고 물론 사랑하는 마이클에게도 감사하고 싶다. 그가 있었다면 얼마나 좋아하며 자랑스러워했을까. 마이클은 클린턴 장관을 아주 높게 평가했다. 그녀를 그냥 힐러리로 부를 수 있는 사이가 되었다면 마이클은 정말 기뻐했을 것이다. 그녀가 얼마나 사랑스러운 여성인지도 알게 되었을 것이다.

마이클은 스릴러를 아주 좋아했다. 사실 치매가 마이클의 독해력을 훔쳐 갈 때까지 이제 고작 책 한 권을 읽을 시간밖에 남지 않았다는 사실을 깨달았을 때 내가 고른 책도 정치 스릴러였다. 나는 마이클이 『스테이트 오브 테러』를 손에 들고 환히 웃는 모습을 매일 상상한다.

내가 보고, 느끼고, 냄새 맡고, 듣고, 행동하는 모든 것이 마이클 화이트헤드와 사랑에 빠진 그날에 닿아 있다.

이제 또 다른 등장인물의 이름이 어디서 왔는지 여러분도 알았을 것이다.

『스테이트 오브 테러』는 두려움에 대한 이야기지만, 그 심장부에는 용기와 사랑이 있다.

힐러리

코로나를 피해 가족들과 함께 채퍼콰의 집에 있을 때, 내 변호사이자 친구인 밥 바넷이 스티븐 루빈의 제안을 전화로 알려 주었다. 루이즈와 내가 함께 책을 쓰면 어떻겠느냐는 제안이었다.

나는 그게 과연 가능할까 싶었지만, 일단 밥의 이야기를 들어 보았다. 그는 다른 고객 두 명, 즉 내 남편과 제임스 패터슨이 두 편의 스릴러를 공동 집필했을 때 함께 일한 경험을 바탕으로 자신의 주장을 펼쳤다.

나는 루이즈를 작가로서 우러러보고 친구로서 사랑하지만, 같이 책을 쓰는 것은 너무 엄청난 일 같았다. 내가 써본 책은 논픽션뿐이었으니까. 하지만 생각해 보니 내 인생 자체가 소설이라고 해도 될 것 같아서 한번 시도해 보자는 생각이 들었다.

루이즈와 나는 서로 상의하면서 길고 상세한 개요를 작성했다. 그 개요를 받아 본 출판사들이 좋은 반응을 보였으므로, 우리는 장거리 공동 작업에 뛰어들었다. 등장인물을 만들어 내고, 플롯을 다듬고, 서로 초고를 교환해 읽어 보는 작업이 얼마나 즐거웠는지 모른다. 2020년 글을 쓸 당시 나는 2019년에 친한 친구 두 명과 남동생 토니를 잃은 일로 마음이 무거웠다.

벳시 존슨 이블링은 초등학교 6학년 때 일리노이주 파크리지의 필드스쿨 킹 선생님 반에서 처음 만난 뒤로 줄곧 나의 절친한 친구였다. 60년 동안 좋은 시절과 나쁜 시절을 함께 겪어 낸 그녀를 나는 매일 그리워한다.

전직 캘리포니아주 하원 의원이며 내가 국무 장관으로 일하던 2009년부터 2013년까지 군축과 국제 안보 담당 부장관이었던 엘런 타우셔는 25년 넘게 내 소중한 친구였다. 2016년 선거가 끝난 뒤 그녀는 자주 우리 집에 와서 묵으며 선거 때의 일을 곱씹었다.

엘런은 2019년 4월 29일 세상을 떠났다.

내 동생 토니는 1년간 투병 생활을 하다가 6월 7일에 눈을 감았다. 어렸을 때의 그 아이 모습과 그 애가 남기고 간 어린 자식 세 명을 생각하면 가슴이 정말 아프다.

벳시는 7월 28일에 유방암과의 오랜 싸움에서 패배했다.

이 셋 중에 한 명만 잃었어도 고통스러웠을 텐데, 세 명이 연달아 그렇게 되고 나니 마음을 추스를 수가 없었다. 지금도 잘 받아들이지 못하겠다.

벳시의 남편인 톰과 엘런의 딸인 캐서린은 소설에 각각 아내와 어머니를 등장시키겠다는 우리의 뜻을 응원해 주었다.

우리가 만들어 낸 소설 속 인물과 실제 인물이 조금 다른 것은 결코 두 사람의 책임이 아니다.

국무 장관을 이야기의 중심으로 삼기로 루이즈와 함께 결정을 내린 뒤 나는 엘런과 그녀의 실제 딸 이름인 캐서린을 소설에 그대로 쓰자고 제안했다.

물론 벳시는 장관의 옆을 지키는 절친한 친구 겸 고문의 모델이 될 터였다.

루이즈가 〈감사의 말〉에서 언급한 사람들에게 나도 감사의 뜻을 전하고 싶다. 그 밖에 원고가 막바지에 이르렀을 때 컴퓨터 문제를 해결해 주는 등 헤아릴 수 없이 많은 도움을 준 오스카와 브렌던에게도 감사한다.

팩트 체크를 도와준 헤더 새뮤얼슨과 닉 메릴에게도 감사한다.

내가 사이먼＆슈스터 출판사에서 책을 낸 것이 이번으로 여덟 번째인데, 강인한 캐럴린 라이디가 참여하지 않은 것은 이번이 처음이다. 나는 그녀를 잊지 않았다. 다행히 계속 나를 응원해 주는 조너선 카프의 지휘하에 그녀의 유산이 이어지고 있다.

카프를 비롯한 담당 팀원 모두에게 감사한다. 데이나 캐니디, 스티븐 루빈, 메리수 루치, 줄리아 프로서, 마리 플로리오, 스티븐 베드퍼드, 엘리자베스 브리든, 에밀리 그래프, 아이린 케라디, 재닛 캐머런, 펠리스 재빗, 캐럴린 레빈, 제프 윌슨, 재키 소우, 킴벌리 골드스틴.

빌에게도 감사한다. 스릴러의 좋은 독자 겸 작가인 그는 항상 나를 응원하며 유용한 제안을 내놓았다.

마지막으로, 이 책은 소설이지만 너무나 시의적절한 내용을 담고 있다.

이 소설이 소설로만 남게 하는 것은 우리에게 달렸다.

옮긴이 **김승욱** 성균관대학교 영문학과를 졸업하고 뉴욕 시립대학교 대학원에서 여성학을 전공했다. 동아일보 문화부 기자로 근무했으며 현재 전문 번역가로 활동 중이다. 옮긴 책으로는 존 르카레의 『완벽한 스파이』, 『스파이의 유산』, 『모스트 원티드 맨』, 주제 사라마구의 『히카르두 헤이스가 죽은 해』, 데니스 루헤인의 『살인자들의 섬』, 존 윌리엄스의 『스토너』, 아서 C. 클라크의 『2001 스페이스 오디세이』, 프랭크 허버트의 『듄』, 에이모 토울스의 『우아한 연인』, 리처드 플래너건의 『먼 북으로 가는 좁은 길』, 윌 듀런트의 『노년에 대하여』, 『위대한 사상들』, 도리스 레싱의 『19호실로 가다』, 『사랑하는 습관』, 콜슨 화이트헤드의 『니클의 소년들』, 『제1구역』 등이 있다.

스테이트 오브 테러

발행일 2022년 3월 20일 초판 1쇄

지은이 힐러리 로댐 클린턴·루이즈 페니
옮긴이 김승욱
발행인 홍예빈·홍유진
발행처 주식회사 열린책들

경기도 파주시 문발로 253 파주출판도시
전화 031-955-4000 팩스 031-955-4004
www.openbooks.co.kr